El Ruiseñor

KRISTIN HANNAH

El Ruiseñor

SUMA
de letras

Título original: *The Nightingale*

Primera edición en Estados Unidos: abril de 2016

© 2015, Kristin Hannah
Todos los derechos reservados
© 2016, de la presente edición en castellano para todo el mundo:
Penguin Random House Grupo Editorial, S. A. U.
© 2016, de la presente edición en lengua castellana:
Penguin Random House Grupo Editorial USA, LLC.
8950 SW 74th Court, Suite 2010
Miami, FL 33156
© 2016, Laura Vidal por la traducción

ISBN: 978-1-941999-77-6

Printed in USA by Thomson-Shore

Penguin
Random House
Grupo Editorial

A Matthew Shear. Amigo. Mentor. Defensor. Se te echa de menos.
Y a Kaylee Nova Hannah, la estrella más reciente de nuestra galaxia.
Bienvenida, pequeña

1

9 de abril de 1995
Costa de Oregón

Si algo he aprendido en mi larga vida es esto: en el amor descubrimos quiénes queremos ser; en la guerra descubrimos quiénes somos. Los jóvenes de hoy quieren saberlo todo de todo el mundo. Creen que hablando de un problema lo resolverán. Yo procedo de una generación más reservada. Comprendemos el valor de olvidar, el aliciente de reinventarnos.

Últimamente, sin embargo, pienso a menudo en la guerra y en mi pasado, en las personas que he perdido.

Perdido.

Suena como si no supiera dónde he dejado a mis seres queridos; quizá los puse en un lugar que no les correspondía y, a continuación, les di la espalda, demasiado confusa para volver sobre mis pasos.

No están perdidos. Tampoco en un lugar mejor. Se han ido. A medida que se acerca el fin de mis días, sé que el dolor, al igual que la añoranza, se instala en nuestro ADN y se convierte para siempre en parte de nosotros.

En los meses transcurridos desde la muerte de mi marido y mi diagnóstico, he envejecido. Mi piel tiene el aspecto arrugado de un papel encerado que alguien ha intentado alisar y reutilizar. Los ojos me fallan a menudo, en la oscuridad, cuando los faros de los coches destellan, cuando llueve. Es irritante no poder confiar ya en la vista. Quizá por eso miro hacia atrás. El pasado tiene una nitidez que ya no soy capaz de apreciar en el presente.

Quiero pensar que, cuando me vaya, encontraré paz, que veré a todas las personas que he querido y amado. Quiero pensar al menos que seré perdonada.

Aunque no sé a quién pretendo engañar.

Mi casa, bautizada The Peaks por un magnate de la industria maderera que la construyó hace más de cien años, está en venta, y me estoy preparando para mudarme porque mi hijo cree que es lo que debería hacer.

Está intentando cuidarme, demostrarme lo mucho que me quiere en este momento tan difícil, así que le dejo mangonearme. ¿Qué más me da morirme en un sitio o en otro? Porque de eso se trata, en realidad. A estas alturas, ya no importa dónde viva. Estoy metiendo en cajas la vida junto al mar en Oregón a la que me acostumbré hace casi cincuenta años. No hay muchas cosas que quiera llevarme conmigo. Pero una sí.

Tiro del asa colgante que abre la escalerilla que conduce al desván. Se despliega desde el techo como un caballero tendiendo la mano.

Los endebles escalones tiemblan bajo mis pies cuando trepo hasta el desván, que huele a cerrado y a moho. Una bombilla solitaria pende del pecho. Tiro del cordel.

Es como estar en la bodega de un viejo barco de vapor. Anchos tablones de madera recubren las paredes; las telarañas tiñen de plata los resquicios y cuelgan en hebras de las hendiduras entre los maderos. El techo está tan inclinado que solo puedo erguirme en el centro de la habitación.

Veo la mecedora que usaba cuando mis nietos eran pequeños, luego una cuna vieja y un desvencijado caballo de balancín con los muelles oxidados, también la silla que mi hija estaba repintando cuando cayó enferma. Hay cajas pegadas a la pared, marcadas: «Navidad», «Acción de Gracias», «Pascua», «Halloween», «Vajillas», «Deportes». En esas cajas están las cosas que ya no suelo usar, pero de las que soy incapaz de desprenderme. Para mí, admitir que no voy a poner el árbol de Navidad equivale a rendirme, y eso es algo que nunca se me ha dado bien. En un rincón está lo que busco: un baúl antiquísimo cubierto de etiquetas.

Con esfuerzo, arrastro el pesado baúl al centro del desván, hasta justo debajo de la bombilla que pende del techo. Me arrodillo, pero el dolor en las articulaciones me resulta insoportable, así que me siento en el suelo.

Por primera vez en treinta años abro la tapa del baúl. La bandeja superior está llena de recuerdos infantiles. Zapatos diminutos, moldes de manos de cerámica, dibujos hechos con lápices de colores poblados de monigotes y soles sonrientes, boletines de notas, fotografías de festivales de danza.

Levanto la bandeja del baúl y la dejo a un lado.

Los recuerdos del fondo forman un montón desordenado: varios diarios gastados encuadernados en cuero; un paquete de viejas postales; unos pocos libros de poesía de Julien Rossignol y una caja de zapatos que contiene cientos de fotografías en blanco y negro.

Encima de todo hay un trozo de papel amarillo desvaído.

Me tiemblan las manos cuando lo cojo. Es una *carte d'identité*, un carné de identidad, de la guerra. Veo la fotografía pequeña, de pasaporte, de una mujer joven. *Juliette Gervaise*.

—¿Mamá?

Oigo a mi hijo subir por los escalones de madera que rechinan bajo su peso y sus pisadas van acompasadas con los latidos de mi corazón. ¿Me ha llamado antes?

—¿Mamá? No deberías estar aquí. Joder, estas escaleras no son seguras. —Se queda de pie a mi lado—. Una caída y...

Le toco la pernera del pantalón, niego suavemente con la cabeza. No puedo alzar la vista. Lo único que soy capaz de decir es:

—No.

Se arrodilla y luego se sienta. Huelo su loción de afeitar, acre y sutil, y también un ligero tufillo a humo. Ha salido a fumarse un cigarrillo, un hábito al que renunció hace años y que retomó tras mi último diagnóstico. No tiene sentido que exprese en voz alta mi desaprobación. Es médico. Sabe lo que hace.

Mi primera reacción es meter el carné en el baúl y cerrar la tapa, esconderlo otra vez. Es lo que llevo haciendo toda la vida.

Pero ahora me voy a morir. No enseguida, quizá, pero tampoco dentro de mucho tiempo, y siento la necesidad de repasar mi vida.

—Mamá, estás llorando.

—Ah, ¿sí?

Quiero contarle la verdad, pero no puedo. Mi incapacidad hace que me sienta ridícula, avergonzada. A mi edad no debería tenerle miedo a nada. Desde luego no a mi pasado.

Me limito a decir:

—Quiero llevarme este baúl.

—Es demasiado grande. Meteré en una caja más pequeña las cosas que te quieras llevar.

Su afán por controlarme me hace sonreír.

—Te quiero y estoy enferma otra vez. Por esa razón te dejo mangonearme, pero todavía no estoy muerta. Quiero llevarme este baúl.

—Pero ¿qué tiene dentro que te haga falta? No hay más que dibujos nuestros y cachivaches.

Si le hubiera contado la verdad hace tiempo, o hubiera bailado y bebido y cantado más, tal vez me vería como soy y no como a una madre corriente y siempre formal. La destinataria de su afecto es una versión incompleta de mí. Siempre creí que ese era mi deseo: ser querida y admirada. Ahora pienso que quizá me gustaría ser conocida.

—Considéralo mi última voluntad.

Me doy cuenta de que quiere decirme que no hable así, pero tiene miedo de que se le quiebre la voz. Carraspea.

—Has podido con él dos veces. Volverás a hacerlo.

Los dos sabemos que eso no es verdad, estoy frágil y débil. No puedo ni dormir ni comer sin ayuda de la ciencia médica.

—Pues claro que sí.

—Solo quiero protegerte.

Sonrío. Qué ingenuos son los estadounidenses.

Hubo un tiempo en que compartí su optimismo. En que pensaba que el mundo era un lugar seguro. Pero eso fue hace muchos años.

—¿Quién es Juliette Gervaise? —dice Julien, y oírle pronunciar ese nombre me provoca un ligero sobresalto.

Cierro los ojos y, en la oscuridad que huele a moho y a vidas pasadas, mis pensamientos retroceden, recorren años y continentes. Contra mi voluntad —o quizá en colaboración con ella, ¿quién sabe a estas alturas?—, empiezo a recordar.

2

«Las luces se están apagando en toda Europa;
Nunca volveremos a verlas encendidas».
Sir Edward Grey, sobre la Primera Guerra Mundial

Agosto de 1939
Francia

Vianne Mauriac dejó la cocina fresca de paredes de estuco y salió al jardín delantero. En aquella hermosa mañana en el valle del Loira todo estaba en flor. Sábanas blancas ondeaban en la brisa y las rosas se esparcían como una sonrisa por la vieja tapia de piedra que ocultaba la casa de la carretera. Una pareja de laboriosas abejas zumbaba entre las flores; a lo lejos oyó un tren ronronear y resoplar y, a continuación, la risa de una niña pequeña.

Sophie.

Vianne sonrió. Su hija de ocho años estaba probablemente corriendo por la casa, obligando a su padre a estar pendiente de ella mientras se preparaban para el almuerzo campestre de cada sábado.

—Tu hija es una tirana —dijo Antoine desde la puerta.

Caminó hasta ella, el pelo negro untado de pomada brillando a la luz del sol. Aquella mañana había estado trabajando en sus muebles —lijando una silla que ya estaba suave como el satén—, y una delgada capa de serrín le cubría la cara y los hombros. Era un hombre grande, alto y de anchas espaldas, con rasgos marcados y una barba negra incipiente que le costaba mantener a raya.

Rodeó a Vianne con un brazo y la atrajo hacia sí.

—Te quiero, Vi.

—Y yo a ti.

Era la principal certeza de su mundo. Lo amaba todo de aquel hombre, su sonrisa, la costumbre de murmurar en sueños, de reírse después de estornudar y de cantar ópera en la ducha.

Se había enamorado de él quince años atrás, en el patio del colegio, antes de saber siquiera qué era el amor. Para ella él había sido el primero en todo: primer beso, primer amor, primer amante. Antes de él Vianne había sido una chica flaca, torpe y nerviosa con tendencia a tartamudear cuando se asustaba, algo que ocurría a menudo.

Una niña huérfana de madre.

Ahora tienes que portarte como una mujer, le había dicho su padre a Vianne de camino hacia aquella misma casa por primera vez. Ella tenía catorce años, los ojos hinchados de tanto llorar y una pena insoportable. En un instante la casa había pasado de ser la residencia de veraneo de la familia a una especie de cárcel. *Maman* no llevaba muerta ni dos semanas cuando *papa* renunció a ejercer de padre. Cuando llegaron allí no le había dado la mano ni tocado el hombro; ni siquiera ofrecido un pañuelo con el que secarse las lágrimas.

Pe-pero si soy una niña, había dicho ella.

Ya no.

Vianne había mirado a su hermana pequeña, Isabelle, que con cuatro años seguía chupándose el pulgar y no tenía ni idea de lo que pasaba. No hacía más que preguntar cuándo volvía *maman* a casa.

La puerta se había abierto y había aparecido una mujer alta y delgada, con una nariz con forma de espita y ojos pequeños y oscuros como uvas pasas.

¿Son estas las niñas?, había dicho.

Papa había asentido con la cabeza.

No le causarán problemas.

Había sido todo muy rápido. Vianne no había entendido realmente qué pasaba. *Papa* soltó a sus hijas como si fueran ropa sucia y las dejó con una desconocida. Las niñas se llevaban tantos años que era como si pertenecieran a familias distintas. Vianne había querido consolar a Isabelle —esa había sido su intención—, pero sentía tanto dolor que le resultaba imposible pensar en nadie más y menos aún en una niña tan testaruda, impaciente y ruidosa como Isabelle. Todavía recordaba aquellos primeros días en la casa, con Isabelle chillando y *madame* dándole azotes. Vianne había intentado hacer entrar en razón a su hermana, repitiendo una y otra vez: *Mon Dieu, Isabelle, deja de chillar. Haz lo que te dice*, pero ya con cuatro años Isabelle había sido ingobernable.

A Vianne todo aquello la había superado: la añoranza de la madre muerta, el dolor por el abandono de su padre, el cambio repentino de sus circunstancias, el desamparo y las exigencias de atención constante de Isabelle.

Antoine fue quien la salvó. Aquel primer verano después de la muerte de *maman* los dos se habían vuelto inseparables. En él Vianne había encontrado una vía de escape. Cuando cumplió dieciséis años, se había quedado embarazada; a los diecisiete estaba casada y era la señora de Le Jardin. Dos meses más tarde tuvo un aborto y, durante un tiempo, se perdió dentro de sí misma. No había otra forma de decirlo. Había reptado hacia el interior de su dolor y se había envuelto con él como si fuera un capullo, incapaz de interesarse por nadie o por nada… y mucho menos por una hermana exigente y llorona.

Pero eso pertenecía al pasado. No era la clase de recuerdo que le apetecía evocar en un día como aquel.

Se reclinó contra su marido mientras su hija corría hacia ellos y anunciaba:

—Estoy preparada. Vámonos.

—Bueno —dijo Antoine sonriendo—. La princesa está preparada, así que tenemos que irnos.

Vianne sonrió mientras volvía a entrar en la casa y tomaba el sombrero del gancho junto a la puerta. Pelirroja, con la piel fina como la porcelana y los ojos azul mar, siempre se protegía del sol. Cuando se encajó el sombrero de paja de ala ancha y cogió sus guantes de encaje y la cesta con la comida, Sophie y Antoine ya estaban al otro lado de la cancela.

Vianne se reunió con ellos en el camino de tierra delante de la casa. Apenas era lo bastante ancho para que pasara un coche. A continuación de él se extendían hectáreas de campos de heno, el verde salpicado aquí y allá con el rojo de las amapolas y el azul del aciano. Tramos de bosque crecían dispersos. En aquel rincón del valle del Loira había más campos de heno que viñedos. Aunque estaba a menos de dos horas de París en tren, parecía otro mundo. Llegaban pocos turistas, incluso en verano.

Se cruzaron con algún automóvil o un ciclista, o un carro tirado por bueyes, pero la mayor parte del tiempo estuvieron solos en el camino. Vivían a casi un kilómetro y medio de Carriveau, una población de menos de mil habitantes que era conocida sobre todo por haber sido parada del peregrinaje de santa Juana de Arco. No había industria y muy pocos empleos, excepto para los que trabajaban en el aeródromo, que era el orgullo de Carriveau. El único que había en kilómetros a la redonda.

En el pueblo, estrechas calles adoquinadas serpenteaban alrededor de viejos edificios de piedra caliza que se inclinaban desgarbados los unos hacia los otros. La argamasa se desprendía de muchas de las paredes de piedra y la hiedra ocultaba el deterioro que había debajo, invisible pero presente. El trazado del pueblo se había ido configurando poco a poco —calles irregulares, escalones desiguales, callejones sin salida— a lo largo de cientos de años. Los colores alegraban los edificios de piedra: toldos rojos con varillas metálicas negras, balcones de hierro adornados con geranios en macetas de barro. Por todas partes había una tentación para la vista: un escaparate de *macarons* en tonos pastel, cestos bastos de mimbre llenos de queso, jamón y *saucisson,* cajas de coloridos tomates, berenjenas y pepinos. En aquel día soleado, los cafés estaban llenos. Había hombres sentados alrededor de veladores de mármol y hierro bebiendo café y fumando cigarrillos marrones liados a mano mientras discutían ruidosamente.

Un típico día en Carriveau. Monsieur LaChoa estaba barriendo la calle delante de su *saladerie,* madame Clonet fregaba la ventana de su sombrerería y un hatajo de adolescentes paseaba por el pueblo, hombro con hombro, dando patadas a restos de basura y pasándose un cigarrillo.

Al llegar al final del pueblo torcieron hacia el río. En una explanada herbosa a la orilla del río, Vianne dejó la cesta y extendió una manta a la sombra de un castaño. De la cesta del almuerzo sacó una *baguette* crujiente, una cuña de queso graso y cremoso, dos manzanas, unas lonchas de jamón de Bayona delgadas como el papel y una botella de Bollinger del 36. Le sirvió a su marido una copa de champán y se sentó a su lado mientras Sophie corría hacia la orilla.

El día transcurrió en una bruma de satisfacción al calor del sol. Hablaron, rieron y compartieron el almuerzo. Hasta muy avanzada la tarde, cuando Sophie se había ido con su caña de pescar, Antoine, que le estaba haciendo a su hija una corona de margaritas, no dijo:

—Dentro de poco Hitler nos arrastrará a todos a la guerra.

La guerra.

Era de lo único que hablaba la gente aquellos días y Vianne no quería oírlo. Y menos en aquel hermoso día de verano.

Se puso una mano sobre los ojos a modo de visera y miró a su hija. Al otro lado del río se extendía el verde valle del Loira, sembrado con cuidado y precisión. No había vallas, ni demarcaciones, solo kilómetros de prados verdes ondulantes, algún tramo de bosque y, aquí y allí, una casa de piedra o un granero. Flores blancas diminutas flotaban como pedazos de algodón en el aire.

Se puso de pie y dio una palmada.

—Vamos, Sophie. Es hora de irse a casa.

—No puedes ignorar algo así, Vianne.

—¿Y qué debería hacer? ¿Preocuparme? Te tenemos a ti para protegernos.

Con una sonrisa, algo exagerada, tal vez, recogió las cosas del almuerzo, reunió a su familia y encabezó el regreso hacia el camino de tierra.

En menos de treinta minutos estaban ante la robusta cancela de madera de Le Jardin, la casa de piedra que pertenecía a su familia desde hacía trescientos años. Teñida de varios tonos de gris por el paso del tiempo, era un edificio de dos plantas con postigos azules que daban al jardín. La hiedra trepaba hasta las dos chimeneas y tapaba los ladrillos. De la parcela original solo quedaban tres hectáreas. Las otras ochenta se habían ido vendiendo a lo largo de los siglos, a medida que mermaba la fortuna familiar. Tres hectáreas eran más que suficientes para Vianne. No se imaginaba que pudiera necesitar más.

Cuando entraron todos cerró la puerta. En la cocina, las cazuelas de cobre y hierro colado colgaban de una barra metálica encima de los fogones. En las vigas vistas del techo había ramilletes de lavanda, de romero y de tomillo puestos a secar. Un fregadero de cobre, verde por el uso, era lo bastante amplio para bañar a un perro pequeño.

La escayola de las paredes estaba descascarillada en algunos lugares, dejando ver la pintura de años pasados. El cuarto de estar era una mezcla ecléctica de muebles y telas: sofá tapizado, alfombras de Aubusson, porcelana antigua de China, cretona, indiana. Algunos de los cuadros de las paredes eran excelentes —quizá importantes— y varios eran de pintores aficionados. La habitación tenía ese aire desordenado, abarrotado, de fortuna venida a menos y de buen gusto de otra época, algo raído, pero acogedor.

Se detuvo en el salón y miró por las puertas vidrieras que daban al jardín trasero, donde Antoine empujaba a Sophie en el columpio que él mismo le había hecho.

Vianne colgó el sombrero con cuidado del gancho que estaba junto a la puerta y, a continuación, tomó su delantal y se lo puso. Mientras Sophie y Antoine jugaban fuera, preparó la cena. Envolvió un lomo de cerdo en gruesas lonchas de panceta, lo ató con cordel y lo doró en aceite caliente. Mientras el cerdo se asaba en el horno, preparó el resto de la comida. A las ocho —en punto— llamó a su familia a la mesa y no pudo evitar sonreír al oír el estruendo de pisadas, el ruido de conversación y el chirrido de patas de sillas arañando el suelo mientras se sentaban.

Sophie presidía la mesa tocada con la corona de margaritas que le había hecho Antoine a la orilla del río.

Vianne dejó la fuente en la mesa y su fragancia se elevó por el aire: cerdo asado con panceta crujiente y manzanas glaseadas en una espesa salsa de vino sobre un lecho de patatas doradas. Al lado había un cuenco con guisantes frescos nadando en mantequilla sazonada con estragón del jardín. Y, por supuesto, estaba la *baguette* que Vianne había horneado la mañana anterior.

Como siempre, Sophie habló durante toda la cena. En ese sentido era como su *tante* Isabelle, una niña incapaz de estar callada.

Cuando por fin llegaron al postre —*île flottante*, islas de merengue horneado flotando en unas natillas espesas—, se hizo un silencio de plena satisfacción.

—Bueno —dijo Vianne empujando su plato de postre a medio comer—. Pues ha llegado el momento de fregar los platos.

—Ay, *maman* —gimió Sophie.

—Nada de gimotear —dijo Antoine—. Ya no tienes edad para hacer esas cosas.

Vianne y Sophie fueron a la cocina, como cada noche, y se colocaron en sus puestos —Vianne en el profundo fregadero de la cocina, Sophie delante de la encimera de piedra— y empezaron a lavar y a secar los platos. Vianne olía el aroma dulce e intenso del cigarrillo de después de cenar de Antoine extendiéndose por la casa.

—Hoy *papa* no se ha reído con ninguna de mis historias —dijo Sophie mientras Vianne colocaba los platos limpios en el tosco escurridor de piedra que colgaba de la pared—. Le pasa algo.

—¿Que no se ha reído? Desde luego que es alarmante.

—Está preocupado por la guerra.

La guerra. Otra vez.

Vianne echó a su hija de la cocina. Ya en el piso de arriba, en el dormitorio de Sophie, se sentó en la cama de matrimonio y escuchó a su hija parlotear mientras se ponía el pijama, se lavaba los dientes y se acostaba.

Se inclinó para darle un beso de buenas noches.

—Tengo miedo —dijo Sophie—. ¿Va a haber guerra?

—No tengas miedo —dijo Vianne—. *Papa* nos protegerá.

Pero, al decir aquellas palabras, se acordó de aquella vez que su madre le había dicho: *No tengas miedo.*

Fue cuando su padre se iba a la guerra.

Sophie no parecía convencida.

—Pero…

—Pero nada. No hay nada de qué preocuparse. Y, ahora, a dormir.

Besó de nuevo a su hija y dejó que sus labios se demoraran un instante en la mejilla de la pequeña.

Bajó las escaleras y salió al jardín trasero. Fuera la noche era bochornosa, el aire olía a jazmín. Encontró a Antoine sentado en una de las sillas de hierro, con las piernas extendidas, el cuerpo ladeado en una posición incómoda.

Fue hasta él y le puso una mano en el hombro. Antoine expulsó el humo y dio otra larga calada al cigarrillo. Luego miró a Vianne. A la luz de la luna, su cara estaba pálida y llena de sombras. Casi desconocida. Buscó en el bolsillo del chaleco y sacó un trozo de papel.

—Me han llamado a filas, Vianne. Como a casi todos los hombres de entre dieciocho y treinta y cinco años.

—¿A filas? Pero… no estamos en guerra. No…

—Tengo que incorporarme el martes.

—Pero…, pero…, si eres cartero.

Antoine le sostuvo la mirada y de pronto Vianne no pudo respirar.

—Pues parece que ahora soy soldado.

3

Vianne sabía algo de la guerra. No de su estrépito y clamor y humo y sangre, quizá, pero sí de sus secuelas. Aunque había nacido en tiempos de paz, sus primeros recuerdos eran de la guerra. Se acordaba de ver a su madre llorar al despedirse de *papa*. Recordaba pasar hambre y tener siempre frío. Pero, sobre todo, recordaba lo distinto que había vuelto su padre a casa, cómo cojeaba y suspiraba y se quedaba callado. Fue entonces cuando empezó a beber y a encerrarse en sí mismo y a ignorar a su familia. Después de aquello, recordaba portazos, discusiones tras las que seguían incómodos silencios, y a sus padres durmiendo en habitaciones separadas.

El padre que se fue a la guerra no era el que volvió a casa. Vianne había intentado que la quisiera; más aún, había intentado seguir queriéndole, pero al final lo uno había resultado tan imposible como lo otro. En los años transcurridos desde que la envió a Carriveau, Vianne había logrado seguir su propia vida. Le enviaba a su padre felicitaciones de Navidad y por su cumpleaños, pero nunca recibió una de él y rara vez hablaban. ¿Qué podían decirse? A diferencia de Isabelle, que parecía incapaz de resignarse, Vianne entendía —y aceptaba— que, cuando *maman* murió, su familia había quedado irreparablemente rota. *Papa* era un hombre que, sencillamente, se negaba a ser el padre de sus hijas.

—Ya sé cómo te asusta la guerra —dijo Antoine.

—La línea Maginot aguantará —dijo Vianne tratando de parecer convencida—. En Navidad estarás en casa.

La línea Maginot eran kilómetros y kilómetros de muros y obstáculos y armamento que se habían levantado a lo largo de la frontera alemana después de la Gran Guerra para proteger a Francia. Los alemanes no la traspasarían.

Antoine la tomó en sus brazos. El aroma a jazmín era embriagador y Vianne supo de repente, con total certeza, que a partir de entonces cada vez que oliera a jazmín recordaría aquella despedida.

—Te quiero, Antoine Mauriac, y espero que vuelvas a mí.

Más tarde no recordaba cómo habían entrado en la casa, cómo habían subido las escaleras y se habían tumbado en la cama mientras se desnudaban mutuamente. Solo se recordaba desnuda en sus brazos, debajo de él mientras le hacía el amor como nunca antes, con besos desesperados y ansiosos y manos que parecían querer desgarrarla aun cuando la estrechaban con fuerza.

—Eres más fuerte de lo que crees, Vi —dijo Antoine después, cuando estaban abrazados en silencio.

—No lo soy —susurró ella en voz demasiado baja para que pudiera oírla.

A la mañana siguiente Vianne sintió deseos de retener a Antoine en la cama todo el día, quizá incluso convencerle de que debían hacer las maletas y salir corriendo como ladrones en plena noche.

Pero ¿dónde irían? La guerra amenazaba a toda Europa.

Cuando terminó de preparar el desayuno y de fregar los platos, empezó a sentir un dolor palpitante en la base del cráneo.

—Pareces triste, *maman* —dijo Sophie.

—¿Cómo voy a estar triste en este maravilloso día de verano en el que vamos a visitar a nuestros mejores amigos?

Vianne sonrió con un ligero exceso de entusiasmo. Hasta que no salió por la puerta y se encontró debajo de uno de los manzanos del jardín delantero, no se dio cuenta de que iba descalza.

—*Maman* —dijo Sophie, impaciente.

—Ya voy —dijo mientras seguía a su hija por el jardín, dejando atrás el palomar, que ahora era un cobertizo para los útiles de jardinería, y el granero vacío. Sophie abrió la cancela trasera y corrió por el cuidado jardín de los vecinos, hacia la pequeña casa de piedra con postigos azules.

Sophie llamó una vez, no obtuvo respuesta y entró.

—¡Sophie! —dijo Vianne con aspereza, pero su reprimenda cayó en saco roto. Los modales eran innecesarios en casa de los amigos íntimos y Rachel de Champlain era la mejor amiga de Vianne desde hacía quince años. Se habían conocido solo un mes después de que *papa* hubiera abandonado tan vergonzosamente a sus hijas en Le Jardin.

Entonces habían formado una pareja muy peculiar. Vianne, menuda y pálida y nerviosa, y Rachel, tan alta como los chicos, con unas cejas que le crecían a la velocidad con que viajan las mentiras y con un auténtico vozarrón. Habían ido juntas a la universidad y las dos se habían hecho maestras. Se habían quedado embarazadas al mismo tiempo. Ahora enseñaban en aulas contiguas en la escuela local.

Rachel apareció en el umbral con su recién nacido en brazos, Ariel.

Las dos mujeres intercambiaron una mirada que contenía todo lo que sentían y temían.

—Hoy se impone un vaso de vino, ¿no te parece? —dijo Rachel.

—Por lo menos.

Vianne siguió a su amiga a un interior pequeño y bien iluminado que estaba limpio como una patena. Un jarrón con flores silvestres adornaba la tosca mesa de caballete flanqueada por sillas desparejadas. En el rincón del comedor había un baúl de cuero y, encima de este, el sombrero flexible de fieltro marrón que siempre llevaba Marc, el marido de Rachel. Esta sirvió dos vasos de vino blanco y sacó un plato pequeño de loza con *canelés*. Luego las mujeres salieron.

En el pequeño jardín, las rosas crecían a lo largo de un seto vivo. En un patio de losetas irregulares había una mesa y cuatro sillas. De las ramas de un castaño colgaban faroles antiguos.

Vianne tomó un *canelé* y dio un bocado, saboreando el relleno de crema con intenso aroma a vainilla y el exterior crujiente y un poco quemado. Se sentó.

Rachel se acomodó frente a ella, con el bebé dormido en brazos. El silencio pareció expandirse entre las dos y llenarse de sus miedos y recelos.

—Me pregunto si llegará a conocer a su padre —dijo Rachel mirando a su bebé.

—Volverán cambiados —dijo Vianne, recordando.

Su padre había estado en la batalla del Somme, en la que habían perdido la vida casi un millón de hombres. Los pocos que sobrevivieron habían traído a casa rumores sobre las atrocidades alemanas.

Rachel se apoyó el bebé en el hombro y le dio golpecitos suaves en la espalda.

—A Marc no se le da bien cambiar pañales. Y a Ari le encanta dormir en nuestra cama. Supongo que ahora podrá hacerlo sin problema.

Vianne no pudo evitar sonreír. Era muy poca cosa, aquella pequeña broma, pero ayudaba.

—Los ronquidos de Antoine son como un dolor. Ahora por fin podré dormir a pierna suelta.

—Y podremos cenar huevos escalfados.

—Y solo tendremos la mitad de la colada —dijo Vianne, pero a continuación se le quebró la voz—. No soy lo bastante fuerte para esto, Rachel.

—Pues claro que sí. Lo superaremos juntas.

—Antes de conocer a Antoine...

Rachel la atajó con un gesto de la mano.

—Sí, ya lo sé. Estabas delgada como un palo, tartamudeabas cuando te ponías nerviosa y eras alérgica a todo. Yo estaba ahí. Pero todo eso pasó. Ahora serás fuerte. ¿Sabes por qué?

—¿Por qué?

La sonrisa de Rachel se apagó.

—Sé que soy grande..., escultural, como les gusta decirme en las tiendas cuando me quieren vender sujetadores y medias, pero me siento... superada por esto, Vi. Y voy a tener que apoyarme en ti algunas veces. No con todo mi peso, claro.

—Así nos caeremos las dos a la vez.

—*Voilà* —dijo Rachel—. Ya tenemos un plan. Y ahora ¿pasamos al coñac o a la ginebra?

—Son las diez de la mañana.

—Sí, claro, tienes razón. Un cóctel de champán, entonces.

El martes por la mañana, cuando Vianne se despertó, la luz del sol entraba a raudales por los cristales y hacía brillar la madera desnuda.

Antoine estaba sentado junto a la ventana en una mecedora de nogal que había hecho durante el segundo embarazo de

Vianne. Durante años la mecedora vacía se había burlado de ellos. Los años de los abortos, como pensaba Vianne en ellos ahora. La desolación en la tierra de la abundancia. Tres vidas perdidas en cuatro años; latidos diminutos y débiles, manos azuladas. Y luego, milagrosamente, un bebé que sobrevivió. Sophie. Había fantasmas pequeños y tristes atrapados en el grano de la madera de aquella silla, pero también recuerdos felices.

—Tal vez deberías llevarte a Sophie a París —dijo Antoine cuando Vianne se incorporó hasta sentarse en la cama—. Julien os cuidaría.

—Mi padre ha dejado bien clara su opinión sobre vivir con sus hijas. No puedo esperar que me reciba con los brazos abiertos.

Vianne empujó el cubrecama acolchado y se levantó, apoyando los pies en la alfombra desgastada.

—¿Os encontraréis bien?

—Sophie y yo estaremos perfectamente. Y, además, pronto volverás. La línea Maginot aguantará. Y Dios sabe que los alemanes no son un contrincante para nosotros.

—La pena es que sus armas sí lo son. He sacado del banco todo el dinero que tenemos. En el colchón hay sesenta y cinco mil francos. Gástalos con prudencia, Vianne. Con tu salario de maestra, deberían durarte bastante tiempo.

Vianne sintió un hormigueo de pánico. No sabía casi nada de sus finanzas. Antoine se ocupaba de ellas.

Este se puso de pie despacio y la abrazó. Vianne quiso embotellar la sensación de seguridad que tenía en aquel momento para poder beber de ella más tarde, cuando la soledad y el miedo la dejaran sedienta.

Recuerda esto, pensó. La manera en que el pelo rebelde de Antoine atrapaba la luz, el amor en sus ojos castaños, los labios agrietados que la habían besado solo una hora antes, en la oscuridad.

Por la ventana abierta a su espalda oyó el ruido lento y rítmico de cascos de caballo por el camino y el estrépito del carro del que tiraban.

Sería monsieur Quillian de camino al mercado con sus flores. Si Vianne hubiera estado en el jardín, se habría detenido, él le habría dado una y le habría insinuado que no podía compararse con su belleza y ella le habría sonreído, le habría dicho *merci* y le habría ofrecido algo de beber.

Se separó de Antoine de mala gana. Fue al tocador de madera y vertió agua tibia de la jarra de porcelana azul en la palangana y se lavó la cara. En la alcoba que hacía las veces de vestidor, detrás de unas cortinas de lienzo de Jouy blancas y doradas, se puso el sostén, las braguitas con ribetes de encaje y el liguero. Metió las piernas en las medias de seda, las fijó al liguero y, a continuación, se puso un vestido de algodón con cinturón y canesú de cuello recto. Cuando cerró las cortinas y se volvió, Antoine se había ido.

Tomó su bolso y fue por el pasillo hasta la habitación de Sophie. Como la suya, era pequeña, con el techo de madera fuertemente inclinado, el suelo de amplios tablones y una ventana que daba al jardín. Una cama de hierro, una mesilla con una lámpara gastada y un armario pintado de azul ocupaban todo el espacio. Los dibujos de Sophie decoraban las paredes.

Vianne abrió los postigos y dejó que la luz inundara la habitación.

Como casi siempre durante los meses calurosos de verano, Sophie había tirado el cubrecama al suelo en algún momento durante la noche. Su oso de peluche rosa, Bébé, dormía pegado a su mejilla.

Vianne cogió el oso y miró su cara apelmazada y tantas veces acariciada. El año anterior Bébé había quedado olvidado en un estante junto a la ventana, cuando Sophie empezó a distraerse con juguetes nuevos.

Ahora Bébé había vuelto.

Vianne se inclinó para besar la mejilla de su hija.

Sophie se dio la vuelta y parpadeó hasta espabilarse.

—No quiero que *papa* se vaya, *maman* —susurró.

Cogió a Bébé, prácticamente se lo arrancó de las manos a Vianne.

—Ya lo sé. —Vianne suspiró—. Ya lo sé.

Fue al armario y sacó el vestido marinero que era el favorito de Sophie.

—¿Puedo ponerme la corona de margaritas que me hizo *papa*?

La «corona» de margaritas estaba arrugada en la mesilla de noche, las florecillas, marchitas. Vianne la cogió con cuidado y se la colocó a Sophie en la cabeza.

Pensó que la niña estaba bien hasta que entró en el cuarto de estar y vio a Antoine.

—*Papa?* —Sophie se tocó la corona de margaritas con gesto inseguro—. No te vayas.

Antoine se arrodilló y abrazó a Sophie.

—Tengo que ser un soldado para manteneros a *maman* y a ti a salvo. Pero volveré antes de que te des cuenta.

Vianne notó cómo a Antoine se le quebraba la voz.

Sophie se apartó. Tenía la corona de margaritas ladeada.

—¿Me prometes que volverás a casa?

Antoine pasó de la expresión seria de su hija a la mirada preocupada de Vianne.

—*Oui* —dijo por fin.

Sophie asintió con la cabeza.

Los tres salieron de la casa en silencio. Caminaron de la mano ladera arriba hasta el granero de madera color gris. Hierbas doradas que llegaban hasta la rodilla recubrían el terreno inclinado y arbustos de lilas tan grandes como carros de heno crecían a lo largo del perímetro de la propiedad. Tres pequeñas cruces blancas era todo lo que quedaba en el mundo para recordar a los bebés que Vianne había perdido. Aquel día su vista no se detuvo en ellas ni un segundo. Ya estaba lo bastante abrumada por las emociones, no podía añadir también el peso de esos recuerdos.

Dentro del granero se encontraba el viejo Renault color verde. Cuando estuvieron los tres dentro, Antoine encendió el motor, salió dando marcha atrás y condujo sobre matojos parduscos de hierba muerta hasta el camino. Vianne miró por la ventanilla polvorienta y observó como el verde valle quedaba atrás en un borrón de imágenes familiares: tejados rojos, casas de piedra, campos de heno y viñedos, bosques de árboles espigados.

En muy poco tiempo llegaron a la estación de tren cerca de Tours.

El andén estaba lleno de hombres jóvenes con maletas, de mujeres que les despedían con un beso y de niños llorando.

Una generación de hombres se iba a la guerra. Otra vez.

No lo pienses, se dijo Vianne. *No recuerdes cómo fue la otra vez cuando los hombres volvieron cojeando, con la cara quemada, sin brazos y sin piernas...*

Aferró con fuerza la mano de su marido mientras este compraba los billetes y las conducía hacia el tren. En el vagón de tercera clase —con un calor asfixiante y gente apiñada como juncos de un pantano— se sentó muy recta, todavía de la mano de su marido y con el bolso en el regazo.

Cuando llegaron a su destino, una docena de hombres más o menos bajó del tren. Vianne, Sophie y Antoine los siguieron por una calle adoquinada hasta una encantadora aldea que se parecía a la mayoría de poblaciones de Touraine. ¿Cómo era posible que fuera a estallar una guerra y que aquel pueblo exquisito con racimos de flores derramados sobre tapias desconchadas estuviera reclutando a soldados para combatir?

Antoine le tiró de la mano para que continuara andando. ¿Cuándo se había parado?

Más adelante, unas puertas de hierro instaladas recientemente estaban encajadas entre muros de piedra. Detrás de ellas
había hileras de casas construidas formando barracones provi-
sionales.

Las puertas se abrieron. Un soldado a caballo con la cara
polvorienta y roja por el calor salió a recibir a los recién llega-
dos, con la silla de cuero crujiendo a cada paso del animal. El
soldado tiró de las riendas y el caballo se detuvo, levantando
la cabeza y bufando. En el cielo zumbaba un aeroplano.

—Vosotros —dijo el soldado—. Llevad vuestros papeles
al teniente, allí, junto a la puerta. Venga. Moveos.

Antoine besó a Vianne con una ternura que le dio a esta
ganas de llorar.

—Te quiero —le dijo Antoine con la boca pegada a la de
ella.

—Y yo a ti —dijo Vianne, pero aquellas palabras que
siempre parecían tan grandes se le antojaron ahora pequeñas.
¿Qué era el amor cuando se enfrentaba a la guerra?

—Y yo, *papa*. ¡Y yo! —exclamó Sophie echándose en
brazos de su padre.

Se abrazaron como una familia por última vez, hasta que
Antoine las soltó.

—Adiós —dijo.

Vianne no pudo responder. Vio cómo se alejaba, cómo se
mezclaba con el grupo de hombres jóvenes que reían y hablaban hasta que se volvió indistinguible. Las grandes puertas de
hierro se cerraron, el estrépito del metal reverberó en el aire
caliente y polvoriento y Vianne y Sophie se quedaron solas en
mitad de la calle.

4

Junio de 1940
Francia

La villa medieval dominaba una ladera boscosa de color verde intenso. Parecía que hubiera salido del escaparate de una pastelería, un castillo labrado en almíbar, con ventanas de algodón de azúcar y postigos del color de las manzanas de caramelo. Abajo del todo, un lago azul oscuro absorbía el reflejo de las nubes. Cuidados jardines permitían a los habitantes de la villa —y, lo que era más importante, a sus invitados— pasear por la propiedad, donde solo se permitían temas de conversación apropiados.

En el comedor de invitados, Isabelle Rossignol estaba sentada muy erguida a una mesa de mantel blanco que podía acomodar con facilidad a veinticuatro comensales. Todo era pálido. Paredes, suelos y techo estaban tallados en piedra de color crema. Remataba el techo una bóveda de casi seis metros de altura. El sonido se amplificaba en esta habitación gélida, tan atrapado en su interior como sus ocupantes.

Madame Dufour estaba de pie en la cabecera de la mesa, con un sobrio vestido negro que dejaba ver un hueco del tamaño de una cucharada sopera en la base de su largo cuello. Un broche con un solo diamante era su único adorno (una buena piedra, señoritas, y elíjanla bien porque todo dice algo del que lo lleva, nada es tan revelador como la vulgaridad). Su cara estrecha terminaba en un mentón romo y estaba enmarcada por unos rizos tan evidentemente oxigenados que arruinaban el efecto de juventud buscado. «La clave», decía con voz educada, seca y entrecortada, «es desempeñar nuestras tareas de manera completamente callada y anodina».

Cada una de las jóvenes sentadas a la mesa llevaba la chaqueta de punto azul entallada y la falda que componían el uniforme del colegio. En invierno no estaba tan mal, pero, en aquella calurosa tarde de junio, el conjunto resultaba insoportable. Isabelle se dio cuenta de que empezaba a sudar y de que no había en el mundo jabón de lavanda suficiente para enmascarar el intenso olor de su transpiración.

Miró la naranja sin pelar situada en el centro de su plato de porcelana de Limoges. A ambos lados se encontraban los cubiertos, alineados en pulcra formación. Tenedor de ensalada, de carne, cuchillo, cuchillo para la mantequilla, tenedor de pescado. Y así hasta el infinito.

—Y ahora —dijo madame Dufour—. Tomen los utensilios correctos, en silencio, *s'il vous plaît,* sin hacer ruido, y pelen la naranja.

Isabelle cogió el tenedor y trató de clavar las púas afiladas en la gruesa corteza, pero la naranja se escapó y rodó por el borde dorado del plato haciendo tintinear la porcelana.

—*Merde* —murmuró cogiendo la naranja antes de que cayera al suelo.

—*Merde?*

Madame Dufour estaba a su lado.

Isabelle se sobresaltó. Esa mujer era sigilosa como una víbora entre los juncos.

—*Pardon, madame* —dijo colocando la naranja en su sitio.

—Mademoiselle Rossignol —dijo madame Dufour—. ¿Cómo es posible que lleve usted dos años viviendo en este lugar y haya aprendido tan poco?

Isabelle volvió a apuñalar la naranja con el tenedor. Un gesto poco elegante, pero efectivo. A continuación sonrió a madame Dufour:

—Por lo general, *madame,* el fracaso de una alumna a la hora de aprender se debe al fracaso de la profesora a la hora de enseñar.

La mesa entera contuvo la respiración.

—Ah —dijo madame Dufour—. Así que nosotras somos la razón de que no sea todavía capaz de pelar una naranja como es debido.

Isabelle intentó atravesar la piel… con demasiada fuerza y a demasiada velocidad. El filo plateado resbaló sobre la corteza arrugada y chocó contra el plato de porcelana.

La mano de madame Dufour se desplazó como una serpiente y sus dedos se cerraron alrededor de la muñeca de Isabelle.

Todas las niñas sentadas a la mesa miraban.

—Conversación cortés, niñas —dijo *madame* con una sonrisa radiante—. Nadie quiere cenar con una estatua sentada al lado.

Al momento las muchachas empezaron a hablar en voz baja las unas con las otras de cosas que no interesaban a Isabelle. Jardinería, el tiempo, la moda. Temas de conversación apropiados para mujeres. Oyó decir con voz callada a la joven sentada a su lado: «Me encanta el encaje de Alençon. ¿A ti no?», y tuvo que hacer un verdadero esfuerzo por no gritar.

—Mademoiselle Rossignol —dijo madame Dufour—. Irá a ver a madame Allard y le comunicará que nuestro experimento ha tocado a su fin.

—¿Y eso qué quiere decir?

—Ella lo sabrá. Vaya.

Isabelle se apresuró a levantarse de la mesa, no fuera *madame* a cambiar de opinión.

La cara de esta se frunció en una mueca de desagrado cuando oyó el fuerte chirrido de las patas de la silla contra el suelo de piedra.

Isabelle sonrió.

—La verdad es que no me gustan nada las naranjas.

—¡No me diga! —dijo madame Dufour sarcástica.

Isabelle quería salir corriendo de aquella habitación asfixiante, pero ya tenía bastantes problemas, así que se obligó a caminar despacio con los hombros hacia atrás y el mentón alto. Al llegar a las escaleras, que podía subir y bajar con tres libros sobre la cabeza si así se lo pedían, miró a su alrededor, comprobó que estaba sola y bajó corriendo.

Ya en el pasillo del piso inferior aminoró el paso y se enderezó. Cuando llegó al despacho de la directora, ni siquiera jadeaba.

Llamó.

Cuando la directora dijo «Adelante» con voz neutral, Isabelle abrió la puerta.

Madame Allard estaba sentada detrás de un escritorio de caoba ribeteado de oro. De las paredes de piedra de la habitación colgaban tapices medievales y la ventana de cristal plomado rematada en un arco daba a unos jardines tan esculpidos que tenían más de arte que de naturaleza. De hecho pocos pájaros se posaban en ellos; sin duda percibían la atmósfera agobiante y proseguían su vuelo.

Isabelle se sentó, un instante antes de recordar que no le habían dado permiso para hacerlo. Se levantó.

—*Pardon, madame.*

—Siéntese, Isabelle.

Lo hizo, cruzando con cuidado los tobillos como debía hacer una dama y con las manos juntas.

—Madame Dufour me ha pedido que venga a decirle que el experimento ha terminado.

Madame Allard cogió una de las estilográficas de cristal de Murano del escritorio y dio un golpecito en la mesa con ella.

—¿Por qué está aquí, Isabelle?

—Odio las naranjas.

—¿Cómo dice?

—Y si fuera a comerme una, algo que, a decir verdad, *madame,* no sé por qué iba a hacer cuando no me gustan, usaría las manos, como hacen los americanos. Como hace todo el mundo, en realidad. ¿Cuchillo y tenedor para comerse una naranja?

—Quiero decir que por qué está usted en este colegio.

—Ah, eso. Pues el convento del Sagrado Corazón de Avignon me expulsó. Sin ninguna razón, si se me permite decir.

—¿Y las hermanas de San Francisco?

—Ah, esas sí tenían razón para expulsarme.

—¿Y el colegio anterior a ese?

Isabelle no supo qué decir.

Madame Allard dejó la pluma.

—Tiene usted casi diecinueve años.

—*Oui, madame.*

—Creo que es hora de que se marche.

Isabelle se puso de pie.

—¿Vuelvo a la clase de pelar naranjas?

—No me ha comprendido. Le estoy diciendo que debería dejar el colegio, Isabelle. Es evidente que no está usted interesada en aprender lo que tenemos que enseñarle.

—¿Se refiere a cómo se pela una naranja, cuándo se puede untar el queso en el pan o quién es más importante: el segundo hijo de un duque o una hija que no va a heredar o un embajador de un país menor? *Madame,* ¿es que no saben ustedes nada de lo que está pasando en el mundo?

Isabelle podía vivir en la campiña más remota, pero aun así estaba enterada. Incluso allí, parapetada detrás de setos y asaeteada por las normas de etiqueta, sabía lo que estaba ocurriendo en Francia. Por las noches, en su celda monacal, mientras sus compañeras dormían, se quedaba despierta hasta altas horas escuchando la BBC en su radio de contrabando. Francia se había unido a Gran Bretaña y había declarado la guerra a Alemania y Hitler se había puesto en marcha. Por toda Francia la gente había hecho acopio de alimentos, había tapado las ventanas y había aprendido a vivir como los topos en la oscuridad.

Se habían preparado, preocupado y entonces… nada.

Pasaban los meses y no sucedía nada.

Al principio la gente no hablaba más que de la Gran Guerra y de las pérdidas que habían afectado a tantas familias, pero, a medida que pasaban los meses y la guerra se convertía en el único tema de conversación, Isabelle empezó a oír a sus profesoras llamarla *drôle de guerre,* la guerra de mentira. El verdadero horror se producía en otros lugares de Europa. En Bélgica, Holanda y Polonia.

—¿Es que los modales no importarán en la guerra, Isabelle?

—Ni siquiera importan ahora mismo —dijo Isabelle impulsivamente para, al instante siguiente, desear no haber hablado.

Madame Allard se puso en pie.

—Nunca encajó aquí, pero…

—Mi padre estaba dispuesto a mandarme donde fuera con tal de deshacerse de mí —dijo Isabelle.

Prefería soltar la verdad a bocajarro a oír otra mentira. Había aprendido muchas lecciones en la sucesión de colegios y conventos que habían sido sus hogares durante más de una década. Sobre todo había entendido que solo podía contar consigo misma. Desde luego, no con su padre ni con su hermana.

Madame Allard miró a Isabelle y se le dilataron ligeramente las fosas nasales, algo que indicaba desaprobación cortés pero intensa.

—Para un hombre es duro perder a su esposa.

—Para una niña lo es perder a su madre. —Isabelle sonrió desafiante—. Aunque en realidad he perdido a mi madre y a mi padre, ¿no cree? Una murió y el otro me dio la espalda. No sé qué me dolió más.

—*Mon Dieu*, Isabelle, ¿es que siempre tiene que decir lo que se le pasa por la cabeza?

Isabelle llevaba oyendo esta crítica toda su vida, pero ¿por qué tenía que morderse la lengua? En cualquier caso, nadie la escuchaba.

—Así que se irá hoy mismo. Le pondré un telegrama a su padre. Tómas la llevará al tren.

—¿Esta noche? —Isabelle parpadeó—. Pero… *papa* no me querrá en casa.

—Ah. Consecuencias —dijo madame Allard—. Quizá ahora entienda por fin que hay que tenerlas en cuenta.

Isabelle estaba de nuevo sola en un tren, de camino a un lugar donde no sabía cómo sería recibida.

Miró por la ventana sucia y con manchas de barro el paisaje verde que discurría a gran velocidad: campos de heno, tejados rojos, casas de piedra, puentes grises, caballos.

Todo se hallaba exactamente igual y esto la sorprendió. La guerra estaba cerca y había supuesto que dejaría alguna clase de impronta en el campo, cambiaría el color de la hierba, mataría árboles o ahuyentaría a los pájaros, pero, ahora, sentada en aquel tren que traqueteaba camino de París, se dio cuenta de que todo tenía un aspecto completamente normal.

Al llegar a la gigantesca Gare du Lyon, el tren se detuvo con un silbido y una ráfaga de vapor. Isabelle cogió la pequeña maleta que estaba a sus pies y se la puso en el regazo. Mientras miraba bajar a los pasajeros del tren, la pregunta que había evitado hacerse volvió a sus pensamientos.

Papa.

Quería creer que la acogería en su casa, que por fin le tendería las manos y diría su nombre con afecto, como lo hacía Antes, cuando *maman* había sido la argamasa que los había mantenido unidos.

Miró la maleta llena de rasguños.

Tan pequeña.

La mayoría de las chicas de los colegios a los que había ido llegaban con una colección de baúles sujetos con correas de cuero y tachuelas de latón. Tenían fotografías en sus mesas, recuerdos en sus mesillas de noche y álbumes de fotografías en sus cajones.

Isabelle conservaba una única fotografía enmarcada de una mujer de la que quería acordarse y no podía. Cuando lo intentaba, lo único que recordaba eran imágenes de gente llorando, del médico negando con la cabeza y de su madre diciéndole que no se soltara de la mano de su hermana.

Como si eso fuera a servir de algo. Vianne se había apresurado tanto en abandonar a Isabelle como *papa.*

Se dio cuenta de que se había quedado sola en el coche. Cogió la maleta con la mano enguantada, se levantó y bajó.

Los andenes estaban atestados. Los trenes formaban hileras y daban sacudidas, el humo llenaba el aire y subía hacia el techo alto y abovedado. Enormes ruedas de hierro empezaron a girar y el suelo del andén tembló.

Su padre sobresalía incluso en una multitud.

Cuando la vio, Isabelle percibió la irritación que transformaba sus facciones y le daba un aire de sombría determinación.

Era un hombre alto, de casi un metro noventa, pero la Gran Guerra le había encorvado. O al menos eso era lo que Isabelle había oído decir en una ocasión. Sus anchos hombros se inclinaban hacia delante, como si pensar en la postura correcta le supusiera demasiado esfuerzo con todo lo que tenía en la cabeza. Su pelo, que empezaba a escasear, era gris y desaliñado. Tenía una nariz ancha y aplastada, como una espátula, y labios tan delgados como una sombra. En aquel caluroso día de verano llevaba una camisa blanca arrugada con las mangas subidas, una corbata floja alrededor del cuello deshilachado y unos pantalones de pana que pedían a gritos una visita a la lavandería.

Isabelle trató de parecer… madura. Quizá era eso lo que quería su padre de ella.

—Isabelle.

Esta cogió la maleta con las dos manos.

—*Papa.*

—Ya te han expulsado otra vez.

Asintió con la cabeza mientras tragaba saliva.

—¿Cómo vamos a encontrar otro colegio con los tiempos que corren?

Era el pie para que Isabelle dijera algo.

—Quiero…, quiero vivir contigo, *papa.*

—¿Conmigo?

Parecía irritado y sorprendido. Pero ¿acaso no era normal que una muchacha quisiera vivir con su padre?

Isabelle se acercó hacia él.

—Podría trabajar en la librería. No te molestaré.

Contuvo el aliento, esperando. De pronto los sonidos se amplificaron. Oyó a gente caminando, los andenes gruñendo bajo sus pies, las palomas aleteando en el cielo, un bebé que lloraba.

Pues claro que sí, Isabelle.

Vuelve a casa.

Su padre suspiró con desagrado y echó a andar.

—Bueno —dijo volviéndose—. Entonces, ¿vienes o qué?

Isabelle se tumbó en una manta en la hierba fragante con un libro abierto. En algún lugar cercano, una abeja zumbaba afanosa en una flor; entre tanto silencio sonaba como una diminuta motocicleta. Era un día de calor abrasador, una semana después de su regreso a París, a casa. Bueno, a casa no. Sabía que su padre seguía tramando cómo librarse de ella, pero no quería pensar en eso en un día tan maravilloso, en aquel aire que olía a cerezas y a hierba verde y aromática.

—Lees demasiado —dijo Christophe masticando una brizna de heno—. ¿Qué es eso? ¿Una novela romántica?

Isabelle rodó hacia él y cerró el libro. Era sobre Edith Cavell, enfermera en la Gran Guerra. Una heroína.

—Yo podría ser una heroína de guerra, Christophe.

Este rio.

—¿Cómo va a ser una heroína una chica como tú? No digas ridiculeces.

Isabelle se puso de pie rápidamente y cogió su sombrero y los guantes blancos de cabritilla.

—No te enfades —dijo Christophe mirándola con una sonrisa—. Es que estoy cansado de hablar de la guerra. Y es un hecho probado que en la guerra las mujeres son inútiles. Vuestro trabajo es esperar a que volvamos.

Apoyó la mejilla en una mano y observó a Isabelle por entre el mechón de pelo rubio que le tapaba los ojos. Con su americana cruzada azul marino y pantalones blancos de pierna ancha tenía aspecto de lo que era exactamente: un estudiante universitario privilegiado que no estaba acostumbrado a trabajar. Muchos estudiantes de su edad se habían presentado voluntarios para cambiar la universidad por el ejército. Christophe no.

Isabelle subió la pendiente y cruzó el jardín hasta el montículo cubierto de hierba donde estaba aparcado el Panhard descapotable.

Ya estaba al volante y con el motor en marcha cuando apareció Christophe, con un brillo de sudor en su cara de rasgos convencionalmente atractivos y con el cesto del almuerzo colgado de un brazo.

—Ponlo detrás —dijo Isabelle con una sonrisa radiante.

—No vas a conducir.

—Me parece que sí. Sube.

—Es mi coche, Isabelle.

—Bueno, para ser exactos, y sé lo importante que es la exactitud para ti, Christophe, es el coche de tu madre. Y creo que el coche de una mujer debería conducirlo una mujer.

Isabelle intentó no sonreír cuando Christophe puso los ojos en blanco, murmuró «vale» y se inclinó para dejar el cesto detrás de su asiento. A continuación, moviéndose con lentitud para dejar clara su opinión, rodeó la parte delantera del coche y se sentó a su lado.

En cuanto cerró la puerta, Isabelle metió la marcha y pisó el acelerador. El coche vaciló un instante, luego echó a andar levantando polvo y humo a medida que cogía velocidad.

—*Mon Dieu*, Isabelle. ¡Más despacio!

Isabelle se sujetó el sombrero de paja que aleteaba con una mano mientras asía el volante con la otra. Apenas aminoró la marcha cuando adelantó a otros conductores.

—*Mon Dieu*, ve más despacio —repitió Christophe.

Desde luego se iba a enterar de que no tenía la menor intención de hacerle caso.

—Hoy una mujer puede ir a la guerra —dijo Isabelle cuando el tráfico de París la obligó por fin a circular más despacio—. Igual puedo ser conductora de ambulancia. O trabajar descifrando códigos secretos. O camelándome al enemigo para que me revele alguna localización secreta. ¿Te acuerdas de ese juego…?

—La guerra no es un juego, Isabelle.

—Eso ya lo sé, Christophe. Pero, si llega, puedo ayudar. Es lo único que digo.

En la rue de l'Amiral de Coligny tuvo que frenar apresuradamente para evitar chocar con un camión. Un convoy de la Comédie Française salía del museo del Louvre. De hecho había camiones por todas partes y gendarmes uniformados dirigiendo el tráfico. También había sacos de arena apilados alrededor de varios edificios para protegerlos de ataques, de los cuales no se había producido ninguno desde que Francia había entrado en guerra.

¿Por qué había tanta policía francesa?

—Qué raro —dijo Isabelle frunciendo el ceño.

Christophe alargó el cuello para ver qué pasaba.

—Están sacando tesoros del Louvre —dijo.

Isabelle vio un hueco en el tráfico y aceleró. Enseguida estuvo a la puerta de la librería de su padre y aparcó.

Le dijo adiós a Christophe con la mano y entró en la tienda. Era larga y estrecha y estaba forrada de libros del suelo al techo. Con el paso de los años, su padre había intentado aumentar su inventario construyendo estanterías independientes. El resultado de sus «mejoras» era un laberinto. Los pasillos conducían a un lado y a otro, enmarañándose más y más. Al fondo del todo se encontraban los libros para turistas. Algunos pasillos estaban bien iluminados, otros se hallaban en sombras.

No había suficientes puntos de luz para iluminar cada rincón. Pero su padre conocía cada título de los estantes.

—Llegas tarde —dijo levantando la vista de su mesa situada al fondo. Hacía algo con la prensa, probablemente imprimía uno de sus libros de poesía que nadie compraba. Sus dedos romos estaban teñidos de azul—. Supongo que los pretendientes son más importantes que el trabajo.

Isabelle se sentó en la banqueta que había detrás de la caja registradora. En la semana que llevaba viviendo con su padre se había esforzado por no contestar a sus provocaciones, aunque tanta docilidad la consumía. Golpeó el suelo con el pie, impaciente. Palabras, frases —excusas—, clamaban por ser expresadas en voz alta. Era difícil no decirle cómo se sentía, pero sabía que la quería lejos de allí, así que se mordió la lengua.

—¿Oyes eso? —dijo su padre al cabo de un rato.

¿Se había quedado dormida?

Isabelle se enderezó. No había oído a su padre acercarse, pero ahora estaba a su lado con el ceño fruncido.

Desde luego se oía un ruido raro en la tienda. Del techo caía polvo; las estanterías se zarandearon ligeramente emitiendo un sonido parecido a un castañeteo de dientes. Numerosas sombras empezaron a pasar por delante de los escaparates de cristal plomado de la entrada. Cientos de ellas.

¿Gente? ¿Tanta?

Papa fue hasta la puerta. Isabelle se bajó del taburete y le siguió. Cuando abrió la puerta vio a una multitud que corría calle abajo, inundando las aceras.

—Pero ¿se puede saber…? —murmuró *papa*.

Isabelle lo dejó atrás y se abrió paso entre el gentío.

Un hombre chocó con ella con tanta fuerza que la hizo tambalearse y ni siquiera se disculpó. Pasó más gente corriendo.

—¿Qué es esto? ¿Qué ha pasado? —preguntó Isabelle a un hombre rubicundo y jadeante que intentaba separarse de la multitud.

—Los alemanes están entrando en París —dijo—. Hay que irse. Yo estuve en la Gran Guerra. Sé lo que…

Isabelle resopló.

—¿Los alemanes en París? Eso es imposible.

El hombre echó a correr avanzando en zigzag y abriendo y cerrando los puños a ambos lados del cuerpo.

—Tenemos que irnos a casa —dijo *papa* mientras echaba el cierre de la tienda.

—No puede ser —dijo Isabelle.

—Lo peor siempre puede ser —dijo *papa* sombrío—. No te separes de mí —añadió avanzando hacia la gente.

Isabelle nunca había visto un pánico colectivo como aquel. Por toda la calle se encendían luces, arrancaban motores de coches, se cerraban puertas de golpe. Las personas se gritaban las unas a las otras y alargaban los brazos en un intento por no perder el contacto en el desconcierto reinante.

Isabelle no se separó de su padre. El caos en las calles les obligaba a ir despacio. Los túneles del metro estaban demasiado atestados para circular, así que tuvieron que hacer todo el camino andando. Cuando llegaron a casa, había anochecido. Ya en el edificio de apartamentos, su padre necesitó dos intentos para abrir el portal, pues le temblaban las manos. Una vez dentro ignoraron el ascensor desvencijado y subieron deprisa los cinco pisos de escaleras hasta el apartamento.

—No enciendas las luces —dijo su padre con voz áspera cuando abrió la puerta.

Isabelle le siguió al cuarto de estar. Luego fue hasta la ventana y descorrió la cortina opaca para mirar a la calle.

De lejos llegaba un zumbido. A medida que aumentaba, la ventana tembló y tintineó igual que el hielo en un vaso.

Oyó un potente silbido solo segundos antes de ver el escuadrón negro en el cielo, como pájaros volando en formación.

Aeroplanos.

—Boches —susurró su padre.

Alemanes.

Aviones alemanes sobrevolando París. El silbido aumentó de volumen, se transformó en un chillido de mujer y, a continuación, en alguna parte —quizá en el segundo *arrondissement,* pensó Isabelle—, estalló una bomba con un resplandor de luz brillante y sobrecogedora y algo empezó a arder.

Sonaron las sirenas antiaéreas. Su padre corrió las cortinas y guio a Isabelle fuera del apartamento, hacia las escaleras. Todos los vecinos hacían lo mismo, bajaban las escaleras llevando abrigos, bebés y mascotas hacia el vestíbulo y, después, por unas escaleras tortuosas de piedra que conducían al sótano. Se sentaron todos muy juntos en la oscuridad. El aire apestaba a moho, a olores corporales y a miedo; ese era el hedor más penetrante de todos. El bombardeo continuó largo rato, chirriando, zumbando. Las paredes del sótano temblaban y del techo caía polvo. Un bebé rompió a llorar y no hubo manera de calmarlo.

—Que se calle ese niño, por favor —saltó alguien.

—Lo intento, *monsieur.* Está asustado.

—Como todos.

Después de lo que pareció una eternidad, se hizo el silencio. Era casi aún peor que el ruido. ¿Qué quedaría de París?

Cuando sonó la sirena que anunciaba que había pasado el peligro, Isabelle estaba entumecida.

—¿Isabelle?

Quería que su padre le hiciera un gesto, la tomara de la mano y la consolara, incluso aunque fuera un instante, pero él le dio la espalda y empezó a subir las escaleras serpenteantes y sin luz del sótano. En el apartamento, Isabelle fue directa a la ventana y miró entre las cortinas buscando la torre Eiffel. Seguía allí, alzándose sobre una nube de espeso humo negro.

—No te quedes cerca de la ventana —dijo su padre.

Isabelle se volvió despacio. La única luz de la habitación era la de la linterna de su padre, un mísero hilo amarillo en la oscuridad.

—París no caerá —dijo.

Su padre no contestó y frunció el ceño. Isabelle se preguntó si estaría pensando en la Gran Guerra y en lo que había visto en las trincheras. Quizá su herida volvía a dolerle en solidaridad con el sonido de las bombas cayendo y los silbidos de las llamas.

—Vete a la cama, Isabelle.

—¿Cómo puede alguien dormir en un momento así?

Su padre suspiró.

—Pronto aprenderás que muchas cosas son posibles.

5

Su gobierno les había mentido. Les había asegurado, una y otra vez, que la línea Maginot mantendría a los alemanes fuera de Francia.

Mentiras.

Ni el hormigón ni el acero ni los soldados franceses podían frenar el avance de Hitler, y los representantes del gobierno habían huido de París como ladrones, en plena noche. Se decía que estaban en Tours, planeando la estrategia que debían seguir, pero ¿de qué servía la estrategia cuando París iba a ser invadida por el enemigo?

—¿Estás preparada?

—No voy a ir, *papa*, ya te lo he dicho.

Se había vestido para el viaje —tal como le había pedido su padre— con un vestido ligero de topos color rojo y zapatos de tacón bajo.

—Ya hemos hablado de eso, Isabelle. Los Humbert vendrán enseguida a recogerte. Te llevarán hasta Tours. Desde allí tendrás que ingeniártelas para llegar a la casa de tu hermana. Dios sabe que siempre se te ha dado bien escapar.

—Así que me echas. Otra vez.

—Ya basta, Isabelle. El marido de tu hermana está en el frente. Está sola con su hija. Harás lo que te digo. Te vas de París.

¿Se daba cuenta del daño que aquello le hacía? ¿Le importaba?

—Nunca te hemos importado ni Vianne ni yo. Y ella no me quiere a su lado más de lo que me quieres tú.

—Te vas —dijo el padre.

—Quiero quedarme y luchar, *papa*. Ser como Edith Cavell.

El padre torció la mirada.

—¿Te acuerdas de cómo murió? Ejecutada por los alemanes.

—*Papa*, por favor.

—Ya está bien. Yo he visto de lo que son capaces, Isabelle. Tú no.

—Pues, si es tan malo, deberías venir conmigo.

—¿Y dejarles el apartamento y la librería?

Cogió a Isabelle de la mano y la obligó a salir del apartamento y a bajar las escaleras a trompicones, con el sombrero de paja y la maleta chocando contra la pared y el aliento entrecortado.

Por fin abrió la puerta y la sacó a la avenue de La Bourdonnais.

Caos. Polvo. Aglomeraciones. La calle era un auténtico dragón de seres humanos que avanzaban, tosían polvo, tocaban las bocinas de los coches. Había gente pidiendo ayuda a gritos, bebés llorando y el aire estaba impregnado de tufo a sudor.

Los coches obstruían el paso, todos cargados de cajas y bolsas. La gente había recogido todo lo que había encontrado: carros, bicicletas e incluso carritos de juguete.

Aquellos que no encontraron o no podían permitirse gasolina o un coche o una bicicleta iban caminando. Cientos

—miles— de mujeres y niños iban de la mano y avanzaban despacio, cargados con todo lo que podían. Maletas, cestas con comida, mascotas.

Los que eran muy mayores o muy jóvenes empezaban ya a quedarse rezagados.

Isabelle no quería unirse a aquella multitud desesperanzada e impotente de mujeres, niños y ancianos. Mientras los hombres jóvenes estaban lejos —muriendo por ellos en el frente—, sus familias se marchaban, se dirigían hacia el sur o hacia el oeste, aunque, en realidad, ¿qué les hacía pensar que allí estarían más seguros? Las tropas de Hitler ya habían invadido Polonia, Bélgica y Checoslovaquia.

La multitud los engulló.

Una mujer tropezó con Isabelle, murmuró una disculpa y continuó andando.

Isabelle siguió a su padre.

—Puedo ser útil. Por favor. Me haré enfermera o conduciré una ambulancia. Sé hacer vendas e incluso coser una herida.

A su lado, sonó una bocina.

Su padre levantó la vista e Isabelle reparó en el alivio que le animaba las facciones. Reconoció aquella mirada, quería decir que estaba a punto de librarse de ella. Otra vez.

—Ya están aquí —anunció.

—No me obligues a irme —dijo Isabelle—. Por favor.

La guio a través del gentío hasta donde estaba aparcado un coche negro y cubierto de polvo. Llevaba un colchón deformado y sucio sujeto al techo, además de una serie de cañas de pescar y una jaula para conejos con uno dentro. El maletero iba abierto, pero atado con cuerdas. En su interior Isabelle vio un batiburrillo de cestas, maletas y lámparas.

Dentro, los dedos pálidos y regordetes de monsieur Humbert agarraban el volante como si el automóvil fuera un caballo que pudiera desbocarse en cualquier momento. Era un hombre obeso que pasaba los días en una carnicería cerca de la librería de *papa*. Su mujer, Patricia, era una mujer robusta con ese aspecto carilleno tan común en las campesinas. Estaba fumando un cigarrillo y mirando por la ventana como si no diera crédito a lo que veía.

Monsieur Humbert bajó la ventanilla y sacó la cara por la abertura.

—Hola, Julien. ¿Está preparada?

Papa asintió con la cabeza.

—Está preparada. *Merci*, Édouard.

Patricia se inclinó para hablar con el padre de Isabelle por la ventanilla abierta.

—Solo vamos hasta Orleans. Y tiene que pagar su parte de gasolina.

—Pues claro.

Isabelle no quería irse. Era de cobardes. Estaba mal.

—*Papa...*

—*Au revoir* —dijo este con una firmeza que le recordó que no tenía elección. Hizo un gesto con la cabeza en dirección al coche e Isabelle se dirigió aturdida hacia el mismo.

Cuando abrió la portezuela trasera vio a tres niñas pequeñas y sucias apelotonadas como peces en una red, comiendo galletas, bebiendo de biberones y jugando con muñecas. Lo último que le apetecía era unirse a ellas, pero se acomodó entre aquellas desconocidas que olían ligeramente a queso y a salchicha y cerró la puerta.

Se giró en el asiento y miró a su padre por el cristal trasero. Este le sostuvo la mirada y torció la boca ligeramente hacia abajo; fue el único indicio de que la veía. Después la muchedumbre fue rodeándole como agua alrededor de una roca hasta que lo único que vio Isabelle fue desconocidos de aspecto desaliñado caminando detrás del coche.

Volvió a sentarse recta en el asiento. Por su ventana, una mujer joven la miró fijamente con ojos desquiciados, el pelo como un nido de pájaros y un bebé al pecho. El coche se movía despacio, a veces avanzaba unos centímetros, otras se quedaba parado largo rato. Isabelle observó a sus compatriotas —hombres y mujeres— caminar a su lado con expresión perpleja, aterrada y confusa. De vez en cuando alguien golpeaba el capó o el maletero del coche, pidiendo alguna cosa. Iban con las ventanillas cerradas, aunque el calor dentro del vehículo era asfixiante.

Al principio se sintió triste por marcharse, después su ira brotó y se hizo más ardiente incluso que el aire en el interior de aquel coche hediondo. Estaba cansada de que la tomaran por alguien de usar y tirar. Primero *papa* la había abandonado, luego Vianne la había dado de lado. Cerró los ojos para ocultar unas lágrimas que era incapaz de contener. En la penumbra que olía a salchicha, a sudor y a humo, con las niñas peleándose a su lado, recordó la primera vez que la habían mandado lejos de casa.

El largo viaje en tren… Isabelle pegada a Vianne, que no hacía otra cosa que sorberse los mocos, llorar y simular que dormía.

Y luego *madame* mirándolas desde lo alto de una nariz similar a una cañería de cobre diciendo: *No serán un problema.*

Aunque entonces era pequeña —no tenía más que cuatro años—, Isabelle creía que ya sabía qué significaba estar sola, pero se había equivocado. Durante los tres años que vivió en Le Jardin, al menos había tenido una hermana, aunque Vianne casi nunca estaba. Isabelle se recordaba mirando por la ventana del piso de arriba, espiando a Vianne y a sus amigas desde lejos, rezando por que se acordaran de ella, por que la invitaran a unirse a ellas. Pero entonces Vianne se había casado con Antoine y había despedido a madame Funesta (no era su verdadero nombre, claro, pero desde luego le hacía justicia). Isabelle pensó que era parte de la familia. Aunque no por mucho tiempo. Cuando Vianne perdió a su bebé, fue de inmediato: *Adiós, Isabelle*. Tres semanas más tarde —tenía siete años— estaba en su primer internado. Fue entonces cuando de verdad aprendió qué era estar sola.

—Y tú, Isabelle, ¿has traído comida? —preguntó Patricia.

Se había girado en el asiento y la miraba.

—No.

—¿Y vino?

—Solo dinero, ropa y libros.

—Libros —dijo Patricia con desdén y se dio la vuelta—. Serán de gran ayuda.

Isabelle se puso a mirar de nuevo por la ventana. ¿Qué más equivocaciones habría cometido ya?

Pasaron las horas. El coche avanzó con lentitud hacia el sur. Isabelle agradeció el polvo. Cubría la ventana e impedía ver el panorama terrible, desolador.

Gente. Por todas partes. Delante, detrás, junto a ellos; tan densa era la muchedumbre que el coche solo podía avanzar unos centímetros y a trompicones. Era como conducir entre un enjambre de abejas que se separaban un instante y de nuevo se volvían a juntar. El sol era inclemente. Convertía el interior pestilente del vehículo en un horno y caía a plomo sobre las mujeres que iban caminando fuera hacia… ¿hacia dónde? Nadie sabía qué estaba sucediendo exactamente detrás de ellos o si más adelante les aguardaba alguna seguridad.

El coche avanzó y, a continuación, se detuvo bruscamente. Isabelle se golpeó con el asiento de delante. De inmediato las niñas se pusieron a llorar y a llamar a su madre.

—*Merde* —murmuró monsieur Humbert.

—Monsieur Humbert —dijo Patricia en tono remilga-do—. Las niñas.

Una mujer mayor golpeó el capó del coche al pasar.

—Se acabó, madame Humbert —dijo el señor Hum-bert—. Nos hemos quedado sin gasolina.

Patricia parecía un pez fuera del agua.

—¿Qué?

—He parado cada vez que he tenido ocasión, lo sabes. No tenemos más gasolina porque no hay dónde encontrarla.

—Pero… y entonces… ¿qué vamos a hacer?

—Buscar un sitio donde alojarnos. Tal vez logre conven-cer a mi hermano de que venga a buscarnos. —Humbert abrió su puerta con cuidado para no chocar con ningún peatón y salió a la carretera polvorienta y sucia—. ¿Ves? Étampes no queda ya demasiado lejos. Conseguiremos una habitación y que nos den de comer y mañana lo veremos todo distinto.

Isabelle se enderezó en el asiento. Sin duda se había que-dado dormida y se había perdido algo. ¿Iban a abandonar el coche, así como si nada?

—¿Cree que podremos llegar andando a Tours?

Patricia se volvió. Tenía aspecto de estar tan exhausta y acalorada como se sentía Isabelle.

—Quizá uno de tus libros te sirva de ayuda. Desde luego fue muy inteligente traerlos en vez de comida o agua. Vamos, niñas, fuera del coche.

Isabelle agarró la maleta que se encontraba a sus pies. Es-taba muy encajada y le costó bastante esfuerzo sacarla. Con un gruñido de determinación, logró liberarla y después abrió la puerta del vehículo y salió.

De inmediato se encontró rodeada de gente, empujada, zarandeada e insultada.

Alguien trató de quitarle la maleta de un tirón. Peleó por ella, se negó a soltarla. Mientras la sujetaba contra su cuerpo, pasó una mujer a su lado empujando una bicicleta cargada con sus posesiones. La miró impotente con ojos oscuros que revelaban agotamiento.

Alguien más chocó con Isabelle y esta dio un traspiés y perdió el equilibrio. Solo la masa de cuerpos que tenía delante la salvó de caer de rodillas en el polvo y la tierra. Oyó a la persona que tenía al lado disculparse y se disponía a contestarle cuando se acordó de los Humbert.

Se abrió paso hasta el otro lado del coche llamándoles.

—¡Monsieur Humbert!

No hubo respuesta, solo el incesante sonido de pisadas en la carretera.

Llamó a Patricia, pero su grito se perdió en el retumbar de tantos pies. La gente la empujaba, la apartaba para seguir avanzando. Si caía de rodillas, la pisotearían y moriría allí, sola en aquel tumulto de compatriotas.

Agarró con fuerza la gastada asa de piel de su maleta y se unió a la marcha hacia Étampes.

Seguía caminando cuando horas más tarde cayó la noche. Le dolían los pies; a cada paso que daba notaba una ampolla nueva. El hambre caminaba a su lado dándole pequeños codazos dolorosos e insistentes, pero ¿qué podía hacer? Había hecho la maleta para ir a visitar a su hermana, no para un éxodo sin fin. Llevaba su edición favorita de *Madame Bovary* y el libro que todos leían esos días, *Lo que el viento se llevó,* además de algo de ropa. Ni comida ni agua. Había esperado que el viaje durara solo unas pocas horas. Desde luego no había contado con ir andando a Carriveau.

Al final de una pequeña pendiente se detuvo. La luz de la luna iluminaba a miles de personas que caminaban a su lado, delante, detrás de ella; atosigándola, chocándose con ella, empujándola hasta que no tuvo más remedio que seguir avanzando con ellas. Cientos de ellos habían elegido aquella ladera para descansar. Mujeres y niños habían acampado a un lado de la carretera, en prados, cunetas y hondonadas.

El camino de tierra estaba lleno de automóviles averiados y pertenencias; olvidadas, desechadas, pisoteadas, demasiado pesadas para cargar con ellas. Mujeres y niños estaban tumbados muy juntos en la hierba o debajo de árboles o en las cunetas, dormidos, abrazados los unos a los otros.

Isabelle se detuvo exhausta a las afueras de Étampes. La marea de gente la rodeó y enfiló la carretera que conducía a la ciudad.

Entonces lo supo.

En Étampes no habría ningún lugar donde alojarse ni nada que comer. Los refugiados que habían llegado allí primero habrían invadido la ciudad como una plaga de langostas y habrían comprado todos los alimentos de las tiendas. No habría una sola habitación disponible. Su dinero no le serviría de nada.

Entonces, ¿qué podía hacer?

Dirigirse hacia el suroeste, hacia Tours y Carriveau. ¿Qué, si no? De niña había estudiado mapas de la región en su anhelo de volver a París. Conocía aquel paisaje. El problema consistía en ser capaz de pensar.

Miró más allá de la muchedumbre, hacia los edificios de piedra iluminados por la luna a lo lejos, y trazó mentalmente un camino a través del valle. A su alrededor había personas sentadas en la hierba o durmiendo tapadas con mantas. Las oía moverse, susurrar. Cientos de ellas. Miles. Al otro extremo del prado encontró un sendero que discurría hacia el sur en paralelo a una tapia de piedra. Cuando llegó hasta él descubrió que estaba sola. Se detuvo y dejó que aquella sensación la serenara. Luego echó a andar de nuevo. Al cabo de un kilómetro y medio, el camino la condujo a un soto de árboles espigados.

Se había adentrado en el bosque —tratando de no pensar en sus pies magullados, en el dolor de estómago, en la garganta reseca—, cuando olió a humo.

Y a carne asada. El hambre la llenó de determinación y la volvió audaz. Vio el resplandor anaranjado del fuego y fue hacia él. En el último momento fue consciente del peligro y se detuvo. Una rama se quebró bajo su pie.

—Puede acercarse —dijo una voz de hombre—. Se mueve usted por el bosque con el sigilo de un elefante.

Isabelle se paró en seco. Sabía que había sido una tonta. Una chica sola podía correr peligro allí.

—Si la quisiera muerta, estaría usted muerta.

Eso era indudable. Podía haberla asaltado en la oscuridad y haberle rajado la garganta. No había prestado atención a nada salvo al tormento de su estómago vacío y al olor a carne asada.

—Puede fiarse de mí.

Isabelle escudriñó la oscuridad tratando de verle. No pudo.

—Eso también lo diría si no fuera así.

Una carcajada.

—Sí. Y ahora venga aquí. Tengo un conejo al fuego.

Isabelle siguió el resplandor por una hondonada rocosa y luego pendiente arriba. Los troncos de los árboles a su alrededor parecían de plata a la luz de la luna. Se movió con presteza, dispuesta a salir corriendo en un instante. Cuando llegó al último árbol entre ella y la hoguera se detuvo.

Había un hombre joven sentado junto al fuego, con la espalda apoyada en el tronco de un árbol, una pierna extendida y la otra doblada. Debía de tener solo unos pocos años más que ella.

Era difícil verle bien en la luz anaranjada. Su pelo negro, largo y greñudo, parecía no haber visto en mucho tiempo un peine o un jabón, y sus ropas gastadas y remendadas le recordaron a Isabelle a los refugiados de guerra que habían recorrido no hacía tanto París recogiendo cigarrillos, trozos de papel y botellas vacías, mendigando monedas o ayuda. Tenía el aspecto pálido y enfermizo de alguien que nunca sabía cuándo iba a comer.

Y, sin embargo, le estaba ofreciendo comida.

—Espero que sea usted un caballero —le dijo desde la oscuridad.

El joven rio.

—Sí, ya me imagino.

Isabelle caminó hasta la luz de la hoguera.

—Siéntese —dijo el hombre.

Se sentó frente a él, en la hierba. Él se inclinó sobre el fuego y le pasó una botella de vino. Isabelle dio un largo trago, tan largo que el hombre soltó una carcajada cuando le devolvió la botella y se limpió la barbilla de vino.

—Qué borrachina tan guapa.

Isabelle no tuvo idea de qué decir.

El hombre sonrió.

—Gaëton Dubois. Mis amigos me llaman Gaët.

—Isabelle Rossignol.

—Ah, un ruiseñor.

Isabelle se encogió de hombros. No era un comentario nuevo. Su apellido significaba «ruiseñor» en francés. *Maman* solía llamar a Vianne y a Isabelle sus pequeños ruiseñores cuando les daba el beso de buenas noches. Era uno de los pocos recuerdos que Isabelle tenía de ella.

—¿Por qué se marcha usted de París? Un hombre como usted debería quedarse y luchar.

—Abrieron la cárcel. Al parecer, cuando lleguen los alemanes prefieren tenernos luchando por Francia que sentados en un calabozo.

—¿Estaba usted en la cárcel?

—¿Le da miedo?

—No. Es solo que... no me lo esperaba.

—Pues debería tener miedo —dijo el hombre apartándose una greña de los ojos—. En cualquier caso, conmigo está a salvo. Tengo otras cosas en la cabeza. Necesito saber cómo están mi madre y mi hermana y luego encontrar un regimiento al que unirme. Después voy a matar a todos los alemanes que pueda.

—Tiene usted suerte —dijo Isabelle con un suspiro.

¿Por qué era tan fácil para los hombres hacer en la vida lo que quisieran y, en cambio, era tan difícil para las mujeres?

—Venga conmigo.

Isabelle no era tan ingenua como para creerle.

—Me lo pide porque soy bonita y piensa que terminaré en la cama con usted si acepto —dijo.

Él la miró desde el otro lado del fuego. Este chisporroteaba y silbaba cada vez que caía grasa en las llamas. Dio un largo trago de vino y volvió a ofrecerle la botella. Cerca de las llamas las manos de ambos se tocaron, un levísimo roce de piel con piel.

—Si quisiera eso podría tenerla ahora mismo en mi cama.

—No con mi consentimiento —dijo Isabelle tragando con dificultad e incapaz de dejar de mirarle.

—Claro que sí —dijo él de una manera que le produjo un hormigueo en la piel e hizo que respirara con dificultad—. Pero no me refería a eso. Y tampoco es lo que he dicho. Quería decir que viniera a luchar conmigo.

Isabelle sintió algo tan nuevo que no conseguía comprenderlo del todo. Sabía a ciencia cierta que era bonita. La gente lo decía cuando la conocía. Se daba cuenta de cómo los hombres la miraban con deseo mal disimulado y hacían comentarios sobre su pelo, sus ojos verdes o sus labios carnosos; de cómo le miraban los pechos. También veía su belleza reflejada en los ojos de otras mujeres, muchachas del colegio que no la querían demasiado cerca de los chicos que les gustaban y que la consideraban arrogante antes de que hubiera dicho una sola palabra.

Su belleza no era más que otra forma de pasarla por alto a ella, de no verla, así que se había acostumbrado a llamar la atención de otras maneras. Y tampoco era completamente inocente respecto a la pasión. ¿O acaso las hermanas de San Francisco no la habían expulsado por besar a un muchacho durante la misa?

Pero esto era distinto.

Aquel hombre veía su belleza, incluso en la media luz, Isabelle se daba cuenta de ello, pero miraba más allá. O eso o era lo bastante inteligente como para darse cuenta de que quería ofrecer algo más al mundo que una cara bonita.

—Podría hacer algo útil —dijo con voz queda.

—Pues claro que sí. Yo podría enseñarle a usar una escopeta y un cuchillo.

—Tengo que ir a Carriveau y asegurarme de que mi hermana se encuentra bien. Su marido está en el frente.

Él la miró por encima del fuego con expresión resuelta.

—Veremos a su hermana en Carriveau y a mi madre en Poitiers y luego los dos nos iremos a la guerra.

Tal y como lo dijo parecía toda una aventura, no muy distinta a escapar para unirse a un circo, como si por el camino fueran a encontrarse tragasables y gruesas mujeres barbudas.

Era lo que Isabelle llevaba buscando toda su vida.

—Entonces ya tenemos un plan —dijo, incapaz de disimular una sonrisa.

6

Ala mañana siguiente Isabelle se despertó y contempló la luz del sol dorando las hojas que susurraban sobre su cabeza.

Se sentó y alisó la falda, que se le había subido mientras dormía dejando ver unas braguitas blancas de encaje y unas medias de seda echadas a perder.

—Por mí no lo hagas.

Isabelle miró a su izquierda y se dio cuenta de que Gaëton se acercaba. Por primera vez lo vio con claridad. Era desgarbado, flaco como un signo de exclamación y vestía ropas que parecían salidas de un barril de la beneficencia. Una gorra raída dejaba que asomara parcialmente una cara sin afeitar de facciones marcadas. Tenía cejas anchas, barbilla pronunciada y ojos hundidos color gris con espesas pestañas. Su mirada era tan afilada como su mentón y transmitía una suerte de limpia avidez. La noche anterior Isabelle había pensado que era su manera de observarla. Ahora entendía que era la forma que tenía de contemplar el mundo.

No le daba miedo, en absoluto. Isabelle no era como su hermana Vianne, que se dejaba arrastrar con facilidad por el temor y el nerviosismo. Pero tampoco era tonta. Si iba a viajar con aquel hombre, más le valía dejar claras unas cuantas cosas.

—Así que has estado en la cárcel —dijo.

Él la miró y levantó una ceja oscura como diciendo: «¿Ya empiezas a asustarte?».

—Una chica como tú no lo entendería. Podría decirte que me encarcelaron a lo Jean Valjean y te parecería romántico.

Era de la clase de cosas que Isabelle llevaba oyendo toda su vida. Se debían a su aspecto físico, como la mayoría de los comentarios burlones de que era objeto. Una chica rubia tenía por fuerza que ser superficial y corta de entendimiento.

—¿Estabas robando para dar de comer a tu familia?

Él esbozó una sonrisa ladeada que le torcía el gesto, pues una de las comisuras de la boca se levantaba más que la otra.

—No.

—¿Eres peligroso?

—Depende. ¿Qué opinión tienes de los comunistas?

—Ah. Entonces eras un preso político.

—Algo así. Pero, como te he dicho, una chica bonita como tú no sabe nada de lo que es sobrevivir.

—Te sorprendería la cantidad de cosas que sé, Gaëton. Hay muchas clases de cárceles.

—¿No me digas, guapa? ¿Y tú cómo lo sabes?

—¿Qué delito cometiste?

—Tomé cosas que no me pertenecían. ¿Contesta eso a tu pregunta?

Un ladrón.

—Y te cogieron.

—Evidentemente.

—Esa información no resulta demasiado tranquilizadora, Gaëton. ¿No tuviste cuidado?

—Gaët —dijo en voz baja dando un paso hacia ella.

—Todavía no he decidido si somos amigos.

Él le tocó el pelo y dejó que unos pocos mechones se enroscaran alrededor de su sucio dedo.

—Somos amigos, de eso puedes estar segura. Y, ahora, vámonos.

Cuando él hizo ademán de cogerle la mano, a Isabelle se le pasó por la cabeza rechazarle, pero no lo hizo. Salieron del bosque y volvieron a la carretera, donde se fundieron de nuevo con la marea de gente que se abrió lo justo para dejarles entrar y, acto seguido, volvió a cerrarse en torno a ellos como un puño. Isabelle iba cogida a Gaëton con una mano y en la otra llevaba la maleta.

Caminaron durante kilómetros.

A su alrededor los coches morían. Se rompían carretas. Los caballos se detenían y era imposible obligarlos a seguir. Isabelle empezó a encontrarse apática y aturdida, exhausta por el calor, el polvo y la sed. Una mujer cojeaba a su lado, llorando, las lágrimas sucias por el polvo y la tierra, y luego la reemplazó una mujer mayor con abrigo de piel que sudaba copiosamente y parecía llevar puestas todas sus joyas.

El sol se volvió más fuerte, abrasador, insoportable. Los niños lloraban, las mujeres gimoteaban. El hedor acre y sofocante a cuerpos humanos y a sudor llenaba el aire, pero Isabelle se había acostumbrado tanto a él que apenas diferenciaba el olor de otras personas del suyo.

Eran casi las tres de la tarde, la hora más calurosa del día, cuando vieron un batallón de soldados franceses caminar junto a ellos, arrastrando los fusiles. Se movían de manera desordenada, ni en fila ni de forma elegante. Un carro de combate pasó rugiendo, aplastando pertenencias abandonadas en la carretera; viajaban en él varios soldados pálidos y de expresión abatida, cabizbajos.

Isabelle se soltó de Gaëton y se abrió paso a codazos entre la gente hasta llegar a los soldados del batallón.

—¡Van en la dirección equivocada! —gritó, sorprendida por su voz ronca.

Gaëton se abalanzó sobre un soldado y lo empujó con tal fuerza que este perdió pie y chocó con el carro de combate a su espalda.

—¿Quién está luchando por Francia?

El soldado de mirada apática negó con la cabeza.

—Nadie.

Isabelle vio el destello plateado del cuchillo que Gaëton sostenía contra la garganta del hombre. El soldado entornó los ojos.

—Adelante. Mátame.

Isabelle tiró de Gaëton. En sus ojos vio una furia tan intensa que la asustó. Era capaz de hacerlo, era capaz de matar a aquel hombre de un tajo en la garganta. Y recordó: *Han abierto las cárceles. ¿Y si era algo peor que un ladrón?*

—¿Gaët? —dijo.

Su voz pareció llegarle porque meneó la cabeza como para despejarse y bajó el cuchillo.

—¿Quién va a luchar por nosotros? —dijo con amargura y tosiendo por el polvo.

—Nosotros —dijo Isabelle—. Muy pronto.

A su espalda un coche hizo sonar la bocina. *Piii-piii.* Isabelle lo ignoró. Los coches no servían ya de gran cosa. Los pocos que quedaban avanzaban solo lo que les permitía la marea de gente a su alrededor; eran como madera a la deriva enredada en los juncos de un río cenagoso.

—Vamos.

Apartó a Gaëton del batallón de soldados desmoralizados.

Siguieron caminando, todavía de la mano, pero, mientras pasaban las horas, Isabelle notó un cambio en Gaëton. Rara vez hablaba y había dejado de sonreír.

A medida que dejaban atrás una ciudad, la muchedumbre disminuía. La gente entraba en Artenay, Saran y Orleans, los ojos iluminados de desesperación mientras metían la mano en bolsos, bolsillos y carteras en busca de dinero que confiaban en ser capaces de gastar.

Pero Isabelle y Gaëton siguieron adelante. Caminaron todo el día, durmieron exhaustos cuando se hizo de noche y al día siguiente echaron de nuevo a andar. Al tercer día, Isabelle estaba adormecida por el agotamiento. Se le habían formado ampollas entre casi todos los dedos de los pies y también en las plantas, y cada pisada le causaba dolor. La deshidratación le producía una jaqueca terrible y persistente y el hambre le corroía el estómago vacío. El polvo se le acumulaba en la garganta y en los ojos y hacía que tosiera sin parar.

Pasó junto a una tumba reciente excavada a un lado de la carretera y señalizada con una tosca cruz de madera. El zapato se le enganchó en algo —un gato muerto—, dio un traspiés y estuvo a punto de caer de rodillas. Gaëton la sujetó.

Se aferró a su mano y se mantuvo obstinadamente erguida.

¿Cuánto tiempo transcurrió hasta que oyó algo?

¿Una hora? ¿Un día?

Abejas. Zumbaban alrededor de su cabeza; las espantó con la mano. Se pasó la lengua por los labios resecos y pensó en días gratos en el jardín con abejas volando alrededor.

No.

No eran abejas.

Conocía aquel sonido.

Se detuvo con el ceño fruncido. Le costaba pensar con claridad. ¿Qué era lo que intentaba recordar?

El zumbido aumentó de volumen, llenando el aire, y entonces aparecieron los aviones, seis o siete, como pequeños crucifijos en el cielo azul y sin nubes.

Isabelle se colocó una mano sobre los ojos a modo de visera y contempló cómo los aviones se acercaban, cómo bajaban…

Alguien gritó:

—¡Los boches!

A lo lejos un puente saltó por los aires en una nube de fuego, piedra y humo.

Los aviones descendieron sobre la multitud.

Gaëton tiró a Isabelle al suelo y cubrió su cuerpo con el suyo. El mundo se convirtió en un estruendo ensordecedor: el rugido de los motores de avión, el *ratatatá* del fuego de ametralladora, el latir de su corazón, gente gritando. Las balas engullían la hierba en trazos rectos, la gente chillaba y se llamaba entre sí. Isabelle vio a una mujer volar por el aire como una muñeca de trapo y desplomarse en el suelo convertida en un bulto inerte.

Árboles que se partían en dos y caían, aullidos. Llamas. El humo llenaba el aire.

Y luego… silencio.

Gaëton se separó de ella.

—¿Estás bien? —preguntó.

Isabelle se retiró el pelo de los ojos y se sentó.

Por todas partes había cuerpos destrozados, fuegos y nubes de humo negro. Personas que gritaban, que lloraban, que morían.

Un hombre mayor gimió:

—¡Ayuda!

Isabelle gateó hasta él y, mientras se acercaba, se dio cuenta de que el suelo estaba húmedo por su sangre. Una herida en el estómago asomaba por su camisa desgarrada; las entrañas sobresalían entre la carne reventada.

—Tal vez haya algún médico —fue todo lo que se le ocurrió decir.

Y entonces volvió a oírlo. El zumbido.

—Vienen otra vez.

Gaëton tiró de ella para que se levantara. Estuvo a punto de resbalar en la hierba empapada de sangre. No lejos de donde se encontraban explotó una bomba. Isabelle vio a un bebé con un pañal sucio de pie junto a una mujer muerta, llorando.

Echó a andar hacia él. Gaëton la detuvo.

—Tengo que ayudar...

—Muriendo no vas a salvar a ese niño —gruñó arrastrándola hacia sí tan fuerte que le hizo daño. Isabelle caminó a su lado, aturdida. Esquivaron coches abandonados y cuerpos, la mayoría de los cuales estaban destrozados, sangrando, los huesos sobresaliendo por entre las ropas.

Al llegar a la ciudad, Gaëton hizo entrar a Isabelle en una pequeña iglesia. Había más personas, agazapadas en rincones, escondidas debajo de los bancos, abrazando con fuerza a sus seres queridos.

Los aviones rugían por doquier, acompañados del estrépito entrecortado de las ametralladoras. La vidriera policromada se hizo añicos; llovieron esquirlas de cristal tintado rasgando piel de camino al suelo. Las vigas crujieron, cayeron polvo y piedras. Las balas volaban por la iglesia, clavando brazos y piernas al suelo. El altar explotó.

Gaëton le dijo algo e Isabelle le contestó, o al menos pensó que lo había hecho, no estaba segura, y, antes de que pudiera decidirlo, otra bomba silbó, explotó y el techo sobre sus cabezas saltó por los aires.

7

La *école élémentaire* no era un colegio grande comparado con los de las ciudades, pero sí espacioso y bien distribuido; tenía suficiente capacidad para los niños de Carriveau. Antes de convertirse en escuela, los establos de un rico terrateniente habían ocupado el edificio, de ahí su diseño en U; el patio central había sido lugar de reunión de coches y comerciantes. Tenía muros de piedra gris, postigos azul intenso y suelos de madera. La casa solariega a la que en otro tiempo había pertenecido había sido bombardeada durante la Gran Guerra y nunca había sido reconstruida. Al igual que muchas escuelas de pequeñas localidades francesas, se encontraba a las afueras del pueblo.

Vianne se encontraba en su aula, detrás de su mesa, mirando las caras resplandecientes de los niños y secándose el labio superior con un pañuelo arrugado. En el suelo, junto al pupitre de cada alumno, estaba la máscara antigás reglamentaria. Los pequeños las llevaban a todas partes.

Las ventanas abiertas y los gruesos muros de piedra protegían del sol, pero aun así el calor era asfixiante. Dios sabía que ya era bastante difícil concentrarse sin la carga añadida de aquel bochorno. Las noticias que llegaban de París eran terribles, aterradoras. No se hablaba más que del sombrío futuro y del escalofriante presente: alemanes en París. La línea Maginot rota. Soldados franceses muertos en trincheras y huyendo del frente. Las tres últimas noches —desde la llamada telefónica de su padre— Vianne no había pegado ojo. Isabelle estaba en algún lugar entre París y Carriveau y no había noticias de Antoine.

—¿Quién quiere conjugar el verbo *courir?* —preguntó cansada.

—¿No deberíamos estudiar alemán?

Vianne se dio cuenta de lo que acababan de preguntarle. Los alumnos parecían ahora interesados, sentados muy rectos con los ojos brillantes.

—*Pardon?* —dijo carraspeando para ganar tiempo.

—Que deberíamos estar estudiando alemán, no francés.

Era el joven Gilles Fournier, el hijo del carnicero. Su padre y sus tres hermanos mayores se habían ido a la guerra dejándoles a él y a su madre a cargo del negocio familiar.

—Y a disparar —estuvo de acuerdo François, asintiendo con la cabeza—. Mi madre dice que también tendremos que aprender a disparar a los alemanes.

—Mi abuela piensa que deberíamos irnos —señaló Claire—. Se acuerda de la última guerra y dice que somos unos tontos por quedarnos.

—Los alemanes no cruzarán el Loira, ¿verdad, madame Mauriac?

En la primera fila, en el centro, Sophie estaba inclinada en su asiento, asida con fuerza al pupitre de madera y con los ojos como platos. Los rumores la angustiaban tanto como a Vianne. Dos noches seguidas se había dormido llorando, preocupada por su padre. Ahora Bébé iba a la escuela con ella.

Sarah estaba sentada al lado de su mejor amiga, con expresión igualmente asustada.

—Es normal tener miedo —dijo Vianne acercándose a los niños.

Era lo que le había dicho la noche anterior a Sophie y a sí misma, pero las palabras le sonaban huecas.

—Yo no tengo miedo —dijo Gilles—. Tengo un cuchillo. Mataré a todos los sucios boches que aparezcan en Carriveau.

Sarah abrió mucho los ojos.

—¿Van a venir aquí?

—No —dijo Vianne.

Le costó decirlo; su temor atrapó la palabra y la retuvo.

—Los soldados franceses, vuestros padres, tíos y hermanos, son los hombres más valientes del mundo. Estoy segura de que ahora mismo están luchando en París, Tours y Orleans.

—Pero París ha sido invadida —dijo Gilles—. ¿Qué ha pasado con los soldados franceses del frente?

—En las guerras hay batallas y escaramuzas. Algunas se pierden. Pero nuestros hombres nunca permitirán que ganen los alemanes. Jamás nos rendiremos. —Se acercó más a los alumnos—. Sin embargo nosotros también debemos contribuir. Tenemos que ser valientes y fuertes. Tenemos que seguir con nuestras vidas para que nuestros padres, hermanos y… maridos tengan algo a lo que regresar.

—Pero ¿qué pasa con *tante* Isabelle? —preguntó Sophie—. *Grandpère* dijo que ya debería estar aquí.

—Mi primo también huyó de París —dijo François—. Y tampoco ha llegado todavía.

—Dice mi tío que en las carreteras la cosa está muy fea.

Sonó la campana y los alumnos se levantaron de sus sillas como resortes. En un instante la guerra, los aviones y el temor quedaron olvidados. Eran niños de ocho y nueve años liberados al término de una jornada escolar en un día de verano y actuaban como tales. Corrieron hacia la puerta gritando, riendo, hablando todos a la vez, empujándose los unos a los otros.

Vianne dio las gracias por que hubiera sonado la campana. No era más que una maestra, por Dios bendito. ¿Qué sabía ella de peligros como aquellos? ¿Cómo podía aplacar los temores de un niño cuando los suyos estaban a punto de superarla? Se ocupó de sus tareas rutinarias: limpiar los desperdicios que dejaban dieciséis niños, sacudir el polvo de tiza del borrador, guardar libros. Cuando todo estuvo como debía, metió sus papeles y lápices en su bolsa de tela y sacó su bolso del último cajón de la mesa. Luego se puso el sombrero de paja, se lo sujetó con los alfileres y salió del aula.

Caminó por los pasillos silenciosos, saludando a colegas que seguían dentro de sus clases. Varias de las habitaciones estaban cerradas porque los maestros habían sido llamados a filas.

En el aula de Rachel se detuvo y vio a esta meter a su hijo en el cochecito y empujarlo hacia la puerta. Rachel había tenido la intención de quedarse en casa aquel trimestre cuidando de Ari, pero la guerra también había cambiado eso. Ahora no tenía más remedio que llevarse al bebé al trabajo.

—Tienes aspecto de sentirte igual que yo —dijo Vianne cuando se acercó su amiga.

Con la humedad, el pelo de Rachel había duplicado su volumen.

—Eso no puede ser un cumplido, pero estoy tan desesperada que me lo tomaré como tal. Por cierto, tienes tiza en la mejilla.

Vianne se la limpió y se inclinó sobre el cochecito. El bebé dormía a pierna suelta.

—¿Qué tal está?

—Para ser un bebé de diez meses que se supone que tendría que estar en casa con su madre y, en lugar de eso, anda zascandileando por el pueblo bajo aviones enemigos y oyendo gritar todo el día a alumnos de diez años, está perfectamente. —Rachel sonrió y se apartó un rizo húmedo de la cara mientras se dirigían al pasillo—. ¿Hablo como una amargada?

—No mucho más que todos.

—¡Ja! A ti te vendría bien un poco de amargura. Si yo me pasara el día sonriendo y disimulando como tú, me saldría un sarpullido.

Rachel empujó el cochecito por los tres escalones de piedra hasta el camino que terminaba en el patio de hierba que, en otro tiempo, había sido zona de adiestramiento para caballos y punto de entrega para comerciantes. Una fuente de piedra de unos cuatrocientos años gorgoteaba y goteaba en el centro del patio.

—¡Vamos, niñas! —Rachel llamó a Sophie y Sarah, que estaban sentadas juntas en el banco del parque. Las niñas reaccionaron de inmediato y enseguida adelantaron a las mujeres sin dejar de hablar, caminando con las cabezas juntas y las manos unidas. Una segunda generación de buenas amigas.

Torcieron por un callejón y salieron a la rue Victor Hugo, justo delante de un bistró donde había ancianos sentados en sillas de hierro bebiendo café, fumando cigarrillos y hablando de política. Más adelante Vianne vio a un trío de mujeres de aspecto cansado avanzando penosamente, las ropas raídas y las caras cubiertas de polvo.

—Pobres mujeres —dijo Rachel con un suspiro—. Hélène Ruelle me ha contado esta mañana que anoche llegó al pueblo por lo menos una docena de refugiados. Y lo que cuentan no es bueno. Claro que nadie sabe adornar una historia tan bien como Hélène.

En otro momento Vianne habría hecho un comentario sobre lo chismosa que era Hélène, pero ahora se sentía incapaz de hablar por hablar. Según *papa*, Isabelle había salido de París días atrás. Y aún no había llegado a Le Jardin.

—Estoy preocupada por Isabelle —dijo.

Rachel la tomó del brazo.

—¿Te acuerdas de la primera vez que tu hermana se escapó de aquel internado en Lyon?

—Tenía siete años.

—Y pudo llegar hasta Amboise. Sola. Sin dinero. Pasó dos noches en el bosque y consiguió subir al tren.

Vianne apenas recordaba nada de aquella época, excepto su dolor. Después de perder el primer bebé, se había sumido en la desesperación. El año perdido, lo llamaba Antoine. Así era también como pensaba ella en él. Cuando Antoine le dijo que se llevaba a Isabelle a París, con *papa*, Vianne se había sentido —que Dios la perdonara— aliviada.

¿Fue una sorpresa que Isabelle se escapara del internado al que la habían mandado? Incluso hoy, Vianne seguía avergonzándose por cómo había tratado a su hermana pequeña.

—La primera vez que logró llegar a París tenía nueve años —dijo tratando de encontrar consuelo en aquella historia que conocía tan bien. Isabelle era dura, resuelta y decidida; siempre lo había sido.

—Si no me equivoco, dos años más tarde la expulsaron por escaparse del colegio para ver un circo ambulante. ¿O fue entonces cuando huyó por la ventana de un dormitorio del segundo piso usando una sábana? —Rachel sonrió—. Lo que quiero decir es que Isabelle llegará aquí si se lo propone.

—Que Dios ayude al que quiera impedírselo.

—Estará aquí un día de estos, te lo prometo. A no ser que haya conocido a un príncipe exiliado y se haya enamorado perdidamente de él.

—Lo que no sería extraño, viniendo de Isabelle.

—¿Lo ves? —bromeó Rachel—. Ya estás más animada. Ahora ven a casa a tomar limonada. Es lo mejor para un día tan caluroso.

Después de cenar, Vianne dejó a Sophie acostada y volvió al piso de abajo. Estaba demasiado preocupada para relajarse. El silencio de la casa le recordaba constantemente que nadie había llamado a la puerta. No era capaz de estarse quieta. A pesar de su conversación con Rachel, no conseguía ahuyentar la preocupación —y una sensación terrible de que algo malo había ocurrido— por Isabelle.

Se levantó, se sentó y, a continuación, se levantó otra vez y caminó hasta la puerta principal y la abrió.

Fuera, sobre los campos, el cielo del atardecer era malva y rosado. El jardín era un conjunto de siluetas conocidas: manzanos bien cuidados se erguían, protectores, entre la puerta principal y la tapia cubierta de rosas y enredaderas, detrás de la cual aparecían el camino que conducía al pueblo y hectáreas y más hectáreas de campos, tachonados aquí y allá por sotillos de árboles de delgados troncos. Hacia la derecha estaba el bosque más espeso, donde Antoine y ella a menudo se habían escapado para estar solos cuando eran más jóvenes.

Antoine.

Isabelle.

¿Dónde se encontraban? ¿Estaría Antoine en el frente? ¿Vendría Isabelle caminando desde París?

No pienses en ello.

Necesitaba hacer algo. Trabajar en el huerto. Ocupar la mente en otra cosa.

Sacó sus gastados guantes de jardinería y, después de ponerse las botas que estaban junto a la puerta, fue hasta la huerta que ocupaba un trozo de terreno llano entre el cobertizo y el granero. Patatas, cebollas, zanahorias, brócoli, guisantes, habichuelas, pepinos, tomates y rábanos crecían en cuidados canteros. En una inclinación del terreno, entre el jardín y el cobertizo, había bayas: frambuesas y moras en hileras bien delimitadas. Vianne se arrodilló en el suelo negro y fértil y empezó a arrancar malas hierbas.

El principio del verano era siempre un tiempo de promesas. Sí, claro, todo podía torcerse en la estación más calurosa, pero si uno perseveraba y se mantenía sereno y no evitaba las tareas fundamentales, como desbrozar y podar, podía guiar y domesticar las plantas. Vianne siempre se aseguraba de que los canteros estaban bien dispuestos y cuidados con mano firme, pero delicada. Más importante que lo que ella ofrecía al huerto era lo que este le proporcionaba a ella. Una sensación de paz.

Poco a poco, por partes, fue consciente de que algo no iba bien. Primero percibió un sonido que no era propio de allí, una vibración, un golpe sordo y, a continuación, un murmullo. Luego vinieron los olores: a algo que desentonaba por completo con el dulzor del huerto, a algo acre y penetrante, descompuesto.

Se secó la frente, consciente de que se estaba manchando de tierra negra, y se puso de pie. Metió los guantes sucios en los amplios bolsillos laterales de su pantalón y fue hacia la cancela. Antes de que le diera tiempo a llegar, aparecieron tres mujeres como esculpidas en las sombras. Se encontraban muy juntas en el camino delante de la casa. La más mayor, vestida con harapos, llevaba agarradas a las otras dos: una mujer con un bebé en brazos y una adolescente con una jaula vacía en una mano y una pala en la otra. Todas tenían ojos vidriosos y mirada febril, y la madre joven temblaba ostensiblemente. Tenían las caras chorreantes de sudor y los ojos plenos de fracaso. La mujer mayor tendió a Vianne unas manos sucias y vacías.

—¿Nos podría dar un poco de agua? —preguntó, pero mientras hacía la pregunta parecía poco convencida, derrotada.

Vianne abrió la cancela.

—Por supuesto. ¿Quieren pasar? ¿Sentarse tal vez?

La mujer mayor negó con la cabeza.

—Les sacamos ventaja. Los que lleguen los últimos se quedarán sin nada.

Vianne no sabía lo que quería decir, pero no importaba. Se daba cuenta de que aquellas mujeres sufrían de agotamiento y hambre.

—Un momento.

Entró en la casa y les preparó un paquete con pan, zanahorias crudas y un trozo pequeño de queso. Lo único que tenía para darles. Llenó una botella de vino con agua y regresó con las provisiones.

—No es mucho —dijo.

—Es más de lo que hemos tomado desde que pasamos Tours —dijo la mujer joven con voz apática.

—¿Han estado en Tours? —preguntó Vianne.

—Bebe, Sabine —dijo la mujer mayor acercando el agua a los labios de la niña.

Vianne se disponía a preguntarles por Isabelle, cuando la mujer mayor dijo secamente:

—Están aquí.

La joven madre emitió un gemido y estrechó más fuerte al bebé, que estaba tan callado —y su puño diminuto tan azul—, que Vianne se sobresaltó.

El bebé estaba muerto.

Vianne conocía bien la garra del dolor que no te suelta; había caído en esa grisura insondable que trastorna la mente y empuja a una madre a seguir aferrada a su hijo mucho después de haberse desvanecido toda esperanza.

—Vuelva dentro —le dijo la mujer mayor—. Eche los pestillos.

—Pero…

El trío andrajoso se alejó —echó a correr en realidad—
como si el aliento de Vianne se hubiera vuelto tóxico.

Y entonces vio la masa de formas oscuras atravesando el
campo y subiendo por el camino.

El olor las precedía. Sudor humano, mugre y olor corpo-
ral. A medida que se acercaba, la negra miasma se separaba, se
segregaba en formas individuales. Vio gente en el camino y en
los campos, caminando, cojeando, avanzando hacia ella. Algunos empujaban bicicletas o arrastraban carretas. Se oía los ladridos de los perros, el llanto de los bebés. Sonaban toses, ca-
rraspeos, gemidos. Se acercaban cruzando el prado y por el
camino, avanzando implacables, empujándose los unos a los
otros, sus voces subiendo de volumen.

Vianne no podía ayudar a tantos. Corrió a la casa y cerró
la puerta. Una vez dentro, fue de una habitación a otra echando pestillos y cerrando postigos. Cuando terminó, se quedó
de pie en el cuarto de estar, indecisa, con el corazón latiéndo-
le con fuerza.

La casa empezó a temblar, ligeramente. Las ventanas vi-
braron, los postigos chocaron contra las paredes de piedra. De
las vigas del techo cayó polvo.

Alguien aporreó la puerta principal. Siguió haciéndolo
largo rato, puños descargando en la madera como martillazos
que sobresaltaban a Vianne.

Sophie bajó corriendo las escaleras con Bébé pegado al
pecho.

—*Maman!*

Vianne abrió los brazos y Sophie corrió hacia ellos. Mantuvo a su hija abrazada mientras el ataque crecía en violencia.
Alguien aporreó la puerta lateral. Las cacerolas y sartenes de
cobre que colgaban en la cocina entrechocaron como campanas
de iglesia. Vianne oyó el chirrido agudo de la bomba del jardín.
Estaban cogiendo agua.

—Espera aquí un momento —dijo a Sophie—. Siéntate en el canapé.

—¡No me dejes sola!

Vianne se soltó de su hija y la obligó a sentarse. Cogió un atizador de hierro de la cocina y subió con cautela las escaleras. Refugiada en su dormitorio, miró por la ventana y se cuidó de permanecer oculta.

En el jardín había docenas de personas, en su mayor parte mujeres y niños, moviéndose como una manada de lobos hambrientos. Sus voces se fundían en un aullido único y desesperado.

Vianne se apartó de la ventana. ¿Y si las puertas no resistían? Tal cantidad de personas podía echar abajo puertas y ventanas, incluso paredes.

Aterrorizada, volvió abajo y no respiró hasta que no comprobó que Sophie seguía sana y salva en el canapé. Se sentó a su lado y la tomó en brazos, dejando que se acurrucara como si fuera una niña pequeña. Le acarició el pelo ensortijado. A una madre mejor, más fuerte, se le habría ocurrido una historia apropiada para contar en ese momento, pero Vianne estaba tan asustada que se había quedado sin voz. Solo le venía a la cabeza una plegaria sin principio ni fin. *Por favor.*

—Duérmete, Sophie. —Se acercó más a ella—. Estoy aquí.

—*Maman* —dijo Sophie, su voz apenas podía oírse por los golpes en la puerta—. ¿Y si *tante* Isabelle está ahí fuera?

Vianne miró el rostro pequeño y ansioso de Sophie, cubierto ahora de una capa de sudor y polvo.

—Que Dios la ayude —fue la única respuesta que se le ocurrió.

Al ver la casa gris piedra, Isabelle se sintió invadida por el agotamiento. Hundió los hombros. El dolor de las ampollas de los pies se volvió insoportable. Delante de ella, Gaëton tiró de la cancela. Isabelle la oyó abrirse con un chirrido y descolgarse.

Logró llegar a la puerta principal apoyándose en él. Llamó dos veces, con una mueca de dolor cada vez que sus nudillos ensangrentados rozaban la madera.

Nadie respondió.

La aporreó con ambos puños e intentó llamar a su hermana, pero estaba demasiado ronca para hablar en voz alta.

Se apartó tambaleante, a punto de caer de rodillas por la sensación de derrota.

—¿Dónde puedes dormir? —dijo Gaëton sosteniéndola con la mano por la cintura para mantenerla erguida.

—Detrás. En el cenador.

La condujo rodeando la casa hasta el jardín trasero. Una vez en las sombras frondosas y perfumadas de jazmín del cenador, Isabelle cayó de rodillas. Apenas se dio cuenta de que Gaëton se había marchado cuando lo vio volver con un poco de agua tibia que bebió con ansia de sus manos ahuecadas. No era suficiente. El hambre le agarrotaba el estómago y hacía que este le doliera en lo más profundo de su ser. Aun así, cuando vio que se iba otra vez le sujetó, murmuró alguna cosa, una súplica de que no la dejara sola, y entonces Gaëton se tumbó a su lado y extendió un brazo para que le hiciera de almohada. Así estuvieron juntos sobre la tierra tibia, mirando por entre las gruesas parras que se enroscaban en el armazón de madera y caían en cascada al suelo. Los penetrantes aromas a jazmín, a rosas en flor y a tierra fértil creaban una hermosa bóveda. Y, sin embargo, incluso allí, en aquella paz, era imposible olvidar lo que acababan de vivir… y los cambios que les pisaban los talones.

Isabelle había apreciado un cambio en Gaëton, había visto cómo una rabia impotente borraba la compasión de sus ojos y la sonrisa de sus labios. Apenas había hablado desde el bombardeo y, cuando lo hacía, su voz era entrecortada y seca. Ambos sabían ahora algo más de la guerra, de lo que estaba por venir.

—Aquí podrías estar a salvo, con tu hermana —dijo Gaëton.

—No quiero estar a salvo. Y mi hermana no querrá que me quede.

Se volvió para mirarle. La luna dibujaba una celosía de sombras en su rostro, iluminándole los ojos, la boca, dejando su nariz y su mentón a oscuras. De nuevo parecía distinto, más mayor y, como resultado de aquellos pocos días, rendido, enfadado. Olía a sudor y a sangre y a barro y a muerte, pero Isabelle sabía que ella también.

—¿Has oído hablar de Edith Cavell? —preguntó.

—¿Te parezco un hombre con estudios?

—Sí —dijo Isabelle, tras pensárselo un momento.

Gaëton tardó lo suficiente en contestar como para que Isabelle se diera cuenta de que le había sorprendido.

—Sé quién es. Salvó cientos de vidas de aviadores aliados en la Gran Guerra. Es famosa por decir que «el patriotismo no basta». Así que esa es tu heroína, una mujer que terminó ejecutada por el enemigo.

—Una mujer que cambió las cosas —dijo Isabelle estudiándole—. Estoy confiando en ti, un delincuente y un comunista, para que me ayudes a cambiar las cosas. Quizá estoy tan loca y soy tan impetuosa como dicen.

—¿Quiénes lo dicen?

—Todos. —Se interrumpió, consciente de que empezaba a hacerse ilusiones. No confiar en nadie había sido siempre uno de sus principios, y sin embargo creía a Gaëton. Este la miraba como si fuera alguien importante—. Me vas a llevar contigo, como me prometiste.

—¿Sabes cómo se sellan los pactos de esa clase?

—¿Cómo?

—Con un beso.

—Déjate de bromas. Esto es serio.

—¿Qué hay más serio que un beso cuando está a punto de estallar una guerra?

Sonreía, pero no del todo. Aquella furia contenida estaba de nuevo en sus ojos y asustaba a Isabelle, le recordaba que en realidad no lo conocía de nada.

—Besaría al hombre que fuera lo bastante valiente como para llevarme con él a luchar.

—Me parece que no entiendes nada de besos —dijo Gaëton con un suspiro.

—En cambio se ve que tú sabes mucho.

Isabelle se apartó de él e inmediatamente echó en falta su roce. Intentando parecer despreocupada, se volvió de nuevo para mirarle y entonces notó su aliento en las pestañas.

—Quiero llevarte conmigo —dijo Gaëton.

Se inclinó despacio, le pasó una mano por la nuca y la acercó hacia él.

—¿Estás segura? —insistió con sus labios casi tocando los de Isabelle. Esta no sabía si le preguntaba si estaba segura de querer ir a la guerra o si le pedía permiso para besarla, pero en aquel momento eso no tenía importancia. Isabelle había intercambiado besos con chicos como si fueran monedas que se olvidan en los bancos de un parque o se pierden entre los cojines de un sofá, cosas sin valor. Nunca antes, jamás, había deseado realmente que la besaran.

—Sí —susurró acercándose a Gaëton.

Cuando este la besó, algo se abrió en el interior dolorido y vacío del corazón de Isabelle, se desplegó. Por primera vez entendió las novelas románticas; se dio cuenta de que el paisaje del alma de una mujer podía cambiar con la misma velocidad que un mundo en guerra.

—Te quiero —susurró.

No había pronunciado esas palabras desde que tenía cuatro años y se las había dicho a su madre. Al oírlas, la expresión de Gaëton cambió, se endureció. La sonrisa que le dedicó era tan tensa y falsa que Isabelle no entendió qué significaba.

—¿Qué pasa? ¿He hecho algo malo?

—No, claro que no.

—Somos afortunados por habernos conocido —dijo Isabelle.

—No somos afortunados, Isabelle, créeme.

Y mientras lo decía la acercó hacia sí para besarla de nuevo.

Isabelle se abandonó a las sensaciones que le provocaba aquel beso, dejó que se convirtiera en todo su universo y por fin supo lo que significa ser lo que otra persona quiere.

Cuando Vianne se despertó, en lo primero que reparó fue en la calma. En algún lugar cantó un pájaro. Permaneció quieta en la cama, escuchando. A su lado, Sophie roncaba y se quejaba en sueños.

Vianne fue hasta la ventana y levantó la cortina oscura.

En el jardín, las ramas de los manzanos pendían como brazos rotos; la cancela estaba descolgada de un lado, con dos o tres de los goznes reventados. Al otro lado del camino, el campo de heno aparecía pisoteado, las flores aplastadas. Los refugiados que habían pasado por allí habían dejado atrás posesiones y desperdicios: maletas, cochecitos de niño, abrigos demasiado pesados y calurosos, fundas de almohada y carretas.

Vianne bajó y abrió con cautela la puerta principal. Escuchó y, al no oír ningún ruido, descorrió el cerrojo y giró el pomo.

Le habían destrozado el jardín, arrancando todo lo que parecía comestible, dejando tallos rotos y montículos de tierra.

Todo estaba destruido, había desaparecido. Con una sensación de derrota rodeó la casa hasta el jardín trasero, que también había sido arrasado.

Se disponía a entrar en casa cuando oyó algo. Un maullido. Quizá un bebé llorando.

Volvió a oírlo. ¿Habría alguien abandonado a un bebé?

Cruzó con cautela el jardín hasta el cenador de madera vestido de rosas y jazmín.

Isabelle estaba acurrucada en el suelo, con el vestido hecho harapos, la cara llena de cortes y magulladuras, el ojo izquierdo casi cerrado por la hinchazón y un trozo de papel sujeto con un alfiler al canesú.

—¡Isabelle!

Su hermana levantó ligeramente la barbilla y abrió un ojo inyectado en sangre.

—Vi —dijo con voz ronca y quebrada—. Gracias por no dejarme entrar anoche.

Vianne fue hasta su hermana y se arrodilló a su lado.

—Isabelle, estás cubierta de sangre y llena de golpes. ¿Te han...?

Por un momento Isabelle pareció no comprender.

—Ah, la sangre no es mía. La mayor parte al menos. —Miró a su alrededor—. ¿Dónde está Gaët?

—¿Qué?

Isabelle se puso en pie tambaleándose, a punto de caer.

—¿Me ha dejado? Sí. —Se echó a llorar—. Me ha abandonado.

—Vamos —dijo Vianne con suavidad.

Guio a su hermana al fresco interior de la casa, donde Isabelle se quitó los zapatos salpicados de sangre dejando que chocaran contra la pared y cayeran al suelo ruidosamente.

Huellas ensangrentadas las siguieron hasta el cuarto de baño que había bajo la escalera.

Mientras Vianne calentaba agua y llenaba la bañera, Isabelle se sentó en el suelo con las piernas extendidas, los pies manchados por la sangre, murmurando para sí y secándose lágrimas de los ojos que, al contacto con las mejillas, se convertían en barro.

Cuando el baño estuvo listo, Vianne volvió con Isabelle y la desnudó con cuidado. Isabelle parecía una niña pequeña, dócil y gimiendo de dolor.

Vianne le desabrochó los botones de atrás del vestido que en otro tiempo había sido rojo y se lo quitó con cuidado, temerosa de que la más mínima respiración pudiera hacer caer a su hermana. La ropa interior de encaje estaba manchada de sangre. Vianne soltó los lazos del corsé de la parte central y se lo quitó.

Isabelle apretó los dientes y se metió en la bañera.

—Recuéstate.

Isabelle obedeció y Vianne le echó agua caliente por la cabeza evitando que le entrara en los ojos. Mientras lavaba el pelo sucio y el cuerpo magullado de su hermana no dejó de repetir una retahíla de palabras sin sentido que tenían como objeto reconfortarla.

La ayudó a salir de la bañera y le secó el cuerpo con una toalla blanca y suave. Isabelle la miraba con la boca entreabierta y ojos inexpresivos.

—¿Qué te parece si duermes un rato? —dijo Vianne.

—Dormir —murmuró Isabelle ladeando la cabeza.

Vianne le trajo un camisón que olía a lavanda y a agua de rosas y la ayudó a ponérselo. Isabelle apenas podía mantener los ojos abiertos mientras la conducía al dormitorio del piso de arriba, la acostaba y cubría con una manta ligera. Se durmió antes de que su cabeza entrara en contacto con la almohada.

Isabelle se despertó en la oscuridad. Recordaba la luz de sol.

¿Dónde estaba?

Se sentó tan deprisa que la cabeza le dio vueltas. Tomó aire de forma entrecortada y luego miró a su alrededor.

El dormitorio del piso de arriba de Le Jardin. Su antiguo cuarto. Darse cuenta no la calmó. ¿Cuántas veces la había encerrado allí madame Funesta «por su propio bien»?

—Ni lo pienses —dijo en voz alta.

Entonces recordó algo más doloroso aún: Gaëton. Después de todo la había dejado; eso la llenaba de una desilusión profunda que conocía muy bien.

¿Es que la vida no le había enseñado nada? La gente se iba. Lo sabía. Sobre todo la abandonaban a ella.

Se vistió con una bata azul sin cintura que le había dejado Vianne a los pies de la cama. Luego bajó las escaleras estrechas y de escalones empinados agarrándose al pasamanos de hierro. Cada pisada dolorida se le antojaba un triunfo.

En el piso de abajo la casa estaba en silencio, a excepción del crepitar del ruido estático de una radio a bajo volumen. Estaba segura de que Maurice Chevalier cantaba una balada. *Perfecto.*

Vianne se encontraba en la cocina con un delantal de cuadros encima de una bata amarillo claro. Un pañuelo de flores le cubría la cabeza. Estaba pelando patatas. A su espalda, una cazuela de hierro colado emitía un alegre borboteo.

Los aromas propiciaron que a Isabelle se le hiciera la boca agua.

Vianne se apresuró a sacar una silla de debajo de la pequeña mesa que había en un rincón.

—Ven, siéntate.

Isabelle se dejó caer en la silla. Vianne le puso delante un plato con comida. Un pedazo de pan aún caliente, una cuña de queso, un poco de dulce de membrillo y unas lonchas de jamón.

Isabelle tomó el pan con manos enrojecidas y arañadas y se lo llevó a la cara aspirando el olor de la levadura. Le temblaba el pulso cuando agarró un cuchillo y untó el pan con fruta y queso. El cuchillo tintineó cuando lo soltó. Cogió el pan y lo mordió, el bocado más delicioso de toda su vida. La corteza firme, el interior suave como un almohadón, el queso cremoso y la fruta se combinaron hasta hacerla casi desmayar. Comió como una mujer desquiciada, sin reparar apenas en la taza de *café noir* que su hermana le había dejado en la mesa.

—¿Dónde está Sophie? —preguntó Isabelle con los carrillos llenos de comida.

Era difícil dejar de comer incluso por cortesía. Recogió un melocotón, palpó su madurez aterciopelada y lo mordió. El jugo le bajó por la barbilla.

—Está en la casa de al lado, jugando con Sarah. ¿Te acuerdas de mi amiga Rachel?

—La recuerdo —dijo Isabelle.

Vianne se sirvió una tacita de café, la puso en la mesa y se sentó.

Isabelle eructó y se llevó una mano a la boca.

—Perdón.

—Creo que una pequeña falta de modales se puede perdonar —dijo Vianne con una sonrisa.

—No has conocido a madame Dufour. Me habría dado con un ladrillo en la cabeza por hacer algo así.

Isabelle suspiró. Ahora le dolía el estómago; sentía ganas de vomitar. Se secó la mandíbula húmeda con la manga.

—¿Qué noticias hay de París?

—La esvástica ondea en la torre Eiffel.

—¿Y *papa*?

—Bien, según dice.

—Preocupado por mí, seguro —dijo Isabelle con amargura—. No debería haberme obligado a irme. Pero ¿cuándo ha hecho otra cosa?

Se miraron. Era uno de los pocos recuerdos que compartían, el abandono, pero saltaba a la vista que Vianne no quería hablar de ello.

—Aquí hemos oído que hay más de diez millones de personas como tú en las carreteras.

—Las aglomeraciones no fueron lo peor —replicó Isabelle—. La mayoría éramos mujeres y niños, Vi, y ancianos y chicos muy jóvenes. Y nos... arrasaron.

—Ya ha pasado, gracias a Dios —dijo Vianne—. Es mejor concentrarse en lo positivo. ¿Quién es Gaëton? Cuando delirabas hablaste de él.

Isabelle se pellizcó una herida del dorso de la mano para al instante darse cuenta de que no debería haberlo hecho. La costra se desprendió y brotó sangre.

—Quizá tuvo algo que ver con esto —dijo Vianne cuando el silencio se prolongó.

Sacó un trozo de papel arrugado del bolsillo del delantal. Era la nota que había estado prendida al canesú de Isabelle. El papel estaba lleno de huellas sucias, ensangrentadas. En él estaba escrito: «No estás preparada».

Isabelle sintió que el mundo se hundía bajo sus pies. Fue una reacción infantil, ridícula, desmesurada, y lo sabía, pero aun así le dolía, la hería en lo más profundo. Había querido llevarla con él hasta que se besaron. Al hacerlo se había dado cuenta de que no estaba a la altura.

—No es nadie —dijo sombría cogiendo la nota y haciendo una bola con el papel. Solo un chico con pelo oscuro y cara de listo que dice mentiras. No es nada. —A continuación miró a Vianne—. Me voy a la guerra. Me da igual lo que piense la gente. Voy a conducir una ambulancia o a hacer vendas. Lo que sea.

—Por Dios bendito, Isabelle. París está ocupada, controlada por los nazis. ¿Qué puede hacer una muchacha de dieciocho años?

—No pienso esconderme en el campo mientras los nazis destruyen Francia. Y, seamos sinceras, nunca te has portado como una hermana conmigo. —La expresión de dolor se agudizó—. Me iré en cuanto pueda andar.

—Aquí estarás a salvo, Isabelle. Eso es lo que importa. Tienes que quedarte.

—¿A salvo? —escupió Isabelle—. ¿Te crees que eso es lo que importa ahora, Vianne? Déjame que te cuente lo que he visto ahí fuera. Soldados franceses huyendo del enemigo. Nazis asesinando a inocentes. Quizá tú puedas ignorar algo así, pero yo no estoy dispuesta.

—Te quedarás aquí y te mantendrás a salvo. No hay más que hablar.

—¿Cuándo he estado a salvo contigo, Vianne? —dijo Isabelle, y vio el dolor aflorar en los ojos de su hermana.

—Era joven, Isabelle. Intenté ser una madre para ti.

—Venga ya, por favor. No empecemos con las mentiras.

—Después de perder el bebé…

Isabelle le dio la espalda y se alejó cojeando antes de decir algo imperdonable. Juntó las manos para evitar que le temblaran. Esa era la razón por la que no había querido volver a aquella casa y ver a su hermana, por la que se había mantenido alejada tantos años. Había demasiado dolor entre las dos. Subió el volumen de la radio para ahogar sus pensamientos.

Una voz habló entrecortada en las ondas: «… el mariscal Pétain les habla…».

Isabelle frunció el ceño. Pétain era un héroe de la Gran Guerra, un líder muy querido en Francia. Subió más el volumen.

Vianne se reunió con ella.

«... he asumido el gobierno de Francia...».

El ruido estático se impuso a su voz profunda, la interrumpió.

Isabelle golpeó la radio con impaciencia.

«... nuestro admirable ejército, que está combatiendo con un heroísmo que hace honor a su larga tradición militar frente a enemigos superiores en número y armas...».

Más ruido estático. Isabelle golpeó de nuevo la radio y susurró:

—*Zut.*

«... en esta dolorosa hora, pienso en los pobres refugiados que en condiciones de padecimiento extremo llenan nuestras carreteras. Quiero transmitirles mi compasión y mi preocupación. Con el corazón roto tengo que comunicarles hoy que es necesario abandonar la lucha».

—¿Hemos ganado? —dijo Vianne.

—Chis —dijo Isabelle cortante.

«... anoche me dirigí al adversario para preguntarle si está dispuesto a entablar conversaciones conmigo, de soldado a soldado, una vez terminen los combates, y con honor, sobre la manera de poner fin a las hostilidades».

Las palabras del anciano prosiguieron, diciendo cosas tales como «días difíciles» y «controlar la angustia» y, lo peor de todo, «el destino de la madre patria». Luego pronunció la palabra que Isabelle nunca había pensado que oiría en Francia.

Rendición.

Isabelle echó a correr con los pies ensangrentados y salió al jardín trasero. De pronto necesitaba aire, era incapaz de respirar como debía.

Rendición. De Francia. Ante Hitler.

—Seguro que es para bien —dijo su hermana con voz calmada.

¿Cuándo había salido Vianne al jardín?

—Ya conoces al mariscal Pétain. Es un héroe sin parangón. Si dice que debemos dejar de luchar, es que es así. Estoy segura de que razonará con Hitler.

Vianne cogió a Isabelle del brazo.

Esta se soltó. La idea de que Vianne la consolara físicamente la ponía enferma. Cojeó hasta situarse frente a su hermana.

—No se razona con personas como Hitler.

—O sea, que ahora sabes más que nuestros gobernantes.

—Lo que sé es que no deberíamos darnos por vencidos.

Vianne chasqueó la lengua, un pequeño gesto de decepción.

—Si el mariscal Pétain cree que la rendición es lo mejor para Francia, es que es así. Punto. Por lo menos terminará la guerra y nuestros hombres volverán a casa.

—Eres tonta.

—Muy bien —dijo Vianne.

Y entró en casa.

Isabelle se puso una mano sobre los ojos a modo de visera y miró el cielo claro y despejado. ¿Cuánto tiempo pasaría antes de que aquel azul se llenara de aviones alemanes?

No supo cuánto tiempo se había quedado allí, imaginando lo peor, recordando cómo los nazis habían abierto fuego sobre mujeres y niños inocentes en Tours, asesinándolos, tiñendo de rojo la hierba con su sangre.

—¿*Tante* Isabelle?

Isabelle oyó la vocecilla vacilante como si llegara de lejos. Se volvió despacio.

En la puerta trasera de Le Jardin había una niña preciosa. Tenía la piel de su madre, tan pálida como la porcelana, y ojos expresivos que de lejos parecían negro carbón, tan oscuros como los de su padre. Parecía salida de las páginas de un cuento de hadas: *Blancanieves* o *La bella durmiente*.

—No puedes ser Sophie —dijo Isabelle—. La última vez que te vi todavía…, todavía te chupabas el dedo.

—Lo sigo haciendo, a veces —dijo Sophie con una sonrisa cómplice—. No se lo vas a decir a nadie, ¿verdad?

—¿Yo? Soy una experta en guardar secretos. —Isabelle fue hacia ella pensando: *mi sobrina.* Familia—. ¿Quieres que te cuente un secreto mío para que estemos empatadas?

Sophie asintió ansiosa, abriendo mucho los ojos.

—Puedo volverme invisible.

—No, no puedes.

Isabelle vio a Vianne aparecer en la puerta trasera de la casa.

—Pregunta a tu madre. Me he bajado de trenes y he entrado por ventanas y he escapado de mazmorras de conventos. Y todo porque puedo desaparecer.

—Isabelle —dijo Vianne con tono serio.

Sophie miró fijamente a Isabelle, embelesada.

—¿De verdad?

Isabelle miró a Vianne.

—Es fácil desaparecer cuando nadie te está mirando.

—Yo te estoy mirando —dijo Sophie—. ¿Te vas a volver invisible ahora?

Isabelle rio.

—Claro que no. La magia, para que funcione, tiene que ser algo inesperado, ¿no te parece? Y ahora ¿qué te parece si jugamos una partida de damas?

8

La rendición era una medicina amarga, pero el mariscal Pétain era un hombre de honor. Un héroe de la última guerra contra Alemania. Sí, era mayor, pero Vianne compartía la creencia de que esto no hacía más que darle una perspectiva mejor desde la que juzgar los hechos. Había encontrado la manera de que sus hombres pudieran volver a casa, para que no ocurriera como en la Gran Guerra.

Vianne entendía lo que Isabelle no podía: Pétain se había rendido en nombre de Francia para salvar vidas y preservar la nación y su modo de vida. Era cierto que los términos de la rendición eran difíciles: Francia había sido cortada por la cintura y había sido dividida en dos zonas. La Zona Ocupada —la mitad norte del país y las regiones costeras (incluyendo Carriveau)— iba a ser tomada y gobernada por los nazis. La zona central del país, el territorio situado debajo de París y encima del mar, sería la Zona Libre, administrada por un nuevo gobierno francés en Vichy dirigido por el mariscal Pétain en persona, en colaboración con los nazis.

Inmediatamente después de la rendición, la comida empezó a escasear. Era imposible encontrar jabón para lavar la ropa. No se podía contar con las cartillas de racionamiento. El servicio de teléfonos era imprevisible, al igual que el correo. Los nazis cortaron de manera efectiva la comunicación entre ciudades y poblaciones. El único correo permitido era el que usaba tarjetas postales alemanas. Pero para Vianne, estos no eran los cambios más duros.

Isabelle se volvió intratable. En varias ocasiones desde la rendición, mientras Vianne se esforzaba por reconstruir y replantar su huerto y reparar los frutales dañados, había hecho una pausa y había visto a Isabelle de pie en la cancela trasera mirando el cielo como si hubiera alguna cosa oscura y horrible dirigiéndose hacia ellas.

De lo único que hablaba era de la monstruosidad de los nazis y de su determinación de matar a los franceses. Era incapaz —por supuesto— de morderse la lengua y, como Vianne se negaba a escuchar, Sophie se convirtió en su interlocutora, en su acólita. Isabelle le llenó la cabeza a la pobre niña de imágenes terribles de lo que ocurriría, hasta tal punto que Sophie empezó a tener pesadillas. Vianne no se atrevía a dejarlas a las dos solas, de manera que aquel día, como cada uno de los anteriores, las obligó a ir al pueblo con ella para ver qué conseguían con sus cartillas de racionamiento.

Ya llevaban dos horas haciendo cola en la carnicería e Isabelle casi no había parado de quejarse. Al parecer no entendía que tuviera que ir a comprar comida.

—Vianne, mira —dijo Isabelle—. Dios mío.

Más teatro.

—Vianne, que mires.

Se volvió —solo para callar a su hermana— y los vio.

Alemanes.

En toda la calle se cerraron puertas y ventanas. La gente desapareció tan deprisa que Vianne se quedó de pronto sola en la acera con su hermana y su hija. Agarró a Sophie y la empujó contra la puerta cerrada de la carnicería.

Isabelle bajó a la calzada con actitud desafiante.

—Isabelle —la llamó Vianne en voz baja, pero Isabelle se quedó donde estaba, sus ojos verdes brillantes de odio, su hermoso rostro de finas facciones desmejorado por los arañazos y las contusiones.

El camión verde que iba delante se detuvo ante Isabelle. En la parte de atrás los soldados iban sentados en bancos, de frente los unos a los otros con los fusiles apoyados en el regazo. Parecían jóvenes, recién afeitados y eufóricos con sus cascos nuevos y sus condecoraciones reluciendo en su uniformes gris verdoso. Jóvenes, la mayoría. No monstruos; niños, en realidad. Alargaron el cuello para observar qué era lo que había detenido el tráfico. Al ver a Isabelle, empezaron a sonreír y a saludar.

Vianne cogió a Isabelle de la mano y tiró de ella para quitarla de en medio.

El séquito militar siguió adelante, una sucesión de vehículos, motocicletas y camiones cubiertos de redes de camuflaje. Carros de combate blindados circulaban con gran estruendo por la calle empedrada. Y luego venían los soldados.

Dos largas filas entrando en el pueblo.

Isabelle se puso a caminar con osadía a su lado, subiendo por la rue Victor Hugo. Los alemanes la saludaban, con más aire de turistas que de conquistadores.

—*Maman*, no puedes dejar que vaya sola —dijo Sophie.

—*Merde*.

Vianne agarró la mano de Sophie y echó a correr detrás de Isabelle. La alcanzaron en la manzana siguiente.

La plaza del pueblo, por lo general llena de gente, estaba prácticamente desierta. Solo unos pocos paisanos se atrevieron a quedarse mientras los vehículos alemanes se detenían delante del ayuntamiento y aparcaban.

Apareció un oficial, o al menos Vianne supuso que era un oficial por cómo empezó a ladrar órdenes.

Los soldados empezaron a desfilar por la amplia plaza adoquinada dominándola con su presencia abrumadora. Quitaron la bandera de Francia y la reemplazaron por la nazi: una esvástica negra de gran tamaño con un fondo rojo y negro. Cuando estuvo colocada, los soldados se detuvieron como un solo hombre, levantaron el brazo derecho y gritaron:

—*Heil Hitler!*

—Si tuviera una escopeta —dijo Isabelle—, les demostraría que no todos estábamos dispuestos a rendirnos.

—Chis —contestó Vianne—. Vas a conseguir que nos maten con esa boca tuya. Vámonos.

—No. Quiero…

Vianne se giró para mirar a Isabelle.

—Ya está bien. No te vas a poner a llamar la atención. ¿Está claro?

Isabelle dirigió una última mirada de odio a los soldados que desfilaban y luego obedeció a Vianne.

Salieron de la calle principal y entraron por una abertura en penumbra de las murallas que conducía al callejón situado detrás de la sombrerería. Oían a los soldados cantar. Entonces sonó un disparo. Y otro. Alguien gritó.

Isabelle se detuvo.

—Ni se te ocurra —dijo Vianne—. Muévete.

Siguieron andando por callejones oscuros, escondiéndose en portales cada vez que escuchaban voces acercarse. Les llevó más tiempo del normal cruzar el pueblo, pero por fin alcanzaron el camino de tierra. En silencio dejaron atrás el cementerio y siguieron así hasta llegar a casa. Una vez dentro, Vianne cerró la puerta con fuerza y echó el cerrojo.

—¿Lo ves? —dijo Isabelle al instante.

Era evidente que había estado esperando para soltar la pregunta.

—Ve a tu habitación —le dijo Vianne a Sophie.

Fuera lo que fuera a decir Isabelle, no quería que Sophie lo oyera. Vianne se quitó el sombrero y dejó el cesto de la compra vacío. Le temblaban las manos.

—Están aquí por el aeródromo —dijo Isabelle. Se puso a andar de un lado a otro—. No imaginaba que sería tan rápido, ni siquiera con la rendición. No creí… Pensé que nuestros soldados lucharían de todos modos. Pensé…

—Deja de morderte las uñas. Sabes que van a acabar sangrando.

Isabelle parecía una loca, con el cabello rubio hasta la cintura cayéndole en mechones que se habían soltado de la trenza y la cara magullada deformada por la ira.

—Los nazis están aquí, Vianne. En Carriveau. Su bandera ondea en el *hôtel de ville*, igual que en el arco del Triunfo y la torre Eiffel. No llevaban ni cinco minutos en el pueblo y ya hubo un disparo.

—La guerra ha terminado, Isabelle. Lo ha dicho el mariscal Pétain.

—¿Que la guerra ha terminado? ¿Terminado? ¿Es que no los has visto, con sus fusiles, sus banderas y su arrogancia? Tenemos que irnos de aquí, Vi. Recogemos a Sophie y nos vamos de Carriveau.

—¿Y después a dónde?

—A cualquier sitio. Lyon quizá. La Provenza. ¿Cómo se llamaba ese pueblo de Dordoña donde nació mamá? Brantôme. Podríamos buscar a su amiga, aquella mujer vasca, ¿cómo se llamaba? Madame Babineau. Podría ayudarnos.

—Me estás dando dolor de cabeza.

—Un dolor de cabeza es el menor de tus problemas —dijo Isabelle echando de nuevo a andar de un lado a otro.

Vianne se acercó a ella.

—No vas a hacer ninguna locura ni ninguna estupidez. ¿Entendido?

Isabelle gruñó exasperada y se encerró en el piso de arriba con un portazo.

Rendición.

La palabra no se le iba a Isabelle de la cabeza. Esa noche, acostada en la habitación de invitados del piso de abajo, mirando al techo, sentía tal impotencia que apenas podía pensar con claridad.

¿Se suponía que tenía que pasarse la guerra metida en aquella casa como una chica indefensa, haciendo la colada, esperando el turno para comprar comida y barriendo el suelo? ¿Tenía que quedarse de brazos cruzados y ver al enemigo dejar a Francia sin nada?

Siempre se había sentido sola e impotente —al menos hasta donde le alcanzaba la memoria—, pero nunca con tal intensidad como ahora. Estaba atrapada en el campo, sin amigos y sin opciones.

No.

Tenía que haber algo que pudiera hacer. Incluso allí, incluso en ese momento.

Esconder las cosas de valor.

Era lo único que se le ocurría. Los alemanes saquearían las casas del pueblo, de eso no tenía duda, y cuando lo hicieran se llevarían todo lo que tuviera valor. Su propio gobierno —cobardes, eso es lo que eran— lo había sabido. Por eso habían vaciado gran parte del Louvre y habían colgado cuadros falsos en las paredes.

—No es un gran plan —murmuró.

Pero era mejor que nada.

Al día siguiente, en cuanto Vianne y Sophie se fueron a la escuela, Isabelle se puso a trabajar. Ignoró la petición de Vianne del día anterior de que fuera al pueblo a por comida. No podía soportar ver a los nazis, y un día sin comer carne apenas tendría importancia. En lugar de ello registró la casa, abriendo armarios, revolviendo cajones y mirando debajo de las camas. Sacó cada artículo de valor y lo puso en la mesa de caballete del comedor. Había valiosos recuerdos familiares. Encaje bordado por su bisabuela, un salero y un pimentero de plata, una fuente de Limoges con bordes de oro que había sido de su tía, algunos cuadros impresionistas de pequeño tamaño, un mantel hecho de encaje de Alençon color marfil, varios álbumes de fotografías, un retrato enmarcado en plata de Vianne y Antoine con Sophie de bebé, las perlas de su madre, el vestido de novia de Vianne y más cosas. Isabelle guardó todo lo que fue capaz de meter en un baúl de piel con refuerzos de madera, que arrastró por la hierba pisoteada con una mueca de dolor cada vez que chocaba con una piedra o se golpeaba con algún obstáculo. Para cuando llegó al granero estaba jadeante y sudorosa.

El granero era más pequeño de cómo lo recordaba. El henil —en otro tiempo el único lugar del mundo donde era feliz— no consistía en realidad más que en un altillo dentro de la planta superior, un tramo de suelo al final de una escalera desvencijada debajo del tejado, por el que se veían fragmentos de cielo. ¿Cuántas horas había pasado allí sola con sus libros de colorear simulando que le importaba a alguien lo bastante como para ir a buscarla? Esperando a su hermana, que estaba siempre por ahí con Rachel o con Antoine.

Ahuyentó aquel recuerdo.

La parte central de granero no tenía ni diez metros de ancho. Había sido construido por su bisabuelo para guardar las calesas en los tiempos en que la familia tenía dinero. Ahora solo había un viejo Renault aparcado en el centro. Los cubículos para caballos estaban llenos de piezas de tractor, escalerillas de madera cubiertas de telarañas y aperos de labranza oxidados.

Cerró la puerta del granero y se dirigió al coche. La puerta del asiento del conductor se abrió de mala gana y con un fuerte chirrido. Se subió, puso el motor en marcha, adelantó el coche unos tres metros y apagó el motor.

La trampilla quedó al descubierto. De un metro y medio de largo y uno de ancho, aproximadamente, estaba hecha de tablones unidos por correas de cuero, una entrada al sótano prácticamente imposible de distinguir, en especial tal como estaba ahora, cubierta de polvo y heno seco. Isabelle tiró de ella, la apoyó contra el parachoques arañado del automóvil y escudriñó la oscuridad mohosa.

Cogió el baúl por la correa, encendió la linterna, se la colocó debajo de la axila del otro brazo y bajó despacio la escalera, arrastrando el baúl, peldaño a peldaño, hasta que llegó abajo. El baúl chocó con estrépito en el suelo de tierra.

Al igual que el henil, aquel escondite también le había parecido más grande de niña. Tenía unos dos metros y medio de ancho y tres de largo, con estantes en una de las paredes y un colchón viejo en el suelo. Los estantes servían para almacenar barricas de vino, pero ahora lo único que había era un quinqué.

Pegó el baúl al rincón del fondo y volvió a la casa, donde recogió comida en conserva, mantas, algunas medicinas, la escopeta de caza de su padre y una botella de vino. Colocó todo ello en los estantes.

Cuando subía por la escalera, se encontró a Vianne en el granero.

—¿Se puede saber qué estás haciendo aquí?

Isabelle se limpió las manos llenas de polvo en el algodón desgastado de la falda.

—Escondiendo tus cosas de valor y guardando provisiones… por si tenemos que escondernos de los nazis. Baja y mira. Creo que he hecho un buen trabajo.

Bajó la escalera y Vianne la siguió hasta la oscuridad. Isabelle encendió un quinqué y le enseñó orgullosa la escopeta de *papa,* los víveres y el botiquín.

Vianne fue directa al joyero de su madre y lo abrió.

Dentro había broches, pendientes y collares, bisutería en su mayor parte, pero al fondo, sobre terciopelo azul, estaban las perlas que *grandmère* había llevado el día de su boda y que había regalado a *maman* con motivo de la suya.

—Puede que algún día necesites venderlas —dijo Isabelle.

Vianne cerró la caja.

—Son recuerdos de familia, Isabelle. Para cuando Sophie o tú os caséis. Jamás las vendería. —Suspiró impaciente y se volvió hacia Isabelle—. ¿Qué comida has conseguido en el pueblo?

—Me he quedado aquí haciendo esto.

—Pues claro que sí. Es más importante esconder las perlas de *maman* que darle de cenar a tu sobrina. De verdad, Isabelle…

Vianne subió la escalera mostrando su desagrado con pequeños bufidos de desaprobación.

Isabelle salió del sótano y volvió a colocar el Renault en su sitio, encima de la trampilla. Luego escondió las llaves detrás de un tablón roto en uno de los cubículos. En el último momento decidió inutilizar el coche quitando la tapa del distribuidor, que escondió con las llaves.

Cuando volvió a la casa, Vianne estaba en la cocina friendo patatas en una sartén de hierro.

—Espero que no tengas hambre.

—No tengo. —Isabelle pasó junto a Vianne sin mirarla a los ojos—. Ah, y he escondido las llaves y la tapa del distribuidor en el primer cubículo, detrás de una tabla suelta.

En el cuarto de estar encendió la radio y se pegó a ella con la esperanza de poder sintonizar el noticiario de la BBC.

Hubo un chasquido de ruido estático y, a continuación, una voz desconocida dijo: «Esto es la BBC. Les habla el general De Gaulle».

—¡Vianne! —gritó Isabelle en dirección a la cocina—. ¿Quién es el general De Gaulle?

Vianne entró en el cuarto de estar secándose las manos en el delantal.

—¿Qué…?

—¡Chis! —la interrumpió Isabelle.

«… los líderes que han estado al frente del ejército francés durante muchos años han formado gobierno. Con el pretexto de que nuestro ejército ha sido derrotado, este gobierno ha acercado posiciones con el enemigo con vistas a un cese de las hostilidades».

Isabelle miró fijamente la radio de madera, absorta. Aquel hombre del que nunca habían oído hablar se dirigía directamente al pueblo de Francia, no lanzaba un discurso como había hecho Pétain, sino que les hablaba con voz vehemente.

—El pretexto de la derrota. ¡Lo sabía!

«… sin duda hemos sido, y todavía lo seguimos siendo, superados por la potencia de las armas del enemigo, tanto en tierra como en aire. Los carros de combate, los aviones, las tácticas de los alemanes han asombrado a nuestros generales hasta tal punto que nos han conducido al dolor en que estamos hoy sumidos. Pero ¿se ha dicho la última palabra? ¿Ha desaparecido toda esperanza? ¿Es la derrota definitiva?».

—*Mon Dieu* —dijo Isabelle.

Aquello era lo que había estado esperando oír. Había algo que se podía hacer, una lucha en la que participar. La rendición no era definitiva.

«Pase lo que pase», siguió diciendo De Gaulle, «la llama de la resistencia francesa no debe apagarse y no lo hará».

Isabelle apenas reparó en que estaba llorando. Los franceses no se habían dado por vencidos. Ahora lo único que tenía que hacer era encontrar la manera de responder a aquella llamada.

Dos días después de que los nazis ocuparan Carriveau, convocaron una reunión a última hora de la tarde. Todo el mundo debía acudir. Sin excepciones. Aun así, Vianne tuvo que pelearse con Isabelle para conseguir que fuera. Como de costumbre, Isabelle no consideraba que las reglas generales la atañeran y había querido usar la rebeldía para mostrar su desaprobación. Como si a los nazis fuera a importarles lo que una muchacha impetuosa de dieciocho años opinara sobre la ocupación de su país.

—Esperadme aquí —dijo Vianne impaciente cuando por fin consiguió sacar a Isabelle y a Sophie de la casa.

Cerró con cuidado la cancela rota al salir y esta emitió un pequeño clic.

Momentos más tarde apareció Rachel caminando hacia ellas, con el bebé en brazos y Sarah a su lado.

—Esa es mi mejor amiga, Sarah —dijo Sophie mirando a Isabelle.

—Isabelle —dijo Rachel con una sonrisa—. Me alegro de volver a verte.

—Ah, ¿sí? —dijo Isabelle.

Rachel se acercó a ella.

—Aquello pasó hace mucho tiempo —dijo con amabilidad—. Éramos jóvenes, tontas y egoístas. Siento que te tratáramos mal. Que te ignoráramos. Debió de dolerte mucho.

Isabelle abrió la boca, la cerró. Por una vez no tenía nada que decir.

—Vámonos —dijo Vianne irritada porque Rachel le hubiera dicho a Isabelle lo que ella no había sido capaz— o llegaramos tarde.

Incluso a aquella hora hacía un calor impropio de la estación y enseguida Vianne se encontró sudando. Al llegar al pueblo se unieron a la gente que mascullaba entre dientes llenando la estrecha calle empedrada de escaparate a escaparate. Los comercios estaban cerrados y los postigos también, aunque el calor se volvería insoportable cuando sus habitantes regresaran a sus casas. La mayoría de los escaparates se encontraban vacíos, algo nada sorprendente. Los alemanes comían mucho; peor aún, dejaban comida en el plato en los cafés. Aquello era una falta de consideración y una crueldad, con tantas madres empezando a contar las conservas de sus despensas a fin de dosificar cada preciosa cucharada para sus hijos. La propaganda nazi circulaba por todas partes, en ventanas y escaparates; carteles que mostraban a soldados alemanes sonriendo rodeados de niños franceses con leyendas ideadas para animar a los franceses a aceptar a sus conquistadores y a convertirse en buenos ciudadanos del Reich.

A medida que la multitud se acercaba al ayuntamiento, las murmuraciones cesaron. De cerca parecía aún peor, aquel obedecer instrucciones, aquel caminar ciegamente a un lugar con puertas vigiladas y ventanas cerradas.

—No deberíamos entrar —dijo Isabelle.

Rachel, que estaba entre las hermanas, mucho más alta que las dos, chasqueó la lengua. Cambió de postura al bebé en sus brazos y le dio golpecitos en la espalda rítmicamente para tranquilizarlo.

—Nos han convocado.

—Razón de más para escondernos —replicó Isabelle.

—Sophie y yo vamos a entrar —dijo Vianne, aunque debía admitir que tenía un incómodo presentimiento.

—Me da mala espina —murmuró Isabelle.

Como un ciempiés de mil patas, la multitud avanzó hacia el gran salón. En otro tiempo habían colgado de las paredes tapices, reliquias de la época de la monarquía, cuando el valle del Loira había sido cazadero real, pero ya no quedaba nada de eso. En su lugar había esvásticas y carteles de propaganda —*Confía en el Reich*— y un retrato gigantesco de Hitler.

Debajo del cuadro había un hombre vestido con una casaca negra militar adornada con medallas y cruces de hierro, pantalón bombacho y botas lustrosas. Un brazalete rojo con la esvástica rodeaba su bíceps derecho.

Cuando el vestíbulo estuvo lleno, los soldados cerraron las puertas de madera de roble, que rechinaron a modo de protesta. El oficial que presidía la sala les miró, extendió el brazo derecho y dijo:

—*Heil Hitler*.

La gente murmuró entre dientes. ¿Qué debían hacer? *Heil Hitler*, dijeron unos cuantos de mala gana. La habitación empezó a oler a sudor, a betún y a humo de cigarrillo.

—Soy el Sturmbannführer Wedt de la Geheime Staatspolizei. La Gestapo —dijo el hombre del uniforme negro en un francés con fuerte acento alemán—. Estoy aquí para hacer efectivos los términos de armisticio en nombre de la madre patria y del Führer. Para aquellos de ustedes que obedezcan las normas, no habrá padecimientos. —Carraspeó—. Las normas son: Todos los aparatos de radio deben ser entregados en el ayuntamiento de inmediato, al igual que las armas, los explosivos y las municiones. Todos los vehículos operativos serán requisados. Todas las ventanas deben estar equipadas con material para bloquear la luz, que será de uso obligatorio. A las nueve en punto de la noche empezará el toque de queda. Después de anochecer no se podrán encender las luces. Controlaremos todos los víveres, ya sean cultivados o importados. —Hizo una pausa, miró a la masa de gente que tenía delante—. ¿A que no es tan malo? Viviremos juntos en armonía, ¿sí? Pero sepan esto. Cualquier acto de sabotaje, espionaje o resistencia será atajado de inmediato y sin piedad. El castigo para tal comportamiento será la muerte por ejecución. —Sacó una cajetilla de tabaco del bolsillo de la chaqueta y extrajo de ella un único cigarrillo. Mientras lo encendía miró a la gente con tanta concentración que pareció que estuviera memorizando cada rostro—. Además, aunque muchos de sus andrajosos y cobardes soldados han emprendido el regreso, deben saber que todos los hombres que hemos hecho prisioneros permanecerán en Alemania.

Vianne notó cómo la confusión se extendía entre la gente. Miró a Rachel, cuya cara cuadrada estaba cubierta de manchas rojas en algunas zonas, señal de preocupación.

—Marc y Antoine volverán a casa —dijo Rachel convencida.

El Sturmbannführer siguió hablando.

—Ahora pueden irse, puesto que estoy seguro de que nos hemos entendido. Esta noche habrá oficiales aquí hasta las ocho cuarenta y cinco. Les entregarán a ellos sus objetos de contrabando. No se retrasen. Y... —sonrió con amabilidad— no arriesguen sus vidas por conservar un aparato de radio. Todo aquello que se queden —o que escondan— será encontrado y, si lo hacemos..., muerte. —Lo dijo con tal naturalidad y con una sonrisa tan convincente que por un momento la gente no lo asimiló.

La multitud permaneció allí unos minutos más sin saber si era seguro moverse. Nadie quería dar el primer paso pero de repente todos se pusieron en movimiento y se dirigieron, en bloque, hacia las puertas abiertas que daban a la calle.

—Cerdos —dijo Isabelle mientras enfilaban un callejón.

—Y yo que estaba convencida de que nos dejarían quedarnos con las escopetas —dijo Rachel encendiendo un cigarrillo, inhalando profundamente el humo y exhalándolo deprisa.

—Yo desde luego me la voy a quedar —dijo Isabelle en voz alta—. Y también la radio.

—Chis —dijo Vianne.

—El general De Gaulle cree...

—No quiero escuchar esas tonterías. Tenemos que mantener la cabeza agachada hasta que nuestros hombres vuelvan a casa —dijo Vianne.

—Dios mío —replicó Isabelle con sequedad—. ¿De verdad piensas que tu marido puede arreglar esto?

—No —contestó Vianne—. Creo que lo puedes arreglar tú. Tú y tu general De Gaulle, de quien nadie ha oído hablar. Ahora, vámonos, porque, mientras tú trazas un plan para salvar a Francia, yo tengo que atender el huerto. Venga, Rachel, las paletas nos marchamos a casa.

Vianne aferró con fuerza la mano de Sophie y echó a andar a buen paso. No se molestó en volverse para ver si Isabelle la seguía. Sabía que su hermana iba detrás, avanzando como podía con sus pies heridos. Vianne solía tener la cortesía de esperarla, pero ahora mismo estaba demasiado enfadada.

—Puede que tu hermana no esté tan equivocada —dijo Rachel cuando pasaban por delante de la iglesia normanda a la salida del pueblo.

—Si te pones de su parte en esto voy a tener que hacerte daño, Rachel.

—De acuerdo, pero creo que no se equivoca del todo.

Vianne suspiró.

—Pues no se lo digas. Ya está insoportable.

—Tendrá que aprender modales.

—Enséñaselos tú. Se ha mostrado extremadamente reacia a todos los intentos por corregirla o hacer de ella una persona razonable. Ha estado en dos internados para señoritas y sigue sin poder morderse la lengua o hablar con educación. Hace dos días, en lugar de ir al pueblo a por carne, se dedicó a esconder las cosas de valor y a montar un refugio. Por si acaso.

—Probablemente yo debería esconder mis cosas de valor, también. Aunque no es que tengamos demasiadas.

Vianne frunció los labios. No tenía sentido seguir hablando de aquello. Pronto Antoine estaría de vuelta y la ayudaría a meter a Isabelle en cintura.

En la puerta de Le Jardin, Vianne se despidió de Rachel y de sus hijos antes de que siguieran su camino.

—¿Por qué tenemos que darles la radio, *maman*? —preguntó Sophie—. Es de *papa*.

—No tenemos por qué —dijo Isabelle alcanzándolas—. La esconderemos.

—No la esconderemos —dijo Vianne secamente—. Haremos lo que nos dicen y sin llamar la atención y pronto Antoine estará en casa y sabrá lo que debemos hacer.

—Bienvenida a la Edad Media, Sophie —dijo Isabelle.

Vianne tiró fuerte de la cancela, olvidando por un instante que los refugiados la habían roto. El pobre trasto tembló y quedó colgado de un único gozne. Vianne necesitó toda su fuerza para actuar como si no hubiera pasado nada. Caminó hasta la casa, abrió la puerta y de inmediato encendió la luz de la cocina.

—Sophie —dijo quitándose los alfileres del sombrero—. ¿Puedes poner la mesa, por favor?

Ignoró las protestas de su hija, era de esperar. En solo unos pocos días Isabelle había enseñado a su sobrina a desafiar a la autoridad.

Encendió la cocina y empezó a guisar. Cuando tuvo una sopa cremosa de patata y manteca cociendo, empezó a recoger. Por supuesto Isabelle no estaba allí para ayudar. Con un suspiró llenó el fregadero de agua para lavar los platos. Estaba tan concentrada en su tarea que tardó un momento en caer en la cuenta de que alguien llamaba a la puerta principal. Se alisó el pelo y fue al cuarto de estar, donde encontró a Isabelle levantándose del canapé con un libro en las manos. Leyendo mientras Vianne guisaba y fregaba. Pues claro.

—¿Esperas a alguien? —preguntó Isabelle.

Vianne negó con la cabeza.

—Tal vez no deberíamos abrir —dijo Isabelle—. Hacer como que no estamos.

—Lo más probable es que sea Rachel.

Llamaron de nuevo.

El pomo giró despacio y se abrió la puerta.

Sí, por supuesto que era Rachel. ¿Quién si no…?

Un soldado alemán entró en la casa.

—Mis perdones —dijo el hombre en un francés pésimo. Se quitó la gorra militar, se la puso debajo de la axila y sonrió. Era un hombre atractivo, alto, de hombros anchos y caderas estrechas, con piel clara y ojos gris pálido. Vianne dedujo que debía de tener su misma edad. Su uniforme de campaña estaba planchado a la perfección y parecía recién estrenado. Una cruz de hierro adornaba el cuello levantado de la chaqueta. De una cadena alrededor colgaban unos binoculares y un abultado cinturón reglamentario de cuero. Detrás de él, por entre las ramas de los árboles del jardín, Vianne vio su motocicleta aparcada a un lado del camino. Tenía un sidecar equipado con ametralladoras.

—*Mademoiselle* —le dijo a Vianne, con una inclinación breve de cabeza al tiempo que daba un taconazo.

—*Madame* —le corrigió Vianne deseando transmitir altivez y seguridad en sí misma, pero percatándose de que sonaba asustada—. Madame Mauriac.

—Soy el Hauptmann…, capitán, Wolfgang Beck. —Le alargó un papel y dio otro taconazo—. Mi francés no es muy bueno. Disculpe mi ineptitud, por favor.

Vianne tomó el papel y lo miró con el ceño fruncido.

—No entiendo alemán.

—¿Qué quiere? —dijo Isabelle colocándose junto a Vianne.

—Su casa es muy bonita y está cerca del aeródromo. La vi a mi llegada. ¿Cuántos dormitorios tiene?

—¿Por qué? —preguntó Isabelle al tiempo que Vianne decía: «Tres».

—Me alojaré aquí —declaró el capitán con su pésimo francés.

—¿Cómo que se alojará? —dijo Vianne—. ¿Va a vivir aquí?

—*Oui, madame.*

—¿Alojarse? ¿Usted? ¿Un hombre? ¿Un nazi? No. No. —Isabelle negó con la cabeza—. No.

La sonrisa del capitán ni desapareció ni decayó.

—Usted estaba en el pueblo —dijo mirando a Isabelle—. La vi cuando llegamos.

—¿Se fijó en mí?

El capitán sonrió.

—Estoy seguro de que todo hombre con sangre en las venas del regimiento se fijaría en usted.

—Qué interesante que hable usted de sangre —dijo Isabelle.

Vianne dio un codazo a su hermana.

—Lo siento, capitán. Mi hermana pequeña de vez en cuando es algo obstinada. Pero estoy casada, mi marido se encuentra en el frente y tengo a mi hija y a mi hermana, así que entenderá que no sería apropiado alojarle aquí.

—Ah, ¿entonces prefieren dejarme la casa? Qué difícil debe de ser eso para ustedes.

—¿La casa? —se sorprendió Vianne.

—Me parece que no estás entendiendo al capitán —dijo Isabelle sin apartar la vista del hombre—. Se va a instalar en nuestra casa, en realidad la está ocupando, y ese papel es la orden de requisa que lo hace posible. Eso y el armisticio de Pétain, claro. Podemos elegir entre hacerle sitio o abandonar una casa que ha pertenecido a nuestra familia durante generaciones.

El hombre pareció incómodo.

—Siento decir que esa es la situación. Muchos de sus compatriotas se enfrentan al mismo dilema, me temo.

—Si nos vamos, ¿recuperaremos nuestra casa? —preguntó Isabelle.

—Creo que no, *madame.*

Vianne se atrevió a dar un paso hacia el hombre. Tal vez podría razonar con él.

—Mi marido volverá a casa cualquier día, creo. ¿Quizá podría esperar usted a que estuviera aquí?

—No soy el general, ¡ay! No soy más que un capitán de la Wehrmacht. Cumplo órdenes, *madame,* no las doy. Y se me ha ordenado vivir aquí. Pero le aseguro que soy un caballero.

—Nos vamos —dijo Isabelle.

—¿Irnos? —replicó Vianne para incredulidad de su hermana—. Esta es mi casa. ¿Puedo contar con que se portará usted como un caballero?

—Por supuesto.

Vianne miró a Isabelle, que negó despacio con la cabeza.

Pero ella sabía que en realidad no había elección. Tenía que mantener a Sophie a salvo hasta que volviera Antoine y entonces él se ocuparía de manejar aquella situación tan desagradable. Sin duda estaría en casa pronto, ahora que se había firmado el armisticio.

—Hay un dormitorio pequeño en el piso de abajo. Allí podrá estar cómodo.

El capitán asintió con la cabeza.

—*Merci, madame.* Voy a buscar mis cosas.

En cuanto la puerta se cerró detrás del capitán, Isabelle dijo:

—¿Estás loca? ¡No podemos vivir con un nazi!

—Ha dicho que está en la Wehrmacht. ¿Son la misma cosa?

—Su cadena de mando no me interesa demasiado. Tú no has visto lo que tienen intención de hacernos, Vianne. Yo sí. Nos vamos. Podemos ir a casa de Rachel, vivir con ella.

—La casa de Rachel es demasiado pequeña para todos y no voy a dejar mi hogar en manos de los alemanes.

Para eso Isabelle no tenía respuesta.

A Vianne la ansiedad le empezó a causar una picazón en la garganta. Le volvía un antiguo tic nervioso.

—Vete tú si quieres, pero yo voy a esperar a Antoine. Nos hemos rendido, así que no tardará en volver a casa.

—Vianne, por favor…

La puerta principal tembló con violencia. Alguien llamaba.

Vianne fue, aturdida, hasta ella. Con mano temblorosa agarró el pomo y la abrió.

El capitán Beck tenía la gorra del uniforme en una mano y una pequeña maleta de cuero en la otra.

—Hola de nuevo, *madame* —dijo, como si hubiera estado fuera algún tiempo.

Vianne se rascó el cuello sintiéndose profundamente vulnerable bajo la mirada de aquel hombre. Retrocedió enseguida diciendo:

—Por aquí, herr capitán.

Al volverse miró el cuarto de estar que había sido decorado por tres generaciones de mujeres de su familia. Paredes de estuco doradas, del color del *brioche* recién horneado, suelos de piedra gris cubiertos por alfombras antiguas de Aubusson, gruesos muebles de madera tallada tapizados de moer y telas estampadas. Lámparas de porcelana, cortinas de indiana en oro y rojo, antigüedades y tesoros de los años en que los Rossignol habían sido prósperos comerciantes. Hasta hacía poco había habido cuadros en las paredes. Ahora solo quedaban piezas sin importancia, Isabelle había escondido las buenas.

Dejó atrás todo y fue hasta el dormitorio de invitados situado bajo las escaleras. Delante de la puerta cerrada, a la izquierda del cuarto de baño que había sido añadido a principios de los años veinte, se detuvo. Oía al capitán respirar a su espalda.

Abrió la puerta y dejó ver una habitación estrecha con un amplio ventanal enmarcado por cortinas azul grisáceo que se arrugaban en el suelo de madera. Sobre una cómoda pintada descansaban una jofaina y un aguamanil azules. En el rincón había un armario viejo de roble con espejos en las puertas. Junto a la cama de matrimonio, una mesilla, y, sobre ella, un reloj de bronce dorado antiguo. La ropa de Isabelle estaba por todas partes, como si estuviera haciendo el equipaje para unas largas vacaciones. Vianne la recogió a toda prisa, también la maleta. Cuando terminó se dio la vuelta.

La maleta del capitán hizo un ruido seco al tocar el suelo. Vianne le miró, forzada por pura cortesía a brindarle una tensa sonrisa.

—No se preocupe, *madame* —dijo con amabilidad—. Tenemos instrucciones de comportarnos como caballeros. Mi madre exigiría lo mismo y, si le digo la verdad, le tengo más miedo a ella que a mi general.

Fue un comentario tan natural que Vianne se quedó sorprendida.

No tenía ni idea de cómo comportarse con un desconocido que iba vestido como el enemigo y tenía el aspecto de un joven al que acabara de conocer en la iglesia. ¿Y cuál sería el precio que debía pagar por decir algo equivocado?

El alemán no se movió de donde estaba, a una distancia respetuosa de ella.

—Le pido disculpas por las molestias, *madame*.

—Mi marido pronto volverá a casa.

—Todos esperamos volver pronto a casa.

Otro comentario desconcertante. Vianne saludó cortésmente con la cabeza y le dejó solo en la habitación, cerrando la puerta al salir.

—Prométeme que no se va a quedar —dijo Isabelle corriendo a su encuentro.

—Parece que sí —contestó Vianne cansada, retirándose el pelo de los ojos. Se dio cuenta de que estaba temblando—. Sé lo que opinas de los nazis, solo te pido que te asegures de que él no se entera. No pienso dejar que pongas a Sophie en peligro con tu rebeldía infantil.

—¡Rebeldía infantil! ¿Estás…?

La puerta del dormitorio de invitados se abrió e Isabelle se interrumpió.

El capitán Beck se acercó a ellas con paso confiado y ancha sonrisa. Entonces vio la radio en el cuarto de estar y se detuvo.

—No se preocupen, señoras. Estaré encantado de hacerles el favor de entregar su radio al Kommandant.

—¿De verdad? —dijo Isabelle—. ¿Considera que nos está haciendo un favor?

Vianne notó una opresión en el pecho. Isabelle estaba a punto de estallar. Tenía las mejillas lívidas, los labios cerrados en una línea apretada y pálida, los ojos entornados. Miraba al alemán como si fuera a fulminarle.

—Pues claro.

El hombre sonrió, algo confuso. El repentino silencio pareció ponerle nervioso. De pronto dijo:

—Tiene usted un pelo precioso, *mademoiselle*.

Al ver que esta fruncía el ceño, dijo:

—Es un cumplido apropiado, ¿sí?

—¿Eso cree? —dijo Isabelle, en voz baja.

—Muy bonito —sonrió Beck.

Isabelle fue a la cocina y volvió con un par de tijeras de trinchar.

La sonrisa de Beck se evaporó.

—¿He sido malentendido?

Vianne dijo: «Isabelle, no», en el preciso instante en que esta se recogía su espeso pelo rubio y lo sujetaba con una mano. Mirando sombría a la cara bien parecida del capitán Beck, lo cortó de un tajo y se lo ofreció.

—Tiene que estar *verboten* para nosotros tener algo bonito, ¿no, capitán Beck?

Vianne dio un respingo.

—Por favor, señor, no le haga caso. Isabelle es una chica tonta y orgullosa.

—No —dijo Beck—. Está enfadada. Y en la guerra las personas enfadadas cometen errores y mueren.

—Lo mismo que las tropas invasoras —respondió Isabelle.

Beck se rio de ella.

Isabelle emitió algo que fue prácticamente un gruñido y se giró sobre los talones. Subió las escaleras a grandes zancadas y dio un portazo tan fuerte que la casa tembló.

—Querrá hablar con ella, doy por hecho —dijo Beck. Miró a Vianne de una manera que dio la impresión de que los dos se entendían mutuamente—. Un… teatro así en el sitio equivocado podría ser peligroso.

Vianne lo dejó en el cuarto de estar y fue al piso de arriba. Encontró a Isabelle sentada en la cama de Sophie, tan furiosa que temblaba.

Los arañazos le afeaban las mejillas y la garganta, un recordatorio de lo que había pasado y sufrido. Y ahora tenía el pelo trasquilado, con las puntas desiguales.

Vianne dejó caer las pertenencias de Isabelle en la cama sin hacer y cerró la puerta.

—En el nombre del cielo, ¿se puede saber en qué estabas pensando?

—Podría matarle mientras duerme. Cortarle el cuello.

—¿Y crees que no va a venir nadie buscando a un capitán con órdenes de alojarse aquí? Dios mío, Isabelle. —Vianne respiró hondo para serenar sus nervios de punta—. Sé que tú y yo tenemos problemas. Sé que de niña te traté mal. Yo era demasiado joven y estaba demasiado asustada para ayudarte. Y *papa* se portó aún peor. Pero ahora no es por nosotras, no puedes seguir siendo la chica impetuosa de siempre. Ahora está mi hija. Tu sobrina. Debemos protegerla.

—Pero…

—Francia se ha rendido, Isabelle. Supongo que eres consciente de ese hecho.

—¿No has oído al general De Gaulle? Ha dicho…

—¿Y quién es ese general De Gaulle? ¿Por qué íbamos a escucharle? El mariscal Pétain es un héroe de guerra y nuestro dirigente. Tenemos que confiar en nuestro gobierno.

—¿Estás de broma, Vianne? El gobierno de Vichy está colaborando con Hitler. ¿No sé cómo no entiendes ese peligro? Pétain está equivocado. ¿Tenemos que obedecer ciegamente a nuestros dirigentes?

Vianne se acercó despacio a Isabelle; de pronto le inspiraba un poco de miedo.

—Tú no recuerdas la última guerra —dijo entrelazando las manos para que no le temblaran—. Pero yo sí. Me acuerdo de los padres, los hermanos y los tíos que no volvieron a sus hogares. Me acuerdo de los niños de mi clase llorando en silencio cuando llegaban las malas noticias por telegrama. Me acuerdo de los hombres que volvían a casa con muletas, con las perneras de los pantalones huecas y aleteando, o sin un brazo, o con la cara destrozada. Me acuerdo de *papa* antes de la guerra y de lo distinto que era cuando volvió, de cómo bebía y daba portazos y nos gritaba y también de cuando dejó de hacerlo. Me acuerdo de las historias sobre Verdún y el Somme y de un millón de franceses muriendo en trincheras rojas de sangre. Y de las atrocidades alemanas, no olvides esa parte. Fueron crueles, Isabelle.

—A eso me refiero exactamente. Tenemos que...

—Fueron crueles porque estábamos en guerra con ellos, Isabelle. Pétain nos ha salvado de pasar otra vez por eso. Nos ha mantenido a salvo. Ha parado la guerra. Ahora Antoine y nuestros hombres volverán a casa.

—¿A un mundo de *Heil Hitler?* —dijo Isabelle con una mueca de desprecio—. «La llama de la resistencia francesa no debe apagarse», eso es lo que dijo De Gaulle. Tenemos que luchar con los medios de que dispongamos. Por Francia, Vi. Para que siga siendo Francia.

—Ya basta —dijo Vianne.

Se acercó lo bastante como para poder susurrar a Isabelle, o besarla, pero no hizo ninguna de las dos cosas.

—Dormirás en el cuarto de Sophie arriba y ella dormirá conmigo —dijo con una voz firme y serena—. Y recuerda esto, Isabelle, puede pegarnos un tiro. Un tiro, y a nadie le importaría. No vas a provocar a ese soldado en mi casa.

Se dio cuenta de que sus palabras habían surtido efecto porque Isabelle se puso tensa.

—Intentaré morderme la lengua.

—Tendrás que hacer algo más que eso.

9

Vianne cerró la puerta del dormitorio y se reclinó contra ella en un intento por serenarse. Oía a Isabelle a su espalda caminar de un lado a otro en la habitación, moviéndose con una furia que hacía vibrar los tablones del suelo. ¿Cuánto tiempo estuvo Vianne allí sola temblando, tratando de controlar su nerviosismo? Tuvo la impresión de que había pasado horas forcejeando con sus temores.

En circunstancias normales habría sacado las fuerzas necesarias para razonar con su hermana, para decirle algunas de las cosas que habían quedado mucho tiempo silenciadas. Le habría explicado a Isabelle cuánto lamentaba la manera en que la había tratado cuando era niña. Quizá habría logrado que Isabelle la comprendiera.

Después de la muerte de su madre, Vianne se había sentido indefensa. Cuando *papa* las mandó lejos de casa, a vivir en aquella pequeña localidad, bajo la mirada fría y severa de una mujer que no había demostrado el menor afecto por las dos niñas, Vianne se había… marchitado.

En otro momento habría hablado con Isabelle de lo que tenían en común, de cómo también ella se había sentido destrozada por la muerte de *maman*, de cómo el rechazo de *papa* le había roto el corazón. O de cómo la había tratado a los dieciséis años, cuando se presentó ante él embarazada y enamorada… y él le había dado una bofetada y le había dicho que se avergonzaba de ella. De cómo Antoine se había enfrentado a *papa* y le había dicho: *Voy a casarme con ella.*

Y la respuesta de su padre: *Muy bien, es toda tuya. Puedes quedarte con la casa. Pero también con la berreona de su hermana.*

Vianne cerró los ojos. Odiaba pensar en todo aquello; durante años casi lo había olvidado. Ahora, ¿cómo podía ignorarlo? Le había hecho a Isabelle exactamente lo mismo que su padre les había hecho a las dos. No había cosa de la que Vianne se avergonzara más.

Pero no era el momento de reparar ese daño.

Ahora tenía que hacer todo lo que estuviera en su mano para mantener a Sophie a salvo hasta que Antoine volviera a casa. Isabelle tendría que entenderlo y punto.

Con un suspiro, bajó para seguir con la cena.

En la cocina comprobó que la sopa de patata hervía con demasiada energía, así que la destapó y redujo el fuego.

—*Madame*, ¿está usted ya más campante?

Vianne dio un respingo al oír su voz. ¿Cuándo había entrado? Respiró hondo y se alisó el pelo. El alemán se había equivocado de palabra. Su francés era verdaderamente atroz.

—Sí, gracias.

—Huele muy bien —dijo él situándose a su espalda.

Vianne dejó el cucharón de madera apoyado junto a los fogones.

—¿Puedo ver lo que está preparando?

—Claro —dijo Vianne. Los dos se comportaban como si los deseos de ella tuvieran alguna importancia—. No es más que sopa de patata.

—Mi mujer, ay, no es muy buena cocinera.

Ahora estaba a su lado, ocupando el sitio de Antoine, un hombre hambriento mirando cómo se cocinaba la cena.

—Está usted casado —dijo Vianne, tranquilizada por este hecho, aunque no habría sido capaz de explicar por qué.

—Y con un bebé que nacerá pronto. Queremos llamarle Wilhelm, aunque yo no estaré cuando nazca y, claro, esas decisiones tienen que ser inevitablemente tomadas por las madres.

Era una afirmación tan… humana. Vianne se volvió un poco para mirarle. Era de su misma altura, casi exactamente, y eso la ponía nerviosa, mirarle a los ojos hacía que se sintiera vulnerable.

—Dios mediante, todos estaremos pronto en casa —dijo él.

También él quiere que esto acabe, pensó Vianne aliviada.

—Es la hora de cenar, capitán. ¿Se sentará con nosotras?

—Será un honor, *madame.* Aunque le agradará saber que la mayoría de las noches trabajaré hasta tarde y cenaré con los oficiales. También pasaré mucho tiempo fuera, en alguna campaña. Casi ni notarán mi presencia.

Vianne le dejó en la cocina y llevó cubiertos al comedor, donde estuvo a punto de tropezar con Isabelle.

—No deberías estar sola con él —le dijo esta en voz baja.

El capitán entró en la habitación.

—¿No pensarán que voy a aceptar su hospitalidad y luego hacerles daño? Piensen en esta noche. Les he traído vino. Un Sancerre estupendo.

—Nos ha traído vino —dijo Isabelle.

—Como corresponde a un invitado.

Vianne pensó: *Oh, no,* pero no pudo hacer nada por impedir que Isabelle hablara.

—¿Ha oído lo que pasó en Tours, herr capitán? —preguntó Isabelle—. ¿Cómo sus Stukas dispararon a mujeres y niños inocentes que huían para salvar la vida y nos bombardearon?

—¿Nos?

La expresión del alemán se volvió pensativa.

—Yo estaba allí.

—Ah. Debió de ser algo muy desagradable.

El verde de los ojos de Isabelle parecía arder en contraste con las marcas rojas y las contusiones en su piel clara.

—Desagradable.

—Piensa en Sophie —le recordó Vianne sin alterarse.

Isabelle apretó los dientes y esbozó una sonrisa falsa.

—Venga, capitán Beck, le acompaño a su silla.

Vianne respiró con normalidad por primera vez en casi una hora. A continuación, despacio, se fue a la cocina a servir la cena.

Vianne atendió la mesa en silencio. El ambiente era denso como el hollín, posándose en todos los presentes. Tensaba los nervios de Vianne hasta extremos insoportables. Afuera, el sol empezó a ponerse y una luz rosa tiñó las ventanas.

—¿Le apetece un vino, *mademoiselle?* —le dijo Beck a Isabelle sirviéndose un vaso generoso del Sancerre que había llevado a la mesa.

—Si las familias francesas normales y corrientes no pueden permitirse beber ese vino, herr capitán, ¿cómo voy a disfrutarlo yo?

—Quizá un sorbo no...

Isabelle se terminó la sopa y se puso en pie.

—Mis disculpas, tengo el estómago revuelto.

—Yo también —dijo Sophie.

Se levantó y salió de la habitación siguiendo a su tía como un cachorro a un perro más grande, con la cabeza gacha.

Vianne se quedó muy quieta, la cucharada de sopa suspendida encima del cuenco. La estaban dejando a solas con él.

Su respiración era un mero aleteo en el pecho. Dejó la cuchara con cuidado y se limpió la boca con una servilleta.

—Disculpe a mi hermana, herr capitán. Es impulsiva y caprichosa.

—Mi hija mayor también es así. Cuando crezca, no esperamos otra cosa que problemas.

Aquello sorprendió tanto a Vianne que se volvió a mirarle.

—¿Tiene usted una hija?

—Gisela —dijo el capitán esbozando una sonrisa—. Tiene seis años y su madre ya es incapaz de conseguir que haga las tareas más sencillas. Como cepillarse los dientes. Nuestra Gisela preferiría construir un fuerte antes que leer un libro.

Suspiró, sonriendo.

Saber aquello de él aturdió a Vianne. Intentó pensar en algo que decir, pero estaba demasiado nerviosa. Cogió la cuchara y siguió comiendo.

La cena se hizo eterna y transcurrió en un silencio que resultaba insoportable. En cuanto el capitán terminó de comer y dijo: «Una cena encantadora. Mis gracias», Vianne se levantó y empezó a recoger la mesa.

Por fortuna, él no la siguió a la cocina. Se quedó en el comedor, solo, bebiéndose el vino que había llevado y que Vianne estaba segura de que sabría a otoño, a peras y manzanas.

Cuando terminó de lavar y secar los platos y de guardarlos en su sitio, había anochecido. Salió de la casa al jardín delantero iluminado por estrellas para disfrutar de un momento de paz. En la tapia se movía una sombra; quizá era un gato.

A su espalda oyó una pisada, a continuación cómo se encendía una cerilla y olió a azufre. Dio un paso atrás queriendo fundirse con las sombras. Si se movía con el sigilo suficiente, quizá podría volver a entrar en casa por la puerta lateral sin delatar su presencia. Pisó una rama seca, la oyó quebrarse bajo el talón y se paró en seco.

El alemán salió de entre los árboles frutales.

—*Madame* —dijo—. Así que a usted también le gustan las noches estrelladas. Siento molestarla.

Vianne tenía miedo de moverse.

El alemán se acercó y se situó a su lado como si aquella fuera su casa y se puso a mirar los árboles.

—Viendo este lugar, nadie diría que estamos en guerra —dijo.

Vianne pensó que su voz era triste y recordó que ambos estaban en una situación de alguna manera parecida, lejos de sus seres queridos.

—Su... superior... dijo que todos los prisioneros de guerra se quedarán en Alemania. ¿Qué significa eso? ¿Qué pasa con nuestros soldados? Supongo que no los capturaron a todos.

—No lo sé, *madame*. Algunos volverán. Muchos no.

—Vaya, vaya, qué momento más entrañable entre dos nuevos amigos —dijo Isabelle, su voz fría como el acero.

Vianne dio un respingo, horrorizada por haber sido descubierta allí fuera con un alemán, un enemigo, un hombre.

La luna iluminó a Isabelle, vestida con un traje color café con leche; en una mano sostenía una maleta y en la otra el mejor Deauville de Vianne.

—Ese es mi sombrero —dijo Vianne.

—Seguramente tendré que esperar a que pase un tren y todavía tengo la cara dañada por el ataque de los nazis.

Isabelle sonreía mirando a Beck. Aunque no era una verdadera sonrisa.

Beck inclinó la cabeza con un saludo cortés.

—Es obvio que tienen cosas de hermanas de que hablar.

Con otra inclinación de cabeza rápida y cortés entró en la casa y cerró la puerta.

—No puedo quedarme aquí —dijo Isabelle.

—Pues claro que puedes.

—No tengo ningún interés en trabar amistad con el enemigo, Vi.

—Maldita sea, Isabelle. No te atrevas…

Isabelle se acercó a su hermana.

—Os pondría a Sophie y a ti en peligro. Más tarde o más temprano. Sabes que lo haré. Me dijiste que protegiera a Sophie. Esta es la única manera en que puedo hacerlo. Tengo la sensación de que, si me quedo, voy a explotar, Vi.

La furia de Vi se evaporó; se sentía indescriptiblemente cansada. Aquella había sido la diferencia esencial entre las dos. Vianne era la que acataba las reglas e Isabelle, la rebelde. Vianne se había sumido en el silencio después de la muerte de *maman*, tratando de actuar como si el abandono de *papa* no la hubiera herido, mientras que Isabelle había tenido rabietas, se había escapado y había exigido atención. Su madre les había jurado que algún día serían amigas inseparables. Nunca como en ese momento aquella predicción le había parecido menos plausible.

En aquel caso, en ese momento preciso, Isabelle tenía razón. Vianne tendría siempre miedo de lo que su hermana pudiera decir o hacer en presencia del capitán y lo cierto era que no tenía fuerzas para soportarlo.

—¿Cómo te irás?

—En tren. Te mandaré un telegrama cuando llegue.

—Ten cuidado. No hagas ninguna tontería.

—¿Tonterías yo? Parece que no me conoces.

Vianne abrazó a Isabelle con fuerza y, a continuación, la dejó marchar.

El camino hasta el pueblo estaba tan oscuro que Isabelle no podía ni ver sus pies. Reinaba un silencio sobrenatural, tenso como una respiración contenida, hasta que llegó al aeródromo. Una vez allí oyó un caminar de botas sobre el suelo de tierra compacta, motocicletas y camiones circulando a lo largo de un tendido de alambre de espino que ahora protegía el depósito de municiones.

Apareció un camión salido de ninguna parte, con las luces apagadas, rugiendo por el camino. Isabelle saltó para esquivarlo y a punto estuvo de caer en la cuneta.

Una vez en el pueblo no le fue más fácil orientarse con las tiendas cerradas, las farolas apagadas y las ventanas oscurecidas. El silencio era inquietante y sobrecogedor. A cada paso que daba era consciente de que había toque de queda y de que lo estaba violando.

Se metió en uno de los callejones y avanzó a tientas por la tosca acera, palpando las fachadas de las tiendas para guiarse. Cada vez que oía voces, se quedaba quieta, encogida en las sombras, hasta que regresaba el silencio. Se le hizo eterno llegar a su destino, la estación de tren situada a las afueras del pueblo.

—*Halt!*

Isabelle oyó la palabra a la vez que un foco proyectaba luz blanca sobre ella. Se agazapó como una sombra.

Un centinela alemán se dirigió a ella con el fusil en las manos.

—No es usted más que una chiquilla —dijo acercándose—. Sabe que hay toque de queda, *ja?* —quiso saber.

Isabelle se levantó despacio y le hizo frente con un valor que no sentía.

—Ya sé que no debemos estar fuera a esta hora. Pero es una emergencia. Tengo que ir a París, mi padre está enfermo.

—¿Dónde está su *Ausweis?*

—No tengo.

El soldado se quitó el fusil del hombro y lo sostuvo con ambas manos.

—Sin *Ausweis* no se viaja.

—Pero…

—Vete a casa, niña, antes de que te hagan daño.

—Pero…

—Ahora, antes de que decida no ignorarte.

Isabelle gritaba interiormente de impotencia. Le costó un esfuerzo considerable alejarse del centinela sin decir una palabra.

De vuelta a casa, ni siquiera se molestó en caminar por la oscuridad. Despreció abiertamente el toque de queda, desafiando a los alemanes a que volvieran a detenerla. Parte de ella quería ser apresada para así poder dar rienda suelta a la sarta de insultos que pugnaban por salir de su boca.

No podía vivir así. Atrapada en una casa con un nazi en un pueblo que se había rendido sin una palabra de protesta. Vianne no era la única dispuesta a actuar como si Francia no se hubiera rendido ni hubiera sido conquistada. En el pueblo, los zapateros y dueños de bistrós sonreían a los alemanes, les servían champán y les reservaban los mejores cortes de carne. Los paisanos, en su mayoría campesinos, se encogían de hombros y seguían con su vida; bueno, sí, murmuraban frases de desaprobación, negaban con la cabeza y daban indicaciones equivocadas cuando se las pedían, pero, más allá de esos pequeños actos de rebeldía, nada. No era de sorprender que los alemanes estuvieran henchidos de arrogancia. Habían ocupado aquel pueblo sin ninguna oposición. Qué demonios, habían hecho lo mismo con toda Francia.

Pero Isabelle nunca olvidaría lo que había visto en aquel prado cerca de Tours.

En casa, ya en el piso de arriba, en el dormitorio que había sido suyo de niña, se encerró con un portazo. Momentos después olió humo de cigarrillo y eso la puso tan furiosa que sintió ganas de gritar.

Él estaba abajo fumándose un pitillo. El capitán Beck, con su cara impasible y su sonrisa falsa, podría echarlas a todas de aquella casa cuando quisiera. Con un motivo o sin ninguno. Su impotencia creció hasta convertirse en una cólera que no había sentido jamás. Tenía la sensación de que sus entrañas eran una bomba que necesitaba estallar. Un movimiento —o una palabra— en falso y era posible que explotara.

Fue hasta el dormitorio de Vianne y abrió la puerta.

—Hace falta un salvoconducto para salir del pueblo —dijo, cada vez más furiosa—. Esos cabrones no nos dejan ni tomar un tren para ir a ver a la familia.

Desde la oscuridad Vianne dijo:

—Así que se acabó.

Isabelle no supo si era alivio o decepción lo que percibió en la voz de su hermana.

—Mañana temprano irás al pueblo. Harás las colas mientras yo estoy en la escuela y conseguirás lo que puedas.

—Pero…

—Sin peros, Isabelle. Estás aquí y aquí te vas a quedar. Es hora de que hagas tu parte. Necesito saber que puedo contar contigo.

Durante la semana siguiente Isabelle trató de comportarse lo mejor que sabía, pero era imposible con aquel hombre viviendo bajo el mismo techo. Pasaba las noches sin dormir, acostada, sola en la oscuridad, imaginando lo peor.

Aquella mañana, mucho antes de que amaneciera, se cansó de intentar dormir y se levantó. Se lavó la cara, se puso un sencillo vestido de algodón y, mientras bajaba las escaleras, se ató un pañuelo a la cabeza.

Vianne estaba en el sofá haciendo calceta con un candil colocado a su lado. En el círculo de luz que la separaba de la oscuridad, su aspecto era pálido y enfermizo; se notaba que tampoco ella había dormido demasiado aquella semana. Miró a Isabelle sorprendida.

—Qué temprano te has levantado.

—Me espera un largo día de colas. Será mejor que empiece cuanto antes —dijo Isabelle—. La primera en llegar consigue la mejor comida.

Vianne dejó la labor y se levantó. Se alisó el vestido, otro recordatorio de que *él* estaba en la casa; ninguna bajaba en camisón, y fue a la cocina, de donde volvió con las cartillas de racionamiento.

—Hoy toca carne.

Isabelle agarró las cartillas y salió de la casa, a la oscuridad del toque de queda.

Mientras caminaba llegó el alba, que iluminó un mundo dentro de un mundo, un mundo que se parecía a Carriveau, pero que se antojaba por completo desconocido. Al pasar junto al aeródromo, un coche pequeño verde con las letras POL escritas en la parte trasera pasó a su lado.

Gestapo.

El aeródromo ya bullía de actividad. Vio cuatro guardas fuera: dos en la recién construida verja de entrada y dos junto a las puertas dobles del edificio. Banderas nazis ondeaban en la brisa de la mañana. Había varios aviones preparados para despegar, para bombardear Inglaterra y otros puntos de Europa. Los centinelas desfilaban delante de letreros rojos que decían:

VERBOTEN
PROHIBIDO PASAR
CASTIGADO CON PENA DE MUERTE

Siguió caminando.

Cuando llegó, ya había cuatro mujeres haciendo cola delante de la carnicería. Isabelle se puso detrás de ellas.

Entonces fue cuando vio un trozo de tiza en la calzada, pegado al bordillo de la acera. Enseguida supo para qué podría usarlo.

Miró a su alrededor, pero nadie se fijaba en ella. ¿Por qué iban a hacerlo si había soldados alemanes por todas partes? Hombres uniformados cruzaban el pueblo como pavos reales comprando lo que se les antojaba. Pendencieros, ruidosos y con la risa fácil. Siempre se mostraban corteses, abriendo la puerta a las mujeres y llevándose una mano a la gorra, pero Isabelle no se dejaba engañar.

Se agachó y cogió el trozo de tiza, que se guardó en el bolsillo. Tenerlo allí le provocaba una maravillosa sensación de peligro. Después se puso a golpear el suelo impaciente, esperando su turno.

—Buenos días —dijo al darle la cartilla de racionamiento a la esposa del carnicero, una mujer de aspecto cansado con el pelo ralo y los labios muy finos.

—Un kilo de jarretes de cerdo. Es lo que me queda.

—¿Huesos?

—Los alemanes se llevan toda la carne buena, *mademoiselle*. De hecho ha tenido usted suerte. El cerdo está *verboten* para los franceses, ¿sabe?, pero los jarretes no los quieren. ¿Los quiere usted o no?

—Me los llevo —dijo alguien a su espalda.

—¡Yo también! —gritó otra mujer.

—Póngamelos —dijo Isabelle. Cogió un paquete pequeño envuelto en papel arrugado y atado con bramante.

Al otro lado de la calle oyó botas militares desfilando en el empedrado, el tintineo de sables en sus fundas, risas masculinas y el ronroneo de las mujeres francesas que calentaban la cama a los alemanes. No lejos de allí había tres soldados sentados a la mesa de un bistró.

—*Mademoiselle?* —dijo uno de ellos saludándola con la mano—. Venga a tomar un café con nosotros.

Isabelle asió con fuerza la cesta de mimbre con sus tesoros, pequeños e insuficientes, envueltos en papel, y evitó a los soldados. Dobló la esquina y entró en un callejón angosto y serpenteante, como todos los del pueblo. Las entradas eran estrechas y desde la calle parecían callejones sin salida. Los paisanos sabían orientarse por ellos con la facilidad de un barquero en un río pantanoso. Siguió caminando desapercibida. Todas las tiendas del callejón habían cerrado.

Un cartel en el escaparate de una sombrerería abandonada mostraba a un hombre anciano con una nariz grande y torcida y con aspecto de avaricioso y malvado, sujetando una bolsa de dinero y dejando un rastro de sangre y cuerpos tras él. Isabelle leyó la palabra —*juif*, judío— y se detuvo.

Sabía que debía seguir andando. No era más que propaganda, después de todo, el torpe intento del enemigo por culpar al pueblo judío de los males del mundo, y de aquella guerra.

Y sin embargo…

Miró a su izquierda. A escasos quince metros de allí estaba la rue La Grande, la calle principal que atravesaba el pueblo; a su derecha, el callejón hacía un recodo.

Se metió la mano en el bolsillo y sacó el trozo de tiza. Cuando estuvo segura de que no había nadie a la vista, dibujó una amplia uve de victoria en el cartel, tapando la imagen todo lo que pudo.

Alguien la sujetó por la muñeca con tal fuerza que dio un respingo. Se le cayó el trozo de tiza, que rebotó en el empedrado y rodó hasta quedar encajado en una grieta.

—*Mademoiselle* —dijo un hombre empujando a Isabelle contra el cartel que acababa de pintarrajear, presionándole la mejilla contra el papel de forma que no pudiera verle—, ¿no sabe que hacer eso está *verboten*? ¿Y que puede castigarse con la muerte?

10

Vianne cerró los ojos y pensó: *Vuelve pronto a casa, Antoine.*

Era lo único que se permitía, una pequeña súplica. ¿Cómo podría con todo aquello —la guerra, el capitán Beck, Isabelle— sola?

Quería soñar despierta, imaginar que su mundo estaba del derecho en lugar de patas arriba; que la puerta cerrada del dormitorio de invitados no significaba nada, que Sophie había dormido con ella porque la noche anterior se habían quedado traspuestas mientras leían, que Antoine había salido, aquella mañana bañada de rocío, a cortar leña para un invierno que aún estaba muy lejos. Pronto entraría y diría: *Bueno, pues me voy a entregar el correo.* Quizá le hablaría del último matasellos que había visto —de una carta llegada de África o América— y se inventaría una historia romántica para acompañarlo.

En su lugar dejó la labor de punto en la cesta junto al canapé, se puso las botas y salió a cortar leña. Pronto sería otra vez otoño, y luego invierno, y la devastación de su jardín por

los refugiados le había recordado lo precaria que era su supervivencia. Levantó el hacha y la dejó caer con fuerza.

Sujeta. Levanta. Apunta. Corta.

Cada corte le reverberaba en los brazos y se le alojaba
dolorosamente en los músculos de los hombros. El sudor le
brotaba de los poros, le humedecía el pelo.

—Déjeme, por favor, que haga yo esto por usted.

Vianne se detuvo en seco con el hacha levantada.

Beck estaba cerca de ella, vestido con pantalón bombacho
y botas y solo una delgada camiseta blanca cubriéndole el pecho. Sus pálidas mejillas estaban enrojecidas por el afeitado
matutino y tenía el pelo rubio mojado. Le caían gotas de agua
en la camiseta formando un dibujo similar a pequeñas motas
de luz grisácea.

Vianne se sintió profundamente incómoda con la bata y
las botas de goma, el pelo recogido en bigudíes.

—Hay algunas cosas de la casa que hace el hombre. Usted
es demasiado débil para cortar leña.

—Puedo hacerlo.

—Claro que puede, pero ¿debe? Vaya, *madame.* Ocúpese
de su hija. Yo haré esta pequeña cosa por usted. De otro modo,
mi madre me pegará con una vara.

Vianne quiso moverse, pero no lo hizo y entonces él le
quitó con suavidad el hacha de la mano. El instinto la hizo
aferrarse a ella un instante.

Sus ojos se encontraron, se miraron.

Vianne soltó el hacha y retrocedió tan rápido que se
tambaleó. Él la sujetó por la muñeca, la ayudó a recuperar el
equilibrio. Musitando un gracias, Vianne se dio la vuelta y se
alejó con la espalda lo más erguida que fue capaz. Necesitó
todo su escaso valor para no echar a correr. Incluso así, cuando llegó a la puerta se sintió como si hubiera ido corriendo
desde París. De una patada se quitó las botas de jardinero,

que le quedaban enormes, y las vio chocar contra la pared de la casa con un golpe sordo y caer una encima de la otra. Lo último que quería era la amabilidad de aquel hombre que había invadido su casa.

Cerró de un portazo y fue a la cocina, donde encendió el fuego y puso agua a hervir. Después fue al pie de las escaleras y llamó a su hija para que bajara a desayunar.

Tuvo que decir su nombre dos veces más —y a continuación amenazar— para que Sophie bajara las escaleras arrastrando los pies, con el pelo hecho un desastre y la mirada huraña. Se había puesto el vestido marinero… otra vez. En los diez meses que Antoine llevaba fuera se le había quedado pequeño, pero se negaba a dejar de usarlo.

—Ya estoy levantada —dijo caminando sin gana hacia la mesa y sentándose.

Vianne le puso delante un cuenco de gachas de maíz. Aquella mañana había tirado la casa por la ventana y añadido una cucharada de melocotón en conserva.

—*Maman*, ¿no oyes? Están llamando a la puerta.

Vianne negó con la cabeza (lo único que había oído era el *zas, zas, zas* del hacha) y fue hasta la puerta a abrir.

Era Rachel, con el bebé en brazos y Sarah pegada a un costado.

—¿Vas a dar clase hoy con los bigudíes puestos?

—¡Ah!

Vianne se sintió como una tonta. ¿Qué le pasaba? Hoy era el último día de colegio antes de las vacaciones de verano.

—Vamos, Sophie. Llegamos tarde.

Corrió dentro y recogió la mesa. Sophie había dejado el cuenco reluciente, así que Vianne lo puso en el fregadero para lavarlo más tarde. Tapó la olla con los restos de gachas y guardó los melocotones. Luego corrió escaleras arriba a prepararse.

En un instante se quitó los bigudíes y se peinó en suaves ondas. Cogió el sombrero, los guantes y el bolso y salió de casa. Rachel y los niños la esperaban en el jardín.

El capitán Beck también estaba allí, de pie junto al cobertizo. Tenía partes de la camiseta blanca empapadas y pegadas al pecho, dejando ver los remolinos de vello debajo. Parecía a sus anchas con el hacha apoyada en el hombro.

—Ah, saludos —dijo.

Vianne fue consciente del escrutinio de Rachel.

Beck bajó el hacha.

—¿Es una amiga suya, *madame?*

—Rachel —dijo Vianne tensa—. Mi vecina. Este es herr capitán Beck. Está… alojado con nosotras.

—Saludos —repitió Beck con una inclinación cortés de la cabeza.

Vianne puso una mano en la espalda de Sophie, la empujó suavemente y se marcharon, cruzando la hierba alta del jardín hasta alcanzar a la carretera polvorienta.

—Es guapo —dijo Rachel cuando llegaban al aeródromo, que bullía de actividad detrás de las espirales de alambre de espino—. Eso no me lo habías dicho.

—¿Tú crees?

—Estoy segura de que sabes que lo es, así que tu pregunta resulta interesante. ¿Qué tal es?

—Alemán.

—Los soldados alojados en casa de Claire Moreau parecen salchichas con piernas. Por lo visto beben vino como cubas y roncan como jabalís buscando trufas. Supongo que tienes suerte.

—Eres tú la afortunada, Rachel. En tu casa no se ha instalado nadie.

—Por fin la pobreza se ve recompensada. —Rachel agarró del brazo a Vianne—. No pongas esa cara de abatimiento, Vianne. He oído que tienen órdenes de portarse «con corrección».

Vianne miró a su mejor amiga.

—La semana pasada Isabelle se cortó el pelo delante del capitán y dijo que la belleza tiene que estar *verboten.*

Rachel no consiguió reprimir su sonrisa del todo.

—Vaya.

—No tiene gracia. Va a conseguir que nos maten a todas con su genio.

La sonrisa de Rachel desapareció.

—¿No puedes hablar con ella?

—Sí, claro que puedo hablar. Pero ¿cuándo ha escuchado Isabelle a alguien?

—Me hace daño —dijo Isabelle.

El hombre la apartó de la pared y la arrastró calle abajo moviéndose tan deprisa que Isabelle tuvo que correr para seguirle; iba chocándose con la pared del callejón a cada paso que daba. Cuando tropezó en el empedrado y estuvo a punto de caer, el hombre la sujetó con más fuerza y la mantuvo erguida.

Piensa, Isabelle. No iba uniformado, así que debía de ser de la Gestapo. Eso no era bueno. Y la había visto pintarrajeando el cartel. ¿Se consideraría eso un acto de sabotaje o de resistencia a la ocupación alemana?

No era lo mismo que volar un puente o vender secretos a Inglaterra.

Estaba dibujando… Iba a ser un jarrón con flores… No una uve de victoria, sino un jarrón. Nada de resistencia, solo una chiquilla tonta dibujando en el único papel que había encontrado. Nunca he oído hablar del general De Gaulle.

¿Y si no la creían?

El hombre se detuvo delante de una puerta de roble con una aldaba con forma de cabeza de león en el centro.

Llamó cuatro veces.

—¿D-dónde me lleva?

¿Sería aquella una puerta de entrada secreta al cuartel general de la Gestapo? Circulaban rumores terribles sobre los interrogatorios de la Gestapo. Se suponía que eran despiadados y sádicos, pero nadie lo sabía con certeza.

La puerta se abrió despacio dejando ver a un hombre mayor con boina. De sus labios carnosos y con manchas de edad pendía un cigarrillo liado a mano. Vio a Isabelle y frunció el ceño.

—Abre —gruñó el hombre que iba con Isabelle, y el más mayor se apartó.

Isabelle fue obligada a entrar en una habitación llena de humo. Los ojos le escocían mientras miraba a su alrededor. Era una tienda de artículos de regalo abandonada que en otro tiempo había vendido sombreros, objetos de mercería y enseres de costura. En la luz llena de humo vio vitrinas vacías arrumbadas contra las paredes, expositores metálicos de sombreros apilados en un rincón. El escaparate de la calle había sido tapiado y la puerta trasera que daba a la rue La Grande estaba cerrada por dentro.

Había cuatro hombres en la habitación: uno alto, de pelo cano y vestido con harapos, de pie en el rincón; un muchacho sentado junto al hombre mayor que había abierto la puerta y un joven bien parecido con un jersey raído, pantalones gastados y botas llenas de arañazos sentado a un velador.

—¿Quién es, Didier? —preguntó el hombre mayor que había abierto la puerta.

Isabelle pudo ver bien a su captor por primera vez: era grande y musculoso, con el aspecto hinchado de un forzudo de circo y una cara desproporcionada y mofletuda.

Se irguió todo lo que pudo, con los hombros hacia atrás y el mentón levantado. Sabía que parecía ridículamente joven con la falda de cuadros y la camisa entallada, pero se negaba a darles la satisfacción de que supieran que estaba asustada.

—La encontré escribiendo con tiza la uve de victoria en los carteles alemanes —dijo el hombre moreno que la había llevado allí. Didier.

Isabelle se frotó la mano derecha en un intento por limpiarse la tiza naranja sin que los hombres se dieran cuenta.

—¿No tienes nada que decir? —preguntó el hombre mayor del rincón. Con seguridad era el que mandaba allí.

—No tengo tiza.

—La vi hacerlo.

Isabelle se arriesgó.

—Usted no es alemán —le dijo al hombre fornido—, es francés. Me apuesto dinero. Y usted —le dijo al hombre mayor— es el chacinero.

Ignoró al chico joven, pero al hombre bien parecido de ropas andrajosas le dijo:

—Tiene cara de estar hambriento y aspecto de haberse vestido con la ropa de su hermano mayor o con algo que ha encontrado por ahí. Comunista.

El hombre sonrió y la expresión le cambió por completo.

Pero a Isabelle le preocupaba el hombre del rincón. El que estaba al mando. Dio un paso hacia él.

—Usted podría ser ario. Tal vez está obligando a los demás a estar aquí.

—Conozco a este hombre de toda la vida —dijo el chacinero—. Luché al lado de su padre —y también del suyo, *mademoiselle*— en el Somme. Usted es Isabelle Rossignol, ¿verdad?

Isabelle no contestó. ¿Era una trampa?

—No responde —dijo el bolchevique. Se levantó del asiento y se acercó a ella—. Bien por usted. ¿Por qué estaba escribiendo una uve en ese cartel?

Isabelle siguió callada.

—Soy Henri Navarre —dijo el hombre tan cerca de Isabelle que la tocaba—. Ni somos alemanes ni trabajamos para ellos, *mademoiselle.* —La miró con complicidad—. No todos nos quedamos de brazos cruzados. Y ahora, dígame, ¿por qué estaba pintando los carteles alemanes?

—Fue lo único que se me ocurrió —contestó Isabelle.

—¿Qué quiere decir?

Isabelle suspiró.

—Oí el discurso de De Gaulle en la radio.

Henri se volvió hacia el fondo de la habitación y miró al hombre mayor. Isabelle observó cómo los dos mantenían una conversación sobre ella sin decir una palabra. Cuando terminaron, supo quién era el jefe: el comunista guapo, Henri.

Por fin este dijo, volviéndose de nuevo a ella:

—Si pudiera hacer algo... más, ¿lo haría?

—¿Qué quiere decir? —preguntó Isabelle.

—Hay un hombre en París.

—En realidad son un grupo, del Musée de l'Homme —le corrigió el hombre fornido.

Henri levantó una mano.

—No se debe contar más que lo imprescindible, Didier. En cualquier caso, hay un hombre, un impresor, arriesgando su vida para hacer pasquines que podamos distribuir. Quizá si conseguimos que los franceses reaccionen ante lo que está pasando, tengamos una oportunidad. —Metió la mano en una cartera de cuero que colgaba de su silla y sacó un fajo de papeles. Isabelle leyó un titular: «Vive le Général de Gaulle».

El texto era una carta abierta al mariscal Pétain criticando la rendición. Al final decía: «Nous sommes pour le général de Gaulle». Estamos con el general De Gaulle.

—¿Y bien? —dijo Henri en voz baja y en esas dos palabras Isabelle oyó la llamada a las armas que había estado esperando—. ¿Lo va a distribuir?

—¿Yo?

—Somos comunistas y radicales —dijo Henri—. Ya nos están vigilando. Usted es una chiquilla. Y bastante bonita, dicho sea de paso. Nadie sospechará de usted.

Isabelle no dudó.

—Lo haré.

Los hombres empezaron a darle las gracias y Henri les mandó callar.

—El impresor se está jugando la vida haciendo estos pasquines y otra persona se la está jugando pasándolos a máquina. Nosotros lo hacemos trayéndolos aquí. Pero usted, Isabelle, es la que será descubierta distribuyéndolos… si es que la cogen. No se equivoque. Esto no es como escribir una uve a tiza en un cartel. Esto es un delito que puede castigarse con la muerte.

—No me cogerán.

Henri sonrió al oír aquello.

—¿Cuántos años tiene?

—Casi diecinueve.

—Ah —dijo—. ¿Y cómo va a ocultarle esto a su familia?

—Mi familia no es ningún problema —respondió Isabelle—. No me hacen ni caso. Pero… hay un soldado alemán alojado en mi casa. Y tendré que saltarme el toque de queda.

—No será fácil. Entiendo que esté asustada. —Henri hizo ademán de darle la espalda.

Isabelle le quitó los papeles de la mano.

—He dicho que lo voy a hacer.

Isabelle se sentía feliz. Por primera vez desde el armisticio, no estaba completamente sola en su necesidad de hacer algo por Francia. Los hombres le hablaron de docenas de grupos como el suyo organizando por todo el país una resistencia para seguir a De Gaulle. Cuanto más hablaban, más la emocionaba la idea de unirse a ellos. Sí, sabía que tenía que estar asustada y se ocuparon de recordárselo varias veces.

Pero que los alemanes amenazaran con pena de muerte a quien repartiera unos trozos de papel era ridículo. Ella podría convencerles de que era inocente si la descubrían, estaba segura. Aunque no la iban a atrapar. ¿Cuántas veces se había escabullido de un colegio cerrado o subido a un tren sin billete o embaucado a alguien para salir de un aprieto? Su belleza siempre le había facilitado saltarse las reglas sin tener que asumir las consecuencias.

—Cuando tengamos más, ¿cómo nos ponemos en contacto contigo? —preguntó Henri al abrir la puerta para que se marchara.

Isabelle inspeccionó la calle.

—¿El apartamento que hay encima de la sombrerería de madame La Foy sigue vacío?

Henri asintió con la cabeza.

—Cuando tengáis pasquines, descorred las cortinas. Vendré en cuanto pueda.

—Da cuatro golpes a la puerta. Si no contestamos, vete —dijo Henri. Al cabo de unos instantes añadió—: Ten cuidado, Isabelle.

Cerró la puerta.

Sola de nuevo, Isabelle miró su cesto. Debajo de un paño de algodón de cuadros rojos y blancos estaban los pasquines. Encima iban los jarretes envueltos en papel de carnicería. No era un camuflaje demasiado bueno, tendría que encontrar uno mejor.

Bajó por el callejón y salió a una calle más transitada. Las tiendas estaban cerrando, solo se veía circular a soldados alemanes y a las pocas mujeres que habían elegido hacerles compañía. Las mesas de los cafés de las aceras estaban llenas de hombres uniformados, comiéndose la mejor comida, bebiéndose los vinos más caros.

Necesitó serenarse para caminar despacio. En cuanto estuvo fuera del pueblo, echó a correr. Cuando se acercaba al aeródromo estaba sudorosa y sin aliento, pero no aminoró el paso. Corrió hasta el jardín de su casa. Cuando la cancela renqueante se cerró a su espalda se dobló hacia delante, respirando con agitación y sujetándose un costado mientras trataba de recobrar el aliento.

—Mademoiselle Rossignol, ¿está usted indispuesta?

Isabelle se enderezó al instante con el corazón desbocado. El capitán Beck estaba a su lado. ¿De dónde había salido?

—Capitán —dijo, con un esfuerzo por controlar los latidos de su corazón—. Estaba pasando un convoy… y eché a correr para no ponerme en su camino.

—¿Un convoy? No lo he visto.

—Ha sido hace un rato. Y a veces… hago tonterías. Perdí la noción del tiempo hablando con una amiga y bueno… —Le dedicó su mejor sonrisa y se alisó el pelo con trasquilones como si le importara estar guapa en su presencia.

—¿Había muchas colas hoy?

—Interminables.

—Por favor, déjeme que le lleve la cesta a la casa.

Isabelle miró la cesta y distinguió una diminuta esquina de papel blanco bajo el paño de algodón.

—No. He…

—Insisto. Somos caballeros, ¿sabe usted?

Sus dedos largos de uñas cuidadas se cerraron alrededor del asa de mimbre. Cuando se giró hacia la casa Isabelle le siguió.

—He visto a un grupo numeroso de personas reunidas en el ayuntamiento esta tarde. ¿Qué hace aquí la policía de Vichy?

—Ah, pues nada que deba preocuparla.

El alemán esperó en la puerta de entrada a que Isabelle la abriera. Esta forcejeó nerviosa con el pomo situado en el centro de la puerta, lo giró y abrió. Aunque el alemán podía entrar y salir cuando quisiera, siempre esperaba una invitación, como si fuera una visita.

—Isabelle, ¿eres tú? ¿Dónde estabas? —Vianne apareció de pronto entre las sombras.

—Las colas eran horrorosas hoy.

Sophie, que estaba sentada en el suelo junto a la chimenea jugando con Bébé, se levantó de golpe.

—¿Qué has traído?

—Jarretes de cerdo —dijo Isabelle mirando con preocupación la cesta en manos de Beck.

—¿Y nada más? —dijo Vianne con sequedad—. ¿Y el aceite para cocinar?

Sophie se tiró de nuevo a la alfombra, claramente desilusionada.

—Voy a dejar los jarretes en la despensa —dijo Isabelle haciendo ademán de coger la cesta.

—Por favor, permítame —replicó Beck.

Tenía la mirada fija en Isabelle, estudiándola con atención. O quizá fue una impresión de esta.

Vianne encendió una vela y se la dio a su hermana.

—No la malgastes. Date prisa.

Beck se mostró muy galante mientras cruzaba la cocina en penumbra y abría la puerta que daba al sótano.

Isabelle bajó primero, alumbrando el camino. Los peldaños de madera rechinaron bajo sus pies hasta que llegó al suelo de tierra y el frío subterráneo. Los estantes de madera parecieron cerrarse alrededor de los dos cuando Beck se colocó a su lado. La llama de la vela proyectaba una luz saltarina delante de ellos.

Isabelle intentó contener el temblor de las manos mientras sacaba los jarretes envueltos en papel. Los dejó en el estante junto a las menguantes provisiones.

—Sube tres patatas y un nabo —dijo Vianne desde arriba.

Isabelle se sobresaltó un poco al oírla.

—Parece nerviosa —dijo Beck—. ¿He dicho bien la palabra, *mademoiselle?*

La vela parpadeó entre los dos.

—Había muchos perros hoy en el pueblo.

—Es por la Gestapo. Quieren mucho a sus perros pastores. No hay razón para preocuparse.

—Me dan miedo… los perros grandes. Me mordió uno una vez. De niña.

Beck le dedicó una sonrisa que se agrandó por la luz de la vela.

No mires en la cesta. Pero era demasiado tarde. Isabelle reparó en que había más papeles que sobresalían. Forzó una sonrisa.

—Ya sabe cómo somos las chicas. Unas miedosas.

—Yo no la describiría a usted así, *mademoiselle.*

Isabelle alargó con cuidado la mano y le quitó la cesta. Sin dejar de mirarle a los ojos la depositó en el estante, fuera de la luz de la vela. Una vez estuvo ahí, en la oscuridad, dejó de contener la respiración.

Se miraron el uno al otro en un silencio incómodo.

Beck inclinó la cabeza.

—Y ahora debo irme. Solo he venido a recoger unos papeles para una reunión que tengo esta noche.

Se dio la vuelta y empezó a subir las escaleras.

Isabelle le siguió por los estrechos peldaños. Cuando salió a la cocina se encontró a Vianne de brazos cruzados y con el ceño fruncido.

—¿Dónde están las patatas y el nabo? —le preguntó mirándola.

—Se me han olvidado.

Vianne suspiró.

—Anda —dijo—, baja a por ellos.

Isabelle se giró y volvió al sótano. Después de tomar las patatas y el nabo fue hasta la cesta y levantó la vela para verla a la luz. Allí estaba: el triángulo diminuto de papel asomando. Sacó deprisa los pasquines de la cesta y se los metió en el liguero. Acto seguido, notando los papeles en contacto con la piel, subió con una sonrisa.

Durante la cena, sopa aguada y pan del día anterior en compañía de su hermana y su sobrina, Isabelle trató de pensar en algo que decir, pero no se le ocurría nada. Sophie, que no pareció darse cuenta, habló sin parar, contando una historia detrás de otra. Isabelle golpeaba el suelo con el pie, nerviosa, atenta al sonido de una motocicleta acercándose a la casa, al estrépito de botas alemanas en el camino de entrada, a unos golpes secos e impersonales en la puerta. No hacía más que mirar hacia la cocina y la puerta del sótano.

—Esta noche estás rara —dijo Vianne.

Isabelle no hizo caso del comentario de su hermana. Cuando por fin terminaron de cenar, se levantó y dijo:

—Yo friego los platos, Vi. ¿Por qué no termináis Sophie y tú la partida de damas?

—¿Que vas a fregar los platos? —dijo Vianne mirando a Isabelle con expresión desconfiada.

—Oye, que no es la primera vez que me ofrezco —dijo Isabelle.

—Que yo recuerde, sí.

Isabelle recogió los cuencos de sopa vacíos y los cubiertos. Se había ofrecido únicamente por hacer algo, por tener las manos ocupadas.

Después, no se le ocurría nada para entretenerse. La velada se hacía eterna. Jugaron las tres a la belote, pero Isabelle no lograba concentrarse; estaba demasiado nerviosa y alterada. Se disculpó con torpeza y abandonó pronto la partida, simulando estar cansada. Arriba, en su dormitorio, se tumbó encima de las mantas, vestida de pies a cabeza. Esperando.

Era más de medianoche cuando Beck volvió. Isabelle le oyó primero entrar en el jardín, luego olió el humo de su cigarrillo que subía. A continuación entró en la casa —haciendo ruido con sus botas—, pero hacia la una todo estaba de nuevo en silencio. Aun así esperó. A las cuatro de la madrugada se levantó de la cama y se vistió con un suéter negro de lana grueso y una falda de tweed tableada. Deshizo una de las costuras de su abrigo ligero y metió los papeles dentro del forro, luego se lo puso y se ató el cinturón. En el bolsillo delantero se guardó las cartillas de racionamiento.

De camino al piso de abajo, cada crujido de las escaleras la sobresaltó. Le pareció que tardaba una eternidad en llegar a la puerta principal, más que ninguna otra vez, pero por fin estuvo allí y salió sin hacer ruido.

La mañana era fría y oscura. En alguna parte trinó un pájaro, al que probablemente el ruido de la puerta al abrirse había sacado de su sueño. Isabelle inspiró el aroma a rosas y se sintió abrumada por la aparente normalidad del momento.

A partir de ahí no habría marcha atrás.

Fue hasta la cancela, aún rota, volviéndose a menudo para mirar la casa en sombras, esperando ver a Beck con los brazos cruzados, los pies enfundados en botas en posición de firmes, mirándola.

Pero estaba sola.

Su primera parada fue la casa de Rachel. Aquellos días casi no había servicio postal, pero las mujeres como Rachel, cuyos maridos estaban lejos, comprobaban siempre el buzón, esperando, contra toda esperanza, que el correo les trajera noticias.

Isabelle metió la mano en el abrigo, buscó la abertura en el forro de seda y sacó un papel. Con un movimiento rápido, abrió la tapa del buzón, metió el papel y la cerró.

De vuelta en la carretera miró a su alrededor y no vio a nadie.

¡Lo había conseguido!

Su segunda parada fue la granja del viejo Rivet. Era un comunista de pies a cabeza, un hombre de la revolución, y había perdido un hijo en el frente.

Cuando repartió el último pasquín, se sentía invencible. Acababa de amanecer; una pálida luz de sol doraba los edificios de piedra caliza del pueblo.

Aquella mañana fue la primera mujer en ponerse en fila a la puerta de la tienda y por ese motivo consiguió una ración completa de mantequilla. Ciento cincuenta gramos para todo el mes. Dos tercios de una taza.

Un tesoro.

11

Todos los días de aquel verano largo y caluroso Vianne se despertó con una lista de tareas por delante. Con la ayuda de Isabelle y Sophie replantó y amplió la huerta, y convirtió un par de estanterías viejas en conejeras. Usó tela metálica para cerrar el cenador. Ahora el lugar más romántico de la casa apestaba a estiércol —estiércol que recogían para la huerta—. Aceptó hacer la colada del granjero que vivía carretera abajo —el viejo Rivet— a cambio de pienso. El único rato en el que se relajaba, y en el que volvía a sentirse la de siempre, era los domingos por la mañana, cuando llevaba a Sophie a la iglesia —Isabelle se negaba a ir a misa—; después tomaba café con Rachel, ambas sentadas a la sombra del jardín trasero de esta, tan solo dos amigas íntimas charlando, riendo, bromeando. En ocasiones Isabelle se unía a ellas, pero solía ponerse a jugar con los niños en lugar de hablar con las mujeres, algo a lo que Vianne no tenía nada que objetar.

Sus faenas eran necesarias, por supuesto; una nueva manera de prepararse para un invierno que parecía lejano, pero que llegaría como un invitado intempestivo el peor día posible.

Y, lo que era más importante, la mantenían distraída. Cuando estaba trabajando en el huerto, o cociendo fresas para hacer mermelada, o poniendo pepinillos en salmuera, no pensaba en Antoine y en todo el tiempo que había transcurrido desde que había tenido noticias de él. La incertidumbre era lo que más la torturaba. ¿Le habrían hecho prisionero? ¿Estaba herido en alguna parte? ¿Muerto? ¿O el día menos pensado le vería subiendo por la carretera, sonriendo?

Echarle de menos. Desearle. Preocuparse por él. Esas cosas las hacía por la noche.

En un mundo repleto ahora de malas noticias y silencio, la única buena nueva era que el capitán Beck había pasado gran parte del verano fuera, en una campaña u otra. En su ausencia, la casa se instaló en una suerte de rutina. Isabelle hacía todo lo que se le pedía sin protestar.

Ya era octubre y hacía frío. Un día en que volvía a casa de la escuela con Sophie, Vianne se sentía incómoda. Uno de los tacones se le estaba soltando y le impedía caminar con seguridad. Sus zapatos oxford negros de piel de cabritilla no estaban hechos para el uso diario que les había dado durante los últimos meses. Las suelas empezaban a desprenderse por la punta, lo que la hacía tropezar a menudo. La preocupación que suponía reemplazar cosas como los zapatos siempre acechaba. Una cartilla de racionamiento no aseguraba que hubiera zapatos —o incluso comida— que comprar.

Mantuvo una mano apoyada en el hombro de Sophie tanto para conservar el equilibrio como para mantener a su hija cerca. Había soldados nazis por todas partes, circulando en camiones o en motocicletas con sidecares armados con ametralladoras. Desfilaban por la plaza, sus voces entonando un himno triunfal.

Un camión del ejército les avisó con la bocina y se metieron más en la acera para dejar pasar a un convoy. Más nazis.

—¿Es esa *tante* Isabelle? —preguntó Sophie.

Vianne miró hacia donde señalaba. Sí, allí estaba Isabelle saliendo de una callejuela y asiendo con fuerza su cesta. Tenía un aire… «Furtivo» fue la única palabra que le vino a Vianne a la cabeza.

Furtivo. En ese instante una docena de piezas de puzle encajaron. Pequeñas incongruencias dibujaron un patrón claro. Isabelle salía a menudo de Le Jardin de madrugada, mucho más temprano de lo necesario. Tenía siempre docenas de excusas muy elaboradas para explicar ausencias que a Vianne ni siquiera le importaban. Tacones que se rompían, sombreros que salían volando por un vendaval y que había que perseguir, un perro que la había asustado y cerrado el paso.

¿Se estaría escabullendo para encontrarse con un pretendiente?

—¡*Tante* Isabelle! —llamó Sophie.

Sin aguardar respuesta —ni autorización—, Sophie echó a correr hacia la calle. Esquivó a tres soldados alemanes que jugaban a pasarse una pelota negra.

—*Merde* —murmuró Vianne—. *Pardon* —dijo esquivando también ella a los soldados y cruzando la calle empedrada.

—¿Qué has conseguido hoy? —oyó a Sophie preguntar a Isabelle intentando meter la mano en la cesta de mimbre.

Isabelle le pegó a Sophie en la mano. Fuerte.

Sophie chilló y retiró la mano.

—¡Isabelle! —dijo Vianne con dureza—. ¿Se puede saber qué te pasa?

Isabelle tuvo el decoro de sonrojarse.

—Lo siento. Es que estoy cansada. Llevo todo el día haciendo colas. ¿Y para qué? Un jarrete de ternera sin apenas carne y un bote de leche. Es descorazonador. Pero aun así no debería haber sido descortés. Lo siento, Soph.

—Si no salieras en secreto tan temprano por las mañanas, a lo mejor no estarías tan cansada —dijo Vianne.

—No salgo en secreto —replicó Isabelle—. Voy a las tiendas a por comida. Pensé que eso era lo que querías que hiciera. Y, por cierto, necesitamos una bicicleta. Las caminatas al pueblo sin el calzado adecuado me están matando.

Vianne deseó conocer lo suficiente a su hermana como para leer la expresión de sus ojos. ¿Era sentimiento de culpa? ¿Preocupación? ¿Rebeldía? De no haber sabido que era imposible, habría pensado que se trataba de orgullo.

Sophie se cogió del brazo de Isabelle y las tres emprendieron el camino a casa.

Vianne ignoraba deliberadamente los cambios ocurridos en Carriveau: los nazis ocupando cada vez más espacio, los carteles en las paredes de piedra caliza —los últimos pasquines antijudíos eran repugnantes— y las banderas rojas y negras con la esvástica colgando de puertas y balcones. Los habitantes de Carriveau habían empezado a marcharse, a abandonar sus hogares en manos de los alemanes. Corrían rumores de que se iban a la Zona Libre, pero nadie lo sabía con seguridad. Las tiendas cerraban y no volvían a abrir.

Vianne oyó pisadas a su espalda y dijo sin alterarse:

—Vamos más deprisa.

—Madame Mauriac, si me permite.

—Por Dios, ¿te está siguiendo? —murmuró Isabelle.

Vianne se volvió despacio.

—Herr capitán —dijo. La gente que iba por la calle la miró con atención y ojos entornados en señal de desaprobación.

—Quería decirle que esta noche llegaré tarde y que, sintiéndolo mucho, no estaré a la hora de la cena —anunció Beck.

—Qué noticia tan horrorosa —dijo Isabelle con una voz tan dulce y tan amarga como el caramelo quemado.

Vianne trató de sonreír, pero lo cierto era que no entendía por qué el capitán la había parado en la calle.

—Le guardaré algo de comer…

—*Nein, nein.* Es usted muy amable.

El capitán calló.

Vianne hizo lo mismo.

Por fin Isabelle suspiró con fuerza.

—Vamos de camino a casa, herr capitán.

—¿Quería usted algo más, herr capitán? —dijo Vianne.

Beck se acercó a ella.

—Sé lo preocupada que ha estado por su marido, así que he hecho algunas averiguaciones.

—Ah.

—No son buenas noticias, siento comunicarle. Su marido, Antoine Mauriac, ha sido capturado junto con muchos de sus compatriotas. Está retenido en un campo de prisioneros.

Le dio una lista con nombres y un fajo de tarjetas oficiales.

—No va a volver a casa.

Vianne apenas recordaba haber dejado el pueblo. Sabía que Isabelle se mantenía a su lado, ayudándola a caminar erguida, urgiéndola a poner un pie delante del otro, y que Sophie también iba a su lado lanzando preguntas tan afiladas como garfios: *¿Qué es un prisionero de guerra? ¿Qué quería decir herr capitán con que* papa *no va a volver?*

Vianne supo que habían llegado a casa porque los aromas del jardín la saludaron, le dieron la bienvenida. Pestañeó, sintiéndose un poco como alguien que acaba de despertar de un coma y encuentra el mundo inexplicablemente cambiado.

—Sophie —dijo Isabelle con firmeza—, ve a prepararle a tu madre una taza de café. Abre un bote de leche.

—Pero…

—Ve —dijo Isabelle.

Cuando Sophie se fue, Isabelle se volvió hacia Vianne y le cogió la cara con manos frías.

—Estará bien.

Vianne se sintió como si se estuviera rompiendo poco a poco, perdiendo sangre y hueso mientras trataba de enfrentarse a algo en lo que había evitado deliberadamente pensar: una vida sin Antoine. Empezó a temblar y le castañetearon los dientes.

—Ven dentro a tomar un café —dijo Isabelle.

¿Entrar en casa? ¿La casa de los dos? Su fantasma estaría por todas partes: en la marca de su cuerpo en el canapé donde se sentaba a leer, en el gancho del que colgaba su abrigo. Y en la cama.

Negó con la cabeza, deseando poder llorar, pero no tenía lágrimas. Aquella noticia la había dejado vacía. Ni siquiera podía respirar.

De pronto en lo único que podía pensar era en el jersey de Antoine que llevaba puesto. Empezó a desnudarse, a arrancarse el abrigo y el chaleco, ignorando el «¡No!» de Isabelle cuando se sacó el jersey por la cabeza y enterró la cara en la lana suave, tratando de olerle en el tejido, oler su jabón favorito, oler a Antoine.

Pero no encontró más que su propio olor. Se apartó el jersey arrugado de la cara y lo miró, tratando de recordar la última vez que Antoine se lo había puesto. Tomó una hebra suelta y se la enroscó en la mano hasta que se convirtió en un rizo desigual de lana color vino. Lo cortó con los dientes y le hizo un nudo para evitar que se deshiciera el resto de la manga. La lana era un bien preciado aquellos días.

Aquellos días.

Cuando el mundo estaba en guerra y todo escaseaba y tu marido estaba lejos.

—No sé estar sola.

—¿Qué quieres decir? Estuvimos años solas. Desde que *maman* murió.

Vianne pestañeó. Las palabras de su hermana le resultaban algo confusas, como si las pronunciara a una velocidad equivocada.

—Tú estabas sola —dijo—. Yo nunca lo estuve. Conocí a Antoine con catorce años, me quedé embarazada a los dieciséis y me casé cuando apenas había cumplido los diecisiete. *Papa* me dio esta casa para librarse de mí. Así que, ya ves, nunca he estado sola. Por eso tú eres tan fuerte y yo..., yo no.

—Tendrás que serlo —dijo Isabelle—. Por Sophie.

Vianne respiró hondo. Y allí estaba. La razón por la que no podía tomarse un vaso de arsénico o arrojarse delante de un tren. Cogió el pequeño rizo de lana retorcida y lo ató a una rama de un manzano. El color borgoña resaltaba contra el verde y el marrón. Ahora, cada día en el jardín, cada vez que fuera hasta la cancela o recogiera manzanas pasaría junto a aquel árbol y pensaría en Antoine. Cada vez rezaría —a él y a Dios—: *Vuelve.*

—Vamos —dijo Isabelle pasándole a Vianne un brazo por los hombros y tirando de ella hacia sí.

Dentro, en la casa, resonaba la voz de un hombre que no estaba allí.

Vianne estaba a la puerta de la casita de piedra de Rachel. El cielo de la tarde era color humo y hacía frío. Las hojas de los árboles, ambarinas, anaranjadas y escarlata, empezaban a oscurecerse por los contornos. Pronto caerían al suelo.

Vianne fijó la vista en la puerta deseando no tener que estar allí, pero había leído los nombres que le había dado Beck. Marc de Champlain también figuraba en la lista.

Cuando por fin reunió el valor para llamar, Rachel abrió casi inmediatamente, vestida con una bata vieja y medias de lana dadas de sí. Una chaqueta de punto le colgaba torcida con los botones mal abrochados y una apariencia extraña, descompensada.

—¡Vianne! Pasa. Sarah y yo estábamos haciendo arroz con leche. Es casi todo agua y gelatina, claro, pero he usado un poco de leche.

Vianne consiguió sonreír. Dejó que su amiga la llevara a la cocina y le sirviera una taza del amargo sucedáneo de café, que era lo único que se podía conseguir aquellos días. Vianne estaba comentando algo sobre el arroz con leche —ni siquiera sabía qué—, cuando Rachel se volvió y preguntó:

—¿Qué pasa?

Vianne miró a su amiga. Quería ser la más fuerte de las dos —por una vez—, pero no pudo evitar que los ojos se le llenaran de lágrimas.

—Quédate en la cocina —le dijo Rachel a Sarah—. Si oyes que tu hermano se despierta, lo levantas. Tú —le dijo a Vianne—, ven conmigo.

Cogió a Vianne del brazo y la guio a través de la salita hasta su dormitorio.

Vianne se sentó en la cama y miró a su amiga. En silencio le tendió la lista de nombres que Beck le había dado.

—Son prisioneros de guerra, Rachel. Antoine, Marc y todos los demás. No van a volver.

Tres días después, en una gélida mañana de sábado, Vianne estaba en su aula de pie frente un grupo de mujeres sentadas en pupitres demasiado pequeños para ellas. Parecían cansadas y un poco recelosas. Aquellos días nadie se sentía cómodo en una reunión. Nunca se sabía hasta qué punto exactamente se extendía el *verboten* a conversaciones sobre la guerra y, además, las mujeres de Carriveau se encontraban exhaustas. Se pasaban los días haciendo cola para conseguir cantidades insuficientes de alimentos, y cuando no se encontraban en una cola se dedicaban a buscar comida en el campo o a tratar de vender sus zapatos de fiesta o un pañuelo de seda por el precio de una barra de buen pan. Al fondo de la habitación, acurrucadas en un rincón, Sophie y Sarah se apoyaban la una en la otra, con las rodillas dobladas, leyendo libros.

Rachel se cambió de hombro a su bebé dormido y cerró la puerta del aula.

—Gracias a todas por venir. Sé lo difícil que resulta estos días hacer cualquier cosa aparte de las estrictamente necesarias.

Hubo un murmullo de asentimiento entre las mujeres.

—¿Qué hacemos aquí? —preguntó madame Fournier con voz cansada.

Vianne dio un paso al frente. Nunca se había sentido del todo cómoda con algunas de aquellas mujeres, muchas de las cuales le mostraron antipatía cuando se fue a vivir allí a los catorce años. Cuando Vianne «cazó» a Antoine —el soltero más guapo del pueblo— la antipatía había aumentado. Aquellos días habían quedado muy atrás, claro, y ahora Vianne se llevaba bien con aquellas mujeres y enseñaba a sus hijos y compraba en sus tiendas, pero, aun así, el sufrimiento de la adolescencia le había dejado un residuo de incomodidad.

—He recibido una lista de prisioneros de guerra franceses, de Carriveau. Siento, lo siento muchísimo, deciros que algunos de vuestros maridos, también el mío y el de Rachel, están en la lista. Me dicen que no van a volver a casa.

Se detuvo para dejar que las mujeres reaccionaran. El duelo y la pérdida transformaron los rostros a su alrededor. Vianne sabía que también el suyo reflejaba dolor. Aun así la estampa era triste, y se le humedecieron los ojos. Rachel se acercó a ella y le asió la mano.

—Tengo tarjetas —dijo Vianne—. Oficiales. Para que podamos escribir a nuestros hombres.

—¿Cómo has conseguido tantas? —preguntó madame Fournier enjugándose las lágrimas.

—Pidiéndole un favor a su alemán —dijo Hélène Ruelle, la mujer del panadero.

—¡De eso nada! Y no es mi alemán —replicó Vianne—. Es un soldado alojado en mi casa. ¿Tengo que dejar que los alemanes se queden con Le Jardin? ¿Irme con las manos vacías? Se han instalado en cada casa y hospedería del pueblo con una habitación libre. Mi situación no tiene nada de especial.

Más chasquidos de lengua y murmullos. Algunas mujeres asintieron con la cabeza, otras gesticularon en señal de desaprobación.

—Yo me habría matado antes de dejar que uno se instalara en mi casa —dijo Hélène.

—¿De verdad, Hélène? ¿Lo dices en serio? —contestó Vianne—. ¿Y matarías primero a tus hijos o los echarías a la calle para que salieran adelante solos?

Hélène apartó la vista.

—Han ocupado mi hotel —dijo una mujer—. Y la mayoría son caballeros. Un poco primitivos, quizá. Despilfarradores.

—Caballeros —dijo Hélène escupiendo cada sílaba—. Somos cerdos camino del matadero, ya lo veréis. Cerdos que no se resisten lo más mínimo.

—Últimamente no te he visto por mi carnicería —le dijo madame Fournier a Vianne con tono crítico.

—Va mi hermana por mí —dijo Vianne.

Sabía que aquel era el principal motivo de su desaprobación; tenían miedo de que Vianne recibiera —y aceptara— privilegios especiales que a ellas les estaban negados.

—Jamás me dejaría tentar por comida, ni por ninguna otra cosa, del enemigo.

De pronto se sintió como si hubiera vuelto al colegio y estuviera siendo acosada por las niñas populares.

—Vianne está intentando ayudar —dijo Rachel con un tono lo bastante serio como para hacerlas callar.

Le cogió las tarjetas a Vianne y empezó a repartirlas.

Vianne se sentó y miró su tarjeta en blanco.

Oyó cómo otros lápices garrapateaban otras postales y, despacio, empezó a escribir:

Mi querido Antoine:

Estamos bien. Sophie rebosa salud y, a pesar de las muchas tareas, este verano conseguimos sacar tiempo para pasarlo en el río. Pensamos —pienso— en ti todo el tiempo y rezamos por que estés bien. No te preocupes por nosotras y vuelve a casa.

Je t'aime, Antoine.

La letra era tan pequeña que se preguntó si Antoine sería capaz de leerla.

O si recibiría la postal.

O si estaba vivo.

Por Dios, si estaba llorando.

Rachel se sentó a su lado y le puso una mano en el hombro.

—Todas estamos igual —le dijo con voz queda.

Momentos después, las mujeres se fueron levantando una a una. En silencio se acercaron a Vianne y le entregaron las tarjetas.

—No te sientas ofendida —le aconsejó Rachel—. Solo están asustadas.

—Yo también estoy asustada —dijo Vianne.

Rachel se pegó su tarjeta al pecho, los dedos desplegados sobre el pequeño cuadrado de cartón como si necesitara tocar cada esquina del mismo.

—¿Y cómo no vamos a estarlo?

Después, cuando volvieron a Le Jardin, vieron la motocicleta de Beck con el sidecar equipado con ametralladora aparcada en la hierba junto a la cancela.

Rachel se volvió a Vianne.

—¿Quieres que entremos con vosotras?

Vianne leyó la preocupación en los ojos de Rachel y supo que, si le pedía ayuda, se la ofrecería, pero ¿cómo podía ayudarla?

—No, gracias. Estamos perfectamente. Lo más probable es que se haya olvidado alguna cosa y que vuelva a salir enseguida. Casi nunca para en casa estos días.

—¿Dónde está Isabelle?

—Buena pregunta. Se escabulle cada viernes por la mañana antes de que salga el sol. —Se acercó a Rachel y susurró—: Creo que para encontrarse con un pretendiente.

—Hace bien.

Vianne no tenía respuesta para ese comentario.

—¿Nos echará las tarjetas al correo el alemán? —preguntó Rachel.

—Eso espero.

Vianne se quedó un momento más mirando a su amiga.

—Bueno —dijo luego—, pronto saldremos de dudas.

Y entró con Sophie en la casa. Una vez allí, le dijo que se fuera al piso de arriba a leer. Su hija estaba acostumbrada a recibir órdenes como aquella, y no le importó. Vianne trataba de mantener a Sophie tan lejos como fuera posible de Beck.

Este estaba sentado a la mesa del comedor delante de varios papeles desplegados. Cuando entró Vianne levantó la vista. Una gota de tinta cayó de la punta de su estilográfica y aterrizó en forma de mancha azul en la hoja de papel en blanco que tenía frente a él.

—*Madame*, qué excelente. Me complace que esté de vuelta.

Vianne avanzó cautelosa, asiendo con fuerza el paquete con las postales. Las habían atado con un trozo de bramante.

—Tengo... algunas postales aquí... escritas por amigas del pueblo... a nuestros maridos... Pero no sabemos dónde enviarlas. He pensado... que igual usted podía ayudarnos.

Cambió, incómoda, el peso de un pie al otro, sintiéndose profundamente vulnerable.

—Por supuesto, *madame.* Me complacerá hacerle ese favor. Aunque requerirá mucho tiempo e investigación. —Se puso en pie, en un gesto de educación—. Da la casualidad de que ahora mismo estoy confeccionando una lista para mis superiores de la Kommandantur. Necesitan los nombres de algunos de los maestros de su escuela.

—Ah —dijo Vianne sin saber muy bien por qué el capitán le contaba aquello. Nunca hablaba de su trabajo. Claro que nunca hablaban de nada.

—Judíos, comunistas, homosexuales, masones, testigos de Jehová. ¿Conoce a personas así?

—Soy católica, herr capitán, como ya sabe. En la escuela no hablamos de esas cosas. Y, en cualquier caso, no estoy muy segura de qué son los homosexuales o los masones.

—Ah. O sea, que sí conoce de los otros.

—No entiendo...

—No soy claro, mis perdones. Le agradecería solemnemente que me diera los nombres de los profesores de su escuela que son judíos o comunistas.

—¿Para qué necesita sus nombres?

—Es algo administrativo, nada más. Ya sabe que a los alemanes nos gustan mucho las listas.

Sonrió y sacó una silla para que Vianne se sentara.

Esta miró el papel en blanco sobre la mesa; a continuación las tarjetas que tenía en la mano. Si Antoine recibía una, era posible que contestara. Al menos así sabría que estaba vivo.

—No es información confidencial, herr capitán. Cualquiera puede darle esos nombres.

El capitán se acercó a ella.

—Con algo de esfuerzo, *madame,* creo que puedo conseguir la dirección de su marido y también hacerle llegar un paquete de su parte. ¿Sería eso campante?

—«Campante» no es la palabra adecuada, herr capitán. Lo que quiere preguntarme es si me parecería bien.

Estaba intentando ganar tiempo y lo sabía. Peor aún, estaba convencida de que también él lo sabía.

—Ah. Muchas gracias por darme lecciones de su hermosa lengua. Mis disculpas. —Le ofreció la pluma—. No se preocupe, *madame.* Es administrativo, nada más.

Vianne quiso decir que no iba a escribir ningún nombre, pero ¿qué sentido tendría? Para él sería fácil conseguir aquella información en el pueblo. Todo el mundo sabía qué nombres iban en esa lista. Y Beck podía echarla de su propia casa si se resistía. Y, entonces, ¿qué haría?

Se sentó, tomó la pluma y empezó a escribir nombres. Hasta que no terminó la lista, no se detuvo y separó el plumín del papel.

—He terminado —dijo con voz queda.

—Se ha olvidado de su amiga.

—Ah, ¿sí?

—Supongo que querrá usted hacerlo como es debido.

Vianne se mordió el labio, nerviosa, y miró la lista de nombres. De pronto supo con total certeza que no debería haber hecho aquello. Pero ¿qué elección tenía? Aquel hombre mandaba en su casa. ¿Qué ocurriría si desafiaba su autoridad? Despacio, sintiendo náuseas, escribió el último nombre de la lista.

Rachel de Champlain.

12

*U*na mañana especialmente fría de finales de noviembre Vianne se despertó con lágrimas en las mejillas. Otra vez se había pasado la noche soñando con Antoine. Suspiró y se levantó de la cama con cuidado de no despertar a Sophie. Había dormido vestida de pies a cabeza, con camiseta interior de lana, jersey de manga larga, medias, pantalones de franela —unos de Antoine que se había arreglado—, gorro de lana y mitones. No era todavía Navidad y vestirse con una capa encima de otra ya se había convertido en algo de rigor. Se puso también una chaqueta y seguía teniendo frío.

Metió las manos con mitones en la abertura de los pies del colchón y sacó la bolsa de cuero que le había dejado Antoine. No quedaba en ella mucho dinero. Pronto tendrían que vivir solo de su sueldo de maestra.

Volvió a poner el dinero en su sitio —contarlo se había convertido en una obsesión desde que empezó el frío— y bajó.

Ya nunca había suficiente de nada. Las cañerías se congelaban de noche, así que no había agua corriente hasta mediodía. Vianne había adoptado la costumbre de dejar cubos llenos de agua cerca de la cocina y las chimeneas para que pudieran lavarse. El gas y la electricidad escaseaban, al igual que el dinero para costearlos, así que escatimaba en ambas cosas. Las llamas del fogón eran tan tenues que apenas servían para hervir agua. Rara vez encendían la luz.

Hizo fuego y, a continuación, se sentó en el canapé envuelta en un edredón grueso. A su lado había una bolsa con lana que había conseguido deshaciendo un jersey viejo. Estaba tejiéndole a Sophie una bufanda para Navidad, y por la mañana temprano era el único rato que disponía para trabajar.

Con los crujidos de la casa por toda compañía, se centró en la lana azul pálido y en cómo las agujas entraban y salían de las suaves hebras creando a cada instante algo que antes no existía. Le calmaba los nervios aquel ritual matutino que en otro tiempo había sido una tarea corriente. Si dejaba volar la imaginación, veía a su madre sentada a su lado, enseñándola, diciendo: «Un punto del derecho y dos del revés, eso es… Muy bien».

O a Antoine, bajando por las escaleras en calcetines, sonriendo, preguntándole qué le estaba tejiendo…

Antoine.

La puerta principal se abrió despacio dejando pasar una ráfaga de aire helado y un remolino de hojas. Entró Isabelle con el abrigo viejo de Antoine, botas hasta las rodillas y una bufanda enrollada alrededor de la cabeza y el cuello, tapándole todo excepto los ojos.

Cuando vio a Vianne, se detuvo bruscamente.

—Ah, ya estás levantada. —Se quitó la bufanda y colgó el abrigo. La expresión culpable de su cara no daba lugar a dudas—. Había ido a ver las gallinas.

Vianne dejó de tejer, las agujas se detuvieron.

—Podrías decirme quién es ese joven con el que te ves a escondidas.

—¿Quién querría verse con un joven con este frío?

Isabelle se acercó a Vianne, la obligó a levantarse y la condujo hasta la chimenea.

Al sentir el repentino calor, Vianne tiritó. No había sido consciente del frío que tenía.

—Tú —dijo, sorprendida por que el comentario hiciera sonreír a Isabelle—. Tú saldrías con este frío a encontrarte con un pretendiente.

—Tendría que ser muy especial. Clark Gable, a lo mejor.

Sophie entró corriendo en la habitación y se pegó a Vianne.

—Qué gustito —dijo extendiendo las manos hacia el fuego.

Durante un instante hermoso y tierno Vianne se olvidó de sus preocupaciones.

—Bueno, será mejor que me vaya —dijo entonces Isabelle—. Quiero estar la primera en la cola de la carnicería.

—Antes de salir tienes que comer algo —dijo Vianne por fin.

—Dale mi desayuno a Sophie —contestó Isabelle descolgando de nuevo el abrigo y enrollándose la bufanda alrededor de la cabeza.

Vianne acompañó a su hermana a la puerta, la vio desaparecer en la oscuridad y luego volvió a la cocina y, después de encender un candil, bajó a la despensa del sótano, donde varios estantes recorrían la pared de piedra. Dos años atrás la despensa había estado llena a rebosar de jamones ahumados, tarros de grasa de pato y ristras de salchichas. Botellas de vinagre hecho de champán añejo, latas de sardinas, frascos de mermelada.

Ahora se habían casi agotado las reservas de achicoria. Todo lo que quedaba de azúcar era un residuo blanco brillante en el recipiente de cristal y la harina era más valiosa que el oro. Gracias a Dios, la huerta había producido una buena cosecha de hortalizas a pesar del saqueo de los refugiados. Vianne había enlatado y puesto en conserva todas las frutas y verduras, por pequeño que fuera su tamaño.

Cogió un pedazo de pan de salvado que estaba a punto de estropearse. Para una niña en pleno crecimiento, un desayuno a base de huevo duro y tostada no era mucho, pero podría haber sido peor.

—Quiero más —dijo Sophie cuando terminó de comer.

—No puedo darte más —contestó Vianne.

—Los alemanes se están quedando con toda la comida —señaló Sophie en el preciso instante en que Beck entraba en la habitación vestido con su uniforme gris verdoso.

—Sophie —dijo Vianne con dureza.

—Bueno, señorita, es verdad que los alemanes estamos consumiendo gran parte de los productos franceses, pero los hombres que están combatiendo necesitan comer. ¿O no?

Sophie le miró con el ceño fruncido.

—¿No tiene que comer todo el mundo?

—*Oui, mademoiselle.* Y los alemanes no solo recibimos, también damos a quienes son nuestros amigos.

Se metió la mano en el bolsillo y sacó una chocolatina.

—¡Chocolate!

—¡Sophie, no! —dijo Vianne, pero Beck estaba engatusando a su hija, provocándola, haciendo desaparecer y aparecer la chocolatina con un juego de manos. Cuando por fin se la dio, Sophie gritó de alegría y rompió el envoltorio.

Beck se acercó a Vianne.

—Esta mañana la encuentro… triste —susurró.

Vianne no supo cómo reaccionar.

Beck sonrió y salió. Vianne oyó cómo la motocicleta arrancaba y se alejaba traqueteando.

—El chocolate estaba riquísimo —dijo Sophie chasqueando los labios.

—Habría sido una buena idea dejar un trocito para cada noche en lugar de engullirlo de una sola vez. Y no debería tener que recordarte las virtudes de compartir.

—*Tante* Isabelle dice que es mejor ser osada que sumisa. Que si vas a saltar de un acantilado, al menos volarás antes de caer.

—Sí, claro, muy propio de Isabelle decir algo así. Quizá deberías preguntarle sobre el día que se rompió la muñeca saltando de un árbol al que no tenía que haberse subido. Venga, vámonos a la escuela.

Ya fuera, esperaron junto al camino embarrado y cubierto de hielo a Rachel y a los niños y juntos emprendieron la larga y fría caminata a la escuela.

—Hace cuatro días que me quedé sin café —dijo Rachel—. Por si te estabas preguntando por qué me he convertido en una bruja.

—Yo soy la que tiene mal genio últimamente —dijo Vianne. Esperó a que Rachel le llevara la contraria, pero esta la conocía demasiado bien para saber cuándo una afirmación así escondía algo más—. Es que… he estado preocupada por algunas cosas.

La lista. Había escrito los nombres semanas atrás y no había pasado nada. Aun así, la preocupación persistía.

—¿Antoine? ¿Que nos muramos de hambre? ¿De frío? —Rachel sonrió—. ¿Qué preocupación sin importancia te tiene obsesionada esta semana?

Sonó la campana de la escuela.

—Corre, *maman*, llegamos tarde —dijo Sophie cogiendo a Vianne del brazo y tirando de ella.

Vianne se dejó conducir por los escalones de piedra. Sophie, Sarah y ella entraron en su aula que ya estaba llena de alumnos.

—Llega tarde, madame Mauriac —dijo Gilles con una sonrisa—. Tiene un punto negativo.

Todos rieron.

Vianne se quitó el abrigo y lo colgó.

—Estás muy gracioso, Gilles, como siempre. Veamos si sigues sonriendo después del examen de ortografía.

Esta vez los niños gimieron y Vianne no pudo evitar sonreír al ver sus caras de abatimiento. Todos parecían descorazonados; era difícil, muy difícil sentirse de otra manera en aquella habitación fría con ventanas tapadas por las que no entraba luz suficiente para ahuyentar las sombras.

—Qué demonios, hace mucho frío esta mañana. Tal vez lo que necesitamos para entrar en calor es jugar a tula.

Un clamor de aprobación llenó el aula. Vianne apenas había tenido tiempo de descolgar su abrigo cuando una marea de chiquillos riendo la sacó de la habitación.

Llevaban fuera unos minutos, cuando Vianne oyó un gruñido de motores acercándose a la escuela.

Los niños no se dieron cuenta —al parecer aquellos días solo reparaban en los aviones— y siguieron jugando.

Vianne fue hasta la esquina del edificio y se asomó.

Un Mercedes-Benz negro subía bramando por el camino de tierra, los guardabarros engalanados con pequeñas banderas con la esvástica que aleteaban en el frío. Le seguía un coche de la policía francesa.

—Niños —dijo Vianne corriendo de vuelta al patio—. Venid aquí. Poneos a mi lado.

Los dos hombres doblaron la esquina. A uno de ellos no le había visto nunca: era un individuo rubio, alto, elegante, casi escuálido, vestido con un abrigo largo de cuero negro y botas relucientes. Una cruz de hierro decoraba una de sus solapas, que llevaba subidas. Al otro le conocía, era agente de policía de Carriveau desde hacía años, Paul Jeauelere. Antoine había comentado a menudo que tenía un ramalazo cruel y cobarde.

—Madame Mauriac —dijo el agente de policía francés con un saludo solemne de cabeza.

A Vianne no le gustó nada su forma de mirar. Le recordó a cómo lo hacen en ocasiones los chiquillos cuando están a punto de acosar a uno más pequeño.

—*Bonjour*, Paul.

—Hemos venido por algunos de sus colegas. No hay nada que deba preocuparla, *madame*. Usted no está en nuestra lista.

Lista.

—¿Qué quieren de mis colegas? —se oyó a sí misma preguntar, pero su voz era casi inaudible, a pesar de que los niños estaban en silencio.

—Algunos profesores serán despedidos hoy.

—¿Despedidos? ¿Por qué?

El agente nazi hizo un gesto con una mano pálida como si espantara una mosca.

—Por judíos, comunistas y masones. Personas —dijo con desdén— que no están ya autorizadas a enseñar ni a trabajar en la administración pública o en el ejercicio de la ley.

—Pero...

El nazi hizo un gesto con la cabeza al policía francés y los dos se volvieron a la vez y entraron en la escuela.

—¿Madame Mauriac? —dijo alguien tirándole a Vianne de la manga.

—*Maman* —gimió Sophie—, no pueden hacer eso, ¿a que no?

—Pues claro que pueden —dijo Gilles—. Sucios nazis bastardos.

Vianne debería haberle reprendido por usar ese lenguaje, pero no podía pensar en otra cosa que no fuera en la lista de nombres que le había dado a Beck.

Estuvo horas luchando con su conciencia. Pasó gran parte de lo que quedaba de la mañana dando clase, aunque luego no recordó cómo había sido capaz. Lo único que tenía en la cabeza era la mirada que le había dirigido Rachel al salir de la escuela con los otros profesores despedidos. Por fin, a mediodía, aunque ya faltaban manos en la escuela, Vianne le había pedido a una compañera que se hiciera cargo de su clase.

Ahora se encontraba en el límite de la plaza del pueblo.

Durante todo el camino hasta allí había estado planeando lo que diría, pero cuando vio la bandera nazi ondeando en el *hôtel de ville* su determinación flaqueó. Mirara donde mirara había soldados alemanes, caminando en parejas o montando caballos lustrosos y bien alimentados, o circulando a gran velocidad en unos Citroën negros relucientes. Al otro lado de la plaza, un nazi tocó un silbato y usó su fusil para obligar a un hombre anciano a arrodillarse.

Vamos, Vianne.

Subió los peldaños de piedra hasta las puertas de roble cerradas, donde un guarda joven de expresión despierta la detuvo y le exigió saber por qué estaba allí.

—Vengo a ver al capitán Beck —dijo Vianne.

—Ah.

El guarda le abrió la puerta y señaló la amplia escalinata de piedra haciendo el signo del número dos.

Vianne entró en la sala principal del ayuntamiento. Estaba llena de hombres uniformados. Intentó no mirar a ninguno a los ojos mientras atravesaba a toda prisa el vestíbulo en dirección a las escaleras, que subió bajo la atenta mirada del Führer, cuyo retrato ocupaba gran parte de la pared.

En la segunda planta encontró a un hombre de uniforme y le dijo:

—Capitán Beck, *s'il vous plaît?*

—*Oui, madame.*

La acompañó hasta una puerta al final del pasillo y llamó con energía. Cuando obtuvo respuesta, le abrió.

Beck estaba sentado detrás de una ampulosa mesa negra y dorada, evidentemente requisada de una de las mansiones de la zona. Detrás de él, colgaban un retrato de Hitler y una serie de mapas. Sobre la mesa había una máquina de escribir y un mimeógrafo. En el rincón había una pila de radios confiscadas, pero lo peor de todo era la comida. Había cajas y cajas, montones de jamones curados y quesos enteros apilados contra la pared del fondo.

—Madame Mauriac —dijo Beck poniéndose enseguida de pie—. Qué grata sorpresa. —Se acercó a ella—. ¿Puedo ayudarla en algo?

—He venido a por los profesores de la escuela que ha despedido.

—Yo no, *madame*.

Vianne miró la puerta abierta a su espalda y dio un paso hacia él, bajando la voz para decir:

—Me dijo que la lista de nombres era de naturaleza administrativa.

—Lo siento. De verdad. Es lo que me dijeron.

—Les necesitamos en la escuela.

—Que esté usted aquí es… peligroso quizá. —Beck salvó la pequeña distancia entre los dos—. No le interesa llamar la atención, madame Mauriac. Aquí no. Hay un hombre… —Miró hacia la puerta y se calló—. Váyase, *madame*.

—Me gustaría que no me lo hubiera pedido.

—A mí también, *madame*. —La miró comprensivo—. Ahora, váyase. Por favor. No debe estar aquí.

Vianne le dio la espalda al capitán Beck —y a toda aquella comida y al retrato del Führer— y salió del despacho.

Cuando bajaba las escaleras vio a los soldados mirándola, intercambiando sonrisas, sin duda bromeando sobre otra francesa cortejando a un atractivo soldado alemán que acababa de romperle el corazón. Pero hasta que no salió a la luz del sol no se percató de su error.

Había varias mujeres en la plaza, o en sus inmediaciones, y la vieron salir de la guarida de los nazis.

Una de las mujeres era Isabelle.

Vianne bajó corriendo las escaleras y se encontró a Hélène Ruelle, la mujer del panadero, que estaba entregando el pan en la Kommandantur.

—¿Socializando, madame Mauriac? —dijo Hélène con expresión maliciosa cuando Vianne pasó deprisa a su lado.

Isabelle atravesó la plaza prácticamente corriendo. Con un suspiro de resignación, Vianne se detuvo y esperó a que su hermana se reuniera con ella.

—¿Qué hacías ahí dentro? —exigió saber en voz excesivamente alta Isabelle, aunque quizá eso fue solo una impresión de Vianne.

—Han despedido a los profesores. Bueno, no a todos, solo a los judíos, a los masones y a los comunistas.

El recuerdo de lo sucedido la abrumó y sintió náuseas. Recordó el pasillo en silencio y el desconcierto de los profesores que se habían quedado. Nadie sabía qué hacer, cómo enfrentarse a los nazis.

—¿Así que solo a ellos? —dijo Isabelle con expresión tensa.

—No quería decirlo así, solo explicarme bien. No han despedido a todos los profesores.

Incluso a ella le pareció una excusa endeble, así que se calló.

—Pero eso no justifica tu presencia en su cuartel general.

—Pensé…, pensé que el capitán Beck podría ayudarnos. Ayudar a Rachel.

—¿Has ido a pedirle un favor a Beck?

—No tenía otro remedio.

—Las francesas no piden ayuda a los nazis, Vianne. *Mon Dieu*, eso tienes que saberlo.

—Lo sé —dijo Vianne en tono desafiante—. Pero…

—Pero ¿qué?

Vianne no lo soportó más.

—Le di una lista de nombres.

Isabelle se quedó muy quieta. Por un instante pareció no respirar. La mirada que le dirigió le dolió a Vianne más que una bofetada.

—¿Cómo has podido hacer una cosa así? ¿Les diste el nombre de Rachel?

—N-no lo sabía —tartamudeó Vianne—. ¿Cómo iba a saberlo? Dijo que era una cuestión administrativa. —Le cogió la mano a Isabelle—. Perdóname, Isabelle. De verdad. No lo sabía.

—A mí no es a quien tienes que pedir perdón, Vianne.

Esta sintió una vergüenza lacerante y profunda. ¿Cómo podía haber sido tan tonta y cómo en el nombre del cielo podía arreglar lo que había hecho? Miró su reloj de pulsera. Las clases estaban a punto de terminar.

—Ve a la escuela —dijo—. Recoge a Sophie y a Sarah. Yo tengo que hacer una cosa.

—Sea lo que sea, espero que la hayas pensado bien.

—Ve —dijo Vianne con tono cansado.

La capilla de St. Jeanne era una pequeña iglesia normanda de piedra situada a las afueras del pueblo. Detrás de ella y en el interior de sus muros medievales estaba el convento de las hermanas de St. Joseph, unas monjas que regentaban un orfanato y una escuela.

Vianne entró en la iglesia y sus pisadas resonaron en el suelo de fría piedra; el aliento formaba nubecillas delante de ella. Se quitó los guantes solo el tiempo necesario para tocar con las yemas de los dedos el agua bendita helada. Se persignó y fue hasta un banco vacío; hizo la genuflexión y, a continuación, se puso de rodillas. Con los ojos cerrados inclinó la cabeza y rezó.

Necesitaba consejo —y perdón—, pero, por primera vez en su vida, no encontraba palabras con que formular su plegaria. Él la juzgaría. Bajó las manos entrelazadas y se sentó en el banco de madera.

—Vianne Mauriac, ¿eres tú?

La madre Marie-Thérèse, superiora del convento, fue hasta donde estaba Vianne y se sentó. Esperó a que esta hablara. Siempre lo hacía. La primera vez que Vianne acudió a la madre en busca de consejo tenía dieciséis años y estaba embarazada. Esta la había consolado después de que *papa* le dijera que era una deshonra para la familia. Luego, la madre Marie-Thérèse había organizado una boda a toda prisa y había convencido a *papa* de que permitiera a Vianne y a Antoine vivir en Le Jardin. Fue ella quien había prometido a Vianne que un hijo era siempre un milagro y que el amor de juventud podía perdurar.

—¿Sabe que tengo un alemán alojado en casa? —dijo por fin Vianne.

—Están en todas las casas grandes y en todas las hospederías.

—Me preguntó qué profesores de la escuela son judíos, comunistas o masones.

—Ah. Y tú le contestaste.

—Eso me convierte en la tonta que Isabelle dice que soy, ¿verdad?

—No eres tonta, Vianne. —La madre superiora la miró—. Y tu hermana se precipita a la hora de juzgar. Recuerdo eso de ella.

—Me pregunto si habrían encontrado esos nombres sin mi ayuda.

—Han despedido a judíos en todo el pueblo. ¿No lo sabes? Monsieur Penoir ya no es jefe de correos y han sustituido al juez Braias. Me han llegado noticias de París de que la directora del Collège Sévigné fue obligada a dimitir, al igual que todas las cantantes judías de la Opéra. Quizá necesitaban tu colaboración, quizá no. Desde luego habrían encontrado los nombres sin tu ayuda. —El tono de la madre Marie-Thérèse era cariñoso y solemne a la vez—. Pero eso no es lo importante.

—¿Qué quiere decir?

—Creo que, a medida que esta guerra se prolongue, todos tendremos que reflexionar más. Estas cuestiones no tienen que ver con ellos, sino con nosotros.

A Vianne se le llenaron los ojos de lágrimas.

—Es que ya no sé qué hacer. Antoine siempre se ocupaba de todo. La Wehrmacht y la Gestapo son cosas que me superan.

—No pienses en quiénes son, sino en quién eres tú, en los sacrificios con los que puedes convivir y en los que te resultarán insoportables.

—Todo me resulta insoportable. Tengo que ser más como Isabelle. Para ella esta guerra es blanca o negra. Nada parece asustarla.

—También a Isabelle le llegará su crisis de fe en este asunto, créeme. Como nos llegará a todos. Yo ya lo he vivido, durante la Gran Guerra. Sé que las penalidades no han hecho más que empezar. Debes ser fuerte.

—Creyendo en Dios.

—Sí, por supuesto, pero no solo creyendo en Dios. Las plegarias y la fe no bastarán, me temo. El camino recto a menudo es el más peligroso. Prepárate, Vianne. Esta ha sido solo la primera prueba. Aprende de ella.

La madre se inclinó y abrazó de nuevo a Vianne. Esta se aferró a ella con fuerza y pegó la cara en el hábito de lana áspera.

Cuando se separó, se sentía un poco mejor.

La madre superiora se levantó, cogió la mano de Vianne y la hizo levantarse también.

—A lo mejor podrías sacar algo de tiempo para visitar a los niños esta semana y darles una clase. Les encantó cuando les enseñaste a pintar. Como podrás imaginar, estos días abundan las quejas por estómagos vacíos. Doy gracias al Señor porque las hermanas tienen una huerta excelente, y la leche y el queso de cabra son regalos del cielo. Pero, aun así…

—Sí —dijo Vianne.

Todos sabían lo que suponía apretarse el cinturón, en especial para alimentar a los niños.

—No estás sola y no estás a cargo de todo —dijo la monja con amabilidad—. Pide ayuda cuando la necesites y préstala cuando puedas. Creo que es la mejor manera de servir al Señor, a los demás y a nosotros mismos en tiempos tan oscuros como estos.

No estás a cargo de todo.

Vianne reflexionó sobre las palabras de la madre superiora durante todo el camino a casa.

Su fe siempre le había proporcionado un gran consuelo. Cuando *maman* empezó a toser y cuando la tos se agravó con convulsiones secas que rociaban de sangre los pañuelos, Vianne había pedido a Dios todo lo que necesitaba. Ayuda. Consejo. Una manera de ahuyentar a la muerte que había venido a llamar a su puerta. A los catorce años le había prometido a Dios que haría cualquier cosa —lo que fuera— si salvaba la vida de su madre. Con sus plegarias sin atender, regresó a Dios y rezó por que le diera fuerzas para enfrentarse a las secuelas: su soledad, los silencios sombríos e irascibles de su padre, sus arranques de cólera provocados por el alcohol, el gimoteo y la atención constante que exigía Isabelle.

Una y otra vez había vuelto los ojos a Dios para pedirle ayuda, ofrecerle su fe. Quería creer que no estaba ni sola ni a cargo de nadie, sino que su vida se desarrollaba de acuerdo con Sus designios, incluso si ella no podía verlos.

Ahora ese pensamiento le resultaba tan nimio y endeble como la hojalata.

Estaba sola y no había nadie más a su cargo, nadie a excepción de los nazis.

Había cometido una equivocación terrible y dolorosa. No podía dar marcha atrás, por mucho que deseara tener la oportunidad; no podía deshacer lo hecho, pero una mujer íntegra aceptaría la responsabilidad —y la culpa— y pediría disculpas. Con independencia de todo lo demás, con independencia de todos sus defectos, tenía la intención de ser una mujer íntegra.

Por eso sabía lo que tenía que hacer.

Lo sabía y, aun así, cuando llegó a la cancela de la casa de Rachel, descubrió que estaba paralizada. Le pesaban los pies y, todavía más, el corazón.

Respiró hondo y llamó a la puerta. Dentro se oyeron pasos y, a continuación, la puerta se abrió. Rachel tenía a su hijo durmiendo en un brazo y un pelele de bebé doblado sobre el otro.

—Vianne —dijo sonriendo—. Pasa.

Vianne estuvo a punto de ceder a la cobardía. *Oye, Rachel, solo he venido un momento a saludarte.* Pero, en lugar de ello, volvió a respirar hondo y siguió a su amiga. Se sentó donde lo hacía habitualmente, en la confortable butaca tapizada cerca de la chimenea encendida.

—Sostén a Ari, voy a hacer café.

Vianne tomó en brazos al bebé dormido. Cuando este se pegó a ella, le acarició la espalda y le besó en la parte posterior de la cabeza.

—Nos hemos enterado de que la Cruz Roja ha entregado paquetes de ayuda en campos de prisioneros —dijo Rachel un momento después entrando en la habitación con dos tazas de café. Dejó una en la mesa junto a Vianne—. ¿Dónde están las niñas?

—En mi casa, con Isabelle. Probablemente aprendiendo a disparar una escopeta.

Rachel rio.

—Podría ser peor.

Se quitó el pelele del hombro y lo echó en una cesta de paja con el resto de la costura. Luego se sentó enfrente de Vianne.

Esta inhaló el dulce aroma a bebé. Cuando levantó la vista, Rachel la miraba.

—¿Has tenido un mal día? —le preguntó con voz queda.

Vianne sonrió vacilante. Rachel sabía que a menudo Vianne lloraba por sus bebés malogrados y lo profundamente que deseaba tener más hijos. Había sido difícil para las dos —no mucho, pero sí un poco— cuando Rachel se quedó embarazada de Ari. Vianne había sentido alegría… y un asomo de envidia.

—No —contestó. Levantó despacio la barbilla y miró a su mejor amiga a los ojos—. Tengo que contarte una cosa.

—¿El qué?

Vianne tomó aire.

—¿Te acuerdas del día en que escribimos las tarjetas? ¿Y que cuando volví a casa el capitán Beck me estaba esperando?

—Sí. Me ofrecí a entrar contigo.

—Ojalá lo hubieras hecho, aunque no creo que esto hubiera cambiado las cosas. Simplemente habría esperado a que te fueras.

Rachel hizo ademán de ponerse en pie.

—¿Te...?

—No, no —se apresuró a decir Vianne—. No es eso. Aquel día estaba trabajando en la mesa del comedor, escribiendo algo, cuando llegué. Me..., me pidió una lista de nombres. Quería saber cuáles de los maestros de la escuela eran judíos o comunistas. —Hizo una pausa—. También me preguntó por los homosexuales y los masones, como si la gente hablara de esas cosas.

—Le dijiste que no sabías nada.

La vergüenza hizo que Vianne apartara la vista, pero solo durante un instante. Se obligó a decir:

—Le di tu nombre, Rachel. Junto con los otros.

Rachel se quedó muy quieta, el color abandonó su tez, resaltando sus ojos.

—Y nos han despedido.

Vianne tragó saliva y asintió con la cabeza.

Rachel se puso de pie y pasó junto a Vianne sin detenerse, ignorando su súplica, *por favor, Rachel,* apartándose para que no pudiera tocarla. Entró en el dormitorio y se encerró de un portazo.

El tiempo transcurrió despacio, marcado por suspiros contenidos, fragmentos de plegarias y el rechinar de la silla. Vianne vio cómo avanzaban las manillas diminutas del reloj de la repisa de la chimenea. Le dio palmaditas al bebé en el brazo siguiendo el ritmo de los minutos.

Por fin se abrió la puerta y entró Rachel. Tenía el pelo completamente revuelto, como si se hubiera estado pasando las manos por él; sus mejillas estaban cubiertas de manchas rojas por la angustia o el enfado. Quizá las dos cosas. Tenía los ojos rojos de llorar.

—Lo siento mucho —dijo Vianne levantándose—. Perdóname.

Rachel se detuvo delante de ella y la miró. La ira le centelleó en los ojos; luego se desvaneció y la sustituyó la resignación.

—Todos en el pueblo saben que soy judía, Vianne. Siempre me he enorgullecido de ello.

—Ya lo sé. Es lo que me dije a mí misma. Pero, aun así, no debería haberle ayudado. Lo siento. No te haría daño por nada del mundo. Espero que lo sepas.

—Pues claro que lo sé —dijo Rachel con suavidad—. Pero Vi, has de tener más cuidado. Sé que Beck es joven y atractivo y cordial y cortés, pero es un nazi, y los nazis son peligrosos.

El invierno de 1940 fue el más frío que recordaba nadie. La nieve caía día tras día, cubriendo con un manto blanco árboles y campos, y en las ramas mustias brillaban témpanos.

Y, aun así, Isabelle se levantaba cada viernes horas antes de que amaneciera para distribuir «papeles terroristas», como los llamaban ahora los nazis. El pasquín de la semana anterior había informado de las operaciones militares en el norte de África y había alertado al pueblo francés del hecho de que la carestía de alimentos aquel invierno no era resultado del bloqueo británico —tal y como insistía la propaganda nazi—, sino que la causaban los alemanes saqueando todo lo que se producía en Francia.

Isabelle llevaba meses repartiendo los pasquines y, a decir verdad, no pensaba que estuvieran surtiendo demasiado efecto entre los habitantes de Carriveau. Muchos de los paisanos seguían apoyando a Pétain. Muchos más eran indiferentes. Un número preocupante de vecinos miraban a los alemanes y pensaban: *Qué jóvenes son, niños en realidad,* y seguían con sus quehaceres con la cabeza gacha, preocupados solo por mantenerse lejos del peligro.

Los nazis habían reparado en los pasquines, por supuesto. Había franceses dispuestos a todo con tal de ganarse favores, y entregar a los nazis las octavillas que encontraban en sus buzones era una manera de empezar.

Isabelle sabía que los alemanes estaban buscando a quienes imprimían y distribuían los pasquines, pero sin demasiado entusiasmo. Sobre todo no en aquellos días nevados en que el Blitz de Londres era el único tema de conversación. Quizá los alemanes sabían que unas palabras en un trozo de papel no bastarían para cambiar el rumbo de la guerra.

Aquel día Isabelle estaba en la cama con Sophie enroscada igual que un helecho rizado diminuto a su lado, y Vianne se encontraba profundamente dormida también junto a la niña. Las tres dormían ahora juntas en la cama de Vianne. Durante el último mes habían ido añadiendo cada colcha y manta que encontraban a la cama. Isabelle vio cómo su aliento aparecía y desaparecía en delgadas nubles blancas.

Sabía lo frío que estaría el suelo a pesar de las gruesas medias de lana que se ponía para dormir. Sabía que aquel era el último momento del día en que estaría caliente. Se preparó y salió de debajo de la pila de mantas. A su lado, Sophie gimió y se pegó al cuerpo de su madre en busca de calor.

Cuando los pies de Isabelle entraron en contacto con el suelo, un aguijonazo de dolor le taladró las pantorrillas. Dio un respingo y salió a saltitos de la habitación.

Las escaleras se le hicieron eternas de tanto como le dolían los pies. Condenados sabañones. Todo el mundo los tenía aquel invierno. Se suponía que salían por la falta de mantequilla y manteca, pero Isabelle no desconocía que los causaban el frío, los calcetines llenos de agujeros y los zapatos casi reventados por las costuras.

Quiso encender el fuego —en realidad se moría por unos instantes de calor—, pero estaban quedándose sin leña. A finales de enero habían empezado a arrancar tablones del granero y a quemarlos, junto con cajas de herramientas, sillas viejas y todo lo que encontraron. Se preparó una taza de agua hirviendo y se la bebió, dejando que el calor y el líquido engañaran a su estómago vacío. Comió un pedazo pequeño de pan rancio, envolvió su cuerpo con una capa de papel de periódico y se puso el abrigo de Antoine, mitones y botas. Rodeó la cabeza y el cuello con una bufanda de lana y, aun así, cuando salió, el frío la dejó sin respiración. Cerró la puerta y empezó a caminar por la nieve, con los dedos con sabañones doliéndole a cada paso que daba y con las manos enfriándosele al instante a pesar de los mitones.

El silencio era inquietante. Avanzó por la nieve que le llegaba a las rodillas, abrió la cancela rota y alcanzó el camino cubierto de blanco.

Debido al frío y a la nieve, tardó tres horas en repartir las hojas —aquella semana estaban dedicadas al Blitz, los boches habían soltado 32.000 bombas sobre Londres en solo una noche—. El amanecer, cuando llegó, era tan tenue como un consomé hecho sin carne. Fue la primera en ponerse en fila delante de la carnicería, pero enseguida se le unieron más personas. A las siete de la mañana la mujer del carnicero abrió la ventanilla y descorrió el cerrojo de la puerta.

—Pulpo —dijo.

Isabelle sintió una punzada de decepción.

—¿No hay carne?

—No para los franceses, *mademoiselle*.

A su espalda oyó rezongar a las mujeres que querían carne y, más atrás, a las que sabían que ni siquiera tendrían la suerte de conseguir pulpo.

Cogió el pulpo envuelto en papel y salió. Al menos había logrado algo. Ya no se podía encontrar leche en polvo, ni con cartillas de racionamiento ni en el mercado negro. Después de hacer otra cola durante más de dos horas, tuvo la suerte de conseguir un poco de Camembert. Tapó los preciados alimentos en la cesta con un paño y bajó por la rue Victor Hugo.

Al pasar por un café lleno de soldados alemanes y agentes de policía franceses le llegó un olor a café recién hecho y a cruasanes calientes y el estómago le rugió.

—*Mademoiselle.*

Un policía francés le hizo un gesto rápido con la cabeza y le indicó que tenía que dejarle pasar. Isabelle se apartó y le vio pegar unos carteles en el escaparate de una tienda abandonada. El primero decía:

AVISO

FUSILADOS POR ESPIONAJE: EL JUDÍO JAKOB MANSARD, EL COMUNISTA VIKTOR YABLONSKY Y EL JUDÍO LOUIS DEVRY.

Y el segundo:

AVISO

DE AQUÍ EN ADELANTE TODOS LOS FRANCESES ARRESTADOS POR CUALQUIER DELITO O INFRACCIÓN SERÁN CONSIDERADOS REHENES. CADA VEZ QUE SE PRODUZCA UN ACTO DE HOSTILIDAD CONTRA ALEMANIA EN SUELO FRANCÉS, LOS REHENES SERÁN FUSILADOS.

—¿Están fusilando a franceses civiles sin motivo? —preguntó.

—No se ponga tan pálida, *mademoiselle.* Estos avisos no afectan a las mujeres hermosas como usted.

Isabelle miró furiosa al hombre. Era peor que los alemanes, era un francés haciendo aquello a sus compatriotas. Por eso odiaba al gobierno de Vichy. ¿De qué servía que Francia tuviera un gobierno propio si eso los convertía en marionetas de los nazis?

—¿Se encuentra usted bien, *mademoiselle*?

Tan solícito. Tan atento. ¿Qué haría si le llamara traidor y le escupiera a la cara? Cerró los puños enguantados.

—Estoy perfectamente, gracias.

Vio cómo cruzaba la calle con paso seguro, la espalda erguida, el sombrero cuidadosamente ladeado sobre el pelo castaño muy corto. Los soldados alemanes del café le recibieron calurosamente, le dieron palmadas en la espalda y le absorbieron dentro de su círculo.

Isabelle se volvió, asqueada.

Entonces fue cuando la vio: una bicicleta color plata brillante apoyada contra la pared lateral del café. Pensó en lo mucho que le cambiaría la vida, en cómo calmaría su sufrimiento el poder ir y volver del pueblo en bicicleta cada día.

En circunstancias normales una bicicleta habría estado custodiada por los soldados del café, pero en aquella mañana oscura y empañada por la nieve no había nadie en las mesas de fuera.

No lo hagas.

El corazón empezó a latirle deprisa, le sudaban las palmas de las manos y los guantes le daban calor. Miró a su alrededor. Las mujeres que hacían cola delante de la carnicería evitaban deliberadamente ver nada o establecer contacto visual con nadie. Las ventanas del café al otro lado de la calle permanecían cubiertas de vaho; dentro, los hombres eran siluetas de tono oliváceo.

Tan seguros de sí mismos.

De nosotros, pensó con amargura.

Ese pensamiento hizo desaparecer cualquier atisbo de contención. Se pegó la cesta al costado del cuerpo y cruzó cojeando la calle empedrada cubierta de hielo. A partir de ese segundo, el mundo pareció desdibujarse a su alrededor y el tiempo empezó a transcurrir despacio. Oyó su propia respiración, vio las nubecillas que se formaban delante de su cara. Los contornos de los edificios se volvieron borrosos o se fundieron en moles blancas, la nieve la deslumbró hasta que lo único que vio fue el centelleo del manillar plateado y las dos ruedas negras.

Sabía que solo había una manera de hacer aquello. Deprisa. Sin mirar a los lados y sin vacilación.

En algún lugar ladró un perro. Una puerta se cerró de golpe.

Isabelle siguió caminando; cinco pasos la separaban de la bicicleta.

Cuatro.

Tres.

Dos.

Subió a la acera, cogió la bicicleta y se montó. Bajó por la calle adoquinada, el chasis temblando con cada bache. Al doblar la esquina derrapó y estuvo a punto de caerse, y, a continuación, se enderezó y pedaleó decidida hacia la rue La Grande.

Una vez allí entró en el callejón, se bajó de la bicicleta y llamó a la puerta. Cuatro golpes fuertes.

La puerta se abrió despacio. Henri la vio y frunció el ceño.

Isabelle le apartó y entró.

La pequeña sala de reuniones se encontraba muy poco iluminada. Sobre una mesa arañada había un único candil. Henri estaba solo. Preparaba salchichas con carne y grasa que tenía en una bandeja. De ganchos en la pared colgaban ristras. La habitación olía a carne, a sangre y a humo de cigarrillo. Isabelle metió la bicicleta y cerró la puerta con energía.

—Hola —dijo Henri mientras se limpiaba las manos con un paño—. ¿Hay convocada una reunión de la que no tengo noticia?

—No.

Henri miró a un lado de Isabelle.

—Esa bicicleta no es tuya.

—La he robado —dijo Isabelle—. Delante de sus narices.

—Es, o era, la bicicleta de Alain Deschamp. Lo dejó todo y huyó con la familia a Lyon cuando empezó la ocupación. —Se acercó a Isabelle—. Últimamente he visto a un soldado de las SS montándola por el pueblo.

—¿De las SS?

La alegría de Isabelle se evaporó. Corrían rumores muy feos sobre las SS y su crueldad. Quizá tendría que habérselo pensado mejor…

Henri se acercó aún más, tanto que Isabelle notó el calor de su cuerpo.

Hasta entonces nunca había estado a solas con él, ni lo había tenido tan cerca. Por primera vez se dio cuenta de que sus ojos no eran ni castaños ni verdes, sino de un gris avellana que le recordaba a la niebla en un bosque frondoso. Vio una cicatriz pequeña en la ceja que parecía deberse a una cuchillada fea o quizá no cosida debidamente y se preguntó qué tipo de vida lo había conducido allí y al comunismo. Le sacaba al menos diez años, aunque, a decir verdad, a veces parecía incluso mayor, como si hubiera sufrido una gran pérdida, tal vez.

—Tienes que pintarla —dijo Henri.

—No tengo pintura.

—Yo sí.

—¿Me…?

—Un beso —dijo Henri.

—¿Un beso? —repitió Isabelle para ganar tiempo.

Era la clase de cosas que habría encontrado normales antes de la guerra. Los hombres la deseaban; siempre lo habían hecho. Quiso recuperar aquello, coquetear con Henri y que él coqueteara con ella, y sin embargo solo de pensarlo se sintió triste y un poco perdida, como si tal vez los besos no significaran gran cosa, y flirtear todavía menos.

—Un beso y esta noche te pinto la bicicleta y la puedes recoger mañana.

Isabelle se acercó a él e inclinó la cara hacia atrás.

Se abrazaron con naturalidad, a pesar de los abrigos, de las capas de papel de periódico y de lana entre los dos. Él la tomó en sus brazos y la besó. Durante un hermoso instante volvió a ser Isabelle Rossignol, la muchacha apasionada deseada por los hombres.

Cuando terminó, Henri se apartó e Isabelle se sintió… desilusionada. Triste.

Tenía que decir alguna cosa, hacer una broma, o quizá exagerar sus sentimientos. Eso era lo que habría hecho antes, cuando los besos habían significado más, o quizá menos.

—Hay otro hombre —dijo Henri estudiándola con atención.

—No, no lo hay.

Henri le rozó la mejilla.

—Estás mintiendo.

Isabelle pensó en todo lo que Henri le había dado. Fue él quien la introdujo en la red de la Francia Libre y le ofreció una oportunidad; él era quien había creído en ella. Y, sin embargo, cuando la besó había pensado en Gaëton.

—Él no me quería —dijo.

Era la primera vez que le confesaba aquello a alguien. Reconocerlo la sorprendió.

—Si las cosas fueran distintas, conseguiría que le olvidaras.

—Y yo te dejaría intentarlo.

Vio cómo le sonreía Henri, su dolor.

—Azul —dijo él al cabo de unos instantes.

—¿Azul?

—Es el color que tengo para la bicicleta.

Isabelle sonrió.

—Qué apropiado.

Más tarde, aquel día, mientras hacía una cola después de otra para conseguir muy poca comida, y mientras recogía leña del bosque y la llevaba a casa, pensó en aquel beso.

Lo que pensaba, una y otra vez, era: *Si tan solo…*

13

Un hermoso día de finales de abril de 1941, Isabelle estaba tumbada sobre una manta de lana en el prado frente a la casa. El dulce olor a heno le inundaba la nariz. Si cerraba los ojos casi podía olvidar que los motores que sonaban a lo lejos eran camiones alemanes transportando soldados —y alimentos producidos en Francia— a la estación de Tours. Después del atroz invierno, agradecía que el sol la arrullara hasta adormecerla.

—Así que aquí estabas.

Isabelle suspiró y se sentó.

Vianne llevaba un gastado vestido a cuadros que los lavados con tosco jabón casero habían vuelto grisáceo. El hambre le había pasado factura durante el invierno, afilando sus pómulos y profundizando el hoyuelo en la base de la garganta. Llevaba la cabeza envuelta en un pañuelo viejo, ocultando así un pelo que había perdido el brillo y el volumen.

—Ha llegado esto para ti. —Vianne le tendió un trozo de papel—. Lo han traído en mano. Un hombre. Para ti —dijo como si fuera algo que precisaba repetirse.

Isabelle se dio prisa en ponerse de pie y cogió el papel. En él estaba garabateado: «Las cortinas están descorridas». Agarró la manta y empezó a doblarla. ¿Qué significaba? Nunca la habían convocado antes. Algo importante debía de estar ocurriendo.

—Isabelle, ¿me lo vas a explicar?

—No.

—Era Henri Navarre. El hijo del dueño de la hospedería. No sabía que le conocieras.

Isabelle rompió la nota en pedazos pequeños y los dejó caer.

—Supongo que sabes que es comunista —dijo Vianne en un susurro.

—Tengo que irme.

Vianne la sujetó por la muñeca.

—Espero que no hayas estado todo el invierno saliendo a escondidas para verte con un comunista. Ya sabes lo que opinan de ellos los nazis. Es peligroso hasta que te vean con ese hombre.

—¿Te crees que me importa lo que digan los nazis? —dijo Isabelle liberándose.

Cruzó corriendo descalza el prado. Una vez en casa, se calzó unos zapatos, se subió en la bicicleta y con un *au revoir* a una Vianne atónita se marchó pedaleando por el camino de tierra.

Al llegar al pueblo pasó delante de la sombrerería abandonada —sí, las cortinas estaban descorridas—, enfiló una callejuela empedrada y frenó.

Apoyó la bicicleta contra la pared irregular de piedra caliza y llamó cuatro veces. Hasta entonces no se le ocurrió que aquello podía ser una trampa. La idea, cuando le vino a la cabeza, hizo que respirara hondo y que mirara a ambos lados, pero ya era demasiado tarde.

Henri abrió la puerta.

Isabelle se agachó para entrar. La habitación estaba opaca por el humo de cigarrillo y apestaba a achicoria requemada. Flotaba en el aire un olor a sangre, a embutidos. El hombre corpulento que la había reclutado —Didier— se encontraba sentado en una silla vieja de respaldo de madera de nogal. Se recostaba de tal manera que las dos patas delanteras estaban levantadas del suelo y arañaba con el respaldo la pared que tenía detrás.

—No deberías haber llevado una nota a mi casa, Henri. Mi hermana me está haciendo preguntas.

—Era importante que habláramos de inmediato.

Isabelle sintió una punzada de expectación. ¿Iban a pedirle por fin que hiciera algo más que meter cartas en buzones?

—Pues aquí estoy.

Henri encendió un cigarrillo. Isabelle notaba su mirada mientras exhalaba el humo y dejaba la cerilla.

—¿Has oído hablar de un prefecto en Chartres que fue arrestado y torturado por ser comunista?

Isabelle frunció el ceño.

—No.

—Prefirió rajarse la garganta con un trozo de cristal antes que dar nombres o confesar. —Henri apagó el cigarrillo en la suela del zapato y se lo guardó en el bolsillo del abrigo—. Está formando un grupo de gente como nosotros, dispuesto a atender la llamada de De Gaulle. Este hombre, el que se abrió la garganta, está intentando llegar a Londres para hablar con De Gaulle en persona. Quiere organizar un movimiento por la Francia Libre.

—¿No murió? —preguntó Isabelle—. ¿O se quedó sin cuerdas vocales?

—No. Dicen que es un milagro —dijo Didier.

Henri estudió a Isabelle.

—Tengo una carta muy importante que hay que entregar a nuestro contacto en París. Por desgracia estos días me vigilan de cerca. Igual que a Didier.

—Ah —dijo Isabelle.

—Había pensado en ti —apuntó Didier.

—¿En mí?

Henri buscó en un bolsillo y sacó un sobre arrugado.

—¿Entregarás esto a nuestro hombre en París? La espera en una semana a partir de hoy.

—Pero… no tengo un *Ausweis*.

—Sí —dijo Henri con voz queda—. Y si te atraparan… —Dejó la amenaza sin terminar—. Desde luego no tendríamos mala opinión de ti si te negaras. Es algo peligroso.

Lo de peligroso era un eufemismo. Había letreros por todo Carriveau anunciando ejecuciones en la Zona Ocupada. Los nazis estaban matando a ciudadanos franceses por infracciones mínimas. Ayudar al movimiento Francia Libre significaría por lo menos la cárcel. Aun así, Isabelle creía en una Francia liberada igual que su hermana creía en Dios.

—Así que queréis que consiga un salvoconducto, que vaya a París, entregue una carta y vuelva aquí.

Dicho así no sonaba tan arriesgado.

—No —dijo Henri—. Necesitaríamos que te quedaras en París y fueras nuestro… buzón, por así decirlo. En los próximos meses habrá muchas entregas similares. Tu padre tiene un apartamento allí, ¿verdad?

París.

Era lo que había deseado desde el momento en que su padre la exilió. Dejar Carriveau y volver a París para ser parte de una red de personas que resistían en esta guerra.

—Mi padre no me invitará a vivir con él.

—Convéncelo —dijo Didier sin alterarse, mirándola. Juzgándola.

—No es un hombre fácil de convencer —replicó Isabelle.

—Entonces no puedes. *Voilà*, ya nos has contestado.

—Esperad —dijo Isabelle.

Henri se acercó a ella. Isabelle vio reticencia en sus ojos y se dio cuenta de que quería que rechazara el encargo. Sin duda estaba preocupado por ella. Levantó la barbilla y le miró a los ojos.

—Lo voy a hacer.

—Tendrás que mentir a todos tus seres queridos y te pasarás la vida asustada. ¿Podrás vivir así? No te sentirás segura en ninguna parte.

Isabelle rio sombría. Aquello no era muy distinto de la vida que había llevado desde que era una niña.

—¿Cuidarás de mi hermana? —le preguntó a Henri—. ¿Te asegurarás de que está a salvo?

—Nuestro trabajo tiene un precio —dijo Henri. La miró con expresión triste. Su mirada encerraba la verdad que todos habían aprendido. Que nadie estaba a salvo—. Espero que lo comprendas.

Lo único que entendía Isabelle era que por fin podía hacer algo que importara.

—¿Cuándo me voy?

—En cuanto consigas un *Ausweis*, algo que no será fácil.

Por el amor del cielo, ¿en qué está pensando esta mujer?

Una nota propia de un patio de colegio de un hombre, un comunista. ¿Era una broma?

Vianne le quitó el envoltorio al escuálido trozo de cordero que constituía la ración de carne semanal y lo puso en la encimera de la cocina.

Isabelle siempre había sido impetuosa, una fuerza de la naturaleza, a decir verdad, una muchacha a la que le gustaba romper las reglas. Eran innumerables las monjas y profesoras que habían aprendido que no se la podía frenar ni controlar.

Pero esto. Esto no era besar a un muchacho en la pista de baile o escaparse para ver el circo o negarse a llevar medias y corsé.

Esto era una guerra en un país ocupado. ¿Cómo podía Isabelle seguir pensando que sus decisiones no tenían consecuencias?

Vianne empezó a picar muy fina la carne de cordero. Añadió un huevo —un lujo—, así como pan duro, y a continuación sazonó la mezcla con sal y pimienta. Le estaba dando forma de pastelitos cuando oyó una motocicleta traqueteando hacia la casa. Fue a la puerta principal y la entornó solo lo necesario para ver quién era.

La cabeza y los hombros del capitán Beck asomaron por detrás de la tapia mientras bajaba de la motocicleta. Momentos después, un camión militar se detuvo detrás de él y aparcó. En el jardín aparecieron otros tres soldados alemanes. Hablaron entre ellos y, a continuación, se reunieron junto a la tapia cubierta de rosales que había construido el tatarabuelo de Vianne. Uno de los soldados levantó un mazo y golpeó con fuerza el muro, que se hizo añicos. Las piedras se rompieron en esquirlas y cayó una maraña de rosas, sus pétalos sonrosados desperdigándose por la hierba.

Vianne corrió al jardín.

—¿Herr capitán?

El mazo golpeó de nuevo. *Craaaac.*

—*Madame* —dijo Beck con expresión compungida. A Vianne la irritó darse cuenta de que lo conocía ya lo bastante para percibir su estado de ánimo—. Tenemos órdenes de derribar todas las tapias de este camino.

Mientras uno de los soldados demolía la pared, otros dos se acercaron a la puerta principal riéndose de algún chiste privado. Sin pedir permiso, pasaron al lado de Vianne y entraron en la casa.

—Mi más sentido pésame —dijo Beck pisando escombros para ir hasta ella—. Sé que le encantan las rosas. Y, muy lamentablemente, mis hombres traen una orden para hacer una requisa de su casa.

—¿Una requisa?

Los soldados salieron; uno llevaba el cuadro al óleo que había estado sobre la repisa de la chimenea y el otro, el butacón del salón.

—Esa era la butaca preferida de mi abuela… —dijo Vianne con voz queda.

—Lo siento —dijo Beck—. No he podido impedirlo.

—¿Se puede saber…?

Vianne no supo si sentirse aliviada o preocupada cuando Isabelle pasó su bicicleta por encima del montón de piedras y la apoyó contra un árbol. Ya no había ninguna división entre la propiedad y el camino.

Isabelle estaba preciosa, incluso con la cara arrebolada y brillante de sudor por el esfuerzo de pedalear. Ondas rubias relucientes le enmarcaban la cara. El vestido rojo descolorido se le pegaba al cuerpo en los lugares adecuados.

Los soldados se pararon para mirarla; entre los dos sujetaban enrollada la alfombra Aubusson del cuarto de estar.

Beck se quitó la gorra. Dijo algo a los soldados que llevaban la alfombra y estos se dirigieron deprisa hacia el camión.

—¿Han tirado nuestra tapia? —dijo Isabelle.

—El Sturmbannführer quiere que se puedan ver todas las casas desde la carretera. Alguien está repartiendo propaganda antialemana. Lo encontraremos y arrestaremos.

—¿Le parece que tiene sentido hacer todo esto por unos inofensivos trozos de papel? —preguntó Isabelle.

—Están lejos de ser inofensivos, *mademoiselle.* Fomentan el terrorismo.

—El terrorismo debe ser evitado —dijo Isabelle cruzando los brazos.

Vianne no conseguía apartar la vista de ella. Algo ocurría. Su hermana parecía estar conteniendo sus emociones, quedándose quieta como un gato preparándose para saltar.

—Herr capitán —dijo Isabelle al cabo de unos momentos.

—*Oui, mademoiselle?*

Los soldados pasaron a su lado llevando la mesa del desayuno.

Isabelle los dejó pasar y luego caminó hasta el capitán.

—Mi padre está enfermo.

—Ah, ¿sí? —dijo Vianne—. ¿Por qué no me lo has dicho? ¿Qué le pasa?

Isabelle la ignoró.

—Me ha pedido que vaya a París a cuidarle. Pero…

—¿Quiere que tú le cuides? —dijo Vianne, incrédula.

—Para irse necesita un salvoconducto, *mademoiselle,* ya lo sabe —señaló Beck.

—Sí. —Isabelle parecía contener la respiración—. Había pensado que igual usted… podía facilitarme uno. Usted tiene familia. Sin duda entiende lo importante que es acudir a la llamada de un padre.

Mientras Isabelle hablaba, el capitán se volvió ligeramente hacia Vianne, como si ella fuera quien importaba de las dos.

—Podría conseguirle un salvoconducto, *oui* —dijo el capitán—. Para una emergencia familiar como esta.

—Se lo agradezco —dijo Isabelle.

Vianne estaba atónita. ¿No se daba cuenta Beck de cómo lo estaba manipulando su hermana? ¿Y por qué la había mirado a ella mientras tomaba la decisión?

En cuanto Isabelle hubo logrado lo que quería, volvió a su bicicleta. Cogió el manillar y la llevó hacia el granero. Los neumáticos de goma chocaban y hacían ruido contra el terreno irregular.

Vianne corrió detrás de ella.

—¿*Papa* está enfermo? —dijo cuando la alcanzó.

—*Papa* está perfectamente.

—¿Has mentido? ¿Por qué?

La pausa de Isabelle fue breve pero perceptible.

—Supongo que no hay razón para mentir, ahora que ya te has enterado. Los viernes por la mañana he estado escapándome para ver a Henri y ahora me ha pedido que vaya a París con él. Por lo visto tiene un encantador *pied-à-terre* en Montmartre.

—¿Te has vuelto loca?

—Estoy enamorada, creo. Un poco. Quizá.

—Vas a cruzar la Francia ocupada por los nazis para pasar unas cuantas noches en París en la cama de un hombre del que puede que estés enamorada. Un poco.

—Ya lo sé —dijo Isabelle—. Es muy romántico.

—Debes de estar delirando. Tal vez tienes alguna enfermedad cerebral.

Vianne se puso en jarras y resopló con desaprobación.

—Si el amor es una enfermedad, supongo que me he contagiado.

—Dios bendito. —Vianne cruzó los brazos—. ¿Hay algo que pueda decir para detener esta locura?

Isabelle la miró.

—¿Me crees? ¿Me crees capaz de cruzar la Francia ocupada por un capricho?

—Esto no es lo mismo que escaparse para ver el circo, Isabelle.

—Pero... ¿me crees capaz?

—Pues claro. —Vianne se encogió de hombros—. Es una tontería digna de ti.

Isabelle pareció extrañamente abatida.

—Mantente lejos de Beck mientras estoy fuera. No me fío de él.

—Eso es muy propio de ti. Te preocupas lo bastante para darme consejos, pero no para quedarte conmigo. Lo único que te importa es lo que tú quieres. Que nos pudramos Sophie y yo.

—Eso no es verdad.

—Ah, ¿no? Vete a París. Diviértete, pero no te olvides ni por un momento de que nos estás abandonando a tu sobrina y a mí. —Vianne cruzó los brazos y se volvió a mirar al hombre en su jardín que estaba supervisando el saqueo de su casa—. Con él.

14

27 de abril de 1995
Costa de Oregón

Estoy atada como un trozo de carne para asar. Sé que estos cinturones de seguridad modernos son algo bueno, pero me dan claustrofobia. Pertenezco a una generación que no esperaba ser protegida frente a todos los peligros posibles.

Recuerdo cómo eran las cosas en los días en que todo el mundo tenía que tomar sus propias e inteligentes decisiones. Conocíamos los riesgos y, aun así, los asumíamos. Recuerdo conducir a demasiada velocidad en mi viejo Chevrolet, con el pie pisando a fondo el acelerador, fumando un cigarrillo y escuchando a Price cantar *Lawdy, Miss Clawdy* por altavoces de pequeño tamaño mientras los niños se dedicaban a chocar los unos contra los otros en el asiento trasero igual que bolos.

Mi hijo teme que me escape, supongo, y es una preocupación razonable. Durante el último mes mi vida entera se ha vuelto del revés. En mi jardín delantero hay un cartel de SE VENDE y voy a dejar mi hogar.

—El camino de entrada es bonito, ¿no te parece? —dice mi hijo.

Siempre hace lo mismo, lo llena todo con palabras y las escoge con cuidado. Es lo que lo convierte en un buen cirujano. La precisión.

—Sí.

Entra en el aparcamiento. Al igual que el camino de entrada, está rodeado de árboles en flor. Pequeños brotes blancos caen al suelo como trozos de encaje en el taller de un modisto y destacan en el negro asfalto.

Mientras aparcamos, me peleo con el cinturón de seguridad. Estos días mis manos no obedecen a mi voluntad. Me exaspera de tal modo que digo una palabrota.

—Déjame a mí —dice mi hijo, y se inclina para soltarme el cinturón.

Está fuera del coche y en mi puerta antes de que me dé tiempo siquiera a recoger el bolso.

Abre la puerta. Me coge de la mano y me ayuda a bajar del coche. En la corta distancia entre el aparcamiento y la entrada, tengo que pararme dos veces para recuperar el aliento.

—En esta época del año los árboles están preciosos —dice mientras cruzamos juntos el aparcamiento.

—Sí.

Son ciruelos en flor, maravillosos y color rosa, pero de pronto me acuerdo de los castaños en flor de los Champs-Élysées.

Mi hijo me aprieta la mano. Con eso quiere transmitirme que entiende mi dolor por abandonar la casa que ha sido mi santuario durante casi cincuenta años. Pero ahora es tiempo de mirar hacia delante, no hacia atrás.

Al Complejo Residencial para Mayores Ocean Crest.

Para ser justos no tiene mal aspecto, un poco industrial, tal vez, con sus ventanas rígidamente verticales, una explanada de césped impecable en la parte delantera y la bandera de Estados Unidos encima de la puerta. Es un edificio bajo y alargado. Construido en los años setenta, supongo, cuando todo era feo. Hay dos alas que salen de un patio central, donde imagino a gente mayor sentada en sillas de ruedas con la cara vuelta al sol, esperando. Gracias a Dios yo no me voy a alojar en el lado este del edificio, en el ala de geriatría. Al menos no todavía. Aún puedo valerme por mí misma, muchas gracias, y también ocuparme de mi apartamento.

Julien me abre la puerta y entro. Lo primero que veo es una amplia zona de recepción decorada como el mostrador de atención al huésped de un hotel de playa, incluida una red de pescador llena de conchas en la pared. Imagino que en Navidad colgarán adornos de ella y, de la mesa, calcetines. El día después de Acción de Gracias probablemente ya estará la pared llena hasta el techo de papás noeles de purpurina.

—Vamos, mamá.

Es verdad, ya me estoy entreteniendo.

¿A qué huele este sitio? A crema de tapioca y a sopa de pollo con fideos.

A dieta blanda.

Consigo seguir andando. Si hay algo que no hago nunca es pararme.

—Pues ya estamos —dice mi hijo abriendo la puerta del apartamento 317A.

La verdad es que está bien. Un apartamento pequeño de un dormitorio. La cocina se encuentra en un rincón, junto a la puerta, y desde ella uno se puede asomar a una encimera de formica y ver una mesa de comedor con cuatro sillas y el cuarto de estar, donde hay una mesa baja y dos butacas al lado de una chimenea de gas.

El televisor del rincón es nuevo y lleva reproductor de vídeo incorporado. Alguien —mi hijo, probablemente— ha puesto un puñado de mis películas favoritas en la estantería. *Jean de Florette*, *Al final de la escapada*, *Lo que el viento se llevó*.

Veo mis cosas: una manta que hice a ganchillo en el respaldo del sofá; mis libros en la estantería. En el dormitorio, que tiene buen tamaño, la mesilla de noche de mi lado de la cama está llena de frascos de medicamentos, una pequeña jungla de cilindros de plástico naranja. Mi lado de la cama. Es curioso, pero algunas cosas no cambian después de la muerte del cónyuge y esta es una de ellas. Mi lado de la cama es el izquierdo, aunque duerma sola. A los pies está mi baúl, tal y como pedí.

—Todavía puedes cambiar de opinión —dice mi hijo con suavidad—. Venirte a mi casa.

—Ya hemos hablado de esto, Julien. Llevas una vida demasiado ocupada. No quiero que pases los días preocupado por mí.

—¿Crees que me voy a preocupar menos porque estés aquí?

Le miro, consciente de cuánto quiero a este hijo mío y de que mi muerte le destrozará. No deseo que me vea morir gradualmente. Tampoco quiero eso para sus hijas. Sé cómo son estas cosas; ciertas imágenes, una vez vistas, no se olvidan nunca. Deseo que me recuerden como soy, no como seré una vez que el cáncer se haya salido con la suya.

Me conduce hasta la pequeña sala de estar y me instala en el sofá. Mientras espero, sirve vino para los dos y luego se sienta a mi lado.

Estoy pensando en cómo me sentiré cuando se marche, y estoy convencida de que él hace lo mismo. Con un suspiro mete la mano en su maletín y saca un fajo de sobres. El suspiro sustituye a las palabras, hace las veces de transición. En él percibo ese momento en que voy de una vida a otra. En esta nueva y descafeinada versión de mi existencia, mi hijo cuidará de mí, en lugar de al revés. Lo cierto es que no nos resulta cómodo a ninguno de los dos.

—He pagado las facturas de este mes. Hay cosas con las que no sé qué hacer. Correo basura en su mayoría, creo.

Tomo el fajo de sobres y los voy pasando. Una carta «personalizada» del comité de las Olimpiadas Especiales…, oferta de presupuesto gratuito para toldos…, un recordatorio de mi dentista de que han pasado seis meses desde mi última revisión.

Una carta de París.

Tiene marcas en tinta roja, como si la oficina postal la hubiera remitido de un sitio a otro o la hubieran entregado en la dirección incorrecta.

—Mamá —dice Julien. Qué observador es—. ¿Qué es eso?

Cuando me quita el sobre, mi intención es retenerlo, no dárselo, pero mis dedos no obedecen a mi voluntad. Tengo el corazón desbocado.

Julien abre el sobre y saca una tarjeta color crudo. Una invitación.

—Está en francés —dice—. Es sobre la Croix de Guerre. Entonces, ¿tiene que ver con la Segunda Guerra Mundial? ¿Es para papá?

Pues claro. Los hombres siempre piensan que la guerra es cosa suya.

—Y hay algo escrito en la esquina. ¿Qué dice?

Guerre. La palabra se expande a mi alrededor, despliega sus alas negro azabache y se hace tan grande que no puedo apartar la vista de ella. Contra mi voluntad, recojo la invitación. Es a una reunión de *passeurs* en París.

Quieren que asista.

¿Cómo puedo ir sin revivirlo todo, las cosas terribles que he hecho, el secreto que guardé, el hombre al que maté… y el que debería haber matado?

—Mamá, ¿qué es un *passeur*?

Apenas reúno fuerzas para decir:

—Alguien que ayudaba a la gente durante la guerra.

15

«Haciéndote una pregunta, así es como empieza la resistencia.
Y luego haciéndole esa pregunta a otra persona».
REMCO CAMPERT

Mayo de 1941
Francia

El sábado que Isabelle se fue a París, Vianne se mantuvo ocupada. Hizo la colada y la tendió, desherbó el jardín y recogió unas cuantas hortalizas que habían madurado pronto. Al final de un largo día, se concedió el lujo de darse un baño y se lavó el pelo. Se lo estaba secando con una toalla cuando oyó que llamaban a la puerta. Sobresaltada por la visita inesperada, se abotonó el canesú mientras iba a abrir. El agua le goteaba sobre los hombros.

En la puerta se encontró con el capitán Beck vestido con el uniforme de campaña y la cara cubierta de polvo.

—Herr capitán —dijo apartándose el pelo mojado de la cara.

—*Madame* —dijo el capitán—. Un colega y yo hemos ido hoy a pescar. Le he traído lo que hemos conseguido.

—¿Pescado fresco? Qué bien. Se lo freiré.

—Es para todos, *madame*. Para usted, Sophie y para mí.

Vianne no conseguía apartar la mirada ni de Beck ni del pescado que tenía en las manos. Tuvo que admitir que Isabelle no aceptaría aquel regalo. De la misma manera que sabía que sus amigos y vecinos le aconsejarían que lo rechazara. Comida. Del enemigo. Rehusarla era una cuestión de honor. Todo el mundo lo sabía.

—No lo he robado ni lo he obtenido por la fuerza. Ningún francés tiene más derecho a este pescado que yo. No hay ningún deshonor en aceptarlo.

Tenía razón. Era pescado del río de la localidad. No lo había confiscado. Mientras lo cogía, Vianne era consciente de que estaba justificando su acción.

—Rara vez nos hace el honor de comer con nosotras.

—Ahora es distinto —dijo el capitán—. Con su hermana fuera.

Vianne se hizo a un lado para dejarle entrar. Como siempre, Beck se quitó el sombrero en cuanto puso un pie en la casa y caminó por el suelo de madera hasta su habitación. Vianne no fue consciente, hasta que oyó cómo se cerraba su puerta, de que seguía allí de pie con un pez muerto envuelto en una edición reciente del *Pariser Zeitung*, un periódico alemán impreso en París, en la mano.

Volvió a la cocina. Cuando dejó el pescado envuelto en papel en la tabla de cortar vio que el capitán ya lo había limpiado, incluso le había raspado las agallas. Encendió la cocina de gas, puso una sartén de hierro al fuego y añadió una cucharada de preciado aceite. Mientras los dados de patata se doraban y la cebolla se caramelizaba, sazonó el pescado con sal y pimienta y lo dejó a un lado. Enseguida la casa se llenó de aromas tentadores y Sophie llegó corriendo a la cocina y se detuvo en el espacio vacío que antes había ocupado la mesa de desayuno.

—Pescado —dijo con veneración.

Vianne usó la cuchara para hacer un hueco entre las verduras y colocó en él el pescado para que se friera. Saltaron pedacitos de grasa, la piel chisporroteó y se puso crujiente. Cuando estaba casi hecho, añadió unos cuantos limones en conserva a la sartén y los miró fundirse y mezclarse con el guiso.

—Ve a decirle al capitán Beck que la cena está lista.

—¿Va a comer con nosotras? A *tante* Isabelle no le parecería bien. Antes de irse me dijo que no le mirara nunca a los ojos y que intentara no estar en la misma habitación con él.

Vianne suspiró. El fantasma de su hermana seguía presente.

—Nos ha traído el pescado, Sophie, y vive aquí.

—*Oui, maman.* Lo sé. Pero la tía dijo…

—Llama al capitán para que venga a cenar, Sophie. Isabelle se ha ido y se ha llevado con ella sus preocupaciones exageradas. Y ahora, ve.

Vianne volvió a los fogones. Momentos después tenía preparada una pesada fuente de cerámica con el pescado rodeado por verduras salteadas y limones en conserva, todo ello sazonado con perejil fresco. A la salsa de limón al fondo de la fuente no le habría ido nada mal un poco de mantequilla, pero olía muy bien. Llevó la fuente al comedor y se encontró a Sophie ya a la mesa con el capitán Beck a su lado.

En la mesa de Antoine.

Vianne vaciló.

Beck se levantó cortésmente y se apresuró a retirarle la silla. Vianne se detuvo solo un instante para permitirle que tomara la fuente.

—Tiene un aspecto de lo más favorecedor —dijo el capitán con entusiasmo.

Una vez más, no conseguía dar con la palabra francesa adecuada.

Vianne se sentó y acercó la silla a la mesa. Antes de que se le ocurriera algo que decir, Beck le estaba sirviendo vino.

—Un magnífico Montrachet del 37 —dijo.

Vianne supo lo que Isabelle habría dicho al respecto.

Beck estaba sentado frente a ella. Sophie, a su izquierda. Estaba contando algo que había ocurrido aquel día en la escuela. Cuando realizó una pausa, Beck comentó algo sobre la pesca que hizo reír a Sophie, y Vianne sintió la ausencia de Isabelle con la misma intensidad con que antes había sentido su presencia.

Mantente lejos de Beck.

Vianne oyó la advertencia como si hubiera sido dicha en voz alta y a su lado. Sabía que en ese asunto su hermana tenía razón. Después de todo, no lograba olvidar ni la lista, ni los despidos, ni la imagen de Beck sentado a su mesa con cajas de comida a sus pies y un retrato del Führer a su espalda.

—… mi mujer perdió la esperanza de verme usar una red después de aquello… —decía sonriendo.

Sophie rio.

—Mi padre se cayó al río una vez que fuimos a pescar. ¿Te acuerdas, *maman*? Dijo que el pez era tan grande que tiró de él. ¿A que sí, *maman*?

Vianne pestañeó despacio. Le llevó un instante darse cuenta de que la conversación había evolucionado de manera que ahora la incluía también a ella.

Era una sensación… extraña, cuanto menos. En todas las otras comidas con Beck sentado a la mesa, la conversación había escaseado. ¿Quién era capaz de charlar con la ira indisimulada de Isabelle impregnándolo todo?

Ahora es distinto, con su hermana fuera.

Vianne comprendió lo que había querido decir. La tensión en la casa —en aquella mesa— había desaparecido con Isabelle.

¿Qué más cambios traería su ausencia?

Mantente lejos de Beck.

¿Cómo iba Vianne a hacer algo así? ¿Y cuándo fue la última vez que había disfrutado de una comida tan deliciosa? ¿Y oído reír a Sophie?

La Gare du Lyon estaba llena de soldados alemanes cuando Isabelle se bajó del tren. Le costó sacar la bicicleta; no era fácil, con la maleta golpeándole los muslos continuamente y parisinos impacientes empujándola. Llevaba meses soñando con volver allí.

En sus sueños, París era París, intacta a pesar de la guerra.

Pero aquella tarde de lunes, después de un largo viaje, supo la verdad. La ocupación había dejado los edificios donde estaban, y en los alrededores de la Gare du Lyon no se apreciaban señales de los bombardeos, pero, incluso en pleno día, se sintió envuelta por la oscuridad y por un silencio de pérdida y desesperación mientras bajaba en bicicleta por el bulevar.

Su amada ciudad era como una cortesana en otro tiempo bella y ahora avejentada y flaca, abandonada por sus amantes. En menos de un año aquella magnífica ciudad había sido despojada de su esencia por el interminable trapalear de las botas alemanas en sus calles y había sido desfigurada por las esvásticas que ondeaban en cada monumento.

Los únicos coches que vio eran los Mercedes-Benz negros con cruces gamadas en miniatura aleteando de pequeñas astas en los guardabarros y camiones de la Wehrmacht, además de un Panzer aquí y allá. Por todo el bulevar, las ventanas estaban ennegrecidas y con los postigos echados. En cada esquina, una barricada parecía cerrarle el paso. Rótulos en gruesas letras negras ofrecían direcciones en alemán y los relojes habían sido adelantados dos horas, de acuerdo con el huso horario teutón.

Mantuvo la cabeza gacha al pasar entre grupos de soldados alemanes y por terrazas de cafés llenos de hombres uniformados. Cuando torció por el boulevard de la Bastille vio a una mujer mayor en bicicleta tratando de rodear una barricada. Un nazi se interpuso en su camino y la insultó en alemán, una lengua que, saltaba a la vista, la mujer no entendía. Esta dio la vuelta a la bicicleta y se alejó pedaleando.

Isabelle tardó más de lo normal en llegar a la librería y, cuando se detuvo a la puerta de la misma, tenía los nervios al límite. Apoyó la bicicleta contra un árbol y le puso el candado. Sujetando la maleta con las manos enguantadas y sudorosas, se acercó a la tienda. Contempló su imagen reflejada en la ventana de un bistró: melena rubia con trasquilones y cara pálida a excepción de los labios rojos (el único cosmético que aún tenía); había elegido su mejor atuendo para el viaje: una chaqueta de cuadros azul marino y crema con sombrero a juego y una falda también azul. Los guantes estaban un poco raídos, pero aquellos días nadie se fijaba en algo así.

Quería tener el mejor aspecto posible para causar buena impresión a su padre.

¿Cuántas veces a lo largo de su vida se había preocupado por su pelo y por su indumentaria antes de volver al apartamento de París para encontrarse con que *papa* se había ido, Vianne estaba «demasiado ocupada» para volver del campo y alguna amiga de su padre cuidaría de ella mientras se encontraba de vacaciones? Las suficientes para que, a los trece años, dejara de ir a casa por vacaciones; era mejor quedarse sola en el dormitorio común del colegio que andar de aquí para allá con personas que no sabían qué hacer con ella.

Esta vez era distinto, sin embargo. Henri y Didier —y sus misteriosos amigos de la Francia Libre— necesitaban que Isabelle viviera en París. No les decepcionaría.

Los escaparates de la librería estaban tapados y las rejillas que servían para proteger los cristales durante el día, puestas. Intentó abrir la puerta y comprobó que estaba cerrada.

¿A las cuatro de la tarde de un lunes? Fue hasta la grieta de la fachada que siempre había sido el escondite de su padre, encontró la oxidada llave de hierro y entró.

La estrecha tienda parecía contener el aliento en la oscuridad. No emitía ningún sonido. Ni siquiera el de su padre pasando las hojas de una de sus novelas preferidas o el de su pluma arañando el papel mientras se afanaba por escribir poesía, su pasión cuando *maman* vivía. Cerró y encendió el interruptor que había junto a la puerta.

Nada.

Caminó a tientas hasta la mesa y encontró una vela en un viejo candelero de latón. Una exhaustiva inspección de los cajones dio como resultado encontrar cerillas, y encendió la vela.

La luz, aunque exigua, reveló la destrucción hasta en el último rincón de la tienda. La mitad de las estanterías estaban vacías, muchas de ellas rotas y torcidas, los libros formando una pirámide en el suelo al final de uno de los extremos. Los carteles habían sido arrancados y cubiertos de pintadas. Era como si los intrusos hubieran puesto todo patas arriba en busca de alguna cosa sin importarles si la destruían o no a su paso.

Papa.

Isabelle se apresuró a salir de la librería sin preocuparse por dejar la llave en su sitio. Se la guardó en el bolsillo de la chaqueta, le quitó el candado a la bicicleta y se montó. Fue por calles cortas —las pocas que no estaban cortadas— hasta que salió a la rue de Grenelle; una vez allí, giró y pedaleó hacia su casa.

El apartamento de la avenue de La Bourdonnais pertenecía a la familia de su padre desde hacía más de cien años. A ambos lados de la calle se alineaban edificios de piedra arenisca color claro con balcones de hierro forjado negro y tejados de pizarra. Querubines tallados en piedra adornaban las cornisas. A unas seis manzanas de distancia, la torre Eiffel se alzaba hacia el cielo presidiendo el paisaje. En la planta baja de los edificios había docenas de fachadas comerciales con bonitos toldos y cafés con mesas en la calle; todos los pisos superiores eran viviendas. En circunstancias normales Isabelle pasearía despacio por la acera, mirando escaparates, disfrutando del ajetreo y el bullicio a su alrededor. Hoy no. Los cafés y bistrós estaban desiertos. Mujeres con ropas desgastadas y expresión exhausta hacían colas para comprar comida.

Miró las ventanas tapadas mientras sacaba la llave del bolso. Abrió la puerta y entró en el vestíbulo en sombras con la bicicleta a cuestas. La sujetó a una cañería. Ignoró el ascensor del tamaño de un ataúd, que sin duda no funcionaba en aquellos días de escasez de electricidad, y subió las escaleras estrechas y empinadas que rodeaban el hueco del ascensor hasta legar al rellano del quinto piso, donde había dos puertas, una en el lado izquierdo del edificio y la suya, en el lado derecho. Abrió con la llave y entró. Le pareció oír la puerta de los vecinos abrirse a su espalda. Cuando se volvió para saludar a madame Leclerc, la puerta se cerró con suavidad. Al parecer la anciana metomentodo estaba vigilando las entradas y salidas del apartamento 6B.

Entró y cerró la puerta.

—*Papa?*

Aunque era pleno día, las ventanas tapadas no dejaban pasar la luz.

—*Papa?*

No hubo respuesta.

A decir verdad, se sintió aliviada. Llevó la maleta al salón. La oscuridad le recordó otro momento, muchos años atrás. El apartamento en penumbra y con olor a cerrado; había habido jadeos y pisadas haciendo crujir los suelos de madera.

Chis, Isabelle, nada de hablar. Maman *está con los ángeles.*

Encendió la luz del cuarto de estar. Una recargada araña de cristal parpadeó y se iluminó, sus brazos esculpidos brillando como un objeto de otro mundo. En la luz exigua inspeccionó el apartamento y reparó en que en las paredes faltaban varias obras de arte. La habitación reflejaba el indudable buen gusto de su madre y la afición a las antigüedades de generaciones anteriores. Dos ventanales de varias hojas —ahora tapadas— habrían brindado una hermosa vista de la torre Eiffel desde el balcón.

Isabelle apagó la luz. No había razón para malgastar electricidad mientras esperaba. Se sentó a la mesa redonda de madera bajo la araña, su superficie áspera marcada por mil cenas a lo largo de los años. Deslizó la mano con emoción por la madera curtida.

Déjame quedarme, papa. *Me portaré bien.*

¿Cuántos años tenía entonces? ¿Once? ¿Doce? No estaba segura. Desde luego llevaba el vestido marinero azul que era el uniforme del colegio de monjas. Parecía que había pasado toda una vida. Y, sin embargo, allí estaba de nuevo, dispuesta a suplicarle que la dejara quedarse, que la quisiera.

Más tarde —¿cuánto tiempo habría pasado? No estaba segura de cuánto había permanecido sentada allí en la oscuridad, recordando cosas de su madre porque lo cierto era que había olvidado su cara—, oyó pisadas, y luego una llave en la cerradura.

Notó que la puerta se abría y se puso de pie. La puerta se cerró. Oyó a su padre cruzar el recibidor y pasar junto a la estrecha cocina.

Había llegado el momento de ser fuerte, resuelta, pero el valor, que era algo tan inherente a ella como el verde de sus ojos, siempre la abandonaba en presencia de su padre, y también lo hizo ahora.

—*Papa?* —dijo a la oscuridad.

Sabía que su padre odiaba las sorpresas.

Escuchó cómo se quedaba quieto.

Chasqueó un interruptor y la lámpara de araña se encendió.

—Isabelle —dijo su padre con un suspiro—. ¿Qué haces aquí?

Sabía que no debía mostrarse indecisa ante aquel hombre a quien importaban tan poco sus sentimientos. Tenía un trabajo que hacer.

—He venido a París a vivir contigo. Otra vez —añadió en el último momento.

—¿Has dejado a Vianne y a Sophie solas con el nazi?

—Están más seguras sin mí allí, créeme. Tarde o temprano habría perdido los estribos.

—¿Perder los estribos? ¿Se puede saber qué te pasa? Mañana mismo regresas a Carriveau.

Pasó a su lado y fue hasta el aparador de madera pegado a la pared empapelada. Se sirvió un vaso de coñac que se bebió de tres tragos y, a continuación, otro. Cuando terminó, se volvió hacia Isabelle.

—No —dijo esta.

Aquella sola palabra le dio energías. ¿Se la había dicho alguna vez a su padre? Por si acaso, la repitió:

—No.

—¿Perdón?

—He dicho que no, *papa,* esta vez no me voy a plegar a tus deseos. No pienso irme. Este es mi hogar. Mi hogar. —La voz le falló al pronunciar aquella palabra—. Esas son las cortinas que vi coser a *maman* en la máquina. Esta es la mesa que heredó de su tío abuelo. En las paredes de mi dormitorio encontrarás mis iniciales, escritas con el lápiz de labios de *maman* cuando no me miraba. En mi habitación secreta, en mi fuerte, apuesto a que mis muñecas siguen en los estantes de las paredes.

—Isabelle...

—No. No me vas a echar, *papa*. Lo has hecho ya demasiadas veces. Eres mi padre. Esta es mi casa. Estamos en guerra. Me quedo.

Se agachó y cogió la maleta que estaba a sus pies.

En el pálido resplandor de la lámpara vio cómo la derrota resaltaba las arrugas en las mejillas de su padre. Este hundió los hombros, se sirvió otro coñac y lo bebió con avidez. Era evidente que no podía mirarla a la cara sin ayuda del alcohol.

—No hay fiestas a las que ir —dijo— y no queda ninguno de tus admiradores universitarios.

—Así que esa es la idea que tienes de mí —replicó Isabelle. A continuación cambió de tema—. He pasado por la librería.

—Los nazis —dijo su padre a modo de respuesta— entraron un día y se llevaron todo lo de Freud, Mann, Trotski, Tolstói, Maurois...; lo quemaron todo, y también la música. Prefiero echar el cierre a vender solo lo que se me autoriza. Así que eso hice.

—Entonces, ¿de qué vives? ¿De tu poesía?

El padre rio. Fue una carcajada amarga, ebria.

—No es un buen momento para cultivar intereses tan elevados.

—¿Cómo pagas la luz y la comida?

Algo cambió en la cara del padre.

—Tengo un buen trabajo en el Hôtel de Crillon.

—¿En el servicio?

No lo imaginaba poniendo cervezas a las bestias de los alemanes.

Su padre apartó la vista.

Isabelle empezó a sentir algo extraño en el estómago.

—¿Para quién trabajas, *papa*?

—Para el alto mando alemán en París.

Entonces Isabelle identificó la sensación. Era vergüenza.

—¿Despúes de lo que te hicieron en la Gran Guerra...?

—Isabelle...

—Recuerdo que *maman* nos contaba cómo habías sido antes de la guerra y cómo esta te había destruido. Yo soñaba con que algún día te acordarías de que eres padre, pero todo aquello era mentira, ¿verdad? No eres más que un cobarde. En cuanto han aparecido los nazis, has corrido a ayudarlos.

—¿Cómo te atreves a juzgarme a mí y por lo que he pasado? Tienes dieciocho años.

—Diecinueve —dijo—. Dime, *papa*, ¿les sirves café a nuestros conquistadores o llamas a taxis para que los lleven a Maxim's? ¿Te comes sus sobras?

Su padre pareció marchitarse, envejecer ante sus ojos. Isabelle se sintió inexplicablemente arrepentida por sus duras palabras, aunque eran verdad y se las merecía.

—¿Estamos de acuerdo, entonces? Me voy a instalar en mi antiguo dormitorio y voy a vivir aquí. No necesitamos hablarnos más de lo imprescindible, si lo prefieres.

—No hay comida aquí, Isabelle; en todo caso no para los parisinos. Por toda la ciudad se ven letreros que advierten que no deben comerse ratas y son necesarios. La gente está criando cobayas para usarlas como alimento. Estarás más cómoda en el campo, donde hay huertas.

—No he venido aquí en busca de comodidad. Ni de seguridad.

—Entonces, ¿a qué has venido a París?

Isabelle se dio cuenta de su error. Se había tendido una trampa a sí misma con sus necias palabras y había caído en ella. Su padre era muchas cosas, pero no estúpido.

—He venido a encontrarme con alguien.

—Espero que no estemos hablando de un chico. Dime que no eres tan tonta como para hacer una cosa así.

—En el campo me aburría, *papa*. Ya me conoces.

Su padre suspiró y se sirvió otra copa. Isabelle vio cómo sus ojos adquirían la expresión inconfundible de los alcohólicos. Supo que pronto se iría a estar a solas con cualesquiera que fueran sus pensamientos.

—Si te quedas aquí, tendrás que seguir unas reglas.

—¿Cómo?

—Estarás en casa antes del toque de queda. Todos los días, sin excepción. Respetarás mi intimidad. No soporto que estén pendientes de mí. Cada mañana irás a las tiendas a ver qué consigues con nuestras cartillas de racionamiento. Y buscarás un trabajo. —Hizo una pausa y la miró con los ojos entrecerrados—. Y, si te metes en un lío como el de tu hermana, te echo. Punto.

—No voy…

—Me da igual. Un empleo, Isabelle. Encuéntralo.

Seguía hablando cuando Isabelle se giró sobre sus talones y se fue. Se dirigió a su antiguo dormitorio y cerró la puerta. Con fuerza.

¡Lo había conseguido! Por una vez se había salido con la suya. ¿Qué importaba que su padre se hubiera mostrado mezquino y crítico? Estaba allí. En su habitación en París, y para quedarse.

El dormitorio era más pequeño de cómo lo recordaba. Estaba pintado de un blanco alegre, con una cama de matrimonio con dosel y una alfombra vieja y desvaída en el suelo de madera y una butaca estilo Luis XV que había conocido tiempos mejores. La ventana —cegada— daba al patio interior del edificio de apartamentos. De niña siempre sabía cuándo sus vecinos sacaban la basura porque les oía hacer ruido allí, dejar caer las tapas de los cubos. Puso la maleta en la cama y empezó a deshacer el equipaje.

Las prendas que se había llevado en su éxodo —y ahora de vuelta a París— estaban raídas por el uso continuado y no merecía la pena colgarlas en el armario junto a las que había heredado de su madre: hermosos vestidos estilo años veinte con faldas de vuelo, trajes de noche con ribetes de seda, conjuntos de punto convenientemente arreglados para las medidas de Isabelle y vestidos de día de crepé. Una colección de sombreros y de zapatos pensados para ir a bailar o a pasear por los jardines de Rodin del brazo del joven adecuado. Indumentaria para un mundo que había desaparecido. Ya no quedaban jóvenes «adecuados» en París. Casi no había jóvenes. Estaban todos cautivos en campos de prisioneros en Alemania o escondidos en alguna parte.

Después de volver a colgar la ropa en el armario, cerró las puertas de caoba y empujó el mueble a un lado, lo justo para dejar al descubierto la puerta secreta que había detrás.

Su fuerte.

Se inclinó y abrió la puerta encajada en un entrepaño blanco empujando la esquina superior derecha. La puerta se soltó y abrió, dejando ver un trastero de dos por dos metros con un techo tan inclinado que, ya siendo una niña de diez años, Isabelle tenía que agacharse para estar en él. Sus muñecas, por supuesto, seguían allí, algunas caídas y otras, erguidas.

Cerró la puerta a sus recuerdos y colocó el armario en su sitio. Se desvistió deprisa y se puso un camisón de seda rosa que le recordaba a su madre. Seguía oliendo ligeramente a agua de rosas, o al menos Isabelle quiso creer que así era. De camino al cuarto de baño para cepillarse los dientes, se detuvo delante de la puerta cerrada de la habitación de su padre.

Le oía escribir; su pluma estilográfica arañaba un papel áspero. De vez en cuando maldecía y, acto seguido, se callaba —para dar un trago, sin duda—. Luego sonaba el golpe seco de la botella —o de un puño— contra la mesa.

Isabelle se preparó para acostarse: se puso los bigudíes, se lavó la cara y se cepilló los dientes. Cuando ya se iba a la cama,

oyó a su padre maldecir de nuevo —esta vez en voz más alta—
y se apresuró a entrar en el dormitorio y a cerrar de un portazo.

No soporto que estén pendientes de mí.

Al parecer, lo que quería decir su padre con aquello era
que no soportaba estar en la misma habitación con ella.

Era curioso que no se hubiera dado cuenta el año pasado,
cuando Isabelle había vivido con él varias semanas entre su
expulsión del internado para señoritas y su exilio en el campo.

Era cierto, entonces nunca se habían sentado juntos a
comer. Ni habían mantenido una conversación digna de recordar.
Pero, de alguna manera, Isabelle no se había dado cuenta. Habían estado juntos en la librería, trabajando codo con codo. ¿Es
que se sentía tan agradecida por su presencia que no reparaba
en su silencio?

En cualquier caso, ahora sí que reparó en él. Llevaba tres
días en París. Tres días insoportablemente silenciosos.

Su padre aporreó su puerta tan fuerte que Isabelle se sobresaltó y dio un grito.

—Me voy a trabajar —le dijo desde el otro lado de la
puerta—. Las cartillas de racionamiento están en la cocina. Te
he dejado cien francos. Compra lo que puedas.

Oyó cómo sus pisadas resonaban en el pasillo de suelo
de madera, tan fuertes que hacían vibrar las paredes. A continuación un portazo.

—Buenos días a ti también —murmuró Isabelle, dolida
por el tono de voz de su padre.

Entonces se acordó.

Había llegado el día.

Retiró la colcha, salió de la cama y se vistió sin molestarse en encender la luz. Ya tenía decidida su indumentaria: un
sobrio vestido gris y una boina, guantes blancos y su último

par de zapatos de salón abiertos por detrás. Por desgracia, no tenía medias.

Se estudió en el espejo del salón tratando de ser crítica, pero solo vio una chica normal y corriente enfundada en un vestido aburrido y con un bolso negro.

Abrió el bolso —otra vez— y miró el forro interior de seda con forma de hamaca. Había hecho una pequeña abertura y había metido dentro el grueso sobre. Cuando se abría, el bolso parecía estar vacío. Incluso si la paraban —cosa que no iba a ocurrir, ¿por qué iban a detenerla? ¿A una muchacha de diecinueve años vestida para ir a almorzar?—, no verían nada en su bolso, excepto su documentación, las cartillas de racionamiento y su *carte d'identité,* certificado de domicilio y su *Ausweis.* Precisamente todo lo que tenía que llevar.

A las diez salió del edificio. Bajo un sol brillante y cálido, se subió a su bicicleta azul y pedaleó hacia el río.

Cuando llegó a la rue de Rivoli encontró que estaba llena de coches negros, camiones del ejército con bidones de gasolina sujetos a los costados y hombres a caballo. En las proximidades había también parisinos caminando por las aceras, pedaleando por las pocas calles en las que estaba permitido transitar, haciendo colas que ocupaban la manzana entera. Se les distinguía por sus expresiones derrotadas y por cómo apretaban el paso al cruzarse con los alemanes, evitando mirarles a los ojos. En el restaurante Maxim's, bajo el famoso toldo rojo, Isabelle contempló a un grupo de oficiales nazis de alta graduación esperando para entrar. Por todas partes corría el rumor de que las mejores carnes y productos del país iban directamente a Maxim's para consumo del alto mando.

Entonces lo vio: el banco de hierro cerca de la entrada de la Comédie Française.

Isabelle frenó y la bicicleta se detuvo en seco y con brusquedad. Puso un pie en el suelo y tuvo un ligero calambre en el tobillo al apoyar el peso del cuerpo. Por primera vez la emoción adquirió un matiz de miedo.

De pronto el bolso le pesaba, mucho. Empezaron a sudarle las palmas de las manos y la frente alrededor del borde de la boina.

Ya está bien.

Era una mensajera, no una colegiala asustada. Había aceptado los riesgos de lo que iba a hacer.

Mientras esperaba, una mujer se acercó al banco y se sentó dándole la espalda.

Una mujer. No había esperado que su contacto fuera una mujer, pero le resultaba extrañamente reconfortante.

Respiró hondo para serenarse y, con la bicicleta sujeta por el manillar, cruzó el ajetreado paso de peatones y dejó atrás los quioscos que vendían pañuelos y baratijas. Cuando estuvo junto a la mujer del banco, dijo lo que habían pactado que tenía que decir:

—¿Cree que hoy me hará falta un paraguas?

—Me parece que seguirá haciendo sol.

La mujer se volvió. Tenía pelo oscuro cuidadosamente retirado de la cara y facciones marcadas propias de la Europa del Este. Era mayor que Isabelle —tendría unos treinta años—, pero la expresión de sus ojos denotaba aún más edad.

Isabelle hizo ademán de abrir su bolso, cuando la mujer dijo secamente:

—No.

Y, a continuación, añadió, poniéndose en pie:

—Sígame.

Isabelle se mantuvo detrás de ella mientras la mujer cruzaba la amplia explanada de grava del Coeur Napoléon con la elegancia descomunal del Louvre irguiéndose majestuoso a su alrededor. Aunque lo cierto era que el palacio no daba la impresión de haber sido residencia de emperadores y reyes, no con esvásticas por todas partes y soldados alemanes sentados en los bancos del jardín de las Tullerías. Después de enfilar una de las calles laterales, la mujer entró en un pequeño café. Isabelle ató la bicicleta a un árbol en la puerta y la siguió, para después sentarse enfrente de ella.

—¿Ha traído el sobre?

Isabelle asintió con la cabeza. Abrió el bolso en el regazo y sacó el sobre, que le pasó a la mujer por debajo de la mesa.

Una pareja de soldados alemanes entraron en el bistró y se sentaron a una mesa no lejos de ellas.

La mujer se inclinó hacia delante y estiró la boina de Isabelle. Fue un gesto extrañamente íntimo, como si fueran hermanas o amigas inseparables. Acercándose aún más, la mujer le susurró al oído:

—¿Ha oído hablar de *les collabos*?

—No.

—Colaboracionistas. Hombres y mujeres franceses que trabajan con los alemanes. No están solo en Vichy. Manténgase atenta, siempre. A los colaboracionistas les encanta denunciarnos a la Gestapo. Y, una vez saben tu nombre, la Gestapo no deja de vigilarte. No se fíe de nadie.

Isabelle asintió.

La mujer se apartó y la miró.

—Ni siquiera de su padre.

—¿De qué conoce a mi padre?

—Queremos reunirnos con usted.

—Ya lo estamos haciendo.

—Queremos en plural —dijo la mujer con voz calmada—. Mañana a mediodía espere en la esquina entre el boulevard Saint-Germain y la rue de Saint-Simon. No llegue tarde, no traiga la bicicleta y que nadie la siga.

A Isabelle le sorprendió la rapidez con que la mujer se puso de pie. En un instante había desaparecido y ella se había quedado sola en el café bajo la atenta mirada del soldado alemán sentado a la otra mesa. Se obligó a pedir un *café au lait* —aunque sabía que no habría leche y que el café sería achicoria—, se lo bebió deprisa y salió.

En la esquina vio un aviso pegado a la ventana que amenazaba con ejecutar a quienes cometieran infracciones. A su lado, en el cinematógrafo, había un cartel amarillo que decía: INTERDIT AUX JUIFS, prohibida la entrada a los judíos.

Cuando le estaba quitando el candado a la bicicleta, el soldado alemán apareció a su lado. Se chocó con él.

El soldado le preguntó solícito si se encontraba bien. La respuesta de Isabelle fue una sonrisa de actriz y una inclinación de cabeza.

—*Mais oui, merci.*

Se alisó el vestido y se colocó el bolso debajo del brazo antes de subirse a la bicicleta. Luego se alejó del soldado pedaleando sin mirar hacia atrás.

Lo había conseguido. Tenía un *Ausweis*, estaba en París y había obligado a *papa* a que la dejara quedarse. Y había entregado un mensaje destinado a la Francia Libre.

16

Isabelle llevaba fuera una semana y Vianne tenía que admitir que la vida en Le Jardin era más fácil. Se habían terminado los arrebatos de ira, los comentarios velados para que los oyera el capitán Beck, las presiones a Vianne para que se enzarzara en batallas sin sentido en una guerra que ya estaba perdida.

Aun así, en ocasiones la casa sin Isabelle estaba excesivamente tranquila y, en el silencio, Vianne se descubría pensando demasiado.

Como ahora. Llevaba horas despierta con la vista fija en el techo del dormitorio, esperando el amanecer.

Por fin se levantó y bajó. Se sirvió una taza de café amargo hecho de bellotas tostadas y se la llevó al jardín trasero, donde se sentó en la que había sido la silla preferida de Antoine, bajo las generosas ramas del tejo y oyendo el aletargador sonido de las gallinas picoteando el suelo de tierra.

¿Cómo iba a salir adelante? Y sola...

Se terminó el café, aunque tenía un sabor horrible. Llevó la taza vacía a la casa en penumbra, pero que ya empezaba a calentar el sol, y vio que la puerta del dormitorio del capitán Beck estaba abierta. Se había ido mientras ella se encontraba en el jardín. Bien.

Despertó a Sophie, escuchó el relato de su último sueño y le preparó un desayuno a base de pan tostado y mermelada de melocotón. Luego las dos salieron hacia el pueblo.

Vianne metió toda la prisa que pudo a Sophie, pero esta se hallaba de pésimo humor y arrastraba los pies. Por tanto era más de mediodía cuando por fin llegaron a la carnicería. La cola salía por la puerta y bajaba la calle. Vianne se colocó al final y miró nerviosa a los alemanes que estaban en la plaza.

La cola avanzó. En el escaparate, Vianne vio un cartel nuevo de propaganda con un soldado alemán sonriente ofreciendo pan a un grupo de niños franceses. Al lado un nuevo aviso decía: PROHIBIDA LA ENTRADA A LOS JUDÍOS.

—¿Qué significa eso, *maman*? —dijo Sophie señalando el letrero.

—Calla —dijo Vianne con sequedad—. Ya hemos hablado de ello. Algunas cosas es mejor no mencionarlas.

—Pero el padre Joseph dice...

—Calla —repitió Vianne impaciente dándole un tirón a Sophie de la mano para hacer más hincapié.

La fila volvió a avanzar. Vianne entró en la tienda y se encontró frente a una mujer de pelo gris con la piel del color y la textura de la harina de avena.

Frunció el ceño.

—¿Dónde está madame Fournier? —preguntó mientras le presentaba el cupón de racionamiento para la carne del día. Confió en que aún quedara algo.

—Está prohibida la entrada a los judíos —dijo la mujer—. Nos queda un poco de pichón ahumado.

—Pero esta tienda es de los Fournier.

—Ya no. Ahora es mía. ¿Quiere el pichón o no?

Vianne cogió la latita de pichón ahumado y la metió en su cesta de mimbre. Sin decir nada, salió de la tienda con Sophie. En la esquina de enfrente, un centinela alemán hacía guardia delante del banco, recordando a los franceses que ahora era propiedad de los alemanes.

—*Maman* —se lamentó Sophie—. No está bien...

—Calla.

Vianne agarró a Sophie de la mano. Mientras caminaban hacia la casa por la carretera sin asfaltar, Sophie dejó claro su descontento. Resopló, suspiró y rezongó.

Vianne la ignoró.

Cuando llegaron a la cancela rota de Le Jardin, Sophie se soltó y se volvió a mirar a Vianne.

—¿Cómo pueden quedarse con la carnicería? *Tante* Isabelle habría hecho algo. ¡A ti te da miedo!

—¿Y qué debería hacer? ¿Plantarme en la plaza y exigir que le devuelvan su tienda a madame Fournier? ¿Y qué me pasaría por algo así? Ya has visto los carteles del pueblo. —Bajó la voz—. Están ejecutando a franceses, Sophie. Ejecutando.

—Pero...

—Sin peros. Son tiempos peligrosos, Sophie. Tienes que entenderlo.

A Sophie le brillaron los ojos de lágrimas.

—Me gustaría que *papa* estuviera aquí...

Vianne atrajo a su hija hacia sí y la estrechó con fuerza.

—A mí también.

Permanecieron abrazadas largo rato y luego se separaron despacio.

—Hoy vamos a preparar encurtidos. ¿Qué te parece?

—Oh, qué divertido.

Vianne no pudo evitar estar de acuerdo.

—¿Por qué no vas a recoger pepinos? Yo mientras voy a preparar el vinagre.

Miró cómo corría su hija, rodeando los manzanos cargados de fruta hacia el huerto. En cuanto desapareció, volvieron las preocupaciones. ¿Qué haría sin dinero? El huerto estaba dando buenas cosechas, así que tendrían frutas y hortalizas, pero ¿qué pasaría cuando llegara el invierno? ¿Cómo podría Sophie alimentarse de una manera saludable sin carne ni leche ni queso? ¿De dónde sacarían zapatos nuevos? Cuando regresó a la casa recalentada y a oscuras estaba temblando. Una vez en la cocina, se agarró al borde de la encimera e inclinó la cabeza.

—*Madame?*

Vianne se giró tan deprisa que estuvo a punto de tropezarse con sus propios pies.

Beck se encontraba en el cuarto de estar, sentado en el canapé y leyendo a la luz de un candil.

—Capitán Beck. —Vianne pronunció su nombre en voz baja y fue hacia él entrelazando las manos temblorosas—. Su motocicleta no está aparcada a la puerta.

—Hacía un día tan bonito que decidí venir caminando desde el pueblo.

Se levantó. Vianne se dio cuenta de que se había cortado el pelo recientemente y de que se había hecho un pequeño corte al afeitarse aquella mañana. Una minúscula herida roja afeaba su mejilla pálida.

—Parece usted indispuesta. Quizá es porque no ha dormido bien desde que se marchó su hermana.

Vianne le miró sorprendida.

—La oigo caminar en la oscuridad.

—Entonces, usted también está despierto —dijo Vianne innecesariamente.

—A menudo a mí también me cuesta dormir. Pienso en mi mujer y en mis hijos. Mi hijo es tan joven... Me pregunto si podrá reconocerme.

—Yo pienso lo mismo de Antoine —dijo Vianne sorprendida por su confesión. Sabía que no debía mostrarse tan sincera con aquel hombre, el enemigo, pero en ese momento estaba demasiado exhausta y asustada como para ser fuerte.

Beck la miró y en sus ojos Vianne vio la añoranza que ambos compartían. Los dos se hallaban muy lejos de sus seres queridos y eso les hacía sentirse solos.

—Bien, no era mi intención interrumpir sus tareas, por supuesto, pero tengo noticias para usted. Después de mucho investigar, he descubierto que su marido está en un *Oflag* en Alemania. Un amigo mío es guarda allí. Su marido ha ascendido a oficial. ¿Lo sabía? Sin duda ha demostrado valor en el campo de batalla.

—¿Ha encontrado usted a Antoine? ¿Está vivo?

Beck le alargó un sobre arrugado y sucio.

—Aquí está la carta que le ha escrito. Y ahora puede enviarle paquetes, creo que lo animarán de manera inconmensurable.

—Ay… Dios mío.

A Vianne le fallaron las piernas. Beck la sujetó y la acompañó al canapé. Mientras se sentaba despacio, tuvo ganas de llorar.

—Qué amable por su parte —susurró mientras le cogía la carta y la apretaba contra su pecho.

—Mi amigo me envió la carta. A partir de ahora, mis disculpas, pero contestará usted solo mediante postales.

Sonrió y Vianne tuvo la extraña sensación de que sabía de las larguísimas cartas que por las noches se dedicaba a escribir mentalmente.

—*Merci!* —dijo deseando que no fuera una palabra tan pequeña.

—*Au revoir, madame* —dijo él, y se dio la vuelta y la dejó sola.

La carta arrugada y sucia temblaba en la mano de Vianne, las letras que formaban su nombre se desdibujaron y bailaron mientras abría el sobre.

Vianne, amor mío:

En primer lugar, no te preocupes por mí. Estoy a salvo y suficientemente alimentado. Estoy ileso. Ningún agujero de bala.

En los barracones he tenido la suerte de conseguir una litera de arriba, que me permite cierta intimidad en medio de tanto hombre. Por un ventanuco veo la luna por la noche y los chapiteles de Núremberg. Pero la luna es lo que me hace pensar en ti.

La comida que nos dan basta para nuestro sustento. Me he acostumbrado a las gachas de harina y a los trocitos de patata. Pienso en cuando vuelva a casa y cocines para mí. Sueño con ello —contigo y con Sophie— todo el rato.

Por favor, amor mío, no te inquietes. Sé fuerte y sigue allí hasta que me llegue el momento de abandonar esta jaula. Eres la luz de mi oscuridad y el suelo bajo mis pies. Gracias a ti sé que puedo sobrevivir. Espero que tú también saques fuerzas de mí. Que encuentres la manera de ser fuerte, por mí.

Esta noche abraza fuerte a mi hija y dile que, en algún lugar lejano, su papa está pensando en ella. Y que volveré.

Te quiero, Vianne.

P. S. La Cruz Roja está entregando paquetes. Si puedes mandarme mis guantes de cazar me harías muy feliz.

Los inviernos aquí son fríos.

Vianne terminó la carta y de inmediato empezó a leerla desde el principio.

Al cabo de una semana exacta de su llegada a París, Isabelle iba a conocer a otras personas que compartían su pasión por una Francia libre y se sentía nerviosa mientras caminaba entre parisinos de rostros cetrinos y alemanes bien alimentados hacia un destino desconocido. Aquella mañana se atavió con esmero con un vestido de rayón azul entallado y cinturón negro. La noche anterior se había rizado el pelo y, luego, por la mañana se lo peinó en ondas bien marcadas y lo retiró con horquillas de la cara. No llevaba maquillaje, y una boina azul de los días del colegio de monjas y unos guantes blancos completaban su atuendo.

Soy una actriz y este es mi papel, pensó mientras caminaba por la calle. *El de una colegiala enamorada que se escapa para encontrarse con un chico...*

Era la historia por la que se había decidido y para la que se había vestido. Estaba segura de que —si la interrogaban— conseguiría que un alemán la creyera.

Con tantas calles cortadas, tardó más de lo esperado en llegar a su destino, pero por fin rodeó una barricada y entró en el boulevard Saint-Germain.

Se detuvo debajo de una farola. A su espalda, el tráfico circulaba despacio; las bocinas sonaban, los motores rugían, los cascos de los caballos repiqueteaban, los timbres de las bicicletas campanilleaban. Y, sin embargo, y a pesar del bullicio, la calle, en otro tiempo animada, parecía despojada de vida y de color.

Una furgoneta de la policía se detuvo a su lado y bajó un gendarme con una capa sobre los hombros. Llevaba un bastón blanco.

—¿Cree que hoy me hará falta un paraguas?

Isabelle dio un respingo. Había estado tan atenta al gendarme —que ahora estaba cruzando la calle en dirección a una mujer que salía de un café— que se había olvidado de su misión.

—M-me parece que seguirá haciendo sol —dijo.

El hombre se aferró a su brazo —no se podía describir de otra manera la fuerza con que la asió— y la condujo por la calle repentinamente desierta. Era curioso cómo una furgoneta de la policía podía hacer desaparecer a los parisinos. Nadie se quedaba cuando se producía un arresto, ni para presenciarlo ni para ayudar.

Isabelle intentó ver al hombre a su lado, pero se movían demasiado deprisa. Atisbó sus botas —pisando a gran velocidad el asfalto— de piel desgastada, con los cordones raídos y un agujero asomando en la rozada puntera izquierda.

—Cierre los ojos —dijo el hombre cuando cruzaban la calle.

—¿Por qué?

—Hágalo.

No era costumbre de Isabelle obedecer órdenes ciegamente —un comentario que no habría evitado de haber sido otras las circunstancias—, pero deseaba tanto formar parte de aquello que hizo lo que se le decía. Cerró los ojos y caminó dando traspiés junto al hombre, tropezando en más de una ocasión.

Por fin se detuvieron. Le oyó llamar tres veces a una puerta. Luego hubo pisadas y el ruido de una puerta al abrirse, y, a continuación, le llegó un olor acre a humo de cigarrillo.

Entonces —y solo entonces— se le ocurrió que podía estar en peligro.

El hombre la hizo entrar y la puerta se cerró detrás de ellos. Isabelle abrió los ojos, aunque no le habían dicho que lo hiciera. Pensó que era mejor demostrar valor.

Sus ojos tardaron en enfocar la habitación. Se hallaba en penumbra y el aire estaba cargado de humo de cigarrillo. Todas las ventanas se encontraban tapadas. La única luz procedía de dos candiles que chisporroteaban valientemente a pesar de las sombras y del humo.

Había tres hombres sentados a una mesa de madera sobre la que podía verse un cenicero a rebosar. Dos eran jóvenes y llevaban abrigos remendados y pantalones raídos. Entre ellos Isabelle vio a un hombre mayor, delgado como un lápiz y con bigote gris encerado a quien reconoció. De pie al fondo estaba la mujer que había sido su contacto. Iba vestida de negro de pies a cabeza, como una viuda, y fumaba un cigarrillo.

—¿Monsieur Lévy? —preguntó al hombre mayor—. ¿Es usted?

El hombre se quitó la boina desgastada de su cabeza calva y reluciente y la sostuvo con ambas manos.

—Isabelle Rossignol.

—¿Conoces a esta mujer? —preguntó uno de los hombres.

—Era cliente habitual de la librería de su padre —contestó Lévy—. Lo último que supe de ella fue que era impulsiva, indisciplinada y encantadora. ¿De cuántos colegios la han expulsado, Isabelle?

—De demasiados, diría mi padre. Pero ¿de qué sirve estos días saber dónde sentar al segundo hijo de un embajador en una cena de gala? —dijo Isabelle—. Y sigo siendo encantadora.

—Y sin pelos en la lengua. La irreflexión y la imprudencia en el hablar podrían matar a todos los que estamos en esta habitación —dijo Lévy despacio.

Isabelle entendió de inmediato que había cometido una equivocación. Asintió con la cabeza.

—Es usted muy joven —dijo la mujer del fondo, expulsando el humo.

—No tanto —dijo Isabelle—. Hoy voy vestida para parecer más joven. Creo que puede ser una ventaja. ¿Quién va a imaginar que una muchacha de diecinueve años está haciendo algo ilegal? Y ustedes más que nadie deberían saber que una mujer es capaz de las mismas cosas que un hombre.

Monsieur Lévy se arrellanó en su silla y la estudió.

—Viene muy recomendada por un amigo.

Henri.

—Nos ha contado que lleva usted meses repartiendo nuestros pasquines. Y Anouk dice que ayer no perdió usted la calma.

Isabelle miró a la mujer, que la saludó con una inclinación de cabeza.

—Estoy dispuesta a hacer cualquier cosa que ayude a su causa —dijo Isabelle.

Sentía una opresión en el pecho debido a la inquietud. No se le había pasado por la cabeza que pudiera llegar hasta allí y le denegaran la entrada a aquella red de personas cuya causa era también la suya.

—Necesitará papeles falsos —dijo, por fin, monsieur Lévy—. Una identidad nueva. Se los conseguiremos, pero esto llevará algún tiempo.

Isabelle contuvo la respiración. ¡La habían aceptado! Una atmósfera de determinación pareció llenar la estancia. Ahora podría hacer algo importante. Lo sabía.

—Por el momento los nazis están siendo tan arrogantes que no creen que ninguna clase de resistencia pueda tener éxito —dijo Lévy—. Pero ya se darán cuenta... Se darán cuenta y entonces correremos aún más peligro. No debe hablarle a nadie de su asociación con nosotros. A nadie. Y eso incluye a su familia. Por su seguridad y también por la de usted.

A Isabelle le resultaría fácil ocultar sus actividades. A nadie le importaba especialmente dónde iba o lo que hacía.

—Sí —dijo—. Entonces..., ¿qué tengo que hacer?

Anouk se separó de la pared y cruzó la habitación, pasando por encima de un fajo de periódicos clandestinos que había en el suelo. Isabelle no podía leer el titular con claridad; era algo sobre el bombardeo de Hamburgo y Berlín por parte de la RAF. Anouk se metió la mano en el bolsillo y sacó un paquete del tamaño de una baraja de cartas envuelto en un papel marrón arrugado y atado con bramante.

—Entregará esto en el *tabac* del barrio viejo en Amboise; el que está justo debajo del *château*. Debe llegar antes de las cuatro de la tarde de mañana. —Le dio a Isabelle el paquete y la mitad de un billete de cinco francos—. Ofrézcale el billete. Si él le enseña la otra mitad, entréguele el paquete. Luego váyase. No mire atrás. No le dirija la palabra.

Mientras cogía el paquete y el billete Isabelle oyó que llamaban a la puerta a su espalda con un golpe seco. Una tensión repentina llenó la habitación. Se cruzaron miradas. Isabelle fue muy consciente de que aquel era un trabajo peligroso. Quien llamaba a la puerta podía ser un policía, o un nazi.

Siguieron otros tres golpes.

Monsieur Lévy hizo un gesto con la cabeza sin alterarse.

Se abrió la puerta y entró un hombre grueso con cabeza en forma de huevo y la cara llena de pecas.

—Le he encontrado rondando por ahí —dijo y, cuando se hizo a un lado, apareció un piloto de la RAF con su uniforme de vuelo.

—*Mon Dieu* —susurró Isabelle.

Anouk asintió sombría.

—Están por todas partes —le dijo en voz baja—. Caídos del cielo. —Sonrió un poco por el chiste que acababa de hacer—. Evadidos, huidos de prisiones alemanas, pilotos de aviones derribados.

Isabelle miró al aviador. Todos conocían la pena por ayudar a pilotos británicos. Estaba anunciada en carteles por toda la ciudad: arresto o muerte.

—Conseguidle algo de ropa —dijo Lévy.

El hombre mayor se volvió hacia el piloto y empezó a hablarle.

Estaba claro que el hombre no entendía el francés.

—Le van a conseguir algo de ropa —dijo Isabelle en inglés.

Se hizo el silencio. Sentía todas las miradas fijas en ella.

—¿Habla usted inglés? —preguntó Anouk en voz baja.

—Pasablemente. Lo estudié dos años en un internado suizo.

Se hizo otro silencio.

—Dígale al piloto —indicó Lévy a continuación— que le esconderemos mientras encontramos la manera de sacarle de Francia.

—¿Pueden hacer eso? —se sorprendió Isabelle.

—Por ahora no —respondió Anouk—. Pero no se lo mencione. Dígale únicamente que estamos de su lado y que está seguro, relativamente, y que tiene que hacer lo que le ordenemos.

Isabelle fue hasta el piloto. A medida que se acercaba vio los arañazos en su cara y cómo algo le había desgarrado la manga del uniforme de vuelo. Le pareció ver sangre seca en el arranque del pelo y pensó: *Ha estado bombardeando Alemania.*

—No todos los franceses somos pasivos —le dijo al joven.

—Habla usted inglés —replicó este—. Gracias a Dios. Mi aeroplano se estrelló hace cuatro días. Desde entonces he estado escondiéndome por los rincones. No sabía dónde ir hasta que este hombre me recogió y me arrastró aquí. ¿Me van a ayudar?

Isabelle dijo que sí con la cabeza.

—¿Cómo? ¿Pueden mandarme a casa?

—No tengo las respuestas. Haga lo que le digan y, otra cosa, *monsieur.*

—¿Sí, señora?

—Están arriesgando sus vidas por ayudarlo. ¿Eso lo entiende?

El hombre asintió.

Isabelle se volvió hacia sus nuevos colegas.

—Lo entiende y hará lo que le pidan.

—Gracias, Isabelle —dijo Lévy—. ¿Cómo nos pondremos en contacto con usted a su vuelta de Amboise?

En cuanto oyó la pregunta, Isabelle tuvo una respuesta que la sorprendió.

—En la librería —dijo con firmeza—. Voy a reabrirla.

Lévy la miró.

—¿Qué dirá su padre de eso? Pensaba que la cerró cuando los nazis quisieron decirle qué podía vender y qué no.

—Mi padre trabaja para los nazis —dijo Isabelle con amargura—. Sus opiniones no cuentan demasiado. Me ha pedido que consiga un trabajo. Será este. Estaré a disposición de ustedes todo el tiempo. Es la solución perfecta.

—Sí lo es —dijo Lévy, aunque su tono parecía indicar que no estaba de acuerdo—. Muy bien entonces. Anouk le llevará nuevos papeles en cuanto consigamos que nos hagan la *carte d'identité.* Necesitaremos una fotografía suya. —Entornó los ojos—. Y otra cosa: Isabelle, permita por un momento que un hombre de edad le recuerde a una joven acostumbrada a ser impulsiva que eso se acabó. Sabe que soy amigo de su padre, o lo era hasta que mostró su verdadera cara, y llevo años oyendo historias acerca de usted. Le ha llegado el momento de madurar y de hacer lo que se le pide. Siempre. Sin excepción. Es por su seguridad tanto como por la nuestra.

A Isabelle la avergonzó que Lévy juzgara necesario decirle aquello, y delante de todo el mundo.

—Por supuesto —respondió.

—Y si la atrapan —dijo Anouk—, ser mujer no la beneficiará. A nosotras nos tienen reservado… un trato especial.

Isabelle tragó saliva. Había pensado —brevemente— en la posibilidad de encarcelamiento y de ejecución. Esto otro era algo que no había tenido en cuenta. Mal hecho.

—Lo que nos exigimos los unos a los otros en estos casos, o al menos a lo que aspiramos, son dos días.

—¿Dos días?

—Si la capturan y la... interrogan. Intente no decir nada durante dos días. Eso nos dará tiempo para desaparecer.

—Dos días —observó Isabelle—. No es tanto.

—Qué joven es usted —dijo Anouk.

Durante los seis días anteriores Isabelle había salido cuatro veces de París. Llevó paquetes a Amboise, Blois y Lyon y pasó más tiempo en estaciones de tren que en casa de su padre, algo que les resultaba conveniente a ambos. Mientras hiciera colas para comprar comida durante el día y volviera a casa antes del toque de queda, a su padre le daba igual a qué dedicaba el resto del tiempo. Ahora, sin embargo, estaba de vuelta en París y preparada para pasar a la segunda fase de su plan.

—No vas a abrir la librería.

Isabelle miró a su padre, de pie, cerca de la ventana oscurecida. En la luz tenue, la casa tenía un aspecto decadente, decorada como estaba con recargadas antigüedades reunidas a lo largo de generaciones. Cuadros de calidad con gruesos marcos dorados engalanaban las paredes —faltaban algunos y, en su lugar, había sombras oscuras en la pared; probablemente *papa* los había vendido— y, de haber podido quitar las cortinas opacas, desde el balcón habría contemplado una vista espectacular de la torre Eiffel.

—Me dijiste que me buscara un trabajo —insistió.

El paquete envuelto en papel que llevaba en el bolso le daba fuerzas renovadas a la hora de tratar con su padre. Además, ya estaba medio borracho. No tardaría en tumbarse en la poltrona del salón gimiendo en sueños. De niña, aquellos tristes sonidos que hacía al dormir despertaban en ella deseos de consolarle. Ya no.

—Me refería a un trabajo remunerado —dijo su padre con sequedad.

Se sirvió otra copita de coñac.

—¿Por qué no te lo pones en un cuenco? —dijo Isabelle.

Su padre ignoró la pregunta.

—No te lo permito y basta. No vas a reabrir la librería.

—Ya lo he hecho. Hoy. He pasado toda la tarde limpiando.

El padre pareció quedarse paralizado. Arqueó las cejas grises y espesas.

—¿Has limpiado?

—He limpiado —dijo Isabelle—. Sé que te sorprende, *papa,* pero ya no tengo doce años. —Se acercó a él—. Voy a hacerlo. Lo tengo decidido. Me dejará tiempo para las colas de comida y me dará la oportunidad de ganar algo de dinero. Y los alemanes me comprarán libros. Eso te lo prometo.

—¿Porque vas a coquetear con ellos? —dijo el padre.

Isabelle notó el matiz de crítica en su pregunta.

—Y eso me lo dice un hombre que trabaja para ellos.

Su padre la miró.

Isabelle miró a su padre.

—Muy bien —dijo este por fin—. Haz lo que te dé la gana. Pero el almacén del fondo es mío, Isabelle. Lo voy a cerrar y a guardarme la llave y respetarás mis deseos manteniéndote alejada de esa habitación.

—¿Por qué?

—Eso no importa.

—¿Lo usas para encuentros con mujeres? ¿En el sofá?

Su padre negó con la cabeza.

—Mira que eres tonta. Gracias a Dios que *maman* no vivió para ver en quién te has convertido.

Isabelle odió el dolor que aquel comentario le causó.

—Lo mismo te digo, *papa.* Lo mismo te digo.

17

A mediados de junio, en el penúltimo día de escuela, Vianne estaba en la pizarra conjugando un verbo cuando oyó el ya familiar petardeo de una motocicleta alemana.

—Otra vez soldados —dijo Gilles Fournier con amargura.

Últimamente aquel niño estaba siempre enfadado y ¿quién podía culparle? Los nazis le habían quitado la carnicería a su familia y se la habían dado a un colaboracionista.

—Quedaos aquí —les dijo Vianne a sus alumnos y salió al pasillo.

Entraban dos hombres, un oficial de la Gestapo con abrigo negro largo y el gendarme del pueblo, Paul, que había ganado peso desde que colaboraba con los nazis. ¿Cuántas veces le había visto Vianne caminar por la rue Victor Hugo llevando más víveres de los que podía comer su familia mientras ella hacía una cola interminable aferrada a una cartilla de racionamiento que le proporcionaría más bien poco?

Caminó hacia ellos con las manos entrelazadas y tensas en la cintura. No se sentía del todo bien con su vestido raído, de cuello y puños gastados, y, aunque había dibujado con cuidado una costura marrón en la parte posterior de las pantorrillas desnudas, saltaba a la vista que era un truco. No llevaba medias y eso la hacía sentirse extrañamente vulnerable en presencia de aquellos hombres. A ambos lados del pasillo se abrieron las puertas de las aulas y los profesores salieron a ver qué querían los oficiales. Se cruzaron las miradas, pero nadie habló.

El agente de la Gestapo caminó con resolución hasta la clase de monsieur Paretsky, situada al fondo. El grueso Paul se esforzó por seguirle el paso, resoplando.

Momentos después monsieur Paretsky era sacado de su aula por el gendarme.

Vianne frunció el ceño cuando pasaron a su lado. El viejo Paretsky —que le había enseñado a sumar hacía una eternidad y cuya mujer se ocupaba de las flores de la escuela— la miró aterrorizado.

—¿Paul? —dijo Vianne con tono cortante—. ¿Qué está pasando?

El policía se detuvo.

—Está acusado de algo.

—No he hecho nada malo —gritó Paretsky intentando liberarse de Paul.

El agente de la Gestapo vio lo que estaba pasando e intervino. Se acercó rápidamente a Vianne, con los tacones resonando en el suelo. Vianne se estremeció de miedo al ver cómo le centelleaban los ojos.

—*Madame,* ¿a qué se debe esta interrupción?

—E-es amigo mío.

—No me diga —dijo el oficial dando al comentario una entonación ascendente para que pareciera una pregunta—. Entonces sabrá que se dedica a distribuir propaganda antialemana.

—Es un periódico —dijo Paretsky—. Simplemente estoy contando la verdad a los franceses. ¡Vianne, dígaselo!

Vianne se dio cuenta de que todos estaban pendientes de ella.

—¿Cuál es su nombre? —exigió saber el agente de la Gestapo mientras abría una libreta y sacaba un lapicero.

Vianne se humedeció los labios, nerviosa.

—Vianne Mauriac.

El oficial lo escribió.

—¿Y trabaja con monsieur Paretsky distribuyendo pasquines?

—¡No! —exclamó Vianne—. Es colega mío de la escuela. No sé nada de lo otro.

El agente cerró la libreta.

—¿No le ha explicado nadie que es mejor no hacer preguntas?

—No era mi intención —dijo Vianne con la garganta seca.

El oficial sonrió despacio. La sonrisa asustó a Vianne, la desarmó hasta tal punto que tardó un minuto en asimilar lo que dijo a continuación:

—Queda usted relevada, *madame*.

Vianne tuvo la impresión de que el corazón dejaba de latirle.

—¿P-perdón?

—Me refiero a sus funciones de profesora. Queda usted relevada. Váyase a casa, *madame*, y no vuelva. Estos alumnos no necesitan un ejemplo como el que les da usted.

Terminada la jornada, Vianne volvió a casa con su hija e incluso se acordó de vez en cuando de responder a alguna de sus incesantes preguntas, pero no dejaba de pensar: *Y ahora ¿qué?*

Y ahora ¿qué?

Los puestos y las tiendas estaban cerrados a aquella hora, los barriles y cajas, vacíos. Por todas partes había letreros que decían: No hay huevos, No hay mantequilla, No hay aceite, No hay limones, No hay zapatos, No hay hilo, No hay bolsas de papel.

Había sido frugal con el dinero que le había dejado Antoine. Más que frugal —tacaña—, y eso que al principio le había parecido que era mucho dinero. Lo había usado solo para cosas imprescindibles: leña, electricidad, gas, comida. Pero, aun así, se había terminado. ¿Cómo vivirían Sophie y ella sin su sueldo de maestra?

Ya en casa, se dedicó, aturdida, a sus quehaceres. Preparó sopa de repollo y le añadió zanahorias ralladas tiernas como fideos. En cuanto terminaron de cenar hizo la colada y, cuando la ropa estuvo tendida, zurció calcetines hasta que anocheció. Después mandó a Sophie a la cama, aunque era temprano y la niña gimoteó y se quejó.

Ya sola —y con la sensación de tener un cuchillo cerca de la garganta— se sentó a la mesa del comedor con una tarjeta oficial y una pluma estilográfica.

Mi queridísimo Antoine:
Se nos ha acabado el dinero y me he quedado sin trabajo.
¿Qué voy a hacer? Faltan pocos meses para el invierno.

Levantó la pluma del papel. Las palabras azules parecieron expandirse en la hoja blanca.
Se nos ha acabado el dinero.
¿A qué clase de mujer se le pasaría por la cabeza enviar una carta como aquella a su marido siendo este prisionero de guerra?

Hizo una bola con la postal y la tiró a la chimenea fría y cubierta de hollín, donde se quedó sola, una pelota blanca y desvalida en un lecho de ceniza gris.

No.

No podía quedarse dentro de la casa. ¿Y si Sophie la encontraba? ¿Y si la leía? La sacó de las cenizas y la llevó al jardín trasero, donde la tiró al cenador. Las gallinas la pisotearían y picotearían hasta deshacerla.

Se sentó en la silla de jardín preferida de Antoine, aturdida por el repentino cambio de su situación y por aquel temor nuevo y terrible. Si pudiera dar marcha atrás… Si hubiera gastado todavía menos dinero… Si se hubiera conformado sin… Si hubiera dejado que se llevaran a monsieur Paretsky sin decir una palabra.

A su espalda la puerta se abrió y se cerró.

Pisadas. Respiración.

Sabía que debía levantarse e irse, pero estaba demasiado cansada para moverse.

Beck se acercó a ella por detrás.

—¿Le apetecería un vaso de vino? Es un Château Margaux del 28. Al parecer un año muy bueno.

Vino. Quería decir sí, por favor —probablemente nunca había necesitado más una copa—, pero no podía aceptar. Tampoco decir que no, así que siguió callada.

Oyó el *poc* de un corcho al ser liberado y luego el gluglú del vino al servirlo. Beck dejó una copa llena a su lado en la mesa. El aroma fragante y rico de matices era embriagador.

Él se sirvió un vaso y se sentó en la silla al lado de Vianne.

—Me marcho —dijo después de un largo silencio.

Vianne se giró hacia él.

—No se haga ilusiones. Es solo temporal. Unas pocas semanas. Llevo dos años sin ir a casa. —Dio un sorbo—. Es posible que mi mujer esté ahora mismo en nuestro jardín preguntándose quién volverá. Ay, no soy el mismo hombre que cuando me marché. He visto cosas… —Se interrumpió—. Esta guerra no está siendo como esperaba. Y durante una ausencia tan larga las cosas cambian. ¿No cree?

—Sí —dijo Vianne.

A menudo había pensado lo mismo.

En el silencio entre ellos oyó cómo croaba una rana y cómo las hojas aleteaban en una brisa perfumada de jazmín que soplaba sobre sus cabezas. Un ruiseñor cantaba una canción triste y solitaria.

—Hoy no parece usted la misma, *madame* —dijo Beck—. Si no le molesta que se lo diga.

—Me han despedido de la escuela. —Era la primera vez que pronunciaba las palabras en voz alta y las lágrimas asomaron a sus ojos—. Hice…, hice algo que llamó la atención.

—Lo cual es peligroso.

—No me queda nada del dinero que me dejó mi marido. Estoy sin trabajo. Y el invierno se acerca. ¿Cómo voy a sobrevivir para alimentar a Sophie e impedir que pase frío?

Se volvió a mirarle.

Los ojos de ambos se encontraron. Vianne quiso apartar los suyos, pero no podía.

El capitán le puso el vaso de vino en una mano y la obligó a cerrar los dedos alrededor de él. Vianne tenía las manos frías y el tacto caliente de él la hizo estremecer. De pronto recordó su despacho… y toda la comida almacenada.

—No es más que vino —dijo él, y el aroma a cerezas negras y a tierra fértil y oscura con un matiz de lavanda le llegó a Vianne a la nariz recordándole la vida que había llevado antes, las noches que habían pasado Antoine y ella sentados allí fuera, bebiendo vino.

Dio un sorbo con un respingo de agrado. Había olvidado un placer tan sencillo como aquel.

—Es usted muy hermosa, *madame* —dijo Beck con una voz tan dulce y llena de matices como el vino—. Quizá hace demasiado tiempo que nadie se lo dice.

Vianne se puso de pie tan deprisa que tropezó con la mesa y derramó el vino.

—No debería decir esas cosas, herr capitán.

—No —dijo este poniéndose también de pie. Se quedó frente a ella, con aliento a vino y a chicle de menta—. No debería.

—Por favor —dijo Vianne, incapaz siquiera de terminar la frase.

—Su hija no se morirá de hambre este invierno, *madame* —dijo el capitán. En voz baja, como si se tratara de un acuerdo secreto—. De eso puede estar segura.

Que Dios ayudara a Vianne, pero sintió alivio. Murmuró alguna cosa —no supo muy bien qué— y entró en la casa, donde se fue directamente a la cama con Sophie, aunque tardó mucho tiempo en dormirse.

La librería había sido en otro tiempo lugar de reunión de poetas, escritores, novelistas y académicos. Los mejores recuerdos de infancia de Isabelle procedían de aquellas estancias mal ventiladas. Mientras *papa* trabajaba con la imprenta en la trastienda, *maman* le leía a Isabelle cuentos y fábulas y se inventaba obras que luego las dos escenificaban. Allí habían sido felices, durante un tiempo, antes de que *maman* enfermara y su padre empezara a beber.

Aquí está mi niña. Ven a sentarte en el regazo de papa mientras le escribo un poema a tu madre.

O quizá ese recuerdo era imaginado, lo había tejido con los hilos de su desamparo y se lo había atado con fuerza alrededor de los hombros. Ya no lo sabía.

Ahora eran los alemanes los que poblaban los rincones en sombras de la librería.

En las seis semanas desde que Isabelle había abierto la tienda, al parecer se había corrido el rumor entre los soldados de que detrás del mostrador atendía una bonita joven francesa.

Llegaban en oleadas, vestidos con sus uniformes impolutos y hablando en voz alta mientras se empujaban los unos a los otros. Isabelle coqueteaba con ellos sin piedad, pero se aseguraba de no salir nunca de la tienda hasta que no estaba vacía. Y siempre lo hacía por la puerta de atrás, enfundada en una capa color carbón con la capucha subida incluso en pleno verano. Los soldados podían ser joviales y sonrientes —muchachos en realidad que hablaban de las bellas *fräuleins* que habían dejado en casa y compraban clásicos franceses de autores «aceptables» para sus familias—, pero no olvidaba en ningún momento que eran el enemigo.

—*Mademoiselle*, qué bonita es usted y cómo nos ignora a todos. ¿Cómo vamos a sobrevivir? —Un joven oficial alemán quiso cogerla del brazo.

Isabelle rio coqueta e hizo una pirueta para esquivarle.

—*Monsieur*, sabe usted muy bien que no puedo hacer distinciones. —Ocupó su lugar detrás del mostrador—. Veo que ha escogido usted un libro de poemas. Seguro que tiene usted una chica bonita en casa a la que le encantaría recibir de usted un regalo tan considerado.

Los amigos empujaron al soldado, hablando todos a la vez.

Isabelle le estaba cobrando cuando tintineó alegre la campanilla de la puerta.

Isabelle levantó la vista esperando ver más soldados alemanes. Pero era Anouk. Iba vestida, como de costumbre, más acorde con su temperamento que con la estación, toda de negro. Un jersey oscuro ceñido con escote de pico y una falda recta, además de boina y guantes negros. De sus labios rojo intenso colgaba un cigarrillo Gauloise sin encender.

Se detuvo en el umbral de la puerta, con un rectángulo del callejón desierto a su espalda, un fondo de geranios rojos y hojas verdes.

Al oír la campanilla los alemanes se volvieron.

Anouk dejó que la puerta se cerrara a su espalda. Se encendió con tranquilidad el cigarrillo y le dio una larga calada.

Con la mitad de la longitud de la tienda entre las dos y tres soldados alemanes presentes, las miradas de Isabelle y Anouk se encontraron. En las semanas durante las que Isabelle había hecho de mensajera (había ido a Bois, a Lyon y a Marsella, a Amboise y a Niza, por no hablar de al menos una docena de entregas recientes en París, todas bajo su nuevo nombre —Juliette Gervaise— y usando papeles falsos que Anouk le había pasado un día en un bistró delante de las narices de los alemanes), Anouk había sido su contacto habitual y, a pesar de la diferencia de edad entre ellas —que era de al menos diez años, quizá más—, se habían hecho amigas del mismo modo en que se hacen amigas mujeres que llevan vidas paralelas; una amistad sin palabras, pero no por ello menos sincera. Isabelle había aprendido a mirar más allá de la expresión agria y de la boca inexpresiva de Anouk, a ignorar sus maneras taciturnas. Detrás de todo aquello, creía Isabelle, había tristeza. Mucha. Y también ira.

Anouk caminó con un aire regio y despectivo capaz de poner a un hombre en su sitio antes de que dijera una sola palabra. Los alemanes se callaron y la miraron, haciéndose a un lado para dejarla pasar. Isabelle oyó que uno de ellos decía «varonil» y otro «viuda».

Anouk no pareció reparar en ninguno. Una vez en el mostrador, se detuvo y dio otra larga calada al cigarrillo. El humo le desdibujó las facciones y, por un instante, solo se veían sus labios color rojo cereza. Buscó en su bolso y sacó un libro pequeño encuadernado en marrón. El nombre del autor —Baudelaire— estaba grabado en la piel, y aunque la cubierta estaba tan arañada, gastada y descolorida que resultaba imposible leer el título, Isabelle supo de qué libro se trataba. *Les fleurs du mal.*

Las flores del mal. Era el que usaban para avisar de que había una reunión.

—Busco otro libro de este mismo autor —dijo Anouk expulsando el humo.

—Lo siento, *madame.* Ya no tengo nada de Baudelaire. ¿Puedo ofrecerle algo de Verlaine, quizá? ¿O de Rimbaud?

—Nada, gracias. —Anouk se dio la vuelta y salió de la librería. Hasta que la campanilla no tintineó, no se rompió el hechizo y los soldados empezaron a hablar otra vez.

Cuando nadie la miraba, Isabelle tomó el pequeño volumen de poemas. Dentro había un mensaje que debía entregar, junto con la hora en que tenía que hacerlo. El sitio era el de siempre: el banco frente a la Comédie Française. El mensaje estaba oculto bajo las guardas del libro, que habían sido despegadas y vueltas a pegar docenas de veces.

Miró el reloj y deseó que el tiempo avanzara. Ya tenía un nuevo encargo.

A las seis en punto de la tarde echó a los soldados de la tienda y cerró. Fuera se encontró con el chef y propietario del bistró, monsieur Deparde, fumando un cigarrillo. El pobre hombre parecía tan cansado como ella. En ocasiones se preguntaba, cuando le veía sudar sobre las sartenes o desbullar ostras, cómo se sentiría dando de comer a los alemanes.

—*Bonsoir, monsieur* —dijo.

—*Bonsoir, mademoiselle.*

—¿Un día duro? —dijo Isabelle compasiva.

—*Oui.*

Isabelle le ofreció un volumen gastado de fábulas para niños.

—Para Jacques y Gigi —dijo con una sonrisa.

—Un momento. —El hombre entró deprisa en el café y salió con una bolsa de papel con manchas de grasa—. *Frites* —dijo.

Isabelle se sintió absurdamente agradecida. Aquellos días no solo comía sobras del enemigo. También daba las gracias por ellas.

—*Merci.*

Dejó la bicicleta en la tienda y decidió que evitaría el siempre atestado y deprimentemente silencioso metro y volvería a casa caminando, disfrutando de las patatas fritas grasientas y saladas. Mirara donde mirara había alemanes saliendo de cafés, bistrós y restaurantes, mientras que parisinos de rostros macilentos corrían para llegar a sus casas antes del toque de queda. En dos ocasiones tuvo la molesta sensación de que alguien la seguía, pero cuando se dio la vuelta no vio a nadie.

No estaba segura de qué la hizo detenerse en una esquina cercana al parque, pero de pronto supo que algo iba mal. Algo no terminaba de encajar. Delante de ella la calle estaba llena de vehículos alemanes que se comunicaban a bocinazos. En alguna parte, alguien gritó.

Se le erizó el vello de la nuca. Se volvió a mirar, pero no había nadie detrás de ella. Últimamente tenía a menudo la impresión de que la seguían. Eran sus nervios haciendo horas extraordinarias. La cúpula dorada de Les Invalides relucía bajo los rayos oblicuos del sol. El corazón empezó a latirle con fuerza. El miedo la hacía sudar. El olor almizclado y acre de su transpiración se mezcló con el otro, grasiento, de las *frites* y, por un momento, se le revolvió el estómago.

No pasaba nada. Nadie la seguía. Estaba portándose como una tonta.

Giró en la rue de Grenelle.

Algo captó su atención y la hizo detenerse.

Vio una sombra donde no debía haberla. Movimiento donde todo debía estar en calma.

Frunció el ceño y cruzó la calle abriéndose camino entre la lenta circulación rodada. Ya en la otra acera, caminó deprisa para dejar atrás al hatajo de alemanes que bebían vino en el bistró hacia un edificio de viviendas situado en la esquina siguiente.

Allí, escondido en un frondoso seto junto a un conjunto de puertas color negro reluciente, vio a un hombre agachado detrás de un árbol plantado en un gran tiesto de cobre.

Abrió la cancela y entró en el jardín. Oyó al hombre retroceder, haciendo crujir las piedras bajo sus pies con las botas.

Luego se quedó quieto.

Isabelle oía a los alemanes reír en el café calle abajo, gritando *Sikt! S'il vous plaît* a la pobre camarera desbordada de trabajo.

Era la hora de la cena. El único momento del día en el que al enemigo solo le importaba divertirse y llenarse la barriga de comida y vino propiedad de los franceses. Se acercó sigilosamente al limonero.

El hombre estaba acuclillado intentando pasar lo más desapercibido posible. Tenía la cara sucia de tierra y un ojo hinchado y cerrado, pero saltaba a la vista que no era francés: llevaba uniforme de aviador del ejército británico.

—*Mon Dieu* —murmuró Isabelle—. *Anglais?*

El hombre no dijo nada.

—¿RAF? —dijo Isabelle en inglés.

El hombre abrió los ojos. Isabelle se dio cuenta de que estaba intentando decidir si debía o no fiarse de ella. Luego asintió con la cabeza, muy despacio.

—¿Cuánto lleva escondido aquí?

Después de una larga pausa, el hombre dijo:

—Todo el día.

—Le van a detener —dijo Isabelle—. Tarde o temprano.

Isabelle sabía que debía hacerle más preguntas, pero no había tiempo. Cada segundo que pasaba allí con él aumentaba el peligro que ambos corrían. Era asombroso que aquel británico no hubiera sido descubierto todavía.

Tenía que ayudarle o alejarse antes de que alguien les viera. Sin duda, irse era la opción más inteligente.

—Avenue de La Bourdonnais, número cincuenta y siete —le dijo despacio en inglés—. Ahí es donde voy. A las nueve y media saldré a fumar un cigarrillo. A esa hora se acercará usted a la puerta. Si consigue llegar sin que nadie le vea, le ayudaré. ¿Me ha entendido?

—¿Cómo sé que puedo confiar en usted?

Aquello hizo reír a Isabelle.

—Lo que estoy haciendo es una tontería. Y prometí no ser impetuosa. En fin.

Se dio la vuelta sobre los talones y salió del jardín después de cerrar la verja a su espalda. Bajó la calle a buen paso. Durante todo el camino a casa el corazón le latió con fuerza y se arrepintió varias veces de su decisión. Pero ya no podía hacer nada al respecto. No miró atrás, ni siquiera cuando llegó a su edificio. Se detuvo y miró el pomo de bronce de gran tamaño situado en el centro de la puerta de roble. De tan asustada como estaba se sentía mareada y le dolía la cabeza.

Metió la llave en la cerradura, giró el pomo y franqueó el interior en penumbra. El estrecho portal estaba atestado de bicicletas y carretillas. Se abrió paso hasta la escalera serpenteante y se sentó en el primer escalón a esperar.

Consultó mil veces su reloj de pulsera y cada vez se dijo que no debía hacer aquello, pero a las nueve y media salió a la calle. Había anochecido. Con las cortinas opacas y las farolas apagadas, la calle era oscura como boca de lobo. Pasaban coches con los faros apagados, se oían y se olían, pero eran invisibles a no ser que un rayo de luna errante los iluminara. Isabelle se encendió un cigarrillo marrón, dio una calada profunda y exhaló despacio, intentando serenarse.

—Estoy aquí, señorita.

Isabelle retrocedió a tientas y abrió la puerta.

—Quédese detrás de mí. Baje la vista. No se acerque demasiado.

Le guio por el portal y ambos chocaron con bicicletas, haciendo ruido y zarandeando carretillas de madera. Isabelle nunca había subido tan deprisa los cinco pisos de escaleras. Le metió en la casa y cerró la puerta.

—Quítese la ropa —dijo.

—¿Perdón?

Isabelle pulsó el interruptor de la luz.

Era mucho más alto que ella, ahora se percataba. Era ancho de hombros y, al mismo tiempo, muy delgado, con la cara estrecha y una nariz que daba la impresión de haberse roto un par de veces. Llevaba el pelo tan corto que parecía pelusa.

—El uniforme de vuelo. Quíteselo. Rápido.

¿Cómo se le había ocurrido hacer una cosa así? Su padre llegaría a casa, encontraría al aviador y los mandaría a los dos a Carriveau.

¿Dónde podía esconder el traje de aviador? Y aquellas botas le traicionarían, seguro.

El hombre se inclinó hacia delante y se quitó el uniforme.

Isabelle nunca había visto a un hombre en calzoncillos y camiseta y fue consciente de estar ruborizándose.

—No tenga vergüenza, señorita —dijo el soldado sonriendo como si aquello fuera la cosa más natural del mundo.

Isabelle tomó su traje y extendió la mano para que le diera sus placas de identificación. Él se las entregó: dos discos pequeños que llevaba colgados del cuello. Ambos contenían la misma información. Teniente Torrance MacLeish. Su grupo sanguíneo, su religión y número.

—Sígame. Sin hacer ruido. ¿Cómo se dice... caminar sobre las puntas de los pies?

—De puntillas —susurró el aviador.

Le condujo a su dormitorio. Una vez allí, despacio y sin hacer ruido, apartó el armario y dejó a la vista la habitación secreta.

Una hilera de ojos vidriosos de muñeca la miró.

—Este sitio da miedo, señorita —dijo el aviador—. Y es un espacio pequeño para un hombre tan grande como yo.

—Entre y no se mueva. El más mínimo ruido sospechoso podría provocar un registro. Madame Leclerc, la vecina de al lado, es curiosa, y podría ser una colaboracionista, ¿me entiende? Además, mi padre vendrá enseguida. Trabaja para el alto mando alemán.

—¡Diantre!

Isabelle no tenía ni idea de lo que significaba aquella palabra y estaba sudando tan copiosamente que las ropas empezaban a pegársele al pecho. ¿Cómo se le había ocurrido ofrecerse a ayudar a aquel hombre?

—¿Y si tengo que…? Ya me entiende —preguntó este.

—Se aguanta. —Le empujó para que entrara y le dio una almohada y una manta de su cama—. Volveré en cuanto pueda. Silencio, ¿me ha oído?

El hombre dijo que sí con la cabeza.

—Gracias.

Isabelle no pudo evitar negar con la cabeza.

—Soy una tonta. ¡Una tonta!

Cerró la puerta y colocó el armario en su sitio, no en su lugar exacto, pero de momento bastaría. Tenía que desembarazarse de aquel uniforme y de las placas antes de que su padre volviera.

Recorrió la casa descalza intentando hacer el menor ruido posible. No sabía si los vecinos de abajo oirían el trajín de un armario al ser cambiado de sitio o el de demasiadas personas caminando en el piso de arriba. Mejor ser precavida. Metió el uniforme de aviador en una bolsa vieja de los almacenes Samaritaine y la apretó contra su pecho.

Salir de pronto le pareció peligroso. Quedarse, también.

Pasó sigilosa junto a la casa de Leclerc y corrió escaleras abajo.

Una vez en la calle, respiró nerviosa.

Y ahora ¿qué? No podía tirarlo en cualquier parte. No quería meter en líos a otra persona.

Por primera vez dio gracias por que la ciudad estuviera a oscuras. Se deslizó por la acera envuelta en la oscuridad y desapareció. Al estar tan cercano el toque de queda, había pocos parisinos por las calles y los alemanes estaban demasiado ocupados bebiendo vino francés como para fijarse en lo que ocurría fuera.

Respiró hondo y trató de tranquilizarse. De pensar. Probablemente faltaban segundos para el toque de queda..., aunque ese era el menor de sus problemas. *Papa* estaría pronto en casa.

El río.

Estaba a pocas manzanas de allí y había árboles a lo largo de la orilla.

Encontró una calle lateral pequeña y con barricadas y se dirigió hacia el río dejando atrás una hilera de camiones militares que había aparcados.

En su vida había caminado tan despacio. Un paso —una respiración— detrás de otro. Los últimos quince metros que la separaban de la orilla del Sena parecían crecer y expandirse cada vez que avanzaba, y, de nuevo, cuando bajó las escaleras que conducían al agua, pero al fin estaba allí, junto al río. Oyó amarres de embarcaciones crujiendo en la oscuridad, olas chocando contra las quillas de madera. Otra vez le pareció oír pisadas a su espalda. Cuando se quedaba quieta, cesaban. Esperó a que alguien se acercara a ella por detrás, escuchar una voz exigiéndole que enseñara su documentación.

Nada. Eran imaginaciones suyas.

Pasó un minuto. Luego otro.

Tiró la bolsa al negro río e hizo lo mismo con las placas de identificación. Al instante un oscuro remolino de agua engulló las pruebas.

Aun así, se sentía mareada mientras subía las escaleras, cruzaba la calle y emprendía la vuelta a casa.

Se detuvo en la puerta del apartamento para peinarse el pelo humedecido por el sudor y para ahuecar la blusa de algodón que se le pegaba a los pechos.

Había solo una luz encendida: la lámpara de araña. Su padre estaba sentado, con la espalda encorvada, a la mesa del comedor con papeles esparcidos delante de él. Parecía exhausto y demasiado delgado. Isabelle se preguntó de pronto si estaría comiendo últimamente. En las semanas que llevaba en casa no le había visto hacer ninguna comida. Como en todo lo demás, comían por separado. Isabelle había dado por hecho que su padre se estaba alimentando con las sobras del alto mando alemán. Ahora se preguntó si era así.

—Llegas tarde —dijo su padre con aspereza.

Isabelle vio la botella de coñac en la mesa. Estaba medio vacía. El día anterior se encontraba llena. ¿De dónde sacaría su padre el coñac?

—Los alemanes no se querían ir. —Fue hasta la mesa y depositó en ella varios billetes de franco—. Hoy ha sido un buen día. Veo que tus amigos del alto mando te han dado más coñac.

—Los nazis no dan mucho de nada —dijo el padre.

—Eso desde luego. Así que imagino que te lo habrás ganado.

Se oyó un ruido, como de algo estrellándose contra el suelo de madera.

—¿Qué ha sido eso? —preguntó el padre, levantando la vista.

Llegó un nuevo sonido, como de madera arañando madera.

—Hay alguien en la casa —dijo el padre.

—No seas absurdo, *papa.*

Este se levantó deprisa y salió de la habitación. Isabelle corrió detrás de él.

—*Papa...*

—Calla —susurró.

Fue hasta el vestíbulo de entrada, la parte sin iluminar de la casa. De la cómoda abombada que había cerca de la puerta, tomó una vela puesta en un candelero y la encendió.

—No pensarás que ha entrado alguien —dijo Isabelle.

Su padre la miró con dureza y ojos entrecerrados.

—Es la última vez que te pido que te calles. Haz el favor de cerrar la boca.

El aliento le olía a coñac y a cigarrillos.

—Pero ¿por qué...?

—Cállate.

El padre le dio la espalda y caminó por el estrecho pasillo de suelo inclinado hacia los dormitorios.

Pasó delante del minúsculo armario ropero —dentro no había más que abrigos— y siguió el haz de luz temblorosa de la vela hasta el antiguo cuarto de Vianne. Estaba vacío, a excepción de la cama, la mesilla y un escritorio. Todo parecía en su sitio. El padre se arrodilló despacio y miró debajo de la cama.

Convencido por fin de que no había nadie allí, se dirigió al dormitorio de Isabelle.

¿Oiría su padre los latidos de su corazón?

Registró la habitación: debajo de la cama, detrás de la puerta, detrás de las cortinas de damasco que enmarcaban la ventana tapada que daba al patio.

Isabelle se obligó a no mirar el armario.

—¿Lo ves? —dijo en voz alta con la esperanza de que el aviador oyera voces y no se moviera—. No hay nadie. En serio, *papa*, trabajar para el enemigo te está volviendo paranoico.

Su padre se giró para mirarla. En el halo de la vela su rostro estaba demacrado y exhausto.

—A ti no te vendría mal tener miedo de vez en cuando.

¿Era una amenaza?

—¿De ti, *papa*? ¿O de los nazis?

—¿Es que no me escuchas nunca, Isabelle? Deberías tener miedo de todo el mundo. Y ahora, quítate de en medio. Necesito una copa.

18

*I*sabelle permaneció en la cama, escuchando. Cuando estuvo segura de que su padre se había dormido —un sueño alcohólico, sin duda— fue en busca del orinal de porcelana de su abuela y, con él en la mano, se situó delante del armario.

Despacio —centímetro a centímetro— lo separó de la pared. Solo lo necesario para abrir la puerta oculta.

El interior estaba oscuro y en silencio. Hasta que no se concentró, no le oyó respirar.

—*Monsieur?* —susurró.

—Hola, señorita. —La contestación le llegó de la oscuridad.

Isabelle encendió el candil que había junto a su cama y entró con él en el menguado espacio.

El piloto estaba sentado contra la pared con las piernas extendidas; a la luz de la vela parecía más frágil. Más joven.

Isabelle le tendió el orinal y observó cómo se ruborizaba al cogerlo.

—Gracias.

Se sentó frente a él.

—Me he deshecho de las placas de identificación y del mono. Tendrá que recortarse las botas, aquí le dejo un cuchillo. Mañana por la mañana le traeré algo de ropa de mi padre, imagino que le servirá.

El joven asintió con la cabeza.

—¿Y cuál es su plan? —dijo.

Ante aquella pregunta Isabelle sonrió, nerviosa.

—No estoy segura. ¿Es usted piloto?

—Teniente Torrance MacLeish. De la RAF. Mi avión fue derribado en Reims.

—¿Y lleva solo desde entonces? ¿Y uniformado?

—Por suerte mi hermano y yo jugábamos mucho al escondite cuando éramos pequeños.

—Aquí no está seguro.

—Me lo imaginaba. —Sonrió y le cambió la cara, le recordó a Isabelle que no era más que un muchacho lejos de casa—. Por si le sirve de consuelo, al caer me llevé por delante tres aviones alemanes.

—Tiene que volver a Inglaterra para seguir con su tarea.

—No podría estar más de acuerdo. Pero ¿cómo? La costa entera está alambrada y vigilada por perros. No puedo salir de Francia ni por mar ni por aire.

—Tengo algunos… amigos que están trabajando en eso. Mañana iremos a verles.

—Es usted muy valiente —dijo el teniente en voz baja.

—O muy tonta —replicó Isabelle sin estar muy segura de cuál de las dos cosas era verdad—. Me han dicho a menudo que soy impetuosa y rebelde. Supongo que también insistirán en ello mañana mis amigos.

—Bueno, señorita, pues para mí no es otra cosa que valiente.

Al día siguiente Isabelle oyó a su padre pasar por delante de la puerta de su habitación. Momentos después le llegó un olor a café y, a continuación, la puerta principal se cerró.

Salió del dormitorio y fue al de su padre, donde se encontró con un revoltijo de ropa en el suelo, la cama sin hacer y una botella de coñac vacía volcada en el escritorio. Descorrió la cortina opaca y miró por el balcón a la calle, donde vio a su padre salir a la acera. Llevaba el maletín negro pegado al pecho —como si la poesía fuera algo que importara a la gente— y un sombrero también negro calado hasta las cejas. Encorvado como un secretario sobrecargado de trabajo, se dirigió hacia el metro. Cuando desapareció de su vista, Isabelle fue al armario y revolvió entre su ropa vieja. Un jersey de cuello alto con mangas deshilachadas, pantalones de pana viejos con refuerzos en la parte de atrás y a los que le faltaban varios botones y una boina gris.

Después retiró el armario de su dormitorio y abrió la puerta. La habitación secreta olía a sudor y a pis, tanto que tuvo que taparse la nariz y la boca cuando le sobrevino una arcada.

—Lo siento, señorita —dijo MacLeish con timidez.

—Póngase esto. Lávese ahí, en la jofaina, y reúnase conmigo en el salón. Vuelva a poner el armario en su sitio. No haga ruido, hay gente en el piso de abajo. Es posible que sepan que mi padre ha salido y que esperen solo a una persona moviéndose por la casa.

Momentos después, el teniente entró en la cocina vestido con la ropa desechada por el padre de Isabelle. Parecía un niño de cuento que ha crecido por arte de magia de un día para otro. El jersey se le pegaba al ancho pecho y los pantalones de pana eran demasiado pequeños para que pudiera abotonárselos a la cintura. Se había puesto la boina en la coronilla, como si fuera una kipá.

No podía ir así. ¿Cómo iba a cruzar con él la ciudad en pleno día?

—Sí que puedo —dijo el teniente—. Iré detrás de usted. Confíe en mí, señorita, he estado andando por ahí en uniforme de piloto. Esto es fácil.

En cualquier caso, era tarde para echarse atrás. Le había llevado a su casa y le había escondido. Ahora tenía que ponerle en un lugar seguro.

—Camine al menos una manzana por detrás de mí. Si me paro, usted haga lo mismo.

—Si me trincan, usted siga andando. Ni se dé la vuelta.

«Trincar» debía de ser «arrestar». Isabelle fue hasta el teniente y le puso bien la boina, ladeándola con elegancia. Él la miró a los ojos.

—¿De dónde es, teniente?

—De Ipswich, señorita. ¿Escribirá a mis padres… si hace falta?

—No será necesario, teniente.

Isabelle respiró hondo. Le había recordado de nuevo el riesgo que había asumido al decidir ayudarlo. Los papeles falsos que llevaba en el bolso —que la identificaban como Juliette Gervaise, de Niza, bautizada en Marsella y estudiante de La Sorbona— eran la única protección que tenía si ocurría lo peor. Fue a la puerta principal, la abrió y se asomó. El descansillo estaba desierto.

—Salga. —Empujó al teniente—. Espere junto a la sombrerería. Luego sígame.

El teniente salió e Isabelle cerró la puerta.

Uno, dos, tres…

Contó en silencio, imaginando problemas a cada paso. Cuando no pudo soportarlo más, salió del apartamento y bajó las escaleras.

Todo estaba tranquilo.

Le encontró fuera, esperando donde le había indicado. Isabelle levantó la barbilla y pasó a su lado sin mirarle.

Durante todo el camino a Saint-Germain caminó con paso vivo, sin volverse, sin mirar atrás. En varias ocasiones oyó a soldados alemanes gritar *Halt!* y tocar el silbato. En otras dos oyó disparos, pero ni aflojó la marcha ni hizo caso.

Cuando llegó a la puerta roja del apartamento de la rue de Saint-Simon, estaba sudando y un poco mareada.

Llamó cuatro veces muy seguidas.

Abrieron.

Anouk se asomó por la puerta entornada, sorprendida. Abrió del todo y se hizo a un lado.

—¿Qué haces aquí?

A su espalda, varios hombres que Isabelle ya conocía estaban sentados alrededor de mesas estudiando mapas desplegados, con las líneas azul pálido iluminadas por las velas.

Anouk hizo ademán de cerrar la puerta.

—Déjala abierta —dijo Isabelle.

Sus palabras generaron una tensión inmediata. Vio cómo se extendía por la habitación y cambiaba la expresión de los rostros que la rodeaban. En la mesa, monsieur Lévy empezó a plegar mapas.

Isabelle miró fuera y vio a MacLeish acercándose por la acera. Entró en el apartamento e Isabelle cerró la puerta detrás de él. Nadie habló.

Todos estaban pendientes de Isabelle.

—Este es el teniente Torrance MacLeish de la RAF. Piloto. Le encontré anoche escondido en un arbusto cerca de mi apartamento.

—Y le has traído aquí —dijo Anouk encendiendo un cigarrillo.

—Tiene que volver a Inglaterra —replicó Isabelle—. Pensé...

—No —dijo Anouk—. No pensaste.

Lévy se recostó en el respaldo de su silla, sacó un Gauloise del bolsillo de la camisa y se lo encendió mientras estudiaba al aviador.

—Sabemos que hay más en la ciudad, y más aún huidos de cárceles alemanas. Queremos ayudarles a salir, pero las costas y los aeródromos están muy vigilados. —Dio una larga calada y la punta del cigarrillo brilló, chisporroteó y se volvió negra—. Es un problema que estamos intentando solucionar.

—Ya lo sé —dijo Isabelle en tono conciliador.

Sentía el peso de su responsabilidad. ¿Había actuado otra vez de forma temeraria? ¿Les había decepcionado? No lo sabía. ¿Debería haber ignorado a MacLeish? Estaba a punto de hacer una pregunta, cuando oyó a alguien hablando en la habitación contigua.

—¿Quién más está aquí? —preguntó con el ceño fruncido.

—Otras personas —contestó Lévy—. Aquí siempre hay otras personas. Ninguna que te incumba.

—Tenemos que hacer algo respecto al piloto, eso es verdad —terció Anouk.

—Creo que podríamos sacarle de Francia —dijo Lévy—. Siempre que primero consiguiéramos llevarle a España.

—Por los Pirineos —observó Anouk.

Isabelle había visto los Pirineos, así que entendió lo que implicaba el comentario de Anouk. Sus escarpados y altísimos picos se perdían entre las nubes y por lo general estaban cubiertos de nieve o envueltos en niebla. A su madre le encantaba Biarritz, un pequeño pueblo costero cercano, y en dos ocasiones, en los buenos tiempos, muchos años atrás, la familia había ido allí de vacaciones.

—La frontera con España está vigilada por patrullas alemanas y españolas —dijo Anouk.

—¿Toda la frontera? —preguntó Isabelle.

—Bueno, no. Toda no, claro. Pero quién sabe dónde están y dónde no —dijo Lévy.

—Cerca de San Juan de Luz las montañas no son tan altas —señaló Isabelle.

—Sí, pero ¿y qué? No se pueden atravesar y las pocas carreteras que hay están vigiladas —dijo Anouk.

—La mejor amiga de mi madre era una vasca hija de un cabrero. Cruzaba las montañas a pie constantemente.

—Esa idea ya se nos ocurrió. Incluso la pusimos en práctica una vez —dijo Lévy—. No volvimos a saber nada del grupo. Esquivar a los centinelas de San Juan de Luz es difícil para una persona sola, más si son varias, y luego hay que cruzar las montañas a pie. Es casi imposible.

—Casi imposible e imposible no son la misma cosa. Si los cabreros pueden cruzar las montañas, desde luego los pilotos también —afirmó Isabelle. Mientras lo decía tuvo una idea—. Y a una mujer le resultaría más fácil atravesar los pasos fronterizos. Sobre todo si es joven. Nadie sospecharía de una chica guapa.

Anouk y Lévy se miraron.

—Yo puedo hacerlo —dijo Isabelle—. O, en todo caso, intentarlo. Yo llevaré al piloto. ¿Y hay más?

Monsieur Lévy frunció el ceño. Era evidente que aquel giro de los acontecimientos le había sorprendido. El humo del cigarrillo creaba una nube gris azulada entre ellos.

—¿Y tienes experiencia en la montaña?

—Estoy en buena forma —fue la contestación de Isabelle.

—Si te cogen te meterán en la cárcel… o te ejecutarán —dijo Lévy con voz queda—. No seas impetuosa, Isabelle, y piénsalo, un momento. Esto no es lo mismo que entregar un papel. ¿Has visto los avisos en todas las calles de la ciudad? ¿Las recompensas que ofrecen a quienes ayuden al enemigo?

Isabelle asintió enérgicamente con la cabeza.

Anouk dejó escapar un largo suspiro y apagó el cigarrillo en el cenicero lleno. Miró a Isabelle durante un largo rato con ojos entrecerrados y, a continuación, fue hasta una puerta abierta detrás de la mesa. La abrió un poco más y silbó, un trino de pajarillo.

Isabelle frunció el ceño. Oyó algo en la otra habitación, una silla separándose de una mesa, pisadas.

Entró Gaëton.

Iba desaliñado, con unos pantalones de pana demasiado cortos, remendados en las rodillas y con los bajos deshilachados, un jersey excesivamente grande para su complexión y con el cuello deformado. El pelo negro, más largo, pedía a gritos un corte y lo llevaba liso y separado de la cara, que ahora tenía rasgos más afilados, casi lobunos. Miró a Isabelle como si estuvieran solos en la habitación.

En un instante todo se vino abajo. Los sentimientos que Isabelle había ahuyentado, que había tratado de enterrar, de ignorar, la invadieron de nuevo. Le bastó mirarle una vez para quedarse sin respiración.

—Conoces a Gaët —dijo Anouk.

Isabelle carraspeó. Entendió que él había estado al tanto de su presencia desde el principio y que había elegido mantenerse alejado. Por primera vez desde que se unió a aquel grupo clandestino, Isabelle se sintió muy joven. Excluida. ¿Habían estado todos al tanto? ¿Se habrían reído de su ingenuidad a sus espaldas?

—Sí.

—Bien —dijo Lévy tras una pausa incómoda—. Isabelle tiene un plan.

Gaëton no sonrió.

—Ah, ¿sí?

—Quiere cruzar los Pirineos a pie con este y otros pilotos y llevarlos a España. Al consulado británico, supongo.

Gaëton blasfemó en voz baja.

—Algo tenemos que intentar —dijo Lévy.

—¿De verdad entiendes los riesgos, Isabelle? —preguntó Anouk, acercándose—. Si lo consigues, los nazis se enterarán. Te buscarán. Hay una recompensa de diez mil francos para quien entregue a los nazis a cualquiera que preste ayuda a los pilotos.

Isabelle siempre había sido una persona de reacciones sencillas. Alguien la dejaba atrás, ella le seguía. Alguien le decía que no podía hacer algo, lo hacía. Convertía cada obstáculo en una puerta.

Pero esto…

Dejó que el miedo le clavara sus garras y estuvo a punto de ceder a él. Entonces pensó en las esvásticas que ondeaban en la torre Eiffel, en Vianne viviendo con el enemigo y en Antoine perdido en un campo de prisioneros de guerra. Y en Edith Cavell. También ella había sentido miedo en ocasiones; Isabelle no dejaría que el temor se interpusiera en su camino. Aquellos pilotos tenían que volver a Inglaterra para seguir bombardeando Alemania.

Se giró hacia el aviador.

—¿Está usted en buena forma, teniente? —le preguntó en inglés—. ¿Podrá seguirle el ritmo a una joven durante una travesía de montaña?

—Sí —dijo el teniente—. Sobre todo si es tan bonita como usted. No la perderé de vista.

Isabelle miró a sus compatriotas.

—Le llevaré hasta el consulado en San Sebastián. Una vez allí, será responsabilidad de los ingleses que llegue a Inglaterra.

Isabelle fue consciente de la conversación que se produjo en silencio a su alrededor, de las preocupaciones y preguntas no expresadas. Una decisión tomada sin necesidad de hablar. Algunos riesgos no había más remedio que asumirlos; todos los que estaban en aquella habitación lo sabían.

—Llevará semanas planearlo. Quizá más —dijo Lévy. Se volvió a Gaëton—. Necesitaremos dinero de inmediato. ¿Hablarás con tu contacto?

Gaëton asintió. Cogió una boina negra del aparador y se la puso.

Isabelle no podía dejar de mirarle. Estaba enfadada con él —eso lo sabía, lo sentía—, pero cuando caminó hacia ella la ira se desintegró y salió volando como el polvo frente a una añoranza que era mucho más fuerte. Sus ojos se encontraron y se miraron unos instantes; luego él siguió su camino, giró el pomo y salió. La puerta se cerró a su espalda.

—Bueno —dijo Anouk—. Los planes, entonces. Deberíamos ponernos a trabajar.

Isabelle pasó seis horas sentada en el apartamento de la rue de Saint-Simon. Hicieron venir a más miembros de la red y les asignaron tareas: conseguir ropa para los pilotos y reunir provisiones. Consultaron mapas, trazaron rutas y empezaron el proceso, largo e incierto, de establecer pisos francos a lo largo del itinerario. Llegado un momento, el plan se convirtió en una posibilidad real, en lugar de en una simple idea osada y temeraria.

Hasta que monsieur Lévy no mencionó el toque de queda, Isabelle no se levantó de la mesa. Intentaron convencerla de que pasara allí la noche, pero tal decisión habría hecho sospechar a su padre. Así que le cogió prestado a Anouk un grueso chaquetón negro y se lo puso, dando gracias por cómo la camuflaba.

El boulevard Saint-Germain estaba inquietantemente silencioso, los postigos cerrados a cal y canto y las farolas apagadas.

Caminó pegada a los edificios dando gracias de que las suelas gastadas de sus zapatos oxford blancos no hicieran ruido en la acera. Esquivó barricadas y grupos de alemanes que patrullaban las calles.

Había casi llegado a casa cuando oyó el rugir de un motor. Un camión alemán apareció a su espalda, con los faros pintados de azul apagados.

Se pegó al muro de piedra desigual que tenía detrás y el camión fantasma pasó de largo, retumbando en la oscuridad. Luego todo volvió a quedar en silencio.

Trinó un pájaro, un gorjeo. *Lo había oído antes.*

Entonces Isabelle supo que le había estado esperando, deseando...

Se enderezó despacio y se separó de la pared. A su lado, una planta en una maceta desprendía un aroma a flores.

—Isabelle —dijo Gaëton.

Apenas conseguía distinguir sus facciones en la oscuridad, pero podía olerle la pomada del pelo y el aroma áspero a jabón de fregar y al cigarrillo que se había fumado hacía un rato.

—¿Cómo has sabido que estaba trabajando con Paul?

—¿Quién crees que te recomendó?

Isabelle frunció el ceño.

—Henri...

—¿Y quién crees que le habló de ti a Henri? Hice que Didier te siguiera, que te vigilara, desde el principio. Sabía que lograrías llegar hasta nosotros.

Alargó el brazo y le retiró a Isabelle el pelo detrás de las orejas. La intimidad de aquel gesto la dejó sedienta de esperanza. Recordó decir «Te quiero» y la vergüenza y la añoranza le encogieron el corazón. No quería recordar cómo la había hecho sentir, cómo le había dado de comer conejo asado con la mano y cómo la había llevado en brazos cuando estaba demasiado cansada para caminar..., y cómo le había enseñado lo importante que podía ser un beso.

—Siento haberte hecho daño —dijo Gaëton.

—¿Por qué lo hiciste?

—Ya da igual. —Suspiró—. Hoy no debería haber salido de esa habitación. Es mejor no verte.

—No para mí.

Gaëton sonrió.

—Siempre dices lo que piensas, ¿verdad, Isabelle?

—Siempre. ¿Por qué me dejaste?

Gaëton le tocó la cara con una dulzura que le dio a Isabelle ganas de llorar; aquel roce era como una despedida, y ella sabía mucho de despedidas.

—Quería olvidarte.

Isabelle trató de decir algo más. Tal vez «bésame» o «no te vayas» o «dime que te importo», pero ya era demasiado tarde, el momento —de lo que fuera— había pasado. Gaëton se alejaba, desaparecía entre las sombras mientras decía con voz suave:

—Ten cuidado, Iz.

Y, antes de que esta pudiera responder, supo que se había ido; notó su ausencia en los huesos.

Esperó un instante a que el corazón volviera a latirle con normalidad y a recobrar la serenidad y se dirigió a su casa. Apenas había descorrido el cerrojo de la puerta cuando alguien tiró de ella hacia dentro y cerró de un portazo.

—¿Se puede saber dónde te has metido?

El aliento alcohólico de su padre la envolvió, su olor dulzón enmascarando algo oscuro, amargo. Como si hubiera estado masticando una aspirina. Intentó liberarse, pero su padre la tenía tan cerca de él que era casi como un abrazo y le agarraba la muñeca con tanta fuerza como para producirle un cardenal.

Luego, con la misma rapidez con que la había agarrado, la soltó. Isabelle se tambaleó y buscó a tientas el interruptor de la luz. Cuando lo bajó esta no se encendió.

—Ya no podemos pagar la electricidad —dijo el padre.

Encendió un candil y lo sostuvo entre los dos. En la luz temblorosa parecía esculpido en cera; había abatimiento en su rostro lleno de arrugas y tenía los ojos hinchados y un poco azulados. En su nariz prominente se apreciaban poros negros del tamaño de cabezas de alfiler. Pero, aun así, con todo lo... viejo y cansado que parecía, la expresión de sus ojos fue lo que desconcertó a Isabelle.

Algo no marchaba bien.

—Ven conmigo —dijo el padre con voz ronca y seca, irreconocible a esas horas de la noche sin el acostumbrado matiz de embriaguez. La condujo por el pasillo hasta el dormitorio de Isabelle y, una vez allí, se volvió para mirarla.

A su espalda, en el resplandor de la vela, Isabelle vio el armario cambiado de sitio y la puerta a la habitación secreta entreabierta. El hedor a orines era intenso. Gracias a Dios que el aviador ya no estaba.

Isabelle movió la cabeza, incapaz de hablar.

El padre se sentó en el borde de la cama e inclinó la cabeza.

—Dios bendito, Isabelle, eres una auténtica cruz.

Isabelle no podía moverse. Ni pensar. Miró la puerta del dormitorio calculando si podía escapar del apartamento.

—No ha sido nada, *papa.* Un chico.

Oui.

—Una cita. Estuvimos besándonos, *papa.*

—¿Y tus citas tienen costumbre de mear en el armario? Pues entonces debes de ser muy popular. —El padre suspiró—. Dejemos esta pantomima.

—¿Pantomima?

—Anoche encontraste a un piloto y le escondiste en el armario, y hoy se lo has llevado a monsieur Lévy.

Isabelle no podía haber oído bien.

—¿Perdón?

—Tu piloto derribado, el que meó en el armario y dejó todo el pasillo lleno de pisadas, ¿se lo has llevado a monsieur Lévy?

—No sé de qué estás hablando.

—Bien hecho, Isabelle.

Cuando se quedó callado Isabelle no soportó más el suspense.

—*Papa?*

—Sé que viniste aquí como mensajera de la Resistencia y que estás trabajando en la red de Paul Lévy.

—¿C-cómo...?

—Monsieur Lévy es un viejo amigo. De hecho, cuando los nazis nos invadieron, vino a buscarme y me apartó de la botella de coñac, que era lo único que entonces me interesaba. Me puso a trabajar.

Isabelle estaba tan perpleja que no podía seguir de pie. Sentarse al lado de su padre le resultaba un gesto demasiado íntimo, así que se dejó caer despacio en la alfombra.

—No te quería metida en esto, Isabelle. Por eso te obligué a irte de París. No quería ponerte en peligro con mi trabajo. Debería haber sabido que te las arreglarías tú sola para meterte en líos.

—¿Y las otras veces que me echaste?

Enseguida deseó no haber hecho la pregunta, pero, en cuanto le vino a la cabeza, las palabras habían salido de su boca.

—No soy un buen padre. Los dos lo sabemos. Al menos no desde la muerte de tu madre.

—¿Cómo íbamos a saberlo? Nunca lo intentaste.

—Sí que lo hice. Lo que pasa es que tú no te acuerdas. En cualquier caso, eso ya es agua pasada. Ahora tenemos preocupaciones más importantes.

—Sí —dijo Isabelle.

Su vida pasada se le antojaba de repente patas arriba. No sabía qué pensar o sentir. Mejor cambiar de tema que seguir dándole vueltas.

—Estoy… planeando algo. Estaré fuera un tiempo.

Su padre la miró.

—Ya lo sé. He hablado con Paul. —Se quedó callado un largo instante—. Supongo que sabes que a partir de este momento tu vida no será igual. Tendrás que vivir en la clandestinidad, no aquí conmigo ni con nadie. No podrás pasar más allá de unas pocas noches en un mismo lugar. No te fiarás de nadie. Y dejarás de ser Isabelle Rossignol; serás Juliette Gervaise. Los nazis y los colaboracionistas te buscarán, y si te encuentran…

Isabelle asintió con la cabeza.

Intercambiaron una mirada. En ella Isabelle sintió una conexión entre ambos que antes no había existido.

—Sabes que a los prisioneros de guerra se les trata con algo de clemencia. Tú no puedes esperar ninguna.

Asintió de nuevo.

—¿Te sientes capaz de hacer esto, Isabelle?

—Sí, *papa.*

El padre asintió.

—El nombre que buscas es Micheline Babineau. La amiga de tu madre en Urruña. Su marido murió en la Gran Guerra. Creo que te recibirá bien. Y dile a Paul que necesito las fotografías de inmediato.

—¿Las fotografías?

—De los pilotos. —Cuando vio que Isabelle seguía callada sonrió—: ¿De verdad, Isabelle? ¿Todavía no has sumado dos y dos?

—Pero…

—Falsifico documentos, Isabelle. Por eso trabajo con el alto mando. Empecé escribiendo los pasquines que distribuías en Carriveau, pero… resulta que el poeta tiene dotes de falsificador. ¿Quién crees que te dio el nombre de Juliette Gervaise?

—P-pero…

—Pensabas que colaboraba con el enemigo. La verdad es que no puedo culparte.

De pronto Isabelle vio algo nuevo, un hombre roto donde antes había habido siempre alguien cruel, desatento. Se atrevió a ponerse de pie, a ir hasta donde estaba su padre y a arrodillarse delante de él.

—¿Por qué nos mandaste lejos a Vianne y a mí?

—Espero que nunca descubras lo frágil que eres, Isabelle.

—No lo soy.

La sonrisa que le dedicó su padre apenas era una sonrisa.

—Todos lo somos, Isabelle. Es lo que se aprende en la guerra.

19

AVISO

Todos aquellos varones que presten ayuda, directa o indirecta,
a tripulaciones de un avión enemigo llegadas mediante paracaídas o aterrizaje forzoso, las ayuden a escapar, las escondan
o les proporcionen cualquier tipo de auxilio serán ejecutados
en el acto.

Las mujeres que presten la misma ayuda serán enviadas
a campos de concentración en Alemania.

Supongo que tengo suerte de ser mujer, se dijo Isabelle para sus
adentros.

¿Cómo era posible que los alemanes aún no se hubieran
dado cuenta —era octubre de 1941— de que Francia se había
convertido en un país de mujeres?

Mientras decía estas palabras fue consciente de que eran
una pura bravuconada. En aquel momento quería sentirse valiente —una Edith Cavell arriesgando su vida—, pero, en aquella estación vigilada por soldados alemanes, estaba asustada.

Ya no había marcha atrás, ya no podía cambiar de opinión. Después de meses de planes y preparativos, cuatro aviadores y ella estaban dispuestos para poner a prueba el plan de fuga.

En aquella fresca mañana de octubre su vida cambiaría. Desde el momento en que se subiera al tren con destino a San Juan de Luz dejaría de ser Isabelle Rossignol, la joven de la librería que vivía en la avenue de La Bourdonnaise.

A partir de ese momento sería Juliette Gervaise y su nombre en clave, el Ruiseñor.

—Vamos.

Anouk se cogió del brazo de Isabelle y se la llevó lejos del aviso y hacia la taquilla.

Habían repasado lo que debían hacer tantas veces que Isabelle se sabía el plan al dedillo. Solo había una pega. Todos sus intentos por ponerse en contacto con madame Babineau habían resultado, hasta el momento, fallidos. Aquel componente clave —encontrar un guía— era algo que Isabelle tendría que hacer sola. A su derecha, esperando su señal, estaba el teniente MacLeish vestido de campesino. Lo único que había conservado de su estuche para emergencias eran dos comprimidos de Benzedrina y una brújula diminuta que parecía un botón y que llevaba sujeta al cuello de la camisa. Le habían dado papeles falsos y ahora era un granjero flamenco. Tenía documento de identidad y un permiso de trabajo, pero el padre de Isabelle no podía garantizar que los papeles superaran una inspección atenta. Se había cortado la parte superior de la caña de las botas y se había afeitado el bigote.

Isabelle y Anouk habían pasado innumerables horas enseñándole cómo debía comportarse. Le habían vestido con un abrigo amplio y unos pantalones de labor gastados y sucios. Habían eliminado las manchas de nicotina de los dedos índice y corazón de la mano derecha y le habían enseñado a fumar como un francés, usando el pulgar y el índice. Sabía que antes de cruzar una calle tenía que mirar a la izquierda —no a la derecha— y no dirigirse nunca a Isabelle si ella no lo hacía antes. Le había dado órdenes de hacerse el sordomudo y simular que leía un periódico durante todo el viaje en tren. También tenía que sacarse su propio billete y sentarse lejos de ella. Cuando bajaran en San Juan de Luz, los pilotos debían seguirla a distancia.

Anouk se volvió a Isabelle. *¿Estás preparada?*, decían sus ojos.

Isabelle asintió despacio con la cabeza.

—El primo Étienne se subirá al tren en Poitiers, el tío Émile en Ruffec y Jean-Claude en Burdeos.

Eran los otros aviadores.

—Sí.

Isabelle tenía que bajar en San Juan de Luz con los cuatro pilotos —dos británicos y dos canadienses— y cruzar las montañas hasta España. Una vez allí tenía que enviar un telegrama. «Ha cantado el ruiseñor» significaría que la operación había salido bien.

Besó a Anouk en ambas mejillas, murmuró *au revoir* y caminó con paso enérgico hacia la taquilla.

—San Juan de Luz —dijo y le dio dinero a la taquillera.

Cuando tuvo el billete se dirigió al andén C. No se volvió ni una sola vez, aunque sentía deseos de hacerlo.

Sonó el silbato del tren.

Isabelle subió a bordo y se sentó en el lado de la izquierda. Llegaron más pasajeros, se acomodaron. También subieron varios soldados alemanes que tomaron asiento frente a Isabelle.

MacLeish fue el último en subir. Pasó junto a Isabelle sin mirarla, encogiendo los hombros en un intento por parecer más pequeño. Cuando se cerraron las puertas, se instaló en un asiento en el otro extremo del vagón y abrió inmediatamente el periódico.

Volvió a sonar el silbato y las ruedas gigantes empezaron a girar, cogiendo poco a poco velocidad. El vagón dio una pequeña sacudida, se zarandeó a derecha e izquierda y se puso en marcha despacio y tembloroso, las ruedas girando rítmicamente sobre las vías de hierro.

El soldado alemán sentado frente a Isabelle paseó la vista por el vagón y la posó en MacLeish. Le tocó en el hombro a su amigo y ambos hombres hicieron ademán de levantarse.

Isabelle se inclinó hacia delante.

—*Bonjour* —dijo con una sonrisa.

Los soldados volvieron a sentarse de inmediato.

—*Bonjour, mademoiselle* —dijeron al unísono.

—Su francés es muy bueno —mintió Isabelle.

A su lado, una mujer corpulenta carraspeó en señal de desaprobación y murmuró en francés:

—Debería darle vergüenza.

Isabelle rio coqueta.

—¿A dónde van? —preguntó a los soldados.

Pasarían horas en aquel vagón. Estaría bien conseguir que centraran su atención en ella.

—A Tours —dijo uno.

—Onzain —contestó a la vez el otro.

—Ah, ¿y conocen algún juego de cartas para pasar el rato? He traído una baraja.

—¡Sí, sí! —dijo el soldado más joven.

Isabelle sacó los naipes del bolso. Estaba repartiendo —y riendo—, cuando subió al tren el siguiente aviador y pasó junto a los alemanes.

Más tarde, cuando apareció el revisor, Isabelle le presentó el billete. El hombre lo cogió y siguió su camino.

Cuando llegó donde estaba el piloto, MacLeish hizo exactamente lo mismo, le dio el billete mientras seguía leyendo. El otro aviador le imitó.

Isabelle dejó de contener la respiración con un suspiro de alivio y se recostó en su asiento.

Isabelle y los cuatro pilotos llegaron a San Juan de Luz sin incidentes. Habían pasado en dos ocasiones —por separado, claro está— por dos puestos de control alemanes. Los soldados de guardia apenas habían mirado la colección de documentos falsos y habían dicho *danke schön* sin ni siquiera levantar la vista. No buscaban pilotos derribados y, al parecer, no contemplaban un plan tan osado como aquel.

Pero ahora Isabelle y los hombres se acercaban a las montañas. Cuando llegaron a las estribaciones, Isabelle se dirigió a un pequeño parque junto al río y se sentó en un banco con vistas al agua. Los pilotos fueron llegando según lo planeado, uno a uno, en primer lugar MacLeish. Este se sentó a su lado. Los otros lo hicieron lo bastante cerca para oírla.

—¿Tienen los carteles? —preguntó Isabelle.

MacLeish sacó un trozo de papel del bolsillo de la camisa. Decía: Soy sordomudo. Estoy esperando a que venga mi madre a buscarme. Los otros hicieron lo mismo.

—Si un soldado alemán nos aborda a alguno, enséñenle sus documentos y el papel. Sobre todo no hablen.

—Ni hagáis ninguna tontería, algo que sería muy propio de mí. —MacLeish sonrió.

Isabelle estaba demasiado nerviosa para sonreír.

Se quitó el morral de tela y se lo dio a MacLeish. Dentro iban unas pocas cosas imprescindibles: una botella de vino, tres hermosas salchichas, dos pares de calcetines de lana gruesa y varias manzanas.

—En Urruña, siéntense donde puedan. Juntos no, por supuesto. Mantengan la cabeza baja y simulen estar concentrados en sus libros. No levanten la vista hasta que me oigan decir:

«Por fin, primo, te hemos estado buscando por todas partes». ¿Entendido?

Todos asintieron con la cabeza.

—Si cuando amanezca no he vuelto, viajen por separado hasta Pau y vayan al hotel que les dije. Una mujer llamada Eliane les ayudará.

—Tenga cuidado —dijo MacLeish.

Después de respirar hondo, Isabelle les dejó y caminó hasta la carretera. Al cabo de un kilómetro y medio más o menos, cuando empezaba a caer la noche, cruzó un puente desvencijado. La carretera se convirtió en un camino de tierra y, después, en un sendero angosto que subía internándose más y más en las frondosas estribaciones. La luz de la luna acudió en su ayuda, iluminando cientos de motas blancas diminutas: cabras. A aquella altura no había ya casas, solo cobertizos para animales.

Por fin la vio: una casa de dos plantas con entramado de madera y tejado rojo que era exactamente como se la había descrito su padre. Saltaba a la vista por qué no habían conseguido ponerse en contacto con madame Babineau. Tanto el caserío como el camino que conducía al mismo parecían diseñados para disuadir a los visitantes. Cuando apareció Isabelle, las cabras se pusieron a balar y a empujarse las unas a las otras, agitadas. Por las ventanas, solo tapadas parcialmente, se filtraba luz y de la chimenea salían alegres nubes de humo que perfumaban el aire.

Cuando llamó, la gruesa puerta de madera se abrió solo un poco y dejó ver un ojo y una boca casi oculta bajo una barba gris.

—*Bonsoir* —dijo Isabelle. Esperó un instante a que el hombre le devolviera el saludo, pero este no dijo nada—. Vengo a ver a madame Babineau.

—¿Para qué? —quiso saber el hombre.

—Me manda Julien Rossignol.

El anciano chasqueó la lengua y, a continuación, la puerta se abrió.

Lo primero en que se fijó Isabelle fue en el guiso que borboteaba en un enorme caldero negro colgado de un gancho sobre un gigantesco hogar de piedra.

Una mujer estaba sentada ante una mesa de caballete enorme y arañada al fondo de la habitación amplia con vigas de madera. Desde donde estaba Isabelle, parecía vestida de harapos color carbón, pero cuando el anciano encendió un candil vio que en realidad llevaba una indumentaria masculina: pantalones de labor y camisa de lino que se cerraba con trabillas de cuero a la altura del cuello. Su pelo era del color de las limaduras de hierro y estaba fumando un cigarrillo.

Isabelle la reconoció, aunque habían pasado quince años. Recordaba estar en la playa de San Juan de Luz. Oír reír a las mujeres. Y a madame Babineau diciendo: *Esta niña tan guapa te dará infinidad de problemas, Madeleine, llegará un día en que los chicos no la dejarán en paz,* y a *maman* contestando: *Es demasiado lista para desperdiciar su vida con chicos. ¿A que sí, Isabelle?*

—Tienes los zapatos llenos de barro.

—He venido andando desde la estación de San Juan de Luz.

—Interesante.

La mujer usó su bota para empujar una silla y colocarla frente a ella.

—Soy Micheline Babineau. Siéntate.

—Ya sé quién es usted —dijo Isabelle. No añadió nada. La información era algo peligroso aquellos días. Se intercambiaba con cautela.

—Ah, ¿sí?

—Yo soy Juliette Gervaise.

—¿Y a mí qué me importa?

Isabelle miró nerviosa al hombre mayor, que la observaba con desconfianza. No le gustaba darle la espalda, pero no tenía alternativa. Se sentó frente a la mujer.

—¿Quiere un cigarrillo? Son Gauloises Bleu. Me han costado tres francos y una cabra, pero ha merecido la pena. —La mujer dio una calada larga y sensual a su cigarrillo y exhaló un humo de clara tonalidad azulada—. ¿Por qué iba a importarme quién es usted?

—Julien Rossignol cree que puedo confiar en usted.

Madame Babineau dio otra calada y, a continuación, apagó el cigarrillo en la suela de la bota. Luego se lo guardó en el bolsillo de la camisa.

—Dice que su mujer y usted eran buenas amigas. Que es usted madrina de su hija mayor. Él es padrino del hijo pequeño de usted.

—Era el padrino. Los alemanes mataron a mis dos hijos en el frente. Y a mi marido en la última guerra.

—Hace poco le ha escrito unas cartas…

—*La poste* es una mierda estos días. ¿Qué quiere?

Allí estaba, el principal obstáculo al plan. Si madame Babineau resultaba ser una colaboracionista, todo habría terminado. Isabelle había imaginado aquel momento mil veces, había planeado hasta los silencios en la conversación. Había pensado en la manera de formular su petición sin arriesgarse.

Ahora se dio cuenta de lo absurdo de su planteamiento, de su inutilidad. No le quedaba otro remedio que lanzarse.

—He dejado a cuatro pilotos derribados en Urruña, esperándome. Quiero llevarlos hasta el consulado británico en España. Confiamos en que los británicos puedan devolverlos a Inglaterra para que salgan en nuevas misiones a Alemania y continúen lanzando bombas.

En el silencio que siguió Isabelle oyó los latidos de su corazón, el tictac del reloj de la repisa, el balido lejano de una cabra.

—¿Y? —dijo madame Babineau por fin, con voz apenas audible.

—Y… necesito un guía vasco que me ayude a cruzar los Pirineos. Julien pensó que usted podría ayudarme.

Por primera vez Isabelle supo que la mujer le prestaba verdadera atención.

—Trae a Eduardo —le dijo madame Babineau al hombre mayor, que obedeció de inmediato. La puerta se cerró tan de golpe que el techo de la casa tembló.

La mujer se sacó el cigarrillo fumado a medias del bolsillo y lo encendió. Dio varias caladas mientras estudiaba a Isabelle.

—¿Qué va…? —empezó a decir esta.

La mujer se llevó un dedo manchado de nicotina a los labios.

La puerta del caserío se abrió y entró un hombre como una tromba. Lo único que distinguió Isabelle fueron hombros anchos, arpillera y olor a alcohol.

El hombre la cogió del brazo, la obligó a levantarse de la silla y la empujó contra la tosca pared labrada. Isabelle gimió de dolor e intentó liberarse, pero él se lo impidió colocándole bruscamente una rodilla entre las piernas.

—¿Sabe lo que le hacen los alemanes a la gente como usted? —susurró el hombre con la cara tan cerca de la de Isabelle que esta no conseguía verlo con claridad, solo vislumbraba unos ojos negros y unas pestañas negras y espesas. Olía a tabaco y a coñac—. ¿Sabe cuánto nos van a pagar por usted y por sus pilotos?

Isabelle giró la cara para escapar de su mal aliento.

—¿Dónde están esos pilotos?

Los dedos del hombre se hundieron en la carne de los brazos de Isabelle.

—¿Dónde están?

—¿Qué pilotos? —dijo Isabelle con un jadeo.

—Los que está ayudando a escapar.

—¿Q-qué pilotos? No sé de qué me habla.

El hombre gruñó de nuevo y pegó la cabeza de Isabelle a la pared.

—Ha pedido que la ayudemos a pasar los Pirineos con los pilotos.

—¿Yo, una mujer, cruzar los Pirineos? Debe de estar de broma. No sé de qué me habla.

—¿Está diciendo que madame Babineau miente?

—No conozco a madame Babineau. He parado aquí a preguntar por dónde tengo que ir. Me he perdido.

El hombre sonrió, dejando ver unos dientes con manchas de tabaco y de vino.

—Chica lista —dijo soltándola—. Y no se asusta con facilidad.

Madame Babineau se puso de pie.

—Bien hecho.

El hombre dio un paso atrás para dejar espacio a Isabelle.

—Soy Eduardo. —Se volvió hacia la anciana—. El tiempo está despejado. Y ella tiene una voluntad firme. Los hombres pueden pasar aquí la noche. A no ser que sean unos cobardes, mañana salimos.

—¿Nos va a llevar? —dijo Isabelle—. ¿A España?

Eduardo miró a madame Babineau, que a su vez miró a Isabelle.

—Será un placer para nosotros ayudarla, Juliette. Y, ahora, díganos, ¿dónde están esos pilotos?

Mucho antes del amanecer, madame Babineau despertó a Isabelle y la llevó a la cocina del caserío, donde ya ardía un fuego en la chimenea.

—¿Café?

Isabelle se peinó con los dedos y se ató un pañuelo alrededor de la cabeza.

—*Non, merci.* Es un bien demasiado escaso.

La anciana le sonrió.

—Nadie sospecha nunca de una mujer de mi edad. Lo que me convierte en una buena negociadora. Tome.

Ofreció a Isabelle una taza llena de café humeante. Café de verdad.

Isabelle cerró las manos alrededor de la taza e inhaló profundamente aquel aroma familiar y que nunca más menospreciaría.

Madame Babineau se sentó a su lado.

Isabelle miró los ojos oscuros de la mujer y vio una simpatía que le recordó a su madre.

—Tengo miedo —reconoció.

Era la primera vez que se lo decía a alguien.

—Como debe ser. Todos tenemos que estar asustados.

—Si algo sale mal, ¿se lo hará saber a Julien? Sigue en París. Si… no lo conseguimos, dígale que el ruiseñor no ha volado.

Madame Babineau asintió.

Seguían allí sentadas cuando entraron los pilotos, uno detrás de otro. Era todavía noche cerrada y ninguno tenía aspecto de haber dormido bien. Aun así, había llegado la hora prevista para la partida.

Madame Babineau sirvió pan, miel de lavanda y queso de cabra cremoso. Los hombres cogieron las sillas desparejadas y se acercaron a la mesa, hablando todos a la vez, devorando la comida en un instante.

La puerta se abrió de golpe y entró una bocanada de aire frío de la noche. Hojas secas se colaron y danzaron por el suelo antes de adherirse como manos negras diminutas a las piedras de la chimenea. Las llamas del hogar parpadearon y menguaron. Se cerró la puerta.

Eduardo parecía un gigante desaliñado en la habitación de techo bajo. Era un vasco típico, con los hombros lo bastante anchos como para cruzar con un hombre a cuestas las aguas furiosas del río Bidasoa y un rostro que parecía haber sido esculpido en piedra con un punzón romo. Llevaba un abrigo demasiado ligero y remendado en su mayor parte.

Le acercó a Isabelle un par de alpargatas que se suponían eran apropiadas para caminar por terrenos abruptos.

—¿Qué tiempo tendréis para el viaje, Eduardo? —preguntó madame Babineau.

—Viene frío. No debemos entretenernos.

Se quitó un morral viejo que llevaba al hombro y lo dejó caer al suelo.

—Son alpargatas —dijo a los hombres—. Les ayudarán. Busquen un par de su talla.

Isabelle, a su lado, tradujo a los aviadores sus palabras.

Los hombres se acercaron obedientes y se acuclillaron alrededor de la bolsa. Fueron sacando alpargatas y pasándoselas.

—No me sirve ninguna —dijo MacLeish.

—Tendrá que arreglárselas —dijo madame Babineau—. Por desgracia, no somos una zapatería.

Cuando los hombres hubieron cambiado sus botas reglamentarias por alpargatas, Eduardo les hizo ponerse en hilera. Los estudió uno a uno, comprobando cómo iban vestidos y qué contenían sus morrales.

—Sáquense todo de los bolsillos y déjenlo aquí. Los españoles aprovecharán cualquier excusa para arrestarles y no les interesa escapar de los alemanes para terminar en una cárcel española.

Les ofreció a cada uno una bota llena de vino y les proporcionó bastones que había hecho él mismo con ramas nudosas y cubiertas de musgo. Cuando terminó, les dio una palmada en la espalda a cada uno tan fuerte que casi todos perdieron el equilibrio.

—Silencio —dijo Eduardo—. Siempre.

Salieron del caserío y caminaron en fila por el terreno desigual de los pastos. El cielo estaba iluminado por una luna azul pálido.

—La noche es nuestra aliada —dijo Eduardo—. Ella y la velocidad. —Se dio la vuelta con una mano levantada—. Juliette irá al final de la fila y yo, el primero. Caminen cuando yo lo haga. Nada de hablar. En ningún momento. Pasarán frío, va a hacer una noche heladora, y hambre, y pronto estarán muy cansados. Sigan andando.

Se giró y echó a andar ladera arriba.

Isabelle sintió el frío instantáneamente; le laceraba las mejillas desnudas y se colaba por las costuras de su abrigo de lana. Usó la mano enguantada para cerrarse el cuello del abrigo e inició la larga marcha por la colina herbosa.

Hacia las tres de la mañana, la marcha se convirtió en una escalada.

El terreno se hizo más empinado, la luna se deslizó detrás de nubes invisibles y desapareció, sumiéndolos en una oscuridad absoluta. Isabelle oía la respiración cada vez más jadeante de los hombres que la precedían. Sabía que también ellos tenían frío; la mayoría no vestía ropa adecuada para afrontar aquel aire gélido y pocos llevaban calzado de su número. Las ramas se partían bajo sus pies, las piedras salían despedidas y hacían un ruido como el de la lluvia en un tejado de chapa al rodar hacia abajo por la empinada montaña. Notó las primeras punzadas de hambre en el estómago vacío.

Empezó a llover. Un viento cortante subía del valle azotándolos mientras caminaban en fila india. Convirtió la lluvia en bolas de granizo que les cortaban la piel. Isabelle empezó a tiritar de manera incontrolable y a hipar, pero aun así siguió caminando. Dejaron atrás, muy atrás, la línea de los árboles.

Al principio de la fila alguien gritó y cayó al suelo. Isabelle no podía ver quién era, pues la noche los envolvía por completo. El hombre que caminaba delante de ella se detuvo; Isabelle se chocó con él, perdió el equilibrio hacia un lado, se golpeó contra una roca y soltó un improperio.

—No paréis, chicos —dijo tratando de levantar el ánimo.

Siguieron subiendo hasta que Isabelle empezó a gemir a cada paso, pero Eduardo no les daba tregua. Se detenía el tiempo suficiente para comprobar que le seguían y reanudaba el camino, escalando por la ladera escarpada con la agilidad de una cabra.

A Isabelle le ardían las piernas, le dolían terriblemente y, a pesar de las alpargatas, ya se le habían formado ampollas. Cada paso era una tortura y un desafío a la voluntad.

Pasaron horas y horas. A Isabelle le costaba tanto respirar que no habría podido articular las palabras necesarias para pedir un vaso de agua, pero sabía que Eduardo no le habría hecho caso. Oyó a MacLeish delante de ella jadeando, soltando improperios cada vez que resbalaba, llorando de dolor por las ampollas que Isabelle sabía que le estaban dejando los pies en carne viva.

Ya no era capaz de distinguir el camino, se limitaba a subir como podía obligándose a mantener los ojos abiertos.

Se inclinó contra el viento, se tapó la nariz y la boca con el pañuelo y siguió hacia delante. El aliento, que le salía en forma de jadeos, le calentó el pañuelo. La tela se humedeció y, a continuación, se congeló en pliegues de hielo sólido.

—Ya estamos.

La voz de Eduardo retumbó en la oscuridad. Habían subido tanto que podían estar seguros de que no habría patrullas alemanas ni españolas. El peligro allí procedía de los elementos.

Isabelle se desplomó y se dio con tal fuerza en una roca que gritó, pero estaba demasiado cansada para que le importara.

MacLeish se sentó a su lado murmurando «Por Dios bendito» y, a continuación, se inclinó hacia delante. Isabelle le cogió del brazo impidiendo que cayera pendiente abajo.

Después oyó un confuso estruendo de voces —«Gracias a Dios... Ya era hora»— y luego el ruido de cuerpos tocando el suelo. Cayeron en bloque, como si las piernas ya no pudieran seguir sosteniéndolos.

—Aquí no —dijo Eduardo—. En la choza del cabrero. Allí.

Isabelle se puso en pie como pudo. Esperó al final de la fila, tiritando, con los brazos cruzados en un intento por retener el calor del cuerpo, pero no había ningún calor que retener. Tenía la impresión de ser un témpano, quebradizo y rígido. Se esforzó por ahuyentar el sopor que amenazaba con apoderarse de ella. Necesitaba menear la cabeza para seguir pensando con claridad.

Oyó pisadas y supo que Eduardo estaba a su lado en la oscuridad, los rostros de ambos salpicados de lluvia helada.

—¿Está bien? —le preguntó.

—Congelada. Y me da miedo mirarme los pies.

—¿Ampollas?

—Del tamaño de platos, estoy segura. No sé si tengo el calzado empapado de lluvia o de sangre.

Notó cómo las lágrimas asomaban a sus ojos y se helaban al instante, pegándole las pestañas superiores a las inferiores.

Eduardo la tomó de la mano y la condujo hasta la choza del cabrero, donde encendió fuego. El hielo en el pelo de Isabelle se convirtió en agua y goteó formando un charco a sus pies. Vio cómo los hombres se desplomaban hasta quedar sentados, apoyaban la espalda en las toscas paredes de madera y se colocaban los morrales en el regazo en busca de comida. MacLeish le hizo una señal para que se acercara.

Isabelle se abrió paso entre los hombres y se dejó caer en el suelo a su lado. En silencio, se comió el queso y las manzanas que llevaba consigo, mientras oía masticar, eructar y suspirar a los hombres a su alrededor.

No supo cuándo se había quedado dormida. Un minuto permanecía despierta, comiendo lo que podría pasar por una cena en la montaña, y, al siguiente, Eduardo les estaba despertando. Una luz gris entraba por la ventana sucia de la choza. Habían dormido todo el día y Eduardo les había despertado al anochecer.

Eduardo encendió fuego, preparó algo parecido al café y lo repartió. El desayuno consistió en pan rancio y queso duro; les supo bien, pero no bastó para saciar el hambre que arrastraban del día anterior.

Eduardo se puso en camino con paso enérgico, trepando por el esquisto cubierto de hielo del camino escarpado con la agilidad de una cabra montesa.

Isabelle fue la última en salir de la choza. Levantó la vista hacia el camino. Nubes grises ocultaban las cumbres y copos de nieve lo silenciaban todo, de manera que solo oían su propia respiración. Los hombres se desvanecieron delante de ella y se convirtieron en pequeños puntos negros en la blancura. Se lanzó al frío y caminó con paso seguro, siguiendo al hombre que tenía delante. Era lo único que distinguía bajo la nevada.

El ritmo al que caminaba Eduardo era duro. Trepaba por el tortuoso sendero sin pausa, en apariencia ajeno al frío intenso y lacerante que convertía cada respiración en un fuego que estallaba dentro de los pulmones. Isabelle jadeaba y seguía adelante, animando a los hombres cuando empezaban a rezagarse, halagándolos, provocándolos y urgiéndolos a continuar.

Cuando se hizo de nuevo de noche redobló sus esfuerzos por mantener la moral alta. Aunque estaba agotada y muerta de sed, siguió caminando. Alejarse más de unos metros de la persona que iba delante habría supuesto perderse para siempre en aquella oscuridad helada. Desviarse unos metros del camino equivalía a morir.

Continuó andando durante la noche.

Alguien cayó al suelo delante de ella con un aullido. Isabelle echó a correr y encontró a uno de los pilotos canadienses de rodillas respirando con dificultad y con el bigote congelado.

—Estoy muerto, muñeca —dijo tratando de sonreír.

Isabelle se sentó a su lado y la espalda se le heló al instante.

—Te llamas Teddy, ¿verdad?

—Acertaste. Escucha, no puedo más. Seguid sin mí.

—¿Tienes esposa, Teddy? ¿Una chica que te espera en Canadá?

No podía verle la cara, pero oyó como contenía el aliento al escuchar la pregunta.

—Eso no vale, muñeca.

—Todo sirve cuando es cuestión de vida o muerte, Teddy. ¿Cómo se llama?

—Alice.

—Tienes que levantarte por Alice, Teddy.

Oyó cómo el piloto cambiaba de postura y hundía los pies en el suelo. Se colocó de manera que pudiera apoyarse en ella para levantarse.

—De acuerdo —dijo el piloto temblando.

Isabelle le soltó y le oyó ponerse en marcha.

Dio un largo suspiro que terminó en un escalofrío. El hambre le corroía el estómago. Tragó saliva con la garganta seca, deseando que pudieran parar un minuto. Luego se volvió hacia donde estaban los hombres y continuó andando. Se sentía de nuevo ofuscada, le costaba pensar con claridad. Solo podía concentrarse en dar otro paso, y luego otro, y otro.

En algún momento, cerca ya del amanecer, la nieve dio paso a una lluvia que convirtió sus empapados abrigos de lana en plomo. Isabelle apenas reparó en que habían empezado a descender. La única diferencia era que los hombres se caían, resbalaban en las rocas húmedas y por la ladera rocosa y traicionera. No había modo de detenerles, tenía que mirarles caer y ayudarles a ponerse en pie otra vez cuando por fin frenaban, sin aliento. La visibilidad era tan mala que temían constantemente perder de vista al hombre que llevaban delante y desviarse del camino.

Cuando se hizo de día, Eduardo se detuvo y señaló la amplia entrada a una cueva excavada en la montaña. Los hombres entraron, resoplando mientras se sentaban y estiraban las piernas. Isabelle les oyó abrir sus paquetes, rebuscando los últimos restos de comida. En algún lugar, cueva adentro, un animal correteaba de un lado a otro con sus pezuñas arañando ligeramente el suelo de tierra endurecida.

Isabelle entró detrás de los hombres; del interior húmedo de piedra y barro colgaban raíces. Eduardo se arrodilló y encendió una pequeña hoguera usando el musgo que había recogido por la mañana y se había guardado en el cinto.

—Coman y duerman —dijo cuando crecieron las llamas—. Mañana haremos el último tramo.

Agarró su bota, dio varios tragos largos y salió de la cueva.

La madera húmeda chisporroteaba y crepitaba como disparos dentro de la cueva, pero Isabelle y los hombres estaban demasiado exhaustos para inmutarse. Isabelle se sentó al lado de MacLeish y se reclinó cansada en él.

—Eres asombrosa —le dijo él en voz baja.

—Me han dicho que no tomo decisiones inteligentes. Quizá esto sea la prueba.

Temblaba, pero no sabía si era de frío o de agotamiento.

—Tonta, pero valiente —dijo MacLeish con una sonrisa.

Isabelle agradeció la conversación.

—Esa soy yo.

—Me parece que no te he dado las gracias como es debido… por salvarme la vida.

—Creo que todavía no lo he hecho, Torrance.

—Llámame Torry —dijo él—. Todos mis amigos me llaman así.

Dijo algo más —sobre una chica que le esperaba en Ipswich, quizá—, pero Isabelle se encontraba demasiado cansada para asimilarlo.

Cuando se despertó, llovía.

—Joder —dijo uno de los hombres—. Está jarreando.

Eduardo estaba de pie a la entrada de la cueva, sus fuertes piernas muy separadas, la cara y el pelo acribillados por una lluvia que no parecía notar en absoluto. A su espalda solo había oscuridad.

Los pilotos abrieron sus morrales. Ya no había que decirles que comieran; conocían la rutina. Cuando se te permitía parar, bebías, comías y dormías, por ese orden. Cuando te despertaban, comías, bebías y te ponías en pie, por muy doloroso que te resultara.

Mientras se levantaban se sucedieron los gemidos. Unos pocos maldijeron. Era una noche lluviosa y sin luna. Como boca de lobo.

Habían cruzado la montaña —la noche anterior habían subido a casi mil metros de altura— y solo les faltaba bajar al otro lado, pero el tiempo empezaba a empeorar.

Cuando Isabelle salió de la cueva, le golpearon la cara ramas húmedas. Las apartó con una mano enguantada y siguió adelante. Su bastón tocaba con fuerza el suelo a cada paso que daba. Debido a la lluvia, el sendero de esquisto era resbaladizo como el hielo y el agua formaba arroyuelos en los márgenes. Oía a los hombres quejarse delante de ella. Siguió adelante arrastrando los pies doloridos y cubiertos de ampollas. El ritmo que imponía Eduardo era muy duro. Nada lo detenía ni le hacía reducir la marcha y a los pilotos les costaba seguirle.

—¡Mirad! —dijo uno de ellos.

En la distancia, muy lejos, unas luces parpadeaban, una telaraña de puntos blancos repartidos en la oscuridad.

—España —dijo Eduardo.

Ver aquello dio nuevas fuerzas al grupo. Siguieron avanzando con los bastones chocando contra el suelo y con pisadas más firmes a medida que el terreno se hacía menos desigual.

¿Cuántas horas estuvieron así? ¿Cinco? ¿Seis? Isabelle no lo supo. Solo fue consciente de que las piernas empezaban a no responderle y de que las lumbares eran un foco de dolor. No hacía más que escupir lluvia y secarse los ojos, y su estómago vacío era como un animal rabioso. Un fulgor verde pálido empezó a dibujarse en el horizonte, un filo de luz lavanda, luego rosa, después amarilla mientras bajaba en zigzag por el camino. Le dolían tanto los pies que tenía que apretar los dientes para no llorar.

Durante la cuarta noche Isabelle había perdido la noción del tiempo y del espacio. No tenía ni idea de dónde estaban ni de cuánto se prolongaría aquel sufrimiento. Sus pensamientos eran una mera súplica que se sucedía en su cabeza al compás de sus doloridos pasos. *El consulado, el consulado, el consulado.*

—Alto —dijo Eduardo levantando un brazo.

Isabelle chocó con MacLeish. Tenía las mejillas rojo brillante del frío, los labios agrietados y le costaba respirar.

No lejos de allí, detrás de una ladera verde desdibujada, vio una patrulla de soldados con uniforme verde claro.

Su primer pensamiento fue: *Estamos en España*, y entonces Eduardo los empujó a los dos detrás de unos árboles.

Estuvieron escondidos mucho tiempo y luego reanudaron la marcha.

Horas más tarde, oyó rugir un torrente de agua. A medida que se acercaban al río, el ruido ahogaba todo lo demás.

Por fin Eduardo se detuvo y reunió a los hombres a su alrededor. Estaba de pie en un charco de barro con las alpargatas hundidas en el cieno. A su espalda había riscos de piedra granítica sobre los que crecían unos árboles raquíticos desafiando las leyes de la gravedad. Algunos arbustos brotaban con forma de rastrillos alrededor de enormes rocas grises.

—Nos esconderemos aquí hasta que se haga de noche —dijo Eduardo—. Detrás de esa cresta está el río Bidasoa. A la otra orilla, España. Estamos cerca, pero eso no quiere decir nada. Entre el río y su libertad hay patrullas con perros. Dispararán a cualquier cosa que se mueva. Así que no lo hagan.

Isabelle vio cómo Eduardo se alejaba del grupo. Cuando se hubo ido, los hombres y ella se escondieron detrás de unas rocas y al abrigo de árboles caídos.

La lluvia descargó durante horas y convirtió el barro del suelo en un pantano. Isabelle tiritaba, se pegaba las piernas al pecho y cerraba los ojos. De manera inexplicable se quedó dormida, un sueño exhausto que terminó demasiado pronto.

A medianoche Eduardo la despertó.

Lo primero en que se fijó Isabelle cuando abrió los ojos fue en que había dejado de llover. El cielo estaba tachonado de estrellas. Se puso de pie extenuada y de inmediato hizo una mueca de dolor. Imaginaba cómo les dolerían los pies a los pilotos; ella tenía suerte de llevar calzado de su número.

Arropados por la noche, se pusieron otra vez en marcha mientras el rugido del río engullía el sonido de sus pisadas.

Y allí estaban, rodeados de árboles al borde de una garganta gigantesca. Abajo, el agua chocaba, se agitaba y bramaba salpicando las orillas rocosas.

Eduardo les pidió que se acercaran.

—No podemos cruzar a nado. Las lluvias han convertido el río en una bestia que nos engulliría a todos. Síganme.

Caminaron paralelos al río dos o tres kilómetros y entonces Eduardo volvió a detenerse. Isabelle oyó un chasquido, como el amarre de un barco tensado por la marea creciente y un martilleo discontinuo.

Al principio no se veía nada. Luego, la luz blanca de las linternas al otro lado centelleó a través del torrente con crestas del río e iluminó un puente colgante y en mal estado que unía aquella parte de la garganta con la opuesta. No lejos de allí había un puesto de control español, con guardas patrullando.

—La madre de Dios —dijo uno de los pilotos.

—Joder —añadió otro.

Isabelle se acuclilló junto a los hombres detrás de unos arbustos y esperaron mirando cómo los haces de los reflectores zigzagueaban sobre las aguas del río.

Eran más de las dos de la madrugada cuando Eduardo por fin hizo una señal con la cabeza. No había ningún movimiento en ambos lados de la garganta. Con mucha —o incluso con poca— suerte, los centinelas estarían durmiendo en sus puestos.

—Vámonos —susurró Eduardo.

Los hombres se levantaron y los condujo hasta el arranque del puente, una especie de eslinga combada con laterales de cuerda y suelo hecho de tablillas de madera, por cuyos intersticios se veía el río blanco y tumultuoso. Faltaban varias de las tablillas. El puente se balanceaba por el viento y gemía y crujía.

Isabelle miró a los hombres, la mayoría de los cuales estaban pálidos como fantasmas.

—Un paso detrás del otro —dijo Eduardo—. Las tablillas parecen endebles, pero aguantarán el peso. Tienen sesenta segundos para cruzar antes de que vuelvan los reflectores. En cuanto pasen a la otra parte, agáchense y escóndanse debajo de la ventana de la garita.

—Esto lo habéis hecho antes, ¿verdad? —preguntó Teddy, y la voz se le quebró al decir «antes».

—Muchas veces, Teddy —mintió Isabelle—. Y, si una chica puede, un piloto fuerte como tú no tendrá ningún problema. ¿A que no?

Teddy asintió con la cabeza.

—Me apuesto el cuello.

Isabelle observó cómo Eduardo cruzaba. Cuando estuvo al otro lado, ella reunió a los hombres. Uno a uno, a intervalos de sesenta segundos, les guio hasta el puente de cuerda y les miró cruzarlo, conteniendo la respiración y cerrando los puños hasta que llegaban sanos y salvos.

Por fin le tocó el turno a ella. Se quitó el pañuelo empapado de la cabeza, esperó a que desapareciera la luz de la linterna y empezó a cruzar. El puente tenía un aspecto frágil e inestable. Pero había soportado el peso de los hombres y soportaría también el suyo.

Se agarró a las cuerdas de los lados y puso el pie en la primera tablilla. El puente se balanceó, zarandeándola a derecha e izquierda. Bajó la vista y vio retazos de aguas blancas furiosas a cientos de metros de distancia. Apretó los dientes y siguió avanzando, pisando una tablilla, y otra, y otra más, hasta que alcanzó el otro lado, donde al momento cayó de rodillas. Gateó por la orilla y se adentró en los arbustos, donde los hombres esperaban acuclillados con Eduardo.

Este los condujo hacia un altozano apartado y les dejó dormir.

Cuando salió el sol, Isabelle pestañeó, apenas despierta.

—No se está mal aquí —susurró Tony junto a ella.

Isabelle miró a su alrededor con ojos somnolientos. Estaban en una hondonada encima de un camino de tierra, ocultos detrás de unos árboles.

Eduardo les pasó la bota de vino. Su sonrisa brillaba como el sol que se reflejaba en los ojos de Isabelle.

—Miren —dijo señalando a una mujer joven en bicicleta no lejos de ellos. A su espalda, un pueblo de color marfil brillaba bajo el sol: parecía salido de un cuento infantil, lleno de torretas, campanarios y chapiteles de iglesias—. Almadora les llevará al consulado de San Sebastián. Bienvenidos a España.

Isabelle olvidó al instante lo duro que había sido llegar hasta allí y el temor que había acompañado cada paso.

—Gracias, Eduardo.

—La próxima vez no será tan fácil —dijo este.

—Esta vez tampoco lo ha sido.

—No nos esperaban. Pero pronto lo harán.

Por supuesto, tenía razón. No habían necesitado esconderse de patrullas alemanas ni enmascarar su olor para despistar a los perros, y los centinelas españoles se habían tomado su trabajo con calma.

—Pero cuando vuelva con más pilotos, aquí estaré —prometió Eduardo.

Isabelle inclinó la cabeza en señal de gratitud y se volvió hacia los hombres, que parecían tan exhaustos como se sentía ella.

—Vamos, chicos. En marcha.

Isabelle y los hombres bajaron por el camino hacia la mujer joven que les esperaba junto a una bicicleta oxidada. Después de presentarse con sus nombres falsos, Almadora los guio por un laberinto de senderos y callejones; recorrieron kilómetros hasta encontrarse delante de un edificio elegante y color caramelo en el casco viejo de San Sebastián. Isabelle oía las olas lejanas rompiendo contra un malecón.

—*Merci* —le dijo Isabelle a la muchacha.

—*De nada**.

Isabelle contempló la puerta negra reluciente.

—Vamos, chicos —dijo, y empezó a subir los peldaños de piedra.

Al llegar a la puerta llamó con energía, tres veces, y, a continuación, tocó el timbre. Cuando apareció un hombre vestido con un impecable traje negro le dijo:

—Vengo a ver al cónsul británico.

—¿La está esperando?

—No.

—Señorita, el cónsul es un hombre ocupado…

—Traigo a cuatro pilotos de la RAF desde París.

El hombre abrió ligeramente los ojos.

MacLeish dio un paso adelante.

—Teniente Torrance MacLeish, de la RAF.

Los otros hombres le imitaron, de pie, hombro con hombro, mientras se presentaban.

Se abrió la puerta. En cuestión de segundos Isabelle se encontró sentada en una incómoda butaca de cuero con un hombre de semblante cansado al otro lado de una enorme mesa. Los pilotos estaban en posición de firmes detrás de ella.

—Le traigo desde París a cuatro aviadores abatidos —dijo Isabelle orgullosa—. Cogimos un tren hasta el sur y luego cruzamos andando los Pirineos.

—¿Han venido andando?

—Bueno, ha sido más bien como una marcha.

—Han cruzado a pie los Pirineos de Francia a España.

El cónsul se reclinó en su silla sin que en su rostro quedara un rastro de sonrisa.

---

* En español en el original. *[N. de la T.]*

—Y puedo volver a hacerlo. Ahora que se han intensificado los bombardeos de la RAF, habrá más pilotos derribados. Para ponerlos a salvo necesitaremos ayuda financiera. Dinero para ropa, documentos y comida. Y algo para recompensar a las personas que nos den asilo por el camino.

—Póngase en contacto con el MI9 —dijo MacLeish—. Costearán todas las necesidades del grupo de Juliette.

El cónsul movió la cabeza y chasqueó la lengua.

—Una muchacha ayudando a pilotos a cruzar los Pirineos. Qué cosa tan asombrosa.

MacLeish sonrió a Isabelle.

—Desde luego que lo es, señor. Yo le he dicho lo mismo.

20

*S*alir de la Francia ocupada era difícil y peligroso; volver a entrar —al menos para una joven de veinte años siempre dispuesta a sonreír—, sencillo.

Pocos días después de su llegada a San Sebastián y tras interminables reuniones y explicaciones, Isabelle se encontraba a bordo del tren rumbo a París, sentada en uno de los bancos de madera de un coche de tercera clase —el único asiento que había conseguido con tan poca antelación—, mirando el valle del Loira por la ventana. En el vagón hacía un frío helador e iba atestado de soldados alemanes hablando sin parar y de franceses acobardados con la cabeza gacha y las manos en el regazo. En el bolso llevaba un trozo de queso y una manzana, pero, aunque tenía hambre —de lobo, en realidad—, no lo abrió.

Tenía la sensación de ir llamando la atención con sus raídos pantalones marrones con los bajos doblados y su abrigo de lana. Tenía las mejillas quemadas por el sol, arañadas, y los labios agrietados y resecos. Pero los verdaderos cambios eran interiores. El orgullo por lo que había logrado en los Pirineos la había transformado, la había vuelto más madura. Por primera vez en su vida sabía exactamente lo que quería hacer.

Se había reunido con un agente del MI9 y había establecido formalmente una red de evasión. Ella sería su contacto principal y la llamarían el Ruiseñor. En el bolso, ocultos dentro del forro, llevaba ciento cuarenta mil francos. Dinero suficiente para organizar pisos francos y comprar comida y alimentos para los aviadores y las personas que se atrevieran a alojarlos durante el camino. Le había prometido a su contacto —su nombre en clave era Martes— que habría más pilotos. Probablemente nunca se había sentido tan orgullosa de sí misma como cuando le envió el mensaje a Paul: «Ha cantado el ruiseñor».

Cuando se bajó del tren, en París casi era la hora del toque de queda. La ciudad otoñal tiritaba bajo un cielo frío y oscuro. El viento soplaba a través de los árboles desnudos, zarandeando las macetas sin flores, plegando y haciendo ondear los toldos.

Tuvo que hacer un esfuerzo por no detenerse en su viejo apartamento de la avenue de La Bourdonnais y, cuando pasó junto a él, sintió una oleada de… supuso que de añoranza. Era lo más cercano a un hogar que había tenido nunca y llevaba meses sin poner un pie en él y sin ver a su padre. Desde que se concibió el plan de evasión. No era seguro para ellos permanecer juntos. Se dirigió, en cambio, a un apartamento pequeño y lóbrego que era su hogar más reciente. Una mesa y unas sillas desparejadas, un colchón en el suelo, una nevera que no enfriaba. La alfombra olía al tabaco que fumaba el inquilino anterior y en las paredes había manchas de humedad.

Al llegar al portal se detuvo y miró a su alrededor. La calle estaba en silencio, oscura. Metió la llave y la giró ligeramente. Cuando se abrió con un chasquido, presintió peligro. Algo iba mal, algo no estaba donde debía: una sombra, un choque metálico en el bistró contiguo, abandonado por su dueño meses atrás.

Se volvió despacio y escudriñó la calle lóbrega y en silencio. Aquí y allí había aparcados camiones apenas visibles y unos pocos y tristes cafés proyectaban triángulos de luz en la acera; en su resplandor, los soldados eran delgadas siluetas que se movían de un lado a otro. Un aire de abandono flotaba sobre el que, en otro tiempo, había sido un bullicioso barrio.

Al otro lado de la calle había una farola apagada, apenas una raya más oscura en el aire de la noche.

Estaba allí, Isabelle lo sabía, aunque no podía verle.

Bajó las escaleras despacio con todos los sentidos alerta, dando un cauteloso paso detrás de otro. Estaba segura de oírle respirar no lejos de ella. Observándola. Supo instintivamente que había estado esperando su regreso, preocupado por ella.

—Gaëton —susurró, queriendo atraerle con su voz, hechizarle, atraparle—. Llevas meses siguiéndome. ¿Por qué?

Nada. El silencio sopló en el viento alrededor de Isabelle, frío y cortante.

—Ven aquí —suplicó, levantando la barbilla.

Nada todavía.

—¿Quién es el que no está preparado ahora? —dijo.

Aquel silencio la hería, pero también lo comprendía. Con todos los riesgos que estaban corriendo, el amor era probablemente la elección más peligrosa.

O quizá se equivocaba y él no estaba allí, nunca había estado observándola, esperándola. Quizá no era más que una tontuela añorando a un hombre que no la quería, sola en una calle desierta.

Pero no.

Él estaba allí.

Aquel invierno fue incluso peor que el del año anterior. Un dios colérico castigó a Europa con cielos plomizos y nevadas, día tras día. El frío fue un añadido cruel a un mundo ya de por sí feo y desolador.

Carriveau, al igual que muchas poblaciones pequeñas de la Zona Ocupada, se convirtió en una isla de desesperanza, aislada de todo. Los lugareños disponían de información limitada de lo que ocurría en el mundo y ninguno tenía tiempo para estudiar la prensa propagandística en busca de verdades cuando sobrevivir suponía tanto esfuerzo. Lo único que sabían a ciencia cierta era que la furia y la crueldad nazis se habían intensificado desde que Estados Unidos había entrado en la guerra.

En una madrugada lúgubre y glacial de principios de febrero de 1942, cuando se quebraban las ramas de los árboles y los cristales de las ventanas parecían la superficie resquebrajada de un estanque helado, Vianne se despertó y se quedó mirando el techo inclinado de su dormitorio. Le dolía la cabeza. Se sentía sudorosa y dolorida. Cuando respiraba, el aire le quemaba los pulmones y la hacía toser.

No le apetecía salir de la cama, tampoco morirse de hambre. Aquel invierno cada vez era más corriente que las cartillas de racionamiento no sirvieran para nada; sencillamente no había comida, tampoco zapatos, tela o cuero. Vianne se había quedado sin leña para la estufa y sin dinero para pagar la electricidad. Con los elevados precios del gas, algo tan sencillo como tomar un baño se había convertido en un suplicio. Sophie y ella dormían pegadas como cachorros bajo una montaña de colchas y mantas. En los últimos meses Vianne había empezado a quemar todo aquello hecho de madera y a vender sus objetos de valor.

En ese momento llevaba puesta casi toda la ropa que tenía: pantalones de franela, ropa interior que se había tejido ella misma, un viejo jersey de lana y una bufanda. Aun así tiritó al salir de la cama. Cuando sus pies tocaron el suelo los sabañones le provocaron una mueca de dolor. Tomó una falda de lana y se la puso encima de los pantalones. Había perdido tanto peso aquel invierno que tenía que sujetarse la cinturilla con alfileres. Tosiendo, bajó las escaleras. Su respiración la precedía en nubecillas que se deshacían casi al instante. Pasó cojeando junto a la habitación de invitados.

El capitán no estaba, llevaba semanas fuera. Aunque Vianne odiaba reconocerlo, aquellos días sus ausencias eran peores que su presencia. Al menos cuando él estaba había comida en la mesa y fuego en la chimenea. Él se negaba a dejar que la casa se enfriara. Vianne comía lo mínimo de la comida que les proporcionaba —se decía a sí misma que era su obligación pasar hambre—, pero ¿qué madre dejaría sufrir a un hijo? ¿De verdad se suponía que Vianne tenía que matar de hambre a Sophie para demostrar su lealtad a Francia?

En la oscuridad añadió otro par de calcetines agujereados a los dos que ya llevaba puestos. Luego se envolvió en una manta y se puso los mitones que había tejido hacía poco tras deshacer una manta de cuando Sophie era un bebé.

En la cocina pintada de escarcha encendió un candil y, a continuación, salió moviéndose despacio, respirando con dificultad mientras subía por la ladera resbaladiza y cubierta de hielo hasta el granero. En dos ocasiones perdió pie y cayó en la hierba helada.

La puerta metálica del granero le quemó las manos de frío a pesar de los gruesos mitones. Necesitó apoyar todo el peso del cuerpo para descorrerla. Una vez dentro apoyó el candil. La idea de mover el coche era casi más de lo que podía soportar, tal era su debilidad.

Inspiró una bocanada de aire profunda y lacerante, se preparó mentalmente y fue hasta el coche. Metió punto muerto, apoyó las manos en el guardabarros y empujó con todas sus fuerzas. El coche se desplazó despacio hacia delante como si se lo estuviera pensando.

Cuando la trampilla quedó a la vista, Vianne cogió el candil y bajó despacio por la escalerilla. En los largos y oscuros meses transcurridos desde que la despidieron y se le terminó el dinero, había ido vendiendo uno a uno los tesoros de la familia: un cuadro para alimentar a los conejos y los polluelos durante el invierno; un juego de té de porcelana de Limoges a cambio de un saco de harina; un salero y un pimentero de plata por un par de gallinas famélicas.

Abrió el joyero de su madre y miró su interior forrado de terciopelo. No hacía mucho tiempo había habido allí bisutería, pero también unas cuantas piezas de calidad. Pendientes, una pulsera de filigrana de plata, un broche de rubíes y metal batido. Ahora solo quedaban las perlas.

Se quitó un mitón, las tomó y se las puso en el hueco de la mano. Brillaron a la luz, lustrosas como la piel de una mujer joven.

Eran su último vínculo con su madre… y con el patrimonio de su familia.

Sophie ya no se las pondría el día de su boda ni se las regalaría a sus hijas.

—Pero comerá este invierno —dijo Vianne.

No estaba segura de si lo que le quebraba la voz era dolor, tristeza o alivio. Era afortunada por tener algo que vender.

Miró las perlas, sintió su peso en la palma de la mano y cómo le robaban el calor del cuerpo. Durante una fracción de segundo observó cómo resplandecían. Luego, sombría, volvió a ponerse el mitón y subió la escalerilla.

Pasaron tres semanas más de frío desolador sin que Beck diera señales de vida. Una gélida mañana de finales de febrero Vianne se despertó con un fuerte dolor de cabeza y fiebre. Tosiendo, se levantó de la cama y tiritó mientras cogía despacio una manta de la cama. Se envolvió con ella, pero no sirvió de nada. Temblaba con fuerza, aunque llevaba puestos unos pantalones, dos jerséis y tres pares de calcetines. Afuera el viento aullaba, aporreaba los postigos y hacía vibrar el cristal recubierto de hielo detrás de las cortinas oscuras.

Hizo despacio sus tareas matinales, tratando de no respirar demasiado hondo para evitar un ataque de tos. Con los pies llenos de sabañones que irradiaban dolor a cada paso que daba, le preparó a Sophie un desayuno frugal con gachas de trigo aguadas. Luego las dos salieron a la nieve.

Caminaron en silencio hasta el pueblo. La nieve no dejaba de caer, tiñendo de blanco la carretera, cubriendo los árboles.

La iglesia estaba en una pequeña elevación del terreno a las afueras del pueblo, flanqueada por el río a uno de sus lados y con los muros de piedra arenisca de la abadía a la espalda.

—*Maman*, ¿estás bien?

Vianne iba de nuevo encorvada. Apretó la mano de su hija y solo sintió el contacto de mitón con mitón. La respiración se le aferraba a los pulmones, le quemaba.

—Muy bien.

—Deberías haber desayunado.

—No tenía hambre —dijo Vianne.

—Ya —dijo Sophie arrastrando los pies sobre la copiosa nieve.

Vianne llevó a Sophie a la capilla. En su interior hacía suficiente calor como para no verse el aliento. La nave trazaba un elegante arco apuntado con forma de manos unidas en una plegaria, sostenidas por hermosas vigas de madera. Las vidrieras relucían con notas de color. La mayoría de los bancos se encontraban llenos, pero nadie hablaba, no en un día tan frío, en un invierno tan duro.

Sonaron las campanas de la iglesia y su tañido resonó en la nave, y los portones se cerraron extinguiendo la escasa luz natural que dejaba pasar la nieve.

El padre Joseph, un sacerdote anciano y amable que era el párroco de aquella iglesia desde que Vianne tenía uso de razón, subió al púlpito.

—Hoy rogamos por nuestros hombres, que están lejos. Rogamos por que esta guerra no dure mucho más... y rogamos para que Dios nos dé fuerzas para resistir al enemigo y permanecer fieles a quienes somos.

No era un sermón que Vianne tuviera ganas de oír. Había ido a la iglesia —desafiando el frío— para sentirse reconfortada por la homilía dominical del párroco, para sentirse inspirada por palabras como «honor», «deber» y «lealtad». Pero aquel día esos ideales le parecían muy lejanos. ¿Cómo iba a aferrarse a ellos cuando estaba enferma, aterida y muerta de hambre? ¿Cómo podía mirar a sus vecinos a la cara cuando estaba aceptando comida del enemigo, por poca que fuera? Había quienes pasaban aún más hambre.

Estaba tan absorta en sus pensamientos, que tardó un instante en darse cuenta de que la misa había terminado. Se puso de pie y, al moverse, se mareó. Se agarró al banco.

—*Maman?*

—Estoy bien.

En el pasillo, a su izquierda, los parroquianos —mujeres en su mayor parte— se encaminaban hacia la salida. Todos parecían tan débiles, delgados y extenuados como se sentía Vianne, envueltos en capas de lana y papel de periódico.

Sophie la cogió de la mano y la guio hacia las puertas dobles abiertas. Una vez en el umbral, Vianne se detuvo, tiritando y tosiendo. No quería salir de nuevo al mundo frío y blanco.

Cruzó el umbral —el mismo que había atravesado en brazos de Antoine después de la boda... No, ese fue el de Le Jardin, estaba confusa— y salió a la tormenta de nieve. Se enrolló la gruesa bufanda de lana alrededor de la cabeza y la sujetó a la altura de la garganta. Doblada hacia delante, contra el viento, echó a andar por la espesa nieve.

Cuando llegó a la cancela rota del jardín de su casa, jadeaba y tosía violentamente. Rodeó la motocicleta con sidecar cubierta de nieve y entró en el jardín de ramas desnudas. *El capitán ha vuelto,* pensó adormecida; ahora Sophie tendría algo que comer… Ya casi había alcanzado a la puerta cuando sintió que se caía al suelo.

—*Maman!*

Oyó la voz de Sophie, percibió el miedo en ella y pensó: *La estoy asustando,* y lo lamentó, pero tenía las piernas demasiado débiles para caminar y estaba cansada… Tan cansada…

Desde la distancia oyó abrirse la puerta, a su hija gritar: «Herr capitán», y a continuación botas pisando la madera.

Chocó contra el suelo, se golpeó la cabeza contra el escalón nevado y se quedó allí. Pensó: *Voy a descansar un momento y luego me levantaré y le prepararé el almuerzo a Sophie. Pero… ¿qué tenemos para comer?*

Cuando recuperó la consciencia, estaba flotando. No, volando tal vez. No podía abrir los ojos —se encontraba demasiado cansada y le dolía la cabeza—, pero tenía la sensación de moverse, de que alguien la mecía. Antoine, ¿eres tú? ¿Me estás abrazando?

—Abre la puerta —dijo una voz.

Hubo un chasquido de madera contra madera y, a continuación:

—Voy a quitarle el abrigo. Ve a buscar a madame de Champlain, Sophie.

Vianne sintió que la acomodaban sobre una superficie blanda. Una cama.

Se humedeció los labios secos y agrietados e intentó abrir los ojos. Le costó un esfuerzo considerable y dos intentos. Cuando por fin lo logró lo veía todo borroso.

El capitán Beck estaba sentado a su lado en la cama, en su dormitorio. Le había cogido una mano y estaba inclinado hacia ella, con la cara pegada a la suya.

—*Madame?*

Vianne notó su aliento cálido en la cara.

—¡Vianne! —dijo Rachel mientras entraba corriendo en la habitación.

El capitán Beck se puso de pie de inmediato.

—Se ha desmayado en la nieve, *madame,* y se ha golpeado la cabeza contra el escalón. La he subido en brazos.

—Se lo agradezco —dijo Rachel con una inclinación de cabeza—. Pero ahora ya me ocupo yo de ella, herr capitán.

Beck se quedó donde estaba.

—No come —se limitó a decir—. Toda la comida es para Sophie, lo he visto.

—Así es la maternidad en la guerra, herr capitán. Y, ahora, si me disculpa…

Le rodeó y se sentó en la cama junto a Vianne. El capitán permaneció allí un momento con aspecto azorado y luego salió de la habitación.

—Así que se lo estás dando todo a ella —dijo Rachel en voz baja acariciando el pelo húmedo de Vianne.

—¿Qué otra cosa puedo hacer?

—No morirte —dijo Rachel—. Sophie te necesita.

Vianne dio un largo suspiro y cerró los ojos. Se sumió en un profundo sopor durante el que soñó que yacía en una suavidad que eran hectáreas y más hectáreas de prado negro que se extendía en todas direcciones. Oía a personas llamarla en la oscuridad, caminar hacia ella, pero no sentía deseos de moverse, solo durmió y durmió. Cuando se despertó, descubrió que estaba en el canapé de su sala de estar, con un fuego ardiendo en la chimenea no lejos de ella.

Se sentó despacio, sintiéndose débil y temblorosa.

—¿Sophie?

Se abrió la puerta de la habitación de invitados y apareció el capitán Beck. Iba vestido con un pijama de franela, una chaqueta de lana y sus botas militares.

—*Bonsoir, madame* —dijo sonriendo—. Me alegro de tenerla otra vez con nosotros.

Vianne llevaba sus pantalones de franela, dos jerséis, calcetines y un gorro de lana. ¿Quién la había vestido?

—¿Cuánto tiempo he estado durmiendo?

—Solo un día.

El capitán fue a la cocina. Momentos más tarde reapareció con una taza de *café au lait* humeante, una porción de queso azul, jamón y un trozo de pan. Sin decir palabra dejó la comida en la mesa, junto a Vianne.

Esta la contempló mientras el estómago le rugía de hambre. Luego miró al capitán.

—Se golpeó la cabeza y podría haber muerto.

Vianne se tocó la frente y se palpó la zona dolorida.

—¿Qué será de Sophie si usted muere? —preguntó el capitán—. ¿Lo ha pensado?

Se acercó a ella.

—Estuvo usted fuera mucho tiempo. No había bastante comida para las dos.

—Coma —dijo el capitán mirándola a los ojos.

Vianne no quería apartar la vista. El alivio que sentía por que el capitán estuviera de vuelta la avergonzaba. Cuando por fin lo hizo, cuando por fin dirigió su mirada hacia la mesa, vio la comida.

Alargó el brazo, cogió el plato y se lo acercó. El aroma salado y ahumado del jamón, combinado con el ligero tufo del queso, la embriagó, pudo más que su determinación, la sedujo hasta tal punto que no tuvo elección.

A principios de marzo la primavera aún parecía lejana. Los aliados habían bombardeado a conciencia la fábrica Renault en Boulogne-Billancourt y habían matado a cientos de personas del barrio de la periferia de París. Como resultado, los parisinos —Isabelle incluida— estaban nerviosos e irascibles. Los norteamericanos habían entrado en guerra con sed de venganza; a aquellas alturas los bombardeos eran algo habitual.

En aquel atardecer frío y lluvioso Isabelle pedaleaba por un camino rural embarrado y lleno de baches en una espesa niebla. La lluvia le pegaba el pelo a la cara y le impedía ver con claridad, en la bruma, los sonidos se amplificaban; el grito de un faisán se mezclaba con el sonido a succión que hacían los neumáticos en el barro, con el zumbido constante y cercano de los aviones y con el del ganado mugiendo en un prado que Isabelle no alcanzaba a ver. Su única protección era una capucha de lana.

Como dibujada en carbón sobre pergamino por una mano insegura, la línea de demarcación cobró poco a poco nitidez. Vio alambre de espino que se extendía a ambos lados de la puerta blanca y negra de un puesto de control. Junto a él, un centinela alemán estaba sentado en una silla con el fusil en el regazo. Cuando Isabelle se acercó, se puso en pie y la apuntó.

—*Halt!*

Isabelle dejó de pedalear; las ruedas de la bicicleta se atascaron en el barro y estuvo a punto de salir despedida del sillín. Se bajó y apoyó los pies en el fango. Llevaba quinientos francos en billetes cosidos en el forro del abrigo, así como documentos falsos para un piloto escondido en una casa franca cerca de allí.

Sonrió al alemán y fue hasta él empujando la bicicleta, cuyas ruedas tropezaban con los baches embarrados.

—Papeles —dijo el soldado.

Isabelle le dio los documentos de su identidad falsa.

El soldado les echó un vistazo somero, sin interés. Isabelle supo que no estaba contento vigilando aquel paso fronterizo sin apenas actividad bajo la lluvia.

—Pase —dijo con tono de aburrimiento.

Isabelle se guardó los papeles en el bolsillo y se subió a la bicicleta para alejarse lo más rápido que pudo por la carretera mojada.

Una hora y media más tarde llegó a las afueras de la pequeña localidad de Brantôme. Allí, en la Zona Libre, no había soldados alemanes, aunque últimamente la policía francesa había resultado ser tan peligrosa como los nazis, así que no bajó la guardia.

Durante siglos el pueblo de Brantôme había sido considerado un lugar sagrado capaz de sanar el cuerpo e iluminar la mente. Después de que la Peste Negra y la guerra de los Cien Años hicieran estragos en su campiña, los monjes benedictinos construyeron una inmensa abadía de piedra arenisca, flanqueada por altos riscos grises a un lado y el río Dronne al otro.

Frente a las cuevas situadas a la salida del pueblo se encontraba una de las últimas casas francas: una habitación secreta dentro de un molino abandonado construido en un triángulo de tierra entre las cuevas y el río. Las aspas del viejo molino de madera giraban rítmicamente, con sus cubos y rueda forrados de musgo. Las ventanas estaban tapiadas y las paredes de piedra, cubiertas de pintadas antialemanas.

Isabelle se detuvo en la calle y miró a ambos lados para asegurarse de que nadie la veía. Así era. Ató la bicicleta a un árbol a la salida del pueblo y acto seguido cruzó la calle, se agachó frente a la trampilla del sótano y la abrió sin hacer ruido. Todas las puertas del molino se hallaban cegadas y los tablones habían sido fijados con clavos; aquella era la única vía de acceso.

Bajó al sótano oscuro y con olor a cerrado y buscó a tientas el candil que guardaba en un estante. Lo encendió y siguió el pasadizo secreto que, en otro tiempo, había permitido a los monjes benedictinos escapar de los llamados bárbaros. Una estrecha escalera de escalones empinados conducía a la cocina. Abrió la puerta, entró en la habitación polvorienta y llena de telarañas y, a continuación, continuó subiendo hasta llegar a la habitación de tres por tres metros construida detrás de una de las despensas.

—¡Está aquí! Espabílate, Perkins.

En el angosto espacio iluminado por una única vela, dos hombres adoptaron posición de firmes. Iban vestidos como campesinos franceses con prendas que no eran de su talla.

—Capitán Ed Perkins, señorita —dijo el más alto—. Y este bribón es Ian Trufford o algo parecido. Él es galés, yo yanqui. Los dos estamos de lo más contentos de verla. Casi nos volvemos locos en este sitio tan pequeño.

—¿Casi? —preguntó Isabelle.

De su capa con capucha le chorreaba agua que fue formando un charco a sus pies. Lo que más le apetecía del mundo era meterse en su saco y dormir, pero antes tenía que trabajar.

—Perkins, dice.

—Sí, señorita.

—¿De dónde?

—Bend, Oregón, señorita. Mi padre es fontanero y mi madre hace el mejor pastel de manzana de la comarca.

—¿Qué tiempo hace en Bend en esta época del año?

—¿A qué estamos? ¿A mediados de marzo? Pues frío, supongo. Quizá ya no nieve, pero tampoco hará sol.

Isabelle movió el cuello de un lado a otro y se masajeó los hombros doloridos. Tanto pedalear, mentir y dormir en el suelo pasaba factura.

Interrogó a los dos hombres hasta estar segura de que eran quienes decían ser: dos pilotos derribados que llevaban semanas esperando una oportunidad para salir de Francia. Cuando por fin estuvo convencida, abrió su morral y sacó la cena, o lo que haría las veces de cena. Los tres se sentaron en una alfombra raída y apolillada con el candil en el medio e Isabelle puso una *baguette,* un trozo de Camembert y una botella de vino, que se fueron pasando.

El yanqui —Perkins— casi no dejó de hablar, mientras que el galés masticaba en silencio y decía «no, gracias» cuando le ofrecían vino.

—Debe de tener un marido en alguna parte preocupado por usted —dijo Perkins cuando Isabelle estaba cerrando su morral.

Esta sonrió. En los últimos tiempos le hacían a menudo esa pregunta, sobre todo los hombres de su edad.

—Y usted debe de tener una mujer a la espera de noticias —replicó.

Era lo que decía siempre. Un recordatorio que servía de advertencia.

—Qué va —dijo Perkins—. Yo no. Las chicas no se pelean por un zoquete como yo. Y ahora...

Isabelle arrugó el ceño.

—¿Y ahora qué?

—Ya sé que no resulta demasiado heroico pensarlo. Pero cabe la posibilidad de que salga de esta casa tapiada de este pueblo cuyo nombre ni soy capaz de pronunciar y que me dispare un tipo contra el que no tengo nada personal. Podría morir tratando de cruzar sus colinas...

—Montañas.

—Podrían dispararme intentando entrar en España, un español o los nazis. Joder, si hasta es posible que muera congelado en sus dichosas colinas.

—Montañas —repitió Isabelle mirándole fijamente—. Eso no va a pasar.

Ian suspiró.

—Ya lo ves, Perkins. Esta chiquilla nos va a salvar la vida. —El galés miró a Isabelle con expresión cansada—. Me alegro de tenerla aquí, señorita —dijo—. Aquí el amigo casi me vuelve loco con tanta cháchara.

—Déjele hablar todo lo que quiera, Ian. Mañana a esta hora necesitará todas las fuerzas solo para seguir respirando.

—¿Las colinas? —preguntó Perkins con los ojos muy abiertos.

—Sí —dijo Isabelle con una sonrisa—. Las colinas.

Así eran los americanos. No escuchaban.

A finales de mayo la primavera trajo vida, color y calor de nuevo al valle del Loira. Vianne encontró paz trabajando en su huerta. Aquel día, mientras desbrozaba y plantaba hortalizas, un convoy de camiones, soldados y Mercedes-Benz pasó junto a Le Jardin. En los cinco meses transcurridos desde que Estados Unidos había entrado en guerra, los nazis habían abandonado toda pretensión de buenos modales. Ahora estaban siempre ocupados, desfilando, reclutando y reuniéndose en el depósito de municiones.

La Gestapo y las SS estaban por todas partes, buscando saboteadores y miembros de la Resistencia. Una acusación velada bastaba para ser acusado de terrorista. El ruido de aviones en el cielo era casi continuo, como también los bombardeos.

¿Cuántas veces durante la primavera se había acercado alguien a Vianne mientras hacía cola para conseguir comida o cruzando el pueblo o esperando en la oficina de correos y le había preguntado por la última retransmisión radiofónica de la BBC?

No tengo radio. No están permitidas, era siempre su respuesta, y decía la verdad. Aun así, cada vez que le hacían la pregunta sentía un escalofrío de temor. Los franceses habían aprendido una palabra nueva: *collabos.* Los colaboracionistas. Hombres y mujeres franceses que les hacían el trabajo sucio a los nazis, que espiaban a sus amigos y vecinos y después informaban al enemigo, comunicando cada infracción, real o imaginada. A raíz de sus testimonios se había empezado a arrestar a personas por asuntos sin importancia y a aquellos que eran llevados a la comandancia no se les volvía a ver.

—¡Madame Mauriac!

Sarah cruzó corriendo la cancela rota y entró en el jardín. Su aspecto era frágil y estaba demasiado delgada, su piel tan pálida que se le transparentaban las venas.

—Tiene que ayudar a mi *maman.*

Vianne se sentó sobre los talones y se retiró de la frente el sombrero de paja.

—¿Qué ha sucedido? ¿Hay noticias de Marc?

—No sé lo que pasa. *Maman* no quiere hablar. Cuando le dije que Ari tenía hambre y que había que cambiarle el pañal, se encogió de hombros y me respondió: «¿Qué más da?». Está en el jardín trasero mirando el cesto de costura.

Vianne se levantó, se quitó los guantes de jardinería y se los metió en el bolsillo del mono.

—Voy a verla. Vete a buscar a Sophie e iremos juntas.

Mientras Sarah entraba en la casa, Vianne se lavó las manos y la cara en la bomba de agua del jardín y se quitó el sombrero, que sustituyó por un pañuelo en la cabeza. En cuanto las niñas se reunieron con ella, guardó los útiles de jardinería en el cobertizo y fueron a la casa vecina.

Cuando Vianne abrió la puerta, encontró a Ari, de tres años, dormido en la alfombra. Lo tomó en brazos, le besó la mejilla y se volvió hacia las niñas.

—Sarah, ¿por qué no os vais a jugar a tu habitación?

Levantó la cortina opaca y vio a Rachel sentada sola en el jardín.

—¿Se encuentra bien mi *maman?* —preguntó Sarah.

Vianne asintió con la cabeza, distraída.

—Venga, id.

En cuanto las niñas llegaron a la habitación contigua, llevó a Ari al dormitorio de Rachel y lo acostó en su cuna. No se molestó en taparle, no en aquel día tan cálido.

Fuera, Rachel estaba en su silla de madera favorita, sentada debajo del castaño. A sus pies tenía la cesta de costura. Llevaba un mono caqui de sarga y un turbante de estampado de cachemir. Estaba fumando un cigarrillo marrón corto y liado a mano. A su lado había una botella de coñac y un vaso de café vacío.

—¿Rachel?

—Ya veo que Sarah ha ido a buscar refuerzos.

Vianne fue hasta su amiga y le puso una mano en el hombro. Se dio cuenta de que temblaba.

—¿Has sabido algo de Marc?

Rachel negó con la cabeza.

—Gracias a Dios.

Rachel cogió la botella de coñac y se sirvió un vaso. Bebió con avidez hasta dejar el vaso vacío y volvió a posarlo.

—Han aprobado un nuevo estatuto —dijo por fin. Despacio abrió la mano izquierda para enseñarle a Vianne trozos arrugados de tela amarilla recortados en forma de estrella. En cada una estaba escrita la palabra JUIF en letras negras—. Tenemos que llevarlas —dijo Rachel—. Tenemos que coserlas a la ropa y mostrarlas siempre en público. He tenido que comprarlas con las cartillas de racionamiento. Tal vez no debería haberme inscrito. Si no las llevamos podemos ser objeto de «severas sanciones». Sea eso lo que sea.

Vianne se sentó a su lado.

—Pero…

—Ya has visto los avisos por el pueblo, cómo nos pintan a los judíos como alimañas que hay que eliminar y avaros que quieren quedarse con todo. Yo podré soportarlo, pero… ¿qué pasará con Sarah? Se va a sentir muy avergonzada… Ya es bastante duro tener once años sin necesidad de esto, Vianne.

—No lo hagas.

—Si te pillan sin llevarla te arrestan inmediatamente. Y ya saben quién soy, me he inscrito. Y luego está… Beck. Sabe que soy judía.

En el silencio que siguió, Vianne supo que las dos pensaban en las detenciones que se estaban produciendo en Carriveau, en las personas que «desaparecían».

—Podrías cruzar a la Zona Libre —dijo Vianne con voz queda—. Está solo a seis kilómetros.

—Un judío no tiene derecho a un salvoconducto. Y si me cogen…

Vianne asintió con la cabeza. Rachel tenía razón, huir era peligroso, en especial con niños. Si atrapaban a Rachel cruzando la frontera sin un *Ausweis* la arrestarían. O la ejecutarían.

—Tengo miedo —dijo Rachel.

Vianne la tomó de la mano. Se miraron a los ojos. Vianne intentó pensar en algo que decir, algo esperanzador, pero no se le ocurría nada.

—Y las cosas van a ir a peor.

Vianne pensaba lo mismo.

—*Maman*?

Sarah salió al jardín de la mano de Sophie. Las niñas parecían asustadas y confusas. Sabían que las cosas iban muy mal aquellos días y las dos habían aprendido la existencia de una nueva clase de miedo. A Vianne le partía el corazón ver lo mucho que la guerra había cambiado a aquellas niñas. Solo tres años antes habían sido niñas normales y corrientes que reían, jugaban y desafiaban a sus madres por diversión. Ahora se movían con cautela, como si temieran que hubiera bombas enterradas en el suelo. Ambas estaban delgadas, su pubertad interrumpida por la mala alimentación. Sarah aún llevaba el pelo negro largo, pero había empezado a arrancárselo en sueños, así que tenía calvas aquí y allí, y Sophie no iba a ninguna parte sin Bébé. El pobre peluche rosa estaba empezando a soltar relleno por la casa.

—Anda —dijo Rachel—. Venid aquí.

Las niñas se acercaron agarradas tan fuerte de la mano que parecían fundirse la una con la otra. Y en cierto modo así era; les ocurría lo mismo que a Rachel y a Vianne: estaban unidas por una amistad tan inquebrantable que quizá era lo único en lo que podían seguir creyendo. Sarah se sentó en una silla junto a Rachel y Sophie por fin le soltó la mano para colocarse de pie al lado de Vianne.

Rachel miró a Vianne. En aquella mirada las dos mujeres se comunicaron el dolor que sentían. ¿Cómo era posible que tuvieran que hablar así a sus hijas?

—Estas estrellas amarillas —dijo Rachel abriendo la mano para enseñar una fea florecilla de tela deshilachada con sus letras negras—, a partir de ahora, tendremos que llevarlas siempre cosidas a la ropa.

Sarah frunció el ceño.

—Pero… ¿por qué?

—Porque somos judíos —dijo Rachel— y nos enorgullecemos de ello. No olvides nunca lo orgullosos que estamos, aunque la gente…

—Los nazis —dijo Vianne con más dureza de la que había sido su intención.

—Los nazis —añadió Rachel— quieren hacernos sentir mal al respecto.

—¿Se va a burlar la gente de mí? —preguntó Sarah con los ojos muy abiertos.

—Yo voy a llevar una también —dijo Sophie.

Al oír aquello Sarah pareció tristemente esperanzada.

Rachel tomó la mano de su hija.

—No, cariño. Esto es algo que tú y tu mejor amiga no podéis hacer juntas.

Vianne vio el temor, la vergüenza y la confusión de Sarah. Estaba haciendo un gran esfuerzo por ser buena, por sonreír y parecer fuerte, a pesar de que tenía los ojos llenos de lágrimas.

—*Oui* —dijo por fin.

Fue el sonido más triste que había oído Vianne en casi tres años de padecimientos.

21

Cuando el verano llegó al valle del Loira fue tan caluroso como frío había sido el invierno. Vianne quería abrir la ventana de su dormitorio para que entrara el aire, pero aquella noche calurosa de finales de junio no soplaba una brizna. Se retiró el pelo húmedo de la cara y se dejó caer en la butaca junto a la cama.

Sophie gimió. En el gemido Vianne distinguió un *«Maman»* apenas discernible y mojó un trapo en el cuenco con agua que había apoyado en la única mesilla que quedaba. El agua estaba caliente, como todo en la habitación del piso de arriba. Retorció el trapo sobre el cuenco y vio cómo caía el exceso de agua. Luego apoyó el paño húmedo sobre la frente de su hija.

Sophie murmuró algo incomprensible y empezó a agitarse.

Vianne la sujetó, susurrándole palabras de cariño al oído, notando el calor en los labios al contacto con su piel.

—Sophie —dijo, el nombre de una súplica sin principio ni fin—. Estoy aquí.

Lo repitió varias veces hasta que Sophie se calmó.

La fiebre estaba empeorando. Sophie llevaba días quejándose, sintiéndose dolorida e indispuesta. Al principio Vianne había pensado que se trataba de una excusa para evitar las responsabilidades que compartían. Cuidar el huerto, hacer la colada, preparar conservas, coser. Vianne siempre intentaba hacer más, terminar más cosas. Incluso ahora, en pleno verano, se preocupaba pensando en el invierno.

Pero aquella mañana había traído consigo la verdad —que hizo que Vianne se sintiera como una madre terrible por no haberse dado cuenta desde el principio—: Sophie estaba enferma, muy enferma. Llevaba todo el día con fiebre y le estaba subiendo la temperatura. No había podido retener nada en el estómago, ni siquiera el agua que necesitaba desesperadamente.

—¿Te apetece un poco de limonada? —dijo.

Sophie no contestó.

Vianne se inclinó y le besó la mejilla caliente.

Dejó el trapo en el cuenco lleno de agua y bajó. En la mesa del comedor una caja esperaba para ser llenada, el último paquete que estaba preparando para Antoine. Lo había empezado el día anterior y lo habría terminado y puesto ya en el correo de no ser por el empeoramiento de Sophie.

Casi había llegado a la cocina cuando oyó gritar a su hija.

Corrió escaleras arriba.

—*Maman* —dijo Sophie con voz ronca y entre toses.

Era una tos cavernosa, terrible. Sophie se movía agitada, tirando de las mantas, tratando de apartarlas. Vianne intentó calmarla, pero Sophie parecía un gato montés, retorciéndose, gritando y tosiendo.

Si tuviera un poco de Chlorodyne del Dr. Collis Browne. Obraba maravillas con la tos, pero por supuesto no le quedaba.

—No pasa nada, Sophie. *Maman* está aquí —dijo para serenar a su hija, pero sus palabras no tuvieron ningún efecto.

Apareció Beck. Vianne sabía que debía enfadarse por que estuviera allí —allí, en su dormitorio—, pero se sentía demasiado cansada y asustada para mentirse a sí misma.

—No sé qué hacer para ayudarla. En el pueblo no se puede conseguir aspirina a ningún precio.

—¿Ni siquiera a cambio de perlas?

Vianne le miró sorprendida.

—¿Sabe que he vendido las perlas de mi madre?

—Vivo en su casa —dijo Beck—. Considero mi deber enterarme de lo que hace.

Vianne no supo qué decir a aquello.

El capitán miró a Sophie.

—Ha estado toda la noche tosiendo. La he oído.

Sophie se había quedado muy quieta, tanto que daba miedo.

—Se va a poner mejor. —Beck se metió la mano en el bolsillo y sacó un pequeño frasco—.Tome. Espero que la ayude.

Vianne le miró. ¿Sería una exageración pensar que aquel hombre estaba salvándole la vida a su hija? ¿O es que eso era precisamente lo que quería que pensara? Podía justificar ante sí misma lo de aceptar su comida. Al fin y al cabo, él tenía que comer y era trabajo de Vianne cocinarle.

Pero aquello era un favor, puro y simple, y tendría un precio.

—Cójalo —dijo Beck con suavidad.

Vianne cogió el frasco. Durante un segundo las manos de ambos lo sujetaron a la vez. Vianne notó los dedos de él rozando los suyos.

Se miraron a los ojos y algo ocurrió entre los dos, una pregunta se hizo y fue contestada.

—Gracias —dijo Vianne.

—Es un placer.

—Señor, está aquí el Ruiseñor.

El cónsul británico asintió con la cabeza.

Isabelle entró en el oscuro despacho amueblado en caoba al final del recargado pasillo. No había llegado a la mesa cuando el hombre detrás de ella se puso en pie.

—Me alegro de volver a verla.

Isabelle se sentó en la incómoda butaca de cuero y aceptó la copa de coñac que le ofrecían. La última travesía de los Pirineos había sido dura, a pesar del excelente clima de julio. Uno de los aviadores estadounidenses no había querido aceptar órdenes de «una chica» y se había separado del grupo. Luego habían sabido que los españoles lo habían apresado.

—Estos yanquis —dijo Isabelle moviendo la cabeza.

No había necesidad de añadir nada. Su contacto, Ian —nombre en clave, Martes—, y ella trabajaban juntos desde que se inauguró la vía de evasión del Ruiseñor. Con ayuda de los contactos de Paul habían establecido una compleja red de pisos francos por toda Francia y habían reunido un grupo de partisanos dispuestos a sacrificar sus vidas por ayudar a los pilotos derribados a volver a sus casas. Hombres y mujeres franceses escrutaban los cielos de noche en busca de aviones en apuros o de paracaídas. Peinaban las calles, escudriñando en las sombras, registrando graneros en los que pudiera haber soldados aliados escondidos. Una vez de vuelta en Inglaterra, los pilotos no podían salir de nuevo en patrullas aéreas —no con sus conocimientos sobre la red—, en su lugar se dedicaban a preparar a sus colegas para lo peor, les enseñaban técnicas de fuga, les explicaban dónde buscar ayuda y les proporcionaban francos, brújulas y fotografías para la confección de documentación falsa.

Isabelle sorbió el coñac. La experiencia le había enseñado a ser cautelosa con el alcohol, en especial después de una travesía. Solía terminar más deshidratada de lo que pensaba, sobre todo con el calor estival.

Ian le pasó un sobre. Isabelle lo cogió, contó los billetes de franco y se lo guardó en un bolsillo del abrigo.

—En los últimos ocho meses nos ha traído ochenta y siete pilotos, Isabelle —dijo Ian volviendo a sentarse.

Solo la llamaba por su verdadero nombre cuando estaban a solas en aquella habitación. En toda la correspondencia oficial con el MI9 ella era «el Ruiseñor». Para el resto de empleados del consulado, y en Inglaterra, era Juliette Gervaise.

—Creo que debería bajar el ritmo.

—¿Bajar el ritmo?

—Los alemanes están buscando al Ruiseñor, Isabelle.

—Eso ya lo sabíamos, Ian.

—Están intentando infiltrarse en su red de evasión. Hay nazis haciéndose pasar por aviadores abatidos. Si da con uno…

—Tenemos cuidado, Ian. Interrogo personalmente a cada hombre. Y la red de París no deja de trabajar.

—Pero están buscando al Ruiseñor. Y si la encuentran…

—No lo van a hacer.

Isabelle se levantó e Ian hizo lo mismo y la miró.

—Tenga cuidado, Isabelle.

—Siempre lo hago.

El cónsul rodeó la mesa, la agarró del brazo y la acompañó a la salida.

Isabelle dedicó algo de tiempo a disfrutar de la belleza costera de San Sebastián, a caminar por el paseo desde el que se veía romper la espuma blanca de las olas y edificios sin esvásticas, pero aquellos momentos refrescantes de contacto con la vida normal y corriente eran lujos en los que no podía demorarse. A través de un correo, envió a Paul un mensaje que decía:

Querido tío:

Espero que estés bien.

Estoy en tu rincón preferido junto al mar.

Nuestros amigos han llegado bien.

Mañana a las tres de la tarde visitaré a la abuela en París.

Con cariño.

Juliette

Volvió a París dando un rodeo, con paradas en cada una de las casas francas —en Carriveau, Brantôme, Pau y Poitiers— y pagó a sus ayudantes. Proporcionar alimento y ropa a aviadores escondidos no era un asunto baladí, y puesto que cada hombre, mujer y niño, aunque la mayoría eran mujeres, que hacían posible la evasión arriesgaban sus vidas en la empresa, la red se esforzaba por que recibieran una compensación económica apropiada.

Nunca caminaba por las calles de Carriveau —oculta bajo una capa con capucha— sin pensar en su hermana. Últimamente había empezado a echar de menos a Vianne y a Sophie. Los recuerdos de las veladas jugando a la belote o a las damas frente a la chimenea, de Vianne enseñando a Sophie a calcetar —o al menos intentándolo— y la risa de Sophie se habían revestido de una pátina de añoranza. En ocasiones se le ocurría que Vianne le había ofrecido una posibilidad que en su momento ella no había sabido ver: un hogar.

Pero ya era demasiado tarde para eso. Isabelle no podía arriesgarse a poner a Vianne en peligro presentándose en Le Jardin. Sin duda Beck le preguntaría qué había estado haciendo en París durante tanto tiempo. Quizá hasta se pusiera a investigar.

De vuelta en París, bajó del tren entre un tropel de personas de ojos apagados y ropas oscuras que parecían salidas de un cuadro de Edvard Munch. Mientras pasaba junto a la cúpu-

325

la dorada y brillante de Les Invalides observó una fina niebla que avanzaba por las calles despojando a los árboles de color. La mayor parte de los cafés se encontraban cerrados y las mesas y sillas, apiladas bajo toldos raídos. Cruzando la calle estaba el apartamento que era su hogar desde hacía un mes, una buhardilla oscura, sucia y solitaria encima de una charcutería abandonada. Las paredes seguían desprendiendo un leve olor a cerdo y especias.

Oyó a alguien gritar *Halt!*. Sonaron silbatos, gritos. Varios soldados de la Wehrmacht acompañados de agentes de la policía francesa rodearon a un pequeño grupo de personas, que de inmediato cayeron de rodillas y levantaron los brazos. Isabelle vio que llevaban estrellas amarillas cosidas en las solapas.

Aminoró el paso.

Anouk apareció a su lado y la agarró del brazo.

—*Bonjour* —dijo con una voz tan enérgica que alertó a Isabelle de que las estaban vigilando. O de que al menos Anouk pensaba que podía ser así.

—Con esa manera que tienes de aparecer y desaparecer, podrías pasar por un personaje de esos cómics americanos. La Sombra o algo así.

Anouk sonrió.

—¿Qué tal tus vacaciones en las montañas?

—Nada de especial.

Anouk se acercó más.

—Nos ha llegado información de un plan en marcha. Los alemanes están reclutando mujeres para que hagan trabajo administrativo los domingos por la noche. Paga doble. Todo muy secreto.

Isabelle se sacó el sobre lleno de dinero del bolsillo y se lo pasó a Anouk, que lo guardó en su bolso abierto.

—¿Trabajo nocturno? ¿Y administrativo?

—Paul te ha conseguido un puesto —dijo Anouk—. Empiezas a las nueve. Cuando termines, ve al apartamento de tu padre. Te estará esperando.

—Sí.

—Puede ser peligroso.

Isabelle se encogió de hombros.

—¿Y qué no lo es?

Aquella noche Isabelle cruzó la ciudad a pie hasta la prefectura de la policía. En la acera se dejaba sentir un murmullo, ruido de vehículos circulando en las proximidades. Muchos.

—¡Eh, usted!

Isabelle se detuvo y sonrió.

Un alemán se acercó a ella apuntando con el fusil. Miró el pecho de Isabelle buscando ver la estrella amarilla.

—Esta noche trabajo —dijo Isabelle señalando el edificio de la prefectura ante ella. Aunque las ventanas estaban tapadas, había actividad en el lugar. Oficiales de la Wehrmacht y gendarmes con aspecto atareado salían y entraban del edificio, algo extraño a aquellas horas. En el patio había una larga hilera de autobuses que llegaba de pared a pared. Los conductores formaban un grupo y se dedicaban a charlar y a fumar.

El guarda hizo un gesto con la cabeza.

—Pase.

Isabelle se cerró el cuello del viejo abrigo marrón. Aunque no hacía frío, aquella noche no quería llamar la atención. Una de las mejores maneras de pasar desapercibida era vestirse como un gorrión: de marrón de pies a cabeza. Se había ocultado la melena rubia bajo un pañuelo negro a modo de turbante con un gran nudo en la frente, y no llevaba maquillaje, ni siquiera en los labios.

Mantuvo la cabeza gacha mientras pasaba entre un grupo de hombres con uniformes de la policía francesa. Nada más entrar en el edificio se detuvo.

Era un espacio amplio con escaleras a ambos lados y oficinas cada pocos metros, pero aquella noche parecía una fábrica, con cientos de mujeres muy juntas sentadas detrás de las mesas. Los teléfonos sonaban sin parar y varios oficiales de la policía francesa corrían de un lado a otro.

—¿Ha venido a ayudar a clasificar? —le preguntó un gendarme con expresión aburrida sentado a la mesa junto a la puerta.

—Sí

—Le encontraré dónde sentarse. Venga conmigo.

La guio alrededor del perímetro de la habitación.

Las mesas estaban tan pegadas unas a otras que Isabelle tuvo que ponerse de lado para entrar por el estrecho pasillo hasta la mesa vacía que le indicó el gendarme. Cuando se sentó y arrimó la silla, se encontró hombro con hombro con las mujeres que tenía a ambos lados. La superficie de su mesa estaba cubierta de cajas de cartón.

Abrió la primera y sacó un fajo de tarjetas. Tomó la que estaba encima y la miró.

STERNHOLZ, ISAAC
12 avenue Rast
4ème arrondissement
Sabotier (almadreñero)

A continuación venían los nombres de su mujer y sus hijos.

—Tiene que separar los judíos nacidos en el extranjero —le dijo el gendarme, que la había seguido sin que Isabelle se diera cuenta.

—¿Perdón? —dijo sacando otra tarjeta. Esta correspondía a «Berr, Simone».

—En esa caja de ahí. La que está vacía. Separe los judíos nacidos en Francia de los nacidos en otros países. Solo nos interesan los nacidos en el extranjero. Hombres, mujeres y niños.

—¿Por qué?

—Son judíos. ¿A quién le importa? Ahora, póngase a trabajar.

Isabelle se volvió hacia la mesa. Tenía cientos de tarjetas delante y en aquella habitación había al menos cien mujeres. La simple magnitud de aquella operación resultaba imposible de asimilar. ¿Qué significaba?

—¿Cuánto tiempo lleva aquí? —le preguntó a la mujer que tenía al lado.

—Varios días —dijo esta mientras abría otra caja—. Por primera vez en meses, mis hijos anoche no pasaron hambre.

—¿Qué estamos haciendo?

La mujer se encogió de hombros.

—Les he oído decir algo sobre Operación Viento de Primavera.

—¿Qué significa?

—No quiero saberlo.

Isabelle fue pasando las tarjetas que contenía su caja. Hacia el final vio una que la hizo detenerse.

LÉVY, PAUL
61 rue Blandine, apt. C
7ème arrondissement
Profesor de literatura

Se levantó tan deprisa que se chocó con la mujer que tenía al lado, quien maldijo por la interrupción. Las tarjetas de la mesa de Isabelle cayeron al suelo y de inmediato se arrodilló y las recogió, atreviéndose a esconderse en la manga la de monsieur Lévy.

En cuanto se puso en pie, alguien la cogió del brazo y tiró de ella por el estrecho pasillo. Isabelle se fue dando contra las mujeres a lo largo de toda la fila.

En el espacio vacío junto a la pared la zarandearon y la empujaron tan fuerte que se golpeó contra el muro.

—¿Qué significa esto? —gruñó el policía francés asiéndole el brazo con tanta fuerza como para provocarle una contusión.

¿Había notado la tarjeta escondida en la manga?

—Lo siento. Lo siento mucho. Necesito el trabajo, pero estoy enferma, ¿sabe usted? Tengo la gripe.

Tosió lo más fuerte que pudo.

Se separó del hombre y salió del edificio. Ya fuera, siguió tosiendo hasta llegar a la esquina. Una vez allí, echó a correr.

¿Qué podía significar aquello?

Isabelle se asomó a la ventana oscurecida del apartamento y miró la avenida. *Papa* estaba sentado a la mesa del comedor, tamborileando nervioso con los dedos manchados de tinta en la madera. Era agradable estar de nuevo allí —con él— después de meses de vivir lejos, pero se encontraba demasiado alterada para relajarse y disfrutar de la sensación hogareña.

—Tienes que estar equivocada, Isabelle —dijo *papa*, que ya iba por su segundo coñac desde que había llegado Isabelle—. Dices que debía de haber decenas de miles de tarjetas. Eso supondría todos los judíos de París. Sin duda...

—Plantéate lo que significan, *papa*, no los hechos —contestó Isabelle—. Los alemanes están recopilando los nombres y direcciones de todos los judíos de París nacidos en el extranjero. Hombres, mujeres y niños.

—Pero ¿por qué? Paul Lévy tiene descendencia polaca, es cierto, pero lleva décadas viviendo aquí. Luchó del lado de Francia en la Gran Guerra; su hermano murió por este país. El gobierno de Vichy nos ha asegurado que los veteranos de guerra están a salvo de los nazis.

—A Vianne le pidieron una lista de nombres —dijo Isabelle—. Le pidieron que escribiera el nombre de todos los profesores judíos, comunistas y masones de su escuela. Después los despidieron a todos.

—Bueno, pues no pueden volver a despedirlos. —El padre se terminó la bebida y se sirvió otra—. Y ahora son los franceses los que están reuniendo nombres. Si fueran los alemanes sería distinto.

Isabelle no tenía respuesta para eso. Llevaban tres horas teniendo la misma conversación.

Ahora eran casi las dos de la madrugada y a ninguno se le ocurría una razón plausible por la que el gobierno de Vichy y la policía francesa estuvieran recopilando los nombres y las direcciones de todos los judíos de París nacidos en el extranjero.

Vio un destello plateado fuera. Levantó un poco más la cortina y miró la calle a oscuras.

Varios autobuses bajaban la avenida en fila, con los faros pintados de negro y la apariencia de un ciempiés de varias manzanas de longitud.

Había visto autobuses a la puerta de la prefectura de policía, docenas aparcados en el patio.

—Papá...

Antes de que le diera tiempo a terminar, oyó pisadas en las escaleras que conducían al apartamento.

Alguien deslizó una octavilla por debajo de la puerta.

El padre se levantó para recogerla. La llevó a la mesa y la acercó a la vela.

Isabelle se colocó detrás de él.

Su padre la miró.

—Es un aviso. Dice que la policía va a reunir a los judíos extranjeros y a deportarlos a campos en Alemania.

—Estamos aquí hablando cuando lo que deberíamos hacer es actuar —dijo Isabelle—. Tenemos que esconder a nuestros amigos del edificio.

—Es muy poco —repuso el padre.

Le temblaba la mano. Isabelle se preguntó de nuevo —muy intrigada— qué sería lo que habría visto en la Gran Guerra, qué sabía él que ella ignoraba.

—Es lo único que podemos hacer —dijo Isabelle—. Poner a algunos a salvo. Al menos por esta noche. Mañana sabremos más.

—A salvo. ¿Y dónde van a estar a salvo? Si la policía francesa va a hacer esto, estamos perdidos.

Isabelle no tenía contestación para aquello.

Sin decir nada más, salieron del apartamento.

Moverse con sigilo era algo complicado en un edificio tan viejo como aquel y su padre, que iba delante de Isabelle, nunca había sido muy ágil. El coñac le volvió aún más torpe mientras bajaba por la escalera serpenteante hasta el apartamento situado justo debajo del suyo. Tropezó en dos ocasiones y maldijo su falta de equilibrio. Llamó a la puerta.

Contó hasta diez y volvió a llamar. Esta vez más fuerte.

Muy despacio, la puerta se abrió, al principio solo una rendija y luego del todo.

—Ah, Julien, eres tú —dijo Ruth Friedman.

Llevaba un abrigo de caballero encima de un camisón hasta el suelo bajo el que sobresalían sus pies desnudos. Un pañuelo en la cabeza le tapaba los bigudíes.

—¿Has visto las octavillas?

—Me ha llegado una. ¿Es verdad? —susurró.

—No lo sé —dijo el padre de Isabelle—. Hay autobuses en la avenida y llevan pasando camiones toda la noche. Isabelle ha estado esta noche en la prefectura de la policía y estaban recopilando nombres y direcciones de todos los judíos nacidos en el extranjero. Creo que de momento debería subir con sus hijas a mi casa. Tenemos un escondite...

—Pero... mi marido es prisionero de guerra. El gobierno de Vichy nos ha prometido que nos protegerá.

—No estoy segura de que el gobierno de Vichy sea de fiar, *madame* —le dijo Isabelle a la mujer—. Por favor, de momento escóndanse.

Ruth dudó un instante con los ojos cada vez más abiertos. La estrella amarilla de su abrigo era un recordatorio cruel de que el mundo había cambiado. Isabelle vio que tomaba una decisión. Se dio la vuelta y se fue. Menos de un minuto después apareció en la puerta con sus dos hijas.

—¿Qué llevamos?

—Nada —dijo Isabelle.

Acompañó a las Friedman al piso de arriba. Cuando estuvieron a salvo en su apartamento, el padre las condujo hasta la habitación secreta y cerró la puerta.

—Voy a buscar a los Vizniak —dijo Isabelle—. No pongas el armario en su sitio todavía.

—Viven en el tercero, Isabelle. No te va a dar...

—Echa la llave cuando salga. No abras a no ser que oigas mi voz.

—Isabelle, no...

Ya se había ido y corría escaleras abajo tan deprisa que apenas rozaba el pasamanos. Cuando ya casi estaba en el rellano del tercero oyó voces abajo.

Subían por las escaleras.

Llegaba tarde. Se acuclilló donde se encontraba, oculta por el ascensor.

En el rellano aparecieron dos policías franceses. El más joven llamó dos veces a la puerta de los Vizniak, esperó uno o dos segundos y, a continuación, la abrió de una patada. Dentro gimió una mujer.

Isabelle se acercó un poco y escuchó con atención.

—¿… es madame Vizniak? —dijo el agente situado a la izquierda—. ¿Su marido se llama Émile y sus hijos, Anton y Hélène?

Isabelle se asomó para mirar.

Madame Vizniak era una mujer hermosa, con la piel del color de la crema fresca y un pelo sedoso que nunca llevaba tan despeinado como en aquel momento. Iba vestida con una *negligée* de seda que debió de costar una fortuna cuando fue comprada. Su hijo y su hija, pegados a ella, tenían los ojos abiertos de par en par.

—Recojan sus cosas. Solo lo imprescindible. Van a ser ustedes trasladados —dijo el agente de mayor edad mientras repasaba una lista de nombres.

—Pero… mi marido está en una cárcel cerca de Pithiviers. ¿Cómo nos encontrará?

—Volverán cuando haya terminado la guerra.

—Ah.

Madame Vizniak frunció el ceño y se pasó la mano por el pelo.

—Sus hijos son ciudadanos nacidos en suelo francés —dijo el gendarme—. Puede dejarlos aquí. No los tengo en la lista.

Isabelle no podía seguir escondida. Se puso de pie y bajó las escaleras hasta el rellano.

—Yo los cuidaré, Lily —dijo aparentando serenidad.

—¡No! —se quejaron los niños al unísono aferrados a su madre.

Los agentes de policía se volvieron hacia Isabelle.

—¿Cómo se llama? —preguntó uno de ellos.

Isabelle se quedó paralizada. ¿Qué nombre debía dar?

—Rossignol —dijo por fin.

Sin tener papeles que lo demostraran, había sido una elección peligrosa. Pero, si hubiera dicho Gervaise, tal vez se habrían preguntado qué hacía en aquel edificio cuando eran casi las tres de la madrugada, metiendo la nariz en los asuntos de los vecinos.

El gendarme consultó su lista y le hizo un gesto con la mano.

—Váyase. Esta noche no tengo ningún asunto que la concierna a usted.

Isabelle miró a Lily Vizniak.

—Me llevo a los niños, *madame.*

Lily parecía no comprender.

—¿Piensa que me voy a ir sin ellos?

—Creo…

—Ya basta —gritó el gendarme de mayor edad golpeando el suelo con la culata del fusil—. Usted —le dijo a Isabelle—, esto no la concierne.

—*Madame,* por favor —suplicó Isabelle—. Me aseguraré de que están a salvo.

—¿A salvo? —Lily arrugó el ceño—. Ya estamos a salvo con la policía francesa. Nos lo han asegurado. Y una madre no puede abandonar a sus hijos. Algún día lo comprenderá. —Se volvió hacia ellos—. Coged unas pocas cosas.

El agente que estaba al lado de Isabelle le tocó el brazo con suavidad. Cuando esta se volvió a mirarle le dijo:

—Márchese.

Isabelle leyó la advertencia en sus ojos, pero no supo si quería asustarla o protegerla.

—Ahora.

Isabelle no tenía elección. Si se quedaba, si exigía explicaciones, más pronto o más tarde su nombre llegaría a la prefectura de policía, quizá incluso a los alemanes. Dado el trabajo que hacían la red y ella evacuando pilotos y su padre falsificando documentos, no se atrevía a llamar la atención.

En silencio y con la vista fija en el suelo —no se fiaba de lo que haría si les miraba— pasó junto a los gendarmes y se dirigió a las escaleras.

22

su vuelta del apartamento de los Vizniak, Isabelle encendió un candil y fue al salón, donde encontró a su padre dormido en la mesa del comedor, con la cabeza apoyada en la dura madera como si estuviera inconsciente. A su lado había una botella de coñac que no hacía mucho rato había estado llena y que ahora, en cambio, estaba medio vacía. La cogió y la guardó en el aparador, con la esperanza de que, al no verla, su padre tampoco se acordara de buscarla por la mañana.

Estuvo a punto de tocarle, de apartar el pelo cano que le tapaba la cara y en el que aquella postura dejaba al descubierto una pequeña calva ovalada. Quería poder acariciarle de esa manera, en señal de consuelo, de cariño, de compañía.

En su lugar fue a la cocina, donde preparó un café amargo hecho de bellotas y encontró una barra pequeña del pan grisáceo e insípido que era el único que comían ya los parisinos. Arrancó un pedazo —¿qué diría madame Dufour si la viera haciendo algo así, comiendo de pie?— y lo masticó despacio.

—Ese café huele a rayos —dijo el padre con cara de sueño levantando la cabeza cuando Isabelle entró en la habitación.

Esta le ofreció la taza.

—Pues sabe peor todavía.

Se sirvió otra taza para ella y se sentó al lado de su padre. La luz del candil acentuaba el mapa en que se había convertido la cara de este, resaltando las marcas y las arrugas, dándole a la piel bajo los ojos un aspecto céreo y abotargado.

Isabelle esperó a que dijera algo, pero su padre se limitó a mirarla. Bajo su atenta mirada, Isabelle se terminó el café —le hizo falta para poder tragar aquel pan seco y horrible— y apartó la taza. Se quedó allí hasta que su padre volvió a dormirse y entonces se fue a su habitación. Pero le resultaba imposible conciliar el sueño. Estuvo cuatro horas haciéndose preguntas, preocupándose, hasta que no lo soportó más. Se levantó y fue al salón.

—Voy a salir a echar un vistazo —anunció.

—No lo hagas —dijo el padre, todavía sentado a la mesa.

—No voy a hacer ninguna tontería.

Volvió a su dormitorio y se puso una falda veraniega color azul y una blusa blanca de manga corta. Se cubrió la melena sin arreglar con un pañuelo de seda azul descolorido, que se anudó debajo de la barbilla, y salió del apartamento.

En el tercer piso vio que la puerta de los Vizniak estaba abierta. Se asomó.

La habitación había sido saqueada. Solo quedaban los muebles de mayor tamaño y los cajones de la cómoda negra abombada estaban abiertos. Por el suelo había desperdigados ropa y objetos sin valor. Marcas rectangulares en la pared indicaban los cuadros desaparecidos.

Isabelle cerró la puerta. Ya en el portal, se detuvo el tiempo necesario para recobrar la compostura y abrió.

Por la calle circulaba un autobús detrás de otro. Por las ventanillas sucias Isabelle vio docenas de caras infantiles con la nariz pegada a los cristales y sus madres sentadas a su lado. Las aceras estaban misteriosamente desiertas.

Vio a un agente de policía francés en la esquina y le abordó:

—¿A dónde van?

—Al Vélodrome d'Hiver.

—¿Al estadio deportivo? ¿Por qué?

—No es asunto suyo. Márchese o la pongo en un autobús y terminará igual que ellos.

—Pues es posible que lo haga. Es posible...

El agente se acercó más a ella y susurró:

—Váyase.

La cogió del brazo y tiró de ella hasta un lado de la acera.

—Tenemos órdenes de disparar a cualquiera que intente escapar. ¿Me oye?

—¿Sería capaz de dispararles? ¿A mujeres y niños?

El joven agente parecía abatido.

—Váyase.

Isabelle sabía que debía quedarse. Que sería lo inteligente. Pero podría llegar a pie hasta el Vél d'Hiv casi tan rápido como aquellos autobuses. Solo estaba a unas manzanas. Quizá así se enteraría de lo que estaba sucediendo.

Por primera vez en meses, las barricadas de las calles laterales de París no tenían vigilancia. Rodeó una y corrió calle abajo, hacia el río, dejando atrás comercios cerrados y cafés vacíos. Al cabo de unas pocas manzanas se detuvo sin aliento en la calle frente al estadio. Una fila interminable de autobuses atestados de gente se detenía junto al inmenso edificio y vomitaba pasajeros. Luego las puertas se cerraban, los autobuses se marchaban y llegaban otros. Vio un mar de estrellas amarillas.

Había miles de hombres, mujeres y niños judíos con aspecto confuso y desesperado entrando en tropel en el estadio. La mayoría llevaba puestas varias capas de ropa, demasiadas para el calor de julio. La policía vigilaba el perímetro como vaqueros americanos controlando un rebaño, tocando silbatos, ordenando a gritos, obligando a los judíos a avanzar ya fuera hacia el estadio o hacia otros autobuses.

Familias.

Vio a un agente pegar a una mujer con una porra tan fuerte que la mujer cayó de rodillas. Volvió a azotarla cuando estaba en el suelo y la mujer se levantó tambaleante y agarró al niño de corta edad que iba a su lado, protegiéndolo con su cuerpo mientras cojeaba hacia la entrada del estadio.

Vio a un joven agente de la policía francesa y se abrió paso entre la muchedumbre para llegar hasta él.

—¿Qué está pasando? —preguntó.

—No es asunto suyo, *mademoiselle.* Váyase.

Isabelle volvió a mirar al estadio grande y circular. Solo veía gente apiñada, familias intentando no perderse los unos a los otros en el tumulto. La policía les gritaba, los empujaba en dirección al estadio, obligaba a niños y madres a ponerse en pie si se caían. Oía a niños llorar. Una mujer embarazada estaba de rodillas, balanceándose hacia atrás y hacia adelante sujetándose el vientre abultado con ambas manos.

—Pero… hay demasiados… —dijo Isabelle.

—Pronto serán deportados.

—¿A dónde?

El agente se encogió de hombros.

—No sé nada al respecto.

—Tiene que saber algo.

—Campos de trabajo —murmuró—. En Alemania. Es lo único que sé.

—Pero… son mujeres y niños.

El agente volvió a encogerse de hombros.

Isabelle no lo entendía. ¿Cómo podían los gendarmes franceses hacer aquello a parisinos? ¿A mujeres y niños?

—Los niños no pueden trabajar, *monsieur.* Tiene que haber miles ahí, y también mujeres embarazadas. ¿Cómo…?

—¿Me ve usted galones de oficial? ¿Tengo aspecto de ser la cabeza pensante de esta operación? Yo hago lo que me mandan. Me dicen que detenga a los judíos de París nacidos en el extranjero, pues lo hago. Quieren que separe a la gente: los hombres solteros a Drancy, las familias al Vél d'Hiv. *Voilà*, ya está hecho. Que les apuntemos con fusiles y estemos preparados para disparar. El gobierno quiere que todos los judíos extranjeros residentes en toda Francia sean enviados a campos de trabajo en el este, y estamos empezando por aquí.

¿En toda Francia? Isabelle sintió que se quedaba sin aire en los pulmones. Operación Viento de Primavera.

—¿Quiere decir que esto no está pasando solo en París?

—No. Esto es solo el principio.

Vianne llevaba todo el día haciendo colas en el agobiante calor del verano y ¿para qué? ¿Un cuarto de kilo de queso reseco y una barra de un pan de pésima calidad?

—¿Podemos tomar un poco de mermelada de fresa, *maman*? Disimula el sabor del pan.

Al salir de la tienda, Vianne no se separó de Sophie, la llevó pegada a la cadera como si fuera una niña mucho más pequeña.

—Quizá un poquito, pero sin pasarnos. ¿Te acuerdas de lo duro que fue el invierno? Pues tiene que venir otro.

Vio a un grupo de soldados caminando hacia ellas, los fusiles centelleando bajo el sol. Se alejaron desfilando seguidos de carros de combate que rugían sobre el suelo adoquinado.

—Hay mucha actividad hoy aquí —dijo Sophie.

Vianne pensaba lo mismo. El camino se encontraba lleno de agentes de policía franceses; los gendarmes estaban llegando al pueblo en grandes cantidades.

Fue un alivio entrar en el jardín fresco y bien cuidado de Rachel. Vianne disfrutaba mucho cuando la visitaba. Eran los únicos momentos en que seguía sintiéndose ella misma.

Cuando llamó a la puerta, Rachel se asomó con expresión desconfiada y, al verla, abrió de par en par y dejó que el sol entrara a raudales en la casa sin apenas muebles.

—¡Vianne, Sophie! ¡Pasad!

—¡Sophie! —gritó Sarah.

Las dos niñas se abrazaron como si en lugar de días llevaran semanas separadas. A las dos les había costado un gran esfuerzo no verse mientras Sophie estaba enferma. Sarah agarró a su amiga de la mano y salieron al jardín delantero, donde se sentaron debajo de un manzano.

Rachel dejó la puerta abierta de modo que pudieran oírlas. Vianne se quitó el pañuelo de la cabeza y lo guardó en el bolsillo de la falda.

—Te he traído una cosa.

—No, Vianne. Ya hemos hablado de esto —dijo Rachel. Llevaba un mono hecho con unas cortinas de ducha viejas. Su chaqueta de verano —en otro tiempo blanca y ahora grisácea por el exceso de lavados y de uso— colgaba del respaldo de su silla. Desde donde estaba Vianne veía dos puntas de la estrella amarilla cosidas a la lana.

Fue a la cocina y abrió el cajón de la plata. Casi no quedaba nada; en los dos años que duraba ya la ocupación, todos habían perdido la cuenta de las veces que los alemanes se habían presentado en sus casas para «requisar» lo que necesitaban. ¿En cuántas ocasiones habían asaltado los alemanes sus hogares en plena noche para llevarse lo que querían? Todo el botín terminaba en trenes rumbo al este.

Ahora la mayoría de los cajones, armarios y baúles del pueblo estaban vacíos. A Rachel solo le quedaban unos cuantos tenedores y cucharas, además de un cuchillo para el pan. Vianne lo llevó a la mesa. Sacó el queso y el pan de su cesta, los cortó con cuidado en dos y guardó su ración. Cuando levantó la vista, Rachel tenía lágrimas en los ojos.

—Quiero decirte que no debes darnos esto. Lo necesitáis.

—También vosotras lo necesitáis.

—Debería arrancarme la maldita estrella. Así al menos podría hacer cola para conseguir comida mientras aún quede alguna cosa.

Las restricciones para los judíos aumentaban constantemente; ya no podían tener bicicletas ni se les permitía el paso a lugares públicos excepto entre las tres y las cuatro de la tarde, cuando podían comprar. Para entonces, nunca quedaba nada.

Antes de que Vianne pudiera contestar oyó una motocicleta en la carretera. Reconoció el sonido y fue hasta la puerta abierta.

Rachel se reunió con ella.

—¿Qué está haciendo aquí?

—Voy a ver —dijo Vianne.

—Te acompaño.

Vianne cruzó el jardín, pasó junto a un pájaro que revoloteaba sobre el rosal y fue hasta la cancela. La abrió y salió a la carretera, dejando dentro a Rachel. A su espalda la cancela emitió un chasquido leve, como de hueso roto.

—*Mesdames* —dijo Beck, quitándose la gorra y metiéndosela bajo la axila—. Siento interrumpir su rato de charla, pero vengo a comunicarle a usted una cosa, madame Mauriac.

Acentuó las palabras *a usted* haciéndolas sonar como si Vianne y él compartieran algún secreto.

—Ah, ¿y qué es, capitán? —preguntó Vianne.

Beck miró a derecha e izquierda y se inclinó un poco hacia ella.

—Madame de Champlain no debería estar en casa mañana por la mañana —dijo en voz baja.

Vianne pensó que quizá no se había expresado bien en
francés.

—¿Cómo dice?

—Madame de Champlain no debería estar en casa mañana —repitió Beck.

—Esta casa es de mi marido y mía —dijo Rachel—. ¿Por
qué iba a marcharme?

—La propiedad de esta casa no tendrá importancia. Mañana.

—Mis hijos… —empezó a decir Rachel.

Beck la miró por fin.

—Sus hijos no nos interesan. Han nacido en Francia. No
están en la lista.

Lista.

Una palabra que aquellos días inspiraba temor.

—¿Qué nos está intentando decir? —dijo Vianne en voz
baja.

—Les estoy diciendo que, si está aquí mañana, no lo estará pasado mañana.

—Pero…

—Si fuera mi amiga, encontraría la manera de esconder-
la durante un día.

—¿Solo durante un día?

—Eso es todo lo que he venido a decir, *mesdames,* y no
debería. Me… castigarían si se supiera que he dicho algo. Por
favor, si las interrogan sobre esto más adelante, no mencionen
mi visita.

Dio un taconazo, se giró y se fue.

Rachel miró a Vianne. Habían circulado rumores de
detenciones en París —de que estaban deportando a mujeres
y niños—, pero nadie los creía. ¿Cómo iban a hacerlo? Eran

historias disparatadas, imposibles: decenas de miles de personas sacadas de sus hogares en plena noche por la policía francesa. ¿Y a la vez? No podía ser cierto.

—¿Te fías de él?

Vianne pensó antes de contestar y se sorprendió a sí misma diciendo:

—Sí.

—Entonces, ¿qué hago?

—Llevarte a los niños a la Zona Libre. Esta noche.

Vianne no daba crédito a lo que estaba pensando. Y mucho menos diciendo.

—La semana pasada madame Durant intentó cruzar la frontera y le pegaron un tiro y deportaron a sus hijos.

Vianne habría argumentado lo mismo de estar en el lugar de Rachel. Una cosa era que una mujer sola huyera; otra, arriesgar la vida de sus hijos. Pero ¿y si quedándose allí también ponían en peligro sus vidas?

—Tienes razón, es demasiado peligroso. Pero creo que deberías hacer lo que aconseja Beck. Esconderte. Es solo durante un día. Luego tal vez sepamos más.

—¿Y dónde?

—Isabelle se preparó para esto y yo pensé que era una tontería. —Suspiró—. Hay un sótano en el granero.

—Sabes que si te descubren escondiéndome…

—Sí —la atajó Vianne. No quería oírlo en voz alta. *Castigado con la muerte*—. Ya lo sé.

Vianne le puso una dosis de somnífero a Sophie en la limonada y la acostó temprano. (Era algo que no la hacía sentirse una buena madre, pero tampoco habría sido apropiado llevarse a Sophie con ella esa noche o arriesgarse a que se despertara sola. Era por tanto el menor de los males posibles, algo, por otra parte, corriente aquellos días). Mientras esperaba a que su hija se durmiera se dedicó a pasear por la casa. Oía cada ráfaga de viento que golpeaba los postigos, cada crujido de la madera de la vieja casa. Cuando acababan de dar las seis, se puso el viejo mono de jardinería y bajó.

Encontró a Beck sentado en el canapé con un candil encendido al lado. Sostenía un retrato pequeño enmarcado de su familia. Su mujer —Vianne sabía que se llamaba Hilda— y sus hijos, Gisela y Wilhelm.

Al escuchar a Vianne levantó la vista pero no se puso de pie. Vianne no sabía muy bien qué hacer. Lo quería fuera de allí en aquel momento, detrás de la puerta cerrada de su dormitorio, de modo que no tuviera que pensar en él. Y, sin embargo, había arriesgado su puesto en el ejército para ayudar a Rachel. ¿Cómo podía obviar algo así?

—Están pasando cosas feas, *madame*. Cosas insólitas. Me adiestraron para ser soldado, para luchar por mi país y ser motivo de orgullo para mi familia. Fue una elección honorable. ¿Qué pensarán de nosotros a nuestra vuelta? ¿Qué pensarán de mí?

Vianne se sentó a su lado.

—A mí también me preocupa lo que pensará de mí Antoine. No debería haberle dado esa lista de nombres, debería haber sido más austera con el dinero. Debería haberme esforzado más por conservar mi trabajo. Quizá debería haber hecho más caso a Isabelle.

—No debe culparse. Estoy seguro de que su marido estaría de acuerdo conmigo en eso. Nosotros los hombres quizá tendemos a sacar el arma demasiado rápido.

Se volvió un poco y se fijó en el atuendo de Vianne.

Llevaba el mono y un jersey negro. Un pañuelo negro le cubría el pelo. Parecía una espía en versión ama de casa.

—Si huye, correrá peligro —dijo Beck.

346

—Y si se queda también, al parecer.

—Así es —asintió Beck—. Un dilema terrible.

—Me pregunto cuál de las dos opciones será más peligrosa —dijo Vianne.

No esperaba respuesta y se sorprendió cuando Beck repuso:

—Quedarse, creo.

Vianne asintió con la cabeza.

—Usted no debería ir —dijo Beck.

—No puedo dejarla ir sola.

Beck consideró aquella respuesta y luego asintió con la cabeza.

—¿Conoce la propiedad de monsieur Frette, donde cría vacas?

—Sí, pero...

—Detrás del granero hay un sendero para el ganado. Conduce hasta el puesto de control menos vigilado. Es un trayecto largo, pero habría que pasar el puesto de control antes del toque de queda. Se lo cuento por si hubiera alguien interesado en saberlo. Aunque yo no sé de nadie...

—Mi padre, Julien Rossignol, vive en París, en el número 57 de la avenue de La Bourdonnais. Si... un día no volviera a casa...

—Me ocuparé de que su hija llegue a París.

Se levantó llevándose la fotografía.

—Me retiro, *madame*.

Vianne se puso también de pie.

—Me asusta confiar en usted.

—A mí me asustaría más que no lo hiciera.

Estaban cerca uno del otro, rodeados por el círculo de luz exigua.

—Es usted un buen hombre, herr capitán.

—Eso he creído siempre, *madame*.

—Gracias —dijo Vianne.

—No me las dé todavía, *madame*.

Beck la dejó sola con la luz, fue a su dormitorio y cerró bien la puerta después de entrar.

Vianne volvió a sentarse y esperó. A las siete y media cogió el grueso chal colgado de un gancho junto a la puerta de la cocina.

Sé valiente, pensó. *Solo por esta vez.*

Se cubrió la cabeza y los hombros con el chal y salió.

Rachel y sus hijos la esperaban detrás del granero. A su lado había una carretilla en la que Ari, envuelto en mantas, dormía. Rodeándole había unas pocas pertenencias que Rachel había decidido llevarse con ella.

—¿Tienes documentos falsos? —preguntó Vianne.

Rachel dijo que sí con la cabeza.

—No sé si son buenos y me han costado el anillo de casada.

Miró a Vianne. Se lo decían todo sin necesidad de hablar.

¿Estás segura de que quieres venir con nosotros?

Estoy segura.

—¿Por qué tenemos que irnos? —preguntó Sarah con aspecto de estar asustada.

Rachel le puso una mano en la cabeza y la miró.

—Necesito que seas fuerte, Sarah. ¿Te acuerdas de lo que hemos hablado?

Sarah asintió despacio con la cabeza.

—Por Ari y por *papa*.

Cruzaron el camino de tierra y siguieron por el campo de heno hasta el bosquecillo situado a lo lejos. Una vez rodeados de altos árboles, Vianne se sintió más segura, protegida en cierto modo. Cuando llegaron a la propiedad de Frette, había anochecido. Encontraron el camino para ganado que conducía a un bosque más espeso, con raíces gruesas y nudosas que surcaban la tierra seca y obligaban a Rachel a empujar con fuerza la carretilla para que no se atascara. Una y otra vez tropezaba con una raíz y las ruedas retrocedían. Ari gemía en sueños y se chupaba el pulgar con avidez. Vianne tenía la espalda empapada de sudor.

—Me viene bien hacer un poco de ejercicio —dijo Rachel jadeante.

—Y a mí me encanta pasear por el bosque —contestó Vianne—. ¿Y usted qué me dice, mademoiselle Sarah? ¿Qué es lo que más le gusta de nuestra aventura?

—No llevar esa estúpida estrella —dijo Sarah—. Y no entiendo por qué no ha venido Sophie. Le encanta el bosque. ¿Os acordáis de cuando organizábamos búsquedas del tesoro? Siempre lo encontraba todo la primera.

Por entre una hilera de árboles Vianne vio la luz de una linterna y, a continuación, las señales blancas y negras del puesto de control.

La barrera estaba iluminada por luces tan intensas que solo el enemigo se atrevería a usarlas… o podría permitírselas. Había un centinela alemán, su fusil despedía destellos de plata en la luz artificial. Había una pequeña fila de gente esperando. Solo se permitía el paso con los papeles en orden. Si los papeles falsos de Rachel no servían, ella y sus hijos serían arrestados.

De pronto aquello se había vuelto real. Vianne se detuvo.

—Si puedo te escribiré —dijo Rachel.

A Vianne se le hizo un nudo en la garganta. Incluso si todo salía bien, era posible que no tuviera noticias de su amiga durante años. O nunca. En aquel mundo nuevo no había una manera segura de mantener el contacto con los seres queridos.

—No me mires así —dijo Rachel—. Volveremos a estar juntas dentro de poco, bebiendo champán y bailando al ritmo de esa música de jazz que tanto te gusta.

Vianne se secó las lágrimas.

—Sabes que no pienso dejar que me vean en público contigo si te pones a bailar.

Sarah le tiró de la manga.

—¿Se despedirá de Sophie de mi parte?

Vianne se arrodilló y la abrazó. Podría haberla tenido abrazada para siempre, pero debía dejarla ir.

Levantó los brazos hacia Rachel, pero su amiga se apartó.

—Si te abrazo lloraré y no puedo permitírmelo.

Vianne dejó caer los brazos a los lados del cuerpo.

Rachel agarró la carretilla. Los tres recorrieron el último tramo del sendero hasta el lindero del bosque, con la carretilla traqueteando con estrépito, hasta que abandonaron la protección de los árboles y se unieron a la cola de personas en el puesto de control. Pasó un hombre en bicicleta, luego una mujer mayor empujando un carretón recibió la señal de seguir. Rachel estaba casi al principio de la fila cuando sonó un silbato y alguien gritó en alemán. El guardia apuntó a la gente con su ametralladora y abrió fuego.

Estallidos diminutos color rojo salpicaron la oscuridad.

Ratatatá.

Una mujer gritó cuando el hombre que estaba a su lado se desplomó. La fila se dispersó de inmediato; la gente echó a correr en todas direcciones.

Sucedió tan rápido que Vianne no reaccionó. Vio a Rachel y a Sarah correr hacia ella, de vuelta al bosque. Sarah iba delante y Rachel la seguía empujando la carretilla.

—¡Por aquí! —gritó Vianne, con su voz amortiguada por la rociada de disparos.

Sarah cayó de rodillas en la hierba.

—¡Sarah! —gritó Rachel.

Vianne echó a correr y cogió a Sarah en brazos. Ya de vuelta en el bosque, la dejó en el suelo y le desabotonó el abrigo.

La niña tenía el pecho acribillado a balazos. La sangre brotaba y manaba, rezumando.

Vianne se quitó el chal y lo usó para aplicar presión en las heridas.

—¿Cómo está? —preguntó Rachel cuando se detuvo sin aliento a su lado—. ¿Es eso sangre?

Se dejó caer en la hierba junto a su hija. En la carretilla, Ari empezó a chillar.

En el puesto de control se encendían luces y se congregaban soldados. Los perros empezaron a ladrar.

—Tenemos que irnos, Rachel —dijo Vianne.

Se puso en pie en la hierba cubierta de sangre, sacó a Ari de la carretilla y se lo dio a Rachel, que parecía no entender. Vianne vació la carretilla y, con todo el cuidado de que fue capaz, puso a Sarah sobre el metal oxidado con la manta de Ari a modo de almohada. Cogió las asas con las manos ensangrentadas y empezó a empujar.

—Vamos —le dijo a Rachel—. Podemos salvarla.

Rachel asintió con la cabeza, aturdida.

Vianne empujó la carretilla sobre las raíces nudosas y la tierra. Tenía el corazón desbocado y sabor a hiel en la boca por efecto del miedo, pero no se detuvo para volverse. Sabía que Rachel la seguía —Ari chillaba— y, si había alguien más, no quería saberlo.

Cuando estuvieron cerca de Le Jardin, a Vianne le costó empujar la pesada carretilla a través de la zanja que había junto al camino y luego ladera arriba hasta el granero. Cuando por fin se detuvo, la carretilla chocó contra el suelo y Sarah gimió de dolor.

Rachel dejó a Ari en el suelo. A continuación, sacó a Sarah de la carretilla y la dejó con cuidado en el suelo. Ari empezó a llorar y alzó los brazos para que lo cogieran.

Rachel se arrodilló junto a Sarah e inspeccionó su pecho destrozado. Después miró a Vianne con tal expresión de dolor y desvalimiento que esta se quedó sin respiración. Entonces Rachel bajó de nuevo la vista y puso una mano en la mejilla pálida de su hija.

Sarah levantó la cabeza.

—¿Hemos cruzado la frontera?

De sus labios lívidos salió un borbotón de sangre que se le deslizó por la barbilla.

—Sí —dijo Rachel—. Ya estamos a salvo.

—He sido valiente —dijo Sarah—. ¿A que sí?

—Sí —dijo Rachel con la voz rota de dolor—. Muy valiente.

—Tengo frío —susurró Sarah. Estaba tiritando.

Sarah inspiró temblorosa y exhaló despacio.

—Ahora vamos a tomar caramelos. Y también un *macaron*. Te quiero, Sarah. Y *papa* también. Eres nuestra estrella. —A Rachel se le quebró la voz—. Nuestro corazón. ¿Lo sabes?

—Dile a Sophie…

Sarah pestañeó y cerró los párpados. Tuvo un último estertor y se quedó inmóvil. Sus labios se abrieron, pero de ellos no salió ningún aliento.

Vianne se arrodilló al lado de Sarah. Le buscó el pulso, pero no lo encontró. El silencio se volvió amargo, denso; en lo único que podía pensar Vianne era en el sonido de la risa de aquella niña y en lo vacío que quedaría el mundo sin él. Conocía la muerte, conocía el dolor que te desgarra y te deja rota para siempre. No concebía que Rachel fuera capaz de seguir respirando. En cualquier otro momento Vianne se habría sentado a su lado, le habría cogido de la mano y la habría dejado llorar. La habría abrazado. O hablado. O habría guardado silencio. Fuera lo que fuera lo que necesitara Rachel, Vianne habría removido cielo y tierra para proporcionárselo. Pero ahora no podía hacer eso. A todo aquel dolor se sumaba otro cruel revés: ni siquiera tenían tiempo para llorar.

Vianne tenía que ser fuerte por Rachel.

—Tenemos que enterrarla —dijo con toda la dulzura de que fue capaz.

—Odia la oscuridad.

—Mi madre estará con ella —dijo Vianne—. Y la tuya. Ari y tú tenéis que ir al sótano. A esconderos. Yo me ocuparé de Sarah.

—¿Cómo?

Vianne sabía que Rachel no le estaba preguntando cómo esconderse en el granero, sino cómo podía seguir viviendo después de una pérdida así, cómo podía coger a un hijo y dejar marchar al otro, cómo podía seguir respirando después de haber susurrado «adiós».

—No puedo abandonarla.

—Tienes que hacerlo. Por Ari.

Vianne se puso de pie despacio y esperó.

Rachel respiró con un sonido como de cristales rotos y se inclinó para besar la mejilla de Sarah.

—Siempre te querré —susurró.

Por fin se puso de pie. Levantó a Ari con sus brazos y lo estrechó con tal fuerza que el niño rompió de nuevo a llorar.

Vianne cogió a Rachel de la mano y la guio hasta el granero y después hasta el sótano.

—Vendré a buscaros en cuanto pase el peligro.

—Cuando pase el peligro —repitió Rachel aturdida mirando hacia la puerta abierta del granero.

Vianne movió el coche y abrió la trampilla.

—Abajo hay un quinqué. Y comida.

Con Ari en brazos, Rachel bajó por la escalerilla y desapareció en la oscuridad. Vianne cerró la puerta, volvió a mover el coche y luego fue hasta el lilo que había plantado su madre treinta años antes. Había crecido y trepado por el muro. Debajo, casi ocultas entre el verdor estival, había tres pequeñas cruces. Dos por los bebés que había perdido y una por el hijo que había vivido menos de una semana.

Rachel había estado a su lado mientras enterraban a cada uno de sus hijos. Ahora Vianne tenía que enterrar a la hija de su mejor amiga. La mejor amiga de su hija. ¿Qué clase de Dios misericordioso podía permitir algo así?

23

Faltaban pocos instantes para que amaneciera y Vianne estaba sentada cerca del túmulo de tierra recién excavada. Quería rezar, pero sentía la fe como algo muy lejano, un mero residuo de una vida anterior.

Despacio, se puso en pie.

Mientras el cielo se volvía color lavanda y rosa —irónicamente bello—, fue al jardín trasero de su casa, donde las gallinas cloquearon y batieron las alas ante su inesperada visita. Se quitó las ropas ensangrentadas, las dejó en un montón en el suelo y se lavó en la bomba de agua. Luego cogió un camisón de lino de la cuerda de tender, se lo puso y entró en la casa.

Se encontraba extenuada física y emocionalmente, pero sabía que no podría descansar. Encendió un candil y se sentó en el canapé. Cerró los ojos y trató de imaginar que Antoine estaba a su lado. ¿Qué le diría? *Ya no sé lo que hay que hacer. Quiero proteger a Sophie y mantenerla a salvo, pero ¿de qué sirve que esté a salvo si va a crecer en un mundo donde las personas desaparecen sin dejar rastro porque le rezan a un Dios distinto? Si me arrestan...*

Se abrió la puerta del cuarto de invitados. Vianne oyó a Beck acercarse a ella. Iba de uniforme y recién afeitado y supo de manera instintiva que había estado esperando su regreso. Preocupándose por ella.

—Ya está de vuelta —dijo.

Vianne tenía la certeza de que había reparado en una salpicadura de sangre o de tierra en alguna parte de ella, la sien o el dorso de la mano; hubo una pausa casi imperceptible; sabía que estaba esperando que le mirara, que le comunicara lo sucedido, pero Vianne siguió callada. Si abría la boca, era posible que rompiera a gritar. Si le miraba, quizá se echaría a llorar, le exigiría saber cómo era posible que dispararan a niños en la oscuridad sin ningún motivo.

—*Maman* —dijo Sophie entrando en la habitación—, no te he encontrado en la cama cuando me he despertado. Me he asustado.

Vianne entrelazó las manos en el regazo.

—Perdona, Sophie.

—Bien —dijo Beck—. Tengo que irme. Adiós.

En cuanto se cerró la puerta detrás de él, Sophie se acercó a Vianne. La vio somnolienta. Cansada.

—Me estás asustando, *maman*. ¿Estás bien?

Vianne cerró los ojos. Tendría que darle a su hija la terrible noticia, y después ¿qué? Tendría que abrazarla, acariciarle el pelo, dejarla llorar y ser fuerte. Estaba muy cansada de ser fuerte.

—Ven, Sophie —dijo poniéndose en pie—. Vamos a intentar dormir un rato más.

Aquella tarde en el pueblo Vianne esperaba ver soldados reunidos empuñando fusiles, furgonetas de la policía aparcadas en la plaza, perros dando tirones de sus correas, oficiales de las SS vestidos de negro. Alguna indicación de que algo malo ocurría.

Pero no sucedía nada fuera de lo común.

Sophie y ella pasaron todo el día en Carriveau haciendo cola. Mientras iban de una calle a otra, Vianne sabía que era una pérdida de tiempo. Al principio Sophie habló sin parar. Vianne apenas la escuchaba. ¿Cómo podía concentrarse en una conversación normal con Rachel y Ari escondidos en su sótano y con Sarah muerta?

—¿Podemos irnos ya, *maman?* —dijo Sophie cuando eran casi las tres de la tarde—. No se puede comprar nada. Estamos perdiendo el tiempo.

Beck debía de haberse equivocado. O quizá estaba siendo precavido en exceso.

Desde luego no iban a empezar a arrestar judíos a aquella hora. Todo el mundo sabía que las detenciones nunca se hacían a las horas de las comidas. Los nazis eran demasiado puntuales y organizados para eso..., además de amantes de la comida y el vino franceses.

—Sí, Sophie. Nos vamos a casa.

Salieron del pueblo. Vianne seguía alerta, pero el camino parecía incluso menos transitado de lo habitual. El aeródromo estaba tranquilo.

—¿Puede venir Sarah? —dijo Sophie cuando Vianne abrió la cancela rota del jardín.

Sarah.

Vianne miró a Sophie.

—Pareces triste —dijo la niña.

—Es que lo estoy —contestó Vianne en voz baja.

—¿Estás pensando en *papa?*

Vianne respiró profundo.

—Ven conmigo —dijo luego con dulzura.

Llevó a Sophie hasta el manzano y se sentaron bajo sus ramas.

—Me estás asustando, *maman.*

Vianne sabía que no había empezado bien, pero no tenía ni idea de cómo hacer algo así. Sophie era demasiado mayor para una mentira y demasiado joven para la verdad. No podía decirle que Sarah había muerto abatida por disparos cuando trataba de cruzar la línea de demarcación. Su hija era capaz de contar lo que no debía a la persona equivocada.

—*Maman?*

Vianne le tomó la cara entre las manos.

—Sarah murió anoche —dijo con voz queda.

—¿Cómo que murió? Si no estaba enferma.

Vianne sacó fuerzas.

—Ocurre algunas veces. Dios se te lleva de manera inesperada. Se ha ido al cielo. A reunirse con su abuela y con la tuya.

Sophie se apartó, se puso de pie y retrocedió unos pasos.

—¿Te crees que soy tonta?

—¿Qué..., qué quieres decir?

—Sarah es judía.

Vianne odió lo que vio en los ojos de su hija en aquel momento. No había rastro de juventud en su mirada: ni inocencia, ni ingenuidad ni esperanza. Ni siquiera pena. Solo ira.

Una madre mejor sabría convertir esa ira en sentimiento de pérdida y más tarde por fin en el recuerdo reconfortante del cariño, pero Vianne se sentía excesivamente vacía para ser una buena madre. No se le ocurrían palabras que no fueran mentira o inútiles.

Se arrancó el remate de encaje de la manga.

—¿Ves esa hebra roja en la rama ahí arriba?

Sophie levantó la vista. La hebra había perdido algo de color, estaba desvaída, pero aún resaltaba contra las ramas marrones, las hojas verdes y las manzanas sin madurar. Sophie asintió con la cabeza.

—La puse ahí en recuerdo de tu padre. ¿Por qué no atas tú una para Sarah y así pensaremos en ella cada vez que salgamos?

—¡Pero *papa* no está muerto! —dijo Sophie—. ¿Me estás mintiendo para…?

—No, no. Recordamos a los que no están tanto como a los que hemos perdido. ¿O no?

Sophie tomó la tira redonda de encaje de la mano de su madre y con movimientos vacilantes la ató a la misma rama.

Vianne quería que su hija volviera a su lado, que buscara su abrazo, pero Sophie se quedó donde estaba, mirando el retal de encaje con ojos brillantes por las lágrimas.

—Las cosas no serán así siempre —fue lo único que se le ocurrió decir a Vianne.

—No te creo.

Sophie la miró por fin:

—Voy a echarme la siesta.

Vianne solo pudo asentir con la cabeza. En otras circunstancias aquella tensión con su hija la habría destrozado, se habría sentido invadida por una sensación de fracaso. Pero ahora se limitó a suspirar y a ponerse en pie. Se sacudió la hierba de la falda y se dirigió al granero. Una vez dentro, empujó el Renault hacia delante y abrió la trampilla del sótano.

—¿Rachel? Soy yo.

—Gracias a Dios —le contestó un susurro procedente de la oscuridad.

Rachel subió por la escalerilla desvencijada y salió a la luz polvorienta con Ari en brazos.

—¿Qué ha pasado? —preguntó abatida.

—Nada.

—¿Nada?

—He ido a al pueblo. Todo parece normal. Quizá Beck estaba tomando excesivas precauciones, pero creo que deberíais pasar alguna noche más aquí.

Rachel estaba demacrada y parecía exhausta.

—Voy a necesitar pañales. Y un baño rápido. Los dos olemos mal.

El crío empezó a llorar. Rachel le apartó los rizos húmedos de la frente mojada de sudor y le habló en voz baja y cantarina.

Salieron del granero y fueron a casa de Rachel.

Estaban casi en la puerta cuando un coche de la policía se detuvo delante de la casa. Paul salió y entró en el jardín empuñando el fusil.

—¿Es usted Rachel de Champlain? —preguntó.

Rachel frunció el ceño.

—Ya sabe que sí.

—Va a ser deportada. Acompáñeme.

Rachel sujetó más fuerte a Ari.

—No se lleven a mi hijo…

—No está en la lista —dijo Paul.

Vianne le tiró de la manga.

—No puede hacer esto, Paul. ¡Es francesa!

—Es judía.

Apuntó a Rachel con el fusil.

—Muévase.

Rachel quiso decir algo, pero Paul la silenció. La cogió del brazo, la sacó a rastras al camino y la obligó a sentarse en la parte trasera del coche.

Vianne quería quedarse donde estaba, es decir, a salvo. Esa había sido su intención, pero al instante siguiente se encontró corriendo al lado del coche, aporreando el capó y suplicando que la dejaran subirse. Paul pisó los frenos, la dejó subir al asiento trasero y, a continuación, pisó el acelerador.

—Vete —dijo Rachel cuando pasaron delante de Le Jardin—. No te corresponde estar aquí

—No le corresponde a nadie —dijo Vianne.

Una semana antes tal vez hubiera dejado a Rachel irse sola. Quizá se habría dado la vuelta —con remordimientos, probablemente, y sentimientos de culpa, sin duda—, pero habría pensado que proteger a Sophie era más importante que cualquier otra cosa.

Lo ocurrido la noche anterior la había cambiado. Seguía sintiéndose frágil y asustada, pero también estaba furiosa.

En el pueblo había barricadas en una docena de calles. Las furgonetas de la policía estaban por todas partes y de ellas bajaban personas con estrellas amarillas cosidas en el pecho. Las conducían en tropel hacia la estación de tren, donde esperaban vagones para transportar ganado. Había cientos de personas: debían de proceder de todas las aldeas de la zona.

Paul aparcó y abrió las puertas del coche. Vianne, Rachel y Ari se unieron a la muchedumbre de mujeres, niños y ancianos judíos que se dirigían al andén.

Un tren esperaba escupiendo humo negro al aire ya de por sí caliente. En el andén había dos soldados alemanes. Uno de ellos era Beck. En la mano tenía un látigo. *Un látigo.*

Pero quien dirigía la operación era la policía francesa; los agentes obligaban a la gente a formar dos filas y luego la hacían subir a los vagones. Los hombres en uno, las mujeres y los niños, en otro.

Al principio de la fila una mujer con un bebé en brazos trató de escapar. Un gendarme le disparó por la espalda. Cayó al suelo, muerta, y el bebé rodó hasta las botas del gendarme con el arma humeante.

Rachel se detuvo y miró a Vianne.

—Coge a mi hijo —susurró.

La gente las empujaba.

—Cógelo. Sálvalo —le suplicó Rachel.

Vianne no vaciló. Había aprendido que nadie podía ser neutral —ya no— y, aunque temía poner en peligro la vida de Sophie, de pronto tenía más miedo de dejar que su hija creciera en un mundo donde las personas buenas no hacían nada por impedir el mal, donde una mujer buena podía darle la espalda a una amiga cuando esta la necesitaba. Cogió al niño en brazos.

—¡Tú! —Un gendarme golpeó tan fuerte a Rachel en el hombro con la culata del fusil que la hizo tambalearse—. ¡Muévete!

Rachel miró a Vianne y en sus ojos estaba el universo de su amistad, también los secretos compartidos, las promesas hechas y cumplidas, los sueños para sus hijos que las unían con la fuerza de las hermanas de sangre.

—Vete de aquí —gritó Rachel con voz ronca—. ¡Vete!

Vianne retrocedió. Antes de darse cuenta se había vuelto y había empezado a abrirse paso entre la gente, a alejarse del andén, de los soldados y de los perros, del olor del miedo, el restallar de látigos y el sonido de mujeres gimiendo y de bebés llorando. No se permitió aflojar el paso hasta que llegó al final del andén. Una vez allí, con Ari pegado a su pecho, se giró.

Rachel estaba ante la puerta oscura y enorme del vagón, la cara y las manos aún manchadas con la sangre de su hija. Escudriñó la multitud, vio a Vianne, levantó una mano ensangrentada y desapareció, empujada por las mujeres que la rodeaban. La puerta del vagón se cerró.

Vianne se desplomó en el canapé. Ari lloraba desconsoladamente; tenía el pañal mojado y olía a pis. Debía levantarse, ocuparse de él, hacer algo, pero no podía moverse. Se sentía abrumada de dolor.

Sophie entró en el cuarto de estar.

—¿Por qué tienes a Ari? —dijo en voz baja y asustada—. ¿Dónde está madame de Champlain?

—Se ha ido —dijo Vianne.

No se sentía con fuerzas para mentir y, en cualquier caso, ¿de qué serviría?

No había manera de proteger a su hija de todo el mal que las rodeaba.

Imposible.

Sophie crecería sabiendo demasiado. Sabiendo lo que eran el miedo, la pérdida y, probablemente, el odio.

—Rachel nació en Rumanía —dijo con voz firme—. Eso, junto con el hecho de ser judía, es su delito. Al gobierno de Vichy le da lo mismo que lleve veinticinco años viviendo en Francia y esté casada con un francés que ha luchado por su país. Así que la han deportado.

—¿Nuestro gobierno la ha deportado? Creía que los que hacían eso eran los nazis.

Vianne suspiró.

—Hoy ha sido la policía francesa. Pero los nazis estaban allí.

—¿Dónde la han llevado?

—No lo sé.

—¿Va a volver después de la guerra?

Sí. No. Eso espero. ¿Qué contestaría una buena madre?

—Eso espero.

—¿Y Ari? —preguntó Sophie.

—Se quedará con nosotras. No estaba en la lista. Supongo que nuestro gobierno cree que los niños se pueden criar solos.

—Pero, *maman*, ¿qué vamos a…?

—¿Que qué vamos a hacer? No tengo ni idea. —Vianne suspiró—. De momento, tú vigílale. Voy a ir a casa de Rachel a por la cuna y los pañales.

Vianne estaba casi en la puerta cuando Sophie dijo:

—¿Y qué va a pasar con el capitán Beck?

Vianne se detuvo en el acto. Recordó verle en el andén con un látigo en la mano, un látigo que hacía restallar para guiar a mujeres y niños al vagón de ganado.

—Sí —dijo—. ¿Qué va a pasar con el capitán Beck?

Vianne lavó sus prendas ensangrentadas y las tendió en el jardín trasero tratando de no fijarse en lo roja que estaba el agua jabonosa cuando la tiró en la hierba. Dio de cenar a Sophie y a Ari —¿qué había cocinado? No se acordaba— y los acostó, pero, una vez la casa estuvo a oscuras y en silencio, no fue capaz de reprimir las emociones. Se encontraba furiosa —tanto que quería gritar— y destrozada.

No soportaba lo lúgubres y feos que eran sus pensamientos, lo insondable de su ira y de su pena. Se arrancó el encaje del cuello de la camisa y salió al jardín recordando el día en que Rachel le había regalado aquella blusa. Tres años atrás.

Es el último grito en París.

Los manzanos extendían sus ramas sobre su cabeza. Necesitó dos intentos para atar el trozo de tela a la rama nudosa entre los de Antoine y Sarah y, cuando lo consiguió, dio un paso atrás.

Sarah.

Rachel.

Antoine.

Los retazos de color se desdibujaron y fue entonces cuando tuvo conciencia de que estaba llorando.

—Por favor, Dios —empezó a rezar mirando los fragmentos de tela, encaje y lana anudados en la rama nudosa, entreverados con manzanas todavía sin madurar. ¿De qué servían las plegarias cuando uno ha perdido a sus seres queridos?

Oyó una motocicleta acercarse por el camino y aparcar delante de Le Jardin.

Momentos después:

—*Madame?*

Vianne se volvió a mirarle.

—¿Dónde ha dejado el látigo, herr capitán?

—¿Estaba usted allí?

—¿Cómo se siente uno pegando a una francesa?

—No puede usted creerme capaz de algo así. Me pone enfermo.

—Y, sin embargo, se encontraba allí.

—Al igual que usted. Esta guerra nos ha puesto a todos en lugares donde no querríamos estar.

—A los alemanes no tanto.

—Intenté ayudarla.

Al oír aquello Vianne sintió que la ira la abandonaba y la pena volvía. Era cierto que había intentado salvar a Rachel. Si le hubieran escuchado y la hubieran mantenido escondida durante más tiempo… Se tambaleó. Beck la ayudó a recuperar el equilibrio.

—Me dijo que la escondiera por la mañana. Había pasado todo el día en ese sótano horrible. Por la tarde… todo parecía normal.

—Von Richter cambió el horario. Hubo un problema con los trenes.

Los trenes.

Rachel diciendo adiós con la mano.

Vianne miró a Beck.

—¿Dónde la van a llevar?

Era la primera pregunta de peso que le hacía.

—A un campo de trabajo en Alemania.

—La tuve escondida todo el día —repitió Vianne como si a aquellas alturas importara.

—La Wehrmacht ya no está al mando. Ahora son la Gestapo y las SS. Tienen más de… salvajes que de soldados.

—¿Por qué se encontraba usted allí?

—Cumplía órdenes. ¿Dónde están sus hijos?

—Sus compatriotas dispararon a Sarah por la espalda en el puesto de control de la línea de demarcación.

—*Mein Gott* —murmuró el capitán.

—Tengo a su hijo. ¿Por qué no aparecía Ari en la lista?

—Ha nacido en Francia y es menor de catorce años. No deportan a judíos franceses. —La miró—. De momento.

Vianne contuvo la respiración.

—¿Vendrán a por Ari?

—Creo que pronto deportarán a todos los judíos con independencia de su edad o lugar de nacimiento. Y, cuando lo hagan, será peligroso tener a un judío en casa.

Niños. Deportados. Solos. El horror era inconcebible aun después de lo que había visto Vianne.

—Le prometí a Rachel que le mantendría a salvo. ¿Me va a entregar? —preguntó.

—No soy un monstruo, Vianne.

Era la primera vez que usaba su nombre de pila. Se acercó a ella.

—Quiero protegerla —dijo.

Era lo peor que podía haber dicho. Vianne llevaba años sintiéndose sola, pero ahora estaba sola de verdad.

Beck le tocó la parte superior del brazo, en un gesto que fue casi una caricia y que Vianne notó en todo su cuerpo igual que una descarga eléctrica. No pudo resistirse y le miró.

Se hallaba muy cerca de ella, lo bastante como para besarse. Bastaría con una mínima invitación —una respiración, un movimiento de cabeza, un roce— por parte de ella y él eliminaría el espacio entre los dos. Por un instante, Vianne se olvidó de quién era y de lo que había ocurrido aquel día, ansió ser consolada, olvidar. Se acercó solo unos centímetros, lo necesario para oler su aliento, sentirlo en los labios, y entonces recordó —de pronto, en un torrente de ira— y le empujó, haciéndole perder el equilibrio.

Se frotó los labios como si hubieran rozado los de él.

—No podemos —dijo.

—Claro que no.

Pero, cuando la miró —y cuando Vianne le miró a él—, ambos supieron que había algo peor que besar a la persona equivocada.

Y era desearlo.

24

El verano terminó. Los días cálidos y dorados dieron paso a cielos descoloridos y lluvia. Isabelle estaba tan centrada en la ruta de evasión que apenas reparó en el cambio de clima.

Una fría tarde de octubre bajó del tren en medio de una multitud de pasajeros con un ramo de flores de otoño en la mano.

Mientras subía por el bulevar, coches alemanes atestaban la calzada, tocando la bocina con estridencia. Soldados caminaban con paso seguro entre parisinos acobardados y abatidos. Banderas con la esvástica ondeaban en el viento invernal. Bajó deprisa las escaleras del metro.

El túnel estaba lleno de gente y las paredes, empapeladas de propaganda nazi que atacaba a británicos y judíos y pintaba al Führer como la solución a todos los problemas.

De pronto aullaron las sirenas antiaéreas. Se apagaron las luces eléctricas y reinó la oscuridad. Isabelle oyó gente murmurar, bebés llorar y ancianos toser. De lejos le llegaban el tronar y el rugir de las explosiones. Probablemente era Boulogne-Billancourt, otra vez. ¿Y por qué no? La Renault estaba fabricando camiones para los alemanes.

Cuando cesaron las alertas, nadie se movió hasta que, pasados unos momentos, volvió la electricidad.

Isabelle casi había subido al tren cuando resonó un silbato.

Se quedó quieta. Soldados nazis acompañados de colaboracionistas franceses recorrieron el túnel hablando entre sí, señalando personas, sacándolas de entre la gente y obligándolas a arrodillarse.

Apareció un fusil delante de ella.

—Documentación —dijo el alemán.

Isabelle sujetó las flores con una mano y rebuscó nerviosa en el bolso con la otra. Llevaba un mensaje de Anouk envuelto dentro del ramo. Por supuesto que aquel registro no era algo inesperado. Desde que habían empezado las victorias aliadas en el norte de África, los alemanes paraban a la gente constantemente para pedirles la documentación. En las calles, en las tiendas, en las estaciones de tren, en las iglesias. No se estaba seguro en ninguna parte. Isabelle le entregó su *carte d'identité* falsa.

—He quedado a comer con una amiga de mi madre.

Un francés se situó junto al soldado alemán y examinó los documentos. Negó con la cabeza y el alemán le devolvió a Isabelle los papeles.

—Puede seguir —dijo.

Isabelle sonrió brevemente, inclinó la cabeza a modo de agradecimiento y corrió hacia el tren. Le dio tiempo a entrar justo antes de que se cerraran las puertas del vagón.

Cuando salió, en el decimosexto *arrondissement*, había recobrado la calma. Una niebla húmeda se aferraba a las calles oscureciendo los edificios y las barcazas que navegaban despacio por el Sena. La bruma amplificaba los sonidos, los transformaba. En algún lugar rebotaba una pelota —probablemente había niños jugando en la calle—. Una de las barcazas hizo sonar la sirena y el ruido quedó suspendido en el aire.

Al llegar a la avenida, dobló la esquina y entró en un bistró, uno de los pocos que tenían las luces encendidas. Un viento desagradable agitaba el toldo. Dejó atrás las mesas vacías y fue hasta la barra, donde pidió *café au lait* —sin café y sin leche, por supuesto—.

—Juliette, ¿eres tú?

Isabelle vio a Anouk y sonrió.

—Gabrielle, qué alegría.

Le dio las flores. Anouk pidió un café. Se quedaron en la barra, sorbiendo café a resguardo del frío intenso.

—Ayer hablé con mi tío Henri —dijo Anouk—. Te echa de menos.

—¿Está enfermo?

—No, no. Al contrario. Está organizando una fiesta para el martes por la noche. Me pidió que te invitara.

—¿Debo llevarle un regalo de tu parte?

—No, pero sí podrías darle una carta. Toma, te la he traído.

Isabelle cogió la carta y la metió dentro del forro de su bolso.

Anouk la miró. Tenía círculos grises alrededor de los ojos y le habían salido nuevas arrugas en las mejillas y en el entrecejo. Aquella vida en las sombras empezaba a pasarle factura.

—¿Estás bien, amiga mía? —preguntó Isabelle.

La sonrisa de Anouk parecía cansada pero sincera.

—Sí. —Hizo una pausa—. Anoche vi a Gaëton. Estará en la reunión de Carriveau.

—¿Por qué me lo cuentas?

—Isabelle, eres la persona más transparente que he conocido en mi vida. Cada pensamiento, cada sentimiento se te lee en los ojos. ¿Eres consciente de las veces que le has mencionado en nuestras conversaciones?

—¿De verdad? Pensaba que no se me notaba.

—De hecho es bonito. Me recuerda por qué luchamos. Cosas sencillas: un chico, una chica y su futuro juntos. —Besó a Isabelle en las mejillas y, a continuación, susurró—: Él tampoco deja de hablar de ti.

Por suerte para Isabelle, aquel día de finales de octubre llovía en Carriveau.

Con un tiempo así nadie se fijaba en la gente, ni siquiera los alemanes. Se subió la capucha y se cerró el cuello del abrigo con la mano; incluso así la lluvia le golpeó la cara y le bajó por el cuello en regueros helados mientras recogía la bicicleta del tren y la llevaba por el andén.

A las afueras del pueblo, se subió. Eligió una calle poco transitada y pedaleó hasta Carriveau evitando cruzar la plaza. En un lluvioso día de otoño como aquel, había poca gente por la calle; solo mujeres y niños que hacían cola para comprar comida con los abrigos y gorros chorreando. La mayoría de los alemanes se encontraban a cubierto.

Cuando llegó al Hôtel Bellevue estaba exhausta. Desmontó, ató la bicicleta a una farola y entró.

La campanilla de la puerta avisó de su llegada a los soldados alemanes que estaban sentados en el vestíbulo merendando.

—*Mademoiselle* —dijo uno de los oficiales cogiendo un *pain au chocolat* de hojaldre dorado—. Está usted empapada.

—Estos franceses no saben refugiarse de la lluvia.

El comentario les hizo reír.

Isabelle pasó junto a ellos sin dejar de sonreír. En la mesa de recepción, tocó el timbre.

Henri salió de detrás de una puerta llevando una bandeja con cafés. Vio a Isabelle y le hizo una inclinación de cabeza.

—Un momento, *madame* —dijo, y llevó la bandeja a una mesa donde había sentados dos agentes de las SS que parecían arañas con sus uniformes negros.

—Madame Gervaise, bienvenida —dijo Henri, cuando volvió a la recepción—. Es un placer volver a verla. Su habitación está preparada, por supuesto. Si hace el favor de seguirme…

Isabelle asintió con la cabeza y fue detrás de Henri por el estrecho pasillo y escaleras arriba hasta el segundo piso. Allí Henri metió una llave en una cerradura, la giró y abrió la puerta de una habitación pequeña con una cama individual, una mesilla de noche y una lámpara. La invitó a entrar, cerró la puerta con el pie y la tomó en sus brazos.

—Isabelle —dijo atrayéndola hacia sí—. Me alegro tanto de verte. —La soltó y dio un paso atrás—. Con lo de Romainville… estaba preocupado.

Isabelle se quitó la capucha mojada.

—Sí.

En los últimos dos meses los nazis habían tomado duras medidas contra los que llamaban saboteadores y resistentes. Por fin habían empezado a reparar en el papel que desempeñaban las mujeres en la guerra y habían encarcelado a más de doscientas francesas en Romainville.

Isabelle se desabotonó el abrigo y lo dejó a los pies de la cama. Buscó dentro del forro y sacó un sobre, que entregó a Henri.

—Aquí tienes —dijo.

Se trataba de dinero procedente del MI9. Aquel hotel era una de las casas francas que usaba la organización. A Isabelle le encantaba la idea de alojar a británicos, yanquis y resistentes delante de las narices de los nazis. Esa noche se hospedaría en aquella habitación diminuta.

Sacó una silla de debajo de un escritorio lleno de arañazos y se sentó.

—¿La reunión es esta noche?

—A las once. En el granero abandonado de la granja Angeler.

—¿De qué se va a hablar?

—No estoy informado.

Henri se sentó en el borde de la cama. Por la expresión de su cara, Isabelle supo que iba a ponerse serio y gimió.

—He sabido que los nazis están desesperados por localizar al Ruiseñor. Se dice que intentan infiltrar a un espía en la ruta de evasión.

—Eso ya lo sé, Henri. —Isabelle arqueó una ceja—. Espero que no vayas a decirme que es peligroso.

—Te prodigas demasiado, Isabelle. ¿Cuántos viajes has hecho?

—Veinticuatro.

Henri negó con la cabeza.

—No me extraña que estén locos por localizarte. Nos han llegado noticias de otra ruta de evacuación que pasa por Marsella y Perpiñán y que también está funcionando. Va a haber problemas, Isabelle.

A Isabelle le sorprendió cómo la conmovía la preocupación de Henri y lo agradable que le resultaba oírse llamar por su verdadero nombre. Era grato volver a ser Isabelle Rossignol, aunque fuera solo por unos instantes, y estar en compañía de alguien que la conocía. Pasaba tanto tiempo escondida y huyendo, alojándose en pisos francos con desconocidos…

Con todo, no veía ninguna razón para hablar de aquello. La ruta de evasión era algo fundamental y compensaba los riesgos.

—Estáis pendientes de mi hermana, *oui?*

—*Oui.*

—¿El nazi sigue alojado allí?

Henri apartó la vista.

—¿Qué pasa?

—A Vianne la despidieron de la escuela.

—¿Por qué? Sus alumnos la adoran. Es una maestra excelente.

—Se dice que se puso a hacer preguntas a un oficial de la Gestapo.

—Eso no es propio de Vianne. Así que no tiene ingresos. ¿De qué vive?

Henri parecía incómodo.

—Corren rumores.

—¿Qué rumores?

—Sobre ella y el nazi.

Vianne escondió al hijo de Rachel en Le Jardin durante todo el verano. Se aseguró siempre de no salir con él, ni siquiera al jardín. Sin tener papeles, no podía simular que no se trataba de Ariel de Champlain. Tenía que dejar a Sophie en casa a cargo del bebé, así que cada visita al pueblo era una obligación angustiosa que se le hacía interminable. Le contó a todo el mundo que se le ocurrió —tenderos, monjas, lugareños— que Rachel había sido deportada con sus dos hijos.

No sabía qué otra cosa decir.

Aquel día, después de una fatigosa y larga jornada haciendo cola para que, cuando le llegó el turno, le dijeran que no quedaba nada, salió del pueblo sintiéndose derrotada. Corrían rumores de nuevas deportaciones, más detenciones por toda Francia. Cientos de miles de judíos franceses estaban en campos de internamiento.

Ya en casa, colgó la capa mojada de un gancho junto a la puerta. No tenía verdaderas esperanzas de que estuviera seca el día siguiente, pero al menos no gotearía por todo el suelo. Se quitó las botas de goma embarradas y entró. Como de costumbre, Sophie se encontraba de pie en el umbral, esperándola.

—Estoy bien —dijo Vianne.

Sophie asintió solemne.

—También nosotros.

—¿Bañas a Ari mientras preparo la cena?

Sophie cogió a Ari en brazos y salió de la cocina.

Vianne se quitó el pañuelo de la cabeza y lo colgó. Luego dejó la cesta en el fregadero para que se secara y fue a la despensa, de donde escogió una salchicha, unas cuantas patatas raquíticas y reblandecidas y cebollas.

De vuelta en la cocina, precalentó la sartén de hierro colado. Añadió una gota de preciado aceite y doró la salchicha.

Mientras la rompía con el cucharón de madera, miró cómo la carne pasaba de rosa a gris y luego a un agradable marrón tostado. Cuando estuvo crujiente, añadió patatas, cebollas y ajo en dados. El ajo chisporroteó y se doró y desprendió su aroma.

—Huele delicioso.

—Herr capitán —dijo Vianne con voz queda—. No he oído su motocicleta.

—Me ha abierto mademoiselle Sophie.

Vianne bajó el fuego y tapó la sartén, después se volvió a mirarle. Por acuerdo tácito ambos simulaban que aquella noche en el jardín no había existido. Ninguno la mencionaba y, sin embargo, siempre estaba ahí, entre los dos.

Aquella noche las cosas habían cambiado de un modo sutil. El capitán cenaba ahora en casa casi a diario, en su mayor parte comida que traía él mismo; nunca en grandes cantidades, solo una loncha de jamón, un paquete de harina o unas salchichas. Hablaba abiertamente de su mujer y de sus hijos y Vianne de Antoine. Cada palabra de ambos estaba pensada para reforzar una pared que ya se había resquebrajado. El capitán se ofrecía repetida y amablemente a echar al correo los paquetes que Vianne le enviaba a Antoine, que llenaba con todos los objetos de los que podía prescindir: viejos guantes de invierno de una talla demasiado grande, cigarrillos que dejaba Beck en la casa, un preciado tarro de mermelada.

Vianne se aseguraba de no estar nunca a solas con el capitán. Aquel era el mayor cambio de todos. No salía al jardín de noche ni se quedaba levantada después de que Sophie se fuera a la cama. No se fiaba de sí misma.

—Le he traído un regalo —dijo Beck.

Le alargó unos papeles. Un certificado de nacimiento de un bebé nacido en junio de 1939, hijo de Étienne y Aimée Mauriac. Un varón llamado Daniel Antoine Mauriac.

Vianne miró a Beck. ¿Le había contado que Antoine había querido llamar Daniel a uno de sus hijos? Debía de habérselo dicho, aunque no lo recordaba.

—No es seguro tener en casa a niños judíos. O dejará de serlo pronto.

—Se ha arriesgado mucho por él. Por nosotros —dijo Vianne.

—Por usted —dijo Beck con suavidad—. Y son papeles falsos, *madame*. Acuérdese de ello. Y de decir siempre que es un niño adoptado de un pariente.

—Nunca mencionaré que los consiguió usted.

—No estoy preocupado por mí, *madame*. Ari debe convertirse en Daniel inmediata, completamente. Y usted ha de tener extremo cuidado. La Gestapo y las SS son… salvajes. Las victorias aliadas en África nos están golpeando duramente. Y esta solución final para los judíos… es un mal imposible de concebir. Quiero… —Se detuvo y la miró—. Quiero protegerla.

—Ya lo ha hecho —dijo Vianne sosteniéndole la mirada.

Él hizo ademán de acercarse, al igual que Vianne, aunque sabía que era una equivocación.

Sophie entró corriendo en la cocina.

—Ari tiene hambre, *maman*. No para de quejarse.

Beck se detuvo. Alargó un brazo —rozando el de Vianne con la mano— y cogió un tenedor de la encimera. Acto seguido pinchó con él un bocado apetecible de salchicha, un dado de patata dorada y crujiente y un trozo de cebolla caramelizada.

Mientras se lo comía, miró a Vianne. Estaba tan cerca de ella que esta sentía su aliento en la mejilla.

—Es usted una cocinera maravillosa, *madame.*

—*Merci* —dijo Vianne con voz tensa.

Beck dio un paso atrás.

—Siento no poder quedarme a cenar, *madame.* Debo irme.

Vianne apartó la vista de él y sonrió a Sophie.

—Pon la mesa para tres —dijo.

Más tarde, mientras la cena borboteaba en el fuego, Vianne reunió a los niños en su cama.

—Sophie, Ari, venid aquí. Tengo que hablar con vosotros.

—¿Qué pasa, *maman?* —preguntó Sophie, ya con expresión preocupada.

—Están deportando a los judíos nacidos en Francia. —Vianne calló un instante—. También a los niños.

Sophie dio un respingo y miró a Ari, de tres años de edad, que saltaba feliz en la cama. Era demasiado pequeño para aprender una identidad nueva. Vianne podría insistirle en que, a partir de ese momento y para siempre, su nombre sería Daniel Mauriac y no entendería por qué. Si creía que su madre volvería algún día y la esperaba, tarde o temprano cometería una equivocación que le llevaría a ser deportado, o incluso los mataría a todos. Vianne no podía correr ese riesgo. Tendría que romperle el corazón para protegerlos a todos.

Perdóname, Rachel.

Sophie y ella se intercambiaron una mirada de dolor. Las dos sabían qué había que hacer, pero ¿cómo podía una madre obrar así con el hijo de otra mujer?

—Ari —dijo Vianne con suavidad apretándole al niño la cara con ambas manos—. Tu *maman* está con los ángeles, en el cielo. No va a volver.

Ari dejó de saltar.

—¿Qué?

—Se ha ido para siempre —dijo Vianne notando cómo las lágrimas le brotaban de los ojos y empezaban a caer. Lo repetiría una y otra vez hasta que lo entendiera.

—Ahora tu *maman* soy yo. Y te vas a llamar Daniel.

El niño arrugó el ceño y se mordió ruidosamente el interior de la boca mientras extendía los dedos como si estuviera contando.

—Dijiste que iba a volver.

Vianne odió tener que contestar.

—No va a suceder. Se ha ido. Igual que el conejito que perdimos el mes pasado, ¿te acuerdas?

Lo habían enterrado en el jardín con gran ceremonia.

—¿Como el conejito?

Los ojos castaños del niño se llenaron de lágrimas, que se derramaron, y le tembló la boca. Vianne lo cogió entre sus brazos, lo estrechó contra su pecho y le acarició la espalda. Pero ni podía consolarlo lo suficiente ni podía dejarlo ir. Al final se separó un poco para mirarle.

—¿Me has entendido…, Daniel?

—Vas a ser mi hermano —dijo Sophie con voz trémula—. Mi hermano de verdad.

A Vianne se le partía el corazón, pero no había otra manera de mantener a salvo al hijo de Rachel. Rezó por que fuera lo bastante pequeño para olvidar que alguna vez había sido Ari, y la tristeza de su plegaria le resultó abrumadora.

—Dilo —le pidió con serenidad—. Dime tu nombre.

—Daniel —dijo el niño confuso y deseoso de agradar.

Vianne le hizo repetirlo una docena de veces aquella noche, mientras cenaban salchicha con patatas, y más tarde, cuando lavaban los platos y se preparaban para irse a la cama. Rezó por que aquella argucia bastara para salvarlo, por que sus papeles superaran la inspección. Nunca volvería a llamarlo Ari, ni siquiera pensaría en él como Ari. Al día siguiente le cortaría el pelo lo más corto que pudiera. Luego iría al pueblo y le hablaría a todo el mundo —la chismosa de Hélène Ruelle sería la primera— de que había adoptado al hijo de una prima de Niza que había muerto.

Que Dios los ayudara a todos.

25

Isabelle recorría sigilosa las calles desiertas de Carriveau vestida de negro y con la cabellera dorada cubierta. El toque de queda estaba ya en vigor. Una exigua luna iluminaba ocasionalmente el empedrado irregular; sin embargo, la mayor parte del tiempo estaba oscurecida por las nubes.

Oía pisadas y motores de camión y, cuando los ruidos cesaron, se quedó inmóvil. Al final del pueblo escaló por una tapia cubierta de rosas trepadoras sin hacer caso de las espinas y aterrizó en un prado de heno húmedo y oscuro. Se encontraba a medio camino del punto de encuentro, cuando tres aviones rugieron en el cielo volando tan bajo que los árboles se estremecieron y el suelo tembló. Hubo ruido cruzado de ametralladoras, explosiones de luz y sonido.

El avión de menor tamaño se puso de costado y viró bruscamente. Isabelle vio la insignia de Estados Unidos en la parte inferior del ala, cuando se inclinó a la izquierda y recobró altura. Momentos después oyó el silbido de una bomba —un bramido inhumano y penetrante— y, a continuación, algo estalló.

El aeródromo. Lo estaban bombardeando.

Los aviones volvieron a rugir. Hubo otra ronda de disparos y el avión estadounidense resultó alcanzado. Salió humo. Un quejido llenó la noche y el aparato cayó en picado, dando vueltas, con las alas atrapando la luz de la luna, reflejándola.

Se estrelló con tanta fuerza que hizo vibrar a Isabelle y sacudió el suelo bajo sus pies, el acero chocando contra la tierra haciendo saltar remaches, arrancando raíces. El avión roto derrapó por el bosque destrozando árboles como si fueran cerillas. El olor a humo era agobiante y, entonces, con un gigantesco *fium,* el avión empezó a arder.

En el cielo apareció un paracaídas columpiándose hacia atrás y hacia adelante, el hombre que iba suspendido de él parecía tan pequeño como una coma.

Isabelle se abrió paso entre los árboles en llamas. El humo le irritaba los ojos.

¿Dónde estaba?

Vio un atisbo de color blanco y corrió hacia él.

El paracaídas flácido estaba en el suelo y el piloto seguía unido a él.

Isabelle oyó voces —no muy lejanas— y, a continuación, crujidos de pisadas. Rezó por que fueran sus colegas de camino a la reunión, pero no había manera de saberlo. Los nazis estarían ocupados en el aeródromo, aunque no durante mucho tiempo.

Se arrodilló, soltó el paracaídas, lo recogió y corrió con él lo más lejos que se atrevió para después enterrarlo lo mejor que pudo debajo de un montón de hojas secas. Después volvió corriendo junto al piloto, lo agarró por las muñecas y lo arrastró al interior del bosque.

—Debe estar callado. ¿Me entiende? Voy a volver, pero ahora tiene que estarse quieto y en silencio.

—Cuente… con ello —dijo el aviador con una voz que era casi un susurro.

Isabelle lo tapó con hojas y ramas, pero cuando se separó vio sus pisadas en el barro, cada una rezumando ahora agua oscura, así como los surcos que había hecho al arrastrarlo hasta allí. Un humo negro la envolvió, la engulló. El fuego se acercaba ardiendo cada vez con más fuerza.

—*Merde* —murmuró.

Oía voces. Gente gritando.

Intentó limpiarse las manos restregándoselas, pero el barro no hizo más que extenderse, señalándola.

Del bosque salieron tres siluetas que avanzaban hacia ella.

—Isabelle —dijo una voz de hombre—. ¿Eres tú?

Se encendió una linterna que iluminó a Henri y a Didier. Y a Gaëton.

—¿Has encontrado al piloto? —preguntó Henri.

Isabelle asintió con la cabeza.

—Está herido.

Oyeron ladridos a lo lejos. Venían los nazis.

Didier miró por encima del hombro.

—No tenemos mucho tiempo.

—No vamos a conseguir llegar al pueblo —dijo Henri.

Isabelle tomó una decisión en una fracción de segundo.

—Sé de un sitio cerca de aquí donde podemos esconderle.

—No es buena idea —comentó Gaëton.

—Deprisa —dijo Isabelle con brusquedad.

Estaban en el granero de Le Jardin con la puerta cerrada. El aviador yacía en el suelo, inconsciente, y su sangre había manchado el abrigo y los guantes de Didier.

—Empujad el coche.

Henri y Didier empujaron el Renault y tiraron de la trampilla del sótano. Esta chirrió a modo de protesta, después cayó hacia delante y chocó con el guardabarros del coche.

Isabelle encendió un candil y lo sostuvo con una mano para bajar por la inestable escalerilla. Algunas de las provisiones que había dejado seguían allí.

Levantó el candil.

—Bajadle.

Los hombres se miraron, preocupados.

—No estoy seguro —dijo Henri.

—¿Qué elección tenemos? —espetó Isabelle—. Vamos, bajadle.

Gaëton y Henri llevaron al hombre inconsciente al sótano oscuro y húmedo y lo dejaron sobre el colchón, que bajo su peso emitió un sonido similar a un susurro.

Henri miró a Isabelle con cara de preocupación. Luego salió del sótano y se asomó por la trampilla.

—Vamos, Gaëton.

Gaëton dirigió su mirada hacia Isabelle.

—Tenemos que volver a poner el coche en su sitio. No podrás salir hasta que vengamos a buscarte. Si nos ocurriera algo, nadie sabría que estás aquí.

Isabelle se daba cuenta de que quería tocarla y lo deseó con todas sus fuerzas. Pero los dos se quedaron donde estaban, con los brazos a los lados del cuerpo.

—Los nazis removerán cielo y tierra buscando a este piloto. Si te cogen…

Isabelle ladeó el mentón en un intento por disimular lo asustada que estaba.

—Pues no dejéis que me cojan.

—¿Crees que no quiero mantenerte a salvo?

—Claro que sí —susurró Isabelle.

Antes de que Gaëton pudiera contestar, Henri le llamó desde arriba:

—Venga, Gaëton. Tenemos que encontrar un médico y pensar en cómo vamos a sacarle de aquí mañana.

Gaëton se apartó de Isabelle. El mundo entero parecía estar resumido en aquel espacio entre los dos.

—Cuando volvamos, llamaremos tres veces y silbaremos. Así que no nos dispares.

—Lo intentaré —dijo Isabelle.

Gaëton dudó.

—Isabelle…

Esta esperó, pero él no tenía nada más que decirle, solo su nombre, pronunciado con el tono apesadumbrado que se había vuelto habitual. Con un suspiro, Gaëton se volvió y subió la escalerilla.

Momentos más tarde se cerró la puerta de la trampilla. Isabelle oyó cómo gemían los tablones del suelo mientras el Renault volvía a su sitio.

Y, a continuación, silencio.

Empezó a sentir pánico. Estaba de nuevo encerrada con llave en su habitación, con madame Funesta aporreando la puerta, intentando abrir, diciéndole que se callara y dejara de pedir cosas.

No podía salir de allí, ni siquiera si se producía una emergencia.

Basta. Tranquilízate. Sabes lo que hay que hacer.

Fue a los estantes, apartó la escopeta de su padre y cogió el botiquín. Un rápido inventario del mismo le dijo que había tijeras, aguja e hilo, alcohol, vendas, cloroformo, pastillas de Benzedrina y esparadrapo.

Se arrodilló junto al piloto y dejó el candil en el suelo, a su lado. La sangre le empapaba la pechera del uniforme y a Isabelle le costó trabajo quitárselo. Cuando lo hizo vio que tenía un agujero gigante en el pecho y supo que no había nada que hacer.

Se sentó a su lado y le cogió la mano hasta que el hombre emitió un último estertor. Luego dejó de respirar. Su boca se abrió despacio.

Isabelle le quitó con cuidado las placas que llevaba al cuello. Habría que esconderlas. Las leyó.

—Teniente Keith Johnson —dijo.

Apagó la vela y se dispuso a esperar en la oscuridad en compañía del hombre muerto.

A la mañana siguiente, Vianne se vistió con un mono de mezclilla y una camisa de franela de Antoine que había arreglado para que fueran de su talla. En aquellos días había adelgazado tanto que su delgado cuerpo seguía perdiéndose en la camisa. Tendría que meterle de nuevo las costuras. El último paquete para Antoine estaba en la encimera de la cocina, esperando para ser echado al correo.

Sophie había pasado una noche agitada, así que Vianne la dejó dormir. Bajó a preparar café y estuvo a punto de chocar con el capitán Beck, que caminaba de un lado a otro del cuarto de estar.

—Ah, perdón, herr capitán.

No pareció oírla. Vianne nunca le había visto tan alterado. El pelo, por lo general cuidadosamente fijado con pomada, estaba revuelto, un mechón no hacía más que caerle sobre la frente y soltaba continuas maldiciones mientras se lo apartaba. Llevaba el arma, algo que nunca hacía dentro de casa.

Pasó junto a Vianne con los puños cerrados. La ira le distorsionaba sus hermosas facciones y lo volvía casi irreconocible.

—Anoche derribaron un avión cerca de aquí —dijo mirándola por fin—. Un avión estadounidense. De esos que llaman Mustang.

—Pensaba que eso era bueno para ustedes. ¿No es la razón por la que disparan contra ellos?

—Hemos buscado toda la noche y no hemos encontrado al piloto. Alguien lo está escondiendo.

—¿Escondiendo? Vaya, lo dudo. Lo más probable es que muriera.

—Entonces habría un cadáver, *madame*. Encontramos el paracaídas, pero no el cuerpo.

—Pero ¿quién sería tan tonto? —dijo Vianne—. ¿No... ejecutan a personas por hacer algo así?

—Inmediatamente.

Vianne nunca le había oído hablar así. La impulsó a retraerse. Y a acordarse del látigo que le había visto en la mano el día en que Rachel y los demás habían sido deportados.

—Disculpe mis modales, *madame*. Pero nos hemos comportado con ustedes de la mejor manera posible, y así es como nos lo pagan los franceses. Con mentiras, traiciones y sabotaje.

Vianne abrió la boca, atónita.

Beck la miró, reparó en su expresión e intentó sonreír.

—Perdóneme otra vez. No me refiero a usted, por supuesto. El Kommandant me culpa del fracaso a la hora de capturar al piloto. Se me ha encargado hacer mejor las cosas hoy.

Fue a la puerta de la casa y la abrió.

—Si no...

Por la puerta abierta Vianne vislumbró un verde grisáceo en su jardín. Soldados.

—Que tenga un buen día, *madame*.

Vianne le siguió hasta el escalón delantero.

—Cierre con llave todas las puertas, *madame*. El piloto puede estar desesperado. No le interesa que entre en su casa.

Vianne asintió con la cabeza, aturdida.

Beck se unió a su séquito de soldados y se situó a la cabeza del mismo. Los perros ladraban enérgicamente, peleaban por avanzar y husmeaban el suelo a lo largo de la tapia rota de la casa.

Vianne miró hacia la cuesta del jardín y vio que la puerta del granero estaba entreabierta.

—¡Herr capitán! —gritó.

El capitán se detuvo y lo mismo hicieron sus hombres. Los perros vociferantes tiraban de sus correas.

Entonces Vianne pensó en Rachel. Allí es donde habría ido de haber escapado.

—N-nada, herr capitán —gritó.

El capitán asintió con brusquedad y condujo a sus hombres hacia el camino.

Vianne se calzó las botas que dejaba siempre junto a la puerta. En cuanto los soldados hubieron desaparecido, subió corriendo la cuesta hacia el granero. Debido a las prisas resbaló dos veces y a punto estuvo de caer, aunque en el último momento recuperó el equilibrio. Respiró hondo y abrió la puerta de par en par.

Enseguida se dio cuenta de que alguien había movido el coche.

—¡Ya voy, Rachel! —dijo.

Puso el coche en punto muerto y lo empujó hasta que la trampilla quedó a la vista. Se agachó, buscó a tientas el tirador de metal y levantó la tapa. Cuando estuvo lo bastante abierta, la dejó caer contra el guardabarros del coche.

Cogió un quinqué, lo encendió y se asomó al oscuro sótano.

—¿Rachel?

—Márchate, Vianne. AHORA MISMO.

—¿Isabelle? —Vianne bajó por la escalerilla—. Isabelle, ¿qué…?

Llegó al suelo y se volvió, el quinqué balanceándose en su mano.

Se le borró la sonrisa. Isabelle tenía el vestido cubierto de sangre, el pelo rubio alborotado —lleno de hojas y ramitas— y la cara con tantos de arañazos que parecía salida de una zarza.

Pero eso no era lo peor.

—El piloto —susurró Vianne mirando al hombre tumbado en el colchón deforme. La impresionó de tal manera que retrocedió hasta que su espalda tocó los estantes. Algo cayó al suelo y rodó—. El que están buscando.

—No tendrías que haber bajado aquí.

—¿Así que yo soy la que no debería estar aquí? ¿Cómo puedes ser tan tonta? ¿No sabes lo que nos harán si lo encuentran aquí? ¿Cómo has podido poner mi hogar en peligro de esta manera?

—Lo siento. Tú limítate a cerrar la trampilla y a poner el coche en su sitio. Mañana, cuando te levantes, nos habremos marchado.

—Que lo siente, dice —añadió Vianne. La cólera se apoderó de ella. ¿Cómo se atrevía su hermana a hacer una cosa así, a ponerlas a Sophie y a ella en peligro? Y ahora estaba también Ari, que no entendía que tenía que llamarse Daniel—. Vas a hacer que nos maten a todos.

Vianne fue hasta la escalerilla. Necesitaba poner la mayor distancia posible entre ella y aquel piloto… y también entre ella y la temeraria y egoísta de su hermana.

—Vete antes de mañana por la mañana, Isabelle. Y no vuelvas.

Isabelle tuvo la desfachatez de parecer ofendida.

—Pero…

—No —la interrumpió Vianne—. Se acabaron las disculpas. Sí, de pequeña me porté mal contigo, *maman* murió, *papa* es un borracho, madame Dumas te maltrataba. Todo eso es cierto y he deseado haber sido una hermana mejor, pero se acabó. Sigues siendo tan imprudente y desconsiderada como siempre, solo que ahora vas a conseguir que maten a gente. No puedo dejar que pongas a Sophie en peligro. No vuelvas. No eres bienvenida aquí. Si regresas, te entregaré personalmente.

Dicho esto, Vianne subió la escalerilla y cerró la trampilla con violencia al salir.

Vianne tenía que mantenerse ocupada si no quería sucumbir al pánico. Despertó a los niños, les preparó un desayuno ligero y empezó con los quehaceres domésticos.

Después de recolectar las últimas hortalizas del otoño, encurtió pepinos y calabacines y guardó mermelada de calabaza en frascos. Mientras tanto no dejaba de pensar en Isabelle y en el piloto en el granero.

¿Qué hacer? La pregunta la persiguió todo el día y la respuesta era siempre la misma. Todas las posibilidades se presentaban como peligrosas. Obviamente debía limitarse a guardar silencio sobre el aviador en el granero. El silencio era siempre lo más seguro.

Pero ¿y si Beck y la Gestapo y las SS con sus perros entraban por su cuenta en el granero? Que Beck encontrara al piloto en la propiedad donde estaba alojado no agradaría al Kommandant. Beck sería humillado.

El Kommandant me culpa del fracaso a la hora de capturar al piloto.

Un hombre humillado podía ser peligroso.

Tal vez debería contárselo a Beck. Era un buen hombre. Había intentado salvar a Rachel. Le había conseguido papeles a Ari. Enviaba los paquetes que Vianne le preparaba a su marido.

Quizá podría convencerlo de que se llevara al piloto y dejara a Isabelle fuera. El piloto sería enviado a un campo de prisioneros de guerra; eso no era tan malo.

Seguía dándole vueltas al asunto mucho después de que terminaran de cenar y de mandar a los niños a la cama. Ni siquiera intentó acostarse. ¿Cómo iba a dormir con su familia en una situación tan peligrosa? Este pensamiento reavivaba su cólera contra Isabelle. Eran las diez cuando oyó pisadas y a alguien que llamaba con energía a la puerta.

Dejó la labor y se levantó. Se retiró el pelo de la cara, fue hasta la puerta y la abrió. Le temblaban tanto las manos que cerró los puños y los mantuvo a ambos lados del cuerpo.

—Herr capitán —dijo—. Llega tarde. ¿Quiere que le prepare algo de comer?

El capitán murmuró: «No, gracias» y pasó de largo con una brusquedad que no había demostrado en el pasado. Entró en su cuarto y salió con una botella de coñac. Se sirvió una buena cantidad en un vaso de café desportillado, se lo bebió de un trago y se volvió a servir.

—¿Herr capitán?

—No hemos encontrado al piloto —dijo después de beberse el segundo vaso y sirviéndose un tercero.

—Ah.

—Los de la Gestapo —miró a Vianne— me van a matar —dijo en voz baja.

—Estoy segura de que no.

—No les gusta que no se cumplan sus órdenes.

Se bebió el tercer coñac y dejó el vaso en la mesa con tal ímpetu que casi se rompió.

—He mirado en todas partes —dijo—, en todos los rincones de este condenado pueblo. He buscado en bodegas, sótanos y gallineros. En zarzas y bajo montones de basura. ¿Y cuál ha sido el resultado de mis esfuerzos? Un paracaídas ensangrentado y ni rastro del piloto.

—S-seguro que no ha mirado en todas partes —dijo Vianne para consolarle—. ¿Quiere que le traiga algo de comer? Le he guardado la cena.

De pronto Beck se quedó muy quieto y Vianne se fijó en que entrecerraba los ojos mientras le oía decir:

—Ya sé que es imposible, pero…

Tomó una linterna, fue hasta la alacena de la cocina y abrió la puerta.

—¿Qué está haciendo?

—Voy a registrar su casa.

—No pensará…

Vianne le miró con el corazón desbocado mientras Beck examinaba con cuidado cada habitación, sacaba los abrigos del armario y retiraba el canapé de la pared.

—¿Ya está satisfecho?

—¿Satisfecho, *madame?* Hemos perdido catorce pilotos esta semana y Dios sabe cuántos tripulantes. Hace dos días volaron una fábrica de Mercedes-Benz y mataron a todos los operarios. Mi tío trabaja en ese edificio. O trabajaba, más bien.

—Lo siento —dijo Vianne.

Respiró hondo pensando que había terminado todo y entonces vio que Beck se disponía a salir.

¿Emitió algún sonido? Temía haberlo hecho. Salió detrás de él queriendo sujetarlo por la manga, pero llegaba demasiado tarde. Beck ya estaba fuera, siguiendo el haz luminoso de su linterna y sin molestarse en cerrar la puerta de la cocina al salir.

Vianne corrió detrás de él.

Estaba en el palomar, tirando de la puerta para abrirla.

—Herr capitán.

Vianne aflojó el paso, intentó respirar con normalidad mientras se secaba las palmas sudorosas en las perneras del pantalón.

—Aquí no va a encontrar nada ni a nadie. Tiene que saberlo.

—¿Es usted una mentirosa, *madame?*

No estaba enfadado. Estaba asustado.

—No. Ya sabe que no, Wolfgang —dijo Vianne llamándole por primera vez por su nombre de pila—. Estoy segura de que sus superiores no le culpan de esto.

—Ese es el problema con ustedes, los franceses —replicó él—. Son incapaces de ver la verdad cuando la tienen delante.

Apartó a Vianne y subió la cuesta hacia el granero.

Iba a encontrar a Isabelle y al piloto…

¿Y si era así?

Irían todos a la cárcel. O algo peor.

Él nunca creería que Vianne no sabía nada. Ya se había delatado demasiado para aducir inocencia. Era muy tarde para apelar a su honor y salvar a Isabelle. Vianne le había mentido.

Beck abrió la puerta del granero y miró a su alrededor con los brazos en jarras. Dejó la linterna y encendió un candil. Lo dejó en el suelo y registró hasta el último milímetro del granero, cada cubículo y también el henil.

—¿L-lo ve? —dijo Vianne—. Y, ahora, vuelva a la casa. Tal vez le apetece otro vaso de coñac.

Beck bajó la vista. En el polvo se apreciaban leves huellas de neumáticos.

—¿No mencionó en una ocasión que madame de Champlain estuvo escondida en un sótano?

No. Vianne quiso decir algo, pero, cuando abrió la boca, no salió ningún sonido.

Beck abrió la puerta del Renault, metió punto muerto y lo empujó hasta que dejó al descubierto la trampilla.

—Capitán, por favor…

Se inclinó delante de ella. Sus dedos palparon el suelo, buscando los bordes de la tapa entre las grietas de la madera.

Si abría esa puerta, sería el fin. Le pegaría un tiro a Isabelle o la detendría y la mandaría a prisión. Y Vianne y los niños serían arrestados. No habría manera de hablar con él, de convencerle.

Beck desenfundó su pistola y la empuñó.

Vianne buscó desesperada algo que le sirviera de arma y reparó en una pala que había apoyada contra la pared.

Beck levantó la trampilla y gritó alguna cosa. Cuando se abrió la puerta se enderezó y apuntó. Vianne cogió la pala y le golpeó con ella con todas sus fuerzas. La plancha de hierro hizo un ruido metálico y horrible al chocar contra la nuca de Beck y clavarse en su cráneo. La sangre le salpicó la parte posterior del uniforme.

Hubo dos disparos simultáneos, uno procedente de la pistola de Beck y otro del sótano.

El capitán se tambaleó hacia un lado y se giró. En el pecho tenía un agujero del tamaño de una cebolla, del que brotaba sangre. Un colgajo de pelo y cuero cabelludo le tapaba un ojo.

—*Madame* —dijo mientras caía de rodillas.

Su pistola dio contra el suelo. La linterna rodó por los tablones desiguales haciendo ruido.

Vianne dejó a un lado la pala y se arrodilló junto a Beck, que yacía boca abajo con la cara en un charco de su propia sangre. Usando todas sus fuerzas, lo giró. Ya estaba tan lívido como la tiza. La sangre se le coagulaba en el pelo, le salía de las fosas nasales y brotaba a borbotones cada vez que hablaba.

—Lo siento —dijo Vianne.

Beck parpadeó y abrió los ojos.

Vianne intentó limpiarle la sangre de la cara, pero no hizo más que extendérsela y teñirse las manos de rojo.

—Tenía que detenerle —dijo con voz suave.

—Dígale a mi familia…

Vianne vio cómo la vida abandonaba su cuerpo, el pecho dejaba de llenarse de aire y el corazón de latir.

A su espalda oyó a su hermana subir por la escalerilla.

—¡Vianne!

Vianne no podía moverse.

—¿Estás… bien? —preguntó Isabelle con voz sibilante, sin aliento.

Estaba pálida y algo temblorosa.

—Le he matado. Está muerto —dijo Vianne.

—No le has matado. Le he disparado yo en el pecho —replicó Isabelle.

—Le he dado en la cabeza con una pala. ¡Una pala!

Isabelle se acercó a su hermana.

—Vianne…

—No —dijo Vianne con brusquedad—. No estoy de humor para oír excusas. ¿Sabes lo que has hecho? Tenemos a un nazi muerto. En mi granero.

Antes de que a Isabelle le diera tiempo a contestar, oyeron un largo silbido y, a continuación, entró una carreta tirada por una mula.

Vianne se apresuró a coger la pistola de Beck, se puso de pie sobre los tablones cubiertos de sangre y apuntó a los desconocidos.

—Vianne, no dispares —dijo Isabelle—. Son mis amigos.

Vianne miró al hombre de aspecto andrajoso en la carreta; luego a su hermana, que iba vestida de negro y tenía la tez lechosa con sombras bajo los ojos.

—Por qué será que no me sorprende.

Se hizo a un lado, pero siguió apuntando con la pistola a los hombres que se apretujaban en el pescante de la carreta desvencijada. Detrás de ellos, en la caja, había un ataúd de pino.

Vianne reconoció a Henri; era el hombre que regentaba la hospedería del pueblo y con el que Isabelle había huido a París. El comunista del que Isabelle creía estar «un poco enamorada».

—Claro —dijo—. Tu amante.

Henri saltó de la carreta y cerró la puerta del granero.

—¿Qué coño ha pasado aquí?

—Vianne le golpeó con una pala y yo le pegué un tiro —dijo Isabelle—. No nos hemos puesto aún de acuerdo en quién de las dos lo ha matado, pero está muerto. Es el capitán Beck, el oficial que se alojaba aquí.

Henri cruzó una mirada con uno de los desconocidos, un joven desgarbado de facciones marcadas y pelo demasiado largo.

—Eso va a ser un problema —murmuró.

—¿Podéis deshaceros del cadáver? —preguntó Isabelle. Tenía una mano apretada contra el pecho, como si el corazón le latiera demasiado deprisa—. Y también del piloto... No ha sobrevivido.

Un hombre corpulento y greñudo con un abrigo remendado y pantalones que le quedaban pequeños saltó de la carreta.

—Deshacerse de los cuerpos es la parte fácil.

¿Quiénes eran aquellos hombres?

Isabelle asintió con la cabeza.

—Vendrán buscando a Beck y mi hermana no va a poder hacer frente al interrogatorio. Necesito que las escondáis a Sophie y a ella.

Era el colmo. Hablaban de Vianne como si ni siquiera estuviese allí.

—Huir no servirá más que para demostrar mi culpabilidad.

—No puedes quedarte —dijo Isabelle—. Es peligroso.

—Di que sí, Isabelle. Preocúpate por mí ahora, después de habernos puesto a los niños y a mí en peligro y de obligarme a matar a un buen hombre.

—Vianne, por favor...

Esta sintió que algo en su interior se endurecía. Con la guerra tenía la impresión de que cada vez que creía haber tocado fondo sucedía algo aún peor. Ahora era una asesina, y la culpa era de Isabelle. No tenía la menor intención de obedecer el consejo de su hermana y abandonar Le Jardin.

—Diré que Beck se fue a buscar al piloto y no volvió. ¿Qué voy a saber yo de esas cosas, si no soy más que un ama de casa francesa normal y corriente? Estaba aquí y ahora ha desaparecido. *C'est la vie.*

—Una respuesta tan buena como cualquier otra —dijo Henri.

—Esto es culpa mía —añadió Isabelle acercándose a Vianne.

Esta percibió el arrepentimiento y la sensación de culpa de su hermana por lo sucedido, pero no le importó. Estaba demasiado asustada por los niños como para preocuparse por los sentimientos de Isabelle.

—Sí lo es, pero has hecho que ahora también sea mía. Hemos matado a un buen hombre, Isabelle.

Esta se tambaleó un poco, como si le costara mantener el equilibrio.

—Vi, van a venir a buscarte.

Vianne se disponía a decir: «¿Y quién tiene la culpa de eso?», pero, cuando miró a su hermana, las palabras se le quedaron atrapadas en la garganta.

Vio sangre rezumar por entre los dedos de Isabelle. Durante una fracción de segundo el mundo se detuvo, se escoró, no era más que ruido: los hombres que hablaban detrás de ella, la mula golpeando el suelo de madera con las pezuñas, su propia respiración agitada. Isabelle se desplomó, inconsciente.

Antes de que Vianne pudiera gritar, una mano le tapó la boca y tiró de ella hacia atrás. Lo siguiente que supo fue que alguien la alejaba de su hermana. Intentó liberarse, pero el hombre que la sujetaba era demasiado fuerte.

Vio a Henri arrodillarse junto a Isabelle y abrirle el abrigo y la blusa hasta dejar al descubierto un agujero de bala justo debajo de la clavícula. Se quitó la camisa y presionó con ella la herida.

Vianne le dio un codazo tan fuerte a su captor que le hizo soltar un *¡ay!* Se liberó y corrió junto a Isabelle, resbalando en la madera, perdiendo el equilibrio.

—Hay un botiquín en el sótano.

El hombre de pelo oscuro —que de pronto parecía tan asustado como se sentía Vianne— bajó a toda prisa por la escalerilla y volvió al instante con el botiquín.

Vianne tomó el frasco de alcohol y se lavó las manos temblorosas lo mejor que pudo.

Respiró hondo y sustituyó a Henri presionando con la camisa la herida, que palpitó bajo su mano.

En dos ocasiones tuvo que retirarla para escurrir la sangre y empezar de nuevo, pero al final la hemorragia se detuvo. Con cuidado le dio la vuelta a Isabelle y vio el orificio de salida de la bala.

Gracias a Dios.

Despacio, volvió a poner a Isabelle boca arriba.

—Esto te va a doler —susurró—. Pero tú eres fuerte. ¿A que sí, Isabelle?

Roció la herida con alcohol. Isabelle se estremeció, aunque no se despertó ni gritó.

—Eso está bien —dijo Vianne. El sonido de su propia voz la serenaba, le recordaba que era madre y que las madres cuidan de su familia—. Mejor que esté inconsciente.

Cogió la aguja del botiquín y la enhebró. La mojó con alcohol y se inclinó sobre la herida. Con mucho cuidado, empezó a coser la carne abierta. No tardó demasiado y el resultado no fue muy bueno, pero lo hizo lo mejor que pudo.

Después de coser la herida de entrada se sintió lo bastante segura para hacer lo mismo con la de salida y, a continuación, vendarla.

Por fin se sentó en el suelo y se miró las manos y la falda ensangrentadas.

Isabelle estaba tan pálida y su aspecto era tan frágil que no parecía ella. Tenía el pelo sucio y apelmazado, las ropas mojadas de sangre —suya y del piloto— y parecía más joven.

Muy joven.

Vianne sintió una vergüenza tan intensa que le dio náuseas. ¿Era posible que le hubiera dicho a su hermana —a su hermana— que se fuera y no volviera?

¿Cuántas veces había oído aquello Isabelle a lo largo de su vida, y de boca de su familia, de las personas que se suponía la querían?

—Voy a llevarla al refugio de Brantôme —dijo el hombre de pelo oscuro.

—De eso nada —replicó Vianne.

Levantó la vista y vio que los tres hombres estaban junto a la carreta conspirando. Se levantó.

—No va a ir a ninguna parte con ustedes. Ustedes son la razón de que esté aquí.

—Ella es la razón de que estemos aquí —le dijo el hombre de pelo oscuro—. Y voy a llevármela. Ahora.

Vianne se acercó al joven. Había en sus ojos una mirada —una intensidad— que en circunstancias normales la habría asustado, pero ahora se encontraba más allá del miedo, más allá de la cautela.

—Sé quién eres —dijo—. Me habló de ti. Eres el chico de Tours que la dejó con una nota sujeta al pecho como si fuera un perro descarriado. Gaston, ¿verdad?

—Gaëton —corrigió el joven con una voz tan queda que Vianne tuvo que inclinarse hacia él para oírle—. Y no sé de qué se sorprende. Usted es la que no quiso molestarse en ser su hermana cuando Isabelle la necesitó.

—Si intentas llevarte a mi hermana, te mato.

—Así que me va a matar —dijo Gaëton, sonriendo.

Vianne gesticuló con la cabeza en dirección a Beck.

—Le he matado a él con una pala, y eso que me caía simpático.

—Ya basta —dijo Henri interponiéndose entre los dos—. No puede quedarse aquí, Vianne, piénselo. Los alemanes van a venir en busca de su capitán. Ya solo nos falta que se encuentren con una mujer herida de bala y con documentación falsa. ¿Me entiende?

—Vamos a enterrar al capitán y al piloto —intervino el hombre corpulento—. Y nos desharemos de la motocicleta. Gaëton, lleva a Isabelle al piso franco en la Zona Libre.

Vianne miró a cada uno de los hombres.

—Pero ha empezado el toque de queda, la línea de demarcación se halla a más de seis kilómetros e Isabelle está herida. ¿Cómo van…?

No había terminado la pregunta cuando dedujo la respuesta.

El ataúd.

Vianne dio un paso atrás. La idea era tan terrible que negó con la cabeza.

—Yo la cuidaré —dijo Gaëton.

Vianne no le creyó. Ni por un segundo.

—Voy contigo. Hasta la frontera. Luego volveré andando, cuando me haya asegurado que estás en la Zona Libre.

—No puede hacer eso —dijo Gaëton.

Vianne le miró.

—Te sorprendería saber la de cosas que puedo hacer. Y, ahora, vamos a sacarla de aquí.

26

6 de mayo de 1995
Costa de Oregón

*E*sa dichosa invitación me persigue. Juraría que está viva.

La he ignorado durante días, pero en esta clara mañana de primavera me sorprendo mirándola en la encimera de la cocina. Es extraño. No recuerdo haber caminado hasta aquí y, sin embargo, aquí estoy.

Otra mujer alarga la mano —esa mano venosa y de gruesos nudillos que no deja de temblar no puede ser mía—. Esa otra mujer toma el sobre.

Con un pulso más trémulo de lo habitual.

La esperamos en la reunión de la AFEES en París,
el 7 de mayo de 1995.
Cincuenta aniversario del final de la guerra.

Por primera vez, familiares y amigos de *passeurs* se reunirán para rendir un agradecido homenaje a la extraordinaria «Ruiseñor», también llamada Juliette Gervaise, en el salón de baile del hotel Île de France de París, a las siete de la tarde.

A mi lado suena el teléfono. Cuando voy a descolgarlo la invitación se me cae de la mano y se posa en la encimera.

—¿Dígame?

Alguien me habla en francés. ¿O son imaginaciones mías?

—¿Es para venderme algo? —pregunto confusa.

—No, llamo por la invitación.

Casi se me cae el teléfono de la sorpresa.

—Ha sido muy difícil contactar con usted, *madame.* La llamo por el homenaje a los *passeurs* de mañana. Vamos a reunirnos para rendir tributo a las personas que contribuyeron a que la ruta de evasión del Ruiseñor fuera un éxito. ¿Recibió la invitación?

—*Oui* —digo, asiendo con fuerza el auricular.

—Siento decirle que la primera que le enviamos nos llegó devuelta. Por favor, le ruego disculpe la escasa antelación con que la hemos invitado. Pero… ¿podrá asistir?

—La gente no quiere verme a mí, sino a Juliette. Y hace mucho tiempo que no existe.

—No puede estar más equivocada, *madame.* Verla a usted significaría mucho para muchas personas.

Cuelgo el teléfono con fuerza, como si aplastara un insecto.

Pero de pronto la idea de volver —de volver a casa— se me mete en la cabeza. Y no puedo pensar en otra cosa.

Durante años he mantenido mis recuerdos a raya. Los he escondido en un desván polvoriento, a salvo de las miradas curiosas. A mi marido y a mis hijos, a mí misma, les conté que no había dejado nada en Francia. Pensé que podría venir a

Estados Unidos, emprender una nueva vida y olvidar lo que había hecho para sobrevivir.

Ahora soy incapaz de olvidar.

¿Tomo una decisión? ¿Una decisión consciente, del tipo me-lo-he-pensado-y-creo-que-es-lo-mejor?

No. Llamo por teléfono a mi agencia de viajes y reservo un billete a París con escala en Nueva York. Luego hago la maleta. Es pequeña, de fin de semana, la clase de maleta que llevaría una mujer de negocios a un viaje de dos días. En ella meto varios pares de medias, unos cuantos pantalones y jerséis, los pendientes de perlas que me regaló mi marido por nuestro cuarenta aniversario y otros artículos esenciales. No tengo ni idea de lo que me hará falta y, en cualquier caso, soy incapaz de pensar con claridad. Después me pongo a esperar. Impaciente.

En el último minuto, tras pedir el taxi, llamo a mi hijo y me salta el contestador. Es una suerte. No sé si habría tenido el valor de contarle la verdad directamente.

—Hola, Julien —digo con toda la animación de la que soy capaz—. Me voy a París a pasar el fin de semana. Mi vuelo sale a la una y diez y te llamaré para decirte que he llegado bien. Besos a las chicas.

Hago una pausa, consciente de que, cuando Julien oiga el mensaje, se preocupará. Eso es porque durante todos estos años le he dejado pensar que soy débil; me ha visto apoyarme en su padre, dejarle a él la toma de decisiones. Me ha oído decir: «Como tú veas, cariño» un millón de veces. Me ha visto quedarme siempre de espectadora de la vida, no de protagonista. Es culpa mía. No debe extrañar por tanto que el objeto de su amor filial sea una versión incompleta de mí.

—Debería haberte contado la verdad.

Cuando cuelgo, veo llegar el taxi. Y me voy.

27

Octubre de 1942
Francia

Vianne iba con Gaëton en el pescante de la carreta, con el ataúd dando tumbos en la caja trasera. Era difícil seguir el sendero del bosque en la oscuridad, así que no hacían más que detenerse, dar la vuelta y ponerse de nuevo en marcha. En algún momento empezó a llover. Las únicas palabras que habían intercambiado en la última hora y media habían sido indicaciones.

—Es ahí —dijo Vianne cuando llegaron al lindero del bosque.

Delante de ellos brillaba una luz que penetraba entre los árboles y los convertía en rayas negras contra un blanco cegador.

La línea de demarcación.

—¡So! —dijo Gaëton tirando de las riendas.

Vianne no pudo evitar pensar en la última vez que había estado allí.

—¿Cómo vas a cruzar? Estamos bajo el toque de queda —dijo entrelazando las manos para que no le temblaran.

—Voy a hacer como Laurence Olivier. Seré un hombre abrumado por el dolor que se lleva a su querida hermana a casa para enterrarla.

—¿Y si comprueban que respira?

—Entonces alguien morirá en la frontera —dijo Gaëton en voz baja.

Vianne oyó lo que él no había dicho con la misma claridad que las palabras que sí había pronunciado y se sorprendió tanto que no supo cómo responder. Estaba diciendo que moriría para proteger a Isabelle. Gaëton se volvió y la examinó. La examinó, no la miró. Vianne vio de nuevo la intensidad propia de un depredador en sus ojos grises, pero también algo más. Estaba esperando —pacientemente— a que ella dijera algo. Daba la impresión de que le importaba.

—Mi padre volvió transformado de la Primera Guerra Mundial —dijo Vianne con voz queda, asombrada por su confesión. No era un tema del que le gustara hablar—. Enfadado. Cruel. Empezó a beber en exceso. Mientras *maman* estuvo viva fue distinto… —Se encogió de hombros—. Después de su muerte dejó de disimular. Nos mandó a Isabelle y a mí a vivir con una desconocida. No éramos más que unas niñas y teníamos el corazón roto. La diferencia entre ambas era que yo acepté el rechazo. Eché a mi padre de mi vida y encontré a otra persona que me quisiera. Pero Isabelle… es incapaz de admitir una derrota. Durante años se estrelló una y otra vez contra la fría pared del desinterés de nuestro padre, tratando desesperadamente de ganarse su cariño.

—¿Por qué me cuenta esto?

—Isabelle parece indestructible. Tiene una coraza de acero bajo la que hay un corazón de algodón de azúcar. No le hagas daño, es lo que te estoy diciendo. Si no la amas…

—Sí la amo.

Vianne le miró con atención.

—¿Y ella lo sabe?

—Espero que no.

Un año antes Vianne no habría entendido esa contestación. No habría entendido que el amor puede tener un lado muy oscuro y que ocultarlo es, en ocasiones, lo más generoso que se puede hacer.

—No entiendo cómo me resulta tan fácil olvidar lo mucho que la quiero —dijo—. Empezamos a discutir y…

—Hermanas.

Vianne suspiró.

—Supongo que sí, aunque no me he portado como tal con ella.

—Tendrá otra oportunidad.

—¿Lo crees?

Su silencio fue respuesta suficiente.

—Cuídese, Vianne —dijo por fin Gaëton—. Isabelle necesitará un hogar al que volver cuando todo esto termine.

—Si es que termina algún día.

—Sí.

Vianne bajó de la carreta y sus botas se hundieron en la hierba húmeda y embarrada.

—No estoy segura de que considere mi casa un hogar al que volver —señaló.

—Tiene que ser valiente —dijo Gaëton—. Cuando los nazis aparezcan buscando a su hombre. Sabe nuestros nombres. Eso es peligroso para todos, usted incluida.

—Seré valiente —contestó Vianne—. Pero tú dile a mi hermana que necesita empezar a tener miedo.

Por primera vez Gaëton sonrió y Vianne comprendió por qué aquel hombre flaco de rasgos afilados y vestido como un mendigo había cautivado a Isabelle. Tenía una de esas sonrisas que se extienden a toda la cara: los ojos, las mejillas; incluso le salía un hoyuelo. *No escondo mis sentimientos,* decía aquella sonrisa, y ninguna mujer podría no sentirse conmovida ante semejante transparencia.

—*Oui* —dijo—. Porque ya sabemos lo fácil que es dar consejos a su hermana.

Fuego.

    Las llamas la rodean, saltando, danzando. Una hoguera. La ve en forma de retazos temblorosos de rojo que vienen y van. Una llama le lame la cara, la quema intensamente.

    Está por todas partes y entonces... desaparece.

    El mundo es glacial, blanco, desnudo y se resquebraja. Tiembla de frío, ve sus dedos volverse azules, cuartearse y romperse. Se le caen como si fuera tiza y le cubren los pies helados.

    —Isabelle.

    El trino de un pájaro. Un ruiseñor. Le oye cantar una canción triste. Los ruiseñores simbolizan la pérdida, ¿no es así? Un amor que se va o que nunca existió. Hay un poema que habla de ello, piensa. Una oda.

    No, un pájaro no.

    Un hombre. El rey del fuego, quizá. Un príncipe escondido en el bosque de hielo. Un lobo.

    Ella busca huellas en la nieve.

    —Isabelle. Despierta.

    Es una voz que ha oído en su imaginación. La de Gaëton.

    No se encontraba allí en realidad. Estaba sola —ella siempre estaba sola— y aquello resultaba demasiado extraño para ser otra cosa que un sueño. Tenía frío y calor y se sentía dolorida y exhausta.

    Recordó algo: un fuerte ruido. La voz de Vianne. *No vuelvas.*

    —Estoy aquí.

Le sintió a su lado. El colchón se movió para acomodar su peso imaginario.

Notó algo fresco y húmedo en la frente y era tan agradable que, por un momento, dejó de pensar. Entonces sintió cómo los labios de él rozaban los suyos y se quedaban allí; dijo algo que no oyó y luego se apartó. Isabelle sintió el fin de su beso con la misma intensidad con que había sentido el comienzo.

Parecía tan…, tan real.

Quiso decir: «No me dejes», pero no podía hacerlo. Otra vez no. Estaba cansada de pedir que la quisieran.

Además, en realidad, él no estaba allí, así que ¿qué sentido tenía decir nada?

Cerró los ojos y se apartó del hombre que no estaba allí.

Vianne permanecía sentada en la cama de Beck.

Visto así sonaba ridículo, pero era cierto. Se hallaba en aquella habitación que se había convertido en la de Beck, deseando que no lo fuera ya para siempre en sus pensamientos. En la mano sostenía el pequeño retrato de su familia.

Le encantaría Hilda. Tenga, le manda un strudel. Por tener que soportar a un zoquete como yo.

Tragó saliva con dificultad. No volvió a llorar por él. Se negaba a ello, pero, Dios, sí quería llorar por ella misma, por lo que había hecho, por la persona en que se había convertido. Quería llorar por el hombre al que había matado y por la hermana que podría no vivir. Había sido una elección fácil, matar a Beck para salvar a Isabelle. Entonces, ¿por qué le había dado la espalda a Isabelle antes? *No eres bienvenida aquí.* ¿Cómo podía haberle dicho eso a su propia hermana? ¿Y si eran las últimas palabras que se cruzaban?

Mientras seguía allí sentada, mirando el retrato *(dígale a mi familia)* esperaba que llamaran a la puerta. Habían transcurrido cuarenta y ocho horas desde el asesinato de Beck. Los nazis tenían que estar a punto de llegar.

La pregunta no era si vendrían, sino cuándo. Aporrearían la puerta y entrarían por la fuerza. Vianne había pasado horas tratando de decidir qué hacer. ¿Debería ir a la oficina del Kommandant e informar de la desaparición de Beck?

(No, qué tontería. ¿Qué francés informaría de algo así?).

¿O debería esperar a que fueran a buscarla?

(Algo que nunca podría ser bueno).

¿O debería tratar de escapar?

Eso solo sirvió para que se acordase de Sarah y de la noche con luz de luna que siempre asociaría a manchas de sangre en la cara de una niña, con lo que volvía a estar como al principio.

—*Maman?* —dijo Sophie desde el umbral con el niño a la cadera—. Tienes que comer algo.

Sophie había crecido, casi era tan alta como Vianne. ¿Cuándo había pasado? Y estaba delgada. Vianne recordó cuando su hija tenía mejillas sonrosadas y mirada chispeante y traviesa. Ahora era como todos los demás, delgada como una estaca y aparentando más edad de la que le correspondía.

—No tardarán en llamar a la puerta —dijo Vianne. Era algo que había dicho tan a menudo en los últimos dos días que sus palabras ya no causaban sorpresa—. ¿Recuerdas lo que tenéis que hacer?

Sophie asintió solemne. Sabía lo importante que era aquello, aunque ignoraba lo que había sido del capitán. Curiosamente, tampoco lo había preguntado.

—Si me llevan con ellos… —dijo Vianne.

—No lo harán —replicó Sophie.

—Pero ¿si lo hacen? —añadió Vianne.

—Esperamos tres días y, si no has vuelto, vamos a ver a la madre Marie-Thérèse al convento.

Alguien llamó a la puerta. Vianne se levantó tan deprisa que perdió el equilibrio y se golpeó la cadera con la esquina de la mesa, dejando caer el retrato. El cristal de este se resquebrajó.

—Sube, Sophie. Vamos.

Sophie abrió mucho los ojos, pero sabía que no debía decir nada. Sujetó al niño con más fuerza y corrió escaleras arriba. Cuando Vianne oyó cómo se cerraba la puerta de su dormitorio, se alisó la gastada falda. Se había vestido con esmero, con una chaqueta de punto gris y una falda negra remendada muchas veces. Un aspecto respetable. Se había rizado el pelo y, después, se lo había peinado en ondas que suavizaban su delgado rostro.

Volvieron a llamar. Vianne respiró hondo para sosegarse y cruzó la habitación. Cuando abrió la puerta, su respiración era casi normal.

Eran dos soldados de las Schutzstaffel —las SS— con pistolas al cinto. El de menor estatura apartó a Vianne y entró en la casa. Recorrió las habitaciones, retirando objetos y haciendo añicos los escasos adornos que todavía la decoraban. Al llegar al dormitorio de Beck se volvió.

—¿Es esta la habitación del Hauptmann Beck?

Vianne asintió.

El soldado de mayor altura se acercó rápidamente a Vianne y se inclinó hacia delante como empujado por un fuerte viento. La miró desde lo alto, con la frente oscurecida por una gorra militar negro brillante.

—¿Dónde está?

—¿C-cómo quiere que lo sepa?

—¿Quién hay arriba? —preguntó el soldado—. Oigo ruidos.

Era la primera vez que le hacían a Vianne una pregunta sobre Ari.

—Mis… hijos.

La mentira le quebró la voz, que salió en un hilo. Carraspeó y lo intentó de nuevo:

—Pueden subir, por supuesto, pero por favor no despierten al niño. Está enfermo… con gripe. O quizá es tuberculosis.

Esto último lo añadió porque sabía lo mucho que los nazis temían enfermar.

El alemán hizo un gesto con la cabeza al otro, que subió las escaleras con paso seguro. Vianne le oyó desplazarse. El techo crujió. Momentos después, bajó y dijo algo en alemán.

—Venga con nosotros —dijo el agente más alto—. Estoy seguro de que no tiene nada que ocultar.

Agarró a Vianne del brazo y la llevó hasta el Citroën negro aparcado junto a la cancela. La empujó contra el asiento trasero y cerró la portezuela con brusquedad.

Vianne dispuso de unos cinco minutos para evaluar su situación antes de que el coche se detuviera y la obligaran a bajar por los escalones de piedra del ayuntamiento. En la plaza había gente, soldados y civiles. Los lugareños se dispersaron en cuanto aparcó el Citroën.

—Es Vianne Mauriac —oyó decir a alguien. Una mujer.

El nazi le hacía daño en el brazo, pero Vianne guardó silencio mientras la forzaba a entrar en el ayuntamiento y a bajar una escalera estrecha. Una vez allí, hizo que entrara por una puerta abierta que, a continuación, cerró.

Necesitó un instante para que sus ojos se acostumbraran a la oscuridad. Estaba en una habitación pequeña y sin ventanas, con paredes de piedra y suelo de madera. En el centro había una mesa, adornada con una lámpara negra sencilla que proyectaba un cono de luz en la arañada superficie de madera. Detrás de la mesa —y también delante— había sillas de madera de respaldo recto.

Oyó cómo la puerta se abría y después se cerraba. Siguieron pisadas. Sabía que alguien se acercaba por detrás; podía olerle el aliento —a salchicha y cigarrillos— y también el aroma almizclado a sudor.

—*Madame* —le dijo tan cerca de la oreja que Vianne dio un respingo.

Unas manos le rodearon la cintura, ejerciendo una ligera presión.

—¿Va armada? —preguntó el hombre con un acento francés pésimo y sibilante.

Le palpó los costados, le pasó los dedos afilados sobre los pechos —dándoles un levísimo apretón— y luego bajó por las piernas.

—No lleva armas. Bien.

Ocupó su sitio detrás de la mesa. Los ojos azules miraban a Vianne desde debajo de la visera de su gorra negra brillante.

—Siéntese.

Vianne obedeció y cruzó las manos en el regazo.

—Soy el Sturmbannführer Von Richter. ¿Es usted madame Mauriac?

Vianne asintió con la cabeza.

—Ya sabe por qué está aquí —dijo el hombre. Se sacó un cigarro del bolsillo y lo encendió con una cerilla que resplandeció en las sombras.

—No —dijo Vianne con voz vacilante y manos algo trémulas.

—El Hauptmann Beck ha desaparecido.

—¿Desaparecido? ¿Están seguros?

—¿Cuándo fue la última vez que le vio, *madame*?

Vianne arrugó el ceño.

—No llevo la cuenta de sus idas y venidas, pero si tuviera que hacerlo… diría que hace dos noches. Estaba bastante agitado.

—¿Agitado?

—Por el piloto abatido. Estaba muy contrariado por que no hubiera aparecido aún. Pensaba que alguien lo estaba escondiendo.

—¿Alguien?

Vianne se obligó a no apartar la mirada; tampoco golpeó el suelo con el zapato ni se rascó una molesta picazón que empezaba a subirle por el cuello.

—Pasó todo el día buscando al piloto. Cuando volvió a casa estaba… «agitado»; es la única palabra que se me ocurre. Se bebió una botella de coñac y rompió unas cuantas de mis cosas en un ataque de furia. Y luego…

Se interrumpió y frunció más el ceño.

—¿Y luego?

—Estoy segura de que no tiene ninguna importancia.

El alemán golpeó la mesa con la palma de la mano tan fuerte que la luz parpadeó.

—¿Qué?

—Herr capitán dijo de pronto: «Sé dónde está escondido», y cogió su pistola y se marchó de mi casa con un portazo. Le vi subirse a su motocicleta y alcanzar la carretera a una velocidad peligrosa, y luego…, nada más. No volvió. Supuse que estaría ocupado en la Kommandantur. Como le he dicho, no llevo la cuenta de sus idas y venidas.

El alemán dio una larga calada a su cigarro. La punta de este resplandeció para después, despacio, oscurecerse. Cayó ceniza sobre la mesa. Estudiaba a Vianne a través de un velo de humo.

—Un hombre no querría abandonar a una mujer tan bonita como usted.

Vianne no se movió.

—Bien —dijo por fin el alemán dejando caer el cigarrillo al suelo. Se puso de pie abruptamente y pisó la colilla aún encendida, aplastándola con el talón de la bota—. Sospecho que el joven Hauptmann no era tan diestro con el arma como debería. La Wehrmacht —dijo moviendo la cabeza—. A menudo resulta decepcionante. Hombres disciplinados, pero poco... dispuestos.

Salió de detrás de la mesa y caminó hasta Vianne. Cuando lo tuvo cerca, esta se puso de pie. No quería parecer descortés.

—La desventura del Hauptmann me beneficia.

—Ah, ¿sí?

La mirada del hombre bajó por la garganta de Vianne hasta la pálida piel del escote.

—Necesito un lugar nuevo donde alojarme. El Hôtel Bellevue no es de mi gusto. Creo que en su casa estaré bien.

Cuando Vianne salió del ayuntamiento se sentía como una mujer a quien las olas acaban de arrastrar a la orilla. Le flaqueaban las rodillas y estaba temblando ligeramente; tenía las manos sudorosas y le picaba la frente. Mirara donde mirara, en la plaza solo había soldados; aquellos días predominaban los uniformes negros de las SS. Oyó a alguien gritar: *«HALT!»*, y cuando se giró vio a dos mujeres con abrigos raídos y la estrella amarilla en la solapa forzadas a arrodillarse por un soldado con una pistola. Agarró a una de ellas y la obligó a levantarse mientras la otra, de mayor edad, chillaba. Era madame Fournier, la mujer del carnicero.

—¡No pueden llevarse a mi madre! —gritó Gilles, su hijo.

Echó a correr hacia dos agentes de la policía francesa que andaban por allí. Uno de los gendarmes lo sujetó y tiró de él con tanta fuerza que tuvo que detenerse.

—No hagas tonterías.

Vianne no se lo pensó. Vio a su antiguo alumno en apuros y fue hacia él. No era más que un niño, por el amor de Dios.

Tenía la edad de Sophie. Vianne había sido su maestra desde antes de que aprendiera a leer.

—¿Qué están haciendo? —preguntó a los agentes de policía.

Se dio cuenta, demasiado tarde, de que debía haber suavizado el tono de voz. El agente se volvió a mirarla. Era Paul. Estaba aún más grueso que la última vez que Vianne le había visto. Se le había hinchado la cara de manera que los ojos eran pequeños y afilados como agujas de coser.

—No se meta en esto, *madame* —dijo.

—¡Madame Mauriac! —gritó Gilles—. ¡Se llevan a mi madre al tren! ¡Quiero ir con ella!

Vianne miró a la madre de Gilles, madame Fournier, la mujer del carnicero, y leyó la derrota en sus ojos.

—Ven conmigo, Gilles —dijo Vianne casi sin pensar.

—Gracias —susurró madame Fournier.

Paul tiró de nuevo de Gilles.

—Se acabó. Este chico está armando un escándalo. Se viene con nosotros.

—¡No! —dijo Vianne—. Paul, por favor, somos todos franceses.

Confiaba en que, si le llamaba por su nombre de pila, se acordaría de que en el pasado, antes de todo aquello, pertenecían a una misma comunidad. Había sido la maestra de sus hijas.

—Este chico es ciudadano francés. ¡Nació aquí!

—Nos da igual dónde naciera, *madame*. Está en mi lista, así que se va. —Entornó los ojos—. ¿Quiere presentar una queja?

Madame Fournier se había echado a llorar y tenía agarrada la mano de su hijo. El otro agente de policía tocó el silbato y obligó a Gilles a caminar empujándole con el cañón de la pistola.

Gilles y su madre se sumaron al resto de personas que estaban siendo conducidas en tropel a la estación de tren.

Nos da igual dónde naciera, madame.

Beck tenía razón. Ser francés ya no protegería a Ari.

Vianne se encajó el bolso bajo la axila y echó a andar hacia su casa. Como de costumbre, el camino estaba embarrado y cuando llegó a la cancela de Le Jardin tenía los zapatos echados a perder.

Los niños la esperaban en el cuarto de estar. Vianne se sintió tan aliviada que relajó los hombros. Sonrió cansada mientras dejaba el bolso.

—¿Estás bien? —preguntó Sophie.

Ari fue de inmediato hacia ella sonriendo, abriendo los brazos y diciendo *«maman»* con una sonrisa para demostrar que entendía las reglas del nuevo juego.

Vianne tomó al pequeño de tres años y lo abrazó con fuerza.

—Me interrogaron y me soltaron —dijo a Sophie—. Esa es la buena noticia.

—¿Y la mala?

Vianne miró a su hija, abatida. Sophie estaba creciendo en un mundo donde pistola en mano metían a sus compañeros de clase en vagones de tren como si fueran ganado y los llevaban a un lugar del que probablemente no regresarían.

—Otro alemán va a alojarse aquí.

—¿Será como el capitán Beck?

Vianne pensó en el brillo animal de los ojos azul hielo de Von Richter y en la manera en que la había «cacheado».

—No —dijo con suavidad—. Me parece que no. No debes hablarle si no es imprescindible. No le mires. Intenta pasar lo más desapercibida posible. Y, Sophie, están deportando a judíos franceses. Niños también. Los meten en trenes y los mandan a campos de trabajo. —Vianne abrazó con más fuerza al hijo de Rachel—. Este es Daniel. Tu hermano. Siempre. Incluso cuando estéis solos. La versión oficial es que lo adoptamos de un pariente de Niza. No podemos cometer ninguna equivocación o se lo llevarán; a él y a nosotras. ¿Lo entiendes? No quiero que nadie pida siquiera sus papeles.

—Tengo miedo, *maman* —dijo Sophie en voz baja.

—Yo también, Sophie —fue todo lo que Vianne pudo decir.

Estaban juntas en aquello, asumiendo un riesgo terrible. Antes de que pudiera añadir nada, llamaron a la puerta y entró el Sturmbannführer Von Richter, tan tieso como una bayoneta, con el rostro impasible bajo la reluciente visera negra. Cruces de hierro plateadas le colgaban de varios puntos del uniforme: del cuello levantado, del pecho. Un alfiler con la esvástica adornaba el bolsillo superior de la guerrera.

—Madame Mauriac —dijo—. Veo que ha vuelto usted a casa bajo la lluvia.

—Así es —contestó Vianne retirándose el pelo húmedo y encrespado de la cara.

—Tendría que haber pedido a mis hombres que la trajeran. Una mujer tan bonita como usted no debería caminar por el barro como ternero al matadero.

—Sí, gracias. La próxima vez me tomaré la libertad de pedírselo.

El hombre dio unos pasos sin descubrirse la cabeza. Miró a su alrededor, inspeccionándolo todo. Vianne estuvo segura de que reparó en las marcas de las paredes donde antes habían colgado cuadros, en la repisa de la chimenea vacía y en las partes descoloridas del suelo que durante décadas habían cubierto alfombras. Ahora no quedaba nada.

—Sí. Puede servir. —Miró a los niños—. ¿Y a quién tenemos aquí? —preguntó con su pésimo francés.

—Mi hijo —dijo Vianne de pie a su lado y acercándose a los niños lo bastante para tocarlos. No dijo «Daniel» para no arriesgarse a que Ari la corrigiera—. Y mi hija, Sophie.

—No recuerdo que el Hauptmann Beck mencionara dos niños.

—¿Y por qué iba a hacerlo, herr Sturmbannführer? No es algo digno de reseñar.

—Bien —dijo con una brusca inclinación de cabeza a Sophie—. Tú, chica, ve a por mis maletas.

Luego se volvió hacia Vianne.

—Enséñeme los dormitorios para ver con cuál me quedo.

28

*I*sabelle se despertó en una habitación oscura como boca de lobo. Y dolorida.

—Estás despierta, ¿verdad? —dijo una voz a su lado.

Reconoció a Gaëton. ¿Cuántas veces en los últimos dos años se había imaginado en la cama con él?

—Gaëton —dijo, y con su nombre llegaron los recuerdos.

El granero. Beck.

Se sentó tan deprisa que todo le dio vueltas y se sintió mareada.

—Vianne —exclamó.

—Tu hermana está bien.

Gaëton encendió el candil y lo dejó en una caja de manzanas dada la vuelta junto a la cama. Su resplandor lechoso los envolvió, creando un pequeño mundo ovalado en la oscuridad. Isabelle se llevó la mano al hombro lastimado e hizo una mueca de dolor.

—Ese cerdo me pegó un tiro —dijo sorprendida por haber sido capaz de olvidar una cosa así.

Recordó haber escondido al piloto y ser descubierta por Vianne. Recordó estar en el sótano con el piloto muerto.

—Y tú le pegaste otro a él.

Recordó a Beck abriendo la trampilla y apuntándola con la pistola. Recordó dos disparos… y salir del sótano tamba-leándose, mareada. ¿Había sido consciente de que le habían disparado?

Vianne con una pala y ensangrentada. A su lado, Beck en un charco de sangre.

Vianne pálida como la cera, temblando. *Le he matado.*

Después de aquello los recuerdos eran confusos, excepto la cólera de Vianne. *No eres bienvenida aquí… Si vuelves, te entregaré personalmente.*

Se tumbó despacio. El dolor de aquel recuerdo era más intenso que el de la herida. Por una vez, Vianne había hecho bien en echarla. ¿Cómo se le había ocurrido esconder al piloto en la casa de su hermana, con un capitán de la Wehrmacht alojado allí? No era de extrañar que la gente no confiara en ella.

—¿Cuánto tiempo llevo aquí?

—Cuatro días. Tienes la herida mucho mejor. Tu herma-na te la cosió muy bien. Ayer dejaste de tener fiebre.

—¿Y… Vianne? Sé que bien no puede estar. Dime la verdad.

—La protegimos lo mejor que pudimos. Se negó a escon-derse, así que Henri y Didier enterraron los dos cuerpos, lim-piaron el granero y desguazaron la motocicleta.

—La van a interrogar —dijo Isabelle—. Y haber matado a un hombre la atormentará. Odiar no le resulta fácil.

—Cuando termine esta guerra se habrá acostumbrado.

A Isabelle se le encogió el estómago de vergüenza y re-mordimientos.

—La quiero, ¿sabes? O quiero quererla. No entiendo cómo se me puede olvidar algo así cada vez que no estamos de acuerdo en alguna cosa.

—Algo parecido dijo ella en la línea de demarcación.

Isabelle hizo ademán de darse la vuelta y el dolor del hombro la detuvo. Respiró hondo, sacó fuerzas y con cuidado se colocó de costado. No se había dado cuenta de lo cerca que estaba Gaëton ni de lo estrecha que era la cama. Su postura parecía la de dos amantes: ella de lado, mirándole, y él boca arriba con los ojos fijos en el techo.

—¿Vianne fue hasta la línea de demarcación?

—Tú ibas en un ataúd en la caja de la carreta. Quería asegurarse de que conseguíamos cruzar.

Isabelle detectó una sonrisa en la voz de Gaëton, o eso creyó.

—Amenazó con matarme si no te cuidaba como es debido.

—¿Mi hermana te dijo eso? —dijo Isabelle, incrédula.

Aunque no pensaba que Gaëton fuera de la clase de hombres que mentirían para reconciliar a dos hermanas. De perfil, sus facciones eran afiladas como una cuchilla, incluso a la luz del candil. Se negaba a mirarla y se había colocado lo más cerca posible del borde de la cama.

—Tenía miedo de que te murieras. Igual que yo.

Lo dijo en voz tan baja que Isabelle apenas lo oyó.

—Me siento como en los viejos tiempos —replicó ella con cautela, temerosa de decir algo que no debía. Más temerosa aún de no decir nada. A saber cuántas oportunidades como aquella tendría en esos tiempos tan inciertos—. Tú y yo solos en la oscuridad. ¿Te acuerdas?

—Sí.

—Parece que ha pasado un siglo desde Tours —continuó Isabelle—. Yo no era más que una niña.

Gaëton no dijo nada.

—Gaëton, mírame.

—Duérmete, Isabelle.

—Sabes que voy a seguir pidiéndotelo hasta que no lo soportes más.

Gaëton suspiró y se colocó frente a ella.

—Pienso mucho en ti —dijo Isabelle.

—Pues no lo hagas. —La voz de Gaëton era áspera.

—Me besaste —continuó Isabelle—. No lo soñé.

—Es imposible que te acuerdes de eso.

Isabelle sintió algo extraño al oír aquellas palabras, un aleteo en el pecho que la dejaba sin respiración.

—Me deseas tanto como te deseo yo a ti —dijo.

Gaëton negó con la cabeza, pero lo que Isabelle oyó fue el silencio y su respiración acelerada.

—Me consideras demasiado joven, inocente e impetuosa. Demasiado. Lo entiendo. Siempre me lo han dicho. Que soy una inmadura.

—No es eso.

—Pero te equivocas. Quizá tenías razón hace dos años cuando te dije que te quería, lo que debió de parecerte una locura. —Hizo una pausa para tomar aire—. Pero ahora no lo es, Gaëton. Quizá sea lo único cuerdo en todo esto. El amor, quiero decir. Hemos visto cómo volaban edificios en pedazos delante de nuestros ojos y cómo nuestros amigos eran arrestados y deportados. Solo Dios sabe si volveremos a encontrarnos con ellos. Podría morirme, Gaëton —dijo con voz queda—. Y no te hablo como una colegiala tonta que está intentado engatusar a un chico para que la bese. Esa es la verdad y lo sabes. Mañana cualquiera de los dos podría estar muerto. ¿Y adivinas lo que más lamentaría?

—¿Qué?

—Esto. Nosotros.

—No hay ningún nosotros, Isabelle. Es lo que he estado intentando decirte desde el principio.

—Si te prometo callarme, ¿me contestarás a una pregunta con sinceridad?

—¿Solo una?

—Una. Y después me duermo. Te lo prometo.

Gaëton asintió con la cabeza.

—Si no nos encontráramos aquí, escondidos en un piso franco, si la mitad del mundo no estuviera matando a la otra mitad, si este fuera un día normal en un mundo normal, ¿querrías que hubiera un nosotros, Gaëton?

Isabelle vio cómo se le transformaba la cara, cómo el dolor dejaba traslucir su amor por ella.

—Es que eso no importa. ¿No te das cuenta?

—Es lo único que importa, Gaëton.

Había visto el amor en sus ojos. ¿Qué necesidad había de palabras después de aquello?

Isabelle era más sabia que antes. Ahora sabía lo frágiles que eran la vida y el amor. Tal vez le amaría solo aquel día, tal vez solo durante la semana siguiente, o quizá hasta que fuera una mujer muy, muy anciana. Tal vez sería el amor de su vida… o mientras durara la guerra… O quizá solo sería su primer amor. De lo único que estaba segura era de que en aquel mundo terrible, pavoroso, se había encontrado con algo inesperado.

Y que no volvería a dejarlo escapar.

—Lo sabía —se dijo con una sonrisa.

El aliento de Gaëton le acariciaba los labios con la intimidad de un beso. Isabelle se inclinó sobre él, le miró a los ojos con serenidad, con franqueza, y a continuación apagó el candil.

En la oscuridad se acurrucó contra él haciéndose un hueco debajo de las mantas. Al principio el cuerpo de Gaëton estaba rígido, como si tuviera miedo incluso de tocarla, pero poco a poco se relajó. Luego se tumbó boca arriba y empezó a roncar. En algún momento —no supo cuál—, Isabelle cerró los ojos y le apoyó una mano en el hueco del estómago, sintiendo cómo subía y bajaba con cada respiración. Era como meter la mano en el mar en verano, cuando subía la marea.

Y así, tocándole, se durmió.

Las pesadillas no le daban tregua. En algún rincón remoto de su cabeza oía sus propios gemidos, escuchaba a Sophie decir: «*Maman*, estás recogiendo todas las mantas», pero nada la despertaba. En su pesadilla estaba sentada, siendo interrogada. *El niño, Daniel. Es judío. Démelo,* decía Von Richter poniéndole el cañón de la pistola en la cara… Luego le cambiaba la cara, se derretía un poco y se convertía en Beck, que sostenía la fotografía de su mujer y movía la cabeza, pero le faltaba un lado de la cara… Y luego Isabelle en el suelo, sangrando, diciendo: *Lo siento, Vianne,* y Vianne le gritaba: *No eres bienvenida aquí…*

Se despertó sobresaltada y jadeante. Llevaba seis días atormentada por las mismas pesadillas y cada mañana amanecía exhausta y preocupada. Era noviembre y no había tenido ninguna noticia de Isabelle. Salió de debajo de las mantas. El suelo estaba frío, pero no tanto como lo estaría en pocas semanas. Tomó el chal que había dejado a los pies de la cama y se lo puso sobre los hombros.

Von Richter se había quedado con el dormitorio de arriba. Vianne le había cedido toda la planta y había preferido instalarse con los niños en el cuarto de abajo, más pequeño, donde dormían juntos en la cama de matrimonio.

La habitación de Beck. No era de sorprender que soñara con él. El aire conservaba su aroma, le recordaba al hombre que había perdido la vida, le recordaba que lo había matado ella. Ansiaba expiar su pecado, pero ¿qué podía hacer? Había matado a un hombre, un buen hombre a pesar de todo. Le daba igual que fuera el enemigo o incluso haberlo hecho para salvar a su hermana. Sabía que había sido la decisión correcta. Lo que la atormentaba no era el dilema entre el bien y el mal, sino el acto en sí. *Asesinato.*

Salió del dormitorio y cerró la puerta con un chasquido suave.

Von Richter estaba en el canapé leyendo una novela y bebiendo una taza de café de verdad. El aroma casi hizo que Vianne llorara. El nazi llevaba allí alojado varios días y cada mañana la casa olía a café cargado, amargo y tostado. También cada mañana Von Richter se aseguraba de que Vianne lo oliera y lo deseara. Pero no podía dar ni un sorbo, de eso también se aseguraba. La mañana anterior había tirado una cafetera entera por el fregadero mientras la miraba sonriendo.

Era un hombre que, de forma inesperada, se había encontrado en una posición de cierto poder y que se aferraba a él con ambas manos.

Vianne lo supo a las pocas horas de su llegada, cuando escogió el mejor dormitorio, reunió las mejores mantas para su cama, cuando se llevó todas las almohadas y las velas, dejando a Vianne con un único candil.

—Herr Sturmbannführer —dijo alisándose el vestido arrugado y la desgastada chaqueta de punto.

El comandante no levantó la vista del periódico alemán en el que estaba concentrado.

—Más café.

Vianne tomó la taza vacía y fue a la cocina para volver enseguida con ella llena.

—Los aliados están perdiendo el tiempo en el norte de África —dijo el comandante cogiendo la taza y dejándola en la mesita que tenía al lado.

—*Oui,* herr Sturmbannführer.

La mano de él rodeó su cintura con tanta fuerza como para producirle una contusión.

—Esta noche tengo invitados. Usted cocinará. Y mantendrá a ese niño lejos de mí. Cuando llora parece un cerdo agonizante.

La soltó.

—*Oui*, herr Sturmbannführer.

Vianne se apresuró a escabullirse a su dormitorio y a cerrar la puerta detrás de ella. Se inclinó y despertó a Daniel, notando su suave respiración en la curva del cuello.

—*Maman* —murmuró el niño mientras se chupaba con furia el pulgar—. Sophie ronca muy alto.

Vianne sonrió y le revolvió el pelo a Sophie. Era sorprendente cómo, a pesar de la guerra, a pesar del hambre y del miedo, una niña de su edad conseguía dormir a pierna suelta.

—Roncas como un búfalo, Sophie —bromeó Vianne.

—Muy gracioso —contestó Sophie mientras se incorporaba. Miró la puerta cerrada—. ¿Sigue aquí herr Dorífora?

—¡Sophie! —la reprendió Vianne con una mirada nerviosa hacia la puerta cerrada.

—No puede oírnos —dijo Sophie.

—Aun así —replicó Vianne en voz baja—. No entiendo por qué comparas a nuestro invitado con un insecto que come patata.

Intentó no sonreír.

Daniel abrazó a Vianne y le dio un beso lleno de baba.

Cuando estaba acariciándole la espalda y abrazándolo, con la nariz pegada a la suavidad de su mejilla cubierta de pelusa, oyó cómo un coche se ponía en marcha.

Gracias a Dios.

—Se va —le susurró al niño sin dejar de acariciarle la mejilla con la nariz—. Vamos, Sophie.

Llevó a Daniel en brazos al cuarto de estar, que seguía oliendo a café recién hecho y a colonia masculina, y empezó con las faenas del día.

La gente había llamado impetuosa a Isabelle desde que tenía uso de razón. Más tarde imprudente y, en los últimos tiempos, temeraria. Durante el último año había madurado tanto como para darse cuenta de lo que había en ello de cierto. Desde siempre había actuado primero y había pensado en las consecuencias después. Quizá se debía a que durante mucho tiempo se había sentido sola. No había tenido a nadie que la aconsejara, que fuera su amigo. No había conocido a nadie con quien reflexionar, con quien tratar sus problemas.

Pero, además, nunca había tenido el control de sus impulsos. Quizá porque nunca había tenido nada que perder.

Ahora sabía lo que era sentir miedo, lo que era querer algo —o a alguien— tanto que dolía.

La Isabelle de antes se habría limitado a decirle a Gaëton que le quería y habría dejado el resto en manos del azar.

La Isabelle de ahora no quería ni siquiera intentarlo. No sabía si tenía fuerzas para ser rechazada otra vez.

Y sin embargo…

Estaban en guerra. El tiempo era un lujo que nadie podía ya permitirse. El mañana se antojaba tan efímero como un beso en la oscuridad.

Estaba en un armario de techo inclinado que usaban de cuarto de baño en el piso franco. Gaëton había subido cubos con agua caliente para que pudiera darse un baño e Isabelle había disfrutado a remojo en la tina de cobre hasta que se enfrió el agua. El espejo de la pared estaba resquebrajado y torcido. Su reflejo aparecía deformado, con un lado de la cara algo más caído que el otro.

«¿Cómo puedes tener miedo?», le dijo a su reflejo. Había caminado por los Pirineos bajo la nieve y nadado en las aguas heladas y turbulentas del Bidasoa bajo el resplandor de un reflector español. En una ocasión le había pedido a un agente de la Gestapo que le llevara una maleta llena de documentación falsa al otro lado del puesto de control «porque tenía aspecto de ser muy fuerte y ella estaba extenuada de tanto viajar», pero nunca había estado tan nerviosa como en aquel momento. De pronto comprendió que una mujer puede cambiar su vida, darle la vuelta a toda su existencia con una sola decisión.

Respiró hondo, se envolvió en una toalla raída y regresó a la habitación principal de la casa. Se detuvo delante de la puerta el tiempo necesario para que el corazón recuperara su ritmo normal —el intento fue un fracaso— y, a continuación, la abrió.

Gaëton estaba junto a la ventana cegada con sus ropas desgarradas y gastadas, aún sucias de sangre. Isabelle sonrió nerviosa y acercó la mano al extremo de la toalla que llevaba anudada a la altura del pecho.

Gaëton se quedó tan quieto que dejó de respirar, incluso cuando la respiración de Isabelle se aceleró.

—No lo hagas, Iz.

Tenía los ojos entrecerrados. Antes Isabelle habría pensado que se debía a que estaba furioso, pero ahora conocía la verdadera razón.

—¿Qué quieres de mí? —dijo Gaëton.

—Ya lo sabes.

—Eres una ingenua. Estamos en guerra. Soy un delincuente. ¿Cuántas razones necesitas para mantenerte alejada de mí?

Aquellos eran argumentos para otro mundo.

—Si fueran otros tiempos, me haría de rogar —dijo Isabelle—. Tendrías que haber hecho malabarismos para conseguir verme desnuda. Pero no tenemos tiempo, ¿no te parece?

Cuando Gaëton no dijo nada, la tristeza se apoderó de ella. Así había sido entre los dos desde el principio: no habían tenido tiempo. No podían permitirse un cortejo, enamorarse, casarse y tener hijos. Era posible que no tuvieran siquiera un mañana. Isabelle odiaba la idea de que su primera vez estuviera teñida de dolor, unida inextricablemente a la sensación de haber perdido ya lo que acababa de encontrar. Pero así era ahora el mundo.

De algo sí estaba segura: quería que Gaëton fuera el primero. Quería recordarle para siempre, durara lo que durara ese siempre.

—Las monjas me repetían que acabaría mal. Creo que se referían a ti.

Gaëton se acercó a ella y le tomó la cara con las dos manos.

—Me das mucho miedo, Isabelle.

—Bésame —fue todo lo que consiguió decir esta.

Cuando sus labios la rozaron, todo cambió, o cambió Isabelle. Una ola de deseo la recorrió, le cortó la respiración. Se sintió perdida y encontrada en sus brazos, rota y vuelta a unir. Las palabras «te quiero» la quemaban por dentro, desesperadas por ser pronunciadas en voz alta. Pero todavía ansiaba más oír esas palabras. Quería que le dijeran, solo por una vez, que era amada.

—Te vas a arrepentir de esto —dijo Gaëton.

¿Cómo podía decir una cosa así?

—Nunca. ¿Te arrepentirás tú?

—Ya lo estoy haciendo —susurró él.

Y volvió a besarla.

29

*L*a semana siguiente trajo a Isabelle una felicidad casi insoportable. Fueron días de largas conversaciones a la luz de las velas, de tomarse las manos y acariciarse la piel; noches de despertarse con deseo acuciante, hacer el amor y volver a dormirse.

Aquella mañana, como todas las demás, se despertó cansada y algo dolorida. La herida del hombro había empezado a curarse y ahora le picaba y escocía. Notó a Gaëton a su lado, su cuerpo caliente y firme. Sabía que estaba despierto; quizá era su respiración o la manera en que le acariciaba un pie con el suyo distraídamente, o el silencio. Simplemente lo sabía. En los últimos días se había dedicado a examinarlo. Nada de lo que hacía era ni demasiado pequeño ni insignificante para que Isabelle no reparara en ello. En numerosas ocasiones, después de observar el detalle más nimio había pensado: *acuérdate de esto.*

Durante su vida había leído innumerables novelas románticas y había soñado con el amor eterno; aun así no había sabido que un sencillo y viejo colchón de matrimonio podía convertirse en un mundo en sí mismo, en un oasis. Se tumbó de lado y encendió la lámpara que había junto a Gaëton. Bajo su pálido resplandor se pegó a él y le puso un brazo sobre el pecho. Tenía una cicatriz minúscula y grisácea en el arranque del pelo. Alargó la mano y la tocó, la recorrió con la yema del dedo.

—Mi hermano me tiró una piedra, no me dio tiempo a esquivarla —dijo Gaëton—. Georges —añadió con afecto.

El tono de su voz le recordó a Isabelle que el hermano de Gaëton era prisionero de guerra.

Tenía toda una vida pasada de la que apenas sabía nada. Una madre costurera y un padre que criaba cerdos… Vivía en los bosques, en algún lugar, en una casa sin agua corriente y una única habitación para todos. Contestaba a todas las preguntas de Isabelle, pero no le contaba nada espontáneamente. Decía que prefería oírle contar a ella las aventuras que la habían llevado a ser expulsada de tantos colegios. *Son mejores que las historias de gente que lucha por salir adelante*, decía.

Pero bajo todas las palabras, bajo el intercambio de historias, Isabelle sentía que se estaban quedando sin tiempo. No podrían permanecer allí mucho más. De hecho, tendrían que haberse ido ya. Ella estaba lo bastante recuperada para trabajar. No para cruzar los Pirineos, quizá, pero sí para levantarse de la cama.

¿Cómo podía dejarle? Era posible que no volvieran a verse.

Aquel era el mayor de sus miedos.

—Lo entiendo, ¿sabes? —dijo Gaëton.

Isabelle no comprendió a qué se refería, pero detectó el desánimo en su voz y dedujo que no era algo bueno. La tristeza asociada a estar con él en la cama —que venía con dosis equivalentes de felicidad— se hizo mayor.

—¿Qué es lo que entiendes? —preguntó, aunque no quería saberlo.

—Que cada vez que nos besamos puede ser la última.

Isabelle cerró los ojos.

—Ahí fuera estamos en guerra, Iz. Tengo que volver.

Isabelle lo sabía y estaba de acuerdo, aunque la idea le causaba una opresión en el pecho.

—Ya lo sé —fue todo lo que consiguió decir, temerosa de que ahondar en el tema le produjera más dolor del que sería capaz de soportar—. Hay una reunión del grupo en Uruña —añadió—. Debería poder estar allí la noche del miércoles, si tenemos suerte.

—No tenemos suerte —dijo Gaëton—. A estas alturas deberías saberlo.

—Te equivocas, Gaëton. Ahora que me has conocido, nunca me olvidarás. Eso es algo.

Se inclinó para besarle.

Gaëton le susurró algo despacio con los labios pegados a los suyos. Quizá fue «No es suficiente». A Isabelle no le importó. No quería oírlo.

En noviembre, los habitantes de Carriveau empezaron a prepararse de nuevo para sobrevivir al invierno. Ahora sabían lo que el otoño anterior habían ignorado: que las condiciones de vida podían empeorar. La guerra se había extendido a todo el mundo: a África, a la Unión Soviética, a Japón, a una isla de alguna parte llamada Guadalcanal. Con los alemanes combatiendo en tantos frentes, los víveres escaseaban aún más, al igual que la leña, la electricidad y los artículos de primera necesidad.

Aquella mañana de viernes se presentaba especialmente fría y gris. No era un buen día para aventurarse a salir, pero Vianne había decidido que aquel era El Día. Le había costado mucho tiempo reunir el valor para salir de casa con Daniel, pero sabía que era algo que debía hacer. El niño llevaba el pelo tan corto que parecía estar casi calvo y le había vestido con ropas que le quedaban grandes de manera que pareciera más pequeño. Cualquier cosa con tal de que no le reconocieran.

Se obligó a aparentar naturalidad mientras atravesaba el pueblo con un niño a cada lado: Sophie y Daniel.

Daniel.

Al llegar a la *boulangerie* se puso al final de la cola. Aguardó conteniendo la respiración a que alguien le preguntara por el niño que la acompañaba, pero las mujeres se encontraban demasiado cansadas, hambrientas y desanimadas como para levantar siquiera la vista. Cuando por fin le llegó el turno de pedir a Vianne, Yvette la miró. Solo dos años atrás había sido una mujer hermosa, con el pelo largo cobrizo y los ojos negros como el carbón. Ahora, después de tres años de guerra, parecía vieja y cansada.

—Vianne Mauriac. Llevo tiempo sin verlas a usted y a su hija. *Bonjour*, Sophie, qué alta estás. —Miró al otro lado del mostrador—. ¿Y quién es este hombrecito tan guapo?

—Daniel —dijo el niño, orgulloso.

Vianne apoyó una mano temblorosa en su cabeza rapada.

—Le he adoptado. Era de una prima de Antoine de Niza que... murió.

Yvette se separó el pelo ensortijado de la frente y se sacó un mechón de la boca mientras miraba al pequeño. Ella tenía tres hijos, uno de ellos no mucho mayor que Daniel.

El corazón de Vianne palpitaba con fuerza.

Yvette se separó del mostrador y fue hasta una pequeña puerta que separaba la tienda de la tahona.

—Herr teniente —dijo—. ¿Puede salir un momento?

Vianne agarró con fuerza el asa de su cesto de mimbre presionándola con los dedos como si fuera el teclado de un piano.

Un alemán corpulento salió de la trastienda con los brazos llenos de *baguettes* recién horneadas. Vio a Vianne y se detuvo.

—*Madame* —dijo, las mejillas sonrosadas le sobresalían de las comisuras de sus gruesos labios.

Vianne apenas acertó a saludar con la cabeza.

—Hoy ya no hay más pan, herr teniente —le dijo Yvette al militar—. Si hago más, reservaré el mejor para usted y sus hombres. Esta pobre mujer no ha conseguido ni una triste *baguette* de ayer.

El hombre entornó los ojos pensativo. Se acercó a Vianne, con sus pies resonando en el suelo de piedra. Sin decir una palabra, dejó una *baguette* a medio comer en su cesto. Luego hizo una inclinación de cabeza y salió de la tienda, acompañado por el campanilleo de la puerta.

Cuando estuvieron solas Yvette se acercó a Vianne, tanto que esta tuvo que hacer un esfuerzo para no retroceder.

—He oído que tiene a un oficial de las SS alojado en casa. ¿Qué pasó con aquel capitán tan atractivo?

—Desapareció —dijo Vianne con naturalidad—. Nadie sabe nada.

—¿Nadie? ¿Por qué la trajeron al ayuntamiento para interrogarla? Todo el mundo la vio entrar.

—No soy más que un ama de casa. ¿Qué puedo saber yo de esas cosas?

Yvette la miró fijamente un instante más, examinándola en silencio. Luego dio un paso atrás.

—Es usted una buena amiga, Vianne Mauriac —dijo en voz baja.

Vianne se despidió con una breve inclinación de cabeza y guio a los niños hacia la puerta. Los días de quedarse a charlar con las amistades en la calle habían quedado atrás. Ahora era peligroso incluso mirar a alguien a los ojos: las conversaciones cordiales se habían ido igual que la mantequilla, el café y la carne de cerdo.

Ya fuera, se detuvo en el escalón de piedra roto por entre cuyas grietas crecía un espeso matojo cubierto de escarcha. Llevaba un abrigo de invierno hecho con una colcha de tapicería. Había seguido un patrón que había visto en una revista: cruzado, largo hasta la rodilla con amplias solapas y unos botones que le había arrancado a la chaqueta de tweed favorita de su madre. Bastaba para un día como aquel, pero pronto necesitaría ponerse capas de papel de periódico entre el jersey y el abrigo.

Se ató el pañuelo que le cubría la cabeza con un nudo más apretado bajo el mentón mientras el viento gélido le azotaba la cara. Hojas secas revoloteaban sobre el suelo del callejón empedrado y formaban remolinos alrededor de sus botas.

Asió con fuerza la mano enguantada de Daniel y salió a la calle. Enseguida supo que algo iba mal. Había soldados alemanes y gendarmes franceses por todas partes: en coches, en motocicletas, desfilando por la calle helada, arracimados en los cafés.

Fuera lo que fuera lo que estaba ocurriendo, no podía ser bueno, y, en cualquier caso, siempre era conveniente mantenerse lejos de los soldados; en especial desde las victorias aliadas en el norte de África.

—Venga, Sophie y Daniel. Vámonos a casa.

Intentó girar a la derecha, pero descubrió que había una barricada en la calle. Todas las puertas se encontraban cerradas y los postigos, echados. Los bistrós estaban vacíos. En el aire flotaba una horrible sensación de peligro.

La calle siguiente también se hallaba cortada. Dos soldados nazis hacían guardia en la barricada y apuntaron a Vianne con sus fusiles. A su espalda, soldados alemanes desfilaban al paso de la oca.

Vianne tomó a los niños de la mano y les obligó a apretar el paso, pero todas las calles permanecían cortadas y vigiladas. Era evidente que había algún plan en marcha. Camiones y autobuses circulaban con estrépito por las calles adoquinadas en dirección a la plaza.

Vianne llegó a esta y se detuvo jadeante, con los niños pegados a ella.

Caos. De una fila de autobuses bajaban pasajeros, todos con la estrella amarilla cosida a la ropa. Mujeres y niños empujados y obligados a entrar en la plaza como si fueran ganado. Vigilaba el perímetro de la misma una patrulla de nazis de aspecto siniestro y temible, mientras que los agentes de la policía francesa sacaban a la gente de los autobuses, arrancaban las joyas del cuello de las mujeres y las forzaban a moverse pistola en mano.

—¡Tú! —le gritó un gendarme a un hombre muy mayor que no se encontraba lejos de Vianne—. *Halt!*

El hombre de barba cana se apoyó en su bastón y se volvió hacia el agente, que pasó junto a Vianne con aire enfadado.

Agarró al anciano por los pantalones. Este trató de sujetárselos, pero el gendarme le dio tal empujón que chocó contra el cristal de un escaparate y lo rompió. El agente le bajó los pantalones hasta dejar al descubierto un pene circuncidado. Al verlo, le asestó al anciano un golpe con la culata del fusil que le hizo salir despedido.

—*Maman!* —gritó Sophie.

Vianne le tapó la boca con una mano.

A su izquierda, una mujer joven fue empujada al suelo y, a continuación, arrastrada del pelo por entre la multitud.

—¿Vianne?

Vianne se volvió y vio a Hélène Ruelle con una maleta pequeña de piel y un niño de la mano. A su lado iba otro niño de mayor edad. Una estrella amarilla y raída los identificaba.

—Llévate a mis hijos —le dijo desesperada a Vianne.

—¿Aquí? —preguntó Vianne mirando a su alrededor.

—No, *maman* —dijo el niño más mayor—. *Papa* me pidió que cuidara de ti. No voy a dejarte. Si me sueltas la mano te seguiré. Así que es mejor que continuemos juntos.

A su espalda sonó otro silbato.

Hélène empujó al niño pequeño en dirección a Vianne hasta que estuvo pegado a Daniel.

—Se llama Jean Georges, como su tío. En junio cumplió cuatro años. La familia de mi marido está en Borgoña.

—No tengo papeles para él... Si me lo quedo me matarán.

—¡Tú! —le gritó un nazi a Hélène.

Se le acercó por la espalda, la agarró del pelo y tiró hasta casi hacerla caer. Hélène chocó contra su hijo mayor, que con esfuerzo la ayudó a recuperar el equilibrio.

Entonces Hélène y su hijo desaparecieron, se perdieron entre la multitud. Al lado de Vianne el otro niño lloraba y gritaba:

—*Maman!*

—Tenemos que irnos —le dijo Vianne a Sophie—. Ya.

Agarró la mano de Jean Georges con tanta fuerza que el llanto del niño se intensificó. Cada vez que gritaba «*Maman!*», Vianne daba un respingo y rezaba por que se callara. Recorrieron a toda prisa una calle tras otra, esquivando las barricadas y a los soldados que se dedicaban a tirar puertas abajo y a sacar a judíos para llevarlos a la plaza. En dos ocasiones los detuvieron y los dejaron pasar porque no llevaban la estrella amarilla cosida a la ropa. Ya en el camino embarrado, Vianne tuvo que aflojar el paso, pero no se paró, ni siquiera cuando los dos niños empezaron a llorar.

Al llegar a Le Jardin, Vianne se detuvo.

El Citroën negro de Von Richter se hallaba aparcado delante de la casa.

—Oh, no —dijo Sophie.

Vianne miró a su aterrorizada hija y, al ver su propio miedo reflejado en aquellos ojos tan queridos, supo de inmediato lo que estaba obligada a hacer.

—Tenemos que intentar salvarle. Si no lo hacemos, es que somos tan malvadas como ellos —dijo.

Y así era. Odiaba implicar a su hija, pero ¿qué elección le quedaba?

—Debo salvar a este niño.

—¿Cómo?

—Todavía no lo sé —reconoció Vianne.

—Pero Von Richter...

Como si hubiera oído su nombre, el nazi apareció en la puerta principal, con su uniforme meticulosamente pulcro.

—Ah, madame Mauriac —dijo acercándose a ella con ojos entornados—. La estaba buscando.

Vianne se esforzó por serenarse.

—Hemos ido al pueblo a comprar.

—No ha elegido un buen día. Están reuniendo a los judíos para su deportación. —Caminó hacia ella, con las botas pisoteando la hierba húmeda. A su lado, el manzano deshojado; trozos de tela aleteaban en las ramas desnudas. Rojo. Rosa. Amarillo. Blanco. Uno nuevo para Beck. Negro.

—¿Y quién es este guapo jovenzuelo? —dijo Von Richter acariciando la mejilla llorosa del niño con un dedo enguantado de negro.

—E-el hijo de una amiga. Su madre murió de tuberculosis esta semana.

Von Richter retrocedió al instante como si Vianne hubiera pronunciado las palabras «peste bubónica».

—No le quiero en la casa. ¿Entendido? Le llevará ahora mismo al orfanato.

El orfanato. La madre Marie-Thérèse.

Vianne asintió con la cabeza.

—Por supuesto, herr Sturmbannführer.

Von Richter hizo un gesto rápido con la mano, como si dijera: *Váyase ya.* Empezó a alejarse. De repente se detuvo y se giró para mirar a Vianne.

—La quiero en casa esta noche para la cena.

—Siempre estoy en casa, herr Sturmbannführer.

—Mañana nos vamos. Quiero que nos prepare una buena comida a mis hombres y a mí antes de irnos.

—¿Se van? —preguntó Vianne con una punzada de esperanza.

—Mañana ocupamos el resto de Francia. Se acabó la Zona Libre. Ya era hora. Dejar a los franceses que se gobernaran solos era una ridiculez. Que tenga un buen día, *madame.*

Vianne permaneció donde estaba, muy quieta y con el niño de la mano. Por encima del llanto de Jean Georges oyó cómo la cancela chirriaba y se cerraba con fuerza. Luego un motor arrancó.

—¿Crees que la madre Marie-Thérèse le esconderá? —dijo Sophie cuando se hubo ido el alemán.

—Eso espero. Llévate a Daniel dentro y cierra la puerta. No abras a nadie más que a mí. Volveré en cuanto pueda.

De pronto Sophie pareció mayor, más sabia de lo que correspondía a su edad.

—Bien hecho, *maman.*

—Ya veremos.

A Vianne le quedaban pocas esperanzas.

—Ven, Jean Georges, vamos a dar un paseo —dijo Vianne al niño cuando sus hijos estuvieron a salvo dentro de casa con la puerta cerrada.

—¿A ver a mi *maman?*

Fue incapaz de mirarle.

—Vamos.

Mientras Vianne y el niño caminaban de vuelta al pueblo empezó a caer una lluvia intermitente. Jean Georges alternaba quejas con llanto, pero Vianne estaba tan nerviosa que apenas se daba cuenta.

¿Cómo podía pedirle a la madre superiora que asumiera ese riesgo?

¿Cómo podía no hacerlo?

Dejaron atrás la iglesia y se dirigieron al convento escondido detrás de ella. La orden de las Hermanas de San José se había formado en 1650 con seis mujeres con una manera de pensar parecida cuya aspiración consistía en servir a los necesitados de su comunidad. Había crecido hasta sumar miles de hermanas por toda Francia hasta que, durante la revolución, el Estado prohibió las congregaciones religiosas. Algunas de las seis hermanas fundadoras se habían convertido en mártires de su fe, siendo guillotinadas por sus creencias.

Vianne fue a la puerta principal de la abadía, levantó el pesado aldabón de hierro y dejó que cayera con estrépito contra la puerta de roble.

—¿Qué hacemos aquí? —se quejó Jean Georges—. ¿Está aquí mi *maman*?

—Chis.

Abrió una monja y su rostro regordete apareció enmarcado por el griñón blanco y el velo negro de su hábito.

—Ah, Vianne —dijo con una sonrisa.

—Hermana Agatha, querría hablar con la madre superiora, si es posible.

La hermana se hizo a un lado y su hábito susurró al rozar el suelo de piedra.

—Voy a ver. ¿Queréis sentaros en el jardín?

Vianne asintió.

—*Merci.*

Cruzó el frío claustro con Jean Georges. Al final de un pasillo abovedado torcieron a la izquierda y entraron en el jardín. Era enorme y cuadrado, con césped pardo cubierto de escarcha, una fuente con forma de cabeza de león y varios bancos de piedra repartidos aquí y allá. Vianne se sentó en uno de los fríos bancos que estaba resguardado de la lluvia y cogió al niño para colocarlo a su lado.

No tuvo que esperar mucho.

—Vianne —dijo la madre superiora caminando hacia ella, arrastrando el hábito por la hierba y con los dedos cerrados alrededor de un crucifijo que le colgaba de una cadena del cuello—. Qué alegría verte. Ha pasado mucho tiempo. ¿Y quién es este jovencito?

El niño levantó la vista.

—¿Está aquí mi *maman?*

Vianne buscó los ojos de la madre superiora.

—Se llama Jean Georges Ruelle, madre. Me gustaría hablar con usted a solas, si es posible.

La madre superiora dio una palmada y apareció una monja joven para llevarse al niño. Cuando estuvieron solas, la madre superiora se sentó al lado de Vianne.

Vianne no conseguía ordenar sus pensamientos, así que permanecieron unos instantes en silencio.

—Siento lo de tu amiga Rachel.

—Y tantos otros —dijo Vianne.

La monja asintió con la cabeza.

—Hemos oído unos rumores terribles en la radio inglesa sobre lo que está ocurriendo en los campos.

—Quizá el Santo Padre…

—No se ha pronunciado al respecto —dijo la madre superiora con una voz llena de desilusión.

Vianne respiró hondo.

—Hélène Ruelle y su hijo mayor han sido deportados hoy. Jean Georges está solo. Su madre… me lo ha dejado.

—¿Te lo ha dejado? —La monja hizo una pausa—. Es peligroso tener a un niño judío en casa, Vianne.

—Quiero protegerle —dijo esta con voz suave.

La madre superiora la miró. Estuvo callada tanto tiempo que el temor de Vianne empezó a echar raíces, a crecer.

—¿Y cómo lo vas a hacer? —preguntó por fin la monja.

—Escondiéndolo.

—¿Dónde?

Vianne miró a la madre superiora sin decir nada.

Esta palideció.

—¿Aquí?

—En el orfanato. ¿Qué mejor lugar?

La madre superiora se levantó y volvió a sentarse. Luego se puso de pie otra vez, se llevó las manos al crucifijo, lo tocó. Despacio, se sentó. Encogió los hombros y, a continuación, los enderezó, una vez hubo tomado la decisión.

—Un niño a nuestro cargo necesita papeles. Una partida bautismal. Eso… lo puedo conseguir, claro, pero documentos de identidad…

—Yo los obtendré —dijo Vianne, aunque no tenía ni idea de si algo así era posible.

—Sabes que ahora es ilegal esconder a judíos. El castigo es la deportación, si tienes suerte, y me temo que en Francia ahora mismo nadie la tiene.

Vianne asintió con la cabeza.

—Me quedaré con el niño —dijo la madre superiora—. Y… tendría sitio para más de un niño judío.

—¿Más?

—Pues claro, hay muchos más, Vianne. Hablaré con un hombre que conozco en Girot. Trabaja para la Oeuvre de Secours aux Enfants, la asociación de auxilio a la infancia.

Supongo que conocerá a muchas familias y niños que viven escondidos. Le diré que irás a verle.

—¿Yo?

—Ahora estás al frente de esto y, ya que vamos a jugarnos la vida por un niño, merece la pena intentar salvar a más.

La monja se puso de pie con energía. Tomó a Vianne del brazo y las dos pasearon por el perímetro del pequeño jardín.

—Nadie aquí puede saber la verdad. Habrá que adiestrar a los niños y necesitarán papeles que aguanten una inspección. Y deberías tener un empleo aquí, de profesora tal vez. Sí, de profesora a tiempo parcial. Eso nos permitiría abonarte un pequeño estipendio y serviría para explicar qué haces aquí con los niños.

—Sí —dijo Vianne, insegura.

—No pongas esa cara de susto, Vianne. Estás haciendo lo correcto.

Vianne no dudaba de que aquello fuera cierto, pero aun así estaba aterrorizada.

—Esto es lo que nos han hecho. Tenemos miedo hasta de nuestra propia sombra. —Miró a la madre superiora—: ¿Qué voy a hacer? ¿Abordar a mujeres asustadas y hambrientas y pedirles que me den a sus hijos?

—Les preguntarás si han visto a sus amigas obligadas a subirse a trenes y ser deportadas. Les preguntarás a qué están dispuestas a arriesgarse para evitar que sus hijos suban a esos trenes. Luego dejarás que cada madre obre en consecuencia.

—Es una decisión imposible. No sé si yo sería capaz de entregar a Sophie y a Daniel a una desconocida.

La madre superiora se acercó más a ella.

—He oído que uno de esos horribles comandantes está alojado en tu casa. Supongo que eres consciente de que esto os coloca a ti y a Sophie en una situación muy peligrosa.

—Pues claro. Pero ¿cómo podría hacerle creer a mi hija que en unos tiempos como estos es correcto cruzarse de brazos?

La madre superiora se detuvo. Se soltó del brazo de Vianne, le puso con suavidad la palma de la mano en la mejilla y sonrió con ternura.

—Ten cuidado, Vianne. Ya fui al funeral de tu madre. No quiero tener que acudir también al tuyo.

30

Un gélido día de mediados de noviembre, Isabelle y Gaëton dejaron Brantôme y tomaron un tren a Bayona. El coche rebosaba de soldados alemanes de apariencia solemne —en mayor número de lo habitual— y, cuando bajaron en su destino, se encontraron con que más soldados atestaban el andén.

Se abrieron paso entre los uniformes gris verdoso agarrados de la mano. Dos enamorados de camino a una localidad costera.

—A mi madre le encantaba ir a la playa. ¿Te lo había dicho? —preguntó Isabelle cuando se cruzaron con dos oficiales de las SS.

—Los ricos siempre vais a los sitios bonitos.

Isabelle sonrió.

—No éramos ricos, Gaëton —dijo cuando hubieron salido de la estación.

—Bueno, pobres no erais tampoco —repuso él—. Yo sé lo que es ser pobre.

Se calló, dejó que su afirmación surtiera su efecto y entonces añadió:

—Quizá llegue a ser rico algún día… Quizá —repitió con un suspiro.

Isabelle supo en qué estaba pensando. Era la pregunta que no dejaban de hacerse los dos: ¿habrá una Francia en nuestro futuro? Gaëton aminoró el paso.

Isabelle vio lo que había llamado su atención.

—No te pares —dijo él.

Delante había un retén. Los soldados estaban por todas partes, empuñando fusiles.

—¿Qué pasa? —preguntó Isabelle.

—Nos han visto —dijo Gaëton.

Le asió la mano con más fuerza y caminaron hacia un enjambre de soldados alemanes.

Un centinela fornido y de cabeza cuadrada les cerró el paso y les pidió los salvoconductos y sus papeles.

Isabelle le dio los documentos a nombre de Juliette. Gaëton también le ofreció al soldado su documentación falsa, pero este parecía más interesado en lo que ocurría a su espalda. Echó un breve vistazo a los papeles y se los devolvió.

Isabelle le brindó su sonrisa más inocente.

—¿Qué pasa hoy?

—Se acabó la Zona Libre —dijo el soldado con un gesto para que pasaran.

—¿Que se ha acabado la Zona Libre? Pero…

—Estamos ocupando toda Francia —dijo el soldado con aspereza—. Se acabó lo de simular que su ridículo gobierno de Vichy manda en alguna parte. Pasen.

Gaëton tiró de Isabelle y caminaron entre las tropas cada vez más numerosas.

Durante horas, mientras avanzaban, camiones alemanes y automóviles les tocaron la bocina ansiosos por adelantarlos.

Hasta que no llegaron a la pintoresca ciudad costera de San Juan de Luz no pudieron escapar de los numerosos nazis.

Recorrieron a pie el malecón desierto, encaramado sobre el furioso oleaje del mar Cantábrico. A sus pies, un bucle de arena amarilla mantenía a raya al mar embravecido. De lejos, la península verde y frondosa aparecía salpicada de casas de arquitectura tradicional vasca, con fachadas blancas, puertas rojas y alegres tejados también rojos. El cielo era de un azul pálido, desvaído, con nubes alargadas y tensas como cuerdas de tender la ropa. No había nadie, ni en la playa ni paseando por el viejo rompeolas.

Por primera vez en horas, Isabelle respiró.

—¿Qué significa eso de que se acabó la Zona Libre?

—Nada bueno, desde luego. Hará más peligroso tu trabajo.

—Ya me he desplazado antes por territorio ocupado.

Isabelle le apretó la mano y le guio de vuelta para abandonar el rompeolas. Bajaron los peldaños desiguales y se dirigieron hacia la carretera.

—Cuando era pequeña veníamos aquí de vacaciones —dijo Isabelle—. Antes de que muriera mi madre. Al menos eso es lo que me han contado. Yo casi no me acuerdo.

Su intención había sido empezar una conversación, pero sus palabras cayeron en el silencio que había vuelto a hacerse entre los dos y se quedaron sin contestar. En la quietud, Isabelle fue consciente del peso asfixiante que suponía echarle de menos, aunque le tenía cogido de la mano. ¿Por qué no le había hecho más preguntas durante los días que habían pasado juntos, para así saberlo todo de él? Ahora no había tiempo y los dos lo sabían. Caminaron en un silencio apesadumbrado.

Cuando cayó la bruma del atardecer, Gaëton vio los Pirineos por primera vez.

Las montañas escarpadas y cubiertas de nieve se alzaban hacia el cielo plomizo y sus picos helados desaparecían entre las nubes.

—*Merde.* ¿Cuántas veces has cruzado esas montañas?

—Veintisiete.

—Eres asombrosa —dijo Gaëton.

—Lo soy —contestó Isabelle con una sonrisa.

Siguieron subiendo las calles desiertas y en penumbra de Urruña, ascendiendo cada vez más, dejando atrás comercios cerrados y bistrós llenos de hombres mayores. A la salida del pueblo estaba el camino de tierra que conducía a las estribaciones de los Pirineos. Después de seguirlo, llegaron a la casa situada a los pies de la montaña, de cuya chimenea roja salía humo.

—¿Estás bien? —le preguntó Gaëton a Isabelle al reparar en que había aminorado el paso.

—Te voy a echar de menos —dijo esta con voz débil—. ¿Cuánto tiempo puedes quedarte?

—Tendré que irme por la mañana.

Isabelle quería soltarle la mano, pero le resultaba difícil. Presentía de forma terrible, irracional, que si lo hacía nunca volvería a tocarlo y la idea la paralizaba. Pero tenía trabajo que hacer. Le soltó y llamó a la puerta tres veces, con fuerza y en rápida sucesión.

Madame Babineau abrió vestida con ropas de hombre y fumando un Gauloises.

—¡Juliette! Pasa, pasa —dijo.

Se hizo a un lado e invitó a Isabelle y a Gaëton a que entraran en la habitación principal de la casa, donde cuatro pilotos esperaban alrededor de la mesa de comedor. Un fuego ardía en la chimenea y encima de las llamas una olla de hierro colado borboteaba, silbaba y chisporroteaba. Isabelle identificó los ingredientes del estofado: carne de cabra, panceta, caldo de carne espeso y sustancioso, champiñones y salvia. El aroma era celestial y le recordó que no había comido en todo el día.

Madame Babineau reunió a todos los hombres y los presentó. Había tres pilotos de la RAF y uno estadounidense. Los tres británicos llevaban días allí, esperando al americano, que había llegado el día anterior. A la mañana siguiente Eduardo les guiaría a través de las montañas.

—Me alegro de conocerla —dijo uno de ellos mientras le estrechaba la mano a Isabelle con energía como si fuera una bomba de agua—. Es usted tan bonita como nos habían dicho.

Los hombres empezaron a hablar a la vez. Gaëton pronto se unió a ellos como si fuera uno más. Isabelle se quedó junto a madame Babineau y le dio un sobre de dinero que debería haberle sido entregado casi dos semanas atrás.

—Siento el retraso.

—Tenías una buena excusa. ¿Qué tal te encuentras?

Isabelle movió el hombro para comprobar qué tal respondía.

—Mejor. En una semana podré hacer ya la travesía.

Madame Babineau le pasó el Gauloises. Isabelle dio una larga calada y echó el humo mientras estudiaba a los hombres ahora a su cargo.

—¿Qué tal son?

—¿Ves al alto y delgado, con nariz de emperador romano?

Isabelle no pudo evitar sonreír.

—Le veo.

—Dice ser lord o duque o algo así. Sarah, de Pau, me ha dicho que da problemas, que se niega a obedecer las órdenes de una mujer.

Isabelle tomó nota. No era algo del todo inusual, claro, encontrar a pilotos que no aceptaran órdenes de una mujer —ya fuera esta una muchacha, una dama o una campesina—, pero siempre resultaba molesto.

Madame Babineau entregó a Isabelle una carta arrugada y llena de manchas.

—Me lo ha dado uno de ellos para ti.

Isabelle la abrió de inmediato y la leyó por encima. Enseguida reconoció la caligrafía descuidada de Henri:

J.: Tu amiga sobrevivió a las vacaciones en Alemania, pero tiene invitados. No te molestes en visitarla, ya estaremos pendientes nosotros.

Vianne estaba bien —la habían dejado en libertad después de interrogarla—, pero tenía a otro soldado, o soldados, alojado en su casa. Arrugó el papel y lo arrojó al fuego. No supo si sentirse aliviada o más preocupada todavía. Instintivamente buscó a Gaëton, que la miraba mientras hablaba con un piloto.

—Me he fijado en cómo le miras.

—¿A lord nariz grande?

Madame Babineau soltó una risotada.

—Soy mayor, pero no estoy ciega. Al joven de ojos hambrientos. Él tampoco te quita los ojos de encima.

—Se marcha mañana por la mañana.

—Ah.

Isabelle se volvió a mirar a la mujer que en los últimos dos años se había convertido en su amiga.

—Tengo miedo de dejarle marchar, lo que es una locura, considerando las cosas tan peligrosas a las que me dedico.

La mirada de los ojos oscuros de madame Babineau era a la vez solidaria y compasiva.

—Si viviéramos otros tiempos te diría que tuvieras cuidado. Te diría que es joven, que tiene un trabajo peligroso y que los jóvenes acostumbrados al peligro pueden ser inconstantes. —Suspiró—. Pero estos días ya somos cautelosos con demasiadas cosas. ¿Para qué añadir el amor a la lista?

—El amor —dijo Isabelle en voz baja.

—Una cosa sí te voy a decir, puesto que soy madre y, como tal, no lo puedo evitar. Un corazón roto duele tanto en la guerra como en la paz. Así que despídete de tu hombre como es debido.

Isabelle esperó a que la casa estuviera en silencio... o todo lo silenciosa posible con hombres durmiendo en el suelo, roncando, cambiando de postura. Se liberó sigilosa de las mantas, cruzó la habitación principal de la casa y salió.

Las estrellas titilaban en lo alto y en el paisaje en penumbra el cielo parecía inmenso. La luz de la luna iluminaba a las cabras, las convertía en motas de color blanco plata repartidas por la ladera de la montaña.

Se detuvo junto a la cerca y esperó, aunque no por mucho tiempo.

Gaëton se acercó a ella por detrás y la rodeó con los brazos. Isabelle se recostó en su pecho.

—En tus brazos me siento segura —dijo.

Cuando Gaëton no respondió, supo que algo iba mal. Con el corazón encogido, se volvió despacio y le miró.

—¿Qué pasa?

—Isabelle.

El tono de su voz la asustó. Pensó: *No, no me lo digas. Sea lo que sea, no me lo digas.* En el silencio, cada ruido era perceptible: el balido de las cabras, los latidos del corazón de Isabelle, una piedra lejana que rodaba ladera abajo.

—Aquella reunión. A la que íbamos en Carriveau cuando te encontraste al aviador...

—¿Sí? —dijo Isabelle.

En los últimos días había estado observando a Gaëton con atención, había reparado en cada expresión de su cara y sabía que, fuera lo que fuera a decir, no era bueno.

—Voy a dejar el grupo de Paul. Para luchar... de manera diferente.

—¿Diferente?

—Con armas —dijo Gaëton con suavidad—. Y bombas. Lo que encontremos. Me voy a unir a un grupo de partisanos que viven en los bosques. Voy a estar encargado de los explosivos —sonrió— y de robar piezas para hacer bombas.

—Te vendrá bien tu experiencia pasada.

La provocación se le antojó sin ninguna gracia. A Gaëton se le borró la sonrisa.

—No puedo seguir entregando pasquines, Iz. Necesito hacer más. Y… no te veré durante una temporada, me parece.

Isabelle asintió, pero mientras lo hacía pensaba: *¿Cómo? ¿Cómo voy a irme y dejarle?*, y entendió de qué había estado asustado Gaëton desde el principio.

La mirada de este era tan íntima como un beso. En ella Isabelle vio reflejado su propio miedo. Era posible que no volvieran a verse.

—Hazme el amor, Gaëton —dijo.

Como si fuera la última vez.

Vianne se detuvo a la puerta del Hôtel Bellevue bajo una lluvia torrencial. Las ventanas del edificio estaban empañadas; a través de la bruma de los cristales veía un grupo de militares con uniformes gris verdoso.

Vamos, Vianne. Ya estás metida en esto.

Irguió los hombros y abrió la puerta. Una campanilla tintineó alegre y los tres hombres de la habitación dejaron lo que estaban haciendo y se volvieron a mirarla. Wehrmacht, SS, Gestapo. Se sintió como un cordero camino del matadero.

Desde la recepción, Henri levantó la vista. Al verla salió de detrás del mostrador y atravesó deprisa la habitación.

—Sonría —susurró, mientras la cogía del brazo.

Vianne trató de obedecer. No estaba segura de haberlo conseguido.

Henri la condujo hasta la recepción y, una vez allí, la soltó. Estaba diciendo alguna cosa —simulando reír de algún chiste— mientras ocupaba su puesto junto al voluminoso teléfono negro y la caja registradora.

—Su padre, ¿verdad? —dijo en voz alta—. ¿Habitación para dos noches?

Vianne asintió con la cabeza, aturdida.

—Voy a enseñarle la habitación que tenemos disponible —dijo Henri por fin.

Le siguió a través del vestíbulo y por un pasillo estrecho. Pasaron junto a una mesita con fruta fresca —solo los alemanes podían permitirse un lujo así— y un cuarto de baño vacío. Al final del pasillo Henri subió unas escaleras angostas y llegó a una habitación tan pequeña que solo había una cama individual y una ventana con los cristales opacos.

Entraron y Henri cerró la puerta.

—No debería estar aquí. Ya le enviamos aviso de que Isabelle está bien.

—Sí, gracias. —Vianne respiró hondo—. Necesito documentos de identidad. Usted es la única persona que se me ocurrió que podría ayudarme.

Henri arrugó el ceño.

—Esa es una petición peligrosa, *madame.* ¿Para quién son?

—Para un niño judío que está escondido.

—¿Dónde?

—¿No sería mejor que no lo supiera?

—Sí, claro. ¿Es un lugar seguro?

Vianne se encogió de hombros y su silencio bastó como respuesta. ¿Quién sabía qué era seguro y qué no a aquellas alturas?

—Tengo entendido que el Sturmbannführer Von Richter se aloja en su casa. Antes vivía aquí. Es un hombre peligroso, Vianne. Vengativo y cruel. Si la descubre…

—¿Y qué vamos a hacer, Henri? ¿Quedarnos de brazos cruzados?

—Me recuerda a su hermana —dijo Henri.

—Créame, no soy una mujer valiente.

Henri estuvo callado largo rato.

—Le conseguiré los documentos en blanco —dijo luego—. Después tendrá que aprender a falsificarlos usted misma. Yo ya estoy demasiado ocupado para asumir una tarea más. Practique sola.

—Gracias.

Vianne le miró y se acordó del mensaje que le había entregado muchos meses atrás, y las conjeturas que entonces hizo sobre él y su hermana. Ahora sabía que Isabelle había estado desde el principio haciendo un trabajo peligroso, importante. Se lo había ocultado a Vianne para protegerla, aunque eso significara pasar por tonta. Se había aprovechado de que Vianne siempre estaba dispuesta a pensar lo peor de ella.

Se avergonzó de sí misma por creerse aquella mentira con tanta facilidad.

—No le cuente a Isabelle que estoy haciendo esto. No quiero que le pase nada.

Henri asintió con la cabeza.

—*Au revoir* —dijo Vianne.

—Su hermana estaría orgullosa de usted —alcanzó a oír a Henri cuando ella se marchaba.

Vianne ni aflojó el paso ni respondió. Ignoró los silbidos de los alemanes, salió del hotel y emprendió el camino a casa.

Francia entera estaba ocupada por los alemanes, pero este hecho no afectaba apenas a la vida cotidiana de Vianne. Continuaba pasando los días en una cola o en otra. Su principal problema era Daniel. Seguía pareciéndole una buena idea ocultarlo de los vecinos, aunque nadie parecía poner en duda su mentira sobre la adopción cuando la contaba —y lo hacía a todo el que encontraba, aunque la gente estaba demasiado ocupada intentando sobrevivir como para que les importara, o quizá adivinaban la verdad y la aprobaban—.

Aquel día había dejado a los niños en casa, escondidos detrás de puertas con llave. En esos casos, y una vez en el pueblo, estaba siempre inquieta, nerviosa. Después de conseguir todos los víveres que le procuraban sus cartillas, volvió a enrollarse la bufanda alrededor del cuello y salió de la carnicería.

Caminó en el frío por la rue Victor Hugo, sintiéndose tan infeliz y agobiada por las preocupaciones que tardó unos instantes en darse cuenta de que Henri se encontraba a su lado.

Este inspeccionó la calle en todas direcciones, pero con el viento y el frío no había nadie. Los postigos estaban cerrados y los toldos aleteaban. Las mesas de los bistrós permanecían vacías.

Le dio una barra de pan a Vianne.

—El relleno es especial. Receta de mi madre.

Vianne comprendió. Dentro había papeles. Asintió con la cabeza.

—El pan con relleno especial no es algo fácil de encontrar en estos días. Saboréelo.

—Y... ¿si necesito más?

—¿Más?

—Hay muchos niños hambrientos.

Henri se detuvo y la besó mecánicamente en ambas mejillas.

—Vuelva a verme, *madame*.

—Dígale a mi hermana que he preguntado por ella. Cuando nos separamos habíamos discutido —le susurró Vianne al oído.

Henri sonrió.

—Yo me paso el día discutiendo con mi hermano, incluso durante la guerra. Pero seguimos siendo hermanos.

Vianne asintió con la cabeza, confiando en que aquello fuera verdad. Guardó la *baguette* en el cesto, tapada con un trozo de tela y al lado del flan en polvo y la avena que había conseguido aquel día en las tiendas. Mientras veía cómo Henri se alejaba, la cesta pareció volverse más pesada. Sujetó el asa con más fuerza y echó a andar calle abajo.

Estaba saliendo de la plaza cuando lo oyó.

—Madame Mauriac. Qué sorpresa.

La voz era como un charco de aceite a sus pies, resbaladiza y pegajosa. Vianne se humedeció los labios y enderezó los hombros, tratando de aparentar seguridad y despreocupación. Von Richter había vuelto la noche anterior, triunfal, jactándose de lo sencillo que había sido ocupar el resto de Francia. Vianne les había preparado la cena a él y a sus hombres, les había servido innumerables vasos de vino y, cuando terminaron de comer, Von Richter había arrojado las sobras a las gallinas. Vianne y los niños se habían ido a la cama hambrientos.

Llevaba puesto el uniforme, profusamente adornado con esvásticas y cruces de hierro, y estaba fumando un cigarrillo, expulsando el humo ligeramente a la izquierda de la cara de Vianne.

—¿Ya ha terminado con las compras del día?

—Qué remedio, herr Sturmbannführer. Hoy no había casi nada de comida, ni siquiera con las cartillas de racionamiento.

—Tal vez si sus hombres no hubieran sido unos cobardes, ahora las mujeres francesas no estarían pasando tanta hambre.

Vianne apretó los dientes en lo que confió pasara por una sonrisa.

Von Richter le examinó con atención la cara, que Vianne sabía que tenía pálida como la cera.

—¿Se encuentra usted bien, *madame*?

—Perfectamente, herr Sturmbannführer.

—Permítame que le lleve la cesta. La acompañaré a su casa.

Vianne asió la cesta con fuerza.

—No, de verdad. No es necesario…

Von Richter alargó una mano enfundada en un guante negro y Vianne no tuvo más remedio que colocar en ella el asa retorcida del canasto.

Von Richter echó a andar y Vianne se colocó a su lado, incómoda por ser vista en compañía de un oficial de las SS por las calles de Carriveau.

Mientras caminaban, Von Richter no dejó de charlar. Habló de la derrota segura de los aliados en el norte de África, de la cobardía de los franceses y de la avaricia de los judíos, y de la «solución final» como si fuera una receta de cocina que intercambian unos amigos.

Vianne apenas le oía por encima del rugido de sus pensamientos. Cuando se atrevía a mirar la cesta, veía la *baguette* que asomaba debajo del paño rojo y blanco que la cubría.

—Jadea usted como un caballo de carreras, *madame*. ¿Se encuentra indispuesta?

Sí, esa era la solución.

Forzó una tos y se tapó la boca con la mano.

—Discúlpeme, herr Sturmbannführer. No quería importunarlo, pero lo cierto es que temo que ese niño enfermo me contagió la gripe el otro día.

Von Richter se paró.

—¿No le he dicho que mantenga sus gérmenes lejos de mí?

Le pasó la cesta a Vianne con tal fuerza que le hizo daño en el pecho. Esta la agarró desesperada, temerosa de que se volcara, la *baguette* se partiera y los papeles falsos cayeran a los pies del alemán.

—P-perdón. Ha sido desconsiderado por mi parte.

—Esta noche no cenaré en casa —dijo Von Richter y se giró sobre sus talones.

Vianne permaneció quieta unos segundos —los necesarios para simular cortesía en caso de que se diera la vuelta— y luego corrió a casa.

Bien pasada la medianoche, cuando Von Richter llevaba ya horas acostado, Vianne salió sin hacer ruido de su dormitorio y fue a la cocina vacía. Se llevó una silla a la habitación y cerró la puerta con cuidado tras de sí. Acercó la silla a la mesita de noche y se sentó. A la luz de una única vela, se sacó los documentos de identidad en blanco de la faja.

Luego extrajo sus propios documentos y los estudió con todo detalle. A continuación, tomó la Biblia familiar y la abrió. Practicó firmas falsas en todos los espacios en blanco que encontró. Al principio estaba tan nerviosa que la letra le salía trémula, pero, cuanto más practicaba, más serena se sentía. Cuando tanto las manos como la respiración dejaron de temblarle, falsificó un certificado de nacimiento para Jean Georges con el nombre de Émile Duvall.

Pero no bastaba con tener papeles nuevos. ¿Qué pasaría cuando terminara la guerra y volviera Hélène Ruelle? Si Vianne no estaba allí —y con los riesgos que estaba asumiendo había que considerar esa terrible posibilidad—, Hélène no tendría ni idea de dónde buscar a su hijo ni de qué nombre habría adoptado.

Necesitaba hacer una ficha, un archivo que contuviera toda la información que poseía sobre él: quién era en realidad, quiénes eran sus padres, los nombres de sus parientes, todo lo que se le ocurriera.

Arrancó tres páginas de la Biblia e hizo una lista en cada una.

En la primera página escribió, con tinta negra encima de las oraciones:

Ari de Champlain 1
Jean Georges Ruelle 2

En la segunda escribió:

1. Daniel Mauriac
2. Émile Duvall

Y en la tercera:

1. Carriveau. Mauriac
2. Abbaye de la Trinité

Luego enrolló cada página con cuidado hasta formar un cilindro. Al día siguiente los escondería en tres lugares distintos. Uno, en un frasco sucio en el cobertizo que después llenaría con clavos; otro, en una lata de pintura vacía en el granero, y el tercero lo enterraría metido dentro de una caja en el gallinero. Las fichas se las entregaría a la madre superiora de la abadía.

Las fichas y las listas unidas identificarían a los niños después de la guerra, lo que haría posible que pudieran ser devueltos a sus familias. Era peligroso, claro, poner aquella información por escrito, pero si no dejaba constancia —y le ocurría lo peor—, ¿cómo se reunirían los niños escondidos con sus padres?

Estuvo largo rato mirando su trabajo, tanto que los niños que dormían en su cama empezaron a murmurar en sueños y la llama de la vela a chisporrotear. Se inclinó y le puso una mano a Daniel en la espalda para tranquilizarlo. Después se metió en la cama. Tardó mucho tiempo en quedarse dormida.

31

6 de mayo de 1995
Portland, Oregón

*M*e he escapado de casa —le digo a la joven sentada a mi lado.

Tiene el pelo del color del algodón de azúcar y más tatuajes que un ángel del infierno, pero está sola igual que yo en este aeropuerto lleno de gente atareada. Su nombre, me ha dicho, es Felicia. En las últimas dos horas —desde que anunciaron que nuestro vuelo va con retraso— nos hemos hecho compañeras de viaje. Lo de juntarnos ha ocurrido de forma natural. Me veía picotear esas atroces patatas fritas que tanto les gustan a los estadounidenses y yo me di cuenta. Tenía hambre, estaba claro. Naturalmente le hice un gesto y me ofrecí a invitarla a una comida. Así somos las madres.

—O quizá lo que estoy haciendo es volver a casa después de años de huir. A veces es difícil saber la verdad.

—Yo me he escapado —dice sorbiendo ruidosamente el refresco tamaño caja de zapatos que le he comprado—. Si París no está lo bastante lejos, mi próxima parada será la Antártida.

Veo más allá de la coraza de su rostro y el desafío de sus tatuajes y siento una extraña conexión con ella, como si fuéramos compatriotas. Somos dos prófugas.

—Estoy enferma —digo, y me sorprendo de mi propia confesión.

—¿Enferma en plan herpes zóster? Mi tía lo tuvo. Es asqueroso.

—No. Enferma en plan cáncer.

—Ah.

Sigue sorbiendo.

—¿Y cómo es que se va a París? ¿No tendría que estar en quimioterapia o algo así?

Empiezo a contestarle —no, no quiero tratamientos, he terminado con todo eso—, cuando me pongo a pensar en su pregunta, *¿Cómo es que se va a París?*, y me quedo callada.

—Ya lo pillo. Se está muriendo. —Agita el vaso gigante y los hielos entrechocan—. Se ha cansado de luchar. Ha perdido la esperanza y todo eso.

—Pero ¿se puede saber qué...?

Estoy tan ensimismada, tan absorta en la inesperada crudeza de esta afirmación —*Se está muriendo*— que tardo un instante en darme cuenta de que el que acaba de hablar es Julien. Lleva el chaquetón deportivo azul marino que le regalé estas Navidades y pantalones vaqueros oscuros a la última moda. Tiene el pelo revuelto y del hombro le cuelga una bolsa de cuero negro de fin de semana. No parece contento.

—¿A París, mamá?

«Atención, pasajeros del vuelo 605 de Air France. En cinco minutos se va a proceder al embarque».

—Ese es el nuestro —dice Felicia.

Sé lo que está pensando mi hijo. De niño me suplicaba que le llevara a París. Quería ver los sitios de los que le hablaba cuando le contaba historias antes de dormir, quería saber lo que era pasear por el Sena de noche, o comprar obras de arte en la Place des Vosges o sentarse en los jardines de las Tullerías a comerse un *macaron* con forma de mariposa comprado en Ladurée. Mi respuesta era siempre no y mi única explicación: *Ahora soy estadounidense, mi sitio está aquí.*

«Podrán embarcar primero aquellos pasajeros que viajen con niños menores de dos años, los que tengan alguna dificultad especial y los que viajen en primera clase».

Me pongo de pie y saco el asa extensible de mi maleta con ruedas.

—Me toca.

Julien se sitúa justo delante de mí como para cerrarme el paso a la puerta de embarque.

—¿De repente has decidido irte a París tú sola?

—Ha sido una decisión de última hora. Ya sabes, al cuerno con todo y esas cosas.

Le brindo la mejor sonrisa que logro esbozar, teniendo en cuenta las circunstancias. He herido sus sentimientos, algo que nunca fue mi intención.

—Es por esa invitación —dice— y por la verdad que nunca me has contado.

¿Por qué tuve que comentarle aquello por teléfono?

—Lo mencionas como si fuera algo emocionante —respondió agitando una mano artrítica—. Y no lo es. Y ahora tengo que embarcar. Te llamo…

—No hace falta. Voy contigo.

De pronto contemplo al cirujano que hay en él, al hombre habituado a ver más allá del hueso y de la sangre para localizar lo que está roto.

Felicia se cuelga de un hombro su mochila de camuflaje y tira el vaso vacío a la papelera, donde rebota en la abertura antes de caer.

—Se te acabó la aventura, tronca.

No sé qué sentimiento es más intenso: el alivio o la decepción.

—¿Te han dado un asiento al lado del mío?

—¿Con tan poca antelación? No.

Agarro el asa de mi maleta y voy hacia la mujer de aspecto agradable con uniforme azul y blanco. Toma mi tarjeta de embarque, me desea feliz vuelo y yo la saludo distraída con la cabeza y sigo adelante.

Avanzo por la pasarela. De pronto siento una ligera claustrofobia. Casi no puedo respirar. Soy incapaz de subir la maleta al avión, pasarla por encima del reborde metálico de la puerta.

—Estoy aquí, mamá —dice Julien con voz serena.

Agarra la maleta y la pasa sin esfuerzo por encima del obstáculo. El sonido de su voz me recuerda que soy madre y las madres no pueden permitirse el lujo de desmoronarse delante de sus hijos, ni siquiera cuando están asustadas, ni siquiera cuando sus hijos son ya adultos.

Una azafata me mira y pone cara de *esa-mujer-mayor necesita-ayuda*. Desde que vivo donde vivo, en una caja de zapatos llena de gente con aspecto de bastoncillo para los oídos, he aprendido a reconocer la expresión. Por lo general me irrita, me impulsa a enderezar la espalda y a rechazar a ese joven convencido de que no puedo desenvolverme sola, pero ahora mismo estoy cansada y asustada, y un poco de ayuda no me parece mal. Dejo que me acompañe a mi asiento de ventanilla en la segunda fila del avión. He tirado la casa por la ventana y he sacado un billete de primera clase. ¿Por qué no? En cualquier caso no le veo demasiado sentido a ahorrar.

—Gracias —digo a la azafata mientras tomo asiento.

Mi hijo embarca detrás de mí. Cuando sonríe a la azafata, oigo un pequeño suspiro y pienso: *Por supuesto*. Las mujeres llevan suspirando por Julien desde que le cambió la voz.

—¿Viajan juntos? —dice, y sé que está ganando puntos por ser un buen hijo.

Julien le regala una sonrisa capaz de derretir el hielo.

—Sí, pero no hemos conseguido asientos contiguos. Estoy tres filas detrás de ella.

Le enseña la tarjeta de embarque.

—Bueno, estoy segura de que lo puedo solucionar —dice la azafata mientras Julien sube mi maleta y su bolsa de fin de semana al compartimento situado encima de mi asiento.

Miro por la ventanilla esperando ver la pista llena de hombres y mujeres con chalecos naranja agitando los brazos y descargando maletas, pero lo que contemplo es agua trazando garabatos en la superficie de plexiglás y, entreverado con las líneas plateadas, está mi reflejo: mis propios ojos mirándome.

—Muchas gracias —oigo mencionar a Julien.

Luego se sienta a mi lado, se abrocha el cinturón y tensa la correa a la altura de la cintura.

—Bueno —dice después de una larga pausa durante la cual no han dejado de pasar personas a nuestro lado en un flujo continuo y la atractiva azafata (que se ha peinado y retocado el maquillaje) nos ha ofrecido champán—. Entonces, háblame de la invitación.

Suspiro.

—La invitación.

Sí. Ese es el principio de todo. O el final, según cómo se mire.

—Es para una reunión. En París.

—No entiendo —responde.

—No tienes por qué.

Toma mi mano. Qué firme y reconfortante resulta su tacto de médico.

En su cara veo toda mi existencia. Veo un bebé que llegó a mi vida mucho después de que hubiera renunciado a ser madre… y un atisbo de la belleza que una vez fue mía. Veo… mi vida reflejada en sus ojos.

—Sé que hay algo que quieres contarme y que por algún motivo te resulta difícil. Ahora es el momento. Empieza por el principio.

Al oír eso no puedo evitar sonreír. Es tan estadounidense, este hijo mío. Cree que una vida puede resumirse en una historia con principio y final. No sabe nada de esa clase de sacrificio que, una vez hecho, no puede nunca ni olvidarse ni sobrellevarse por completo. ¿Y cómo iba a hacerlo? Le he protegido de todas esas cosas.

Y, aun así…, aquí estoy, en un avión camino de casa, y tengo la oportunidad de decidir de forma distinta a como lo hice cuando mi dolor era reciente y un futuro construido sobre el pasado parecía imposible.

—Más tarde —digo, y esta vez soy sincera. Voy a contarle la historia de mi guerra y de la de mi hermana. No toda, por supuesto, no las partes más duras, pero sí algo. Bastará con que conozca una versión de mí más cercana a la realidad—. Ahora mismo no. Estoy agotada.

Me reclino en el asiento de primera clase y cierro los ojos.

¿Cómo voy a empezar desde el principio cuando solo puedo pensar en el final?

32

«Si estás pasando por un infierno, sigue adelante».
WINSTON CHURCHILL

Mayo de 1944
Francia

En los dieciocho meses transcurridos desde que los nazis ocuparon toda Francia la vida se había vuelto más peligrosa, si es que eso era posible. Los prisioneros políticos franceses habían sido internados en Drancy y Fresnes y cientos de miles de judíos galos habían sido deportados a campos de concentración en Alemania. Los orfanatos de Neuilly-sur-Seine y Montreuil habían sido desalojados y los pequeños habían sido enviados a los campos, y los niños retenidos en el Vel d'Hiv —más de cuatro mil— habían sido separados de sus padres y enviados solos a campos de concentración. Las fuerzas aliadas bombardeaban día y noche. Los arrestos eran continuos; se sacaba a la gente por la noche de sus hogares y tiendas, acusada de la más mínima infracción porque se rumoreaba que pertenecía a la Resistencia, y se la encarcelaba y deportaba. Se fusilaba a rehenes inocentes en represalia por cosas de las que no sabían nada y todos los varones entre dieciocho y cincuenta años estaban obligados a marcharse a campos de trabajos forzados en Alemania. Nadie se sentía seguro. Las estrellas amarillas cosidas a la ropa habían desaparecido. Nadie se miraba a los ojos ni hablaba con desconocidos. Se había cortado la electricidad.

Isabelle estaba en la esquina de una bulliciosa calle preparada para cruzar, pero, antes de que su zapato ajado y con suela de madera pudiera tocar el adoquinado, sonó un silbato. Se refugió en la sombra de un castaño en flor.

Aquellos días París era una mujer chillando. Ruido, ruido y más ruido. De silbatos, de disparos, de camiones, de soldados dando alaridos. Había cambiado la marea de la guerra. Los aliados habían desembarcado en Italia y los nazis no habían conseguido repelerlos. Las pérdidas habían llevado a los nazis a intensificar su ofensiva. En marzo habían masacrado a más de trescientos italianos en Roma en represalia por un bombardeo partisano en el que habían muerto veintiocho alemanes. Charles de Gaulle se había hecho por fin con el control de todas las fuerzas de la Francia Libre y para aquella semana se planeaba algo importante.

Una columna de soldados alemanes subía por el boulevard Saint-Germain de camino a los Campos Elíseos; los dirigía un oficial a lomos de un caballo blanco.

En cuanto pasaron, Isabelle cruzó la calle y se mezcló con los soldados reunidos en la acera contraria. Mantuvo la mirada en el suelo y las manos enguantadas alrededor del bolso. Su indumentaria estaba tan gastada y raída como la de la mayoría de los parisinos, y las suelas de madera de los zapatos resonaban en el pavimento. Ya nadie llevaba cuero. Esquivó largas colas de amas de casa y niños demacrados a la puerta de *boulangeries* y *boucheries*. Las raciones se habían ido recortando en los últimos dos años y los habitantes de París sobrevivían a base de ochocientas calorías al día. En las calles no se veía un solo perro o gato. Aquella semana se podía comprar tapioca y judías verdes. Nada más. En el boulevard de la Gare había amontonados muebles, obras de arte y joyas, todos los objetos de valor requisados a los deportados. Sus pertenencias eran clasificadas, embaladas y enviadas a Alemania.

Entró en Les Deux Magots, en el boulevard Saint-Germain, y se sentó al fondo. En el banco rojo de piel de topo esperó impaciente bajo la atenta mirada de estatuas de mandarines chinos. Una mujer que podía ser Simone de Beauvoir estaba sentada a una mesa cerca de la entrada del café, inclinada sobre una hoja de papel y escribiendo con furia. Isabelle se hundió más en el confortable asiento; estaba muerta de cansancio. En el último mes había cruzado los Pirineos tres veces y visitado cada una de los pisos francos para pagar a los «pasadores». Ahora que no había Zona Libre, cualquier movimiento era peligroso.

—Juliette.

Levantó la vista y vio a su padre. En los últimos años había envejecido, como todos. Las privaciones, el hambre, la desesperanza y el miedo habían hecho mella en él: tenía la piel del color y la textura de la arena de playa y surcada por profundas arrugas.

Estaba tan delgado que la cabeza resultaba desproporcionada respecto al cuerpo.

Se sentó en el asiento opuesto del reservado y apoyó las manos en la mesa de caoba de superficie picada.

Isabelle se inclinó hacia delante y le rodeó las muñecas con las manos. Cuando las retiró sujetaba en la palma unos documentos de identidad falsos enrollados tan finamente como un lapicero que le había sacado a su padre de la manga. Se los escondió con mano experta dentro de la faja y sonrió al camarero que acababa de aparecer.

—Café —dijo el padre con voz cansada.

Isabelle negó con la cabeza.

El camarero volvió, dejó una taza de café de cebada en la mesa y se fue.

—Hoy tenían reunión —dijo el padre—. Nazis de alta graduación. Estaban los de las SS y oí la palabra «Ruiseñor».

—Tenemos cuidado —le tranquilizó Isabelle con voz queda—. Y tú te estás arriesgando más que yo robando documentos de identidad en blanco.

—Soy un hombre mayor. Ni siquiera se fijan en mí. Pero tú quizá deberías tomarte un descanso. Dejar que otro cruce las montañas.

Isabelle le miró irritada. ¿Un hombre tendría que oír cosas como esa? Las mujeres eran esenciales para la Resistencia. ¿Es que los hombres no se daban cuenta?

El padre suspiró, leyendo la respuesta a su sugerencia en la cara ofendida de su hija.

—¿Necesitas un lugar donde quedarte?

Isabelle agradeció el ofrecimiento. Le recordaba lo mucho que habían mejorado las cosas entre ellos. Seguían sin estar unidos, pero trabajaban juntos, y eso era algo. Su padre ya no la apartaba de su lado y ahora… incluso le extendía una invitación. Le hacía albergar esperanzas de que algún día, cuando la guerra terminara, pudieran hablar como es debido.

—No puedo. Te pondría en peligro.

Llevaba más de dieciocho meses sin pasar por el apartamento. Tampoco había ido a Carriveau ni visto a Vianne en todo aquel tiempo. En contadas ocasiones había dormido tres noches seguidas en el mismo sitio. Su vida era una sucesión de habitaciones ocultas, colchones polvorientos y sospechosos desconocidos.

—¿Has sabido algo de tu hermana?

—Tengo amigos pendientes de ella. Me cuentan que no se mete en líos, que mantiene la cabeza baja y a su hija sana y salva. Estará perfectamente —respondió, consciente del matiz de esperanza de la última frase.

—La echas de menos —dijo el padre.

De pronto Isabelle se encontró recordando el pasado, deseando poder dejarlo atrás. Sí, echaba de menos a su hermana, pero llevaba años haciéndolo, toda la vida.

—Bueno.

El padre se levantó con brusquedad e Isabelle se fijó en sus manos.

—Te tiemblan las manos.

—He dejado de beber. No parecía un buen momento para ser un borracho.

—Yo no estaría tan segura —dijo Isabelle con una sonrisa—. Tal y como están las cosas, emborracharse parece una buena solución.

—Ten cuidado, Juliette.

A Isabelle se le borró la sonrisa. Cada vez que veía a alguien aquellos días le resultaba difícil decir adiós. Era imposible saber si volvería a verlos.

—Tú también.

Medianoche.

Isabelle se acuclilló en la oscuridad detrás de una tapia de piedra medio derruida. Estaba en mitad del bosque y vestida con ropas de campesina: un mono de labor que había conocido días mejores, botas de suela de madera y una blusa ligera hecha con una cortina de ducha. La brisa del sur le traía olor a humo de hoguera, pero no veía ni un solo indicio de fuego.

A su espalda crujió una rama.

Se agachó más todavía y prácticamente contuvo la respiración.

Sonó un silbido. Era el trino del ruiseñor. O algo parecido. Isabelle respondió con otro igual.

Oyó pisadas, jadeos. Y acto seguido:

—¿Iz?

Se levantó y se dio la vuelta. Un delgado haz de luz la recorrió y, a continuación, se apagó. Pasó por encima de un tronco caído y se abrazó a Gaëton.

—Te he echado de menos —dijo este después de un beso, despegando sus labios de los de Isabelle con una reticencia que no le pasó desapercibida a esta.

Llevaban más de ocho meses sin verse. Cada vez que Isabelle oía que había descarrilado un tren o que un hotel con huéspedes alemanes había volado en pedazos en el curso de una escaramuza con partisanos, se preocupaba.

Gaëton la tomó de la mano y la condujo por un bosque tan tenebroso que Isabelle no le veía ni a él ni el sendero que pisaban. Gaëton no encendió la linterna en ningún momento. Conocía aquel bosque como la palma de su mano después de vivir en él más de un año.

Cuando terminó el bosque, salieron a un prado enorme donde había gente formando hileras. Sostenían linternas encendidas que movían hacia atrás y hacia adelante como las luces de un faro, iluminando el terreno llano entre los árboles.

Isabelle oyó un motor de aeroplano, sintió la ráfaga de aire en las mejillas y olió gases de escape. El avión pasó sobre sus cabezas, volando tan bajo que hacía temblar los árboles. Isabelle escuchó un fuerte chirrido y metal golpeando metal y, a continuación, apareció un paracaídas que caía y al que iba sujeta una caja de gran tamaño.

—Son armas —dijo Gaëton.

Tiró de la mano de Isabelle y la llevó de nuevo entre los árboles, al campamento situado en lo más profundo del bosque. En el centro del mismo, una hoguera de un naranja intenso resplandecía con su luz oculta por una gruesa línea de árboles. Alrededor del fuego había varios hombres fumando y charlando. La mayoría estaba allí para evitar el STO, el servicio de trabajo obligatorio en campos de Alemania. Una vez en el bosque, se habían levantado en armas y convertido en partisanos de una guerra de guerrillas contra los alemanes; en secreto, al abrigo de la noche. El maquis. Colocaban bombas en los trenes, hacían estallar depósitos de armas, destruían esclusas; hacían todo lo que estuviera en su mano para interrumpir el flujo de bienes y hombres de Francia a Alemania. Obtenían sus suministros —y la información— de los aliados. Vivían en continuo peligro de muerte; si les encontraba el enemigo, las represalias no se hacían esperar y a menudo eran brutales. Quemaduras, picana, ceguera. Cada maquis llevaba una cápsula de cianuro en el bolsillo.

Los hombres tenían un aspecto desaseado, hambriento, demacrado. La mayoría vestía pantalones de pana gastados y boinas negras, todas deshilachadas, remendadas y descoloridas.

—Ven —dijo Gaëton.

La condujo hasta una tienda de campaña pequeña y de aspecto sucio con una puerta de lona abierta que dejaba ver un único saco de dormir, algunas prendas de ropa apiladas y unas botas cubiertas de barro. Como era de esperar, olía a calcetines sucios y a sudor.

Isabelle agachó la cabeza y se inclinó para entrar. Gaëton se sentó a su lado y bajó la solapa que hacía las veces de puerta. No encendió un quinqué —los hombres de fuera verían sus siluetas y empezarían a silbar—.

—Isabelle —dijo—. Te he echado de menos.

Isabelle se inclinó y dejó que la tomara en sus brazos y la besara. Cuando el beso terminó —demasiado pronto— respiró hondo.

—Traigo un mensaje para tu grupo de Londres. Lo ha recibido Paul hoy a las cinco: «Sollozos prolongados de violines de otoño».

Isabelle oyó que Gaëton contenía el aliento. Evidentemente las palabras, que les habían llegado por radio desde la BBC, estaban en clave.

—¿Es importante? —preguntó.

Gaëton tomó su cara con las manos, la sostuvo un momento con ternura, y, a continuación, le dio otro beso. Este estaba lleno de tristeza. Una nueva despedida.

—Tanto que tengo que marcharme ahora mismo.

Isabelle solo acertó a asentir.

—Nunca hay tiempo —susurró.

Cada momento que habían pasado juntos había sido de alguna manera robado o extraído a la fuerza. Se encontraban, se ocultaban en rincones en sombras, en tiendas de campaña sucias o en cuartuchos y hacían el amor en la oscuridad, pero después no se quedaban abrazados como los amantes y hablaban. Él siempre tenía que marcharse, o era ella la que partía. Cada vez que Gaëton la tomaba en sus brazos Isabelle pensaba: *Se acabó, esta será la última vez que le vea.* Y esperaba a que le dijera que la quería.

A sí misma se decía que era por la guerra. Que Gaëton sí la quería, pero tenía miedo de ese amor, miedo de perderla y sufrir más si le confesaba su amor. En los días buenos incluso se lo creía.

—¿Es muy peligroso lo que vas a hacer?

De nuevo silencio.

—Iré a verte —dijo Gaëton con voz queda—. Igual voy a París a pasar una noche y podemos meternos en un cine y abuchear los noticiarios o pasear por los jardines de Rodin.

—Como dos enamorados —dijo Isabelle tratando de sonreír.

Era lo que siempre se decían, el sueño compartido de un modo de vida que resultaba difícil recordar y que era improbable que se repitiera.

Gaëton le acarició la cara con una ternura que hizo llorar a Isabelle.

—Como dos enamorados.

En los últimos dieciocho meses, a medida que la guerra se recrudecía y se intensificaba la agresión nazi, Vianne había localizado y escondido en el orfanato a trece niños. Al principio se había limitado a la campiña de los alrededores, siguiendo pistas que le daba la OSE. Con el tiempo, la madre superiora se había dirigido al Comité Judío Estadounidense para la Distribución Conjunta, una asociación que agrupaba a diversos comités de ayuda y financiaba los esfuerzos por salvar a niños judíos, y que había puesto a Vianne en contacto con más pequeños necesitados de auxilio. En ocasiones llamaban a su puerta madres llorando, desesperadas, que le suplicaban su ayuda. Vianne nunca se la negaba a nadie, pero vivía atemorizada.

Ahora, en una cálida mañana de junio de 1944, una semana después de que los aliados desembarcaran en Normandía con más de ciento cincuenta mil soldados, se encontraba en el aula del orfanato mirando a los niños sentados en sus pupitres con expresión abatida y cansada. Sí, estaban cansados.

En el último año los bombardeos apenas habían cesado. Tan constantes habían sido los ataques aéreos, que Vianne ya no se molestaba en llevar a sus hijos al sótano cuando las alarmas sonaban de noche. Se quedaba acostada con ellos, abrazándolos con fuerza hasta que cesaban las sirenas o las bombas dejaban de caer.

Aunque nunca por mucho tiempo.

Vianne dio una palmada y pidió atención. Quizá un juego levantaría los ánimos.

—¿Es un ataque aéreo, *madame?* —preguntó Émile.

Tenía seis años y ya no mencionaba a su madre. Cuando le preguntaban, decía que «se murió porque se puso enferma» y punto. No recordaba haberse llamado Jean Georges Ruelle.

Lo mismo que Daniel, de cinco años, no se acordaba de quién había sido antes.

—No. No es un ataque —dijo Vianne—. De hecho estaba pensando que aquí hace mucho calor.

Se tiró del cuello abierto de la blusa.

—Es por las ventanas tapadas, *madame* —señaló Claudine, antes Bernadette—. La madre superiora dice que se siente como un jamón ahumado con el hábito de lana.

Los niños rieron.

—Es mejor que el frío del invierno —dijo Sophie y hubo un asentimiento general con la cabeza.

—Estaba pensando —comentó Vianne— que hoy podría ser un buen día para…

Antes de que pudiera terminar la frase oyó el estrépito de un motor de motocicleta fuera y, momentos más tarde, pisadas —de botas militares— resonaron por el pasillo de piedra.

Todo el mundo se quedó callado.

Se abrió la puerta del aula.

Entró Von Richter. Al acercarse a Vianne, se quitó la gorra y se la puso debajo de la axila.

—*Madame.* ¿Podría salir un momento al pasillo? —preguntó.

Vianne asintió con la cabeza.

—Un momento, niños —dijo—. Leed en silencio hasta que vuelva.

Von Richter la agarró del brazo —en un gesto doloroso, de castigo— y la llevó al patio de piedra que había a la salida del aula. Se oía el borboteo cercano de una fuente cubierta de musgo.

—Estoy aquí para preguntarle por un conocido suyo, Henri Navarre.

Vianne rezó por que su expresión no la delatara.

—¿Quién, herr Sturmbannführer?

—Henri Navarre.

—Ah, sí. El hostelero.

Cerró los puños para que no le temblaran las manos.

—¿Es amigo suyo?

Vianne negó con la cabeza.

—No, herr Sturmbannführer. Simplemente le conozco. Este es un pueblo pequeño.

Von Richter la miró pensativo.

—Si es capaz de mentirme sobre algo tan sencillo, es posible que me pregunte qué más cosas puede estar ocultándome.

—Herr Sturmbannführer, no…

—Ha sido vista en su compañía.

Le olía el aliento a cerveza y panceta y tenía los ojos entrecerrados.

Me va a matar, pensó Vianne por primera vez. Llevaba mucho tiempo siendo cuidadosa: nunca le contradecía y siempre que podía evitaba mirarle a los ojos. Pero, en las últimas semanas, se había vuelto voluble, imposible de predecir.

—Es un pueblo pequeño, pero…

—Ha sido arrestado por ayudar al enemigo, *madame.*

—Oh —dijo Vianne.

—Volveré a hablar del tema con usted, *madame.* En una habitación pequeña y sin ventanas. Y, créame, le voy a sonsacar la verdad. Descubriré si está colaborando con él.

—¿Yo?

Le apretó el brazo con tal fuerza que Vianne temió que le rompiera los huesos.

—Si descubro que sabía algo de esto, interrogaré a sus hijos… a fondo… y luego los mandaré a todos a la prisión de Fresnes.

—No les haga nada, se lo ruego.

Era la primera vez que le suplicaba alguna cosa y, al percibir la desesperación en su voz, Von Richter se quedó callado y se le aceleró la respiración. Entonces Vianne la vio con la claridad del día: la excitación. Durante un año y medio se había conducido con escrupulosa prudencia en su compañía, vistiéndose y moviéndose como un pajarillo, sin llamar nunca su atención, sin decir nada más que sí o no, herr Sturmbannführer. Y, ahora, en un solo instante, lo había echado todo a perder. Había dejado traslucir su debilidad y él la había visto. Ahora sabía cómo hacerle daño.

Horas más tarde Vianne se encontraba en un cuarto sin ventanas en las tripas del ayuntamiento. Estaba sentada muy tiesa, con las manos agarrando los reposabrazos tan fuerte que tenía los nudillos blancos.

Llevaba allí mucho tiempo, sola, tratando de encontrar las mejores respuestas. ¿Cuánta información tendrían? ¿Qué se creerían de lo que les dijera? ¿Habría dado Henri su nombre?

No. Si supieran que había falsificado documentos y había ocultado a niños judíos ya la habrían detenido.

A su espalda la puerta se abrió y, a continuación, se cerró.

—Madame Mauriac.

Vianne se puso de pie.

Von Richter la rodeó, despacio, con la mirada fija en el cuerpo de Vianne. Esta llevaba un vestido descolorido y muchas veces zurcido, sin medias, y zapatos oxford de suelas de madera. Hacía meses que se había quedado sin carmín, así que tenía los labios pálidos.

Von Richter se detuvo delante de ella, demasiado cerca, con las manos juntas a la espalda.

Vianne necesitó valor para levantar la barbilla y, cuando lo hizo —cuando miró sus ojos azul hielo—, supo que estaba metida en un aprieto.

—Ha sido vista con Henri Navarre paseando por la plaza. Es sospechoso de colaborar con los maquis de Lemosín, esos cobardes que viven como animales en los bosques y que ayudaron al enemigo en Normandía.

De forma simultánea al desembarco estadounidense en Normandía, los maquis habían sembrado el caos por el país, cortando líneas férreas, poniendo bombas, rompiendo esclusas. Los nazis estaban desesperados por encontrar y castigar a los partisanos.

—Apenas le conozco, herr Sturmbannführer; no sé nada de quienes ayudan al enemigo.

—¿Me toma por tonto, *madame*?

Vianne negó con la cabeza.

Quería pegarle, lo leía en sus ojos: un deseo violento, enfermizo. Había surgido cuando ella le había suplicado y ahora Vianne no sabía cómo atajarlo.

Von Richter le pasó un dedo por la línea del mentón y Vianne dio un respingo.

—¿De verdad es usted tan ingenua?

—Herr Sturmbannführer, lleva dieciocho meses viviendo en mi casa. Me ve todos los días. Alimento a mis hijos, trabajo en mi huerto y enseño en el orfanato. No me dedico a ayudar a los aliados.

Von Richter le acarició la boca con las yemas de los dedos obligándola a entreabrir los labios.

—Si descubro que me está mintiendo, *madame*, le haré daño. Y disfrutaré haciéndolo. —Dejó caer la mano—. Pero si me dice la verdad ahora, la perdonaré. Y también a sus hijos.

Vianne se estremeció al pensar que él pudiera descubrir que llevaba todos esos meses viviendo con un niño judío. Le haría quedar como un tonto.

—Yo nunca le mentiría, herr Sturmbannführer. Eso tiene que saberlo.

—Yo lo único que sé —se inclinó hacia ella y le susurró al oído— es que espero que me esté diciendo la verdad, *madame.*

Se separó.

—Está asustada —dijo sonriendo.

—No tengo razón para estarlo —replicó Vianne sin que le saliera más que un hilo de voz.

—Ya veremos si eso es verdad. De momento, *madame,* puede irse a casa. Y rece por que no descubra que me ha mentido.

Aquel mismo día Isabelle subía por una calle empedrada del pueblo de montaña de Urruña. A su espalda oía un eco de pisadas. Durante el viaje hasta allí desde París, sus más recientes «canciones» —el comandante Foley y el sargento Smythe— habían seguido sus instrucciones a la perfección y cruzado sin problemas los distintos puestos de control. Llevaba un buen rato sin mirar atrás, pero no dudaba de que caminaban tal y como les había enseñado, a casi cien metros de distancia de ella.

Al llegar a la cima de la colina vio a un hombre sentado en un banco frente a una oficina de correos cerrada. Llevaba un cartel que decía: SOY SORDOMUDO. ESTOY ESPERANDO A QUE MI MADRE VENGA A RECOGERME. Sorprendentemente, aquella estratagema tan sencilla seguía engañando a los nazis.

Isabelle fue hasta él.

—Llevo paraguas —dijo en su inglés con fuerte acento francés.

—Tiene pinta de que va a llover —dijo el hombre.

Isabelle asintió con la cabeza.

—Camine a cien metros de mí.

Siguió subiendo la ladera, sola.

Cuando llegó a la casa de madame Babineau casi anochecía. Al doblar un recodo de la carretera se detuvo y esperó a que los pilotos la alcanzaran.

El hombre del banco fue el primero en presentarse.

—Buenas tardes, señora —dijo quitándose la boina prestada—. Soy el comandante Tom Dowd, señora. Sarah le envía saludos desde Pau. Ha sido una anfitriona de primera.

Isabelle sonrió cansada. Aquellos yanquis eran tan... extraordinarios. Con sus sonrisas siempre dispuestas y sus vozarrones. Y su gratitud. Nada que ver con los británicos, que le daban las gracias con monosílabos, palabras sucintas y firmes apretones de manos. Había perdido la cuenta de las veces que un estadounidense la había abrazado con tal ímpetu que la había levantado del suelo.

—Soy Juliette —le dijo al comandante.

El siguiente en aparecer fue el comandante Jack Foley. Le dedicó a Isabelle una gran sonrisa.

—Menudas montañas.

—Y que lo digas —añadió Dowd tendiendo una mano—. Soy Dowd. De Chicago.

—Foley, de Boston. Un placer.

El sargento Smythe iba en último lugar y se incorporó unos minutos después.

—Hola, caballeros —dijo sin resuello—. Ha sido toda una caminata.

—Pues espere y verá —dijo Isabelle riendo.

Los llevó hasta la casa y llamó tres veces a la puerta.

Madame Babineau la entornó y, al ver a Isabelle por la abertura, sonrió y se hizo a un lado para dejarlos pasar. Como siempre, había un caldero de hierro puesto sobre la chimenea ennegrecida de hollín. La mesa estaba preparada para su llegada, con vasos de leche caliente y cuencos vacíos.

Isabelle miró a su alrededor.

—¿Y Eduardo?

—En el granero, con otros dos pilotos. Estamos teniendo dificultades para conseguir suministros. Por los dichosos bombardeos. La mitad del pueblo está hecho escombros. —Le tocó una mejilla a Isabelle—. Pareces cansada, Juliette. ¿Te encuentras bien?

El contacto de la mano fue tan reconfortante que Isabelle no pudo evitar retenerla un momento. Sentía deseos de hablarle a su amiga de sus preocupaciones, de desahogarse por un instante, pero aquel era otro lujo que uno no podía permitirse en aquella guerra. Los problemas se llevaban en soledad. Isabelle no le contó a madame Babineau que la Gestapo había ampliado su búsqueda del Ruiseñor ni que estaba preocupada por su padre, su hermana y su sobrina. ¿De qué serviría? Todos tenían familia de la que preocuparse. Eran desvelos normales, puntos fijos en el mapa de la guerra.

Tomó las manos de la anciana. La vida traía consigo muchas cosas terribles, pero también aquello, amistades forjadas a fuego que demostraban ser indestructibles. Después de tantos años de soledad, desterrada en conventos y olvidada en internados, Isabelle no dejaba de valorar el hecho de que ahora tenía amigos, personas que le importaban y a quienes importaba.

—Estoy bien, amiga mía.

—¿Y ese hombre tuyo tan guapo?

—Sigue bombardeando arsenales y haciendo descarrilar trenes. Le vi justo antes de la invasión de Normandía y supuse que se preparaba algo importante. Ahora sé que está metido de lleno en ello. Estoy preocupada...

A lo lejos oyó el ronroneo de un motor. Se volvió hacia madame Babineau.

—¿Espera a alguien?

—Aquí nadie sube nunca en coche.

Los pilotos también lo oyeron y dejaron de hablar. Smythe levantó la vista. Foley se sacó un cuchillo del cinto.

Fuera, las cabras empezaron a balar. Una sombra cruzó la ventana.

Antes de que a Isabelle le diera tiempo a gritar una advertencia, se abrió la puerta y la luz entró en la habitación junto con varios agentes de las SS.

—Las manos encima de la cabeza.

La culata de un fusil golpeó con fuerza a Isabelle en la nuca. Dio un respingo y se tambaleó.

A continuación, le fallaron las piernas y se desplomó, golpeándose la cabeza contra el suelo de piedra.

Lo último que oyó antes de perder la consciencia fue:

—Están todos detenidos.

33

*I*sabelle se despertó atada por las muñecas y los tobillos a una silla de madera; las cuerdas le laceraban la carne y estaban tan apretadas que no se podía mover. Tenía los dedos adormecidos. La habitación olía a moho, a orina y a la humedad que rezumaba por los resquicios entre las piedras.

En algún punto delante de ella ardió una cerilla.

Oyó la fricción del fósforo, olió el azufre y trató de levantar la cabeza, pero el movimiento le produjo tal dolor que se le escapó un gemido.

—*Gut* —dijo una voz—. Le duele.

Gestapo.

El hombre sacó una silla de las sombras y se sentó frente a ella.

—Dolor o no dolor —se limitó a decir—. Usted elige.

—En ese caso, elijo no dolor.

Le pegó con fuerza. La boca se le llenó de sangre, un sabor intenso y metálico. La sintió caer por la barbilla.

Dos días, pensó. *Solo dos días.*

Tenía que aguantar dos días de interrogatorio sin dar nombres. Si lo conseguía, si no se desmoronaba, su padre, Gaëton, Henri, Didier, Paul y Anouk tendrían tiempo de protegerse. Pronto sabrían que había sido detenida, si es que no lo sabían ya. Eduardo haría correr la voz y, a continuación, se escondería. Ese era el plan.

—¿Nombre? —dijo el hombre al tiempo que se sacaba una libreta y un lapicero del bolsillo de la guerrera.

Isabelle notaba la sangre que le goteaba por la barbilla y le caía en el regazo.

—Juliette Gervaise. Pero eso ya lo saben. Tienen mis papeles.

—Tenemos documentos de una tal Juliette Gervaise, eso es cierto.

—Entonces, ¿por qué me preguntan?

—¿Quién es usted en realidad?

—Soy Juliette.

—¿Nacida dónde? —preguntó el hombre con voz perezosa mientras se estudiaba sus cuidadas uñas.

—En Niza.

—¿Y qué hacía en Urruña?

—¿Estaba en Urruña? —dijo Isabelle.

Al oír aquello el hombre se enderezó y la miró con interés.

—¿Cuántos años tiene?

—Veintidós, o casi, creo. Los cumpleaños ya no significan gran cosa.

—Parece más joven.

—Pues me siento mayor.

El hombre se puso de pie despacio y se irguió cuan largo era.

—Trabaja para el Ruiseñor. Quiero su nombre.

No sabían quién era ella.

—No entiendo nada de pájaros.

No vio venir el golpe y el impacto fue brutal. La obligó a volver la cabeza, que chocó con fuerza contra el respaldo de la silla.

—Hábleme del Ruiseñor.

—Ya le he dicho…

Esta vez le pegó con una regla de hierro en la mejilla, tan fuerte que Isabelle notó cómo la piel se rasgaba y manaba sangre.

El hombre volvió a sonreír.

—El Ruiseñor —dijo.

Isabelle escupió con todas sus fuerzas, pero no le salió más que un grumo de sangre que terminó en su regazo. Meneó la cabeza para ver con más claridad y de inmediato deseó no haberlo hecho.

Le tenía otra vez encima, ahora dándose golpecitos en la palma de la mano con la regla ensangrentada.

—Soy Rittmeister Schmidt, comandante de la Gestapo en Amboise. ¿Y usted es?

Me va a matar, pensó Isabelle. Jadeó e intentó liberarse de las cuerdas que la sujetaban. La boca le sabía a sangre.

—Juliette —susurró, desesperada por que la creyera.

No resistiría dos días.

Era el peligro del que todos la habían advertido, la terrible realidad del trabajo que hacía. ¿Cómo podía haberle parecido una aventura? Conseguiría que los mataran a todos: a todas las personas que le importaban y también a sí misma.

—Tenemos a casi todos sus compatriotas. No servirá de nada que muera por proteger a hombres muertos.

¿Sería cierto?

No. De serlo, también ella estaría muerta.

—Juliette Gervaise —repitió.

Le golpeó en la cara con tal fuerza que la silla se ladeó y cayó al suelo. La cabeza de Isabelle chocó contra las baldosas al tiempo que su verdugo le daba un puntapié en el estómago con la puntera de la bota. Nunca había sentido un dolor semejante.

—Y, ahora, *mademoiselle* —le oyó decir—, dígame el nombre del Ruiseñor.

Y, de haber podido, habría contestado.

Le dio otra patada, esta vez poniendo todo el peso del cuerpo en el golpe.

La consciencia trajo consigo sufrimiento.

Le dolía todo. La cabeza, la cara, el cuerpo. Necesitó esfuerzo —y valor— para levantar la cabeza. Seguía atada de pies y manos. Las cuerdas le arañaban la piel desgarrada, ensangrentada, le laceraban la carne herida.

¿Dónde estoy?

La oscuridad la envolvía, pero no era una oscuridad corriente, como la de una habitación sin iluminar. Aquella era distinta, impenetrable, una negrura como tinta que le oprimía el magullado rostro. Sentía que tenía una pared a pocos centímetros de la cara. Intentó mover mínimamente el pie para palpar lo que tenía delante y el dolor rugió de nuevo y le hundió las garras en los cortes de los tobillos.

Estaba dentro de una caja.

Y sentía frío. Notaba su respiración y sabía que salía en forma de vapor. Tenía congelado el vello de las fosas nasales. Empezó a temblar con violencia, de forma incontrolada.

Gritó de terror y el eco le devolvió el sonido de su grito, que nadie más oyó.

Qué frío.

Isabelle tiritó de frío y gimió. Percibía el aliento formando nubecillas delante de su cara, helándosele en los labios. Sus pestañas estaban congeladas.

Piensa, Isabelle. No te rindas.

Movió un poco el cuerpo, luchando contra el frío y el dolor. Estaba sentada y seguía atada de tobillos y muñecas. Desnuda.

Cerró los ojos, asqueada al imaginarle desnudándola, tocándola mientras permanecía inconsciente.

En la oscuridad pestilente reparó en un zumbido. Al principio pensó que era su propia sangre, latiendo de dolor, o su corazón palpitando desesperado por seguir con vida, pero no se trataba de ninguna de esas cosas.

Era un motor, cercano, que ronroneaba. Reconocía el sonido, pero ¿de qué?

Se estremeció de nuevo e intentó mover los dedos de las manos y de los pies para combatir el entumecimiento de las extremidades. Antes le dolían los pies, luego había notado un hormigueo y ahora… nada. Movió lo único que podía —la cabeza— y chocó contra algo duro. Se encontraba desnuda, atada a una silla, dentro de…

Frío. Oscuridad. Zumbido. Espacio estrecho…

Una cámara frigorífica.

Sintió pánico y luchó frenéticamente por liberarse, lograr que su prisión volcara, pero lo único que consiguió fue quedar extenuada por el esfuerzo. Derrotada. No podía moverse. No podía mover nada excepto los dedos de los pies y de las manos, que estaban demasiado fríos para colaborar. *Así no, por favor.*

Moriría congelada. O asfixiada.

El sonido de su propia respiración rebotaba en las paredes y la rodeaba, un aliento estremecido que la envolvía. Rompió a llorar y las lágrimas se le congelaron y formaron témpanos en sus mejillas. Pensó en todas las personas que amaba: Vianne, Gaëton, su padre. ¿Por qué no les había dicho que les quería cada día, cuando tuvo la oportunidad? Y ahora iba a morir sin cruzar una palabra con Vianne.

Vianne, pensó. Solo eso. El nombre. En parte plegaria, en parte lamento, en parte despedida.

De cada farola de la plaza colgaba un cadáver.

Vianne se detuvo, incapaz de dar crédito a lo que veía. Bajo uno de los cuerpos había una anciana de pie. El crujido lastimero que hacían las cuerdas en tensión llenaba el aire. Vianne cruzó la plaza con cautela, tratando de mantenerse alejada de las farolas...

Cuerpos inertes de rostro azulado, abotargado.

Tenía que haber allí diez hombres muertos. Franceses, decidió Vianne. Maquis, a juzgar por su aspecto, los partisanos que se ocultaban en los bosques. Llevaban pantalones color marrón, boinas negras y brazaletes con la bandera tricolor.

Vianne fue hasta la anciana y la cogió por los hombros.

—No debería estar aquí —le dijo.

—Mi hijo —contestó la mujer con voz rota—. No puede quedarse aquí...

—Venga —insistió Vianne esta vez con menos amabilidad.

Sacó a la mujer de la plaza. En la rue La Grande, esta se liberó y se alejó caminando, murmurando para sí, llorando.

Vianne pasó junto a tres cadáveres más de camino a la *boucherie.* Carriveau parecía contener el aliento. Los aliados habían bombardeado la zona en repetidas ocasiones los últimos meses y varios de los edificios estaban reducidos a escombros. Siempre parecía haber algo desmoronándose o en ruinas.

El aire olía a muerte y el pueblo permanecía en silencio; el peligro acechaba en cada sombra, detrás de cada esquina.

En la cola de la carnicería, Vianne oyó cómo las mujeres hablaban en susurros.

—Represalias...

—Ha sido peor en Tulle...

—¿No han oído lo de Oradour-sur-Glane?

A pesar de ello, a pesar de los arrestos, de las deportaciones y de las ejecuciones, Vianne era incapaz de creer los rumores más recientes. El día anterior por la mañana los nazis habían entrado en el pequeño pueblo de Oradour-sur-Glane —no lejos de Carriveau— y habían conducido a sus habitantes a punta de fusil hasta la iglesia, supuestamente para comprobar su documentación.

—A toda la población —susurró la mujer a la que se había dirigido Vianne—. Hombres, mujeres, niños. Los nazis dispararon a todos, luego cerraron las puertas y quemaron la iglesia hasta los cimientos. —Se le llenaron los ojos de lágrimas—. Es verdad.

—Es imposible —dijo Vianne.

—Mi Dedee les vio disparar a una mujer embarazada en el vientre.

—¿Cómo? —preguntó Vianne.

La mujer mayor asintió con la cabeza.

—Estuvo horas escondida detrás de una conejera y pudo contemplar cómo ardía el pueblo. Dice que nunca olvidará los gritos. Cuando incendiaron la iglesia no estaban todos muertos.

Se suponía que era una represalia por la captura de un Sturmbannführer por parte de los maquis.

¿Ocurriría allí lo mismo? La próxima vez que los alemanes sufrieran un revés en la guerra, ¿reunirían la Gestapo o las SS a los habitantes de Carriveau, los encerrarían en el ayuntamiento y le prenderían fuego?

Tomó la latita de aceite que le correspondía por la cartilla de racionamiento de aquella semana y salió de la tienda, subiéndose la capucha para taparse la cara.

Alguien la agarró del brazo y tiró de ella con violencia hacia la izquierda. Vianne perdió el equilibrio, tropezó y a punto estuvo de caer al suelo.

El hombre la arrastró hasta una callejuela oscura y se identificó.

—*Papa!* —dijo Vianne, demasiado atónita por ver allí a su padre para decir nada más.

Reparó en lo que la guerra le había hecho a su padre, cómo le había tallado arrugas en la frente y formado bolsas de piel hinchada bajo los ojos de mirada exhausta, cómo le había despojado la tez de color y teñido el pelo de blanco. Estaba horriblemente delgado y tenía los carrillos caídos y cubiertos de pecas. Le recordó a cuando regresó de la Gran Guerra, cuando su aspecto había sido igual de terrible.

—¿Podemos hablar en algún sitio tranquilo? —dijo el padre—. Prefiero no conocer a tu alemán.

—No es mi alemán, pero de acuerdo.

Vianne no podía culparle por no querer conocer a Von Richter.

—La casa contigua a la mía está vacía. Al este. Los alemanes decidieron que era demasiado pequeña. Nos veremos allí.

—Dentro de veinte minutos —dijo el padre.

Vianne volvió a subirse la capucha sobre el pelo cubierto por un pañuelo y salió de la estrecha calle. Mientras dejaba el pueblo y caminaba por la carretera embarrada hacia su casa trató de imaginar qué haría allí su padre. Sabía —o suponía— que Isabelle estaba viviendo con él en París, aunque incluso eso era una conjetura. Por lo que le había llegado, Isabelle y su padre llevaban vidas separadas en la ciudad. No había tenido noticias de su hermana desde aquella noche atroz en el granero, aunque Henri afirmaba que se encontraba bien.

Pasó deprisa junto al aeródromo sin prestar apenas atención a los aviones con el fuselaje abollado y todavía humeantes de una incursión aérea reciente.

Al llegar a la cancela de Rachel se detuvo y miró a ambos lados del camino. Nadie la había seguido ni parecía estar vigilándola. Entró en el jardín y corrió a la casa abandonada. Alguien había roto la puerta delantera tiempo atrás y colgaba torcida del marco. Entró.

El interior estaba en sombras y cubierto de polvo. Casi todos los muebles habían sido requisados o robados por saqueadores, y los cuadros que faltaban habían dejado oscuras marcas cuadradas en las paredes. En el salón solo quedaba un viejo confidente con la tapicería sucia y una de las patas rotas. Vianne se sentó, nerviosa, en el borde y se puso a dar golpecitos con los pies en la esterilla que cubría el suelo.

Se mordió la uña del pulgar, incapaz de estarse quieta, y entonces oyó pisadas. Fue hasta la ventana y levantó la cortina oscura.

Su padre estaba en la puerta. Solo que aquel anciano encorvado no era su padre.

Le dejó entrar. Cuando la miró, las arrugas de su cara se hicieron más profundas, los pliegues de la piel parecieron de cera derretida. Se pasó una mano por el pelo ralo y los largos mechones blancos se erizaron, dándole un aspecto extrañamente eléctrico.

Caminó despacio hacia su hija, cojeando un poco. Aquella manera torpe y lenta de caminar le devolvió a Vianne en un instante toda su vida pasada. A su madre diciendo: *Perdónale, Vianne, ya no es el mismo y es incapaz de perdonarse… Tenemos que hacerlo nosotras en su lugar.*

—Vianne.

Pronunció su nombre con suavidad, con su voz ronca deteniéndose en cada sílaba. De nuevo Vianne se acordó de Antes, cuando su padre seguía siendo él. Era un recuerdo largo tiempo olvidado. En los años de Después había guardado bajo llave todos los recuerdos de su padre y, con el tiempo, los había olvidado. Ahora le vinieron a la cabeza. Aquella manera de sentir le daba miedo. Le había hecho daño demasiadas veces.

—*Papa.*

El padre se sentó en el confidente y los cojines se hundieron cansados bajo su menguado peso.

—He sido un padre pésimo para vosotras.

Aquello era tan sorprendente —y tan cierto— que Vianne no tuvo ni idea de qué decir.

El padre suspiró.

—Ya es demasiado tarde para arreglarlo.

Vianne fue hasta el confidente y tomó asiento a su lado.

—Nunca es demasiado tarde —dijo con cautela.

¿Era cierto eso? ¿Podría perdonarle?

Sí. La respuesta le vino de forma instantánea, tan inesperada como la aparición de su padre.

Este la miró.

—Tengo mucho que decir y muy poco tiempo para hacerlo.

—Quédate aquí —dijo Vianne—. Os cuidaré a ti y a…

—Isabelle ha sido arrestada y acusada de colaborar con el enemigo. Está encarcelada en Girot.

Vianne contuvo el aliento. El remordimiento que sentía era inmenso, tanto como la culpa. ¿Cuáles habían sido sus últimas palabras a su hermana? *No vuelvas.*

—¿Qué podemos hacer?

—Mira —dijo el padre—, es una pregunta muy buena, pero que no hay que plantear. No debes hacer nada. Quedarte en Carriveau y no meterte en líos, como hasta ahora. Mantener a mi nieta sana y salva. Esperar a tu marido.

Vianne necesitó esforzarse mucho para no decir: *Ahora soy diferente, papa, estoy ayudando a esconder a niños judíos.* Quería verse reflejada en su mirada; quería, por una vez, hacer que se sintiera orgulloso de ella.

Hazlo. Cuéntaselo.

¿Pero cómo? Parecía tan envejecido… Viejo, roto y desamparado. Apenas una sombra del hombre que había sido una vez.

No debía saber que también ella estaba arriesgando su vida, que podía perder a sus dos hijas. Era preferible que creyera que una de ellas estaba a salvo. Que era una cobarde.

—Isabelle necesitará un hogar al que regresar cuando esto haya pasado. Le dirás que hizo lo correcto. Será algo que le preocupará algún día. Pensará que debía haberse quedado contigo, haberte protegido. Recordará haberte abandonado con el nazi, poniendo vuestras vidas en peligro, y se torturará por no haber tomado la decisión correcta.

Vianne percibió una confesión tácita en aquellas palabras. Su padre le contaba su propia historia de la única manera de que era capaz, enmascarándola con la de Isabelle. Estaba diciendo que había sufrido por su decisión de alistarse en la Gran Guerra, que había sufrido por lo que la guerra le había hecho a su familia. Sabía lo cambiado que había vuelto y que el dolor, en lugar de acercarle a sus hijas y a su esposa, le había alejado de ellas. Se arrepentía de haberlas apartado de su lado, de haberlas dejado con madame Dumas todos esos años atrás.

Qué gran peso debía de suponer haber tomado una decisión así. Por primera vez, Vianne vio su propia infancia con ojos de adulta, con perspectiva, con la sabiduría que le había dado la guerra. El frente había destrozado a su padre, eso siempre lo había sabido. Su madre se lo repetía una y otra vez, pero hasta ese momento Vianne no lo había entendido.

Le había destrozado.

—Vosotras formáis parte de la generación que seguirá adelante, que recordará… —dijo el padre—. Los recuerdos de lo sucedido serán… difíciles de olvidar. Necesitaréis permanecer unidas. Demuéstrale a Isabelle que la quieres. Por desgracia eso es algo que yo nunca hice. Ahora es demasiado tarde.

—Hablas como si esto fuera una despedida.

Vio la mirada triste, huérfana, en los ojos de su padre y comprendió por qué estaba allí, lo que había ido a decirle. Iba a sacrificarse por Isabelle. Vianne no sabía cómo, pero intuía que era así. Era su manera de compensarlas por todas las veces que las había decepcionado.

—*Papa* —dijo—, ¿qué vas a hacer?

Él le puso una mano en la mejilla y ese roce paternal fue cálido, firme y reconfortante. Vianne no se había dado cuenta —o no había querido reconocerlo— de cómo le había echado de menos. Y, ahora, justo cuando vislumbraba un futuro distinto, una redención, se desvanecía.

—¿Qué harías tú por salvar a Sophie?

—Cualquier cosa.

Vianne miró a aquel hombre que, antes de que la guerra lo cambiara, la había enseñado a amar los libros, a escribir y a disfrutar de una puesta de sol. Hacía mucho tiempo que no recordaba a aquel hombre.

—Tengo que irme.

El padre le dio un sobre. En él había escrito, con su caligrafía temblorosa, *Isabelle y Vianne.*

—Leedla juntas.

Se puso de pie y se volvió para marcharse.

Vianne no estaba preparada para perderle. Alargó un brazo para retenerlo y le desgarró el puño de la camisa. Miró la tira de tela de algodón de cuadros marrones y blancos en la palma de su mano. Un jirón como los otros que había atado a las ramas de los árboles. Recuerdos de los seres queridos que habían muerto o desaparecido.

—Te quiero, *papa* —susurró.

Al decirlo se dio cuenta de hasta qué punto era cierto, siempre lo había sido. El amor se había convertido en pérdida y Vianne le había dado la espalda, pero de alguna manera, por imposible que pareciera, una parte de ese amor había perdurado. El amor de una niña por su padre. Inmutable. Doloroso pero inquebrantable.

—¿Cómo puedes?

EL RUISEÑOR

Vianne tragó saliva y vio que su padre tenía lágrimas en los ojos.

—¿Cómo podría no hacerlo?

Su padre la miró largamente por última vez, después la besó en ambas mejillas y se apartó.

—Yo también te quiero —dijo él en voz tan baja que Vianne apenas lo oyó.

Y se fue.

Vianne contempló cómo se alejaba. Cuando lo perdió de vista volvió a su casa. Una vez allí, se detuvo bajo la rama del manzano con los trozos de tela. En los años que llevaba atando retales a sus ramas, el árbol había muerto y su fruta se había agriado. Los otros manzanos seguían robustos y sanos pero aquel, el árbol de los recuerdos, estaba negro y retorcido como el pueblo bombardeado a su espalda.

Ató la tela marrón al lado de la de Rachel.

Luego entró en la casa.

Un fuego ardía en la chimenea del cuarto de estar y la casa entera estaba caldeada y llena de humo. Qué desperdicio. Vianne cerró la puerta con el ceño fruncido.

—Niños —llamó.

—Están arriba, en mi habitación. Les he dado chocolatinas y un juguete.

Von Richter. ¿Qué hacía allí a mediodía?

¿La habría visto con su padre?

¿Sabría lo de Isabelle?

—Su hija me ha dado las gracias por el chocolate. Es una niña muy bonita.

Vianne se cuidó mucho de dejar traslucir el miedo que le inspiraban esas palabras. Se quedó quieta y en silencio, intentando controlar los latidos de su corazón.

—Su hijo, en cambio... —Subrayó la palabra «hijo»—. No se parece en absoluto a usted.

—M-mi marido. Un...

Actuó tan rápido que Vianne ni siquiera le vio moverse. La sujetó de un brazo con fuerza, pellizcándole la carne. Vianne dejó escapar un pequeño grito cuando la empujó contra la pared.

—¿Va a volver a mentirme?

Le agarró las dos manos y se las colocó encima de la cabeza, sujetándola contra la pared con una mano enguantada.

—Por favor —dijo Vianne—. No...

Comprendió al instante que había sido una equivocación suplicar.

—He estado consultando los archivos. Solo hay un hijo nacido de su unión con Antoine. Una niña, Sophie. A los otros los enterró. ¿Quién es el niño?

Vianne estaba demasiado asustada para pensar con claridad. Su única certeza consistía en saber que no podía decir la verdad o Daniel sería deportado. Y solo Dios sabía lo que le harían a ella... A Sophie.

—Una prima de Antoine murió al dar a luz a Daniel. Le adoptamos justo antes de la guerra. Ya sabe lo difícil que es tramitar documentación oficial estos días, pero tengo su certificado de nacimiento y su partida bautismal. Ahora es nuestro hijo.

—Querrá decir que es su sobrino. No exactamente de su misma sangre. ¿Y quién dice que su padre no es comunista? ¿O judío?

Vianne tragó saliva, frenética. Von Richter no sospechaba la verdad.

—Somos católicos, ya lo sabe.

—¿Qué estaría dispuesta a hacer por conservarle a su lado?

—Cualquier cosa —dijo Vianne.

Le desabotonó la blusa, despacio, dejando que cada botón se deslizara solo por el ojal deshilachado. Cuando estuvo abierta, metió una mano y la colocó sobre un pecho, pellizcando el pezón con tal fuerza que Vianne gritó de dolor.

—¿Cualquier cosa? —repitió.

Vianne tragó con la garganta seca.

—En el dormitorio, por favor —dijo—. Mis hijos.

Von Richter dio un paso atrás.

—Las damas primero.

—¿Dejará que me quede con Daniel?

—¿Está usted negociando conmigo?

—Sí.

La agarró del pelo y tiró con fuerza, arrastrándola al dormitorio. Cerró la puerta de una patada y luego la empujó contra la pared. Vianne gimió al chocar contra ella. Él la inmovilizó, le subió la falda y le desgarró las bragas de ganchillo.

Vianne giró la cabeza y cerró los ojos, mientras oía cómo se soltaba la hebilla del cinturón con un chasquido y se desabotonaba la bragueta.

—Míreme —dijo.

Vianne no se movió, no respiró siquiera. Tampoco abrió los ojos.

Él le pegó de nuevo, pero Vianne siguió como estaba, con los ojos bien cerrados.

—Si me mira, Daniel se queda.

Vianne volvió la cabeza y abrió los ojos despacio.

—Así está mejor.

Apretó los dientes mientras él se bajaba los pantalones, le separaba las piernas y la violaba física y espiritualmente. No emitió ningún sonido.

Tampoco dejó de mirarle.

34

*I*sabelle trató de alejarse a rastras de… ¿de qué? ¿Acababan de patearla o de quemarla? ¿O de encerrarla en una cámara frigorífica? No se acordaba. Arrastró los pies heridos y ensangrentados, milímetro a milímetro. Todo le dolía. La cabeza, la mejilla, la mandíbula, las muñecas y los tobillos.

Alguien la agarró del pelo y la obligó a echar la cabeza hacia atrás. Unos dedos bruscos y sucios la forzaron a abrir la boca. Un chorro de coñac le anegó la boca, produciéndole arcadas. Lo escupió.

El pelo se le estaba descongelando. Le caía agua helada por la cara.

Despacio, abrió los ojos.

Delante de ella había un hombre fumando un cigarrillo. El olor del tabaco le produjo náuseas.

¿Cuánto tiempo llevaba allí?

Piensa, Isabelle.

La habían trasladado a aquella celda húmeda, oscura y sin ventilación. Llevaba dos mañanas viendo amanecer. ¿Verdad?

¿Dos? ¿O solo una?

¿Habría dado tiempo suficiente a la red para que la gente se escondiera? Era incapaz de pensar.

El hombre hablaba, le hacía preguntas. Abría la boca, la cerraba, escupía humo.

Isabelle se estremeció de manera instintiva, colocándose en cuclillas y dándose la vuelta. El hombre que estaba a su espalda le dio una fuerte patada en la columna e Isabelle se quedó quieta.

Así que eran dos. Tenía uno delante y otro detrás. *Presta atención al que está hablando.*

¿Qué decía?

—Siéntese.

Quería desobedecerle, pero no tenía fuerzas. Trepó a la silla. Tenía la piel de las muñecas desgarrada y ensangrentada y rezumando pus. Usó las manos para cubrir su desnudez, pero no serviría de nada. El hombre le separaría las piernas para sujetarle los tobillos a las patas de la silla.

Cuando estuvo sentada algo suave le tocó la cara y le cayó en el regazo. Bajó la vista, aturdida.

Era un vestido. No el suyo.

Se lo pegó a los pechos desnudos y levantó la vista.

—Póngaselo —dijo el hombre.

Le temblaban las manos cuando se levantó y se puso despacio el vestido de lino azul arrugado y amorfo que le quedaba al menos tres tallas grande. Tardó una eternidad en abotonarse el amplio corpiño.

—El Ruiseñor —dijo el hombre dando una larga calada a su pitillo. La brasa roja anaranjada resplandeció e Isabelle se encogió instintivamente en la silla.

Schmidt. Ese era su nombre.

—No sé nada de pájaros —dijo Isabelle.

—Es usted Juliette Gervaise.

—Se lo he dicho cien veces.

—Y no sabe nada del Ruiseñor.

—Eso es lo que le he dicho.

El alemán hizo un brusco gesto con la cabeza y acto seguido Isabelle oyó pisadas y la puerta a su espalda se abrió.

Pensó: *No duele, no es más que mi cuerpo. El alma no me la pueden tocar.* Ese pensamiento se había convertido en su mantra.

—Hemos terminado con usted.

Sonreía de una manera que a Isabelle se le puso la carne de gallina.

—Que lo traigan.

Entró un hombre esposado.

Papa.

Isabelle leyó el horror en sus ojos e imaginó el aspecto que debía de tener: un labio roto, el ojo negro y una mejilla herida… Quemaduras de cigarrillos en los brazos, el pelo apelmazado por la sangre seca. Tenía que quedarse quieta, no moverse de donde estaba, pero no podía. Cojeó hacia su padre con los dientes apretados por el dolor.

No mostraba contusiones en la cara, ni cortes en el labio, su brazo no estaba pegado al cuerpo en un gesto de dolor.

No le habían golpeado ni torturado, lo que quería decir que no le habían interrogado.

—Soy el Ruiseñor —dijo su padre al torturador de Isabelle—. ¿Es eso lo que querían oír?

Isabelle meneó la cabeza, dijo *no* en un susurro que nadie oyó.

—El Ruiseñor soy yo —balbuceó ella sosteniéndose apenas sobre sus pies quemados y cubiertos de sangre.

Se volvió al alemán que la había torturado. Schmidt rio:

—¿Usted, una niña? ¿El famoso Ruiseñor?

Su padre le dijo algo en inglés al alemán, que claramente no le entendió.

Pero Isabelle sí. Podían hablar en inglés.

Estaba lo bastante cerca de su padre para tocarlo, pero no se atrevió.

—No lo hagas —le suplicó.

—Ya está —dijo su padre.

La sonrisa que le dedicó tardó en esbozarse y, cuando apareció, el dolor anegó el corazón de Isabelle. Los recuerdos acudieron en oleadas, pasando por encima del muro que había construido durante sus años de aislamiento. Su padre levantándola en volandas, haciéndola girar, cogiéndola después de una caída, sacudiéndole la tierra, susurrando: *No grites tanto, mi pequeña revoltosa, o vas a despertar a maman...*

Respiró jadeante y se secó las lágrimas. Estaba intentando compensarla, pedirle perdón y buscando redimirse al mismo tiempo, sacrificándose por ella. Era un atisbo del hombre que había sido en otro tiempo, el poeta del que se había enamorado su madre. Aquel hombre, el de antes de la guerra, podría haber encontrado otra manera, dado con las palabras adecuadas para cerrar la brecha del pasado. Pero su padre ya no era aquel hombre. Había perdido demasiado y mientras eso sucedía había renunciado a demasiadas cosas. Aquella era la única manera que tenía de decirle a Isabelle que la quería.

—Así no —susurró esta.

—No hay otro modo. Perdóname —dijo su padre con voz queda.

El hombre de la Gestapo se interpuso entre los dos. Cogió a su padre del brazo y tiró de él hacia la puerta.

Isabelle cojeó detrás de ellos.

—¡Yo soy el Ruiseñor! —les dijo.

La puerta se le cerró en la cara. Renqueó hasta la ventana de la celda y se aferró a sus barrotes oxidados.

—¡Yo soy el Ruiseñor! —gritó.

Afuera, bajo el sol amarillo de la mañana, su padre era arrastrado a la plaza, donde esperaba, preparado, un pelotón de fusilamiento.

Le vio avanzar a empellones por la plaza adoquinada y rodear una fuente. La luz matutina le daba a todo un resplandor dorado, hermoso.

—Se suponía que tendríamos tiempo —susurró Isabelle notando brotar las lágrimas.

¿Cuántas veces había imaginado un nuevo comienzo para ella y su padre, para todos ellos? Se reunirían terminada la guerra, *papa*, Vianne y ella, aprenderían a reír, a hablar, a ser de nuevo una familia.

Ahora eso no ocurriría nunca, no tendría oportunidad de conocer a su padre, de sentir su mano cálida en la suya, de quedarse dormida en el canapé a su lado, no podrían decir todo que necesitaban decirse. Aquellas palabras se habían perdido, convertido en fantasmas que se alejarían, jamás pronunciadas. No formarían la familia que les había prometido *maman*.

—*Papa* —dijo.

De pronto era una palabra enorme, un sueño de principio a fin.

Su padre se giró hasta quedar frente al pelotón de fusilamiento. Isabelle le vio erguirse y enderezar los hombros. Retirarse los mechones de pelo blanco de los ojos. Desde ambos lados de la plaza, las miradas de padre e hija se encontraron. Isabelle se aferró con más fuerza a los barrotes, necesitada de sostén.

—Te quiero —le dijo moviendo los labios en silencio.

Sonaron disparos.

A Vianne le dolía todo el cuerpo.

Estaba acostada entre los dos niños dormidos y esforzándose por no recordar cada insoportable detalle de la violación de la víspera.

Se levantó, fue despacio hasta la bomba de agua y se lavó con agua fría, con una mueca de dolor cada vez que se tocaba una parte del cuerpo contusionada.

Se vistió con lo que le resultó más fácil, un arrugado traje de lino de botones, con corpiño ajustado y falda amplia.

Había pasado toda la noche despierta, abrazada a sus hijos, alternando el llanto por lo que Von Richter le había hecho —por lo que le había arrebatado— y la furia consigo misma por no haber podido evitarlo.

Quería matarlo.

Quería matarse.

¿Qué pensaría ahora Antoine de ella?

A decir verdad, lo que más deseaba era enroscarse en un rincón oscuro y que nadie volviera a verla.

Pero incluso eso —la vergüenza— era un lujo en aquellos días. ¿Cómo podía pensar en sí misma cuando Isabelle estaba en prisión y su padre iba a intentar salvarla?

—Sophie —dijo después de terminar de desayunar pan tostado y huevos escalfados—. Hoy tengo que hacer un recado. Te quedarás en casa con Daniel. Echad el pestillo.

—Von Richter...

—No vuelve hasta mañana. —Notó cómo le ardía la cara. Aquella era una información que le gustaría no tener—. Me lo dijo... anoche.

La voz se le quebró al decir la última palabra. Sophie se puso de pie.

—*Maman?*

Vianne se apresuró a enjugarse las lágrimas.

—Estoy perfectamente. Pero tengo que irme. Sed buenos.

Les dio un beso de despedida a cada uno y salió corriendo antes de empezar a a pensar en razones para quedarse en casa.

Como Sophie y Daniel.

Y Von Richter. Había dicho que pasaría fuera la noche, pero ¿sería cierto? Y siempre podía ordenar que la siguieran. Pero, si se preocupaba demasiado por los «y si...», nunca haría nada. Desde que escondía a niños judíos había aprendido a seguir hacia adelante a pesar del miedo.

Tenía que ayudar a Isabelle...

(No vuelvas)

(Yo misma te entregaré)

... y a *papa*, si es que podía.

Subió al tren y se sentó en un banco de madera del vagón de tercera clase. Varios de los pasajeros —en su mayoría mujeres— iban con la cabeza agachada y las manos entrelazadas en el regazo. En la puerta había un Hauptsturmführer alto, con la pistola lista para disparar. Una brigada de miembros de la *milice* —la brutal policía de Vichy—, con mirada fiera, ocupaba otra zona del vagón.

Vianne no detuvo su vista en ninguna de las mujeres que viajaban en su compartimento. Una de ellas apestaba a ajo y a cebolla. El olor le provocó ligeras náuseas en aquel espacio caldeado y sin ventilación. Por fortuna su parada no estaba lejos y, nada más dar las diez de la mañana, Vianne se bajó en un apeadero a las afueras de Girot.

Y ahora ¿qué?

El sol estaba alto y parecía sumir la pequeña población en un sopor. Vianne se pegó el bolso al cuerpo, consciente del sudor que le bajaba por la espalda y las sienes. Muchos de los edificios color arena habían sido bombardeados; había montañas de escombros por todas partes. En una de las paredes de una escuela abandonada alguien había pintado una cruz azul de Lorena.

Se cruzó con pocas personas por las calles tortuosas y empedradas. Ocasionalmente una niña en bicicleta o un niño con una carretilla pasaban traqueteando a su lado, pero la sensación general era de silencio, de abandono.

Entonces gritó una mujer.

Vianne dobló la última esquina y vio la plaza del pueblo. Habían amarrado un cadáver a la fuente. La sangre teñía de rojo el agua que le lamía los tobillos. Le habían sujetado la cabeza hacia atrás con un cinturón del ejército, de manera que casi parecía relajado, con la boca sin tensión y los ojos abiertos, sin ver. Agujeros de bala le habían destruido el torso y habían convertido su camisa en jirones; la sangre le oscurecía el pecho y las perneras del pantalón.

Era su padre.

Isabelle había pasado la noche anterior acurrucada en un rincón oscuro y húmedo de su celda, reviviendo mentalmente el horror de la muerte de su padre una y otra vez.

La matarían pronto. De eso no tenía duda.

Mientras pasaban las horas —tiempo medido en respiraciones, en latidos del corazón—, escribió cartas imaginarias de despedida a su padre, a Gaëton, a Vianne. Ensartó recuerdos en frases que memorizó, o lo intentó, pero que terminaban siempre con «Lo siento». Cuando los soldados fueron a buscarla, con las llaves de hierro tintineando en añejas cerraduras, con puertas carcomidas por los gusanos arañando el suelo irregular, quiso chillar y protestar, gritar: *NO,* pero no le quedaba voz.

Tiraron de ella hasta ponerla de pie. Una mujer con complexión de Panzer le alargó unos zapatos y unos calcetines y le dijo algo en alemán. Saltaba a la vista que no hablaba francés.

Le devolvió a Isabelle sus papeles de Juliette Gervaise, ahora sucios y arrugados.

Los zapatos eran demasiado pequeños y le hacían daño, pero Isabelle los agradeció. La mujer la obligó a salir de la celda y a subir los peldaños de piedra desiguales hasta salir a la luz cegadora de la plaza. Delante de los edificios situados enfrente había varios soldados, con los fusiles colgados a la espalda, ocupados en sus asuntos. Isabelle vio el cadáver acribillado de su padre atado a la fuente y gritó.

Todos en la plaza levantaron la vista. Los soldados se rieron de ella y la señalaron con el dedo.

—Silencio —siseó el tanque alemán.

Isabelle iba a decir algo cuando vio a Vianne caminar en dirección a ella.

Su hermana avanzaba con torpeza, como si no tuviera el control completo de su cuerpo. Llevaba un vestido raído que Isabelle recordaba que había sido bonito en otro tiempo y la melena rubio rojizo, ahora lacia y sin brillo, sujeta detrás de las orejas. Su cara delgada y frágil parecía una taza de porcelana china.

—He venido a ayudarte —le dijo, serena.

Isabelle tuvo ganas de llorar. Deseó más que ninguna otra cosa correr hasta su hermana mayor. Arrodillarse y pedirle que la perdonara para, a continuación, agradecida, abrazarla. Decirle «lo siento» y «te quiero» y todas las palabras entre una cosa y otra. Pero no podía hacer nada de eso.

Sacó fuerzas para herir a Vianne.

—A eso vino también él —dijo con un gesto de cabeza en dirección a su padre—. Vete, por favor. Olvídate de mí.

La mujer alemana empujó a Isabelle, que echó a andar con los pies aullando de dolor y sin permitirse darse la vuelta. Pensó que la conducían hasta el pelotón de fusilamiento, pero dejó atrás el cuerpo sin vida de su padre, después la plaza y llegó a una calle lateral, donde esperaba un camión.

La mujer la empujó para que subiera a la parte trasera. Gateó hasta el rincón del fondo y se acuclilló allí, sola. Las solapas de lona se cerraron y trajeron la oscuridad. Cuando el motor se puso en marcha, Isabelle apoyó el mentón en el valle duro y vacío entre sus rodillas huesudas y cerró los ojos.

Cuando se despertó, estaban parados. El camión había dejado de moverse. En algún lugar sonó un silbato.

Alguien apartó las puertas de lona y una luz inundó la caja del camión; era tan potente que Isabelle no acertó a ver más que siluetas de hombres que iban hacia ella y le gritaban:

—*Schnell!, schnell!*

La sacaron del camión y la tiraron al adoquinado como si fuera una bolsa de basura. En el andén había cuatro vagones para transportar ganado. Los tres primeros estaban cerrados a cal y canto. El cuarto permanecía abierto —y atestado de mujeres y niños—. El ruido era ensordecedor: gritos, llantos, perros ladrando, soldados dando alaridos, silbatos, el zumbido de la locomotora en espera.

Un nazi obligó a Isabelle a avanzar entre la gente, dándole un empujón cada vez que se detenía, hasta que estuvieron delante del último vagón.

La agarró y la lanzó dentro; Isabelle chocó con alguien y perdió el equilibrio. Los cuerpos pegados a ella le impidieron caer al suelo. Seguían entrando, avanzando, llorando y aferrando la mano de sus hijos, tratando de encontrar un hueco de quince centímetros en que colocarse.

Barrotes de hierro protegían las ventanas. En la esquina, Isabelle vio un barril.

El retrete.

Las maletas estaban amontonadas en otra esquina, junto a una pila de balas de heno.

Isabelle se abrió paso cojeando —a cada paso le dolían los pies— entre la muchedumbre de mujeres que gemían y lloraban, niños que chillaban, hasta el fondo del vagón. En el rincón vio a una mujer sola de pie, con los brazos cruzados en actitud desafiante y con el pelo gris y áspero cubierto por un pañuelo negro.

El rostro arrugado de madame Babineau esbozó una sonrisa desdentada. Isabelle se sintió tan aliviada al ver a su amiga que tuvo ganas de llorar.

—Madame Babineau —susurró mientras la abrazaba con fuerza.

—Creo que deberías llamarme Micheline —dijo su amiga.

Vestía un pantalón masculino que le venía grande y una camisa de faena hecha en franela. Tocó la cara herida, contusionada y cubierta de sangre de Isabelle.

—¿Qué te han hecho?

—Todo lo peor que han podido —dijo Isabelle tratando de aparentar normalidad.

—No lo creo.

Micheline dejó que su comentario calara con todas sus implicaciones y, a continuación, señaló con la cabeza un cubo que había en el suelo, cerca de sus pies calzados con unas botas. Estaba lleno de un agua gris que se desbordaba cada vez que el suelo de madera temblaba por el peso de tantos cuerpos.

Al lado había un cazo de madera astillada.

—Bebe. Mientras quede algo —dijo.

Isabelle llenó el cazo con el agua hedionda. El sabor le produjo arcadas, pero se obligó a tragar. Luego le ofreció uno a Micheline, que se lo bebió entero y se secó los labios con la manga de la camisa.

—Lo vamos a pasar mal —comentó Micheline.

—Siento haberte metido en esto —dijo Isabelle.

—Tú no me has metido en nada, Juliette —replicó Micheline—. Yo quería participar.

Sonó de nuevo el silbato y las puertas del vagón se cerraron sumiéndolos a todos en la oscuridad. Se corrieron los cerrojos y el tren avanzó con una brusca sacudida. Las personas chocaron unas contra otras, cayeron al suelo. Los bebés gritaban y los niños gemían. Alguien orinaba en el cubo y el olor se superponía al tufo a sudor y a miedo.

Micheline le pasó a Isabelle un brazo por los hombros y las dos mujeres treparon al montón de balas de heno y se sentaron.

—Soy Isabelle Rossignol —dijo ella en voz baja oyendo cómo la oscuridad engullía su nombre.

Micheline suspiró.

—La hija de Julien y Madeleine.

—¿Lo sabías desde el principio?

—Sí. Tienes los ojos de tu madre y el temperamento de tu padre.

—Le han ejecutado —dijo Isabelle—. Confesó ser el Ruiseñor.

Micheline la cogió de la mano.

—Pues claro. Algún día, cuando seas madre, lo entenderás. Recuerdo que pensaba que tus padres no hacían buena pareja: Julien el intelectual y tu madre tan vivaz y enérgica. Me parecía que no tenían nada en común, pero ahora sé que eso ocurre a menudo en el amor. La culpa fue de la guerra; a él lo partió igual que un cigarrillo. Irreparable. Ella intentó salvarlo. Lo intentó con todas sus fuerzas.

—Cuando mi madre murió…

—Sí. En lugar de enderezar su vida, él se dedicó a beber y empeoró, pero el hombre en que se convirtió no se correspondía con quien era en realidad —dijo Micheline—. Algunas historias no tienen finales felices. Ni siquiera las de amor. Quizá las de amor menos que ninguna otra.

Las horas transcurrieron despacio. El tren paraba a menudo para admitir más mujeres y niños o para evitar ser bombardeado. Las mujeres se turnaban para sentarse y se ayudaban las unas a las otras siempre que podían. El agua desapareció y el barril con orina se desbordó. Cada vez que el tren aminoraba la velocidad, Isabelle corría a uno de los laterales y escudriñaba entre los listones de madera tratando de averiguar dónde estaban, pero solo veía más soldados y perros y látigos..., más mujeres apiñadas como ganado en otros vagones. Las prisioneras escribían sus nombres en trozos de papel o de tela y los metían por los resquicios de las paredes del vagón esperando contra toda esperanza ser recordadas.

El segundo día ya estaban todas extenuadas, hambrientas y tan sedientas que no hablaban, para ahorrar saliva. El calor y el hedor dentro del vagón eran insoportables.

Ten miedo.

¿No era eso lo que le había dicho Gaëton? Le dijo que la advertencia se la había hecho Vianne la noche del granero.

Entonces Isabelle no lo había entendido del todo. Ahora sí. Se había creído indestructible.

Pero ¿qué podría haber hecho de manera distinta?

—Nada —le susurró a la oscuridad.

Volvería a hacerlo.

Y aquello no era el final. Tenía que recordarlo. Cada día que seguía con vida era una oportunidad de salvarse. No podía rendirse. *Jamás.*

El tren se detuvo. Isabelle se sentó, somnolienta, con el cuerpo dolorido por las palizas que había sufrido durante su interrogatorio. Oyó voces ásperas, ladridos. Resonó un silbato.

—Despierta, Micheline —susurró mientras zarandeaba con suavidad a la mujer a su lado.

Micheline se enderezó.

Las otras setenta personas del vagón —mujeres y niños— fueron saliendo poco a poco del sopor del viaje. Los que iban sentados se pusieron de pie. Las mujeres se apiñaron en un gesto instintivo.

Isabelle hizo una mueca de dolor al levantarse y tocar el suelo con pies heridos enfundados en zapatos que le iban pequeños. Cogió la mano de Micheline.

Las enormes puertas del vagón se descorrieron con estrépito. Entró la luz del sol, cegándolos a todos. Isabelle vio agentes de las SS vestidos de negro acompañados de perros que gruñían y ladraban. Gritaban órdenes a mujeres y niños, palabras incomprensibles con un significado obvio: *Bajad, moveos, poneos en fila.*

Las mujeres se ayudaron unas a otras a bajar. Isabelle agarró con fuerza la mano de Micheline y saltó al andén.

Una porra le asestó tal golpe en la cabeza que se tambaleó y cayó de rodillas.

—Levántate —dijo una mujer—. Vamos.

Isabelle dejó que la ayudaran a ponerse de pie. Mareada, se apoyó en la mujer que la había auxiliado. Micheline se colocó al otro lado y le rodeó la cintura con un brazo para estabilizarla.

A la izquierda de Isabelle un látigo cortó el aire con un siseo, y rasgó la carne rosa de la mejilla de una mujer. Esta chilló y se llevó la mano a la carne abierta. La sangre le caía entre los dedos, pero siguió caminando.

Las mujeres formaron filas irregulares y avanzaron por el terreno desigual cruzando una puerta rodeada por una alambrada de espino. Un centinela vigilaba desde lo alto.

Al cruzar la puerta Isabelle vio cientos —miles— de mujeres que parecían fantasmas desplazándose por un gris paisaje surrealista, con cuerpos demacrados, ojos hundidos e inertes en caras cenicientas y pelo rapado. Llevaban vestidos de rayas holgados y sucios; algunas iban descalzas. Solo mujeres y niños. Nada de hombres.

Detrás de las puertas y de la torre de vigilancia, vio hileras de barracones.

Delante de ellas una mujer yacía muerta en el barro. Isabelle pasó por encima, demasiado aturdida para pensar en algo que no fuera: *No te pares.* La última mujer que lo había hecho había recibido tal golpe que no se había vuelto a levantar.

Los soldados les arrancaron las maletas de las manos, les quitaron collares, anillos y alianzas. Cuando estuvieron desposeídas de todos los objetos de valor, las llevaron a una habitación, donde esperaron apiñadas, sudando por el calor, mareadas de sed. Una mujer agarró a Isabelle de los brazos y la apartó del resto. Antes de que se diera cuenta, la habían desnudado; a ella y a todas las demás. Manos ásperas le arañaron la piel con uñas sucias. Le afeitaron todo el cuerpo —las axilas, la cabeza, el vello púbico— con una saña que la hizo sangrar.

—*Schnell!!*

Isabelle esperó junto al resto de mujeres afeitadas, heladas y desnudas. Le dolían los pies y todavía le zumbaban los oídos por los golpes recibidos. Y ahora las obligaban a moverse de nuevo, las llevaban a otro edificio.

De pronto recordó las historias que había oído en el MI9 y en la BBC, noticias de judíos gaseados hasta morir en los campos de concentración.

Una leve sensación de pánico se apoderó de ella mientras entraban en tropel en una habitación gigantesca llena de cabezales de ducha.

Se colocó bajo un cabezal, desnuda y tiritando. Por encima del clamor de guardias, prisioneros y perros, oyó rechinar un viejo sistema de ventilación. Algo circulaba con estrépito por las tuberías.

Es el fin.

Las puertas se cerraron de golpe.

De las duchas salió un agua gélida que conmocionó a Isabelle y la heló hasta el tuétano. El chorro se cortó enseguida y de nuevo tuvieron que ponerse en marcha. Tiritando y tratando inútilmente de cubrir su desnudez con manos temblorosas, se unió a la multitud y avanzó junto a las otras mujeres. Las despiojaron una a una. A continuación, le dieron a Isabelle un vestido de rayas, unos calzones sucios de hombre y dos zapatos del pie izquierdo sin cordones.

Sujetó sus nuevas pertenencias contra el pecho húmedo mientras la obligaban a entrar en un edificio con aspecto de granero donde había literas de madera corridas. Trepó a una de ellas y se tumbó en compañía de otras nueve mujeres. Después se vistió despacio y volvió a tumbarse, mirando la parte inferior de madera gris de la litera de arriba.

—¿Micheline? —susurró.

—Estoy aquí, Isabelle —dijo su amiga desde la litera de arriba.

Isabelle estaba demasiado cansada para añadir nada más. Fuera oyó chasquidos de cinturones de cuero, silbidos de látigos y gritos de mujeres que caminaban demasiado despacio.

—Bienvenida a Ravensbrück —dijo la mujer que estaba a su lado.

Isabelle notó el hueso de su escuálida cadera contra su pierna.

Cerró los ojos e intentó ignorar los sonidos, el olor, el miedo, el dolor.

Sigue viva, se ordenó.

Sigue. Viva.

35

Agosto.

Vianne respiraba lo más despacio que podía. En la oscuridad recalentada y bochornosa del dormitorio del piso de arriba —su dormitorio, el que había compartido con Antoine— cada ruido se amplificaba. Oía cómo gemían los muelles en protesta cada vez que Von Richter cambiaba de postura. Analizó sus exhalaciones, midiendo el tiempo de cada una. Cuando empezó a roncar, se alejó unos centímetros de él y se retiró la sábana húmeda del cuerpo desnudo.

En los últimos meses, Vianne había aprendido mucho sobre dolor, vergüenza y degradación. También sobre supervivencia: a interpretar los cambios de humor de Von Richter, a saber cuándo debía quitarse de en medio y cuándo guardar silencio. En ocasiones, si lo hacía todo bien, apenas reparaba en ella. Solo si él había tenido un mal día, si volvía a casa enfadado, ella se encontraba en apuros. Como la noche anterior.

Había llegado de un humor terrible, quejándose de los combates en París. Los maquis habían salido a las calles a luchar.

Aquella noche Vianne había comprendido de inmediato lo que quería.

Causar dolor.

Se había apresurado a sacar a los niños de la habitación y los había acostado en el dormitorio del piso de abajo. Luego había subido las escaleras.

Aquello era lo peor, quizá; que la obligara a ir a él y que ella obedeciera. Una vez arriba, se había quitado la ropa para que no se la arrancara.

Ahora se vistió y se dio cuenta de lo doloroso que le resultaba levantar los brazos. Se detuvo ante la ventana tapada. Al otro lado de ella se extendían campos destruidos por bombas incendiarias, árboles partidos en dos, muchos todavía humeantes, y chimeneas rotas. Un paisaje apocalíptico. El aeródromo era un amasijo de piedra y madera rodeado de aviones destrozados y camiones bombardeados. Desde que el general De Gaulle se había puesto al mando del Ejército Francés de Liberación y los aliados habían desembarcado en Normandía, los bombardeos en Europa habían sido continuos.

¿Seguiría Antoine ahí fuera? ¿Estaría en algún lugar del campo de prisioneros, escudriñando entre los listones de la pared de un barracón o una ventana tapiada, mirando aquella luna que un día había iluminado una casa llena de amor? ¿E Isabelle? Habían transcurrido solo dos meses desde que desapareció, pero parecía una eternidad. Vianne pasaba los días preocupada por ella, pero respecto a esto no había nada que hacer, solo soportarlo.

Una vez abajo, encendió una vela. Hacía ya mucho tiempo que no tenían electricidad. En el baño, dejó la vela junto al lavabo y se miró en el espejo ovalado. Incluso bajo aquella luz exigua su aspecto era macilento y demacrado. El pelo rojizo sin brillo le enmarcaba la cara en dos mechones lacios. Durante los años de privaciones la nariz parecía haberse alargado y los pómulos se habían hecho más prominentes. Un cardenal le coloreaba la sien. Pronto, no cabía duda, se pondría oscuro. También sabía, sin necesidad de comprobarlo, que tenía marcas oscuras en los brazos y una fea contusión en el pecho izquierdo.

Se estaba volviendo más cruel. Más colérico. Las fuerzas aliadas habían desembarcado en el sur de Francia y empezado a liberar ciudades. Los alemanes estaban perdiendo la guerra y Von Richter parecía decidido a que Vianne pagara por ello.

Se desnudó y lavó en agua tibia. Se restregó hasta que tuvo la piel enrojecida y llena de marcas y seguía sin sentirse limpia. Nunca se sentía limpia.

Cuando no lo soportó más, se secó y se volvió a poner el camisón con una bata por encima. Se la anudó a la cintura y salió del baño con la vela en la mano.

Sophie estaba en el cuarto de estar, esperándola. Permanecía sentada en el único mueble bueno que quedaba en la habitación —el canapé— con las rodillas juntas y las manos entrelazadas. El resto del mobiliario había sido requisado o quemado.

—¿Qué haces levantada tan tarde?

—Te preguntaría lo mismo, pero no hace falta. ¿Verdad?

Vianne se ajustó el cinturón de la bata. Fue un gesto nervioso, para tener las manos ocupadas.

—Vámonos a la cama.

Sophie la miró. Con casi catorce años, su rostro había empezado a madurar. Tenía ojos negros que contrastaban con la piel pálida y pestañas largas y espesas. La mala alimentación le había hecho perder pelo, pero lo seguía teniendo ensortijado. Frunció los labios carnosos.

—En serio, *maman*. ¿Hasta cuándo vamos a seguir fingiendo?

La tristeza y la furia en aquellos hermosos ojos eran desgarradoras. Al parecer Vianne no había conseguido ocultarle nada a aquella hija suya a quien la guerra había dejado sin infancia.

¿Qué debía contarle una madre a una hija casi adulta sobre la fealdad del mundo? ¿Cómo podía decirle la verdad? ¿Cómo podía esperar que su hija la juzgara con menor severidad que ella misma?

Se sentó junto a Sophie. Pensó en su antigua vida: risas, besos, cenas en familia, mañanas de Navidad, dientes de leche, las primeras palabras.

—No soy tonta —dijo Sophie.

—Nunca he pensado que lo fueras. Ni por un instante. —Vianne suspiró—. Solo quería protegerte.

—¿De la verdad?

—De todo.

—Eso es imposible —dijo Sophie con amargura—. ¿Es que no te das cuenta? Rachel se ha ido. Sarah está muerta. El abuelo está muerto. *Tante* Isabelle está… —Se le llenaron los ojos de lágrimas—. Y *papa*…, ¿cuándo fue la última vez que tuvimos noticias? ¿Hace un año? ¿Ocho meses? Seguramente también estará muerto.

—Tu padre está vivo. Igual que tu tía. Si hubieran muerto, yo lo sabría. —Vianne se llevó una mano al corazón—. Lo sentiría aquí.

—¿En el corazón? ¿Lo sentirías en el corazón?

Vianne sabía que Sophie estaba siendo transformada por la guerra, que el miedo y la desesperación la habían encallecido hasta convertirla en una versión más cruel y cínica de sí misma. Pero aun así era duro verlo tan de cerca.

—¿Cómo puedes… ir a él? He visto los cardenales.

—Esa es mi guerra —susurró Vianne, casi más avergonzada de lo que podía soportar.

—*Tante* Isabelle le habría estrangulado mientras dormía.

—Sí —estuvo de acuerdo Vianne—. Isabelle es una mujer fuerte. Yo no. Yo no soy más que… una madre que intenta mantener a sus hijos con vida.

—¿Crees que queremos que nos salves así?

—Eres joven —dijo Vianne dejando caer los hombros en un gesto de derrota—. Cuando seas madre…

—No pienso ser madre —dijo Sophie.

—Siento haberte decepcionado, Sophie.

—Quiero matarle —dijo esta al cabo de un instante.

—Yo también.

—Podríamos asfixiarle con una almohada cuando esté dormido.

—¿Crees que no he soñado con algo así? Pero es demasiado peligroso. Beck ya desapareció mientras estaba alojado aquí. Si ocurre lo mismo con otro oficial, despertaríamos sus sospechas, algo que necesitamos evitar.

Sophie asintió, sombría.

—Puedo soportar lo que me hace Von Richter, Sophie, pero no perderos a Daniel o a ti, o que me separaran de vosotros. O ver cómo os hacen daño.

Sophie no apartó la vista.

—Le odio.

—Yo también —dijo Vianne—. Yo también.

—Hoy hace calor. Estaba pensando en que es un buen día para ir a nadar —dijo Vianne con una sonrisa.

El murmullo de entusiasmo fue inmediato y unánime.

Vianne sacó a los niños del aula del orfanato, indicándoles que permanecieran juntos mientras atravesaban el claustro. Cuando estaban a la altura del despacho de la madre superiora, se abrió la puerta.

—Madame Mauriac —dijo la monja con una sonrisa—. Veo que su pequeño rebaño está contento. Parece a punto de ponerse a cantar.

—No con este calor, madre. —Vianne agarró a la madre superiora del brazo—. Venga con nosotros al estanque.

—Es una idea maravillosa para un día de septiembre.

—Poneos en fila —dijo Vianne a los niños cuando llegaron a la carretera.

Los niños obedecieron de inmediato. Vianne empezó una canción y los niños se unieron a ella, cantando a pleno pulmón mientras daban palmas, saltaban y brincaban.

¿Se fijaron en los edificios bombardeados por el camino? ¿En los montones humeantes de escombros que en otro tiempo habían sido hogares? ¿O la destrucción se había convertido en un paisaje habitual de su infancia, corriente, anodino?

Daniel —como siempre— permaneció junto a Vianne, aferrado a su mano. Últimamente se comportaba siempre así, le daba miedo separarse de ella durante demasiado tiempo. Vianne se preguntaba si una parte de él, en lo más profundo, recordaba lo que había perdido: a su madre, a su padre y a su hermana. Le preocupaba que, cuando dormía, acurrucado a su lado, siguiera siendo Ari, el niño que se había quedado solo en el mundo.

Vianne dio una palmada.

—Niños, tenéis que cruzar la calle en orden. Sophie, tú diriges.

Los niños pasaron con cuidado y luego echaron a correr ladera arriba hacia el amplio estanque que era uno de los lugares preferidos de Vianne. Antoine la había besado allí por primera vez.

Miró a Daniel.

—¿Quieres ir a jugar en el agua con tu hermana?

Daniel se mordió el labio superior y miró cómo los niños chapoteaban en las aguas tranquilas y azules.

—No sé…

—No tienes que meterte si no quieres. Puedes mojarte solo los pies.

Daniel frunció el ceño e hinchó los carrillos, pensativo. Luego soltó la mano de Vianne y caminó cauteloso hasta Sophie.

—Sigue dependiendo mucho de ti —comentó la madre superiora.

—Y tiene pesadillas.

Vianne estaba a punto de decir: *Dios sabe que yo también*, cuando le sobrevinieron náuseas. Murmuró una excusa y corrió por la hierba crecida hasta un bosquecillo, donde se inclinó y vomitó. Tenía el estómago casi vacío, pero las arcadas secas se sucedieron hasta dejarla débil y exhausta.

Notó la mano de la madre superiora en la espalda, acariciándola, reconfortándola.

Vianne se incorporó y trató de sonreír.

—Lo siento. No…

Se interrumpió. Cayó en la cuenta de lo que ocurría. Se volvió hacia la madre superiora.

—Ayer por la mañana también vomité.

—¡Oh, no, Vianne! ¿Vas a tener un bebé?

Vianne no sabía si reír, llorar o gritarle a Dios. Había rezado muchas veces por tener otro hijo creciendo en su vientre.

Pero no ahora.

No de él.

Vianne llevaba una semana sin dormir. Se sentía débil, cansada y aterrorizada. Y las náuseas matutinas habían ido a peor.

Estaba sentada en el borde de la cama mirando a Daniel. A sus cinco años, el pijama había vuelto a quedársele pequeño; los tobillos y las muñecas escuálidos asomaban por las mangas y tenía las perneras deshilachadas. A diferencia de Sophie, nunca se quejaba de hambre, de tener que leer a la luz de una vela o del pan gris y atroz que constituía su ración de comida. No recordaba otra cosa.

—Hola, capitán Dan —le dijo Vianne mientras le retiraba los rizos negros sudorosos de los ojos.

Daniel se puso boca arriba y le sonrió, dejando ver la encía mellada, a falta de los dos dientes delanteros.

—Mamá, he soñado que teníamos caramelos.

La puerta del dormitorio se abrió de golpe. Apareció Sophie, jadeante.

—Ven corriendo, *maman*.

—Ay, Sophie. Estoy…

—Ahora mismo.

—Vamos, Daniel. Esto parece importante.

Daniel se lanzó a sus brazos con entusiasmo. Era demasiado grande para llevarlo así, de modo que Vianne le dio un fuerte abrazo y le soltó. Le puso las únicas ropas que aún le servían: unos pantalones de lona hechos con un mono para pintar que había encontrado en el granero y un jersey que le había tejido con preciada lana azul. Cuando estuvo vestido, le cogió de la mano y le llevó al cuarto de estar. La puerta de la casa estaba abierta.

Sonaban campanas. Campanas de iglesia. Era como si en algún lugar alguien tocara. *¿La Marsellesa?* ¿Un martes a las nueve de la mañana?

Fuera, Sophie permanecía junto al manzano. Una columna de nazis pasó desfilando frente a la casa. Poco después aparecieron los vehículos: carros de combate, camiones y coches pasaron rugiendo junto a Le Jardin, uno detrás de otro, levantando una polvareda.

Un Citroën negro se detuvo en el borde del camino y aparcó. Von Richter se bajó y fue hasta Vianne con los labios apretados dibujando una línea delgada y furibunda.

—Madame Mauriac.

—Herr Sturmbannführer.

—Nos marchamos de este pueblo suyo patético y nauseabundo.

Vianne no habló. De haberlo hecho habría dicho alguna cosa que podría haberle causado la muerte.

—La guerra no ha terminado —dijo Von Richter y Vianne no supo si se dirigía a ella o a él mismo.

La mirada del alemán se posó en Sophie y, a continuación, en Daniel.

Vianne siguió totalmente quieta, con la cara impasible.

Von Richter se volvió hacia ella. El cardenal reciente que tenía Vianne en la mejilla le provocó una sonrisa.

—¡Von Richter! —gritó alguien del séquito—. ¡Despídete de tu puta francesa!

—Eso es lo que ha sido, supongo que lo sabe.

Vianne apretó los labios para no hablar.

—La olvidaré. —Von Richter se inclinó hacia ella—. Me pregunto si usted podrá decir lo mismo.

Fue hasta la casa y salió con su maleta de cuero. Sin una mirada a Vianne, volvió a su automóvil. La portezuela se cerró con fuerza cuando estuvo dentro.

Vianne se agarró a la cancela para serenarse.

—Se marchan —dijo Sophie.

A Vianne le cedieron las piernas y cayó de rodillas.

—Se ha ido.

Sophie se arrodilló a su lado y la abrazó con fuerza.

Daniel cruzó corriendo y descalzo el trozo de tierra que lo separaba de ellas.

—¡Quiero un abrazo! —gritó.

Se abalanzó contra ellas con tal ímpetu que los tres perdieron el equilibrio y cayeron en la hierba.

En el mes transcurrido desde que los alemanes se marcharan de Carriveau se habían sucedido las buenas noticias sobre victorias aliadas, pero la guerra no había terminado. Alemania no se había rendido. El oscurecimiento impuesto por el toque de queda ya no era tan estricto y las ventanas dejaban pasar algo de luz, un regalo sorprendente. Pero aun así Vianne no lograba tranquilizarse. Sin Von Richter en sus pensamientos —no volvería a pronunciar su nombre en voz alta, no mientras viviera, pero no podía dejar de pensar en él—, se consumía de preocupación por Isabelle, Rachel y Antoine. Le escribía a Antoine casi a diario y hacía cola en el correo, aunque la Cruz Roja informaba de que las cartas no llegaban. Llevaba más de un año sin noticias de él.

—Estás otra vez dando vueltas por la habitación, *maman* —dijo Sophie.

Estaba sentada en el canapé acurrucada con Daniel delante de un libro. En la repisa de la chimenea descansaban algunas de las fotografías que Vianne había sacado del sótano del granero. Fue de las pocas cosas que se le ocurrieron para dar de nuevo a Le Jardin aspecto de hogar.

—*Maman*?

La voz de Sophie devolvió a Vianne a la realidad.

—Va a regresar —dijo Sophie—. Y *tante* Isabelle también.

—Claro que sí.

—¿Qué le vamos a decir a *papa*? —preguntó Sophie, y por la expresión de sus ojos Vianne supo que llevaba algún tiempo queriendo hacerle aquella pregunta.

Se acercó una mano al abdomen todavía liso. El bebé aún no se le notaba, pero Vianne conocía bien su cuerpo; una vida crecía en su interior. Salió del cuarto de estar, fue a la puerta delantera y la abrió. Bajó descalza los desgastados peldaños de piedra, notando el suave roce musgoso en las plantas de los pies. Con cuidado de no pisar una roca afilada, fue hasta la carretera y miró en dirección al pueblo.

El cementerio se encontraba a su derecha. Había sido devastado por la explosión de una bomba dos meses antes. Las viejas lápidas yacían volcadas, hechas pedazos. La tierra estaba agrietada y rota con agujeros aquí y allí: había esqueletos colgados de las ramas de los árboles, con los huesos castañeteando en la brisa.

A lo lejos vio cómo un hombre doblaba un recodo de la carretera.

Durante los años siguientes se preguntaría qué la había impulsado a salir de la casa aquel caluroso día de otoño a esa hora precisa, pero conocía la respuesta.

Antoine.

Echó a correr sin importarle ir descalza. Hasta que no estuvo prácticamente en sus brazos, lo bastante cerca para tocarle, no sintió de pronto la necesidad de detenerse. Solo con mirarla sabría que otro hombre la había mancillado.

—Vianne —dijo Antoine con una voz apenas reconocible—. Me he escapado.

Se le notaba muy cambiado, se le habían afilado los rasgos y su pelo había encanecido. Una barba blanca incipiente le cubría las mejillas hundidas y el mentón y estaba terriblemente delgado. El brazo izquierdo le colgaba de una manera extraña, como si se lo hubiera fracturado y no se lo hubieran entablillado bien.

Él estaba pensando lo mismo de ella. Vianne lo leyó en sus ojos.

Su nombre le salió en apenas un murmullo:

—Antoine.

Sintió el escozor de las lágrimas y vio que él también lloraba. Fue hasta él y le besó, pero cuando se apartó vio a un hombre que no reconocía.

—Puedo hacerlo mejor —dijo Antoine.

Vianne le tomó de la mano. Por encima de todo quería sentirse cerca de él, en sintonía, pero la vergüenza por lo que había pasado levantaba un muro entre los dos.

—Pensaba en ti cada noche —dijo Antoine mientras caminaban hacia la casa—. Te imaginaba en nuestra cama, pensaba en ti con ese camisón blanco… Sabía que estabas tan sola como yo.

Vianne se había quedado sin voz.

—Tus cartas y tus paquetes eran lo que me hacía salir adelante —dijo Antoine.

Al llegar a la cancela rota de Le Jardin, se detuvo.

Vianne vio la casa con sus ojos. La cancela descolgada, la tapia derruida, el manzano muerto que daba trozos de tela sucios en lugar de frutos.

Antoine empujó la cancela. Esta se inclinó hacia un lado, unida al poste desvencijado por un único perno. Chirrió a modo de protesta por que la tocaran.

—Espera —dijo Vianne.

Tenía que contárselo ahora, antes de que fuera demasiado tarde. Todo el pueblo sabía que se habían alojado nazis con ella. Sin duda oiría chismes. Si al cabo de ocho meses nacía un bebé, sospecharían.

—Las cosas han sido difíciles sin ti aquí —dijo intentando buscar las palabras adecuadas—. Le Jardin está tan cerca del aeródromo que los alemanes se fijaron en la casa de camino al pueblo. Dos oficiales se han alojado aquí…

La puerta de la casa se abrió de golpe y Sophie gritó: «*Papa!*», y cruzó deprisa el jardín.

Antoine se dejó caer con torpeza sobre una rodilla, abrió los brazos y Sophie corrió hasta él.

Vianne sintió un dolor que se abría y expandía. Antoine había vuelto a casa, tal y como había rogado en sus oraciones, pero sabía que las cosas no eran como antes. No podían serlo. Estaba cambiado. Ella también. Se llevó una mano al vientre.

—Qué mayor estás —le dijo Antoine a su hija—. Dejé una niñita y a mi vuelta me encuentro a una mujer. Tienes que contarme todo lo que me he perdido.

Sophie miró a Vianne.

—No creo que debamos hablar de la guerra. De nada que tenga que ver con la guerra. Nunca. Se ha terminado.

Sophie quería que Vianne mintiera.

Apareció Daniel en el umbral vestido con pantalones cortos, un jersey de cuello alto de punto que había perdido su forma y calcetines que se le caían sobre unos zapatos de segunda mano que no eran de su número. Sujetando un álbum de fotos contra su estrecho pecho, saltó del escalón y fue hacia ellos con el ceño fruncido.

—¿Y quién es este hombrecito tan guapo? —preguntó Antoine.

—Soy Daniel —dijo el niño—. ¿Tú quién eres?

—Soy el padre de Sophie.

Daniel abrió los ojos de par en par. Tiró el álbum y se echó a los brazos de Antoine.

—¡*Papa*, has vuelto a casa!

Antoine cogió al niño en volandas.

—Ya te lo explicaré —dijo Vianne—, pero primero vamos dentro a celebrarlo.

Vianne había fantaseado mil veces con el regreso de su marido de la guerra. Al principio le imaginaba tirando la maleta nada más verla y levantándola del suelo con sus brazos grandes y fuertes.

Luego Beck se instaló en su casa y le hizo sentir cosas por un hombre —un enemigo— a las que incluso ahora se negaba a poner nombre. Cuando supo por él que Antoine estaba prisionero, había moderado sus expectativas. Se había imaginado a un marido más delgado, con aspecto más demacrado, pero que seguiría siendo Antoine cuando volviera a casa.

Pero el hombre sentado a su mesa era un desconocido. Estaba encorvado sobre su comida con las manos rodeando el plato y engullendo cucharada tras cucharada de consomé como si dispusiera de un tiempo limitado para cenar. Cuando se dio cuenta de lo que hacía, la culpa le hizo sonrojarse y murmurar una disculpa.

Daniel no dejaba de hablar, mientras que Sophie y Vianne se dedicaban a examinar lo que quedaba de Antoine. El más mínimo ruido lo sobresaltaba, daba un respingo si alguien le tocaba y era imposible no reparar en el dolor de sus ojos.

Después de cenar acostó a los niños mientras Vianne fregaba sola los platos. Estuvo feliz de dejarle ir, lo que no hizo más que intensificar su sentimiento de culpa. Era su marido, el amor de su vida y, sin embargo, cuando la tocaba tenía que hacer esfuerzos para no rechazarle. Ahora, de pie en la ventana de su dormitorio, esperándole, se sentía nerviosa.

Se acercó a ella por detrás. Vianne notó sus manos fuertes y seguras en sus hombros, le oyó respirar a su espalda. Deseaba recostarse en él, reclinarse contra su cuerpo con la intimidad que dan los años vividos juntos, pero no podía. Las manos de Antoine le acariciaron los hombros, le bajaron por los brazos y se detuvieron en sus caderas. Despacio, la hizo volverse de modo que estuvieran frente a frente.

Le bajó la bata y la besó en un hombro.

—Qué delgada estás —dijo con voz ronca de pasión y de algo más, algo nuevo que había ahora entre los dos, pérdida, quizá, aceptación de que algo había cambiado mientras habían estado separados.

—Pues he engordado desde el invierno —replicó Vianne.

—Sí —dijo Antoine—. Yo también.

—¿Cómo te escapaste?

—Cuando empezaron a perder la guerra, las cosas... se pusieron feas. Me dieron tal paliza que me inutilizaron el brazo izquierdo. Entonces decidí que prefería que me pegaran un tiro mientras huía a que me torturaran hasta morir. Una vez que estás preparado para la muerte, todo es más fácil.

Había llegado el momento de decirle la verdad. Podría comprender que la violación era una forma de tortura y que también ella había sido prisionera. Lo que le había ocurrido no era culpa suya. Vianne lo creía, pero no pensaba que la culpa fuera importante en algo así.

Antoine le acercó las manos a la cara y la obligó a levantar la barbilla.

El beso fue triste, una disculpa casi, un recordatorio de lo que habían compartido en otro tiempo. Antoine temblaba mientras la desnudaba. Vianne vio las marcas rojas que le atravesaban en zigzag la espalda y el torso, y las cicatrices feas e irregulares, llenas de pliegues, que le recorrían todo el brazo izquierdo.

Sabía que Antoine no le pegaría ni le haría daño. Y, aun así, estaba asustada.

—¿Qué ocurre, Vianne? —dijo Antoine apartándose.

Vianne miró la cama, la cama de los dos, y solo podía pensar en él, en Von Richter.

—C-cuando estabas fuera...

—¿Hace falta que hablemos de ello?

Vianne quería confesarlo todo, llorar en brazos de Antoine y que este la consolara y le dijera que todo iría bien. Pero ¿y él? También había pasado por un infierno. Vianne lo veía. Tenía en el pecho cicatrices rojas de heridas que parecían haber sido hechas con un látigo.

La amaba. Eso también lo veía, lo sentía.

Pero era un hombre. Si le contaba que la habían violado —y que esperaba el hijo de otro—, se obsesionaría. Con el tiempo se preguntaría si Vianne no habría podido detener a Von Richter. Quizá hasta se plantearía si había disfrutado.

Estaba decidido. Podía hablarle de Beck, contarle incluso que le había matado, pero nunca podría decirle que había sido violada. El hijo que llevaba en el vientre nacería antes de tiempo. Tener un hijo ochomesino era algo de lo más habitual.

No pudo evitar preguntarse si aquel secreto no terminaría por destruirles igualmente.

—Podría contártelo todo —susurró. Sus lágrimas eran de vergüenza, de amor y de pérdida. Pero sobre todo de amor—. Podría hablarte de los oficiales alemanes que se alojaron aquí y de lo dura que era la vida y de cómo apenas conseguimos salir adelante; de cómo Sarah murió delante de mis propios ojos y de lo fuerte que fue Rachel cuando la subieron a un vagón de ganado, de cómo le prometí que mantendría a Ari a salvo. Podría contarte que mi padre ha muerto y que Isabelle ha sido arrestada y deportada…, pero creo que lo sabes todo. —*Que Dios me perdone*—. Y es posible que no tenga sentido hablar de ello tampoco. Quizá… —pasó el dedo por una roncha roja que recorría el bíceps izquierdo de Antoine como un relámpago—. Quizá lo mejor sea olvidar el pasado y seguir adelante.

Antoine la besó. Cuando terminó, siguió con los labios muy cerca de los de Vianne.

—Te quiero, Vianne.

Esta cerró los ojos y le devolvió el beso, esperando que su cuerpo se despertara al contacto con su roce, pero, cuando se tumbó debajo de él y sus cuerpos se unieron como tantas veces lo habían hecho, no sintió absolutamente nada.

—Yo también te quiero, Antoine.

Trató de no llorar mientras lo decía.

Era una fría noche de noviembre y Antoine llevaba casi dos meses en casa.

No había habido noticias de Isabelle.

Vianne no podía dormir. Estaba acostada al lado de Antoine, escuchando su suave ronquido. Nunca le había molestado, nunca le había impedido conciliar el sueño, pero ahora sí.

No.

Eso no era verdad.

Se tumbó de costado y le miró. En la oscuridad, con la luz de la luna llena entrando por la ventana, le resultaba un desconocido: delgado, de facciones afiladas y pelo cano a los treinta y cinco años. Se levantó de la cama con cuidado y le tapó con el pesado edredón que había pertenecido a su abuela.

Se puso la bata. Una vez en el piso de abajo, fue de una habitación a otra buscando… ¿el qué? Su antigua vida, quizá, o el amor de un hombre que había perdido.

Nada iba bien. Eran como dos extraños. Antoine también lo notaba. Vianne sabía que era así. De noche, en la cama, la guerra se interponía entre los dos.

Tomó una colcha del baúl del cuarto de estar, se envolvió con ella y salió.

La luna llena brillaba sobre los campos devastados. Su luz iluminaba la tierra agrietada bajo los manzanos. Fue hasta el del centro y se colocó debajo. La rama muerta y ennegrecida formaba un arco sobre su cabeza, desnudo y nudoso. En él estaban atados los trozos de cordel, lana y tela.

Cuando los ató a las ramas a modo de recordatorio, Vianne había pensado ingenuamente que seguir con vida era lo único importante. Entonces, a su espalda, la puerta de la casa se abrió y se cerró sin hacer ruido y sintió la presencia de su marido como siempre lo había hecho.

—Vianne —dijo este colocándose detrás de ella. La rodeó con sus brazos.

Vianne quiso recostarse contra él, pero no pudo. Miró el primer lazo que había atado al árbol. El de Antoine. Había cambiado de color y estaba tan curtido como lo estaban ellos.

Había llegado el momento. No podía esperar más. El vientre había empezado a abultársele.

Se volvió y le miró.

—Antoine —fue lo único que pudo articular.

—Te quiero, Vianne.

Vianne suspiró.

—Estoy embarazada.

Antoine se quedó muy quieto.

—¿Cómo? ¿Cuándo? —preguntó después de un largo instante.

Vianne le miró mientras recordaba sus otros embarazos, cómo la pérdida y la alegría los habían unido aún más.

—Creo que estoy de casi dos meses. Debió de ocurrir… la noche en que volviste a casa.

Los ojos de Antoine reflejaron distintas emociones: sorpresa, preocupación, inquietud y, por fin, dicha. Le acarició el mentón a Vianne y le hizo inclinar la cabeza hacia atrás.

—Sé por qué estás tan asustada, pero no te preocupes, Vi. Este no lo vamos a perder —dijo—. No después de todo lo que ha pasado. Es un milagro.

Vianne tenía ganas de llorar. Intentó sonreír, pero el sentimiento de culpa era insoportable.

—Has sufrido mucho.

—Todos hemos sufrido.

—Así que ahora elegimos ver milagros.

¿Era aquella la manera que tenía Antoine de mostrarle que sabía la verdad? ¿Acaso tenía sospechas? ¿Qué diría cuando el bebé naciera antes de tiempo?

—¿Q-qué insinúas?

Vio cómo brillaban las lágrimas en los ojos de Antoine.

—Quiero decir que tenemos que olvidar el pasado, Vi. Lo que importa es el ahora. Siempre nos querremos. Es la promesa que nos hicimos a los catorce años. Junto al estanque, la primera vez que te besé. ¿Te acuerdas?

—Lo recuerdo.

Qué afortunada era al haber dado con aquel hombre. No era de extrañar que se hubiera enamorado de él. Y ahora encontraría la manera de volver a quererle, igual que había hecho él con ella.

—Este hijo será nuestro nuevo comienzo.

—Bésame —susurró Vianne—. Hazme olvidar.

—No es eso lo que necesitamos, Vianne —dijo Antoine mientras se inclinaba para besarla—. Sino recordar.

36

Era febrero de 1945 y la nieve cubría los cuerpos desnudos amontonados a la entrada del crematorio recientemente construido. Un humo negro y pútrido salía de las chimeneas.

Isabelle tiritaba de frío en su puesto durante el *Appell* o recuento matutino. Se trataba de esa clase de frío que te lacera los pulmones, te congela las pestañas y hace que ardan los dedos de las manos y de los pies.

Esperó a que terminara el recuento, pero no sonó ningún silbato.

Seguía nevando. En las filas de prisioneras, una mujer empezó a toser. Otra cayó de bruces en la nieve blanda y embarrada y no fue posible levantarla. Un viento cruel azotaba el campo.

Por fin un oficial de las SS a caballo se acercó a las mujeres y las examinó una a una. Parecía fijarse en todo: las cabezas afeitadas, las picaduras de pulgas, las yemas de los dedos azuladas por efecto de la congelación y los parches que las clasificaban como judías, lesbianas o prisioneras políticas. A lo lejos caían bombas que explotaban como truenos distantes.

Cuando el oficial señalaba a una mujer, era sacada de inmediato de la fila.

Se fijó en Isabelle, y esta fue prácticamente levantada en volandas, sacada a rastras.

Un pelotón de las SS rodeó a las mujeres elegidas y las obligó a formar dos columnas. Sonó un silbato.

—*Schnell! Eins! Zwei! Drei!*

Isabelle echó a andar con los pies doloridos por el frío y los pulmones ardiendo. Micheline se colocó a su lado.

Habían salido del campo y caminado casi dos kilómetros cuando las adelantó un camión lleno a rebosar de cadáveres desnudos.

Micheline tropezó e Isabelle la sujetó y la ayudó a recuperar el equilibrio.

Siguieron caminando.

Por fin llegaron a un prado nevado cubierto de niebla.

Los alemanes volvieron a distribuir a las mujeres. Isabelle fue separada de Micheline y obligada a unirse a otras prisioneras políticas *Nacht und Nebel.*

Los alemanes las empujaron, vocearon y señalaron hasta que Isabelle comprendió.

La mujer a su lado gritó al ver la tarea para la que habían sido elegidas: despejar el terreno para la construcción de una carretera.

—Calla —le dijo Isabelle en el preciso instante en que una fusta golpeaba a la mujer con tanta fuerza como para hacerla caer.

Esperó aturdida mientras los nazis le pasaban un grueso arnés de mula de carga por los hombros y se lo sujetaban a la cintura. La uncieron a otras once mujeres jóvenes codo con codo. Detrás de ellas, atado al arnés, había un rodillo de piedra del tamaño de un automóvil.

Isabelle trató de dar un paso, no pudo.

Un látigo le fustigó la espalda quemándole la carne. Agarró las correas del arnés, volvió a intentarlo y avanzó un paso. Estaban extenuadas. No tenían fuerzas y los pies se les congelaban en el suelo cubierto de nieve, pero tenían que moverse, de lo contrario las azotarían. Isabelle se dobló hacia delante, esforzándose por avanzar, por conseguir que el rodillo se desplazara. Las correas se le clavaban en el pecho. Una de las mujeres se tambaleó y cayó; las otras siguieron tirando. El arnés de cuero crujió y la piedra rodó.

Tiraron, tiraron y tiraron, trazando una carretera en el suelo nevado bajo sus pies. Otras mujeres despejaban el camino con palas y carretillas.

Mientras tanto los guardias permanecían sentados en grupos alrededor de hogueras, charlando y riendo.

Paso.

Paso.

Paso.

Isabelle no podía pensar en otra cosa. Ni en el frío, ni en el hambre o la sed, ni en las picaduras de pulgas y piojos que le cubrían el cuerpo. Tampoco en la vida real. Aquello era lo más peligroso de todo. Lo que podía hacer que dejara de dar un paso y llamara la atención de los guardias, lo que llevaría a que la azotaran o algo peor.

Paso.

Piensa solo en avanzar.

Le falló la pierna y cayó en la nieve. La mujer a su lado le tendió un brazo. Isabelle se agarró a la mano temblorosa, pálida y azulada con sus dedos entumecidos y consiguió ponerse en pie. Apretó los dientes y dio otro paso lleno de dolor. Y luego otro.

La sirena sonaba cada día a las tres y media de la mañana para el recuento. Al igual que sus nueve compañeras de litera, Isabelle dormía con todas las prendas de vestir que tenía: zapatos que no eran de su número y ropa interior; el vestido holgado y a rayas con su número de identificación de prisionera cosido a la manga. Pero nada de ello abrigaba. Intentaba animar a las mujeres que la rodeaban a ser fuertes, pero ella misma se encontraba cada vez más débil. Había sido un invierno espantoso; todas se estaban muriendo, algunas deprisa, víctimas del tifus o de la crueldad, otras despacio, de hambre y de frío, pero todas se morían.

Isabelle llevaba semanas con fiebre, aunque no lo bastante alta como para enviarla a la enfermería, y la última semana había recibido tal paliza que había perdido la consciencia mientras trabajaba, y, a continuación, le habían pegado por caerse al suelo. Tenía el cuerpo, que no podía pesar más de treinta y seis kilos, repleto de piojos y cubierto de llagas.

Ravensbrück había sido peligroso desde el principio, pero ahora, en marzo de 1945, lo era aún más. En el último mes cientos de mujeres habían sido asesinadas, gaseadas o apaleadas. Solo quedaban con vida las *Verfügbaren* —las desechables, que estaban enfermas, frágiles o eran ancianas— y las *Nacht und Nebel*, «Noche y Niebla», prisioneras políticas, como Isabelle y Micheline. Mujeres de la Resistencia. Corría el rumor de que a los nazis les daba miedo gasearlas ahora que el rumbo de la guerra había cambiado.

—Lo vas a lograr.

Isabelle se dio cuenta de que estaba tambaleándose, a punto de caer.

Micheline Babineau le dirigió una sonrisa cansada y de ánimo.

—No llores.

—No lo hago —dijo Isabelle.

Ambas creían que las mujeres que lloraban de noche eran las que morían por la mañana. La tristeza y la pérdida se absorbían con cada inspiración, pero no se expelían. No podías rendirte. Ni por un segundo.

Isabelle lo sabía. En el campo resistía de la única manera que sabía: cuidando de sus compañeras de cautiverio y ayudándolas a mantenerse fuertes. En aquel infierno solo se tenían las unas a las otras. Por las noches se acurrucaban en la oscuridad de sus literas hablando en susurros, cantando en voz baja, tratando de mantener vivo el recuerdo de quienes habían sido. En los nueve meses que llevaba Isabelle allí había hecho —y perdido— tantas amigas que era imposible contarlas.

Pero ahora se encontraba cansada, y enferma.

Estaba segura de que era una neumonía. Y quizá también tifus. Disimulaba la tos, hacía su trabajo y procuraba no llamar la atención. Lo último que quería era terminar en la «tienda de campaña», un edificio pequeño de ladrillo con paredes de lona alquitranada en la que los nazis metían a las mujeres con enfermedades incurables. Era el lugar al que las mujeres iban a morir.

—Seguir viva —susurró Isabelle.

Micheline le dio ánimos con un gesto de cabeza.

Tenían que seguir con vida. Ahora más que nunca. La semana anterior las prisioneras recién llegadas habían traído noticias: los rusos avanzaban por Alemania, pulverizando y derrotando al ejército nazi. Auschwitz había sido liberado. Se decía que, en el frente occidental, los aliados sumaban una victoria tras otra.

Había empezado la carrera por la supervivencia y todos lo sabían. La guerra estaba a punto de terminar. Isabelle tenía que seguir viva el tiempo suficiente para ver la victoria aliada y una Francia libre.

Al principio de la fila resonó un silbato.

Los prisioneros, mujeres en su mayoría, también unos pocos niños, callaron. Delante de ellos, tres oficiales de las SS se paseaban con sus perros.

Apareció el Kommandant del campo. Se detuvo y entrelazó las manos detrás de la espalda. Dijo algo en alemán y los oficiales de las SS avanzaron. Isabelle oyó las palabras *Nacht und Nebel*.

Un oficial de las SS la señaló y otro la empujó a través de las mujeres, haciendo caer a algunas de ellas y pisándolas. Asió el brazo escuálido de Isabelle y tiró con fuerza. Le siguió como pudo, rezando por que no se le salieran los zapatos. Perder uno era una ofensa que se castigaba con latigazos y, además, se pasaría el resto del invierno con los pies descalzos y congelados.

No lejos de ella vio a Micheline arrastrada por otro oficial.

Isabelle no podía pensar en nada que no fuera perder los zapatos.

Un oficial de las SS dijo una palabra que Isabelle reconoció.

Las enviaban a otro campo.

La invadió una furia impotente. No sobreviviría a una marcha forzada por la nieve hasta otro campo de concentración.

—No —murmuró.

Hablar sola se había convertido en una forma de vida. Durante meses, mientras trabajaba en fila, haciendo algo que la repelía y odiaba, susurraba para sí. Cuando estaba acuclillada sobre un agujero en una hilera de letrinas, rodeada de otras mujeres con disentería, mirando a las mujeres enfrente de ella e intentando que el hedor de sus excrementos no le produjera arcadas, se susurraba a sí misma. Al principio habían sido historias sobre el futuro que se contaba a sí misma y recuerdos del pasado que compartía consigo misma.

Ahora eran solo palabras. Indescifrables en ocasiones, cualquier cosa que la ayudara a recordar que era un ser humano y que estaba viva.

Su pie tropezó con algo y cayó de bruces en la nieve sucia.

—Levántate —dijo alguien—. Camina.

Isabelle no podía moverse, pero si se quedaba allí la azotarían. O algo peor.

—Levántate —dijo Micheline.

—No puedo.

—Sí puedes. Vamos. Antes de que te vean en el suelo.

Micheline la ayudó a ponerse de pie.

Se unieron a la fila de prisioneras famélicas que avanzaban penosamente y dejaron atrás el perímetro de la tapia de ladrillo del campo bajo la atenta mirada del centinela de la torre vigía.

Caminaron durante dos días, recorrieron cincuenta y cinco kilómetros. Por la noche se desplomaban en el suelo frío y se acurrucaban las unas contra las otras en busca de calor y rezaban por ver amanecer. Luego los silbatos las despertaban y les ordenaban seguir la marcha.

¿Cuántas murieron por el camino? Quería memorizar sus nombres, pero tenía tanta hambre, tanto frío y estaba tan exhausta que el cerebro apenas le funcionaba.

Por fin llegaron a su destino, una estación de tren, donde las subieron a empujones a vagones de ganado que olían a muerte y a excremento. Por el cielo blanco por la nieve subía una columna de humo negro. Los árboles estaban desnudos. Ya no quedaban pájaros en el cielo, no había rastro de los gorjeos o los sonidos de seres vivos que habían llenado aquel bosque.

Isabelle trepó a una de las balas de heno apiladas contra la pared y trató de hacerse lo más pequeña posible. Acercó las rodillas ensangrentadas al pecho y se abrazó los tobillos con las manos para conservar el poco calor que despedía su cuerpo.

El dolor del pecho le resultaba insoportable. Se tapó la boca en el instante en que un ataque de tos se apoderaba de ella y la obligaba a doblarse en dos.

—Aquí estás —dijo Micheline desde la oscuridad mientras trepaba a la bala de heno y se sentaba a su lado.

Isabelle dejó escapar un suspiro de alivio y de inmediato empezó a toser de nuevo. Se llevó la mano a la boca y notó las salpicaduras de sangre en la palma. Hacía semanas que escupía sangre.

Sintió una mano seca en la frente y tosió de nuevo.

—Estás ardiendo.

Las puertas del vagón se cerraron. Este tembló y las enormes ruedas de hierro empezaron a girar. El vagón se mecía y traqueteaba. En el interior, las mujeres se apretaron unas contra otras y se sentaron. Al menos con aquel frío la orina se congelaría en el barril y no se derramaría.

Isabelle se tumbó junto su amiga y cerró los ojos.

Desde algún lugar lejano oyó un silbido agudo. El ruido de una bomba al caer. El tren se detuvo con un chirrido y la bomba explotó tan cerca que sacudió el vagón. El olor a humo y a fuego llenó el aire. La siguiente podría dar contra el tren y matarlas a todas.

Cuatro días después, cuando el tren se detuvo por completo —había aminorado la marcha docenas de veces para evitar ser bombardeado—, las puertas se abrieron para dejar ver un paisaje interrumpido únicamente por los sobretodos grises de los oficiales de las SS que esperaban fuera.

Isabelle se sentó, sorprendida al comprobar que no tenía frío. Ahora sentía calor, tanto que sudaba.

Vio que varias de sus amigas habían muerto durante la noche, pero no había tiempo para llorarlas, para decir una plegaria o susurrar un adiós. Los nazis del andén ya venían en su busca, tocando los silbatos, gritando.

—*Schnell! Schnell!*

Isabelle despertó a Micheline.

—Dame la mano —le dijo.

Las dos mujeres se bajaron de la mano y con cuidado de las balas de heno. Isabelle pasó por encima de un cadáver, a quien alguien ya le había quitado los zapatos.

Al otro lado del andén empezaba a formarse una fila de prisioneros.

Isabelle avanzó cojeando. La mujer que iba delante de ella tropezó y cayó de rodillas.

Un oficial de las SS la puso de pie y le pegó un tiro en la cara.

Isabelle no se detuvo. Tiritando y sudando alternativamente, avanzó con paso vacilante por el bosque nevado hasta que divisaron otro campo.

—*Schnell!*

Isabelle siguió a las mujeres que iban delante de ella. Cruzaron unas verjas abiertas dejando atrás una multitud de hombres y mujeres de aspecto esquelético y vestidos con pijamas de rayas que las observaban desde detrás de una valla de tela metálica.

—¡Juliette!

Isabelle oyó el nombre. Al principio no le dijo nada, no era más que otro sonido cualquiera. Entonces se acordó.

Ella había sido Juliette. Y, antes de eso, Isabelle. Y el Ruiseñor. No solo A-5491.

Miró hacia los prisioneros escuálidos alineados detrás de la valla.

Alguien le hacía gestos con la mano. Una mujer: tez cenicienta, nariz ganchuda y afilada y ojos hundidos.

Ojos.

Isabelle reconoció la mirada, exhausta y sabia, fija en ella. *Anouk.*

Caminó vacilante hasta la valla de tela metálica.

Anouk fue a su encuentro. Entrelazaron los dedos a través del metal frío como el hielo.

—Anouk —dijo Isabelle consciente de que se le quebraba la voz.

Tosió un poco y se llevó la mano a la boca.

La tristeza en los ojos oscuros de Anouk era insoportable. La mirada de su amiga se dirigió hacia un edificio de cuya chimenea salía un humo negro y pútrido.

—Nos están matando para borrar las pruebas de lo que han hecho.

—¿Y Henri? ¿Paul?... ¿Gaëton?

—Los arrestaron a todos, Juliette. A Henri lo ahorcaron en la plaza del pueblo. Los demás... —Se encogió de hombros.

Isabelle oyó que un oficial de las SS le gritaba. Se separó de la valla. Quería decirle algo real a Anouk, algo que perdurara, pero lo único que pudo hacer fue toser. Se tapó la boca y volvió tambaleante a la fila.

Vio que su amiga movía la boca en silencio y le decía: «Adiós», y ni siquiera fue capaz de contestar. Estaba tan, tan cansada de decir adiós...

37

Incluso en un día despejado de marzo como aquel, el apartamento de la avenue de La Bourdonnais parecía un mausoleo. El polvo cubría cada superficie y también el suelo. Vianne fue hasta las ventanas y arrancó las telas negras que las tapaban para dejar entrar la luz en la habitación por primera vez en años.

Daba la impresión de que nadie había ido por allí en mucho tiempo. Seguramente desde el día en que *papa* se fue a salvar a Isabelle.

Los cuadros seguían en las paredes y los muebles permanecían en su sitio, aunque algunos habían sido partidos para hacer leña y apilados en un rincón. En la mesa del comedor había un cuenco de sopa vacío y una cuchara. Los libros de poesía que su padre se había publicado a sí mismo estaban en la repisa de la chimenea.

—No parece que haya venido por aquí. Tendremos que probar en el Hôtel Lutetia.

Vianne sabía que debía empaquetar las cosas de su familia, llevarse aquellos recuerdos de otra clase de vida, pero en ese momento se sentía incapaz. No quería. Más tarde.

Antoine, Sophie y ella salieron del apartamento. En la calle todo empezaba a dar muestras de recuperación. Los parisinos parecían topos que salían a la luz del sol después de pasar años en la oscuridad. Pero por todas partes se veían aún colas para conseguir comida y seguía habiendo privaciones. Era posible que la guerra hubiera perdido intensidad —los alemanes se estaban retirando—, pero no había terminado.

Fueron al Hôtel Lutetia, que había sido la sede de la Abwehr durante la ocupación y ahora era un centro de acogida para quienes regresaban de los campos.

Vianne contempló el vestíbulo elegante y lleno de gente. Sintió náuseas y se alegró de haber dejado a Daniel con la madre Marie-Thérèse. La recepción se hallaba atestada de personas delgadas como alfileres, con la cabeza afeitada y ojos ausentes vestidas con harapos. Parecían cadáveres andantes. Médicos, voluntarios de la Cruz Roja y periodistas se movían entre ellos.

Un hombre se acercó a Vianne y le puso una fotografía desvaída en blanco y negro delante de la cara.

—¿La ha visto? La última vez que supimos de ella estaba en Auschwitz.

La fotografía era de una bonita muchacha posando junto a una bicicleta con sonrisa radiante. No podía tener más de quince años.

—No —dijo Vianne—. Lo siento.

Pero el hombre ya se alejaba, con aspecto de estar tan aturdido como se sentía Vianne.

Mirara donde mirara veía familias nerviosas que sostenían fotografías con manos trémulas, implorando noticias de sus seres queridos. La pared a su derecha estaba cubierta de fotografías, notas, nombres y direcciones. Los vivos que buscaban a los muertos. Antoine se acercó a ella y le puso una mano en el hombro.

—La encontraremos, Vi.

—*Maman?* —dijo Sophie—. ¿Estás bien?

Vianne miró a su hija.

—Tal vez deberíamos haberte dejado en casa.

—Es demasiado tarde para protegerme —dijo Sophie—. Deberías saberlo.

Era una verdad que le resultaba odiosa a Vianne. Tomó la mano de su hija y avanzó decidida entre la gente con Antoine a su lado. En una zona situada a su izquierda vio a un grupo de hombres delgados como estacas y vestidos con pijama de rayas que parecían esqueletos. ¿Cómo podían seguir vivos?

No se dio cuenta de que se había detenido hasta que tuvo a una mujer delante.

—*Madame?* —dijo la mujer, voluntaria de la Cruz Roja, con amabilidad.

Vianne apartó la vista de los escuálidos supervivientes.

—Estoy buscando a varias personas… Mi hermana, Isabelle Rossignol. Fue arrestada por colaboración con la Resistencia y deportada. Y mi mejor amiga, Rachel de Champlain, también deportada. Su marido, Marc, era prisionero de guerra. No…, no sé qué ha sido de ninguno de los dos ni cómo buscarlos. Y… tengo una lista de niños judíos de Carriveau. Debo devolverlos a sus padres.

La voluntaria de la Cruz Roja, una mujer delgada de pelo gris, sacó un papel y apuntó los nombres que le había dado Vianne.

—Voy a la mesa donde están las listas a comprobar estos nombres. En cuanto a los niños, venga conmigo.

Los condujo a los tres a una habitación al final del pasillo, donde había sentado un hombre de aspecto octogenario con una larga barba detrás de una mesa llena de papeles.

—Monsieur Montand —dijo la voluntaria de la Cruz Roja—, esta señora tiene información sobre algunos niños judíos.

El anciano la miró con ojos inyectados en sangre e hizo un gesto con sus dedos largos y cubiertos de vello.

—Adelante.

La trabajadora de la Cruz Roja salió. El repentino silencio resultaba desconcertante después de tanto ruido y conmoción.

Vianne se acercó a la mesa. Tenía las manos húmedas de sudor y se las secó en los costados de la falda.

—Soy Vianne Mauriac. De Carriveau. —Abrió un bolso, sacó la lista que había confeccionado la noche anterior a partir de las que había ido guardando durante la guerra y la dejó en la mesa—. Hay algunos niños judíos escondidos, *monsieur*. Están en el orfanato de la Abbaye de la Trinité bajo el cuidado de la madre superiora Marie-Thérèse. No sé cómo reunirlos con sus padres. Excepto el primero de la lista. Ari de Champlain está conmigo, estoy buscando a sus padres.

—Diecinueve niños —dijo el hombre con voz queda.

—No son muchos, ya lo sé, pero...

El hombre la miró como si fuera una heroína en lugar de una superviviente asustada.

—Son diecinueve niños que habrían muerto en los campos de concentración junto con sus padres, *madame*.

—¿Puede devolverlos a sus familias?

—Lo intentaré, *madame*, pero por desgracia la mayoría de esos niños ahora son huérfanos. Las listas que llegan de los campos son todas iguales: madre muerta, padre muerto, sin parientes vivos en Francia. Y muy pocos niños han sobrevivido. —Se pasó una mano por el pelo gris y ralo—. Le enviaré la lista a la OSE en Niza. Están tratando de reunir familias. *Merci, madame*.

Vianne esperó un momento, pero el hombre no añadió nada. Se reunió con su marido y su hija y volvieron a donde estaban los refugiados, las familias y los supervivientes de los campos.

—Y, ahora, ¿qué hacemos? —preguntó Sophie.

—Esperar a ver qué nos dice la voluntaria de la Cruz Roja —dijo Vianne.

Antoine señaló la pared con fotografías y nombres de los desaparecidos.

—Deberíamos buscarla ahí.

Vianne y Antoine se cruzaron una mirada que significaba admitir el dolor que les causaría consultar las fotografías de los desaparecidos. Aun así, fueron hasta el mar de imágenes y notas y empezaron a revisarlas una por una.

Estuvieron allí casi dos horas hasta que volvió la trabajadora de la Cruz Roja.

—*Madame?*

Vianne se volvió.

—Lo siento mucho, *madame.* Rachel y Marc de Champlain figuran como fallecidos. E Isabelle Rossignol no consta en ninguna parte.

Vianne oyó la palabra «fallecidos» y sintió un dolor casi insoportable. Ahuyentó el sentimiento con decisión. Pensaría en Rachel más tarde, cuando estuviera sola. Se tomaría una copa de champán en el jardín, debajo del tejo y le hablaría a su amiga.

—¿Cómo que no consta Isabelle? Vi cómo se la llevaban.

—Váyase a casa y espere a que regrese su hermana —dijo la mujer de la Cruz Roja. Le puso una mano en el brazo a Vianne—. No pierda la esperanza. Todavía no han sido liberados todos los campos.

Sophie la miró.

—Tal vez se hizo invisible.

Vianne acarició la cara de su hija y logró esbozar una sonrisa pequeña y triste.

—Qué mayor te has hecho. Estoy orgullosa y, al mismo tiempo, me parte el corazón.

—Vamos —dijo Sophie tirándole de la mano.

Vianne se dejó llevar. Mientras salían del concurrido vestíbulo y alcanzaban la calle brillantemente iluminada se sentía más hija que madre.

Horas más tarde, en el tren camino de casa y sentada en el banco de madera de un vagón de tercera clase, Vianne miró por la ventana la campiña devastada por los bombardeos. Antoine dormía a su lado con la cabeza apoyada en el sucio cristal.

—¿Qué tal te encuentras? —preguntó Sophie.

Vianne se llevó una mano al vientre abultado. Un diminuto aleteo —una patada— le rozó la palma. Le cogió la mano a Sophie.

Esta intentó resistirse, pero Vianne insistió con dulzura. Colocó la mano de su hija en su vientre.

Sophie notó la palpitación y abrió mucho los ojos. Miró a Vianne.

—¿Cómo puedes…?

—Esta guerra nos ha cambiado a todos, Soph. Daniel es tu hermano, ahora que Rachel… no está. Tu hermano de verdad. Y este bebé, sea niño o niña, no tiene culpa de cómo fue concebido.

—Es difícil de olvidar —murmuró Sophie—. Y nunca lo perdonaré.

—Pero el amor tiene que ser más fuerte que el odio, de lo contrario no habrá futuro para nosotros.

Sophie suspiró.

—Supongo —dijo con un tono demasiado maduro para una niña de su edad.

Vianne puso una mano encima de la de su hija.

—Nos lo recordaremos la una a la otra, ¿de acuerdo? En los días difíciles seremos fuertes la una por la otra.

El recuento había empezado horas antes. Isabelle cayó de rodillas. En cuanto tocó el suelo, pensó en *seguir viva* y se levantó.

Los guardas patrullaban el perímetro con sus perros, seleccionando mujeres para las cámaras de gas. Corrían rumores sobre un nuevo desplazamiento. Esta vez a Mauthausen, donde ya eran miles los asesinados: prisioneros de guerra soviéticos, judíos, pilotos aliados, prisioneros políticos. Se decía que nadie que cruzara sus puertas salía con vida.

Isabelle tosió y la sangre le roció la palma de la mano. Se apresuró a secársela en el sucio vestido antes de que la vieran los guardas.

Le ardía la garganta, le latían las sienes y le dolía la cabeza. Estaba tan absorta en su padecimiento que tardó un momento en reconocer el ruido de motores.

—¿Oyes eso? —dijo Micheline.

Isabelle vio que la agitación se apoderaba de las prisioneras. Resultaba difícil concentrarse estando tan enferma. Los pulmones le dolían con cada respiración.

—Se marchan —oyó decir.

—¡Isabelle, mira!

Lo primero que contempló fue un cielo azul intenso y prisioneras. Entonces comprendió.

—Se han ido los guardas —dijo con voz ronca y entrecortada.

Se abrieron las puertas y entró una columna de camiones estadounidenses. Los soldados iban sentados en los capós o de pie en la parte trasera sujetando los fusiles cerca del pecho.

Estadounidenses.

A Isabelle se le doblaron las rodillas.

—Mich... e... line —susurró, con voz tan rota como su espíritu—. Lo... hemos... conseguido.

Aquella primavera fue el comienzo del fin de la guerra. El general Eisenhower exigió por radio la rendición de Alemania. Los estadounidenses cruzaron el Rin y entraron en Alemania; los aliados ganaron una batalla detrás de otra y comenzaron a liberar los campos. Hitler vivía en un búnker.

Pero Isabelle seguía sin volver a casa.

Vianne cerró la puerta del buzón.

—Es como si se la hubiera tragado la tierra.

Antoine no dijo nada. Llevaban semanas buscando a Isabelle. Vianne hacía cola durante horas para llamar por teléfono y enviaba innumerables cartas a agencias y hospitales. La semana anterior había visitado más campos de personas desplazadas, sin éxito. No había constancia de Isabelle Rossignol en ninguna parte. Era como si hubiera desaparecido de la faz de la tierra… junto con cientos de miles de otras personas.

Quizá había sobrevivido a los campos y la habían fusilado el día antes de que llegaran los aliados. Al parecer, en uno de los campos, un lugar llamado Bergen-Belsen, cuando los aliados entraron a liberarlo encontraron montones de cuerpos aún calientes.

¿Por qué?

Para que no pudieran hablar.

—Ven conmigo —dijo Antoine agarrándola de la mano.

Vianne ya no se ponía tensa cuando la tocaba ni daba un respingo, pero aún era incapaz de relajarse por completo. En los meses transcurridos desde el regreso de Antoine habían estado comportándose como dos enamorados, pero los dos sabían que era teatro. Antoine decía que no quería hacerle el amor por causa del bebé y Vianne estuvo de acuerdo, pero ambos sabían la verdad.

—Tengo una sorpresa para ti —le dijo mientras la llevaba hacia el jardín.

El cielo era azul oscuro intenso y el tejo proporcionaba una parcela de fresca sombra color castaño. En el cenador, las pocas gallinas que quedaban picoteaban el suelo, cloqueando y batiendo las alas.

Había una sábana vieja colgando entre una rama del tejo y un sombrerero de hierro que Antoine debía de haber encontrado en el granero. Guio a Vianne hasta una de las sillas sobre las baldosas de piedra. Durante los años que había estado ausente, el musgo y la hierba habían empezado a invadir aquella parte del jardín, así que la silla de Vianne se escoraba en el suelo irregular. Se sentó con cuidado, aquellos días le costaba trabajo moverse. La sonrisa que le dedicó su marido era deslumbrante por la alegría que transmitía y sorprendente por la complicidad.

—Los niños y yo llevamos todo el día trabajando en esto. Es para ti.

Los niños y yo.

Antoine se colocó delante de la sábana colgada y dibujó un círculo en el aire con el brazo bueno.

—Señoras y señores, niños, conejos famélicos y gallinas pestilentes…

Detrás de la cortina Daniel rio y Sophie le mandó callar.

—Continuando la rica tradición de *Madeleine en París*, que fue el primer papel estelar de la señorita Mauriac, les presento a los cantores de Le Jardin.

Con una reverencia cogió uno de los lados de la sábana convertida en cortina y la apartó para descubrir una tarima de madera construida sobre la hierba y ligeramente inclinada. Sobre ella estaban Sophie y Daniel. Los dos llevaban sábanas a modo de capas con un ramito de flores de manzano en la garganta y coronas hechas de algún metal brillante al que habían pegado piedrecitas y trocitos de cristal coloreado.

—¡Hola, *maman!* —dijo Daniel agitando la mano con entusiasmo.

—Chis —le dijo Sophie—. ¿Es que no te acuerdas?

El niño asintió con la cabeza poniendo una expresión seria.

Se giraron con cuidado —la tarima se tambaleó bajo su peso— y se dieron la mano mirando a Vianne.

Antoine se llevó una armónica plateada a los labios y tocó una nota melancólica que flotó en el aire largo rato, vibrando como si fuera una invitación, y, a continuación, empezó a tocar.

Sophie cantó con una voz alta y pura:

—*Frère Jacques, Frère Jacques...*

Se agachó y entonces Daniel empezó a cantar:

—*Dormez vous? Dormez vous?*

Vianne se tapó la mano con la boca, pero no antes de que se le escapara una pequeña carcajada.

En el escenario, los niños siguieron cantando. Vianne se daba cuenta de lo feliz que estaba Sophie por hacer una pequeña actuación como aquella delante de sus padres, en otro tiempo algo tan habitual, y de lo mucho que se estaba concentrando Daniel por hacer bien su parte.

Todo era profundamente mágico y maravillosamente normal.

Un momento propio de la vida que antes habían tenido.

Vianne sintió que la felicidad crecía dentro de su corazón.

Vamos a estar bien, pensó mirando a Antoine. A la sombra de aquel árbol que había plantado su tatarabuelo, con las voces de sus hijos llenando el aire, vio a su marido y pensó una vez más: *Vamos a estar bien*.

—*... ding... dang... dong...*

Cuando terminó la canción, Vianne aplaudió como loca y los niños saludaron con gran pompa. Daniel se pisó la capa, cayó al suelo y se levantó riendo. Vianne subió al escenario y cubrió a sus hijos de besos y elogios.

—Qué idea tan maravillosa —le dijo a Sophie con ojos radiantes de amor y orgullo.

—Yo me he concentrado, *maman* —dijo Daniel orgulloso.

Vianne era incapaz de soltarlos. Aquel futuro que vislumbraba le llenaba el alma de júbilo.

—Lo planeamos *papa* y yo —dijo Sophie—. Como antes, *maman*.

—Yo también lo planeé —dijo Daniel golpeándose el pecho infantil.

Vianne rio.

—Pero qué bien habéis cantado los dos. Y…

—¿Vianne? —llamó Antoine a su espalda.

Vianne no podía apartar la vista de la sonrisa de Daniel.

—¿Cuánto tardaste en aprenderte tu parte?

—*Maman* —dijo Sophie con suavidad—. Ha venido alguien.

Vianne se volvió a mirar.

Antoine estaba junto a la puerta trasera con dos hombres, ambos con trajes negros raídos y boinas también negras. Uno llevaba un maletín que había conocido días mejores.

—Sophie, cuida a tu hermano un momento —dijo Antoine a los niños—. Tenemos que hablar con estos señores.

Se situó junto a Vianne y le colocó una mano en la cintura ayudándola a ponerse de pie, urgiéndola a moverse. Entraron en la casa formando una fila silenciosa.

Cuando la puerta se cerró detrás de ellos, los hombres se volvieron a mirar a Vianne.

—Soy Nathaniel Lerner —dijo el mayor de los dos hombres. Tenía el pelo gris y la tez del color de un mantel manchado de té, con amplias zonas de las mejillas decoloradas por la edad.

—Y yo soy el rabino Horowitz —dijo el otro hombre.

—¿A qué han venido? —preguntó Vianne.

—Hemos venido a por Ari de Champlain —dijo el rabino con amabilidad—. Tiene parientes en Estados Unidos, en Boston concretamente, y se han puesto en contacto con nosotros.

Vianne habría podido desmayarse de no haberla sostenido Antoine.

—Tenemos entendido que usted sola rescató a diecinueve niños judíos. Y con oficiales alemanes alojados en su casa. Es admirable, *madame*.

—Heroico —dijo el rabino.

Antoine le puso una mano en el hombro a Vianne y se dio cuenta de que llevaba mucho rato callada.

—Rachel era mi mejor amiga —dijo con voz queda—. Intenté ayudarla a cruzar a la Francia Libre antes de que la deportaran, pero...

—Mataron a su hija —dijo Lerner.

—¿Cómo lo saben?

—Recopilar información y reunir a las familias es nuestro trabajo —contestó—. Hemos hablado con varias mujeres que estuvieron en Auschwitz con Rachel. Por desgracia, no consiguió sobrevivir ni un mes allí. A su marido, Marc, lo mataron en el Stalag 13A. No tuvo tanta suerte como su esposo.

Vianne no dijo nada. Sabía que aquellos hombres le estaban dando tiempo y lo agradecía y lo odiaba a la vez. No quería aceptar nada de aquello.

—Daniel, Ari, nació una semana antes de que Marc se fuera a la guerra. No se acuerda de ninguno de sus padres. Era lo más seguro, hacerle pasar por mi hijo.

—Pero no lo es, *madame*. —La voz de Lerner era amable, pero sus palabras sonaron como un latigazo.

—Le prometí a Rachel que me ocuparía de él —dijo Vianne.

—Y lo ha hecho. Pero es hora de que Ari regrese con su familia. Con su gente.

—No lo entenderá —dijo Vianne.

—Puede que no —contestó Lerner—. Pero, aun así...

Vianne miró a Antoine en busca de ayuda.

—Le queremos. Es parte de la familia. Debería quedarse con nosotros. Deseamos que se quede, ¿verdad, Antoine?

Este asintió con la cabeza, solemne.

Vianne se volvió hacia los hombres.

—Podríamos adoptarle, criarle como si fuera hijo nuestro. Pero judío, por supuesto. Le diríamos quién es y le llevaríamos a la sinagoga y...

—*Madame* —dijo Lerner con un suspiro.

El rabino se acercó a Vianne y le cogió las manos.

—Sabemos que le quieren y que él les quiere a ustedes. Sabemos que Ari es demasiado joven para comprender y que llorará y les echará de menos... quizá durante años.

—¿Y aun así van a llevárselo?

—Usted está pensando solo en el sufrimiento de un niño. Yo estoy aquí por el sufrimiento de todo mi pueblo, ¿me entiende? —Su expresión se abatió y la boca se curvó en una leve mueca—. En esta guerra han matado a millones de judíos, *madame*. Millones. —Dejó que las palabras surtieran efecto—. Una generación entera desaparecida. Los pocos que quedamos necesitamos permanecer unidos. Un niño que no recuerda quién era puede parecer poca cosa, pero para nosotros significa el futuro. No podemos permitir que le eduquen en una religión que no es la suya y que le lleven a la sinagoga solo cuando se acuerden. Ari necesita saber quién es y estar con su gente. Sin duda así lo hubiera querido su madre.

Vianne pensó en las personas que había visto en el Hôtel Lutetia, aquellos esqueletos andantes con ojos torturados, y en la pared interminable de fotografías.

Habían matado a millones.

Una generación desaparecida.

¿Cómo podía contradecir al rabino? ¿O mantener a Ari lejos de su gente, de su familia? Lucharía a muerte por cualquiera de sus hijos, pero aquí no había ningún enemigo al que batir, solo pérdida en ambos bandos.

—¿Quién se lo va a quedar? —preguntó sin importarle que la voz se le quebrara al hacer la pregunta.

—La prima hermana de su madre. Tiene una hija de once años y un hijo de dieciséis. Querrán a Ari como si fuera hijo suyo.

Vianne no encontró fuerzas siquiera para asentir con la cabeza o enjugarse las lágrimas.

—¿Cree que me enviarán fotografías?

El rabino la miró.

—Necesitará olvidarla, *madame,* para empezar una nueva vida.

Qué bien entendía Vianne aquellas palabras.

—¿Cuándo se lo llevarán?

—Ahora —dijo Lerner.

Ahora.

—¿No podemos hacerles cambiar de idea? —preguntó Antoine.

—No, *monsieur* —dijo el rabino—. Ari debe regresar con su gente. Es uno de los afortunados… Tiene parientes con vida.

Vianne notó que Antoine le cogía la mano y la conducía hacia las escaleras, tirando de ella en más de una ocasión para que no se detuviera. Subió los peldaños de madera con piernas de plomo que se negaban a obedecer.

En la habitación de su hijo —no, no era su hijo— caminó como una sonámbula y recogió sus escasas ropas y pertenencias. Un mono de peluche raído al que se le habían caído los ojos de tantos achuchones, un trozo de madera petrificada que había encontrado el verano anterior junto al río y la colcha que le había cosido ella con retales de las prendas que se le habían quedado pequeñas. En el dorso había bordado: «Para nuestro Daniel, con cariño de *maman, papa* y Sophie».

Recordó cuando Daniel leyó aquella frase y preguntó:

—¿Va a volver *papa* a casa?

Y Vianne había asentido con la cabeza y le había explicado que las personas con familia siempre encuentran la manera de volver a casa.

—No quiero perderle. No puedo…

Antoine la abrazó y la dejó llorar.

—Eres fuerte —le susurró al oído cuando por fin se serenó—. Tenemos que serlo. Le queremos, pero no es nuestro.

Vianne estaba cansada de ser fuerte. ¿Cuántas pérdidas más sería capaz de soportar?

—¿Quieres que se lo diga yo? —preguntó Antoine.

Vianne quería responderle que sí más que ninguna otra cosa, pero aquella era tarea de una madre.

Con manos temblorosas metió las pertenencias de Daniel —Ari— en una vieja bolsa de lona y salió de la habitación. Tardó tiempo en darse cuenta de que había dejado atrás a Antoine. Necesitaba todas sus fuerzas para seguir respirando, moviéndose. Abrió la puerta de su dormitorio y rebuscó en su armario hasta que encontró una fotografía de pequeño tamaño y enmarcada de Rachel y ella. Era la única fotografía que tenía de Rachel. Había sido hecha diez o doce años antes. Escribió sus nombres en el dorso, la metió en el bolsillo de la bolsa y salió de la habitación. Ignoró a los hombres que seguían en el piso de abajo y salió al jardín trasero, donde los niños —todavía con las capas y las coronas puestas— jugaban en el escenario improvisado.

Los tres hombres la siguieron.

Sophie los miró a todos.

—*Maman?*

Daniel rio. ¿Durante cuánto tiempo exactamente se acordaría de aquel sonido? No el suficiente. Eso sí lo sabía ahora. Los recuerdos —incluso los más bellos— se desvanecen.

—¿Daniel? —Tuvo que aclararse la garganta e intentarlo de nuevo—. Daniel, ¿puedes venir?

—¿Qué pasa, *maman?* —dijo Sophie—. Tienes cara de haber llorado.

Vianne fue hacia ellos con la bolsa de lona en la mano.

—Daniel.

El niño le sonrió.

—¿Quieres que la cantemos otra vez, *maman?* —preguntó sujetándose la corona, que le resbalaba hacia uno de los lados de la cabeza.

—¿Puedes venir, Daniel?

Lo preguntó dos veces, solo para asegurarse. Le preocupaba que gran parte de aquello estuviera sucediendo en su imaginación.

El niño se acercó después de apartar la capa para no pisarla.

Vianne se arrodilló en la hierba y le cogió las manos.

—Es imposible que entiendas esto. —Se le quebró la voz—. Con el tiempo te lo habría contado todo. Cuando fueras mayor. Incluso habríamos ido a tu antigua casa. Pero se nos ha terminado el tiempo, capitán Dan.

El niño arrugó el ceño.

—No entiendo.

—Sabes que te queremos —dijo Vianne.

—*Oui, maman* —contestó Daniel.

—Te queremos, Daniel, y así ha sido desde que entraste en nuestras vidas, pero antes pertenecías a otra familia. Tenías otra *maman* y otro *papa*, y ellos también te querían.

Daniel frunció de nuevo el ceño.

—¿Tenía otra *maman?*

—Ay, no... —dijo Sophie detrás de Vianne.

—Se llamaba Rachel de Champlain y te quería con toda su alma. Y tu *papa* era un hombre valiente llamado Marc. Me gustaría ser yo quien te hablara de ellos, pero no puedo —se secó las lágrimas de los ojos— porque la prima de tu *maman* también te quiere, y quiere que vayas a vivir a Estados Unidos con ella, donde la gente tiene mucha comida y un montón de juguetes.

Los ojos del niño se llenaron de lágrimas.

—Pero tú eres mi *maman*. No quiero ir.

Vianne deseaba decir: «Y yo no quiero que te vayas», pero con eso solo lograría asustarlo más, y su último deber como madre era hacerle sentir seguro.

—Ya lo sé —dijo con dulzura—, pero te va a encantar, capitán Dan, y tu nueva familia te querrá y te adorará. Quizá hasta tengan un cachorro, lo que tú siempre has querido.

El niño se echó a llorar y Vianne lo abrazó. Dejarlo ir fue quizá el acto más valeroso de su vida. Se puso de pie y de inmediato los dos hombres aparecieron a su lado.

—Hola, hombrecito —le dijo el rabino a Daniel con una sonrisa afectuosa.

Daniel lloró.

Vianne le tomó de la mano y lo llevó hasta el jardín delantero, pasando junto al manzano muerto con los lazos a modo de recuerdo y por la cancela rota hasta el Peugeot azul aparcado en un lado de la carretera.

Lerner se subió al asiento del conductor y el rabino esperó junto al guardabarros trasero. El motor se puso en marcha y por el tubo de escape salió humo.

El rabino abrió la portezuela del asiento trasero. Con una última y triste mirada a Vianne, se subió al coche y no cerró la puerta.

Sophie y Antoine se reunieron con Vianne y se inclinaron juntos para abrazar a Daniel.

—Siempre te querremos, Daniel —dijo Sophie—. Espero que no nos olvides.

Vianne sabía que solo ella conseguiría que Daniel subiera al coche. No confiaría en nadie más.

De todas las cosas desgarradoras, terribles, que había hecho durante la guerra, ninguna le dolió tanto como aquella. Tomó a Daniel de la mano y lo condujo hasta el coche que lo alejaría de ella. El niño se subió al asiento trasero.

La miró con ojos llorosos, desconcertados.

—*Maman?*

—Un momento —dijo Sophie.

Y corrió hacia la casa. Volvió un instante después con Bébé y le dio el conejo de peluche a Daniel.

Vianne se inclinó y le miró a los ojos.

—Ahora tienes que irte, Daniel. Confía en *maman.*

El labio inferior del niño tembló. Apretó el muñeco contra su pecho.

—*Oui, maman.*

—Sé bueno.

El rabino se inclinó y cerró la puerta.

Daniel se abalanzó contra la ventanilla y pegó las palmas al cristal. Estaba llorando, gritando.

—*Maman, maman!*

Siguieron oyendo sus gritos minutos después de que desapareciera el coche.

—Que te vaya bien en la vida, Ari de Champlain —susurró Vianne.

38

Isabelle adoptó la posición de firmes. Debía estar erguida para el recuento. Si cedía a la sensación de mareo y se caía, la azotarían. O algo peor.

No, no era el recuento. Se encontraba en París, en una habitación de hospital.

Esperaba alguna cosa. A alguien.

Micheline había ido a hablar con los voluntarios de la Cruz Roja y reporteros que permanecían en el vestíbulo. Isabelle tenía que esperarla allí.

La puerta se abrió.

—Isabelle —la regañó Micheline—. No deberías estar levantada.

—Tengo miedo de morirme si me acuesto —dijo Isabelle.

O quizá no lo dijo, solo lo pensó.

Al igual que Isabelle, Micheline estaba tan delgada como una cerilla y los huesos de las caderas le sobresalían bajo el vestido holgado. Apenas tenía pelo —a excepción de algún mechón gris aquí y allí— y había perdido las cejas. La piel del cuello y de los brazos mostraba numerosas heridas abiertas que supuraban.

—Vamos —dijo.

Sacó a Isabelle de la habitación y la guio a través de grupos de retornados que arrastraban los pies vestidos con harapos, de familiares vociferantes y con ojos llorosos en busca de sus seres queridos y de periodistas que hacían preguntas. Entraron en otra habitación, más silenciosa, donde otros supervivientes de los campos esperaban sentados con expresión abatida.

Isabelle se sentó en una silla y apoyó dócilmente las manos en el regazo. Los pulmones le dolían y quemaban con cada respiración y tenía jaqueca.

—Ha llegado el momento de que te vayas a casa —dijo Micheline.

Isabelle la miró, confusa y con los ojos empañados.

—¿Quieres que viaje contigo?

Isabelle parpadeó despacio tratando de pensar. La jaqueca era tan intensa que la cegaba.

—¿Dónde voy?

—A Carriveau. Vas a ver a tu hermana. Te está esperando.

—Ah, ¿sí?

—Tu tren sale en cuarenta minutos. El mío dentro de una hora.

—¿Cómo?, ¿volvemos a casa? —se atrevió a preguntar Isabelle.

—Somos afortunadas —dijo Micheline e Isabelle asintió con la cabeza.

Micheline la ayudó a ponerse de pie.

Juntas fueron cojeando hasta la puerta de atrás del hospital, donde aguardaba una hilera de coches y camiones de la Cruz Roja para trasladar a los supervivientes a la estación de tren. Esperaron a que les llegara el turno, muy juntas, como habían estado a menudo el año pasado: en las filas durante el *Appell,* en vagones de ganado, en colas para comer.

Una joven sonriente con uniforme de la Cruz Roja entró en la sala de espera con una carpeta.

—¿Rossignol?

Isabelle colocó las manos calientes y sudorosas a ambos lados de la cara arrugada y cenicienta de Micheline.

—Te quería, Micheline Babineau —susurró y besó los labios resecos de la mujer.

—No hables de ti misma en pretérito.

—Es que soy pretérito. La niña que fui…

—No ha desaparecido, Isabelle. Está enferma y la han maltratado, pero no ha podido desaparecer. Tenía un corazón de león.

—Ahora eres tú la que habla en pretérito.

Lo cierto era que Isabelle no conseguía recordar en absoluto a aquella niña, la que se había unido a la Resistencia sin pensarlo dos veces. La muchacha temeraria que había escondido a un piloto en el apartamento de su padre y cometido la tontería de acoger a otro en el granero de su hermana. La muchacha que había cruzado a pie los Pirineos y se había enamorado durante el éxodo de París.

—Lo hemos conseguido —dijo Micheline.

Isabelle había oído esas palabras a menudo durante la última semana. *Lo hemos conseguido.* Cuando llegaron los americanos a liberar el campo, aquellas tres palabras habían estado en boca de todos los prisioneros. Entonces Isabelle había sentido alivio. Después de todo lo sufrido: las palizas, el frío, la degradación, la enfermedad, las marchas forzadas por la nieve, había sobrevivido.

Ahora, no obstante, se preguntaba cómo iba a ser su vida. No podía volver a lo que había sido, pero ¿cómo seguir adelante? Le hizo a Micheline un último gesto de despedida y se subió al vehículo de la Cruz Roja.

Más tarde, en el tren, simuló no darse cuenta de que la gente la miraba. Intentó sentarse erguida, pero no podía. Se recostó de lado y apoyó la cabeza en la ventanilla.

Cerró los ojos y se durmió enseguida. Tuvo un sueño febril en el que viajaba en un vagón de ganado traqueteante, con bebés que lloraban y mujeres que trataban desesperadamente de calmarlos… Entonces se abrían las puertas y fuera esperaban los perros.

Se despertó sobresaltada. Se sentía tan desorientada que tardó un momento en recordar que estaba a salvo. Se secó la frente con el puño de la camisa. Le había vuelto la fiebre.

Dos horas más tarde el tren llegó a Carriveau.

Lo he conseguido. Entonces, ¿por qué no sentía nada?

Se puso de pie y bajó con esfuerzo del tren. En el momento de pisar el andén le sobrevino un ataque de tos. Se dobló en una convulsión y escupió sangre en la palma de la mano. Cuando pudo volver a respirar, se enderezó sintiéndose vacía y exhausta. Vieja.

Su hermana permanecía en el borde del andén. Se encontraba en avanzado estado de gestación y llevaba un vestido de verano desvaído y remendado. El pelo rojizo le había crecido, le llegaba por debajo de los hombros formando ondas. Escudriñaba la multitud sin ver a Isabelle.

Esta levantó una mano huesuda y saludó.

Vianne vio cómo saludaba y palideció.

—¡Isabelle! —gritó, corriendo hacia ella. Le tomó las hundidas mejillas entre las manos.

—No te acerques mucho, me huele fatal el aliento.

Vianne besó los labios agrietados, inflamados y secos de Isabelle.

—Bienvenida a casa, hermana —susurró.

—A casa. —Isabelle repitió aquellas palabras inesperadas.

No conseguía evocar imágenes que la acompañaran, de tan confusos como eran sus pensamientos y tan intenso el dolor de cabeza.

Vianne la rodeó despacio con los brazos y la atrajo hacia sí. Isabelle notó la piel suave de su hermana y el aroma a limón de su pelo. Sintió cómo le acariciaba la espalda, igual que hacía cuando era una niña pequeña, y pensó: *Lo he conseguido.*

Estaba en casa.

—Estás ardiendo —dijo Vianne ya en Le Jardin y con Isabelle limpia, seca y en cama.

—Sí, esta fiebre no se me va.

—Voy a traerte una aspirina. —Vianne hizo amago de levantarse.

—No —dijo Isabelle—. No me dejes. Por favor. Acuéstate aquí conmigo.

Vianne se tumbó en la estrecha cama. Temerosa de que el más mínimo roce pudiera provocarle una contusión, acercó a Isabelle hacia sí con infinito cuidado.

—Siento lo de Beck. Perdóname… —dijo Isabelle tosiendo. Había esperado mucho tiempo para decir aquello, había imaginado mil veces la conversación—. Perdóname por cómo os puse a Sophie y a ti en peligro.

—No, Isabelle —contestó Vianne con suavidad—, perdóname tú a mí. Siempre te he fallado, empezando por cuando *papa* nos dejó con madame Dumas. Y, al irte a París, ¿cómo pude creerme esa ridícula historia de que tenías una aventura? Es algo que no ha dejado de atormentarme —Vianne se acercó a su hermana—. ¿Podemos comenzar de nuevo? ¿Ser las hermanas que *maman* quería que fuéramos?

Isabelle hizo un esfuerzo por mantenerse despierta.

—Me gustaría mucho.

—Estoy tan, tan orgullosa de lo que hiciste durante la guerra, Isabelle.

Los ojos de Isabelle se llenaron de lágrimas.

—¿Y qué me dices de ti, Vi?

Vianne apartó la vista.

—Después de Beck se alojó aquí otro nazi. Una mala persona.

¿Era consciente Vianne de que se había tocado el vientre mientras decía aquello? ¿De que la vergüenza había teñido de rubor sus mejillas? Isabelle supo de manera instintiva por lo que había pasado su hermana. Había oído innumerables historias de mujeres violadas por los militares que se alojaban en sus casas.

—¿Sabes lo que aprendí en los campos?

Vianne la miró.

—¿Qué?

—Que no me pueden tocar el corazón. Que no pueden cambiar quién soy por dentro. Mi cuerpo..., eso lo rompieron los primeros días, pero mi corazón no. Vi, te hiciera lo que te hiciera, fue a tu cuerpo y tu cuerpo sanará.

Quería decir algo más, añadir un «te quiero», pero le sobrevino un fuerte ataque de tos. Cuando pasó, se tumbó de nuevo, exhausta y jadeante.

Vianne se acercó más a ella y le aplicó un paño fresco y húmedo en la frente febril.

Isabelle miró la sangre en la colcha y recordó los últimos días con vida de su madre. Entonces también había habido esa sangre. Miró a Vianne y supo que su hermana estaba pensando lo mismo.

Isabelle se despertó en un suelo de madera. Se encontraba helada y ardiendo al mismo tiempo, tiritando y sudando.

No oía nada, ni ratas ni cucarachas correteando por el suelo, de las grietas de las paredes no rezumaba agua que se convertía en gruesos perdigones de hielo, tampoco había toses ni llantos. Se sentó despacio con una mueca de dolor cada vez que hacía un movimiento, por muy pequeño que este fuera.

Le dolía todo. Los huesos, la piel, la cabeza, el pecho; no le quedaban músculos, pero le dolía cada articulación y cada ligamento.

Oyó un fuerte *ratatatá*. Disparos. Se tapó la cabeza y corrió a agacharse a un rincón.

No.

Estaba en Le Jardin, no en Ravensbrück.

El sonido lo hacía la lluvia contra el tejado.

Despacio se puso de pie, mareada. ¿Cuánto tiempo llevaba allí?

¿Cuatro días? ¿Cinco?

Cojeó hasta la mesilla de noche donde había una jarra de porcelana junto a una jofaina con agua tibia. Se lavó las manos y se echó agua en la cara; a continuación, se puso la ropa que le había dejado Vianne: un vestido que había sido de Sophie cuando tenía diez años y que le quedaba grande. Inició el lento y largo viaje escaleras abajo.

La puerta principal estaba abierta. Fuera, la lluvia desdibujaba los manzanos. Fue hasta el umbral y respiró el aire fragante.

—¿Isabelle? —dijo Vianne a su lado—. Voy a traerte un poco de consomé. Dice el médico que lo puedes tomar.

Isabelle asintió con la cabeza distraída dejando que Vianne actuara como si unas cucharadas de caldo en su estómago fueran a cambiar algo.

Salió a la lluvia. El mundo estaba lleno de sonidos: graznidos de pájaros, tañidos de campanas, el chapaleteo de la lluvia en el tejado y en los charcos en el suelo. El tráfico atestaba la carretera estrecha y embarrada: coches, camiones y ciclistas que tocaban la bocina y gesticulaban mientras la gente regresaba a sus hogares. Pasó un camión estadounidense lleno de soldados sonrientes y de rostros animados que saludaban a quienes se cruzaban.

Al verlos Isabelle recordó que Vianne le había contado que Hitler se había suicidado, que Berlín estaba rodeado y no tardaría en caer.

¿Era eso cierto? ¿Había terminado la guerra? No lo sabía, no se acordaba. Aquellos días sus pensamientos eran un caos.

Cojeó hasta la carretera y se dio cuenta demasiado tarde de que iba descalza —se llevaría una paliza por olvidarse de los zapatos—, pero siguió andando. Tiritando, tosiendo, bañada por la lluvia, dejó atrás el aeródromo bombardeado, ya tomado por el ejército de los aliados.

—¡Isabelle!

Se volvió tosiendo y vomitó sangre en la mano. Temblaba, tiritaba de frío. Tenía el vestido chorreando.

—¿Qué haces aquí fuera? —dijo Vianne—. ¿Y dónde están tus zapatos? Tienes tifus y neumonía y estás aquí, bajo la lluvia.

Vianne se quitó su abrigo y se lo puso a Isabelle en los hombros.

—¿Ha acabado la guerra?

—Lo hablamos anoche, ¿no te acuerdas?

La lluvia no dejaba ver a Isabelle, le corría en regueros por la espalda. Respiró trémula y tuvo ganas de llorar.

No llores. Sabía que era importante, pero no recordaba por qué.

—Isabelle, estás enferma.

—Gaëton prometió venir a buscarme cuando terminara la guerra —susurró—. Tengo que ir a París para que pueda encontrarme.

—Si te estuviera buscando, vendría aquí.

Isabelle no entendía. Negó con la cabeza.

—Ya ha estado aquí, ¿no te acuerdas? Después de lo de Tours. Te trajo a casa.

Mi ruiseñor, te he traído a casa.

—Ah. Ya no me encontrará bonita.

Isabelle trató de sonreír, pero supo que no lo había conseguido.

Vianne le pasó un brazo por los hombros y, con suavidad, la hizo girarse.

—Vamos a escribirle una carta.

—No sé dónde enviársela —dijo Isabelle apoyándose en su hermana, temblando de frío y de fiebre.

¿Cómo había logrado llegar a casa? No podía decirlo con certeza. Le parecía recordar a Antoine subiéndola en brazos por las escaleras, besándola en la frente, y Sophie llevándole un caldo caliente, pero debió de quedarse dormida en algún momento, porque lo siguiente que recordaba era que había anochecido.

Vianne dormitaba en una silla bajo la ventana.

Isabelle tosió.

Al instante Vianne se encontraba de pie, recolocándole las almohadas, ayudándola a incorporarse. Mojó un paño en el agua que había junto a la cama, lo escurrió y lo colocó sobre la frente de Isabelle.

—¿Quieres un poco de consomé?

—Por Dios, no.

—No estás comiendo nada.

—No consigo retenerlo.

Vianne asió la silla y la acercó a la cama.

Tocó la mejilla ardiente y húmeda de Isabelle y miró sus ojos hundidos.

—Tengo algo para ti.

Se levantó de la silla y salió de la habitación. Momentos después estaba de vuelta con un sobre amarillento.

—Es para nosotras. De *papa*. Pasó por aquí de camino a Girot, a verte.

—Ah, ¿sí? ¿Te contó que iba a entregarse para salvarme?

Vianne asintió con la cabeza y le dio la carta a Isabelle.

Las letras de su nombre se desdibujaron y estiraron en el papel. La mala alimentación le había deteriorado la vista.

—¿Me la lees?

Vianne abrió el sobre, sacó la carta y empezó a leer.

Isabelle y Vianne:

No albergo ninguna duda sobre lo que voy a hacer. No lamento mi muerte, sino mi vida. Siento no haber sido un padre para vosotras.

Podría buscar excusas —que la guerra me destruyó, que bebía demasiado, que no sabía vivir sin vuestra madre—, pero nada de eso importa.

Isabelle, me acuerdo de la primera vez que te escapaste para estar conmigo. Hiciste sola el viaje hasta París. Todo en ti decía: «Quiéreme». Y, cuando te vi en aquel andén, necesitada de mí, te di la espalda.

¿Cómo pude no darme cuenta de que Vianne y tú erais un regalo y que no tenía más que tenderos la mano?

Perdonadme, hijas mías, por todo, y ahora, cuando ha llegado el momento de despedirnos, sabed que os quise a las dos con todo mi imperfecto corazón.

Isabelle cerró los ojos y se recostó en las almohadas. Había esperado toda su vida esas palabras —el amor de su padre— y ahora lo único que sentía era un vacío. No se habían querido el uno al otro lo bastante cuando aún podían, y después el tiempo había pasado.

—Mantén siempre cerca de ti a Sophie, a Antoine y al bebé, Vianne. El amor es algo muy frágil.

—No hagas eso —dijo Vianne.

—¿El qué?

—Despedirte. Te vas a poner sana y fuerte, vas a encontrar a Gaëton y os casaréis y estaréis aquí cuando nazca mi hijo.

Isabelle suspiró y cerró los ojos.

—Qué bonito sería un futuro así.

Una semana más tarde, Isabelle se encontraba sentada en el jardín trasero envuelta en dos mantas y un edredón de plumas. El sol de principios de mayo brillaba con fuerza y aun así tiritaba. Sophie permanecía sentada a sus pies, leyéndole un cuento. Trataba de usar una voz distinta para cada personaje y, en ocasiones, a pesar de lo enferma que se sentía, a pesar de que tenía la impresión de que le pesaban demasiado los huesos bajo la piel, Isabelle no podía evitar sonreír, reír incluso.

Antoine estaba en alguna parte intentando hacer una cuna con los restos de madera que Vianne no había quemado durante la guerra. Todos eran conscientes de que Vianne daría pronto a luz. Se movía despacio y siempre tenía una mano en los riñones.

Con los ojos cerrados Isabelle saboreó la hermosa normalidad del día. A lo lejos repicó una campana de iglesia. Las campanas no habían dejado de sonar durante la última semana, celebrando el fin de la guerra.

Sophie se interrumpió abruptamente en plena frase.

Isabelle creyó haber dicho: «Sigue leyendo», pero no estaba segura.

Oyó a su hermana decir: «Isabelle», en un tono de voz con un significado especial.

Levantó la vista y vio a Vianne. Tenía harina en el rostro pálido y pecoso y en el delantal, y llevaba el pelo rojizo recogido con un turbante deshilachado.

—Alguien ha venido a visitarte.

—Dile al médico que estoy bien.

—No es el médico. —Vianne sonrió—. Está aquí Gaëton.

Isabelle sintió que el corazón iba a estallarle dentro de las paredes de papel del pecho. Trató de ponerse de pie y se desplomó en la silla. Vianne la ayudó a levantarse, pero entonces no podía moverse. ¿Cómo iba a mirarle a la cara? Era un esqueleto calvo y sin cejas, había perdido algunos dientes y casi todas las uñas. Se tocó la cabeza y se dio cuenta demasiado tarde, avergonzada, de que no tenía pelo que sujetarse detrás de la oreja.

Vianne la besó en la mejilla.

—Estás preciosa.

Isabelle se giró despacio y allí estaba, de pie en el umbral. Reparó en su pésimo aspecto —en el peso, el pelo y la vitalidad que había perdido—, pero no importaba. Estaba allí.

Gaëton cojeó hasta ella y la abrazó.

Isabelle levantó las manos temblorosas y le rodeó con los brazos. Por primera vez en días, semanas, un año, el corazón le funcionó con normalidad, palpitando de vida. Cuando Gaëton se apartó y la miró, el amor en sus ojos quemó todo lo malo y volvieron a ser solo Gaëton e Isabelle, dos enamorados en un mundo en guerra.

—Estás tan bonita como te recordaba —dijo él e Isabelle rio y, a continuación, lloró.

Se secó los ojos, sintiéndose ridícula, pero las lágrimas seguían rodándole por las mejillas. Lloraba, al fin, por todo: por el dolor y la pérdida y el miedo y la ira, por la guerra y por lo que les había hecho a ella y a todos, por el mal que había conocido y que ya no podría olvidar, por el horror de donde había estado y por lo que había hecho para sobrevivir.

—No llores.

¿Cómo no iba a llorar? Deberían haber tenido toda una vida para contarse secretos y verdades, para conocerse.

—Te quiero —susurró, recordando aquel día tan lejano en que le había dicho lo mismo. Entonces era joven e inocente.

—Yo también te quiero —dijo Gaëton con voz ronca—. Te quiero desde el momento en que te vi. Creía que te estaba protegiendo al no decírtelo. Si hubiera sabido…

Lo frágil que era la vida, lo frágiles que eran ellos.

Amor.

Era el principio y el final de todo, los cimientos, el tejado y el aire entre ambas cosas. Daba igual que estuviera rota, fea y enferma. Gaëton la quería y ella le quería a él. Se había pasado toda la vida esperando —deseando— ser querida, pero ahora veía lo que de verdad importaba. Había conocido lo que era el amor, había sido bendecida por él.

Papa. Maman. Sophie.

Antoine. Micheline. Anouk, Henri.

Gaëton.

Vianne.

Miró a su hermana, su otra mitad. Recordó a su madre diciéndoles que algún día serían amigas íntimas, que el tiempo terminaría por entretejer sus vidas.

Vianne asintió con la cabeza. Ella también lloraba con la mano en el vientre abultado.

No me olvidéis, pensó Isabelle. Deseó tener fuerzas suficientes para decirlo en voz alta.

39

7 de mayo de 1995
En algún punto del cielo francés

*L*as luces de la cabina del avión se encienden de pronto.

Oigo el *¡ping!* del intercomunicador. Nos dice que estamos iniciando el descenso hacia París.

Julien me ajusta el cinturón y se asegura de que el respaldo de mi asiento está en posición vertical. De que estoy a salvo.

—¿Qué sientes al aterrizar otra vez en París, mamá?

No sé qué decirle.

Horas más tarde suena el teléfono de la mesilla.

Contesto más dormida que despierta.

—¿Sí?

—Hola, mamá. ¿Has dormido?

—Sí.

—Son las tres. ¿A qué hora quieres que salgamos para la reunión?

—Vamos a dar un paseo por París. Puedo estar lista en una hora.

—Paso a buscarte.

Salgo de una cama del tamaño de Nebraska y voy al cuarto de baño que es todo de mármol. Una buena ducha caliente me entona y me espabila, pero hasta que no estoy sentada delante del tocador y me veo la cara aumentada en el espejo oval con marco luminoso no soy consciente.

Estoy en casa.

Da igual si soy ciudadana estadounidense, si he vivido más tiempo en Estados Unidos que en Francia. Lo cierto es que nada de eso importa. Estoy en casa.

Me maquillo con cuidado. A continuación, me cepillo la melena blanca como la nieve y la recojo en un moño en la nuca con manos que no dejan de temblar. En el espejo veo a una mujer elegante, mayor, con piel aterciopelada y surcada de arrugas, labios pálidos y brillantes y ojos preocupados.

No puedo hacer más.

Me aparto del espejo, voy hasta el armario y saco los pantalones de invierno y el jersey de cuello alto blanco que he traído. Se me ocurre que tal vez habría sido mejor elegir algo con más color. Hice la maleta sin pensar.

Cuando llega Julien estoy preparada.

Me guía hasta el pasillo, ayudándome como si fuera ciega y estuviera incapacitada y me dejo conducir por el elegante vestíbulo del hotel y a la luz mágica de París en primavera.

Pero, cuando le pide al portero que avise a un taxi, insisto.

—Vamos dando un paseo.

Frunce el ceño.

—Pero si está en la Île de la Cité.

Su pronunciación me hace daño al oído, pero lo cierto es que yo soy la culpable.

Me doy cuenta de que el portero sonríe.

—A mi hijo le encantan los mapas —digo—. Y es la primera vez que viene a París.

El hombre asiente con la cabeza.

—Está muy lejos, mamá —dice Julien colocándose a mi lado—. Y estás...

—¿Mayor? —No puedo evitar sonreír—. No olvides que soy francesa.

—Llevas tacones.

—Soy francesa —repito.

Julien se vuelve hacia el portero, que levanta las manos enguantadas.

—*C'est la vie, monsieur* —dice.

—De acuerdo —admite Julien—. Vamos andando.

Le cojo del brazo y, por un glorioso instante, mientras caminamos por la ajetreada acera así, agarrados, me siento niña de nuevo. Los coches circulan a gran velocidad, entre bocinazos y chirridos de neumáticos; hay chicos montando en monopatín, sorteando la multitud de turistas y parisinos que han salido a la calle esta hermosa tarde. El aire huele a castaños en flor y también a pan, a canela y a gasolina, a gases de tubo de escape y a piedra recalentada, olores que siempre me recordarán a París.

A mi derecha veo una de las *pâtisseries* favoritas de mi madre y de pronto la recuerdo ofreciéndome un *macaron* con forma de mariposa.

—¿Mamá?

Sonrío a mi hijo.

—Ven —digo en tono imperioso y entró en la tiendecita. Hay una larga cola y me coloco al final.

—Creía que no te gustaban las galletas.

No le hago caso y miro una vitrina llena de *macarons* de hermosos colores y *pains au chocolat*.

Cuando llega mi turno, compro dos *macarons,* uno de coco y otro de frambuesa. Meto la mano en la bolsa, saco el de coco y se lo doy a Julien.

Ya hemos salido y hemos echado a andar cuando da un mordisco y se para en seco.

—Guau —dice al cabo de un minuto. Y, a continuación repite—: Guau.

Sonrío. Todo el mundo recuerda su primer sabor de París. Este será el suyo.

Cuando se ha lamido los dedos y tirado la bolsa, vuelve a tomarme del brazo.

Al pasar junto a un bistró pequeño y acogedor con vistas al Sena, le digo:

—Vamos a tomar una copa de vino.

Nos sentamos fuera, bajo una bóveda de castaños en flor. Al otro lado de la calle, a lo largo de la orilla del río, los vendedores están en sus quioscos verdes y ofrecen de todo, desde pinturas al óleo o antiguas portadas de *Vogue* hasta llaveros de la torre Eiffel.

Compartimos un cucurucho grasiento de patatas fritas y sorbemos vino. Una copa se convierte en dos y la tarde empieza a dar paso a la bruma del anochecer.

Había olvidado lo dulcemente que transcurre el tiempo en París. A pesar de la animación de la ciudad, hay una quietud, una paz que te cautiva. En París con una copa de vino uno puede sencillamente *ser*.

A lo largo del Sena se encienden las farolas, las ventanas de los apartamentos se vuelven doradas.

—Son las siete —dice Julien y me doy cuenta de que en todo momento ha estado pendiente del tiempo, esperando. Nada de sentarse a no hacer nada, de olvidarse de sí mismo, eso no sirve para este hijo mío. También ha estado dejando que me aclimate.

Digo que sí con la cabeza y paga la cuenta. Cuando nos ponemos de pie, una pareja bien vestida, los dos fumando un cigarrillo, ocupa nuestra mesa.

Caminamos del brazo hasta el Pont Neuf, el puente más antiguo sobre el Sena. Más allá está la Île de la Cité, la isla que en otro tiempo fue el corazón de París. Notre Dame, con sus altísimos muros de color tiza, parece una gigantesca ave rapaz que se posa en el suelo con las alas desplegadas. El Sena atrapa y refleja partículas de la luz de las farolas a lo largo de sus orillas, guirnaldas doradas que las olas desfiguran.

—Mágico —dice Julien y no puede ser más cierto.

Cruzamos despacio este bello puente que fue construido hace más de cuatrocientos años. En la ribera opuesta, con las torres góticas de Notre Dame alzándose a nuestra espalda, vemos a un vendedor que se dispone a cerrar su tienda ambulante.

Julien se para y compra una bola de nieve antigua. La agita y la nieve baila y se arremolina en el interior del vidrio, oscureciendo la delicada torre Eiffel dorada.

Contemplo los diminutos copos blancos, y sé que no es real —nada—, pero me hace recordar aquellos terribles inviernos cuando teníamos agujeros en los zapatos y envolvíamos nuestros cuerpos en papel de periódico y cualquier prenda que pudiéramos encontrar.

—¿Mamá? Estás temblando.

—Llegamos tarde —digo. Julien guarda la bola de nieve y seguimos nuestro camino después de esquivar a la gente que hace cola para entrar en Notre Dame.

El hotel está en una calle lateral detrás de la catedral. Contiguo a él se encuentra el Hôtel-Dieu, el hospital más antiguo de París.

—Tengo miedo —digo sorprendiéndome a mí misma por reconocerlo. No recuerdo haber admitido tenerlo en años, aunque he estado asustada muchas veces. Hace cuatro meses, cuando me dijeron que el cáncer había vuelto, el miedo me hizo llorar en la ducha hasta que el agua empezó a salir fría.

—No tenemos por qué entrar —dice.

—Sí, sí debemos —digo.

Pongo un pie detrás de otro hasta que estoy en el vestíbulo, donde un cartel nos dirige al salón de baile de la cuarta planta.

Cuando salimos del ascensor oigo cómo un hombre habla por un micrófono que amplifica y enmascara su voz a partes iguales. En el pasillo hay una mesa con etiquetas con nombres esparcidas. Me recuerda a ese viejo concurso de televisión, *Concentración.* Quedan pocas, pero la mía está.

También la de otro nombre que reconozco, justo debajo del mío. Al verlo el corazón me da un pequeño vuelco, se me hace un nudo. Recojo mi etiqueta, le quito el adhesivo y me la pego en el pecho hundido, pero sin apartar la vista del otro nombre. Tomo la otra etiqueta y la miro fijamente.

—*Madame!* —dice la mujer sentada detrás de la mesa. Se pone de pie con aspecto agitado—. La estábamos esperando. Hay un asiento…

—No hace falta. Me sentaré en una de las últimas filas.

—Tonterías.

Me agarra del brazo. Considero la posibilidad de resistirme, pero ahora mismo me falta voluntad. Me guía a través de un numeroso público sentado en sillas plegables de pared a pared del salón y hasta un estrado en el que hay sentadas tres mujeres mayores. De pie ante un atril hay un hombre joven con una chaqueta de sport arrugada y pantalones caqui… Estadounidense sin duda. Cuando me ve entrar, se calla.

Se hace el silencio en la sala. Tengo la sensación de que todos me miran.

Paso al lado de las otras mujeres mayores y ocupo mi sitio en la silla vacía junto al orador.

El hombre de pie ante el micrófono me mira.

—Esta noche nos acompaña alguien muy especial —dice.

Veo a Julien al fondo de la sala, de pie contra la pared y con los brazos cruzados. Tiene el ceño fruncido. Sin duda se está preguntando por qué razón ha decidido alguien subirme a un estrado.

—¿Le gustaría decir algunas palabras?

Creo que el hombre del estrado ha tenido que repetirme dos veces la pregunta antes de que la entendiera.

Es tal el silencio en la sala que oigo cómo rechinan las sillas y cómo algunos pies dan golpecitos en la moqueta, mientras varias mujeres se abanican. Quiero decir: «No, yo no», pero ¿cómo puedo ser tan cobarde?

Despacio, me pongo de pie y camino hasta el atril. Mientras decido lo que voy a decir, miro a mi derecha, a las mujeres mayores sentadas en el estrado, y leo sus nombres: Almadora, Eliane y Anouk.

Me aferro con los dedos al borde del atril.

—Mi hermana, Isabelle, fue una mujer de grandes pasiones —digo en voz baja al principio—. Todo lo hacía deprisa y sin pisar los frenos. Cuando era pequeña nos preocupábamos por ella constantemente. Siempre estaba escapando de internados, conventos y colegios para señoritas, escabulléndose por ventanas y subiéndose a trenes. Yo pensaba que era temeraria e irresponsable y hermosa a más no poder. Y durante la guerra usó aquello contra mí. Me contó que se fugaba a París para tener una aventura amorosa y yo la creí.

»La creí. Después de tantos años, es algo que todavía me parte el corazón. Debería haber sabido que no se iba para seguir a un hombre, sino por sus convicciones, con la seguridad de que hacía lo correcto.

Cierro los ojos un instante y recuerdo: Isabelle con Gaëton, abrazándole, sus ojos posados en mí, brillantes de lágrimas. De amor. Y luego cerrando los ojos, diciendo algo que ninguno oímos y exhalando su último suspiro en brazos del hombre que la amaba.

Entonces solo vi la tragedia de aquello, ahora veo la belleza.

Recuerdo cada matiz de aquel momento en el jardín de mi casa, con las ramas del tejo desplegadas sobre nuestras cabezas y el aroma a jazmín en el aire.

Miro el nombre de la otra etiqueta que tengo en la mano.

Sophie Mauriac.

Mi preciosa niña, que creció hasta convertirse en una mujer fuerte y considerada, que estuvo a mi lado durante casi toda su vida, siempre pendiente, siempre protegiéndome como una gallina clueca. Temerosa. Siempre le tuvo algo de miedo al mundo después de lo que vivimos, algo que yo odiaba. Pero sí sabía lo que era el amor, mi Sophie, y cuando el cáncer vino a buscarla no tuvo miedo. Antes de morir —recuerdo que la tenía cogida de la mano—, cerró los ojos y dijo: «*Tante...*, eres tú».

No tardaré en reunirme con ellas. Con mi hermana y mi hija.

Aparto la vista de la etiqueta con el nombre de Sophie y miro de nuevo al público. No les importa verme llorosa.

—Isabelle y mi padre, Julien Rossignol, y sus amigos crearon la red de evasión del Ruiseñor. Juntos salvaron a más de ciento diecisiete hombres.

Trago saliva despacio.

—Isabelle y yo no hablamos mucho durante la guerra. Se mantuvo alejada para protegerme de los peligros de su trabajo.

Así que no supe todo lo que había hecho hasta que volvió de Ravensbrück.

Me seco los ojos. Las sillas han dejado de rechinar y nadie golpea el suelo con los pies. El público está en completo silencio y pendiente de mí. Veo a Julien al fondo, su hermoso rostro se ha convertido de pronto en un tratado sobre el desconcierto. Todo esto es nuevo para él. Por primera vez en su vida entiende que entre los dos hay una brecha en lugar de un puente. Ya no soy simplemente su madre, una extensión de sí mismo. Soy una mujer con una vida propia y no sabe muy bien qué pensar al respecto.

—La Isabelle que volvió de los campos de concentración no era la misma mujer que había sobrevivido a los bombardeos de Tours o que cruzó los Pirineos. La Isabelle que volvió a casa estaba rota y enferma. Dudaba de muchas cosas, pero no de lo que había hecho. —Miro a las personas que tengo sentadas delante—. El día antes de morir se sentó a la sombra de un árbol, a mi lado, me tomó la mano y me dijo: «Vi, ya he tenido bastante». Yo pregunté: «¿De qué?», y me contestó: «Mi vida. Me basta con lo que he tenido».

»Y era verdad. Sé que salvó a algunos de los hombres que están en esta habitación, pero también que ellos la salvaron a ella. Isabelle Rossignol murió siendo una heroína y una mujer enamorada. No habría elegido otra cosa. Solo quería ser recordada. Así que gracias a todos por dar sentido a su vida, por sacar lo mejor de ella y por recordarla después de todos estos años.

Me suelto del atril y retrocedo un paso.

El público se pone en pie y aplaude con entusiasmo. Veo que muchas de las personas mayores están llorando y entonces lo comprendo. Son los familiares de la gente a la que Isabelle salvó. Cada hombre salvado pudo volver a casa para crear una familia: más seres que deben sus vidas a una muchacha valiente, a su padre y a sus amigos.

Después me veo engullida en un torbellino de gratitud, recuerdos y fotografías. Todos quieren hablar conmigo en persona y contarme lo mucho que Isabelle y mi padre significan para ellos. En algún momento Julien se coloca a mi lado y se convierte en una especie de guardaespaldas. Le oigo decir: «Me parece que tenemos mucho de que hablar», y yo asiento con la cabeza y sigo moviéndome, agarrada a su brazo. Hago el papel de embajadora de mi hermana lo mejor que puedo, aceptando las muestras de gratitud que ella se merece.

Casi hemos acabado de saludar —el público empieza a dispersarse, la gente se dirige al bar a tomar una copa de vino—, cuando oigo a alguien decir: «Hola, Vianne», con una voz que me resulta familiar.

A pesar de todos los años que han pasado, reconozco sus ojos. Gaëton. Es más bajo de cómo lo recordaba, está algo encorvado y tiene la cara morena arrugada por el sol y los años. Lleva el pelo largo, casi hasta los hombros, y blanco como las gardenias, pero le habría reconocido en cualquier parte.

—Vianne —dice—. Quiero que conozcas a mi hija.

Se vuelve hacia una mujer joven de belleza clásica y ataviada con un elegante vestido negro entallado y un fular rosa brillante. Se acerca a mí y me sonríe como si fuéramos amigas.

—Soy Isabelle —dice.

Me apoyo con fuerza en la mano de Julien. Me pregunto si Gaëton es consciente de lo que este pequeño gesto significaría para Isabelle.

Pues claro que lo es.

Se acerca para besarme en las dos mejillas.

—La he amado toda mi vida —susurra al separarse.

Hablamos durante unos minutos más, de nada en realidad, y luego se va.

De pronto estoy cansada. Exhausta. Me libero de la mano protectora de mi hijo y voy hasta un balcón apartado. Salgo al aire de la noche. Notre Dame está iluminada, su resplandor colorea las olas negras del Sena. Oigo cómo el río lame la piedra y cómo crujen los amarres de las barcas.

Julien se reúne conmigo.

—Así que tu hermana, mi tía —dice—, estuvo en un campo de concentración en Alemania porque ayudó a organizar una ruta de evasión para salvar a pilotos abatidos y esa ruta incluía cruzar los Pirineos a pie.

Es tan heroico como lo cuenta.

—¿Cómo no he sabido nunca nada de esto? Y no me refiero solo a ti. Sophie jamás dijo una palabra. Pero, bueno, si ni siquiera sabía que la gente se escapaba por las montañas o que existía un campo de concentración para mujeres que se resistieron a los nazis.

—A los hombres les gusta contar historias —digo. Es la respuesta más sencilla a su pregunta—. Las mujeres nos limitamos a seguir con nuestras vidas. Para nosotras fue una guerra en la sombra. Cuando se terminó, no tuvimos desfiles ni medallas ni menciones en los libros de historia. Durante la guerra hicimos lo que debíamos y cuando terminó recogimos los pedazos y empezamos de nuevo. Y tu hermana estaba desesperada por olvidar. Quizá ese fue otro error mío, permitirle que lo hiciera. Quizá tendríamos que haber hablado de ello.

—Así que Isabelle se marchó a rescatar pilotos, papá se convirtió en prisionero de guerra y tú te quedaste sola con Sophie. —Me doy cuenta de que ya me mira con ojos distintos, que se pregunta cuántas cosas ignora de mí—. ¿Qué hiciste tú en la guerra, mamá?

—Sobrevivir —digo con voz queda.

Esta confesión me hace echar de menos a mi hija casi de manera insoportable, porque lo cierto es que sobrevivimos. Juntas. Contra todo pronóstico.

—No tuvo que ser fácil.

—No lo fue.

Ha sido una confesión espontánea y que me sorprende.

De pronto nos encontramos frente a frente, madre e hijo. Está mirándome con ese ojo de cirujano al que no se le escapa nada, ni mi última arruga, ni el corazón algo más acelerado de lo normal ni el pulso que me late en la garganta.

Me acaricia la mejilla y sonríe con ternura. Mi niño.

—¿Crees que el pasado puede cambiar mis sentimientos hacia ti, mamá?

—¿Señora Mauriac?

Agradezco la interrupción. Es una pregunta que no quiero contestar.

Al volverme me encuentro a un hombre joven y atractivo que espera para hablar conmigo. También es estadounidense, pero no de una manera obvia. Neoyorquino tal vez, con el pelo corto y entrecano y gafas de diseño. Lleva una americana negra entallada, camisa blanca cara y pantalones vaqueros lavados. Me acerco a él con la mano tendida. Él hace lo mismo y entonces nuestras miradas se encuentran y tropiezo. No es más que eso, un tropezón, uno de muchos que doy a mi edad, pero Julien está allí para sujetarme.

—¿Mamá?

Observo al hombre que tengo delante. Reconozco en él al niño al que quise tanto y a la mujer que fue mi mejor amiga.

—Ariel de Champlain.

Digo su nombre en un susurro, como una oración.

Me rodea con los brazos y me estrecha contra sí y los recuerdos afloran. Cuando por fin me suelta, los dos estamos llorando.

—Nunca las olvidé ni a usted ni a Sophie —dice—. Me insistieron en que tenía que hacerlo y lo intenté, pero no pude. Llevo años buscándolas.

Siento de nuevo la opresión en el corazón.

—Sophie murió hace unos quince años.

Ari aparta la vista.

—Estuve años durmiendo con su peluche —comenta luego en voz baja.

—Bébé —digo, recordando.

Ari se mete la mano en el bolsillo y saca la fotografía enmarcada en la que estoy con Rachel.

—Mi madre me dio esto cuando me gradué en la universidad.

La miro con los ojos llenos de lágrimas.

—Usted y Sophie me salvaron la vida —dice Ari con total naturalidad.

Oigo a Julien contener la respiración y sé lo que significa. Ahora sí tiene preguntas.

—Ari es el hijo de mi mejor amiga —le explico—. Cuando Rachel fue deportada a Auschwitz, le escondí en casa, aunque teníamos a un alemán alojado. Fue… Pasamos un poco de miedo.

—Tu madre está siendo modesta —interviene Ari—. Durante la guerra rescató a diecinueve niños judíos.

Veo la incredulidad en los ojos de mi hijo y me hace sonreír. Nuestros hijos nos ven tan imperfectos…

—Soy una Rossignol —digo suavemente—. Un ruiseñor a mi manera.

—Una superviviente —añade Ari.

—¿Lo sabía papá? —pregunta Julien.

—Tu padre…

Me interrumpo y respiro hondo. *Tu padre.* Y ahí está, el secreto que me empujó a enterrarlo todo.

Antoine fue el padre de Julien en todo el sentido de la palabra. La biología no es lo que determina la paternidad, sino el amor.

Le acaricio la mejilla y le miro a los ojos.

—Me devolviste a la vida, Julien. Cuando te tuve en brazos después de toda aquella crueldad, pude respirar de nuevo. Pude volver a amar a tu padre.

Hasta ahora no había sido consciente de ello. Julien me devolvió a la vida. Su nacimiento fue un milagro en medio de tanta desesperanza. Hizo que Antoine, Sophie y yo fuéramos una familia otra vez. Le di el nombre del padre al que aprendí a querer demasiado tarde, después de que muriera. Y Sophie se convirtió en la hermana mayor que siempre había querido ser.

Por fin le diré la verdad a mi hijo. Recordarla traerá dolor, pero también dicha.

—¿Me lo vas a contar todo?

—Casi todo —digo con una sonrisa—. Una mujer francesa debe tener sus secretos.

Y hay uno que me guardaré para mí.

Les sonrío, a mis dos chicos que deberían haberme roto y que sin embargo me salvaron, cada uno de una manera distinta. Gracias a ellos ahora sé lo que es importante, y no es lo que he perdido. Son mis recuerdos. Las heridas se cierran. El amor perdura.

Permanecemos.

AGRADECIMIENTOS

scribir un libro se parece mucho a dar a luz y, al igual que una mujer de parto, muchas veces me he sentido abrumada y desesperada al estilo por-favor-ayuda-esto-no-es-lo-que-había-pedido-medicación-ya. Y, sin embargo, y, milagrosamente, al final todo salió bien.

Hace falta una legión entera de personas dedicadas, ¡incansables!, y de primera categoría para lograr que un libro llegue a ser lo que prometía y encuentre sus lectores. En los veinte años que llevo escribiendo, mi obra ha sido defendida por personas verdaderamente increíbles. Quisiera dedicar un párrafo o dos —merecidos y con mucho retraso— a agradecer a quienes de verdad han influido en mi escritura y en mi carrera profesional. Susan Peterson, Leona Nevler, Linda Grey, Elisa Wares, Rob Cohen, Chip Gibson, Andrew Martin, Jane Berkey, Meg Ruley, Gina Centrello, Linda Marrow y Kim Hovey. Gracias a todos por creer en mí antes incluso que yo misma. Un saludo especial a Ann Patty, que cambió el rumbo de mi carrera profesional y me ayudó a encontrar una voz propia.

A todas las personas que trabajan en St. Martins y Macmillan. Vuestro apoyo y entusiasmo han tenido un profundo efecto en mi trabajo y en mi escritura. Gracias a Sally Richardson por su incansable entusiasmo y su duradera amistad. A Jennifer Enderlin, mi maravillosa editora, por animarme y exigir lo mejor de mí. Gracias también a Alison Lazarus, Anne Marie Tallberg, Lisa Senz, Dori Weintraub, John Murphy, Tracey Guest, Martin Quinn, Jeff Capshew, Lisa Tomasello, Elizabeth Catalano, Kathryn Parise, Astra Berzinskas y al siempre fabuloso y lleno de talento Michael Storrings.

Suele decirse que escribir es una profesión solitaria, y es cierto, pero también puede ser una gran fiesta llena de invitados interesantes y maravillosos que hablan en un lenguaje que solo unos pocos entienden.

Tengo a mi lado a unas pocas personas especiales que me animan cuando lo necesito, saben cuándo hay que sacar la botella de tequila y celebran conmigo hasta la más pequeña de las victorias. En primer lugar, gracias a mi agente desde hace muchos años, Andrea Cirillo. De verdad que no lo habría conseguido sin ti, pero, sobre todo, no habría querido. A Megan Chance, mi primera y última lectora, el bolígrafo rojo implacable, gracias de todo corazón. No estaría aquí si no fuera por nuestra colaboración. A Jill Marie Landis, este año me has dado una lección de escritura de gran valor, que hizo de *El Ruiseñor* lo que es.

Me gustaría dar también las gracias a mi colega Tatiana de Rosnay, cuya generosidad llegó como un regalo inesperado mientras escribía esta novela. Sacó tiempo de su apretada agenda para ayudarme a hacer de *El Ruiseñor* un libro mucho más preciso. Siempre le estaré profundamente agradecida. Por supuesto, todas las equivocaciones (y licencias poéticas) son responsabilidad mía y solo mía.

Y, en último lugar, aunque no por ello menos importante, gracias a mi familia: Benjamin, Tucker, Kaylee, Sara, Laurence, Debbie, Kent, Julie, Mackenzie, Laura, Lucas, Logan, Frank, Toni, Jacqui, Dana, Doug, Katie y Leslie. Contadores de historias todos. Os quiero.

KRISTIN HANNAH

nació en 1960 en el sur de California.
Aunque estudió Derecho, con la publicación
de su primer libro, en 1990, se convirtió en
escritora profesional. Desde entonces ha
ganado numerosos premios y ha publicado
22 novelas de gran éxito en Estados Unidos.
Vive con su marido y su hijo en la región del
Pacífico Noroeste y Hawái.